पर्यटन–सिद्धान्त और प्रबंधन
तथा
भारत में पर्यटन

डॉ० शिवस्वरूप सहाय

अवकाशप्राप्त रीडर, प्राचीन इतिहास, पुरातत्व एवं संस्कृति विभाग

श्री मुरली मनोहर टाउन स्नातकोत्तर महाविद्यालय, बलिया, उत्तरप्रदेश

मोतीलाल बनारसीदास

दिल्ली • मुम्बई • चेन्नई • कोलकाता

बंगलौर • वाराणसी • पुणे • पटना

प्रथम संस्करण: दिल्ली, २००५

ISBN: 81-208-3051-2 (सजिल्द)
ISBN: 81-208-3052-0 (अजिल्द)

मोतीलाल बनारसीदास
४१ यू०ए० बंगलो रोड, जवाहर नगर, दिल्ली ११० ००७
८ महालक्ष्मी चैम्बर, २२ भुलाभाई देसाई रोड, मुम्बई ४०० ०२६
२३६ नाइंथ मेन III ब्लाक, जयनगर, बंगलौर ५६० ०११
सनाज प्लाजा, १३०२ बाजीराव रोड, पुणे ४११ ००२
२०३ रायपेट्टा हाई रोड, मैलापुर, चेन्नई ६०० ००४
८ केमेक स्ट्रीट, कोलकाता ७०० ०१७
अशोक राजपथ, पटना ८०० ००४
चौक, वाराणसी २२१ ००१

श्री नरेन्द्रप्रकाश जैन, मोतीलाल बनारसीदास, बंगलो रोड, दिल्ली ११० ००७
द्वारा प्रकाशित तथा जैनेन्द्रप्रकाश जैन, श्री जैनेन्द्र प्रेस,
ए-४५ नारायणा, फेज-१, नई दिल्ली ११० ०२८ द्वारा मुद्रित।

प्रेरणास्रोत

धर्मपत्नी स्व० श्रीमती पद्मावती
की स्मृति में

— लेखक

LOVE IT OR HATE
YOU CAN NEVER FORGET INDIA

(चाहे भारत से प्यार करो या नफरत
पर कभी इसे नहीं भुला सकोगे)

INDIA IS YOURS AND MINE

(भारत तुम्हारा भी है और हमारा भी)

अपनी बात

पर्यटन प्राणी की जन्मजात सहज प्रवृत्ति है। इससे वह बहुत कुछ सीखता है। आर्य पर्यटनशील थे। भारतीय ऋषियों की इसी प्रवृत्ति के कारण आज अनेक स्थानों पर एक ऋषि का आश्रम मिलता है। पर्यटन का ही देन है भारतीय धर्म और संस्कृति का विश्व में साम्राज्य विस्तार जिसके कारण कुछ क्षेत्र वृहत्तर भारत कहलाए। इसी के कारण पं० राहुल सांकृत्यायन ने नालन्दा विश्वविद्यालय के पुस्तकालय का विशाल बौद्ध ग्रंथों का भण्डार जो नेपाल में गुमनामी में पड़ा था उसे पुनः पटना संग्रहालय को लौटा लाने का प्रयास किया। आज पर्यटन विश्व की आवश्यकता बन गया है इसकी बढ़ती जनसंख्या को सेवाओं से जोड़ने, आर्थिक विस्तार, ज्ञान पिपासा की संतुष्टि, विभिन्न दृष्टियों से परस्पर सहयोग और खोजी प्रवृत्ति आदि के लिए। विश्व का हिप्पी संगठन इसी के उद्देश्य से बना है तथा सरकारें इसको बढ़ावा देने के लिए इसको उद्योग का दर्जा दे रही है। इसमें आवश्यक है कठिनाइयों को दूर कर पर्यटन को विकास की नई दिशाएँ, सुविधाएँ, व्यवस्थाएँ, सूचनाओं, प्रबंधन, आर्थिक सहयोग आदि देकर इसको बढ़ावा देकर चिमनी संस्कृति के अबन से कुछ समय के लिए समुदायों को दूर कर इनमें नई चेतना, विश्व एकता, मानवीय भावना आदि सद्‌गुणों का संचार करना कि नई ऊर्जा से वे समाज में जुटे रहें। अतः पर्यटन सिद्धान्त, प्रबंधन और पर्यटन स्थलों की ओर जनता और शासन को जागरूक रखना आज के समाज का धर्म बन गया है।

इसी कारण आज विश्वविद्यालयों के नये पाठ्‌यक्रम में इसे जोड़ा गया है। इसके विभिन्न अंगों पर समीकृत किसी एक पुस्तक का किसी भी भाषा में अभी अभाव है और हिन्दी में अभी इसपर लगभग पुस्तकें हैं ही नहीं। इस अभाव के दृष्टिगत कुछ वर्ष पहले मैंने 'पर्यटकों का देश भारत' सामान्य पाठकों और स्नातक वर्ग के छात्रों के लिए लिखा था जिसकी बढ़ती माँग से प्रेरित होकर पर्यटन पर आधारित अधुनातन सूचनाओं, आयामों और प्रबंधन की व्यवस्था को जोड़कर यह उच्च अध्ययन की दिशा में किया गया प्रयास है। भारत अनेक सांस्कृतिक और प्राकृतिक दृष्टियों से पर्यटकों का स्वर्ग रहा है जिसके कारण इसमें भारतीय सांस्कृतिक क्षेत्रों को भी जोड़ा गया है।

आशा है यह पाठकों की आवश्यकता एवं जिज्ञासा को संतुष्ट कर सकेगी जो इस प्रयास की उपलब्धि होगी।

(डॉ०) शिवस्वरूप सहाय

सुभाष नगर, बलिया
बसंत पंचमी, फरवरी 12, 2005

विषय-सूची

अध्याय पृ० सं०

खण्ड [अ]

पर्यटन सिद्धान्त

परिशिष्ट

□

[अ]

पर्यटन सिद्धान्त

अध्याय–1

पर्यटन का स्वरूप और प्रकृति

[अ] पर्यटन का स्वरूप

"Tourism is a basic & most desirable human activity describing the praise and encouragement of all people an all governments."

(पर्यटन एक आधारभूत एवं अति स्वैच्छिक मानव क्रिया है जिसकी प्रशंसा तथा प्रोत्साहन की अपेक्षा प्रत्येक सरकारों और सभी लोगों से की जाती है।)

—The United Nations Conference of International Travel & Tourism

"It is an industry concerned with attracting people to a destination, transporting them there housing, fooding & catering them upon arrival & returning them their homes."

(यह एक उद्योग है जो किसी स्थान के प्रति लोगों को आकर्षित करता है, वहाँ पहुँचा कर रखता है, वहाँ पहुँचने पर खान-पान की व्यवस्था करता है तथा पुनः उनको उनके घर वापस भेजता है।) **—J. R. Abbey & D. L. Sapienza**

घूमना मानव की जन्मजात और आधारभूत प्रवृत्ति है। बच्चा जैसे ही होश संभालता है उसमें घूमने की उत्कण्ठा जाग्रत होती है। वह गोद में खेलते हुए बाहर जाने के लिए झुकने लगता है। फिर पैरों से चलने लगने पर वह अपने से घर की चाहारदीवारी के बाहर भागने लगता है। बड़ा होने पर पहले माँ-बाप, फिर भाई-बहन और साथियों के साथ पास-पड़ोस तथा गाँव-नगर में घूमने लगता है। प्रौढ़ होने पर सहपाठियों, परिचितों तथा सम्पर्कियों के साथ देश और फिर विदेश की ओर कदम बढ़ाता है। इसके पीछे कारण हैं उसके भीतर छिपी घूमने की जन्मजात प्रवृत्ति, जो उसे ऐसा करने के लिए भीतर से प्रेरित करती है। उसके मन में बाहर देखने की उत्कण्ठा और सभ्यता के विकसित चरण के जानने की ललक होती है। यही कारक सभ्यता के विकास में सबसे अधिक सहयोगी होता है।

आज की तरह अतीत से ही भ्रमण या देशाटन की प्रवृत्ति लोगों में थी जो सभ्यता के बढ़ते चरण, मुद्रा के विकास, यातायात, भोजन, आवास और सुरक्षा की सुविधा, घर से बाहर जाने की जिज्ञासा तथा व्यस्ततम आर्थिक तथा सामाजिक जीवन से कुछ समय के लिए, तक छुटकारा पाकर खाली समय के उपयोग की प्रवृत्ति राजकीय और व्यक्तिगत सुविधाओं के साथ क्रमशः बढ़ती गई। बढ़ती आवश्यकताओं की पूर्ति, कुतूहल, जनसंख्या की वृद्धि, आवश्यकता के अनुरूप खाद्यानों के उत्पादन की कमी, मौसम परिवर्तन के कारण होनेवाले असंतुलन, प्राकृतिक विपदाओं की समस्या, खोजी वृत्ति, सेवा और शिक्षा के अवसरों में विस्तार, ज्ञान की पिपासा, साम्राज्यवादी भावना, प्रचार-प्रसार आदि अनेक कारणों से अभिप्रेत विश्व के विभिन्न भागों के निवासियों ने अपने आवासों से बाहर निकल कर दूरस्त स्थानों की यात्राएँ करनी शुरू कर दीं। यह क्रिया देश और विदेश दोनों ही क्षेत्रों में अतीत से होती रही है। लोग वहाँ जाकर और घूमकर फिर अपने घर लौट आते हैं। मनु ने कहा है कि इस देश के अग्रजन्मना लोग अपने-अपने चरित्र की शिक्षा धरती के सभी लोगों को सदा देते रहे हैं :—

एतत् देशः प्रसूतस्य सकाशादग्रजन्मनः।
स्वं स्वं चरित्रं शिक्षेरन् पृथिव्याः सर्वमानवाः।।

आज जब सभ्यता के चरण आगे की ओर बढ़ चले हैं, ज्ञान की शाखाएँ विशेषीकरण और वैविध्य की ओर विकसित होती जा रही है, वैचारिक सार्वभौमिकता की आवश्यकता बढ़ती जा रही है तथा संस्कृति और मानवता का विकास होता जा रहा है तब पर्यटन परिक्रिया की गति विकास की ओर अग्रसर होने लगी है। आज बैंकों ने इसके लिए कम ब्याज दर वाले ऋणों को देकर, उद्यमियों ने अपने कर्मचारियों को इसके लिए विशेष अवकाश और आर्थिक सहायता देकर, सरकार तथा संस्थाओं ने संचार की सुविधा और व्यवस्था प्रदान कर, व्यक्तिगत संस्थाओं ने इसके लिए सहज रूप से उपयुक्त साधन जुटाने का कार्य कर इसको अधिक सरल बना दिया है। यही कारण है कि पर्यटन की सीमा मात्र भ्रमण तक ही सीमित न रहकर सामान्य वस्तुओं की तरह विक्रय की सामग्री बन गई है जिसे थोक, फुटकर रूप में सरकारी तथा गैर-सरकारी ओर से विभिन्न देशों में बेचा जाता है। तभी कम आयवर्ग के लोग भी बड़ी संख्या में अवकाश के दिनों में विदेश की यात्राएँ कर रहे हैं। हवाई उड़ानों, जलयानों तथा दूसरे माध्यमों ने इसका सरलीकरण किया है। इसके लिए अब सारी सुविधाएँ टेलीफोन सेवा, कम्प्यूटरीकृत आरक्षण, व्यवस्थित पत्राचार, पर्यटन के लिए विशिष्ट मोटरें, स्वचालित मशीनों द्वारा हवाई जहाज के टिकटों की प्राप्ति की सुविधा, होटलों की बहुलता आदि कारणों से इसका उत्तरोत्तर विकास आवश्यकतानुसार होता जा रहा है।

इसके साथ ही अवकाश काल जो इसके लिए मील स्तम्भ है पर्यटन की ओर जनता का आकर्षण बढ़ा दिया है। आज भौतिक संतुष्टि बढ़ने से पुरातन मानव मूल्यों में प्रेम, सहजता, सहिष्णुता, स्वच्छन्दता और शान्ति के वातावरण मे चिन्तामुक्ति समाज को बढ़ावा मिला है जिसने शारीरिक संतुलन के साथ मानसिक तनाव को कम किया है जो आज स्वस्थ रहने का एक प्रमुख कारण है। इस प्रकार इसने इस 'आराम रहित समाज' को संरक्षण रूपी नया देवता दिया है। अतः भ्रमण के सारे उपक्रम एवं अन्य सहयोगी तत्त्व इसी की सीमा के अंग बन गये हैं जिससे समूह-पर्यटन (Mass tourism) की वृद्धि के कारण इसने पर्यटन उद्योग (Tourism industry) का दर्जा ले लिया है। किसी भी देश के लिए किसी भी उन्नत उद्योग से यह अधिक लाभकारी है। इसमें विकासमान और विकसित दोनों देशों के लोगों की संख्या बढ़ती जा रही है। विकसित देशों में सरकारें तथा बहुद्देशीय संस्थाएँ लोगों को उत्प्रेरित कर उनको मनोवैज्ञानिक रूप से इसके लिए सचेष्ट कर रही हैं। पर्यटक जिस देश में जाते हैं वहाँ उनको अतिथि के रूप में तथा उस गन्तव्य देश को इस संदर्भ में अतिथेय (Guest and host) के रूप में जाना जाता है। इसमें सभी वर्ग के लोगों के भोजन और ठहराव में सुविधाएँ प्रदान की जाती हैं। एक ही संस्थान अपने विभिन्न सहयोगी स्रोतों की सहायता से यात्रा सारी सुविधाओं के जुटाने की जिम्मेदारी लेता है जैसे – ठहराव, भोजन, यात्रा-योजना बनाना, यात्रा-सुविधा, आवागमन के साधन आदि। उसके द्वारा इसके लिए उपयुक्त संस्थानों को काम सौंप दिया जाता है। इस व्यवस्था को पैकेज टूर (Package Tour) कहते हैं। यहाँ पर्यटक अपने को उस संस्था को सौंप कर पर्यटन काल में व्यवस्था से चिन्तामुक्त होकर पर्यटन का आनन्द उठाता है।

पिछले तीन दशकों में इसी कारण स्वचालित वाहनों में आशातीत संख्यागत वृद्धि हुई है। सड़कों पर दौड़ती गाड़ियाँ, जल में तैरते और हवा में उड़ते जहाजों में आज जितनी तेजी से बढ़ोत्तरी और विकास हुआ है वह कल्पना से परे हैं। इन्हीं के साथ बढ़ा है परिवहन के विविध माध्यमों के साथ सह-सम्बन्ध। यद्यपि मैदानी क्षेत्र में सड़कें और रेल मार्ग साथ चलती हैं पर पहाड़ी क्षेत्र में पहुँचकर जहाँ रेलों का मार्ग अवरुद्ध हो जाता है वहाँ से केवल सड़कों

की यात्रा प्रारम्भ होती है। उत्तरांचल की पहाड़ियाँ केवल सड़क परिवहन द्वारा जुड़ी है। ऐसा ही भारत के पूर्वी छोर पर अरुणाचल प्रदेश में भी है। वहाँ रेलें नहीं हैं क्योंकि पहाड़ों में लाइन बिछाना अभी सम्भव नहीं हो सका है। फिर भी वहाँ इसके विकास का प्रयास सरकारें कर रही हैं। इसी प्रकार जहाँ सड़क चलते-चलते समुद्र तट पर रुकती है वहाँ से जहाज की यात्रा शुरू हो जाती है अथवा वायुयान से दूसरे देशों की यात्राएँ की जाती हैं। उदाहरणार्थ अभी हाल में भारत के केन्द्र दिल्ली से बस सेवा इन्हीं समुद्री जहाजों के क्रम में सैलानियों के लिए इंगलैंड तक प्रारम्भ की गई है।

पर्यटन

प्रायः यह माना जाता है कि पर्यटन का चाहे जो भी रूप अतीत से रहा हो पर द्वितीय विश्व-युद्ध के बाद इसने विश्व के विभिन्न देशों की अर्थव्यवस्था में क्रांति ला दिया है। अब राष्ट्रीय स्तर से ऊपर उठकर इसने अन्तर्राष्ट्रीय स्वरूप ग्रहण किया है जिससे यह आज विश्व का प्रथम कोटि का उत्पादक उद्योग माना जाता है। इसके पहले तेल अथवा मदिरा उद्योग विश्व का सबसे अधिक विकसित उद्योग था जिसको भी इसने पीछे छोड़ दिया है। इसी के द्वारा विश्व के सभी देशों को सर्वाधिक विदेशी मुद्रा प्राप्त होती है जो विश्व व्यापार के लिए अत्यन्त आवश्यक है। भारत सरकार के आँकड़ों के अनसुार 2000–2001 में अनुमानित विदेशी मुद्रा आय रु० 1440863 करोड़ थी जबकि अगस्त 2000 तक भारत की आय रु० 8,872.40 करोड़ हो चुकी थी।

पर्यटन विभिन्न लोगों के लिए विभिन्न दृष्टियों से आकर्षण का केन्द्र बना है। इसका मौलिक सम्बन्ध यात्रा से है थोड़े समय के लिए एक स्थान से दूसरे स्थान पर जाना चाहे देश में या समुद्र पार विदेशों में। इसके पीछे कारण होता है नित्य के आपाधायी से दूर होना, नई चुनौतियों की इच्छा या अनुभव, ज्ञान की पिपासा तथा सबसे अधिक मानसिक थकान से कुछ समय के लिए छुटकारा पाना। साथ ही यह एक स्रोत है जिससे दूसरों की संस्कृति की जानकारी प्राप्त होती है। कोई सभ्यता एक जीवन्त परम्परा होती है जिसका सम्बन्ध अतीत से होता है। इस दृष्टि से भारतीय सभ्यता अद्वितीय है जिसकी जड़ें अति पुरातन से जुड़ी हैं। ऐसी ही चीन की सभ्यता है। भारत और चीन को छोड़ किसी भी देश की सभ्यता की जड़ें उसके सुदूर अतीत से नहीं जुड़ी हैं।

आज पर्यटन सभी के लिए एक आकर्षण का बिन्दु है। ऐसा है यह सभी आयु वर्गों के लिए पर विशेष रूप से इसका आकर्षण है युवा पीढ़ी के लिए जिनमें जानने और जोखिम उठाने की उत्कण्ठा होती है। ये प्रकृति का साहचर्य अधिक पसन्द करते हैं जिनमें वन्य वस्तुओं तथा प्राकृतिक दृश्य उनका प्रमुख आकर्षण होता है। साथ ही पुरातन स्मारकों को देखने की ललक भी उनमें तीव्र होती है क्योंकि सामान्य जीवन में तो आज चिमनियों से उगलते धुएँ को देखकर थक-चुके होते हैं।

'पर्यटन' शब्द संस्कृत के 'अटन' प्रत्यय जोड़कर बनाया गया है। 'अटन' का अर्थ 'भ्रमण' होता है। इसको जोड़कर संस्कृत में तीन शब्द बनाये गये हैं–तीर्थाटन (तीर्थ + अटन = तीर्थ क्षेत्रों का भ्रमण), देशाटन (देश + अटन = देश-विदेश में घूमना) तथा पर्यटन (पय + अटन) आनन्द और ज्ञान के लिए घूमना। अंग्रेजी में इसके लिए टूरिज्म (Tourism) शब्द का प्रयोग होता है। यह शब्द लैटिन शब्द टोमोस Tomos से बना है जिसका शाब्दिक अर्थ है वृत्त या पहिये का घूमना। वहाँ यह दिशा सूचक के लिए प्रयोग किया जाता है या

एक फैलाये गये स्प्रिंग के पिन के अन्त के लिए। इस प्रकार गोलाई में घूमने से आज इसका अभिप्राय चक्रव्रत भ्रमण (Round tour) योजनात्मक, भ्रमण (Organised tour) या पैकेज अर्थात् टूर (Package tour) अर्थात् व्यवस्थापूर्ण भ्रमण। इसी लैटिन शब्द टोमस से यहूदी भाषा में तोरह (Torah) शब्द बनाया गया है जिसका अर्थ है शिक्षा की खोज तथा वह यहूदी कानून जो यहूदी जीवन पद्धति की व्याख्या करें। यहाँ पर्यटन से इसका संदर्भ है सुनी हुई बातों की सत्यता खोजना, व्यवसायिक योजनाओं को सीखना, नौकरी के अवसर ढूंढ़ना, आनन्ददात्मक क्रियाओं को करना तथा स्वास्थ और शिक्षा के क्षेत्र में लाभार्जन करना। अंग्रेजी की इण्टरनेशनल डिक्शनरी ऑफ टूरिज्म (International Dictionary of Tourism) जो इण्टरनेशनल एकेडमी ऑफ टूरिज़्म से प्रकाशित है, में टूरिज़्म का अर्थ दिया गया है *'चक्रात्मक भ्रमण'* (Circulative trip)। यह अंग्रेजी का शब्द टूर (Tour) से बना है। इसका प्रयोग सर्वप्रथम 1943 में हुआ था। तब इसके प्रयोग का अर्थ था स्थानों पर घूमना, चक्रवत यात्रा, किसी भी स्थान के महत्त्वपूर्ण स्थलों की क्रमिक या व्यतिक्रमित यात्रा।

यह अन्य आर्थिक क्रियाओं की तरह एक आर्थिक घटक है। यहाँ माँग के कारण वृद्धि होती है तथा अनेक उत्पादों के लिए बाजार तैयार करता है। यह माँग को प्रचार द्वारा बढ़ाता है तथा पर्यटन में लगे व्यवसायीयों के साथ पर्यटकों के लिए अनेक सुविधाओं की व्यवस्था कराता है। ये पर्यटन व्यवसायी हैं–पर्यटन संस्थाएँ तथा पर्यटक एजेण्ट तथा सुविधाएँ हैं। भोजन, ठहराव, यातायात, यात्रा योजना बनाना, सरकारी नियमों की पूर्ति में यथाविधि सहायता देना आदि। इन सभी को मिलाकर तथा सामूहिक पर्यटन की बढ़ती स्थिति के कारण इसे पर्यटन उद्योग (Tourist Industry) कहते हैं। चूँकि पर्यटकों की रुचि बहुविधीय होती है इसलिए पर्यटन उद्योग का स्वरूप बहुविधीय है। इसी से पर्यटन उद्योग कृषि आदि उद्योगों की अपेक्षा जटिल होता है। **श्री जगमोहन सिंह** ने कहा है कि– *'पर्यटन एक सम्पूर्ण सम्बन्ध है और माना जाता है कि यह एक स्थान पर उन विदेशियों का ठहराव है जो वहाँ रह कर किसी स्थायी अथवा अस्थायी आकर्षक क्रिया की ओर आकृष्ट नहीं होता है।''*

(Tourism is a total relationship and pronounces as linked with stay of foreign persons to a locality on condition that they don't settle there to exercise a major permanent or temporary activity of lucarative nature.)

अंग्रेजी में Tour (पर्यटन) की तरह प्रयोग होने वाले दो और शब्द हैं Travel (यात्रा) तथा Excursion (भ्रमण)। यद्यपि सामान्य चलन में इनका प्रयोग पर्यायवाची के रूप में किया जाता है पर इनका अभिप्राय भिन्न-भिन्न है। इन सभी से सम्बन्धित लोगों को क्रमशः Tourist, Traveller तथा Excursionist कहते हैं। इनको हिन्दी में क्रमशः पर्यटक, यात्री तथा भ्रमणार्थी कहा जाता है। अतः इन तीनों में अन्तर जानना आवश्यक है।

पर्यटक *(Tourist)*

पर्यटन करने वाले को पर्यटक कहते हैं। डिक्शनरी यूनिवर्सल (Dictionary Universal) के अनुसार 'पर्यटक' (Tourist) शब्द का प्रथम प्रयोग 1976 में हुआ था। इसका अभिप्राय है उन व्यक्तियों से जो उत्सुकता या आनन्द के लिए यात्रा करते हैं कि दूसरों को बतावें कि उन्होंने कहाँ क्या देखा है। *('...... a tourist is a person who makes journey for the sake of curiosity or for fun of travelling to tell others that he has travelled.)* उन्नीसवीं शताब्दी के शब्दकोश (Ninteenth Century Dictionary) के

अनुसार – *"पर्यटक वे लोग हैं जो आनन्द के लिये, उत्सुकतावश, समय के सदुपयोग के लिये या भविष्य में अपनी गरिमा बनाने के लिए यात्रा करते हैं।"*

वर्ल्ड टूरिस्ट आर्गनाइजेशन (World Tourist Organisation = WTO) ने पर्यटक को परिभाषित करते हुए कहा है कि – *"पर्यटक एक अल्पकालिक आगन्तुक (Visitor) होता है जिसका उस स्थान पर ठहराव कम-से-कम 24 घंटे का होता है और उसके यात्रा का कम-से-कम एक उद्देश्य (i) अवकाश काल में – आनन्द, छुट्टी, स्वास्थ, अध्ययन, धार्मिक क्रियायें और खेल-कूद तथा (ii) कार्यकाल में – स्वजन मिलन, किसी उद्देश्य की पूर्ति या सम्मेलनों में भाग लेना आदि में से कोई एक नहीं हो सकता है।" (Tourist or temporary vistior staying for atleast twenty four hours in a country visited when the purpose of the journey can be classified under one of the following headings : (i) leasure – recreation, holiday, study, religion, sport or (ii) business – family, mission, meetings.)*

पर्यटक के दो प्रकार हैं :—

1. घरेलू पर्यटक *(Domestic Tourist)* — यह देशवासी होता है जो अपना वैसा अपने देश के अन्दर ही पर्यटन में व्यय करता है।

2. विदेशी पर्यटक *(Foreign Tourist)* — यह अपने राष्ट्र में कमाये गये पैसे को अपने देश के बाहर पर्यटन पर व्यय करता है।

यात्री *(Traveller)*

बिना किसी उद्देश्य के सामान्य रूप से एक स्थान से दूसरे स्थान पर घूमते रहने वाले को यात्री कहते हैं। अपना घर छोड़कर बिना किसी निश्चित ठहराव के निष्प्रयोजन घूमने वाला व्यक्ति यात्री होता है। यह भी अल्पकालिक आगन्तुक होता है। इसकी दो विशेषताएँ होती हैं — प्रयोजन रहित घूमना तथा ठहराव का होना आवश्यक नहीं।

मनोविनोदार्थ भ्रमणार्थी *(Excursionist)*

यह भी एक अल्पकालिक आगन्तुक होता है जो जिस देश में जाता है, वहाँ मात्र एक दिन ही व्यतीत करता है रात्रि को फिर आगे बढ़ जाता है। *(An 'excursionist' is however a temporary visitor who spends a day in the country visited but does not spend the night.')*

—Cultural Tourism in India : S. P. Gupta, Krishna Lal & Mahua Bhattacharya

लिकोरिश (Likorist) के अनुसार *जो लोग भ्रमण की अवधि में 24 घंटे से कम ठहरते हैं तो उन्हें मनोविनोदार्थी भ्रमणार्थी या टूरिस्ट विजिटर (Tourist visitor) कहा जाता है।* यह जहाँ जाता है वहाँ का निवासी नहीं होता तथा न अपने किसी लाभ के उद्देश्य से वहाँ जाता है और न इस प्रकार का कोई कार्य करता है। यह कई स्थानों पर भी थोड़ी-थोड़ी देर रुकता है। पर इनमें वे जो दिन में एक स्थान पर ठहरते हैं उन्हें डे विजिटर (Day visitor) कहा जाता है। पर, जो बिना रुके मात्र सीमा लांघ कर यात्रा करते चले जाते हैं वे भी टूरिस्ट न कहलाकर सीमा पार करने वाले (Border crossers) कहे जाते हैं।

इधर एक नई मान्यता इण्टरनेशनल यूनियन आव आफिशियल ट्रेवल ऑर्गनाइजेशन (IUOTA) ने पर्यटन के साथ जोड़ी है कि इसमें अन्य उद्देश्यों के साथ आनन्द भी जुड़ा होता है। इसको इस दृष्टि से परिभाषित करते हुए **नार्वल** (Norval) ने कहा है कि इसमें

प्रत्येक व्यक्ति दूसरे स्थान में स्थायी रूप से बसने के उद्देश्य से भिन्न उद्देश्य लेकर आता है तथा दूसरे स्थान के कमाये पैसे को वहाँ व्यय करता है।

पर्यटन या यात्रा वर्तमान परिप्रेक्ष में एक सामान्य भाव का प्रदर्शक बन गया है। पर्यटक श्रेणी से अभिप्राय ऐसे दर्शनार्थी आगन्तुकों से लिया जाता है जो समाज के सामान्य स्तर के व्यक्ति होते हैं। अतः पर्यटक आवास, यात्री आवास (Tourist lodge) जो प्रायः पर्यटन केन्द्रों में बने हैं वे सामान्य सुविधायुक्त होते हैं तथा इनके पीछे उद्देश्य होता है सामान्य श्रेणी के पर्यटकों के ठहरने के लिए स्थान। इनमें न बहुत उच्चकोटि के लोगों के ठहरने की सुविधाएँ होती हैं और न इसमें ठहरने पर आने वाला खर्च ही महँगा होता है। इसमें साधारण कोटि के सम्मानित यात्री ठहर सकते हैं। इधर पर्यटकों की कोटि में विस्तार हुआ है। *संयुक्त राज्य अमेरिका के होटलों में पर्यटकों के किये अतिथि (Guest) तथा उनके आवास के लिए बने गृहों को 'आश्रयदाता' (Patron) कहा जाता है।*

[ब] पर्यटन : पर्यटक की परिभाषा

अन्तर्राष्ट्रीय पर्यटन की दृष्टि में सिद्धान्त रूप में पर्यटक वह व्यक्ति कहा जा सकता है जो अपने न्यवसित देश या स्थान से बाहर निकल कर दूसरे स्थान पर 24 घंटे या अधिक ठहरता है।

[To secure the comptibility of international tourist shall in principle be interpretted to mean any person travelling for a period or more in a country in which he usually resides] –The report of Committee of Statistical, Experts of Legue of Nations (22 Jan., 1937)

इस कमेटी ने निम्नांकित व्यक्तियों को पर्यटक की कोटि में माना है :—

(i) वह जो आनन्द, घरेलू कारण या स्वास्थ्य के लिए यात्रा करता है।
(ii) किसी बैठक में भाग लेने के लिए जाता है।
(iii) व्यापार के उद्देश्य से जाता है।
(iv) जो समुद्री यात्रा करता है भले ही उसका गन्तव्य पर ठहराव 24 घंटे से कम हो। यह एक अलग वर्ग का यात्री होता है।

इसने निम्न-वर्ग के व्यक्तियों को पर्यटक की कोटि में ही नहीं माना है :—

(i) जो कहीं किसी सम्बन्ध से या बिना सम्बन्ध के दूसरे देश में अपना व्यवसाय करने या नौकरी करने के लिए जाता है।
(ii) जो कहीं आवास बना कर स्थायी रहने के लिए जाता है।
(iii) वे युवक या विद्यार्थी जो ठहरने के लिए बोर्डिंग या स्कूल में जाते हैं।
(iv) जो किसी देश की सीमा का नागरिक दूसरे पड़ोसी के देश के भीतर जाकर काम करके लौट आता हो।
(v) यात्री जो किसी देश को उसके भीतर के रास्ते से पार करता हुआ दूसरे देश में चला जाय भले ही पार करने में उसको 24 घंटे से अधिक समय लगे।

इस विवरण में दो बाते हैं– एक बाहर स्थान या देश की यात्रा और दूसरे वहाँ ठहराव। इसमें शर्त है अल्पकालिक ठहराव तथा वहाँ नौकरी या अर्थोपार्जन का उद्देश्य न होना। पर ठहराव पर प्रतिबंध है 24 घंटे से कम नहीं होना चाहिए। इसके मूल में है कि यात्री अपने घर से बाहर होकर इन शर्त्तों का पालन करे।

एक सर्वेक्षण के आधार पर अमेरिका में यह पता लगाया गया है कि 75 प्रतिशत विदेशी यात्रायें तथा 50 प्रतिशत घरेलू यात्रायें आमोद-प्रमोद के लिए की जाती हैं। इसके आधार पर पर्यटन को परिभाषित करते हुए **प्रो. हुरिजकर** और **कार्पेट** (Prof. Hunrizkar and Karpet) ने कहा है कि – *''पर्यटन एक क्रियाओं और सम्बन्धों का ऐसा बंधन है जो अनिवासी लोगों के यात्रा और ठहराव से इस प्रकार सम्बन्धित है कि उनका न वहाँ स्थायी निवास तथा आर्थिक क्रिया से कोई संबंध होता है।'' (Tourism is sum of phenomena and relationships arising from travel and stay of nonresidents, in so far as they do not lead to permanent residence and not connected with any earning activity.)* इसकी पुष्टि इण्टरनेशनल एसोसियेशन आफ साइन्टिफिक एक्सपर्ट आन टुरिज्म (AIEST) ने भी किया है। इसमें निम्न बातें होती हैं :—

(1) यात्रा करना

(2) दर्शनीय स्थलों को देखना

(3) अस्थायी ठहराव

(4) आर्थिक क्रियाओं से असम्बद्ध होना।

अतः यात्रा का सम्बन्ध उस देशी या विदेशी यात्री से है जो गन्तव्य स्थल पर न स्थायी रूप से ठहरेगा और न वहाँ कोई आर्थिक लाभ का कार्य करेगा।

हरमन ह्वी शुलार्ड (Hermann V. Schullard) के अनुसार – "*... The sum total of operators mainly of economic nature, which directly relate to the entry, stay and movement of foreigners inside and outside a certain country city or region.*"

एस० एल० रौण्ड्स तथा **नास्स** (S. L. Sands and Nassau) के अनुसार इसमें निम्न बातें समाहित हैं :—

संसार उद्योग और विज्ञान की नई प्रगति की ओर बढ़ रहा है। इससे अब पुरातन भावना समय का अभाव तथा स्थान की दूरी समाप्त हो गई है। संसार के किसी भी एक स्थान से दूसरे स्थान में मात्र पच्चीस घंटे में अधिकतम पहुँचा जा सकता है। संचार के त्वरित, सरल और नये साधनों ने संसार की दूरियाँ कम कर दिया है। वायुयान ने समुद्रों, पर्वतों और जंगलों की बाधाओं को भी तोड़ दिया है। आर्थिक क्रियाओं ने युद्ध की विभीषिका से हट कर संसार को दूरदर्शी राजनीति और विकास की ओर उन्मुख किया है। उत्पादन के अनुवांशिक स्वरूप इतने बढ़ गये हैं कि सभी ओर व्यापारिक काम सम्भव है। मुद्रा-प्रसार ने संसार के जीवन स्तर को ऊँचा उठाया है। सुरक्षा और ज्ञान की पिपासा ने गुणवत्तापूर्ण कार्यों के आदान-प्रदान में संसार के भागों में एकता को बढ़ावा दिया है। इन सभी तत्त्वों ने पर्यटन को बढ़ावा देकर सम्पूर्ण पृथ्वी को छोटा कर दिया है तथा वह दिन अब करीब है जब मनुष्य धरती से आकाश को भी अपने पर्यटन में जोड़ लेगा।

इसी के साथ इन्होंने पर्यटकों की विशेषताएँ बताते हुए आगे कहा है कि पर्यटक में पर्यटन के प्रति आन्तरिक प्रेरणा होती है कि वह आनन्द, शिक्षा, ज्ञान, भाईचारा तथा शान्ति का अग्रदूत होकर अपने देश की संस्कृति को दूसरे देशों में पहुँचाता है। वह किसी भी देश की व्यवस्था और संस्कृति को हानि नहीं पहुँचाता बल्कि वहाँ के पुरातन और नवीन व्यवस्था का प्रशंसक होता है। वह पर्यटन को बढ़ावा देते हुए नए देशों में जाकर वहाँ से लौटकर उसका प्रसार करता है। इसे आवश्यकता होती है मात्र यातायात, ठहराव, भोजन, साहस तथा इस उद्योग

को विकसित करने की, जिसके लिए विदेशी मुद्रा में अपने उपभोग का मूल्य चुकाता है। वह आता अनजान की तरह है पर वहाँ अपने शुभेक्षुओं और मित्रों को छोड़ जाता है। साथ में पुनः लौटने के लिए सुन्दर यादें लिए जाता है। इस प्रकार पर्यटक ही पर्यटन का मूल नायक होता है। इसका मूल कार्य होता है पर्यटन करते रहना। उसके बिना यह बेकार है।

अन्य परिभाषाएँ हैं :—

डी० पी० एन सेन के अनुसार – *"Tourism is a pleasure activity in which money earned in ones normal domicile is spent in the place visited." (इस प्रकार पर्यटन एक आनन्दात्मक परिक्रिया है जिसमें न्यवासित स्थान में कमाया गया द्रव्य गन्तव्य स्थान पर व्यय किया जाता है।)*

Dr. Ziyauddin के अनुसार – *"It is a social movement with view to rest, division and satisfaction of cultural needs." (यह एक सामाजिक संचरण है जिसका उद्देश्य है विश्राम, विकेन्द्रीकरण और सांस्कृतिक आवश्यकताओं की संतुष्टि।)*

Primault ने कहा है – *"It is exploration of all that is unknown in all spheres of human activity and in all aspects of nature. It is search for rest, response, health, quietitude in a congenial and comfortable atmosphere." (यह मानव की अज्ञात क्रियाओं और सभी प्राकृतिक अवयवों की खोज है। यह खोज है विश्राम स्वास्थ्य, ज्ञान, प्रत्युत्तर का एक सुखद और शान्त वातावरण में)।*

राष्ट्र संघ के अनुसार – *"Any person visiting the country other than that in which he usually resides for a period of atleast 24 hours."*

पर इससे वे शामिल नहीं किये जाते जो नौकरी के लिए, स्थायी रहने के लिए, आवासीय छात्र के रूप में तथा बिना रुके आगे बढ़ने वाले हों या एक देश की सीमा में रहकर दूसरे देश की सीमा में काम करते जाते रहते हों।

भारत सरकार ने पर्यटक की परिभाषा में भारत में बंगलादेश, पाकिस्तान, नेपाल तथा भूटान की सीमा से आनेवालों को पर्यटक नहीं माना है। 1971 में पर्यटक की यहाँ दी गई परिभाषा के अनुसार – *A person visiting on a foreign passport for a period not less than 24 hours for non-imigrant, non-employment tourist purpose. (पर्यटक वह व्यक्ति है जो विदेशी परिपथ पर कम-से-कम 24 घंटे के लिए अनिवासी और असेवाकार्य हेतु यहाँ यात्रा के लिए आता है।)*

इस आधार पर कह सकते हैं कि 'पर्यटन एक सामाजिक-आर्थिक' क्रिया है जिसमें दूसरे स्थान के विषय में जानने की उत्कण्ठा या अन्य कारणों से कोई व्यक्ति अपने स्थान से अकेला या समूह में दूसरे स्थान पर अस्थायी ठहराव के लिए जाता है जहाँ कम-से-कम 24 घंटे रुकता है पर वहाँ की आर्थिक क्रियाओं में न वह हिस्सेदारी निभाता है और न स्थायी निवास की योजना रखता है। वहाँ वह अपने देश में कमाये पैसे को खर्च कर अवकाश काल का आनन्द लेकर पुनः अपने मूल देश में लौट आता है।

पर्यटन के कारण

विश्व में पर्यटन एक पुरातन परिक्रिया रही है। तब इसके तीन मुख्य कारण थे – 1. **आनन्द के लिए** जैसे रोमवासी ओलम्पिक खेलों, मिस्र के पिरामिडों, रोम के 'स्पास' नामक स्थान के देखने के लिए। 2. **धर्म के प्रचार के लिए** जिसमें बौद्ध, जैन, इसाई आदि धर्मों के प्रचारक देश के भीतर तथा बाहर प्रचार के लिए एवं 3. **नए स्थानों के खोज के लिए** जिसने वास्कोडिगामा

तथा कोलम्बस आदि की यात्राएँ ले सकते हैं। इसी उद्देश्य से रोमवासी यूनानी और पूर्वी देशों की यात्राएँ करते थे।

प्रारम्भ में आवश्यकताएँ सीमित थीं, लोगों में घर के प्रति आसक्ति थी। परिवार का मोह था, समय की कमी थी, काम से फुरसत नहीं मिलती थी। सभी क्रिया-कलाप अपने ही हाथों से करनी होती थी।

अधिक भू-भाग जंगलों में ढँका था। वन्य प्राणियों तथा आपराधिक लोगों का भय बना रहता था। सुरक्षा साधनों की कमी थी। इससे लोग भ्रमण की ओर गतिशील नहीं थे। ज्ञान की शाखाएँ भी कम थीं। विशेषीकरण की ओर लोगों का ध्यान नहीं था। पर्यटन की सुविधाएँ भी नगण्य थीं।

पीछे धर्म की प्रधानता, 'विदेशी मुद्रा का अर्जन', भय के निवारण, आत्मविश्वास और आदर्श की सुरक्षा बढ़ती गई। धर्म का प्रचार जीवन का लक्ष्य बना। इसी के लिए लोग परिभ्रमण करने निकले। पीछे आवश्यकताएँ बढ़ीं तो आर्थिक भावना ने परस्पर होड़ और वैमनस्य को बल दिया। अतः युद्ध होने लगे। तब उसकी विभीषिका से बचने के लिए भी वहाँ के लोग भागना शुरू किए। इस प्रकार युद्ध और देशान्तरगमन भी कालान्तर में इससे जुड़ा। फिर सुविधाओं की वृद्धि हुई। आर्थिक स्थिति में विकास हुआ। अवकाश के अवसर बढ़ें। तब आनन्द के लिए परिभ्रमण होने लगा। ज्ञान की शाखाएँ बढ़ीं, विशिष्टता के क्षेत्र निर्धारित हुए। इसने भी इस क्रिया को बढ़ा दिया।

इस प्रकार पर्यटन के पीछे अनेक कारण दीखते हैं। सुविधा के लिए निम्न वर्गों में इसे विभाजित किया जा सकता है :—

1. आनन्द के लिए

(i) दैनिक जीवन की व्यस्तता और नियमित क्रिया से ऊब कर व्यक्ति चाहता है कि इस लीक से हट कर अपने थके दिमाग को विश्राम दे।

(ii) घर के वातावरण में रोज-रोज की उलझन, मागरिक तनाव, चिन्ता समस्याओं से छुटकारा पाकर वह कुछ समय शान्ति, मनोरंजन और विनोद को प्राप्त कर सके।

(iii) नई और उत्तेजक अनुभूतियों की प्राप्ति के लिए।

(iv) कुछ क्षण जीवन में सुख खरीदने के लिए कि अपनी रुचि के अनुसार आवास, भोजन और क्रियाएँ की जा सकें।

(v) सौन्दर्य प्राकृतिक स्थलों में आनन्द लूटने के लिए।

(vi) भौगोलिक प्राकृतिक स्थलों : ताल, तलैया, मरुभूमि, वन, समुद्रतट आदि को देखना।

2. शिक्षा हेतु

(i) दूसरे स्थानों में अपने ज्ञान के प्रसार के लिए।

(ii) दूसरों के ज्ञान से अपने को लाभान्वित करने के लिए। इसमें विद्वानों से मिलना, पुस्तकालयों में जाना, प्रयोगशाला और संग्रहालयों को देखना आदि सम्मिलित है।

(iii) यह जानने के लिए कि दूसरे स्थान के लोग किस प्रकार अपना जीवन चलाते हैं, उनकी क्रियाएँ क्या हैं ?

(iv) शैक्षणिक गोष्ठियों में भाग लेने के लिए।

(v) ज्ञान के विशेषीकरण के युग से जहाँ जिस विशिष्ट ज्ञान की शाखा में अधिक विकास हुआ है वहाँ जाकर उसको सीखने के लिए।

(vi) प्राविधिक और औद्योगिक शिक्षा के उपयुक्त स्थानों में जाकर नई-नई जानकारी प्राप्त करने के लिए।

3. सांस्कृतिक कारण

(i) उत्सवों और त्योहारों को देखना तथा अपने देश की परम्पराओं को उससे जोड़ना जैसे अभी भारत में हुआ था रूस महोत्सव और रूस में भारत महोत्सव। इसी उद्देश्य से अब तक भारत ने कई बार विभिन्न देशों में अपना महोत्सव मनाया है।

(ii) सांस्कृतिक केन्द्रों, उत्खनन-स्थलों, प्रसिद्ध स्थानों, मन्दिरों, भवनों, मूर्तियों तथा कला के प्रकारों को देखना, परम्परागत नृत्य, संगीत आदि का आनन्द।

(iii) लोक परम्पराओं और लोक संस्कृति और कला की ओर आकर्षित होकर जैसे जनजातीय नृत्य, दक्षिण की शृंगार परम्परा, आदिवासियों का गायन आदि।

(iv) धर्म प्रचारकों की जन्मस्थली, स्मारक केन्द्र आदि देखना।

(v) विभिन्न बड़े नगरों में मनाये जाने वाले महोत्सवों को देखना जैसे लखनऊ महोत्सव आदि।

4. रक्त सम्बन्धी कारण

(i) अपने पूर्वजों के आवास स्थलों को देखना।

(ii) दूर रहने वाले कुल तथा सम्बन्धियों से मिलना।

(iii) मित्रों एवं परिचितों की ओर आकृष्ट होना।

5. अन्य कारण

(i) लोगों के बीच डींग हाँकना कि मैंने अमुक-अमुक स्थानों की यात्राएँ की हैं।

(ii) स्वास्थ्य में सुधार के लिए अस्वस्थ लोग पर्यटन केंद्रों में जाते हैं जैसे टी० वी० के मरीज पहले भारत में भुआली, नैनीताल आदि जाते थे। आज कठिन रोगों के उपचार के लिए लोग बड़े शहरों के मेडिकल कॉलेजों, मिशनरी अस्पतालों तथा विदेशों में जाते हैं।

(iii) ऋतु परिवर्तन तथा ऋतुओं की विभीषिका से बचने के लिए पर्यटन किया जाता है। इसी से लोग गर्मी के दिनों में ठंडे स्थानों में सुविधा हेतु चले जाते हैं।

(iv) खेल-कूद में भाग लेने के लिए अपने घर से बाहर देश-विदेश का परिभ्रमण करते हैं। प्रायः प्रत्येक राष्ट्र के दल दूसरे देशों में घूम-घूम कर खेल खेलते रहते हैं।

(v) साहसिक उद्देश्य से भी यात्राएँ की जाती हैं, जैसे पहाड़ पर चढ़ना, समुद्र में घूमना आदि।

(vi) उन स्थानों पर जाना जहाँ घर की अपेक्षा जीवन अधिक सस्ता और सरल होता है।

(vii) कुछ लोग आज की धमाचौकड़ी से ऊब कर घर से निकल पड़ते हैं। हिप्पी समुदाय जो विश्व में सर्वत्र फैला है इसी का एक जीता-जागता उदाहरण है। भ्रमण इनके जीवन का अंग बन गया है।

(viii) बाहर के देशों में धंधा लगाने के लिए साहसी व्यक्तियों द्वारा यात्राएँ की जाती हैं।

(ix) अवकाश का समय बिताने के लिए तथा सरकार के भ्रमणार्थ योजना का लाभ उठाने के लिए भी ऐसा करते हैं। इसी से LTC की योजना सरकार चलाती है कि कर्मचारियों की कार्यक्षमता बढ़े। इसी प्रकार ग्रामीणों के लिए भारत दर्शन की योजना तथा विलेज आन ह्वील्स चलाई गई है।

पर्यटन की प्रेरक शक्तियाँ

पर्यटन की प्रेरक क्रियाएँ समय-समय पर परिवर्तित होती रही हैं। जो तत्व अतीत में इसके प्रेरक थे वे अब नये आयाम में अपने साथ बहुत कुछ नवीन पक्षों को जोड़ लिये हैं। इसका कारण है बढ़ती माँग और नयी परिस्थितियों का इसके साथ आना।

प्राचीन विश्व में पर्यटन के मूलतः तीन प्रेरक तत्त्व थे – (1) व्यापार और वाणिज्य, (2) धार्मिक भावना तथा (3) राजनीतिक स्थितियाँ। प्रायः व्यापारिक उद्देश्य से एक स्थान से लोग दूसरे स्थान की यात्राएँ करते थे जो अपने काफिले पर सामान लाद कर वहाँ जाते थे और वहाँ उसे बेचकर फिर वहाँ का सामान लेकर वापस आ जाते थे। पश्चिमी एशिया चीन आदि बहुत से लोग भारत में बौद्ध स्थलों की यात्रा करके, बौद्ध क्षेत्रों को देखने और इस धर्म के सम्बन्ध में ज्ञान प्राप्त करने यहाँ आते थे। उनकी यात्रा विभिन्न देशों से होकर होती थी जहाँ वे ठहरते और वहाँ की सांस्कृतिक विरासत का ज्ञान प्राप्त करते थे। तीसरे राजाओं के दरबार में दूत बनाकर युद्ध के काल में सैनिक के रूप में, उनके साथ दर्शनिक और इतिहासकार भी एक देश से दूसरे देश आते-जाते रहते थे। इन तीनों कारकों में दो शक्तियाँ कार्य करती थीं – एक प्रशासकीय सत्ता होती थी जो अपने देश के जन और प्राकृतिक संसाधनों को सचल रखना चाहती थी कि उसकी कीर्ति और गरिमा बढ़े तथा दूसरे यह एक धार्मिक प्रतीक था जो लोगों के बीच चुम्बकत्व की शक्ति का कार्य करता था। धर्म के प्रचारार्थ, धर्म सभाओं में सहभागिता हेतु, धर्म सम्बन्धी ज्ञान की गुत्थी सुलझाने, धर्म ग्रंथों को अपनी भाषा में अनुवादित करने, धर्माचार्यों को अपने देश में आकर्षित करने आदि अनेक कारणों से जनसंख्या का अल्पकालिक संतरण एक देश से दूसरे देश तक होता रहता था। उत्सवों और मन्दिरों का दर्शन इस विधा का प्रमुख कारक था। ये स्थल धर्भ के साथ व्यापारिक केन्द्र, विद्यालय तथा ठहराव स्थलों का कार्य करते थे जिस कारण यात्रियों के जमघट के स्थल होते थे। धातुएँ एवं खाद्य पदार्थ भी सर्वत्र सभी कुछ पैदा न होने से विभिन्न देशों से उसे दूसरे देशों में आयात किया जाता था। इससे भी गात्रियों की बड़ी संस्था तब भ्रमण में करती थी। पर इसमें कमी रहती थी क्योंकि तब बैल-गाड़ियाँ से, काफिले या कुछ अन्य साधन यात्रा के मुख्य कारण थे। फिर भी इनके साथ युवा वर्ग उत्सुकता और वृद्ध वर्ग काल्पनिक भावना के कारण तब बाहर की यात्रा के लिए सम्मिलित हो जाते थे। इसी से यह कहना अधिक सही प्रतीत होता है कि प्राचीन विश्व में पर्यटन व्यापार के संसाधनों के माध्यम के सहारे विकसित था।

मध्यकाल में भी कुछ ऐसा ही था। वहाँ भी धर्म, राजनीतिक इकाइयाँ और व्यापार यात्रा के प्रेरणा स्रोत थे। तब धार्मिक और राजनयिक सम्बंध विदेशों से स्थापित होता था जिसके कारण यात्राएँ अधिक होती थी। इसके लिए राज्य की ओर से सराएँ बनी होती थी जहाँ यात्री ठहरते थे और सरायों के व्यवस्थापक उनको आगे की यात्रा सम्बन्धी ज्ञान देते थे।

आधुनिक काल में 18वीं तथा 19वीं शती में यात्रा की नई सुविधाओं ने यात्रा को अधिक प्रेरित किया। अब रेल, जलयान, वायुयान आटोमोबाइल आदि की सुविधाएँ तथा उनमें अधिक सुख की व्यवस्था, सस्ता किराया, सुरक्षा, सूचना के नये स्रोत, समन्वित सुविधाओं आदि के कारणों से अब लोग परिवार के साथ यात्रा करने लगे। साथ ही यात्रा के नये आयाम भी इस समय खोजे गये जैसे प्राकृतिक दृश्य वाले स्थल, समुद्रतटीय आनन्दायक केन्द्र, पहाड़ों पर स्केइंग वाले स्थान आदि जिसके कारण युवा पीढ़ी के साथ वृद्ध लोग भी जो जीवन की

नीरसता से ऊब चुके होते हैं बदलाव के लिए यात्रा करने निकल जाते है। इसके साथ शारीरिक स्वास्थ की सुरक्षा, स्वास्थ्यप्रद प्राकृतिक स्थल, शैक्षणिक संस्थाएँ, सुन्दर इमारतें, शान्त स्थल आज पर्यटकों के प्रेरणाकेन्द्र बने हैं। विदेशों में समुद्रतटीय यात्री आवासों की बढ़ती संख्या इसका प्रमाण है कि समुद्र, वालुका स्थल और सूर्य की किरणों की ललक वहाँ की यात्रा का आज प्रमुख प्रेरणा स्रोत बना है। भारत में भी ऐसी तटीय क्षेत्रों का विकास पर्यटकों के लिए किया जा रहा है। इस समय प्रेरणा का एक दूसरा क्षेत्र विकसित हुआ है वह है समूह में यात्रा करना। इसके कारण यात्रा और ठहराव के लागत में बहुत अधिक कमी आई है।

अब सरकारी सहयोग, पर्यटन कार्यालय खोलना, ठहराव स्थलों की वृद्धि, उद्यमियों द्वारा दिये जाने वाली प्रेरणा, बैंकों द्वारा उपलब्ध कराये जानेवाली यात्रा हेतु आर्थिक सुविधायें, औद्योगिक विकास के कारण उभरे नये आयाम, वन्य जन्तु शालाओं की व्यवस्था, संग्रहालयों की सुविधा, महोत्सवों का आयोजन, स्थानीय धार्मिक तथा सामाजिक उत्सवों में सहभागिता, विभिन्न पर्यटन संगठनों की स्थापना जिनसे यात्रियों की सुविधायें बढ़ी हैं, नई खोजों द्वारा पर्यटन की दिशा में दर्शक की रुचि और आय के अनुसार दर्शनीय स्थानों की योजना या समूह के संगठन बनाने आदि ने पर्यटन को बहुत अधिक बढ़ावा दिया है।

इसके पीछे सामाजिक रुचि से अधिक प्रभावक है सरकारी तंत्र की प्रेरणा। सरकारी तंत्र की प्रेरणा के पीछे कारण है बढ़ती जनसंख्या के नौकरी की समस्या। बहुत हद तक यह इससे सुलझ जाती है तथा विदेशी मुद्रा जो देश के विकास के लिए आवश्यक होती है वह बड़ी मात्रा में विदेशी यात्रियों के आगमन से देश को प्राप्त होती है। साथ ही देश की सांस्कृतिक विरासत का बिना प्रयास प्रसार होता है और बिना कुछ विशेष अपना नुकसान किये या लगाये एक अच्छे आय के स्रोत के रूप में इसका महत्त्व है।

लीग ऑफ नेशन्स ने इसके विकास की दिशा में दो महत्त्वपूर्ण पदों की ओर इंगित किया है – आर्थिक महत्त्व और अन्तरराष्ट्रीय क्षेत्र में अधिक पैठ का होना। इसी से विश्व संगठन ने इसमें आने वाली अनेक बाधाओं को दूर करने का भरसक प्रयास किया है। इसकी बढ़ती स्थिति के कारण ही कहा जाता है कि आधुनिक पर्यटन विस्फोट (an explosion) रूप में अन्तरराष्ट्रीय स्तर पर पहुँच गया है। ऐसा नहीं है कि पुरातन प्रेरणा के स्रोतों से इसमें बहुत कुछ ये स्रोत जुड़े हैं, पर जुड़ी हैं सुविधाओं की नई विधाएँ जैसे – पुरासामग्रियों की खोज, जोखिम की प्रवृत्ति, विचित्र को देखना आदि जिसके कारण इसका रूप बहुत कुछ बदला सा दीखता है। जो कभी कुछ लोगों की रुचि थी वह आज समूह की रुचि बन गया है। इसके कारण सरकारों को ज्ञानियों द्वारा नई खोजें कराने की आवश्यकता पड़ गई है।

पर्यटन उद्योग

1841 से 1918 ई० के बीच पर्यटन एकाकी या पारिवारिक न होकर समूहगत क्रिया के रूप में विकसित हुआ। यह किसी एक वर्ग के लोगों द्वारा या उनके सहयोग से विकसित क्रिया मात्र नहीं रह गया जिसमें कुछ निश्चित स्थानों में पर्यटक जाते थे आनन्द, स्वास्थ, सम्पत्ति, धार्मिक या राजनीतिक कारणों से। अब ऐसे अनेक उद्देश्यों के साथ व्यस्त जीवन से ऊबा मानव उद्योगों की आपाधापी से कुछ काल के लिए छुटकारा पाने हेतु अवकाश का समय निकाल कर तथा थोड़ी बचत कर यात्रा के लिए निकल जाता है। यह एक समूह में यात्रा करता है। यात्रा व्यवस्थापक आगे आकर अनेक सुविधाएँ समूह को उपलब्ध कराता है जिसमें उसको सामूहिक व्यय में एक अच्छी भागीदारी प्राप्त हो जाती है। इसी से कहा जाता है कि *Modern tourism is mass tourism.*

जब कोई कार्य आर्थिक आधार पर केन्द्रित कर बड़े पैमाने पर किया जाता है जो वह उद्योग का दर्जा ले लेता है। जब तक पर्यटन का स्वरूप छोटा, एकाकी या कुछ परिवारों तक सीमित था तब तक इसे उद्योग नहीं माना जाता था। पर आज विश्व के प्रत्येक देश से बड़ी संख्या में पर्यटक बाहर निकल कर दूर देशों की यात्राएँ कर अपने ज्ञान बढ़ाने, मानसिक तनाव को कम करने, अनेक प्राकृतिक दृश्यों को देखने, उत्सवों में भाग लेने के लिए यात्रा करते हैं। इनकी यात्रायें समूहों में होती हैं। ये पर्यटन स्थलों के क्रेता कहे जा सकते हैं।

किसी भी उद्योग के लिए उससे आर्थिक क्रिया का सम्बन्ध आवश्यक है जिसमें क्रेता और विक्रेता दोनो हों। इसमें विक्रेता क्रेता को आकर्षित करने के लिए अनेक उपाय करता है यथा सैंपल, प्रचार, सुविधाएँ, उपयोगिता, सहकारिता, आर्थिक सहयोग आदि। दोनों के बीच सौदा तय होने पर क्रेता-विक्रेता को पैसा चुकता कर या चुँकता करने का वायदा कर सामान ले जाता है। इसका परिणाम होता है कि सामानों की बिक्री बढ़ती जाती है और इसे अधिक बढ़ाने के नवीन उपायों का सहारा लिया जाता है, साथ ही बाजार का भी विस्तार किया जाता है। इसके लिए विचौलियों का सहयोग लिया जाता है साथ ही किसी भी उद्योग में एक लम्बी श्रमिक इकाई लगती है तथा एक साहसी होता है जो आर्थिक सहयोग देकर उद्योग को बढ़ाता जाता है।

यदि इन सभी मानदण्डों को ध्यान में रखा जाय तो ये सारे के सारे तत्त्व पर्यटन के साथ खरे उतरते हैं। बल्कि पर्यटन उससे भी कुछ आगे बढ़कर कम मूल्य के द्वारा आधिक कमाऊँ है जिसमें उत्पादन का स्थानान्तरण नहीं होता बल्कि वह अपने स्थान पर ही सदा बना रह कर कमाता रहता है। इसमें लागत बहुत कम होती है। इसमें व्यय केवल सुरक्षा, सुविधा जुटाने, प्रचार-प्रसार आदि के जुटाने में होती है जबकि आगन्तुक वहाँ आकर विभिन्न श्रमिक संगठनों से जुड़े लोगों पर बहुत अधिक व्यय करता है। एक प्रकार से कहा जाय तो यह शुद्ध रूप से लाभ का व्यापार है जिसमें मजदूरों, दुकानदारों, ठहराने वालों, यातायात की सुविधा से जुड़े लोगों आदि को जहाँ अप्रत्यक्ष रूप से लाभ होता है वहीं सरकार को अनेक रूप से प्रत्यक्ष और अप्रत्यक्ष करों, संसाधनों के किराये, व्यवस्था पर आये विशेष आय, रोजगार के अवसरों को प्रदान करने की सुलभता आदि का लाभ मिलता है। साथ ही देश की सांस्कृतिक-धरोहर इन्हीं के पैसों से परिरक्षित रहती है और इसका प्रसार भी वे स्वयं ही बाहर के देशों में करते हैं। साथ ही सरकारी दूकानों से बड़ी मात्रा में वहाँ के फोटो, कास्ट आकृतियाँ, एलबम, कैसेट आदि की बिक्री होती है। इस प्रकार आज पर्यटन एक उद्योग का रूप धारण कर लिया है।

यह अपने में एक अकेला उद्योग न होकर एक समग्र क्रिया के रूप में उद्योग है जिसमें अनेक अन्य क्रियाओं के जुटने से इसे समन्वित या मिलाजुला उद्योग (composit industry) कहा जाता है। पर्यटन का उद्देश्य तब तक पूरा नहीं होता जब तक इसमें अनेक तत्वों का सहयोग नहीं होता। ये अन्य तत्व है ठहराव, भोजन, सुरक्षा, व्यवस्था, संचार-साधन, ज्ञान और प्रचार के माध्यम, बैंक, सेवकों की सेवाएँ, पर्यटन से जुड़े एजेण्ट और एजेंसियों का सहयोग आदि। इन सबका विकास पर्यटन में अलग-अलग होता है और पर्यटन का विकास इनके समुचित सहयोग से होता है। इनके बिना न पर्यटन संभव हो सकता है और न पर्यटन के अभाव में इनको वह सहायता मिल सकती जिसके सहारे आज ये इतने विकसित हो रहे हैं। इसलिए समन्वय पर्यटन की एक मूलभूत विशेषता है। इनके अभाव में इसका होना सम्भव नहीं है।

यह उद्योग इसलिए है कि इसमें पर्यटन सम्पदा का क्रय-विक्रय होता है तथा उसका उत्पादन पर्यटक (क्रेता) के अनुसार बढ़ाया तो नहीं जा सकता पर उसके बढ़ाने का अवसर पैदा किया जा सकता है कि क्रेता पर्यटक उससे आकर्षित और संतुष्ट हो। पर संतुष्टि के लिए आवश्यक है सहयोगी क्रियाओं का समुचित रीति से समन्वित होना।

उदाहरण के लिए जब भी कोई व्यक्ति यात्रा प्रारम्भ करेगा तो उसके पूर्व यात्रा की व्यवस्था हेतु सामानों का क्रय करेगा। फिर निर्धारित तिथि को वाहन की सहायता लेकर स्टेशन तक पहुँचेगा। जिस वाहन से जाता है उससे सामान उतार कर कुली से गाड़ी पर सामान पहुँचवायेगा। टिकट की व्यवस्था यदि पैकेज टूर द्वारा हुई हो तो एजेण्ट का पहले ही उसे सहयोग लेना पड़ा होगा अन्यथा वह स्टेशन से टिकट खरीदेगा। यात्रा के बीच चाय-पान-भोजन आदि की व्यवस्था पर खर्च करेगा। फिर गन्तव्य स्थान पर पहुँचकर वह कुली से सामान उतरवाकर वाहन द्वारा होटल ले जायगा। वहाँ ठहरने पर नाई, धोबी, दर्जी, मोची, पान आदि की दुकानों पर अपनी व्यवस्था कराने पर व्यय करेगा। टूरिस्ट ब्यूरों से सम्पर्क कर पर्यटन स्थलों के लिए गाइड और सवारी लेगा। वहाँ जाकर जहाँ टिकट आदि देना है उसे देकर आनन्द और सहजता का अनुभव करेगा। यादगार के रूप में पोस्टकार्ड, फोटो, एलबम, प्रतिभूतियाँ आदि खरीदेगा, खान-पान तथा ठहराव पर व्यय करेगा। कुछ पसन्द की चीजें भी परिवार के लिए खरीदेगा जिसमें कीमत के साथ सरकारी टैक्स भी उसे देना होगा। ऐसे ही व्यय करते आगे बढ़ते वह उसी क्रम में अपने घर लौटे आयेगा। इस प्रकार प्रत्येक इकाई जहाँ से वह इस यात्रा में जुड़ेगा वह पर्यटन का आनुषंगिक (associate) होगा।

इससे ज्ञात होता है कि पर्यटन एक अकेली क्रिया नहीं है। यह एक समन्वित क्रिया है जिसमें एक साथ बहुत से लोग विभिन्न कार्यों में जुटे रहकर जीविका चलाते हैं। इस दौरान पर्यटक को अधिक व्यय करना पड़ता है क्योंकि परदेशी होने के कारण वह वहाँ की रीति-नीति से अपरिचित होने के कारण मुँहमाँगा पैसा देता है। इसमें वह ठगा जाता है। पर इसका वह अनुभव नहीं करता क्योंकि उसका उद्देश्य ही होता है पैसा खर्च कर आनन्द प्राप्त करना।

पर्यटन क्षेत्र

उपर्युक्त विवरण से स्पष्ट हो गया होगा कि पर्यटन एक संस्लिष्ट क्रिया है। यद्यपि एक थोड़े से समय के लिए इसमें बाहर जाना पड़ता है पर यह व्यक्ति की व्यवस्था को उतने समय के लिए तोड़ देता है। इसका कारण है उस समय व्यक्ति को अपने और बाहरी संसार से जहाँ वह जाता है उसके बीच तालमेल रखना पड़ता है। इसके बनाये रखने के लिए उसे अनेक एजेंसियों का सहारा लेना पड़ता है जिसमें उसको पर्याप्त धन व्यय करना पड़ता है। इससे स्पष्ट है कि इसमें यात्री को एक बड़ी संख्या में एजेंसियों का सहयोग लेना पड़ता है कि उसकी सभी आवश्यकताओं की पूर्ति इनके माध्यम से हो सके।

यह उद्योग राष्ट्रीय आय की वृद्धि का सबसे महत्त्वपूर्ण साधन है। यात्री के लिए सरकारी तंत्रों और व्यक्तिगत तंत्रों को अनेक प्रकार की व्यवस्थाएँ करनी पड़ती है कि यात्री को कोई कष्ट न हो तभी वह अपने देश लौट कर वहाँ इस व्यवस्था की प्रशंसा करेगा जिससे लोगों में यहाँ आने के प्रति रुचि बढ़ेगी तथा वह भी बार-बार लौटकर यहाँ आने को सोचेगा। इस व्यवस्था में बहुविधीय उद्योगों का समन्वय होता है जो यात्री की आवश्यकता पूर्ति को अपनी सामान्य क्रिया बनाते हैं। भारत में 1970 के दशक में पर्यटन को उद्योग का दर्जा दिये जाने के पक्ष में सरकार ने विचार प्रारम्भ किया जो पीछे स्वीकार कर लिया गया।

1973 में **IUOTO** के सम्मेलन में पर्यटन के निम्नांकित क्षेत्रों की ओर विशेष रूप से ध्यान आकर्षित किया गया :—

(1) धन की वृद्धि और हवाई जहाज के उड़ानों की सुविधाएँ

धन की वृद्धि संसार के विभिन्न भागों में हुई जिससे लोगों के दिमाग में अल्पकाल में विदेशी यात्रा की बात आई। इसके लिए उत्सुक लोगों के सहयोग हेतु हवाई जहाज के मार्ग, फेरा संख्या, क्षेत्र आदि में विस्तार किया गया। अब बड़ी जहाजों के द्वारा बड़ी मात्रा में पर्यटकों की एक स्थान से दूसरे स्थान ले जाने की व्यवस्था की गई। यह भी प्रयास हुआ कि क्रमशः इनके टिकट सस्ते होते जायँ। इसने समूह यात्रा के स्तर पर पर्यटन को ला खड़ा किया। इस कारण इसने धर्म, जाति, भाषा, निवास आदि के भेद को समाप्त कर यात्रियों की दृष्टि में विश्वजनीन मानव को स्वरूपित किया है।

(2) आर्थिक क्षेत्र

आज पर्यटन विश्व का सर्वाधिक विकसित उद्योग है। इसमें प्रतिवर्ष बढ़ोत्तरी होती रहती है, अगर परिस्थितियाँ बहुत असामान्य न हों। प्रतिवर्ष इसकी आय में 11% की वृद्धि आँकी गई है जो बड़ी उपलब्धि है। इससे बड़ी संख्या में कई हजार करोड़ लोग व्यवसाय में पर्यटन उद्योग से सीधे तथा अप्रत्यक्ष रूप से जुड़े हैं। सीधे से अभिप्राय है – होटल, पर्यटन गाइड तथा दूसरी सेवाएँ और अप्रत्यक्ष से अभिप्राय है विभिन्न प्रकार के यातायात, प्रचार, व्यवस्था आदि की एजेंसियाँ। पर अभी भी विकासशील देशों को इससे बहुत लाभ नहीं हो रहा है क्योंकि वहाँ यात्री सुविधाएँ अधिक नहीं है। फिर भी इसकी ओर थोड़ा अधिक धन व्यय कर धन कमाने का और अच्छा कोई दूसरा माध्यम नहीं है।

(3) सामाजिक क्षेत्र

इसके द्वारा जीवन पद्धति में एक अभूतपूर्व विकास होता है। सांस्कृतिक समन्वय का यह माध्यम है। सांस्कृतिक समन्वय ही विकास की वह सीढ़ी है जहाँ से देश प्रगति की ओर अग्रसर होता है। इससे पुरातन, दूषित परम्पराएँ जिसे 'सांस्कृतिक ठेस' (Culture sock) कहा जाता है जिनमें मान्यताएँ, विश्वास, रूढ़ियाँ, संदेह आदि का बंधन होता है वह टूट जाता है। अधिक विदेशी यात्रियों के आने से अन्तरराष्ट्रीयता का भाव जाग्रत होता है।

(4) वातावरण के क्षेत्र

इसके कारण जो शान्त क्षेत्र थे वे आज भीड़-भाड़ से भरे हैं। जहाँ रमर्णीय वन्य प्रदेश थे वहाँ चौड़ी सड़कें निकाली गई हैं। जहाँ शान्त खड़े पर्वत थे उनकी ढालों पर सुन्दर होटल बनाये गये हैं, जहाँ यात्रियों के आवागमन ने उनकी नीरवता और एकान्त साधना को लूट लिया है। भले ही सत्य है कि जो प्राकृतिक रूप से स्वच्छ थे अब उन प्राकृतिक अंचलों को यात्रियों ने गंदा कर दिया है। इनके कारण वन्य प्राणी जहाँ स्वच्छन्द विहार करते थे वे अब वहाँ लोगों के आवागमन से भयभीत हो स्थान छोड़कर भागने लगे हैं। इस कारण यात्री पीढ़ी के लिए इसने समस्या खड़ा कर दिया है। पर इस ओर सचेत रहकर इसे बचाया जा सकता है। इसके लिए आवश्यक है कि जो इमारतें हम बना रहे हैं उनका स्वरूप ऐसा न हो कि वे वहाँ का प्राकृतिक सौंदर्य ढक लें। जो स्थान ठहरने या भवनों के लिए चुनें वह नीचे के भाग में होने से ऊपर का सौंदर्य तथा वन्य जन्तुओं के विहार पर कोई प्रभाव नहीं पड़ेगा। इसलिए इन सभी तथ्यों को समक्ष रखकर खुली आँख से देखकर पर्यटन क्षेत्र को बढ़ावा देने की बात सोचनी चाहिए। इसको पर्यावरण पर्यटन (Eco-tourism) का नाम दिया गया है।

यहाँ Eco का अर्थ Ecology (पर्यावरण) से है। आज प्रत्येक पर्यटन क्रिया में इनका ध्यान रखा जाता है। इसी को ध्यान में रखकर वन्य भूमि नियम, वन्य प्राणी नियम सरकार ने बनाया है कि प्रकृतिदत्त पवित्रता सामाप्त न हो जाय। साथ ही पार्क तथा सैंक्चुअरी विकास का कार्य सरकारों ने अपने हाथ में लिया है।

(5) पुरासम्पत्ति सुरक्षा क्षेत्र

भारत में पुरासम्पत्ति की कमी नहीं है पर कमी है उसके सुरक्षा व्यवस्था की। जहाँ प्राचीन स्मारक अधिनियम संरक्षण का पट्ट लगाया भी गया है वहाँ किसी प्रकार की समुचित सुरक्षा व्यवस्था का सर्वथा अभाव है। 1972 में विश्व के पुरास्मारकों के विषय में UNESCO ने विश्व की सांस्कृतिक और प्राकृतिक विरासत की सुरक्षा का एक प्रस्ताव रखा जिसका उद्देश्य था – (1) पुरास्थलों और स्मारकों को परिभाषित करना, (2) सहयोगी देशों के पुरास्थलों और स्मारकों की सूची बनाना, (3) इनकी सुरक्षा की व्यवस्था करना तथा सभी देशों के बीच सह-सम्बन्ध विकसित करना कि वहाँ के लोग ऐसे स्थलों और स्मारकों की सुरक्षा, मरम्मत और संरक्षण प्रदान करें। इसी परिप्रेक्ष्य में 18 अप्रैल को COMOS ने World Heritage Day मनाया। भारत में भी प्रत्येक वर्ष 9 नवम्बर को यह मनाया जाता है कि देश का युवा वर्ग अपनी प्राकृतिक और सांस्कृतिक सम्पदा की सुरक्षा का व्रत ले एवं उसकी ओर जागरूक रहे।

(6) पर्यटन क्षेत्रों की योजना

प्रत्येक देश किन्हीं विशेष प्रकार के क्रियाओं, स्थलों, इमारतों, धर्मों तथा दर्शनीय स्थलों के लिए प्रसिद्ध है। वहाँ लोग उन्हें देखने जाते हैं। पर सबके पास न इतना समय होता है और न पैसा कि उन्हें एक साथ देख सकें। इसलिए पर्यटन व्यवस्था से जुड़े लोगों का उद्देश्य होता है कि एक दिशा के ऐसे क्षेत्रों के लिए पर्यटन की छोटी-बड़ी योजनाएँ बनाना कि कम तथा अधिक पैसे वाले लोगों को वहाँ ले जाने में सुविधा हो कि वे सीमित समय और पैसे में अपने यात्रा के उद्देश्य का कोई अंश पूरा कर सके। ऐसे क्षेत्रों को एक पर्यटन क्षेत्र इकाई (Tourist-circuit) कहते हैं। भारत में बौद्ध स्थलों, जैन-स्थलों दक्षिण भारत के समुद्रीतटीय स्थलों आदि के संदर्भ में ऐसी इकाइयाँ बनाई गई हैं। ऐसा हर देश में किया जाता है।

[स] पर्यटन की प्रकृति

पर्यटन की विशेषताएँ

आज पर्यटन एक बहुविधीय क्रियाओं का संयोजन है। इसकी ओर समाज की रुचि विभिन्न उद्देश्यों और कारणों से बढ़ी है तथा बढ़ रही है। इसके पीछे मूल उद्देश्य है कार्य से थकने के बाद अवकाश के समय का आनन्द के लिए उपयोग कि नई शक्ति प्राप्त कर पुनः कार्य को अधिक क्षमतापूर्वक किया जा सके। इस आनन्द की प्राप्ति घर में नहीं हो सकती क्योंकि सामने वे ही समस्याएँ और परिस्थितियाँ यहाँ उठती रहेंगी। इसलिए मन को उस ओर से बिल्कुल दूर रखने के लिए आवश्यक है कि कुछ समय के लिए व्यक्ति अपना न्यवसित स्थान छोड़ कर अन्यत्र आनन्द की अनुभूति के लिए अवकाश के दिनों में चला जाय चाहे अपने ही देश में। पहले ऐसा करना अत्यन्त दुरूह था क्योंकि न साधन सुलभ थे और न ऐसे स्थल थे जहाँ बिना श्रम के घर के बाहर निकलकर व्यक्ति घर की तरह सुविधा का आनन्द उठाता यात्रा कर सके। इसलिए आज पर्यटन एक आनन्द और अवकाश के समय के सदुपयोग का अत्यन्त सहज माध्यम बन गया है।

पर्यटन में घर से बाहर निकलने वाला व्यक्ति एक निश्चित समय के बाद पुनः घर में लौट आता है। वह बाहर न अपना आवास बना सकता है और न स्थायी रूप से ठहर सकता है। वहाँ उसका ठहराव अत्यन्त अल्पकालिक होता है पर 24 घंटे का कम-से-कम होना आवश्यक है। इससे कम ठहरने वाला पर्यटक नहीं भ्रमणकर्ता कहा जाता है।

इसके लिए आवश्यक है कि वहाँ रहकर कोई आर्थिक क्रिया वह नहीं करेगा न एक लम्बी अवधि तक रुक कर कोई कार्य करेगा। इसी से वहाँ रहकर पढ़ने वाले विदेशी छात्रों को पर्यटक की श्रेणी से बाहर रखा गया है। बल्कि पर्यटक के लिए आवश्यक शर्त है कि पर्यटन में वह अपने घर के कमाए पैसे को पर्यटन स्थल में व्यय कर आनन्द प्राप्त करे। इसीलिए व्यवसाय के लिए गए हुए व्यक्ति भी इस कोटि के बाहर रखे जाते हैं।

एक पर्यटक जब घर से बाहर निकलता है तो वहाँ वह एक लम्बी व्यवस्था में लगी क्रियात्मक संस्थाओं का लाभ प्राप्त करता हुआ आनन्द से समय बिताता है। ये संस्थाएँ हैं–होटल, भोजनालय, यातायात, बैंक, बाजार आदि। पर इनसे इसका सम्बन्ध अल्पकालिक होता है। वहाँ से हटते ही इनसे इसका सम्बन्ध अल्पकालिक होता है। वहाँ से हटते ही इनसे इसका सम्बन्ध टूट जाता है और फिर अपने न्यवसित स्थान पर आकर अपनी दिनचर्या में वह जुट जाता है।

एक अवकाश बिताने वाले पर्यटक को Holiday Maker कहा जा सकता है। इसमें घर से बाहर कदम रखते वह पैसा खर्च कर आनन्द उठाना शुरू करता है जैसे–रेल, कार, हवाई जहाज आदि का टिकट खरीदने, ठहरने, खाने, दर्शनीय स्थानों पर जाने, खेल आदि में भाग लेने, वहाँ धोबी, मोची आदि की सेवाओं का उपयोग करने, यात्रा के लिए उपयोग की गई एजेंसियों, एजेण्टों आदि को कमीशन और फीस देने, पत्र-पत्रिकाओं, सिनेमाघरों, सांस्कृतिक और प्राकृतिक स्थलों का आनन्द लेने आदि अनेक कार्यों के लिए। इसमें अपने देश का पैसा जिसे वह कमाया होता है, उसे दूसरे स्थान के विभिन्न स्रोतों जैसे होटल, यातायात; दुकानदारों में व्यय करता है। इस प्रकार पर्यटन विविध सम्बन्धों का एक समन्वित रूप होता है।

इसके दो प्रमुख तत्त्व हैं घर छोड़कर बाहर जाना और वहाँ ठहरना। इस प्रकार सामान्य न्यवसित जीवन के क्रियाकलाप से भिन्न समय का यह जीवन होता है। इस प्रकार सामान्य जीवन से पर्यटक का जीवन भिन्न होता है।

पर्यटन स्वैच्छिक क्रिया है जिसे पर्यटक स्वयं अपनी रुचि के अनुसार तथा अपने संसाधनों की उपलब्धता को ध्यान में रख कर करता है। इसमें न न्यवसित देश का और न आतिथेय देश का कोई बंधन होता है।

यह एक पारिश्रमिक विहीन आनन्दात्मक क्रिया है। जहाँ भी वह जाता है उसके लिए उसे पारिश्रमिक नहीं मिलता बल्कि वह स्वयं का पैसा व्यय करके जाता है और रहता है। वहाँ वह न नौकरी का या न व्यापार करने का उद्देश्य लेकर जाता है कि भविष्य में वहाँ से द्रव्योपार्जन की योजना उसके मन में हो।

एक मात्र यह सेवा सम्बन्धित क्रिया है। इसमें विभिन्न घटकों की सेवाएँ वह अपने प्रवास काल में उपभोग करता है। साथ ही जो घटक इससे सम्बन्धित हैं उनका भी उद्देश्य पर्यटकों को अपनी सेवा देकर धन कमाना होता है। इसके कारण पर्यटन वाले देश में सेवा और नौकरी के अवसर बढ़ जाते हैं तथा कमाई के स्रोतों का भी विस्तार होता है, जैसे–होटल, यातायात, समाचार माध्यम आदि।

यह मौसमी क्रिया होती है। जब जिस देश या स्थान का मौसम सुहाना होता है वहाँ लोग

उस समय वहाँ आने लगते हैं। भारत के मध्य भाग में जब गर्मी बहुत पड़ती है तो सैलानी पर्वतीय प्रदेश में चले जाते हैं। जब वहाँ वर्षा होने लगती है तो वे मैदानी भाग में चले आते हैं। जब अधिक ठंढक पड़ने लगती है तो लोग समुद्र तट पर चले जाते हैं। इस प्रकार भिन्न-भिन्न स्थानों पर वहाँ के मौसम के अनुसार पर्यटकों की भीड़ घटती-बढ़ती रहती है।

इससे आर्थिक संतुलन बने रहने में भी कुछ सहायता मिलती है। प्रायः पर्यटन स्थलों पर गरीबी, अशिक्षा, अज्ञानता रहती है क्योंकि वे स्थान घनी आबादी के क्षेत्र से दूर होते हैं। अतः वहाँ पर्यटकों के आने से प्रत्येक वर्ग को किसी-न-किसी प्रकार की आय होती है। इससे वहाँ गरीबी, बेरोजगारी आदि के निवारण का अवसर तो मिलता ही है साथ ही ये अधिक पैसे वाले अपना पैसा व्यय कर वहाँ की आर्थिक स्थिति कुछ तो उठा ही देते हैं।

आगन्तुकों के विचारों और प्रवृत्तियों का भी प्रभाव आतिथेय देश या स्थान पर पड़ता है। वहाँ भाषा, भेष-भूषा, व्यवहार का परस्पर आदान-प्रदान होने से दोनों एक-दूसरे से बहुत कुछ सीखते और प्रभावित होते हैं। देहाती लोगों द्वारा अपने बोल-चाल में विदेशी शब्दों का प्रयोग इसका प्रत्यक्ष उदाहरण है।

पर्यटन की प्रकृति

यह एक अवकाश आधारित क्रिया है जो विभिन्न अवकाशों के समय की जाती है। इसी का परिणाम है कि कार्य के दिन घटे हैं और अवकाश के बढ़े हैं। पर कार्य दिनों में कार्य समय बढ़ा है तथा कार्य क्षमता भी बढ़ी है। इसी कारण प्रत्येक नियोक्ता संस्था अपने नियुक्तों की कार्य-क्षमता बढ़ाने के लिए न केवल पर्यटन के लिए अवकाश देती है बल्कि कुछ आर्थिक तथा अन्य सुविधाएँ भी प्रदान करती है। जैसे सरकारी दफ्तरों में छुट्टी और धन दोनों Leave Travel Cash (LTC) देना। रेलवे द्वारा पर्यटन स्थल वाले स्टेशनों पर अपने कर्मचारियों के ठहरने हेतु अवकाश गृह (Holiday Home) बनाकर उनसे प्रतिदिन के लिए सस्ता किराया लेना आदि। इन्हें देखकर जीन फौर्स्टिक (Jean Faurastic) की यह भविष्यवाणी सत्य होते लग रही है कि सप्ताह में 34 कार्य घंटे होंगे। इससे क्षमता बढ़ने से कार्य में मात्रात्मक और गुणात्मक वृद्धि होगी।

पर्यटन ने द्वितीय विश्व युद्ध के बाद लेगों के जीवन स्तर को बढ़ाया है क्योंकि तबसे कार्य के बोझ से दबे व्यक्तियों ने पर्यटन को विशेष बढ़ावा दिया है। इस प्रकार युद्ध की विभीषिका के प्रभाव का दबाव दूर करने का प्रयास समाज ने खारिज किया है।

अवकाश के प्रकारों में भी वृद्धि होने से पर्यटन को बढ़ावा मिला है। अब तीन प्रकार के अवकाशों का प्रयोग होने लगा है :—

(i) दैनिक कार्यावधि के बाद का अवकाश—इसमें लोग टी० बी० तथा सिनेमा देखते, अनेक सायंकालीन खेल-खेलते, सामाजिक बैठकों में जैसे कीर्तन, प्रवचन आदि में भाग लेते, पुस्तकालय में जाकर पुस्तक और पत्रिकाएँ पढ़ते हैं।

(ii) सप्ताहान्त अवकाश—भारत के केन्द्रीय सरकारी नौकरी में सप्ताहान्त में दो दिनों शनि और रवि का अवकाश होता है। प्रान्तीय नौकरियों में माह के द्वितीय शनिवार को भी अवकाश रहता है। इसके पीछे कारण है कि दो दिनों के अवकाश का उपयोग छोटी यात्रा के लिए या थकावट दूर करने के लिए किया जा सके।

(iii) त्योहारों की छुट्टियाँ—प्रायः दशहरा, दिवाली, होली आदि त्योहारों में लम्बी छुट्टी दी

जाती है। स्कूल, कॉलेजों में दशहरा, दिवाली को मिलाकर एक माह के लगभग छुट्टी दी जाती है। इसी प्रकार क्रिसमस की छुट्टी भी लम्बी होती है कि छात्रों तथा सामान्य कर्मियों को पर्यटन का अवकाश मिल सके क्योंकि इस समय मौसम सुहाना होता है और सर्वत्र अपनी संस्कृति के अनुसार उत्सव का राग-रंग (पहनावा, पूजा, त्योहार मनाने की विधि, खेल-तमाशे, अच्छा भोजन आदि) बना रहता है। अतः पर्यटक को सब इकट्ठा देखने का, बिना प्रयास के अवसर मिल जाता है।

अब गैर सरकारी संस्थाएँ कम्पनियाँ तथा औद्योगिक प्रतिष्ठान भी अवकाश के समय बढ़ा रहे हैं कि उसको बिताकर नई बढ़ी कार्य-क्षमता से कर्मचारी कार्य दिनों में अधिक कार्य करेगा।

पर्यटन एक आर्थिक, भौतिक, सामाजिक तथा सांस्कृतिक क्रिया है। पर इसमें किसकी भागीदारी कितनी है आज का यह सबसे विवादित विषय है। इसका कारण है कि यह आकलन सम्भव नहीं है। प्रत्यक्ष रूप से आकलन में आर्थिक प्रभाव की ही प्रधानता दीखती है। दूसरी ओर अवधारणात्मक समस्या के कारण सामाजिक और सांस्कृतिक प्रभाव पीछे छूट जाता है।

पर्यटन अकेली क्रिया नहीं है बल्कि एक समन्वित क्रिया है। विभिन्न घटकों को मिलाकर पर्यटन का रूप बनता है। जैसा ऊपर देखा गया है यह अवकाश आधारित होता। बिना इसके यह सम्भव ही नहीं है। दूसरे यह सेवा आधारित होता है। जब तक अन्य वर्गों तथा क्रियाओं की सेवाएँ इसे न मिले यह हो ही नहीं सकता। इसके दूसरे सहयोगी हैं संचार-साधन। अनेक संचार माध्यमों का प्रयोग स्थानीय आवश्यकता और उपलब्धतानुसार इसमें सहायक होते हैं। सब जगह मोटरगाड़ी, हवाई जहाज या रेल का रास्ता तो है नहीं। कहीं इक्का, कहीं सग्गड़, कहीं बैलगाड़ी, कहीं टट्टू, पिट्ठू, झूला आदि का भी सहारा लेना पड़ता है। ये सभी साथ मिलने पर ही पर्यटक अपने गन्तव्य तक पहुँच सकता है। कुछ स्थान तो ऐसे हैं जहाँ इनका भी रास्ता नहीं है। वहाँ बस पाँव का या डोली का ही सहारा होता है। वहाँ ठहरने के लिए सभी जगह होटल नहीं होते। कहीं धार्मिक संस्थाओं की ओर से बनी कोठरियाँ, झोपड़ियाँ जैसे पहाड़ों के बीच सौंदर्य स्थलों पर बनी होती हैं उसी में रात बिताना पड़ता है क्योंकि नीचे फिर होटल तक आने में समय और पैसे का अपव्यय होता है। कुछ इतने दूर जनजातीय बस्तियों में ठहरने का स्थान ही उनका घर होता है जहाँ Paying guest के रूप में रहा जा सकता है। भोजन के लिए कहीं होटल, कहीं ढाबा, कहीं छोटी दूकानों का सहारा लेना पड़ता है। गन्तव्य तक जहाँ जाने का सीधा मार्ग नहीं होता वहाँ पहुँचने के लिए यात्री एजेण्ट, स्थानीय लोगों को साथ रखना पड़ता है जो रास्ता देखे हों, स्थान से परिचित हों तथा उसके विषय में बता सकें। जो लोग दूसरे देश के हैं उनको जानकारी के लिए समाचार माध्यमों, टी० वी०, पुस्तक, पुस्तिका आदि का सहारा लेना पड़ता है जिसमें प्रचार माध्यम, प्रेस आदि का सहयोग होता है। व्यवस्था, सुरक्षा तथा सुविधा के लिए सरकारी तंत्र का भी सहारा लेना पड़ता है। बाहर का पर्यटक वहाँ से चलकर अपनी सुविधा नहीं जुटा सकता। अतः सुविधा के लिए उसे Tour operators का सहयोग लेना पड़ता है जो पर्यटक की समय-सीमा, उसके देखने की उत्कण्ठा वाले स्थलों, पैसों की सीमा आदि को ध्यान में रखकर उसके लिए न केवल टूर प्रोग्राम बनाते हैं बल्कि उसके साथ होकर उसके पर्यटन में सहायता देते हैं।

पर्यटन विकास की परिस्थितियाँ

आज पर्यटन का विकास तेजी से हो रहा है। पहले ऐसा कुछ नहीं था। इसका कारण था कि लोगों के पास संसाधनों और ज्ञान दोनों की कमी थी। तब न पहिये वाली गाड़ियाँ

थीं न वैसी मुद्रा थी जिसकी पहचान विश्व के बाजार में हो। इसके साथ सुरक्षा की कमी थी। जंगलों, पहाड़ों, नदी तटों, एकान्त भागों से होकर जाना पड़ता था जिससे यात्री को अनेक परिस्थितियों का सामना करना पड़ता था। इसके उदाहरण जहाँ जातकों में है वही भारत में आने वाले विदेशी यात्रियों के यात्रा विवरणों में हैं। छुट्टी और कार्यभार ऐसा कुछ नहीं होने से पर्यटन आज के रूप में नहीं था। पर जब से सुविधाएँ जुटीं, विश्व सिमटा तब से पर्यटन शुरू हुआ। अतः इन दो वस्तुओं के आविष्कार-पहिया वाली गाड़ियों और सर्वमान्य मुद्रा के कारण पर्यटन को बढ़ावा मिला।

तब केवल धार्मिक स्थलों का ज्ञान था और उनके दर्शन की इच्छा से यात्रा होती थी। यदि दक्षिण-पूर्वी एशियायी देशों में व्यापार के लिए यात्राएँ हुई भी तो लोग वही बसकर व्यापार करने लगे जो पर्यटन की सीमा में नहीं लाता। पर अब अनेक कारणों ने घर छोड़ बाहर घूमने को मनुष्य को प्रेरित किया यथा – शिक्षा, गोष्ठियाँ, सम्बन्धियों से मिलना, समय बिताना आदि। इसके बढ़ते आयाम ने पर्यटन को बढ़ावा दिया।

ज्ञान के अभाव में मनुष्य अतीत में कूपमण्डूक था। पर अब समाचार प्रसार के अनेक साधनों ने देश-विदेश को आपस में ऐसा जोड़ा है कि सभी समाचार एक स्थान पर रहकर जाना जा सकता है। इसमें पत्र-पत्रिकाओं के साथ रेडियो, टेलीविजन, चलचित्रों आदि का सहयोग होने से लोग बाहर देखने और उसको जानने के लिए लालसा उठने की इच्छा ही आविष्कार की जननी होती है। इससे नये ज्ञान की इच्छा (To know) ने पर्यटन को बहुत अधिक बढ़ावा दिया है।

सामाजिक, आर्थिक और राजनीतिक स्थितियों में भी परिवर्तन आया। पहले लोग समुद्र पार जाने, दूसरे बिरादरी के साथ बैठ कर खाने, उनके छूने से परहेज करते थे। ऐसा करनेवाला व्यक्ति जाति से धर्मच्युत हो जाता था। आज अन्तर्जातीय विवाह, अन्ताभोज, धरती से आकाश की यात्रा करने को सम्मानजनक क्रिया माना जाता है। अब रूढ़ियाँ टूटी, बंधन कटे तो पर्यटन को गति मिली। ये सारे अवयव एक साथ मिलकर या अलग-अलग पर्यटन की उचित परि-स्थितियों के निर्माता हैं। इससे पर्यटन को बढ़ावा मिला और आगे इससे कहीं अधिक मिलेगा।

पर्यटन विकास के कारण

पर्यटन आज विश्व का एक विकसित उद्योग हो गया है। यह बड़ी द्रुतगति से बढ़ रहा है। इससे प्रत्येक देश को बड़ी मात्रा में आय होती है। भारत में तो आय की दृष्टि से उत्पादन उद्योग में इसका दूसरा स्थान है। विश्व के देशों में तो अब होड़ लगी है कि अधिक-से-अधिक पर्यटकों को अपने देश में आकर्षित किया जाय कि राष्ट्रीय आय की वृद्धि हो तथा सांस्कृतिक विकास भी हो सके। अतः इसके विकास के आयामों का आकलन निम्न परिवेश में किया जा सकता है :—

(1) अवकाश के दिनों में वृद्धि—पहले अवकाश के दिन संस्थाओं तथा कार्यालयों में कम होते थे। एक अंग्रेजी की कहावत थी, *"Reward of labour is more labour (परिश्रम का उपहार है और अधिक परिश्रम)."* पर इससे कार्य-क्षमता घटने लगी थी क्योंकि श्रम के बाद आराम की महत्त्वपूर्ण भूमिका होती है। इसी से प्रत्येक देश में कार्य के दिनों के साथ अवकाश के दिनों पर भी बल दिया जाने लगा है जिससे कार्य-क्षमता बढ़ सके। इसी सिद्धान्त पर भारत के केन्द्रीय सरकार के कार्यालयों में सप्ताह में पाँच दिन काम का और दो दिन अवकाश का, चालू किया गया है। कतिपय राज्य सरकारों ने भी इसका अनुकरण प्रारम्भ किया है।

अन्तरराष्ट्रीय श्रम संगठनों ने वर्ष में छः सप्ताह की वैतनिक छुट्टियों की बात 1949 में ही की थी। आज अनेक देश 3 सप्ताह की सवैतनिक छुट्टियाँ वर्ष में देते हैं। भविष्य में कार्य की गुरुता के साथ यह बढ़ती ही जायेगी। इसने पर्यटन को सुविधा प्रदान किया है।

(2) औद्योगिक विकास— उद्योगों के विकास से जहाँ पैसे की आमद बढ़ी है वहीं प्रदूषण भी बढ़ा है। अतः अनेक रोगों से लोग ग्रसित होते जा रहे हैं। इसलिए स्वास्थ्य को ठीक रखने, दवा कराने से छुटकारा पाने तथा पैसे के उपयोग के लिए पर्यटन को बल मिला है।

(3) नगरीकरण— पहले जनता गाँवों में रहती थी। वहाँ शुद्ध वातावरण था। आज पैसा कमाने के लिए सभी शहरों की ओर दौड़ पड़े हैं। शहरों में न पर्याप्त मकान हैं न भूमि। प्रत्येक इंच भूमि तथा गली-कूँचों में लोग किसी प्रकार रहकर पैसा कमाते हैं। यहाँ वे पशुओं की तरह जीवन बिताते हैं। इससे बढ़ती आबादी को धारण करने की क्षमता जब किसी स्थान की घटने लगती है तो वहाँ से लोग दूसरे स्थानों पर जाकर बसने लगते हैं। साथ ही वहाँ के निवासी भी अपने को स्वस्थ रखने के लिए, हवा-पानी बदलने के लिए, दूसरे स्थानों की यात्राएँ साल में करते रहते हैं।

(4) जीवन स्तर का उठाव— पहले लोग आर्थिक दृष्टि से विपन्न थे। आज प्रत्येक व्यक्ति सम्पन्नता की ओर बढ़ रहा है। वेतन बढ़ता जा रहा है। परिवार का स्वरूप घटता जा रहा है। अतः सुविधाओं पर व्यय करने के लिए पैसे की कमी नहीं है। विकसित देशों में बचत की अधिकता है। अतएव वे अपनी बचत का एक अंश आनन्दात्मक यात्राओं पर व्यय करते हैं।

(5) परिवहन साधनों के किराये में कमी— पहले परिवहन महँगा और कष्टकर था। यात्राएँ अनिश्चित और कठिन होती थीं। पर अब आरामदायक पर्यटन की व्यापक सुविधा उपलब्ध है। सुरक्षा और ठहराव की व्यवस्था सर्वत्र है। परिवहन के माध्यम अधिक विकसित हो गए हैं। इससे उनके भाड़े में भी पहले की अपेक्षा बहुत कमी आई है किरायों में विभिन्न श्रेणियों के लोगों को अनेक प्रकार की छूट और सुविधाएँ दी गई है। इससे लोगों में पर्यटन की रुचि को बढ़ावा मिला है।

(6) शिक्षा में विशेषीकरण— शिक्षा का बहुविधीय विकास होता जा रहा है। इससे आनुषंगिकों में विशेषीकरण की प्रवृत्ति बढ़ती जा रही है। नई खोजों और साधनों ने इसे विशेष बढ़ावा दिया है। इसके लिए साधन एवं उच्च निर्देशन हेतु लोग विशिष्ट स्थानों में अध्ययनार्थ जाते हैं। विशेषतः अध्ययन के लिए भी गर्म ऋतु में ठण्डे स्थानों में लोग लेखन काम पूरा करने के लिए जाते हैं। प्रायः बड़े लेखक गर्मियों में मसूरी में जाकर अपना कार्य पूरा करते हैं। इस संदर्भ में राहुल सांकृत्यायन, डॉ० भगवतशरण उपाध्याय के नाम विशेष उल्लेखनीय हैं।

(7) सांस्कृतिक विकास में रुचि— पुरातन सांस्कृतिक धरोहर को समझने तथा विकसित करने के प्रति लोगों में इधर रुचि जाग्रत हुई है। इसके लिए विश्व के सांस्कृतिक परिवेश तथा ज्ञान हेतु विदेशों की यात्राएँ बढ़ी हैं। सरकार भी इस दिशा में प्रयत्नशील है।

(8) प्रचार के माध्यमों में वृद्धि— प्रचार के विविध माध्यमों का प्रयोग पर्यटन स्थलों के प्रति आकर्षण उत्पन्न करने के लिए गैर सरकारी तथा सरकारी तंत्रों द्वारा किया जा रहा है। इससे आकर्षित होकर कुतूहलवश पर्यटन को बढ़ावा मिला है। इस संदर्भ में हम कश्मीर को ले सकते हैं। इसके सौंदर्य का इतना प्रचार किया गया है कि लोग इसकी ओर हठात् आकर्षित हो उठे हैं। वहाँ पर्यटकों की एक लम्बी भीड़ वर्ष भर लगी रहती है। इसी प्रकार आगरा

का ताज महल, बंगलौर का वृन्दावन गार्डेन, महाबलीपुरम् के रथ मन्दिर, जगन्नाथ की रथयात्रा आदि भी है।

(9) राजकीय सहयोग के कारण— सरकार ने पर्यटन को विकसित करने के लिए एक अलग पर्यटन विभाग ही खोल दिया है। इसका एक अलग मंत्रालय बनाया गया है। इससे न केवल पर्यटकों को आकर्षित किया जाता है अपितु पर्यटन स्थलों को विकसित करते हैं तथा पर्यटकों को सुविधाएँ उपलब्ध कराने की व्यवस्था की जाती हैं। साथ ही निरीक्षण, विपणन आदि नई क्रियाएँ, कार्यान्वित करने का प्रयास इसके द्वारा किया जाता है। यह सम्बन्धित विभागों यथा परिवहन आदि का समन्वय भी करता है। पर्यटकों को राज्य नियमों में सरलीकरण कर यात्रा कठिनाइयों से मुक्त कराता है।

पर्यटन विकास में बाधाएँ

पर्यटन को जिस गति से विकसित करने का प्रयास किया जा रहा है उस गति से अभी इसका विकास नहीं हो पा रहा है। इसके निम्न उत्तरदायी कारण हैं:—

(1) बड़ा परिवार— परिवार का आकार कुछ देशों में बहुत बड़ा है। छोटे बच्चों एवं परिवार के सभी सदस्यों को साथ लेकर यात्रा करना न सुखद है न सम्भव है। यदि कुछ सदस्यों को छोड़कर पर्यटन किया जाय तो आपसी तनाव होना स्वाभाविक है। परिवार का कर्त्ता जहाँ एक होता है वहाँ वह व्यय के बोझ से लदे होने के कारण इस अतिरिक्त भार को वहन नहीं कर सकता। साथ ही, अनेक पारिवारिक समस्याएँ भी इसके मार्ग में बाधक होती है जैसे अधिक बच्चों का होना जिनमें एक ही परिवार में कई आयु के बच्चों के कारण यात्रा का साहस जुटा पाना बड़ा दुःसाध्य लगता है जैसे बच्चों की परीक्षा, गर्मियों में विवाह, बीमारी आदि।

(2) बढ़ती कीमतें— वर्तमान युग में कीमतें बेतहाशा बढ़ी हैं और बढ़ती जा रही हैं। साधारणतया लोगों की पारिवारिक आवश्यकताओं को जुटाने को छोड़कर अन्य व्यय के लिए पैसा ही नहीं रहता। फिर पर्यटन का अतिरिक्त भार वे वहन नहीं कर सकते। साथ ही, पर्यटन भी इस परिवेश में अधिक व्यवसाध्य बन गया है।

(3) समय का अभाव— अविकसित या अर्द्धविकसित देशों में मनुष्य को काम के बाद घरेलू धंधों को अपने हाथों करना पड़ता है। इसके लिए ही उसके पास पर्याप्त समय नहीं होता फिर और समय कहाँ से वह निकाले कि मौज-मस्ती के लिए पर्यटन के लिए घर से निकल सके।

(4) पर्यटन स्थलों की विपरीत परिस्थितियाँ— पर्यटन स्थलों के भाषा, भूषा, भोजन, रहन-सहन आदि में अन्तर होना स्वाभाविक है। सभी लोग अभी इतने अभ्यस्त नहीं है कि बदलते परिवेश में अपने को शीघ्र ढाल सकें तथा इन विषमताओं को झेल सकें। इसके साथ ही मुद्रा प्रणाली की भिन्नता एक बड़ी कठिनाई है और उसमें व्यवधान उत्पन्न करती है। राजकीय दुर्व्यवस्था को भी झेलना सबके वश की बात नहीं है। पारपत्र (Passport), वीसा (Visa) आदि बनवाने की परिक्रिया भी कुछ देशों में अत्यन्त दुरूह हैं। इस झंझट में पड़ना सबके लिए सम्भव नहीं है। इसलिए बाह्य पर्यटन अत्यधिक प्रभावित है।

(5) हीन स्वास्थ्य— महँगाई के बढ़ने से गरीबी बढ़ती जा रही है। लोगों को संतुलित आहार नहीं मिल पाता। इससे स्वास्थ्य में गिरावट आना स्वाभाविक है। प्रदूषण ने रोगों को अप्रत्याशित बढ़ावा दिया है। अतः बीमारी के बढ़ते चरण तथा बुढ़ापे में यात्रा के कष्ट झेलने की क्षमता की कमी से अधिक लोग तो पर्यटन के विषय में सोच भी नहीं सकते। दूसरी ओर

कुछ देशों में स्त्रियों में व्याप्त अशिक्षा, लज्जा आदि कुछ ऐसे कारण भी इसके साथ जुट जाते हैं जो उनके सामाजिक स्वास्थ्य में हीनता उत्पन्न करते और पर्यटन में बाधक होते हैं।

(6) रुचि का अभाव— लगभग सभी देशों में अधिकांश परिवार आज भी पर्यटन के प्रति रुचि नहीं रखते। इसके कई कारण हैं— पारिवारिक परिवेश, रूढ़वादिता, असुविधाओं का भय, जानकारी का अभाव, घरेलू प्रवृत्ति (home sickness), पैसों की कमी आदि।

(7) ज्ञान का अभाव— सामान्य लोगों को पर्यटन के लाभ का न तो ज्ञान है न ही सूचना है कि पर्यटन स्थल पड़ोस में या विदेशी में कहाँ हैं, वहाँ जाने के कौन-कौन-सी सुविधाएँ कहाँ से उपलब्ध की जा सकती हैं। इसने इस दिशा में बड़ी रोक लगा रखी हैं। यह भी ज्ञान व्यापक रूप से उपलब्ध नहीं है कि कम समय तथा व्यय में एक ही क्रम में कितने पर्यटन केन्द्रों का परिभ्रमण सुविधाजनक रूप से किया जा सकता है।

(8) पर्यटन शिक्षा का अविकसित रूप— पर्यटन को यदि एक विषय के रूप में पाठ्यक्रम में अनिवार्य बनाकर रखा जाय तो इस दिशा में लोगों को ज्ञान प्राप्त हो सकेगा तथा इसको बढ़ावा मिलेगा। पर ऐसा कुछ नहीं किया जा रहा है। आज भारत के मात्र कुछ ही विश्वविद्यालय ही इसका अध्यापन अपने यहाँ ऐच्छिक रूप से उच्च स्तर पर करा रहे हैं।

पर्यटन एक सामाजिक क्रिया

सामान्यतया पर्यटन को एक आर्थिक क्रिया माना जाता है तथा इसके आर्थिक प्रभाव पर ही विशेष बल दिया जाता है। पर आर्थिक क्रिया के पहले यह एक सामाजिक क्रिया है। इस सामाजिक क्रिया का आर्थिक महत्त्व देखकर इसे आर्थिक क्रिया मान लिया गया है। कुछ लोगों ने थोड़ी इस पर सहानुभूति कर इसे सामाजिक-आर्थिक क्रिया (Socio-economic activity) माना है। पर इसका मूल स्वरूप सामाजिक है। आज के अर्थ प्रधान युग में भले ही इसकी यह महत्ता हो पर इसकी नींव समाज का व्यक्ति है और इसका अन्त सामाजिक जीवन को सुख। इसलिए इसे कोरी आर्थिक परिक्रिया कहना कोई माने नहीं रखता। ऐसा कहना एकांगी है।

सुहिता चोपड़ा (Suhita Chopra) के अनुसार *इसके सामाजीकरण के पक्ष को समझना आवश्यक है जिसका आज के सामाजिक जीवन पर प्रभाव पड़ता है।* इसका यह पक्ष सदा से उपेक्षित रहा है। पर्यटक को अपने गन्तव्य तक पहुँचने के पूर्व उस पर सामाजिक प्रभाव पड़ता है तथा उसका भी प्रभाव समाज पर भी पड़ती है। वह कहीं भी मात्र आर्थिक क्रियाओं को देखने के लिए ही नहीं जाता पर वहाँ के लोगों से मिलने, उनकी क्रियाओं को देखने-समझने, उनकी परम्पराओं और रूढ़ियों से परिचित होने, उनके आस्था और विश्वासों के विषय में पर्यटन की सम्भावनाएँ अधिक बढ़ी हैं तथा विकासशील देश पर्यटकों को इसलिए आकर्षित करते हैं कि उनका समाज उनके अनुकरण के कारण और विकसित हो सके।

पर्यटन का प्रभाव समाज पर पड़ता है। भले ही उसकी आर्थिक, भौतिक तथा सामाजिक क्रियाएँ समन्वित होती हैं और उनके अन्तर सम्बन्ध का आकलन किया जा सकता है। पर यह देखा जाता है कि पर्यटक जहाँ जाता है वहाँ के समाज की सामान्य स्थिति को स्वीकार कर लेता है। भारत में आने वाले विदेशी या देशी पर्यटक जिस क्षेत्र में जाते हैं वहाँ की वेष-भूषा, खान-पान, सामाजिक क्रियाओं में धुल-मिलकर आनन्द लेते हैं। आज विदेशी विवाहित जोड़े भारत में आकर यहाँ के धोती-साड़ी पहनते, रामनामी ओढ़ते, यहाँ के देवी-देवताओं के नाम का उच्चारण करते हुए अपने को गौरवान्वित अनुभव करते हैं। विदेशी युगल भारत

में आकर प्रायः भारतीय पद्धति से पुनः यहाँ अपना विवाह रचाकर आनन्द पाते तथा विदेशी मान्यताओं के अपेक्षा संतुष्टि का अनुभव करते हैं। इससे अच्छा उदाहरण और क्या पर्यटन के सामाजिक स्वरूप का हो सकता है। सिनेमा के पात्र जो अपनी आर्थिक चमक-दमक में जीते हैं वे भी सूटिंग के समय जहाँ पहुँचते हैं वहाँ के सामान्य लोगों के खान-पान का स्वाद लेना उनके साथ घुल-मिल कर बातें करना अपने लिए गौरव का विषय मानते हैं।

भले ही आर्थिक परिवर्तनों के साथ पर्यटन प्रभावित होता है पर परिवार, जाति के बंधन, विवाह में गोत्र और प्रवर की मान्यता, सजातीय विवाह, खाने में सजातियों के साथ ही बैठकर खाना-खाना, समुद्र पार यात्रा करने वाले को जाति बहिष्कृत करना आदि सामाजिक अनेक बंधन अब पर्यटन के कारण टूटने लगे हैं। विदेशी पुरुष या स्त्री के साथ विवाह, विदेशी धर्म और वस्त्र को स्वीकार करना, आवागमन को सामान्य क्रिया मानना, गोरे-काले का भेद मिटाने का कार्य पर्यटन ने ही किया है। इस प्रकार पर्यटन ने समाज को नए तथा सरल आयाम दिये हैं।

जहाँ आर्थिक बाजार में क्रेता और विक्रेता दोनों की उपस्थिति आवश्यक होती है। वहाँ पर्यटन के बाजार में क्रेता के सम्पदा के पास आना होता है। वहाँ बाजार का दृश्य न होकर स्थानीय परिवेश होता है। उसी में पर्यटक पर्यटन सम्पदा का आनन्द लेता है। वह शारीरिक रूप से एक सम्पन्न समाज से यहाँ आता है जहाँ बिलकुल भिन्न प्रकार की सांस्कृतिक अवस्था उसे मिलती है। उसका प्रभाव पिछड़े सांस्कृतिक स्थिति को आधुनिकीकरण की ओर इसके द्वारा ले जाने में हुआ है। आज इसी का प्रभाव है कि वैदिक ऋचाओं के गायन की मान्यता पूरे विश्व ने स्वीकार कर ली है। संस्कृति का यह प्रभाव पाश्चात्य विश्व स्वीकार करने लगा है।

पर्यटन में एक समाज को छोड़कर पर्यटक दूसरे समाज में आता है। वहाँ वह दोनों समाजों के मूल्यों का आकलन करता है। इसके कारण दोनों के बीच सामाजिक मान्यताओं का लेन-देन होना स्वाभाविक है। वह नये स्थान के सामाजिक मूल्यों और सामुदायिक जीवन का परीक्षण करता है। समाज के अवधारणात्मक मूल्यों को जानना ही सामाजिक परीक्षण है। इसी से पर्यटक अपने वर्ग तथा सम्बन्धी के मिलने की ललक लेकर घर छोड़ता है।

यह एक नया सामाजिक अधिकार है जिसे व्यक्ति को समाज ने प्रदान किया है। इसमें वह प्रचलित व्यवस्था में व्यवसाय, परिवार, सामाजिक मूल्यों, समाज के आध्यात्मिक स्वरूप तथा सामाजिक-राजनीतिक उत्तरदायित्व का वहन करता है। समय सीमा के भीतर कार्य की कमी से पारिवारिक दायित्व घटा है।

बायसेवेन (Boissevain) के अनुसार *सामाजिक और नृविज्ञानी दृष्टि का इसके अध्ययन में अभी तक अभाव रहा है।* इसके पीछे उन्होंने छः कारण बताएँ हैं – **प्रथम**, अभी तक उच्चवर्गीय समाज के सम्बन्ध में इसका आकलन होता रहा है। **दूसरे**, जो भी सामाजिक अध्ययन पर्यटन विषय में किया गया है वह प्रथम पक्षीय न होकर सुनी-सुनाई बातें या द्वितीय पक्षीय आधार पर किया गया है। **तीसरे**, ग्रामीण क्षेत्र के लोगों तथा स्थानीय विकासात्मक योजनाएँ प्रायः इसके अध्ययन में सम्मिलित नहीं की जाती रही है। **चौथे**, पर्यटन के विकास की क्रिया का आकलन आर्थिक और औद्योगिक क्षेत्रों के विषय में ही हुआ है। **पाँचवें**, पर्यटन के परिणामों के पहचानने में सांस्कृतिक और सामाजिक पक्षों की अनदेखी की जाती रही है। **छठे**, पाश्चात्य विश्व के प्रौद्योगिकी और संस्थाओं को ध्यान में रखकर इसका आधार निर्धारित किया गया है। इसमें परम्परागत समाज के आधार की अनदेखी कर उसके बहुआयामी स्वरूप को छोड़ दिया गया है।

पर्यटन की अध्ययन विधियाँ और कठिनाइयाँ

पर्यटन का अध्ययन मानव आधारित होता है क्योंकि यह एक शुद्ध मानवीय क्रिया है। इसके सहारे कल्पना को इसका माध्यम बनाया जाता है तथा लोगों से पूछ-ताछ द्वारा निष्कर्ष निकालते हैं। इसके लिए एक या कई तरह के कई क्षेत्रों का चयन करते हैं। वहाँ के विषय में सूचनाएँ एकत्र करते हैं तथा आने जाने वालों के आँकड़े और पर्यटन सम्बन्धी सुविधाओं और विकास की दिशा को ध्यान में रखकर डाटा एकत्रित करते हैं। फिर विभिन्न ऐसे डाटाओं का अध्ययन कर एक निष्कर्ष पर पहुँचते हैं। इस प्रकार इसमें अनुभव और क्रिया क्षेत्र का योग होता है। इसमें क्षेत्र का सर्वेक्षण किया जाता है, वहाँ से आँकड़े एकत्रित किये जाते हैं तथा परिस्थितियों पर ध्यान रखा जाता है।

पर्यटन के अध्ययन के लिए पर्यटन सम्बन्धी एक या कई क्षेत्र चुने जाते हैं जहाँ पर्यटक आते हैं और अपना प्रभाव छोड़ देते हैं। इसमें ध्यान रखा जाता है कि सामुदायिक जीवन पर पर्यटन के द्वारा परिवर्तन का कहाँ-कहाँ प्रभाव पड़ा है। इसमें कृषि या उद्योग का प्रभाव समन्वित न कर केवल पर्यटन के प्रभाव को ही आधार बनाया जाता है। इसमें भी प्रमुख है आर्थिक पहलू। नौकरी के अवसर के कारण आने वाले अगन्तुको को इसमें नहीं जोड़ा जाता है।

यहाँ निर्धारित कार्यक्रम के अनुसार तथा व्यक्तिगत पूछताछ के आधार पर आगे बढ़ते हैं। इसमें सरकारी तथा गैर सरकारी संस्थानों के विकास का प्रोग्राम, प्रशासन और गृहपतियों, आवागमन के साधनों, आकर्षण केन्द्रों, निर्माण क्रियाओं आदि को ध्यान में रखा जाता है। लोगों के विकास के ज्ञान के लिए उनके पीछे की जीवन-पद्धति को जानने का प्रयास किया जाता है जिसमें व्यवसाय, आमदनी तथा जीवन पद्धति को भी समन्वित करते हैं। साथ ही जनगणना के पिछले आँकड़े, मास्टर प्लान, भावी योजनाओं को भी सामने रखते हैं। अनेक विधाओं पर्यावरण, राजनीतिक, आर्थिक, सामाजिक-सांस्कृतिक पक्षों पर इसके विकास का प्रभाव देखना होता है। इस प्रकार पर्यटन का अध्ययन एक अकेली क्रिया न होकर सर्वपक्षीय अध्ययन है। आँकड़ों के साथ, परीक्षण और पर्यटकों का साक्षात्कार इसमें करते हैं। फिर भी विशिष्ट रीति सम्बन्धी अध्ययन विधि जिससे समस्याओं को सुलझाया जा सके अभी खोजा नहीं जा सका है।

भारतीय परिप्रेक्ष्य में पर्यटन साहित्य के अभाव के कारण अनेक अनखोजी समस्याएँ इसके अध्ययन में उठती रहती हैं। जैसे सर्वेक्षण के लिए पर्यटन क्षेत्रों का चयन जो केवल पर्यटन से सम्बन्धित हों तथा दूसरे तत्त्वों के प्रभाव से मुक्त हों तथा आधारित आँकड़ों का संकलन आदि। पर यह बात ध्यान में रखना चाहिए कि पर्यटन के आँकड़े अनेक तत्त्वों से प्रभावित होने से सर्वदा सही आकलन किसी पक्ष का नहीं देते। मैथियेसन (Mathieson) के अनुसार कल्पनात्मक स्वरूप का भी इस पर प्रभाव पड़ता है।

सुहिता चोपड़ा (Suhita Chopra) के अनुसार *पर्यटन के अध्ययन पर तीन और तत्त्वों का प्रभाव पड़ता है*–(i) पर्यटन स्थान तै करने के लिए गतिशील तत्त्वों का प्रभाव बना रहता है। (ii) स्थितियाँ भी उस पर प्रभाव डालती हैं जैसे गन्तव्य में ठहरना तथा (iii) परिणामात्मक तत्त्व जो ऊपर के दोनों तत्त्वों पर आधारित होते हैं। ये पर्यटन को आर्थिक, राजनीतिक, स्थानीय तथा सामाजिक-सांस्कृतिक व्यवस्था से प्रभावित करते हैं क्योंकि पर्यटक प्रत्यक्ष या परोक्ष रूप से इनसे सम्बद्ध रहता है। इनके अतिरिक्त पर्यटक और अतिथेय समुदाय के बीच स्थानीय वातावरण का प्रभाव भी उसके सम्बन्धों पर पड़ता है। ये माँग, यात्रियों की संख्या

तथा पर्यटक उद्योग के बदलाव के आधार पर बदलते रहते हैं। इनका भी प्रभाव इसके अध्ययन में देखना चाहिए।

इन कठिनाइयों के बाद भी अध्येता वैज्ञानिक रीति के आधार पर अध्ययन को आगे बढ़ाना चाहता है। पर इसमें निम्न कठिनाइयाँ हैं :—

(1) यह मानव की विशिष्ट क्रिया का अध्ययन है। पर मानव का स्वभाव और क्रियाएँ सदा एक सी नहीं रहती।

(2) यह परिस्थितिजन्य अवस्था में अध्ययन है जिससे पर्यटन एक गतिशील क्रिया होने पर भी एक क्रम में नहीं चलता। यह अनेक सह-सम्बन्धों पर आधारित होने से बढ़ता, घटता रहता है।

(3) इस पर वैज्ञानिक विधि का प्रयोग सफल नहीं हो पाता क्योंकि विशिष्ट रीतिबद्ध समस्याओं से यह ग्रसित होता है।

(4) इसका आधार ही बहुविधीय क्षेत्र का होता है। इसलिए विशेषीकरण की व्यवस्था यहाँ सम्भव नहीं होती।

(5) इस पर मिश्रित क्रिया का प्रभाव पड़ता है। आर्थिक, सामाजिक, सांस्कृतिक वातावरण सम्बन्धी प्रभाव इसमें सीधे और परस्पर समूहिक रूप से असर डालते हैं।

(6) रीतिगत समस्याएँ भी इसमें उठती है क्योंकि पर्यटक की क्रियायें, प्राकृतिक पक्ष और समाज और संस्कृति का आधुनिक प्रभाव इसका आधार बनती जा रही हैं।

(7) यह बताना कठिन होता है कि किसका प्रभाव निर्देशक है क्योंकि सबका मिला-जुला प्रभाव पर्यटन पर पड़ता है।

(8) इसके अध्ययन से समुदाय के अनेक पक्षों पर हुए अनेक परिवर्तनों का अध्ययन भी करना पड़ता है। पर यह नहीं देखते कि इसके पीछे सामूहिक कारण क्या है तथा किस व्यवस्थात्मक नियमों के अनुसार ये हुए हैं।

(9) इसमें विभिन्न प्रभावों का स्तर केवल खोजने के उद्देश्य से किया जाता है, जो अधूरी परिक्रिया है।

(10) प्रभावों का स्पष्ट स्तरीकरण इसमें सम्भव नहीं होता है कि विशेषीकरण के आधार पर निर्णय लिया जाय क्योंकि सभी प्रभावक तत्त्व एक साथ और समाहित रूप से इसे प्रभावित करते हैं।

(11) यह भी कहना कठिन है कि इन अन्तर सम्बन्धों के बीच किसको प्राथमिक और किसको गौण कोटि में रखें कि उनके अन्तर सम्बन्ध की गहराई को आँका जाय।

(12) यह भी प्रयास नहीं किया गया है कि अल्पकालिक या कम सम्बन्ध वाले तत्त्वों की पहचान की जाय जिनका सामाजिक प्रभाव इस पर पड़ता है।

पर्यटन का भविष्य

"It seems reasonable to assume that by the end of the century tourism will be one of the largest industries in the world if not the largest."

—**Herman Khan**

ऐसा लगता है कि इस शताब्दी के अन्त तक यदि पर्यटन विश्व का महानतम उद्योग नहीं बन पायेगा तभी महान उद्योगों में एक स्थान अवश्य ग्रहण करेगा। आज जिस गति से इसमें

प्रगति हो रही है वह बड़ी ही आशाजनक है। दीर्घकालीन विकास क्रम में इसकी गुणवत्ता बढ़ी है। पर्यटन का विकास रोका नहीं जा सकता, फिर भी जो विवाद है वह इसके भावी विकास दर के सम्बन्ध में है *(In the long term tourism growth is irreversible. The debate is really about the future rate of growth.)* अमेरिका में इसके उज्ज्वल भविष्य की कामना में प्रार्थना लिखी गई है तथा भगवान से माँगा गया है कि वह पर्यटकों में यह शक्ति दे कि संग्रहालयों, पूजागृहों, धार्मिक स्थलों, महलों और किलों को जिनका विशिष्ट उल्लेख पर्यटन निर्देशिकाओं में किया गया है उसे देखा जा सके। *(Grant us the strength to visit the museums, the Cathedrals, the palaces and the castles listed as 'musts' in the guide books.)* – A Prayer for the Tourist से उद्धृत।

ऐसे समुन्नत भविष्य की परिकल्पना के पीछे निम्न परिस्थितियाँ देखी जा सकती हैं :—

(1) सवैतनिक अवकाश के दिनों में पर्याप्त वृद्धि होती जा रही है। सामान्य लोग भी इसका लाभ उठा रहे हैं जबकि पहले केवल कुछ ही लोगों के लिए ऐसी सुविधाएँ सुरक्षित थीं। अतः इसके उपयोग से पर्यटन की भूमिका महत्त्वपूर्ण बनती जा रही है।

(2) परम्परागत लोक जीवन, लोक-संस्कृति, आर्थिक-सामाजिक-राजनैतिक तथा पर्यावरण सम्बन्धी एवं अत्यन्त महत्त्वपूर्ण भूमिका पर्यटन के पक्ष में प्रस्तुत होती जा रही है। लोग इनकी जानकारी प्राप्त करने के लिए यात्राएँ करते हैं।

(3) पाश्चात्य देशों की औद्योगिक अर्थव्यवस्था में उपयोग होने वाले व्यय का पाँच प्रतिशत अवकाश के दिनों में पर्यटन के क्षेत्र में वाहन, ठहराव, भोजन आदि पर व्यय किया जाता है। इससे विकसित देशों में पन्द्रह वर्ष के ऊपर की जनसंख्या का वार्षिक भ्रमण दर पचास प्रतिशत और कहीं-कहीं इससे भी अधिक होता जा रहा है।

(4) व्यक्तिगत और सरकारी तन्त्र पर्यटन को बढ़ावा देने के लिए अपने कर्मचारियों को छुट्टी के दिनों में पर्यटन हेतु अधिक आर्थिक सुविधा की व्यवस्था बढ़ते क्रम में देते जा रहे हैं।

(5) उद्योग के विकास के बढ़ते चरण के साथ लोगों के मन में यह भावना बढ़ती जा रही हैं कि अवकाश का समय घर से बाहर ही गुजर जाए कि क्षमता में ह्रास न होने पावे।

(6) पर्यटन विभाग के अंग तथा इसकी शाखाएँ बड़ी तेजी से बढ़ती जा रही है तथा पर्यटन स्थलों को निरन्तर विकसित किया जा रहा है।

(7) पर्यटकों को आकर्षित करने के लिए नए-नए उपायों तथा सुविधाओं की खोज की जा रही है। प्रचार के विविध माध्यम अपनाए जा रहे हैं।

(8) पर्यटकों के सम्बन्ध में बने हुए नियम सुविधा की दृष्टि से सरल और सुरक्षा की दृष्टि से उपयोगी बनाए जाने लगे हैं।

(9) सरकारों की ओर से सांस्कृतिक उत्सवों, प्रदर्शनियों, खेलों, मेलों, सम्मेलनों आदि का आयोजन क्रमशः बढ़ाया जा रहा है कि बाहरी दर्शक भी इसके लिए पर्यटन पर निकलें।

(10) राष्ट्रीय और अन्तर्राष्ट्रीय स्तर पर विविध पर्यटन चक्रों (Circular Tours) की योजनाएँ बनाई जा रही हैं कि कम समय और कम व्यय में एक क्रम की यात्रा में लोग अधिक-से-अधिक स्थानों का भ्रमण कर सकें।

(11) राष्ट्रीय एवं अन्तर्राष्ट्रीय पर्यटन संगठनों और सहयोगी संस्थाओं की संख्या भी बढ़ती जा रही है। इसने पर्यटन की गति को बहुत अधिक प्रभावित किया है।

[द] पर्यटन का महत्त्व और उद्देश्य

पर्यटन का महत्त्व

पर्यटन अनेक दृष्टियों से अत्यन्त महत्त्वपूर्ण क्रिया है। अतः इसका महत्त्व निम्न ज्ञात होता है:—

(1) मानव अधिकार आयोग ने पर्यटन को विश्व संगठन की घोषणा में तथा विभिन्न देशों के राज्यों के संविधान के अन्तर्गत मनुष्य को अवकाश के स्वैच्छिक उपयोग का अधिकार प्रदान किया गया है जिसमें वह अपनी आवश्यकता के अनुसार अवकाशकालीन आनन्द की प्राप्ति कर सके। इसकी पूर्ति पर्यटन द्वारा होती है।

(2) इसके द्वारा वह अपनी उत्कण्ठा और इच्छा के अनुसार पड़ोस तथा विदेश के साथ अपने को घनिष्ठ बनाता तथा गहराई से जोड़ता है। वहाँ के लोगों, संस्कृति तथा विविध विकासात्मक पक्षों से परिचय प्राप्त कर अपने विकास की दशा और दिशा को निर्धारित करता है।

(3) इसके द्वारा पर्यटक अपने देश में सामाजिक शान्ति और आर्थिक विकास की परिस्थितियों को उत्पन्न करता है जिसे वह दूसरे देशों के पर्यटन के द्वारा सीखता तथा देखता है।

(4) इसके कारण नई क्रियाओं का विस्तार होता है, ज्ञान की नई विधाएँ खुलती है, सांस्कृतिक कूपमण्डूकता दूर होती है तथा राष्ट्रीय सोच का विकास वर्तमान परिवेश में होता है।

(5) इससे राष्ट्रीय आय बढ़ती है क्योंकि विदेशी मुद्रा पर्यटकों के माध्यम से देश में आती है तथा इसमें बिना व्यय के अधिक आय और नौकरी के अधिक अवसर प्रत्येक वर्ग के लिए उपलब्ध होता है।

(6) दूर के वे स्थान जो अविकसित होते हैं फिर भी वहाँ कुछ भी दर्शनीय होता है, तो उसे पर्यटकों के आकर्षण के कारण वहाँ की व्यवस्था द्वारा विकसित किये जाते हैं तथा वहाँ के लोगों में पर्यटकों के सम्पर्क में आने से नई प्रेरणा और चेतना से विकास होता है।

(7) इसके द्वारा खाली समय का उपयोग अच्छे कार्य में मनुष्य कर लेता है और वह विश्व मानव समुदाय से जुड़ जाता है।

(8) अनेक बीमारियाँ जो एक प्रकार के वातावरण में रहने के कारण उत्पन्न होती है। इसके कारण वातावरण में बदलाव, वहाँ के नई स्वास्थ्य व्यवस्था आदि के कारण स्वयं दूर हो जाती है। इसी से आज डाक्टर असाध्य रोगियों को नए प्राकृतिक स्थान में जाने की सलाह देता है। साथ ही इससे व्यक्ति और समुदाय की कार्य-क्षमता बढ़ती है तथा उनमें जन-कल्याण की भावना आती है।

(9) विचारों के आदान-प्रदान से जहाँ अनेक दुरूह समस्याओं के समाधान के मार्ग में कई साथी मिलते हैं वही राष्ट्र को विदेशी ऋण, तकनीकी सहायता, शैक्षणिक आदान-प्रदान के लिए अवसर प्राप्त होता है।

(10) संचय की प्रवृत्ति जिससे जीवन-स्तर घटता है पर यह अप्रत्यक्ष रोक है। इसमें बिना किसी कष्ट की अनुभूति के सुखद अनुभव और क्षणों के उपयोग में एक स्थान का संचित धन दूसरे स्थान पर व्यय होने से आर्थिक, समरूपता बनती है। लोग एक-दूसरे को समझने का अवसर पाते हैं तथा उनमें सानिध्य और सहयोग की भावना बढ़ती है।

(11) पर्यटकों के आगमन के कारण किसी भी देश की प्राकृतिक सम्पदा का उपयोग

राष्ट्रीय हित में होता है। बहुत-सी सामग्रियाँ जिनकी उपयोगिता की ओर ध्यान नहीं गया होता वे पर्यटकों द्वारा उजागर हो जाती हैं। बहुत अनजाने स्थानों का भी इससे विकास हो जाता है। संसाधनों की वृद्धि और बेकारी की समस्या का भी बहुत हद तक इससे निदान हो जाता है।

(12) इसके कारण उपेक्षित पड़ी अनेक ऐतिहासिक निधियों का न केवल संरक्षण और परिरक्षण होता है, साथ ही उनके महत्त्व के उजागर होने से वे देश के गौरव को बढ़ाती हैं।

(13) समाज के उपेक्षित, पिछड़े लोगों तथा सभ्यता से दूर रहने वाली जनजातियों को विकसित होने तथा करने का अवसर मिलता है। सामान्य व्यक्ति भी पर्यटकों के संसर्ग से विदेशी भाषा कुछ-न-कुछ सीख जाता है। पहनावा और खान-पान भी अनुकरण के आधार पर बहुत कुछ बदल जाता है।

(14) आध्यात्मिक विकास के लिए यह अवसर प्रदान करता है क्योंकि अनेक धार्मिक तथा आध्यात्मिक गोष्ठियाँ बाहर तथा देश के विभिन्न भागों में भी आयोजित की जाती है जिसमें भागीदार के रूप में पर्यटक अपना तथा अपने समाज के आध्यात्मिक और नैतिक विकास का संदेश लाता है तथा गोष्ठी वाले देश को भी अपना संदेश देता है। यह उसके देश की छाप बनाती है जैसे विवेकानन्द द्वारा अमेरिका की धर्मसभा में दिया गया भाषण।

(15) युवा पर्यटन (Youth Tourism) तथा वृद्ध और अपंग पर्यटन (Elderly and Handicapped Tourism) के कारण देश की अनेक समस्याओं का समाधान हो जाता है। एक स्थान का बोझ कुछ दिनों के लिए जहाँ कम होता है वहीं युवा वर्ग इससे बहुत कुछ सीखकर अपने में सुधार करता है तथा अपंग अपनी कुण्ठा को दूर कर विदेशों के अनुकरण पर अपने योग्य कार्य तथा तकनीक सीख कर उत्पादन के साथ अपने आय का अवसर बढ़ाते हैं साथ ही विकलांगता की कुण्ठा से दूर हो जाते हैं।

पर्यटन का उद्देश्य

कोई भी क्रिया किसी उद्देश्य से की जाती है। उसी प्रकार यह भी क्रिया कुछ उद्देश्यों के दृष्टिगत की जाती है। जो सम्भवतः निम्न रही होंगी :—

(1) अवकाश के समय के उपयोग के लिए।

(2) आनन्दार्जन के लिए।

(3) सांस्कृतिक परम्पराओं तथा पुरातन सांस्कृतिक विधियों जैसे कला, धर्म आदि की जिज्ञासा की तृप्ति के लिए।

(4) बीमारी के उपचारार्थ तथा स्वास्थ्य संवर्धन के लिए जिसमें योग, प्राणायाम आदि सीखना भी सम्मिलित है।

(5) अपना कौशल प्रदर्शित करने के लिए जैसे खिलाड़ी क्रीड़ा प्रतियोगिता में भाग लेने के लिए, कलाकार कला प्रदर्शिनयों में हिस्सा लेने के लिए तथा स्केइग, पर्वतारोहण आदि अनेक उद्देश्यों के लिए लोग यात्रा करते हैं।

(6) आयोजनों में भाग लेने के लिए भी यात्राएँ की जाती हैं जैसे काव्य-गोष्ठियाँ, व्यापारिक सम्मेलनों आदि।

(7) प्रोत्साहन प्रेरित यात्राएँ की जाती है जैसे औद्योगिक क्षेत्र की कम्पनियाँ, राजकीय संस्थाएँ आदि अपने कर्मचारियों को पर्यटन के लिए प्रोत्साहन राशि देकर यात्रा के लिए प्रेरित करती हैं।

□

अध्याय–2

पर्यटन के आधार और प्रकार

पर्यटन के आधार

पर्यटन प्रत्येक वर्गों चाहे किसी आर्थिक, सामाजिक या आयु वर्ग का हो उसके लिए एक स्वैच्छिक तथा उन्मुक्त क्रिया है। इसमें स्वजन, परिजन, पुरजन आदि किसी का भी कोई बंधन या प्रतिबंध नहीं होता। यह क्रिया केवल मनुष्यों में ही नहीं प्रायः सभी जीवधारियों–पशु, पक्षी, कीट, पतंग आदि में होती है। वह बंधनमुक्त विचरण चाहता है। ऐसा सृष्टि के उदय के साथ रहा है। पर आज विश्व में पर्यटन का आधार क्या है ? यह पर्यटन के विषय में जानने की दिशा में अहम प्रश्न है। इसके उत्तर में कहा जा सकता है कि:—

(1) स्वच्छन्दा — यात्रा में स्वतंत्रा होने पर ही पर्यटन आधारित है। पहले ऐसा नहीं होने से यह सम्भव नहीं था। विदेश जाने वाला विधर्मी, समाजच्युत माना जाता था। समाज का भय अधिक होने से इस बंधन के कारण पर्यटन प्रायः बाधित था। पर आज सारी ऐसी मान्यताएँ टूट गई हैं। रूढ़ियाँ समाप्त हो गई है। सरकारी पक्ष भी इसमें कोई बाधा नहीं उत्पन्न करता बल्कि पर्यटन नियमों में सरलीकरण के कारण इसको बढ़ावा ही मिला है।

(2) औपचारिक शिक्षा — आज औपचारिक शिक्षा की बहुविधीय दिशाओं ने ज्ञान और जिज्ञासा को बढ़ाया है। हम बाहर झाँकना चाहते हैं। दूसरों के विषय में जानना चाहते हैं। जो नहीं जानते उसे सीखना चाहते हैं। जो जानते हैं उसका प्रसार करना चाहते हैं। जो हमारे यहाँ नहीं है उसके लिए बाहर से सहयोग लेना चाहते हैं। ये सारी सम्भावनाएँ एक देशवासी को बाहर निकलने की प्रेरणा देता है। अतः वह पर्यटन का सहारा लेकर अपनी प्रेरणात्मक जिज्ञासा की तुष्टि करता है।

(3) प्रति व्यक्ति बढ़ती आय — पहले लोग उतना कमा लेते थे जिसमें अपना तथा अतिथि का गुजर-बसर हो जाय। तब सिद्धान्त था 'साई उतना दीजिए जा में कुटुम समाय। आप न भूखा रहि सके, संत न भूखा जाय॥' पर आज भूखा-नंगा कोई नहीं है। अब आय के स्रोतों के बढ़ने के साथ आय की मात्रात्मक वृद्धि हुई है। इससे व्यय के लिए कठिनाई न होने से अवकाश काल में पर्यटन द्वारा अतृप्त जिज्ञासा को शांत करने के लिए लोग न्यवसित स्थान से बाहर जाते हैं। आनन्द के साधन भी बढ़े हैं जिससे बड़ी संख्या में लोग पर्यटन के लिए निकलते हैं।

(4) जानकारी का बढ़ना — पहले सीमित जानकारी थी क्योंकि समाचार माध्यमों (media of communication) का अभाव था। आज प्रेस और इलेक्ट्रॉनिक मशीनों के कारण समाचार के अनेक साधन समाज में उपलब्ध है जैसे पत्र-पत्रिकाएँ, पुस्तकें, टी० वी०, प्रचार एजेंसियाँ आदि। इनके सहयोग से अज्ञात या सुनी-सुनाई बातों की विस्तृत जानकारी प्राप्त होती है। इस जानकारी के बढ़ने से अधिक जानने के लिए लोगों ने पढ़कर जानने की अपेक्षा जाकर प्रत्यक्ष देखने को महत्त्व दिया है।

(5) बढ़ता जीवन-स्तर — पहले 'सादा जीवन उच्च विचार' में लोग जीते थे। आज जीवन स्तर बढ़ा है। कमाये धन का उपयोग परिवार की अपेक्षा अपनी रुचि के अनुसार करने की परम्परा पड़ चुकी है क्योंकि आज सामुहिक परिवार से लोग मुँह मोड़ चुके हैं और व्यक्तिगत

व्यवस्था में जाने लगे हैं। इसमें व्यक्तिगत इच्छाओं तथा रुचियों की प्रधानता होने से पर्यटन की रुचि को बढ़ावा मिला है। साथ ही काम के घंटे कम होने तथा अवकाश के घंटे बढ़ने से जीवन-स्तर में उछाल आया है जिसके लिए अवकाश के समय का उपयोग पर्यटन की ओर मुड़ा है।

(6) कार्यकाल से छुट्टियों के साथ आर्थिक सहायता मिलना — आज कार्य-क्षमता बढ़ाने के लिए नियोजक अपने कर्मचारियों को छुट्टी साथ आर्थिक सहायता प्रदान करता है। राज्य-कार्यालयों मे प्रति दस वर्षों पर यह सहायता दी जाती है। इसमें पूरे परिवार के भ्रमण के लिए यात्रा किराये का भार सरकारें वहन करती है तथा एक माह का भ्रमण अवकाश भी देती है। इस प्रकार कार्य की अवधि घटाने और यात्रा अवकाश को बढ़ाकर बाकी कार्य दिनों के लिए जहाँ कर्मचारियों में जहाँ नई क्षमता को ध्यान में रखा गया है वहीं अर्जित द्रव्य के संचयन की जगह समान वितरण की भी भावना इसमें होती है।

(7) त्वरित संचार साधनों और कीमतों में कमी — प्रायः त्वरित संचार साधनों के कारण पर्यटन की ललक बढ़ी है। जहाँ इस प्रकार के संसाधनों का अभाव होता है वहाँ मात्र सैलानी ही जाने का साहस बटोरते हैं क्योंकि इसमें श्रम, साहस अधिक लगने की सम्भावना से बाल, वृद्ध साथ नहीं जा सकते। दूसरे कीमतों के घट-बढ़ से भी यह प्रभावित होती है। जब कीमतें बढ़ती हैं तो पर्यटन की गति शिथिल होती है पर जब कीमतें घटती हैं तो पर्यटन थोक में होता है। इसी से प्रायः एजेंसियाँ, सरकारें पर्यटकों को व्यय में विशेष छूट प्रदान कर उन्हें आकर्षित करती हैं।

(8) राजनीतिक परिस्थितियाँ — कश्मीर पर्यटकों का स्वर्ग है। पर जब से वहाँ आतंकवाद की साया मड़राने लगी है प्रायः वहाँ के ग्राफ में पर्यटन को गिरावट देखा जाता है। लोग सहमे से बड़ा साहस बटोरकर वहाँ जाते हैं। इसके कारण वे स्थान जो पर्यटकों के आगमन से कभी खुशहाल और भरापूरा होता था, जहाँ के उद्योगों और व्यापारियों को विभिन्न प्रकार के लाभ प्राप्त होते थे वह आज सूना और उपेक्षित हो गया है। वहाँ का व्यापार भी ठंढ़ा पड़ा है चाहे नाविक का हो या ऊनी वस्त्र उत्पादकों का। यही स्थिति आतंकवाद के कारण बद्री-केदारनाथ और कैलाश की यात्रा के सम्बन्ध में भी है। एक बार विस्फोट हो जाने के बाद वहाँ का पर्यटन बहुत दिनों के लिए ठिठक जाता है।

(9) मौसम — पर्यटन मौसमी होता है। दक्षिण भारत जहाँ समशीतोष्ण मौसम होता है वहाँ समुद्र तटों पर जाड़े में पर्यटकों की भीड़ होती है। समुद्र, बालुका और सूर्य किरणों (Sea, Sand and Sun) का आनन्द लेने वहाँ लोग इकट्ठा होते हैं जबकि उत्तर भारत के पहाड़ी क्षेत्रों नैनीताल, बद्रीनाथ, कश्मीर आदि में यात्री गर्मी के दिनों में जत्थे में पहुँचते हैं क्योंकि वहाँ का मौसम सर्द होता है। वर्षा के समय दल-दली तथा पहाड़ी क्षेत्र का पर्यटन चट्टानों के खिसकने, जमीन में अधिक दल-दल होने तथा भूकम्प के झटके आने के कारण पर्यटकों द्वारा त्याग दिया जाता है।

(10) आवासीय सुविधाएँ — जहाँ ठहरने के लिए अत्युत्तम व्यवस्था होती है, पंच सितारा होटल तथा सर्व सुविधासम्पन्न आवास होते हैं वहाँ पर्यटकों का जमघट होता है क्योंकि ऐसे होटलों में खाने की इच्छित वस्तुएँ, अन्य उपयोग की समाग्रियाँ जैसे स्नान के लिए तालाब, गरम और ठंढें पानी की सुविधा, त्वरित यातायात सेवा, बैंक, नाई, मोची, पान-सिगरेट, सवारी बुकिंग की सुविधा, क्युरियो, धोबी, मसाज आदि की सुविधा भी उसी से साथ लगी होती

है। पर्यटक को इकट्ठा सभी सुविधाएँ वहाँ प्राप्त होने से वह आकर्षित होता है। पर जहाँ ठहरने की अच्छी व्यवस्था नहीं रहती वहाँ भोजन की व्यवस्था का भी अच्छा नहीं होना स्वाभाविक है। इसलिए ऐसे स्थानों में लोग जाने से घबराते हैं। यही कारण है कि आज भारत के पर्यटन स्थलों पर भारतीय पर्यटन विकास निगम (ITDC) के होटल और उसी की ओर से वाहन की व्यवस्था, भले ही ये किराये पर लिये गये हों, की जाती है।

(11) समीपता — समीप के स्थान पर यात्री अधिक पहुँचते है जबकि दूर के स्थानों पर कम। इसका कारण है सस्ता किराया, कम समय का ठहरना, वहाँ के विषय में अधिक जानकारी होना, सम्बन्धियों का वहाँ अधिक होना आदि।

(12) दृष्य सामग्रियाँ — ये दो प्रकार की होती हैं – (i) प्राकृतिक जैसे पहाड़, बर्फीले स्काइंग स्थल, झरने, वन, सुन्दर दृष्य, बालुका और सागरीय क्षेत्र, विशिष्ट प्रकार के शैल यथा संगमरमर आदि, घास के बड़े मैदान, रेगिस्तान, मछलियों का शिकार आदि तथा (ii) मानव निर्मित जैसे सुन्दर मूर्तियाँ, भवन, आकर्षक चित्र, तैरने के तालाब, उद्यान, संग्रहालय, वन्य जन्तुशाला, वेधशाला, गुफाएँ, मेले, अनेक प्रकार के उत्सव और नृत्य, नौटंकी, जनजातियों की बनाई गई सामग्रियाँ, भूल-भूलैया आदि।

(13) ऐतिहासिक और सांस्कृतिक सामग्रियाँ — धार्मिक और पौराणिक स्थल, पुरातन शहर जो ऐतिहासिक धरोहर हैं जैसे वाराणसी, प्रयाग आदि। स्मारक, ऐतिहासिक संग्रहालय, पुरातन हस्तलिखित ग्रंथों के पुस्तकालय, ऐतिहासिक महत्त्व के स्थल, महापुरुषों के जन्म स्थान आदि पर्यटकों को विशेष आकर्षण हैं। जहाँ ये अधिक होते हैं वहीं पर्यटकों का दबाव भी अधिक होता है।

पर्यटन के प्रकार

पर्यटक कभी अपने देश में घूमता है, कभी विदेश में, कभी अकेला घूमता है, कभी समूह में। पर्यटन की प्रेरणा भी भिन्न-भिन्न होती है और कारण भी। इससे पर्यटन के प्रकारों में विविधता होना स्वाभाविक है। इसमें भौगोलिक स्थिति पर्यटन का उद्देश्य, पर्यटन साधन तथा समुदायों के दृष्टिकोण से पर्यटक के सम्बन्ध में अध्ययन करने पर हमें विभिन्न प्रकार के पर्यटकों का ज्ञान प्राप्त होता है। अतः पर्यटन को निम्न में विभिन्न दृष्टियों से विभक्त किया जा सकता है :—

(क) स्थान की दृष्टि से

(1) घरेलू तथा विदेशी पर्यटन *(Domestic and Foreign Tourism)* — विदेश में यात्रा करने की अपेक्षा अपने पास-पड़ोस तथा देश में यात्रा करने वालों की संख्या स्वाभाविक रूप से बहुत अधिक होती है। इसका कारण है कि अपने देश में यात्रा करना अनेक दृष्टियों से सरल होता है। इसमें न भाषा की, न मुद्रा की, न रहन-सहन की, न विविधता की, न संचार साधनों की, न परम्पराओं की, न पारपत्र (Visa) की ही कठिनाइयाँ आड़े हाथों आती हैं। यहाँ वह सब कुछ स्वयं समझ जाता है या व्यवस्था कर लेता है। यदि कठिनाई आती है तो समाधान का माध्यम भी स्वतः मिल जाता है। ऐसा पर्यटन अपने ही देश में विभिन्न स्थानों पर किया जाता है। उसे घरेलू (domestic), अन्तर्राज्यीय (interstate), स्वदेशी (indigenous) या आन्तरिक (internal) पर्यटन कहते हैं। पर जब वह दूसरे देश में पर्यटन हेतु जाता है जो एक अलग राष्ट्रीय इकाई होती है तथा उसकी अपनी राजनीतिक और आर्थिक व्यवस्था होती है तो उसे विदेशी (foreign) या अन्तरराष्ट्रीय (international)

पर्यटन कहते हैं। इसमें अनेक प्रकार की भाषा, विनिमय, मैत्री, आचार-व्यवहार आदि की कठिनाइयाँ उत्पन्न होती है। साथ ही प्रलेख पारपत्र (passport), बीसा और प्रवेश प्राप्त करने में भी कठिनाई आती हैं। यद्यपि अब विदेशी पर्यटन की कठिनाइयों को दूर करने के लिए बहुत से देशों ने पारपत्र का बन्धन भी ढीला किया गया है तथा कुछ ने मुद्रा संघ बनाकर मौद्रिक कठिनाइयों के हल का प्रयास किया है। पर इस दिशा में प्रगति बड़ी धीमी है। साथ ही, सारे प्रयास शिक्षित तथा उन्नतिशील लोगों के लिए ही सुविधा प्रदान कर सकते हैं। सामान्य व्यक्ति के लिए ये सरल तथा उपादेय नहीं हो सकते।

(2) क्षेत्रीय तथा अन्तरक्षेत्रीय *(Regional and Inter-regional)*— विश्व पर्यटन संगठन (Word Tourist Organisation = WTO) ने पर्यटन प्रधान देशों को पर्यटन की दृष्टि से छः क्षेत्रों में बाँटा है— अफ्रीका, अमेरिका, यूरोप, मध्य-पूर्व, दक्षिणी एशिया, पूर्वी एशिया और पैसफ़िक। यह बँटवारा भौगोलिक और प्राविधिक आधार पर किया गया है। इनमें कुछ पर्यटन एक ही क्षेत्र के विभिन्न भागों में होता है जिसे क्षेत्रीय पर्यटन (Regional tourism) कहते हैं। पर जो पर्यटन एक क्षेत्र से दूसरे क्षेत्र में होता है उसे अन्तरक्षेत्रीय पर्यटन (Inter Regional Tourism) कहते हैं।

(ख) संख्या की दृष्टि से

(1) व्यक्तिगत तथा सामूहिक पर्यटन *(Individual Group Tourism)*— कभी पर्यटक अकेले पर्यटन पर निकलता है और कभी समूह में। ये पर्यटन के दो प्रकार हुए। इनको क्रमशः स्वतन्त्र (Independent) तथा संगठित (Inclusive) पर्यटन भी कहा जाता है। स्वतन्त्र पर्यटन में पर्यटक अकेले या अधिक-से-अधिक अपने परिवार के साथ पर्यटन पर निकलता है। इसकी सारी तैयारी -- ठहराव, भोजन, स्थान निर्णय, परिवहन अकेले अपनी या परिवार की रुचि के अनुसार करता है। पर सामूहिक पर्यटन में ये सभी व्यवस्थाएँ सम्मिलित भावना पर निर्भर होती है। प्रायः संस्थाओं या एजेंसियों द्वारा पर्यटन आयोजित होते हैं।

(2) सामुदायिक पर्यटन *(Muss Tourism)*— विकसित देशों में पैसा पर्याप्त होता है तथा छुट्टियों के दिन भी अधिक होते हैं। इनको आनन्द से बिताना वहाँ के लोगों के जीवन का एक आवश्यक अंग बन गया है। अतः वहाँ के लोग एक साथ बड़ी संख्या में छुट्टियों के दिनों में पर्यटन के लिए निकल पड़ते हैं। इसे ही सामूहिक पर्यटन कहा जाता है। अमेरिका, जर्मनी, फ्रांस, जापान, कनाडा आदि देशों में विशेष रूप से इसका चलन है। भारतवासियों के पास आज इतना पैसा नहीं है कि वे विदेशों में सामूहिक पर्यटन पर इसे व्यय कर सकें। साथ ही सामूहिक परिवार प्रणाली तथा परम्परागत व्यवस्था पर व्यय होने वाला धन इसमें सबसे अधिक बाधक है। अतः ऐसे पर्यटन का आयोजन करना भारतीयों के लिए न वर्तमान में और न निकट भविष्य में ही सम्भव है।

(ग) समय की दृष्टि से

(1) दीर्घकालीन पर्यटन *(Long Term Tourism)*— इसमें पर्यटन अवधि कई सप्ताह या महीनों की होती है क्योकि पर्यटक कई स्थानों की यात्रा एक क्रम में करता है। इसमें वह प्रत्येक स्थान पर थोड़े-थोड़े दिन रुकता हुआ आगे बढ़ता है। इसको Trip या Visit भी कहते हैं।

(2) अल्पकालिक पर्यटन *(Short Term Tourism)*— उसमें पर्यटक एक सप्ताह या दस दिन के यात्रा पर निकलता है। यह राष्ट्र के आर्थिक हित में होता है तथा उनके लिए

उपयोगी होता है जिनके लिए अधिक अवकाश मिलना तथा उसका उपयोग करना सम्भव नहीं होता।

(घ) व्यवस्था की दृष्टि से

(1) स्वच्छन्द पर्यटन *(Independent Tourism)*—इसमें पर्यटक किसी एजेंसी या टूर ऑपरेटर का सहारा न लेकर अपनी निज की व्यवस्था के अनुसार पर्यटन करता है। सब व्यवस्था वह स्वयं करता है।

(2) समन्वित या पैकेज व्यवस्था *(Inclusive/Package Tourism)*—इसमें सारी व्यवस्था टूर एजेंसी और ऑपरेटर पहले से ही किया रहता है। पर्यटक घर से निकलने के बाद उन्हीं की व्यवस्था में चलता जाता है। उसे कुछ नहीं करना पड़ता।

(ङ) द्रव्य की दृष्टि से

(1) द्रव्य सक्रिय पर्यटन *(Receptive Tourism)*—इसमें आने वाले विदेशी पर्यटक अपनी मुद्रा यहाँ के मुद्रा में बदलाव (convert) कर व्यय करता है। इससे आने वाले देश को विदेशी मुद्रा मिलती है। इससे आने वाले देश को लाभ होता है।

(2) द्रव्य निष्क्रिय पर्यटन *(Passive Tourism)*—इसमें पर्यटक दूसरे देशों में जाकर अपने देश का ही मुद्रा व्यय करता है। इसमें आने वाले देश का कोई लाभ नहीं होता।

(च) इच्छा की दृष्टि से

(1) सामाजिक पर्यटन *(Social Tourism)*—जिन देशों में लोगों के पास सीमित साधन होते हैं वहाँ राज्य की ओर से पर्यटन के लिए सहायता मिलती है। इसमें राज्य ही निर्णय करता है इन्हें कब, कहाँ तथा कितने दिनों के लिए जाना होगा। यह पूर्वी यूरोपीय देशों में अधिक प्रचलित है। भारतवर्ष में भी ऐसी योजना बनाई गई है कि प्रतिवर्ष यहाँ से कृषकों का दल बाहर से नई तकनीक सीखने के लिए राजकीय व्यय पर विदेश भेजा जाय। साथ ही इसका उद्देश्य है वहाँ के लोगों से सम्पर्क रखना। ऐसे कई दल यहाँ से विदेश भेजे जा चुके हैं। इसी योजना में रूस आदि देशों से भी भ्रमणार्थी भारत आते रहे हैं। ये यात्राएँ इसी कोटि में आती है।

(2) सांस्कृतिक पर्यटन *(Cultural Tourism)*—सांस्कृतिक सामग्रियाँ पर्यटकों का आवश्यक केन्द्र होती है। यूनान, मिस्र, भारत आदि पुरातन सभ्यता के केन्द्रों पर पर्यटन वहाँ की सांस्कृतिक विरासत को ध्यान में रखकर किया जाता है। वहाँ बिखरी हुई पुरातात्विक सामग्रियाँ पुरास्थल, संग्रहालय, ऐतिहासिक स्मारक पर्यटकों का मूल आकर्षण होता है। वहाँ आकर्षण को और बढ़ाने के लिए वहाँ की सरकारें इनको अधिक आकर्षक ढंग से प्रस्तुत कर रही है। साथ ही मूल प्रदर्शनियों का आयोजन इसी उद्देश्य से किया जाता है। इसके साथ ही लोक गीत और परम्पराओं को भी होटलों के साथ जोड़ा गया है कि यहाँ आगन्तुक इनका आनन्द ले सकें। इसके साथ ही यह राष्ट्रीय समन्वय को बढ़ावा देता है।

(3) समुद्र, बालुका और सूर्य पर्यटन *(Sea, Sand and Sun Tourism)*—बहुत से पर्यटक स्वास्थ्य लाभ तथा समुद्र के आनन्द के लिए समुद्र तटों पर आते हैं। ये यहाँ सागर की उत्ताल तरंगों में स्नान, तैरना, नाव चलना, वहाँ के हवा के झोंकों का आनन्द लेते हैं। वे बालू के मैदान और सूर्य की धूप में मसाज कराते तथा समुद्री क्रियाओं जैसे मत्स्य उद्योग, सीप उद्योग, समुद्री जीव-जन्तुओं के दृश्य आदि को समीप से देखने का लाभ उठाते हैं।

आधुनिक जल क्रीड़ाओं को वहाँ करते हैं। यहाँ के पर्यावरण के साथ सह-सम्बन्ध तथा पर्यावरण वाले ग्रामों के ग्रामीणों का आकर्षण पर्यटकों के लिए होता है।

(4) पर्यावरण पर्यटन *(Eco-Tourism)*— पर्यावरण का विकास पर्यावरण प्रेमी पर्यटकों के आकर्षण का प्रमुख केन्द्र होता है। इससे पर्यटक को मानव इतिहास के विकास के जानने में बड़ी सुविधा होती है। पर्यावरण के प्रति पर्यटकों की जागरूकता बढ़ती है। इसमें पर्यटक शान्त वातावरण में आकर प्रकृति और पर्यावरण का आनन्द लेता है। उसका प्रयास होता है कि पर्यावरण को किसी भी प्रकार उसकी क्रिया से क्षति न पहुँचे। इसके द्वारा सामाजिक-आर्थिक लाभ की क्रिया स्थानीय जनता को प्राप्त होती है। ये साहस भरे कार्यों के लिए सदा तैयार रहते हैं जो पर्यावरण के कारण इनके समक्ष चैलेंज के रूप में उपस्थित होता है जिसे ये स्वीकार करते हैं। ये खराब सड़कें, मौसम की तीव्रता, पर्यावरण की विविधता से घबड़ाते नहीं है। पर्वत, जंगल, झरनों का आकर्षण इनके लिए सर्वाधिक होता है। इसमें प्राकृतिक और सांस्कृतिक स्थितियों में समन्वय का प्रयास किया जाता है जैसे अजन्ता की चित्रकला और गुफाओं को देखने के लिए पर्यटक को ले जाते हैं। इनसे प्राप्त आय से वहाँ की सफाई तथा विकास की व्यवस्था की जाती है।

(5) आरक्षित पर्यटन विकास *(Sustainable Tourism Development)*— यह आज के पर्यटन की एक नई विधा है। पर्यटक इसकी ओर अधिक आकर्षित होते हैं। इसका अभिप्राय है कि पर्यटन का अपने स्वरूप और दिशा में विकास की ओर इस प्रकार बढ़ना कि प्राकृतिक पर्यावरण का दबाव सामान्य स्तर से नीचे बना रहे। आज का पर्यटक प्राकृतिक पर्यावरण की ओर खिचता जा रहा है। इस विद्या के पर्यटन का कारण है कि पर्यटकों के आवागमन से पर्यावरण प्रदूषित होता जा रहा है। अतः पर्यावरण के मूल रूप को विनाश से बचाने के लिए यह विधा अपनाई गई तथा साथ ही यह विकास की भी दिशा को प्रोत्साहित हो जाता है। पर्यटन का प्रभाव स्थानीय पर्यावरण पर उसमें होने वाले प्रदूषण के आधार पर आकलित किया जा सकता है जो जल, प्राकृतिक दृश्यों, स्वर, प्राकृतिक एवं कृषि, पशु-पक्षियों, ऐतिहासिक स्थलों, स्मारकों, समाज में तनाव, आवागमन और सेवाओं पर होता है।

(6) शैक्षणिक पर्यटन *(Educational Tourism)*— प्रायः शैक्षणिक संस्थाएँ अपनी संगोष्ठियों, मीटिंग, वार्षिकोत्सवों आदि के अवसर पर विदेशी छात्रों और विद्वानों को आमंत्रित करते हैं। कभी-कभी किसी विशिष्ट ज्ञान तथा प्राविधिकता को सीखने के लिए दूसरे स्थान के विद्यार्थी स्वयं आते हैं या वहाँ के विद्वानों को अपने यहाँ आमंत्रित करते हैं। कभी-कभी रिफरेशर कोर्स, शॉर्ट टर्म कोर्स के लिए बाहरी छात्र दूसरे विश्वविद्यालयों में आते रहते हैं। इससे दोनों देशों के ज्ञान का पारस्परिक लाभ छात्र अर्जित करते हैं।

(7) वन्य जन्तु पर्यटन *(Wild Life Tourism)*— कुछ लोग वन्य जीवों के सानिध्य को अधिक पसन्द करते हैं। इसका स्पष्ट प्रमाण है टी. वी. का डिस्कवरी चैनल। ये पता लगाते रहते हैं कि कहा विशिष्ट प्रकार के पशु पाये जाते हैं। वहाँ की यात्रा करते हैं तथा उन पशुओं की जीवन पद्धति का अध्ययन वहाँ जाकर उनके प्राकृतिक परिवेश में करते हैं। कुछ ऐसे होते हैं जो जन्तुशाला में जाकर वहाँ के पशुओं के विषय में अध्ययन करते हैं। इसके साथ कुछ लोग वन्य पशुओं के शिकार का आनन्द लेने के लिए इन क्षेत्रों में आते हैं। ऐसे पर्यटन भारत में प्रायः हिमालय के पर्वतीय वनों में होते हैं। कुछ पर्यटक यहाँ की विचित्रता सूर्य तथा जहरीले जानवरों आदि को देखने के लिए आते हैं जिनको प्रकृति ने इतना सुन्दर रूप देकर उन्हें विषगर्भित कर दिया है।

(8) प्राकृतिक दृश्य पर्यटन *(Senoria Tourism)* — जहाँ भी सुन्दर प्राकृतिक दृश्य होता है वहाँ की यात्रा प्रकृति प्रेमी जनता करती है। स्विटजरलैण्ड, भारत में कश्मीर, हिमालय, ऊँटी आदि स्थानों का पर्यटन इसी भावना से किया जाता है। वहाँ ये कुछ दिन ठहर कर पहाड़ों, जंगलों आदि की यात्रा करते, गिरते प्रपात, बर्फ गिरते, वर्षा का आनन्द लेते, विभिन्न प्रकार के पेड़-पौधों को देखते, पहाड़ों की ऊँचाइयों पर चढ़ते हुए पर्यटन का आनन्द लेते हैं। फूलों की घाटी, बड़े-बड़े कृत्रिम उद्यान इनके आकर्षण होते हैं। बद्रीनाथ के रास्ते में फूलों की घाटी देखने बड़ी संख्या में देशी-विदेशी पर्यटक प्रतिवर्ष वहाँ आते हैं भले ही वहाँ कुछ दूर पैदल जाना होता है। हिमालय की चोटियों की चढ़ाई, बर्फ पर स्टेकिंग करना, बादलों के नीचे उतरने का आनन्द लेना आदि इनकी वहाँ आनन्दात्मक क्रियाएँ होती हैं। इसी प्रकार उगते सूरज को देखने लोग कन्याकुमारी जाते हैं जहाँ सूर्योदय के समय सूर्य का रथ सात घोड़ों सहित दीखता है।

(9) एकान्त जीवन पर्यटन *(Solitary Tourism)* — आज के धमा-चौकड़ी से अब लोग एकान्त जीवन व्यतीत करने के लिए प्रायः ऐसे स्थानों की यात्रा करते हैं जहाँ न भीड़ हो, न जीवन में बहुत उछल-कूद हो। वहाँ भी वे एकान्त स्थान में रहते, धार्मिक पुस्तकों का अध्ययन करते, वहाँ के धार्मिक व्यक्तियों का प्रवचन सुनते घूमते रहते हैं। पाश्चात्य विश्व के भीड़ भरे तथा चमक-दमक और काम के बोझ से लदे युवक इसी से यहाँ चले आते हैं कि कुछ दिन उनको एकान्त में शान्ति मिल सके। इन्हें भारत के शहरों की अपेक्षा ग्राम्याञ्चल अधिक पसन्द होता है। वहाँ के भोजन, लोगों की जीवन शैली, कुटीर उद्योगों, आनन्दात्मक क्रियाओं आदि का आनन्द लेते होटल में ग्रामीणों के साथ अतिथि रूप में रहना अधिक पसन्द करते हैं।

(10) अल्प सुविधा भोगी पर्यटन *(Small Earners Tourism)* — समाज के सभी लोगों के पास इतना धन नहीं होता कि वे आनन्द की प्राप्ति के लिए लम्बी तथा सुखद यात्रा करें। जब कम वेतन भोगी यात्रा पर निकलता है तो सामान्यतः रीति से वह यात्रा का आनन्द लेता है। उसकी यात्रा अल्पकालिक, अल्प दूरी की तथा अल्प व्यय वाली होती है। इस कारण वह पर्यटक ग्रामों में, यात्री निवास आदि सस्ते आवासों में ठहरता है और कम खर्च में अपनी इच्छित वस्तुओं का आनन्द लेकर लौट जाता है।

(11) युवावर्ग पर्यटन *(Youth Tourism)* — युवा पीढ़ी प्रायः सभा-समीतियों में भाग लेने, कुछ दर्शनीय स्थलों को देखने, युवा तुर्कों से मिलने या कुछ सीखने के लिए यात्रा करते हैं। ये सस्ते यात्रा-साधनों का प्रयोग करते, साधारण भोजन करते, सस्ते आवासों या रेल के प्लेटफार्म, खुले स्थानों अथवा पार्क में सोकर रात बिताते अपनी यात्रा पूरी करते हैं। इनके लिए ही यूथ हॉस्टल पर्यटन विभाग की ओर से बने हैं जहाँ ठहरने में कम व्यय करना होता है।

(12) धार्मिक पर्यटन *(Religious Tourism)* — साधु एवं वृद्ध पुरुष-स्त्री धार्मिक स्थलों पर विशिष्ट आयोजनों, अवसरों, महत्त्व की तिथियों तथा वहाँ के महात्म्य के अवसर पर जाकर अपनी धार्मिक इच्छा की पूर्ति करते हैं। वहाँ के मन्दिरों, मसजिदों, धार्मिक पुरुषों का दर्शन, प्रवचन में भाग लेने, धार्मिक गोष्ठियों में हिस्सादारी निभाने आदि जाते हैं। कभी बिना किसी आयोजन के भी वहाँ तीर्थाटन के लिए निकल जाते हैं।

इस प्रकार पर्यटन के अनेक कारण होते हैं और उन्हीं के अनुसार पर्यटकों तथा पर्यटन का वर्गीकरण किया जा सकता है। बढ़ती रुचि और विकास के बढ़ते चरण के कारण पर्यटन प्रकार को सीमाबद्ध नहीं किया जा सकता।

□

अध्याय–3

पर्यटन सम्पदा और भारत

प्रकृति और इतिहास दोनों ने भारत को विश्व का एक अति आकर्षणपूर्ण पर्यटक देश बनाया है। (*"Nature and history both have made India one of the most attractive tourist country of the world."*)

वास्तव में भारत प्रकृति का एक वरदान है जिसके कण-कण में आकर्षण और नवीनता है। यहाँ हर स्थान पर साथ-साथ राम और रहीम बसते हैं। इस धरती पर आकर सभी इसके हो जाते हैं। यहाँ अपना गैर का कोई भेद ही नहीं रह जाती। जो यहाँ आया या आता है वह इसका हो जाता है। यहाँ तक कि अपने को भी भूल जाता है।

भारत एक बहुमुखी देश ही नहीं है। इसे एक प्रायद्वीप कहा जा सकता है जहाँ विविध भाषा, भूषा, बोली, आचार, व्यवहार, कला, सभ्यता, संस्कृति, भौगोलिक विशेषताएँ एवं स्वरूप, उपज, खनिज परम्पराएँ आदि पलती हैं। प्रत्येक क्षेत्र का स्वरूप, सभ्यता और संस्कृति अलग-अलग है। यहाँ की धरती में सम्पदाओं का अतुलित अक्षुण भण्डार युगों से सुरक्षित है। इसी से दूसरे देश के लोग इसे पर्यटकों का स्वर्ग (Tourists paradise) कहते हैं क्योंकि यहाँ पर्यटन का कच्चा माल भरपूर बिखरा पड़ा है। यहाँ राख से लेकर हीरा तक है। यहाँ स्वदेशी से लेकर विदेशी तक एक तारतम्य में गुथ कर इस माटी के अपने हो गए हैं। उनका सब कुछ इस धरती ने अपने से स्वीकार कर लिया है अपना बना कर। इसकी पर्यटन सम्पदा के लिए भी यही बात पूर्ण सत्य है। यहाँ का प्राचीन सिद्धान्त रहा है— 'चरैवेत चरैवेत', चलते रहो-चलते रहो। हमारी प्रतिज्ञा है प्रवहमान संस्कृति की धारा में अपने को जोड़ना। यही कारण है कि यहाँ जो कुछ भी है पुराना होते हुए भी नया है। हमारा लक्ष्य है चलते रहना, 'किन्तु ठहरना उस सीमा पर जिसके आगे राह नहीं' (जयशंकर प्रसाद)। जिस देश में यहाँ के लोग गए वहाँ उस धरती पर उन्होंने अपनी छाप छोड़ी और जो यहाँ आए उसको इसने अपना लिया जैसे शक, हूण, कुषाण आदि। यही कारण है कि भारतीय संस्कृति और ज्ञान का ऋणी आज सारा विश्व है। अपना ही देश जो विंध्य पर्वत माला के कारण उत्तर और दक्षिण में बँटा है। यहाँ आवागमन बड़ा सुगम नहीं रहा है वहाँ भी उत्तर की उर्वर भूमि में एक ओर ऋषियों की वाणी गूँजी तो दक्षिण की पथरीली धरती पर उसी परिपेक्ष्य में कला की विशाल बीथी सजी और भक्ति सम्प्रदाय की धारा बह चली। फिर भी संस्कृति की अनवरत धारा सर्वत्र एक-सी बहती रही। कलाकृतियों और साहित्यिक भण्डार से यह देश सँवर उठा। शास्त्रविहित व्यवहारों के साथ गाँवों की लोक-परम्पराएँ भी विकसित हुई। मानव के इन क्रिया व्यापारों के साथ प्रकृति ने भी हमारा बहुत सहयोग किया है। यहाँ वन भी हैं और उपवन भी, नदियों की उर्वर घाटियाँ हैं और विशाल मरुस्थल भी। सागर की गहराइयाँ हैं तो पर्वत की ऊँचाइयाँ भी। इस प्रकार ये बहुविधीय प्राकृतिक सम्पदा जहाँ आकर्षण के केन्द्र हैं वहीं मानव निर्मित कला केन्द्र, धरती के आंचल में छिपी पुरा-सामग्रियाँ, वन्य पशुओं का बिहार, बालुका पूरित मरुभूमि, चिलचिलाती धूप, समुद्र के मनोरम तट, साहित्य की स्थली, राजधानी, धर्मस्थान, संग्रहालय, ऐतिहासिक स्मारक एवं पुरास्थल, तीर्थ, औद्योगिक केन्द्र आदि पर्यटकों के लिए एक साथ आकर्षण के विविध आयाम खोलते हैं। यही कारण है कि भारत भूमि, अतीत से ही विदेशियों के लिए आकर्षण का स्थल तथा पर्यटन का केन्द्र रही है क्योंकि मौलिक रूप

से भारत वह है जो भी इसको बनना या इससे बनाना चाहता है। *(Basically India is what you make of it and what you want to be.)* इसी से प्रायः भारत एक देश नहीं, एक प्रायद्वीप कहा जाता है। *(India, it is often said, not a country but a continent.)*

प्राकृतिक दृष्टि से हिमालय का विस्तृत प्रांगण, सागर तट, नदियों का पवित्र निर्भल जल, प्रकृति का क्रीड़ा क्षेत्र, ऋतुओं का वन बिहार, गर्मी की उष्णता, सर्दी की सिहरन, जातियों का संगम, विभिन्न धर्मों की फुलवारी की विविधताएँ एवं मान्यताएँ, खनिज एवं वनस्पतियों के भण्डार के सुषमा और सौन्दर्य को समेटे भारत सदा से दुनिया का एक सम्पन्न देश रहा है। यद्यपि यहाँ उपलब्ध साधनों के दोहन के अभाव में हम आज निर्धन है। यहाँ आबादी बढ़ी है पर आध्यात्मिक बंधन ने हमें भौतिकता की चकाचौंध से दूर रखा है अन्यथा हमारी पहचान खो जाती है। इससे पहले की तरह आज भी यह पूर्ववत पर्यटन सम्पदा का भाग बना है। भारतीय पर्यटन सम्पदा को मुख्यतः दो वर्गों में विभक्त कर सकते हैं : सांस्कृतिक तथा प्राकृतिक। सांस्कृतिक सम्पदा में हैं: ऐतिहासिक स्थल, पुरा-सम्पदाएँ उत्खनित अतीत की धरोहर, पुरा-स्थल, ललित कलाएँ, लोक कला-कृतियाँ और परम्पराएँ, लोक जीवन, उत्सव-पर्व, नृत्य, संगीत, मन्दिर और धार्मिक स्थल, जीवन विधियाँ, सांस्कृतिक केन्द्र, साहित्य-साधना के स्थल, सभ्यता के आयाम आदि तथा प्राकृतिक सम्पदा है: पर्वत, नदियाँ, तालाब, झील, घाटियाँ, प्राकृतिक दृश्य के स्थल, अरण्य, उद्यान, मरुस्थल, सागर तट, वन्य जीवन आदि। इसी से भारत में आने वाले पर्यटक जहाँ एक ओर खुले धूप और बालू के विस्तृत क्षेत्र के आनन्द को ललचाई आँखों से देखते हैं वहीं दूसरी ओर एकान्त समुद्रतट के आनन्द के भूखे एवं तटीय नरवता में घूमने में आह्लादित होते हैं जहाँ वे प्रकृति की गोद में प्राकृतिक क्रीड़ाओं को रचाते हैं जैसे पर्वतारोहण, स्केइंग आदि। वही प्राकृतिक दृश्यों के बीच वे अपने व्यस्त जीवन काल के दुःखों को भुला देते हैं।

(1) धर्मस्थान— भारत धर्मभूमि है। धर्म यहाँ के कण-कण में व्याप्त है। बच्चा-बच्चा धर्म से लिपटा है। यहाँ के निवासियों की पहचान बनाती है यहाँ की परम्पराएँ, रूढ़िवादिता, पुरातनवादिता, अभेदता। यहाँ हर क्षण सर्वत्र से हरिनाम गूँजता है, हर गली में कोई-न-कोई मन्दिर है, घर-घर में कोई-न-कोई देवमूर्त्ति पूजी जाती है, प्रतिदिन कोई-न-कोई धार्मिक कृत्य मानता रहता है। प्रत्येक माह में त्योहार होते हैं। यहाँ की धरती पर अनेकों धार्मिक सम्प्रदाय पनपते हैं। इसका सम्बन्ध एक ओर गोदावरी, गंगा आदि नदियों से जहाँ जुड़ा है वहीं दूसरी ओर कैलाश और गोवर्धन आदि पर्वतों से, कहीं नैभिषारण्य के जंगलों से तो, कहीं पुष्कर, मथुरा, गया, काँची और रोमश्वरम के तीर्थ से। ये सभी स्थान चाहे पौराणिक तीर्थ है या व्यास, महावीर, बुद्ध, शंकराचार्य जैसे धर्म गुरुओं से सम्बन्धित हैं अथवा महात्माओं के वास स्थान रहे हैं। ये सभी सदियों से भारत में आने वाले पर्यटकों के आकर्षण केन्द्र हैं। आज भारत में जो भी पर्यटक आता है वह मन में इन स्थानों के देखने का मोह संवरण नहीं कर पाता और बार-बार यहाँ आने के लिए ललचाया रहता है क्योंकि यह विश्व के प्रत्येक जातियों और सम्प्रदायों का संग्रहालय है, जहाँ प्रत्येक प्रकार के लोग अपनी विशेषताओं के साथ रहते है, प्रत्येक धर्म फैलता है।

(2) ऐतिहासिक स्थल— भारतभूमि अपने क्रोड़ में गौरवपूर्ण अतीत की एक लम्बी गाथा संजोए हैं। इसकी थाती कुछ धरती के ऊपर है और कुछ धरती के नीचे। यहाँ सदा से अनेक मनीषियों ने जन्म लिया, राजघराने उठे और गिरे, घटनाओं का क्रम बिखर कर चलता रहा, साम्राज्य के विविध प्रकार बनते-बिगड़ते रहे, गणराज्यों ने संघ राज्य की आधारशीला रखी,

महात्माओं ने अपनी अमर वाणी संसार को दी। यहीं अशोक ने पाटलिपुत्र से धम्म का नारा दिया तथा संसार के इतिहास में समानता, स्वतन्त्रता और भाईचारे (Equality, Liberty and Fraternity) का स्वर पहली बार नेपोलियन से सदियों पहले मुखरित किया, तो उज्जैनी के शासक विक्रमादित्य ने अपने दरबार के नवरत्नों द्वारा संस्कृत का भण्डार भरा, बुद्ध ने कपिलवस्तु में जन्म लेकर बोधगया में ज्ञानार्जन कर सारनाथ में अपना प्रथम संदेश दिया जिसे पंचशील के रूप में विश्व ने राजनीतिक में स्वीकार किया, बंगाल में रामकृष्ण परमहंस ने धर्म की नई ज्योति जलाई, धारा नगरी की राजा भोज ने जहाँ धरा को पवित्र किया वहीं हर्ष ने कन्नौज को भारत का गौरवपूर्ण केन्द्र बनाया। इन सारे अतीत के गौरवपूर्ण धरोहर के हम धनी हैं। स्वातन्त्र्योत्तर काल में उत्खनित पुरातन से मिले हैं प्राचीन नगरों के भग्नावशेष, भवनों का खण्डहर, सदियों पूर्व प्रचलित सिक्के, नालन्दा जैसा विश्व का अद्वितीय विश्वविद्यालय और पुस्तकालय जिसके ध्वंसावशेष आज भी खड़े हैं। इनकी प्राप्ति ने देशी और विदेशी लोगों का मन हर लिया। उनकी ललचाई आँखें भारत घूमने का बार-बार छटपटाती रहती है जहाँ है शंकर की नगरी काशी, ब्रह्मा का स्थान पुष्कर, राम की नगरी अयोध्या, महाभारत का युद्ध-स्थल कुरुक्षेत्र, बुद्ध की ज्ञानस्थली गया, जैनियों की भूमि वैशाली आदि। इनके दर्शन के लिए लाखों विदेशी इस धर्म धरा पर अनायास खिंचते चले आते हैं।

(3) ललित कलाएँ — भारत की गौरवपूर्ण परम्परा के साथ जुड़ा है इसके ललित कला का इतिहास। आज भी ताजमहल, दिल्ली का लाल किला, लखनऊ की बारादरी, कोणार्क का सूर्य मन्दिर, ग्वालियर का किला और उसके अन्दर बना सास-बहु मन्दिर, तेली की लाट, साँची और अमरावती के स्तूप, गया का बोध मन्दिर, सारनाथ के स्मारक, मथुरा और गांधार की मूर्त्तियाँ, लोथल की गोदी, अशोक के स्तम्भ और उनकी शीर्षस्थ सजीव मूर्त्तियाँ, पश्चिमी घाट को शैलोत्खात गुफाएँ, राजस्थान के महल और किले, महाबलीपुरम् के रथ मन्दिर, अजन्ता और एलौरा की चित्रकारी विश्व को मंत्रमुग्ध किए है। पर्यटकों की आँखें उन्हें निहारते नहीं अघातीं अपितु उनका सतत सान्निध्य खोजती हैं। इसी कला के अतुलित भण्डार के लालच से सैलानियों का एक बड़ा समूह समुद्र पार दूर देशों से यहाँ प्रतिवर्ष आता रहता है।

(4) लोक कलाएँ — रूढ़ियों, परम्पराओं और पुरातन मान्यताओं का देश है भारत। यहाँ के लोगों में नए का स्वागत है पर पुरातन को अलविदा कहने की धृष्टता नहीं। इसी से इस धरती में अतीत और वर्तमान दोनों ही साथ-साथ जीवित हैं। यह गाँवों का देश है। इसकी अधिकांश जनता देहाती है। कुछ क्षेत्रों में जो जंगलों से ढँके हैं या पहाड़ों की उपत्यका में हैं मुण्डा, थारु, संथाल आदि जन-जातियाँ आज भी अपनी पुरानी शैली में जी रही हैं। आज भी वे अपनी परम्परा की धरोहर संजोए हैं। यहाँ हस्तशिल्प, लोकनृत्य, लोकसंगीत – कजरी, कहरवा, आल्हा, जनजातीय परम्पराएँ, पंजाब का भाखड़ा नृत्य, लखनऊ और कानपुर की नौटंकी, मथुरा की रासलीला, दरभंगा की रामलीला, दक्षिणी भारत की अनेक देशी नृत्य शैलियाँ, तबले के अलग-अलग घरानों का ठेका, देशी साज – ढोल, मजीरा, झाल, पखावज, बाँसुरी के बोल पर विदेशियों का मन आज भी झूम उठता है। भारत महोत्सव कई बार अब तक विदेशों में मनाया जा चुका है। भारतीय वेष, परिवेश, कला और स्वरलहरी ने अपना चोखा रंग वहाँ जमा लिया। इसी से आज भारत का मूल उत्पादन वस्त्र, शृंगार-प्रसाधन, वाद्य, संगीत और नृत्य शैलियाँ, भोजन, कुटीर उद्योग की सामग्रियाँ और कलाओं की माँग विदेशों में आशातीत बढ़ी है। वहाँ से इसे सीखने के लिए बड़ी संख्या में लोग भारत आते हैं तथा भारत

से इन विषयों के ज्ञाताओं को बुलाते हैं। यहाँ की हाथ की बुनी चटाई, कथरी जो कभी गरीबों की बिछावन थी, दउरी, डलिया, परम्परागत कशीदाकारी आदि की बढ़ती माँग ने पर्यटकों के लिए भारत को आकर्षण का केन्द्र बना दिया है।

(5) साहित्य और साहित्य स्थल— संस्कृत ही विश्व के सभी साहित्य का उद्गम है। यह देव वाणी है जो कभी भारत भूमि की जनसामान्य की भाषा थी। ऋषियों ने इसी के माध्यम से अपने मंत्र गाए तथा साहित्यकारों ने इसके भण्डार को इतना भरा कि आज भी यह विश्व में बेमिसाल है। संस्कृत, पालि, प्राकृत तथा भारतीय दर्शन, चिकित्सा, विज्ञान आदि सीखने के लिए अतीत में भी विदेशी यहाँ आते थे और आज भी आते रहते हैं। विदेश के छात्रों को इस भाषा की शिक्षा देने के लिए यहाँ अनेक स्थानों पर संस्थान बनाए गए हैं, जैसे सारनाथ का तिब्बती संस्थान, नालन्दा का पालि संस्थान आदि। प्राचीन भारतीय इतिहास धर्म और दर्शन यहाँ का अनमोल ज्ञान कोष रहा है। चीन के अनेक पर्यटक इसे पढ़ने तथा अपनी शंकाओं के समाधान के लिए यहाँ दुरूह और दुर्गम माँगों से होकर अपने जान की बाजी लगाकर बराबर आते रहे। प्राचीन काल का तक्षशिला और नालन्दा विश्वविद्यालय ऐसे विदेशियों से भरा रहता था और आज भी सम्पूर्णानंद वाराणसेय संस्कृत विश्वविद्यालय में ऐसे विदेशी छात्रों का जमघट है जिन्हें रहने के लिए उसके परिसर में 'अन्तरराष्ट्रीय छात्रावास' बनाया गया है। कुछ विदेशी छात्र यहाँ संचित दुर्लभ पाण्डुलिपियों का अध्ययन करते तथा एकान्त साधकों से पढ़ने के लिए आते हैं। यहाँ ज्ञान-विज्ञान और कला सामग्रियों का बड़ा विशाल संग्रह किया गया है जैसे– पटना संग्रहालय, खुदाबख्श पुस्तकालय, पटना, नालन्दा महाविहार आदि में। आत्मा विषयक ज्ञान में आज भी भारत विश्व का गुरु है।

बहुत से पर्यटक यहाँ साहित्यकारों की जन्मभूमि को नमन करने आते हैं, जैसे कालिदास की उज्जैनी, वाल्मीकि का आश्रम, जीवक का राजगिरि का आम्रवन, तुलसीदास का सारों, कबीर का वाराणसी का लहरतारा तथा संत कबीर नगर का मगहर, रामचन्द्र शुक्ल का वाराणसी संस्थान, हजारी प्रसाद द्विवेदी की बलिया की ओझवलिया, परशुराम चतुर्वेदी का बलिया आदि। यहाँ उनकी कृतियाँ, जीवन, पुस्तकालय आदि का दर्शन एवं अध्ययन करते हैं।

(6) राजधानियाँ— पुरानी और नई राजधानियों के देखने के लिए भी पर्यटक आते हैं, जैसे कृष्ण की द्वारका, राम की अयोध्या, अशोक का पाटलिपुत्र, हर्ष का कन्नौज, सुल्तानों की दिल्ली, मुसलमानों का आगरा, स्वतन्त्र भारत का दिल्ली, पंजाब का चण्डीगढ़, बंगाल का कोलकाता आदि।

(7) परम्पराएँ-- भारत भूमि परम्पराओं की अपनी बगिया आज भी संजोए हैं। यहाँ के पुरातन आदर्श, सिद्धान्त मान्यताएँ, विश्वास अद्यावधि शाश्वत और सनातन हैं। इसी से उसके पुरातन को 'सनातन' नाम दिया जाता है, जैसे सनातन धर्म, सनातन सिद्धान्त आदि। परम्पराओं के इस देश में विदेशीपन घुसा है पर उसे मिटा नहीं सका है। ये यथावत् जीवित है। आज भी खड़ाऊँ, धोती, बिना सिला वस्त्र पहने, हाथ-पैर धोकर, पीढ़ा पर बैठकर भोजन करना, जनेऊ धारण करना, तिलक लगाना, फेरा लगाकर शादी करना, मंत्रोच्चारण और देवार्चन से शुभाशुभ कार्य प्रारम्भ करना, वृद्धों और अति गुरुओं की सेवा इसकी माटी में पड़ी है। जो सैलानी यहाँ आते हैं वे भी अपने को भारतीय परिधान में अधिक गौरवान्वित अनुभव करते हैं तथा भारतीय देवी-देवताओं की पूजा पुरातन परम्परा से करने को ललचा उठते हैं। यही कारण है कि मथुरा में विदेशियों ने राधाकृष्ण का बड़ा ही विशाल मन्दिर बनवाया है और वहाँ गेरुआ वस्त्र धारण कर तन्मय होकर 'हरे राम' 'हरे कृष्ण' का जप, पूजन आदि

करते हैं। काशी घाटों और हाटों में रामनामी या शिवनामी चादर ओढ़े विदेशी पर्यटक साड़ी और धोती-कुर्ता या पाजामा में अधिकांश मिलते हैं। इन परम्पराओं का एक जीवित स्वरूप है। हमारे पुराने उत्सव जो पुरातन पद्धति पर आज भी मनाए जाते हैं। इसी प्रसंग में आज आप भी देखते हैं राम का धनुष-यज्ञ रामलीला में, लंका विजयोत्सव दशहरा में, कृष्ण जन्म जन्माष्टमी में, होलिका का दहन होली में, भाई बहन का स्नेह सूत्र-बन्धन रक्षाबन्धन में, संन्यासियों का जमघट कुम्भ आदि विभिन्न धार्मिक मेले में।

(8) लोग और सभ्यता— भारत विभिन्न जातियों का संग्रहालय है। पंजाबी, कश्मीरी, राजस्थानी, गुजराती, बंगाली, उड़िया, केरला, आंध्र-प्रदेशी, बिहारी, महाराष्ट्री, गढ़ललत्री आदि अनेक क्षेत्रीय जातियों के साथ देशी और विदेशी जातियाँ यहाँ बसती हैं। इनकी भाषा-भूषा, आचार-व्यवहार, पहनावा, खान-पान क्षेत्रीय आधार पर पर्याप्त भिन्न है। भिन्न है रंग और शारीरिक बनावट भी। दक्षिण के लोगों का रहन-सहन उत्तर के साथ बिलकुल मेल नहीं खाता। मन एक होकर भी भिन्नता की अजस्र सरिता यहाँ की भूमि को सिंचित करती है। यही इस सभ्यता के अनेकपन की कहानी है। जनजातियाँ बड़ी संख्या में इसके पिछड़े, पहाड़ी तथा जंगली क्षेत्र में आज भी बसी हैं जिनमें उनकी युग पुरातन सभ्यता और परम्परा का निर्वाह आज भी विद्यमान है। वे वर्तमान के विकासमान आलोक से कोसों दूर हैं। न तो ये इससे प्रभावित होना ही चाहते हैं और न इसका प्रकाश ही उनको अपनी ओर आकर्षित कर पाता है। ये मुण्डा, थारु आदि जातियाँ भारतीय और विदेशियों के अध्ययन के आकर्षण केन्द्र हैं। वे इनके साथ रहकर इनकी सभ्यता में अपने को डुबोकर इनसे बहुत कुछ जानने की अपेक्षा रखते हैं। उसी प्रकार पंजाबी, राजस्थानी, हरियाणवी सभ्यताएँ भौगोलिक दृष्टि से यद्यपि एक ही क्षेत्र की हैं पर उनमें इतनी गहरी भिन्नता है कि देखते ही उनके बीच अलग-अलग रंग उभर उठता है। यह कुतूहल पर्यटकों का एक महत्त्वपूर्ण आकर्षण बिन्दु है।

(9) संग्रहालय— बहुत से शिक्षित पर्यटक संग्रहालयों के देखने के लिए आते हैं, जैसे राष्ट्रीय संग्रहालय दिल्ली, प्रिंस ऑफ वेल्स म्यूजियम बम्बई, रेल संग्रहालय-मडुआडीह, रविन्द्र सग्रहालय-विश्वभारती, सैनिक संग्रहालय दिल्ली आदि।

(10) स्मारक— विवेकानन्द स्मारक कन्याकुमारी, महात्मा गाँधी स्मारक पोरबन्दर, आगरा का ताजमहल, दिल्ली का लालकिला, साँची का स्तूप, एलीफैण्टा की गुफाएँ, कार्ले का चैत्य, कोणार्क और लिंगराज के मन्दिर आदि।

(11) पुरास्थल— वैशाली का टीला, राजगृह का पुराना स्थान, नालन्दा के खण्डहर, सारनाथ का मृगदाब, पंचवटी (नासिक), विदिशा, विक्रमशिला आदि के लिए भी यात्री बराबर आते रहते हैं।

(12) औद्योगिक केन्द्र— कानपुर, सूरत, दिल्ली, कलकत्ता, मद्रास, बम्बई, हैदराबाद, लखनऊ, कश्मीर आदि औद्योगिक केन्द्रों के भ्रमण, वहाँ कुछ जानने, व्यापारिक सम्पर्क करने के लिए भी यात्रियों का दल आता रहता है।

(13) पर्वत और पर्वतीय क्रीड़ा— भौगोलिक दृष्टि से भारत की माटी में पहाड़, राख, सोना, अनाज सब एक साथ है। यहाँ बीहड़ भी है और सघन वन भी, सीना ताने मस्तक ऊँचा किए पूरे देश में फैली पर्वत शृंखलाएँ भी। हिमालय की ऊँची बर्फीली चोटी की अनुपम शोभा एक ओर है तो दूसरी ओर समुद्र के किनारे दक्षिण के पठार और बीच में विन्ध्य का एक पहाड़ी क्षेत्र है जो उत्तर से चलकर दक्षिण तक चलता है तथा दोनों भागों, उत्तर और दक्षिण को एक में मिलने से बहुत हद तक ऋषि अगस्त के प्रयास के पूर्व रोके खड़ा था।

बीच में पड़े सतपुड़ा, अरावली आदि छोटे-छोटे पर्वत भी अपने में कम गरिमा बटोरे नहीं हैं। ये सारी पर्वतमालाएँ पर्यटकों की सम्पदा हैं। टोपी की तरह बर्फीली चोटियाँ, उठान और ढलान, बर्फ पर स्केइंग का खेल, गर्मियों में आनन्द लेने यहाँ लोग पहुँचते हैं।

(14) प्राकृतिक दृश्य — इनके मनोरम दृश्य, यहाँ पर्वतारोहण का आनन्द, वन विहार, पशु-पक्षियों के जीवन के आनन्द, शिकार, बर्फीले भाग में स्केइंग की सुविधा, आदि इनके मुख्य आकर्षण हैं। कंचनजंघा और धौलागिरी की ऊँचाई जो आकाश छूती है, कश्मीर की बर्फ ढँकी घाटी और पहाड़ों पर रहने वालों को बादलों के छू जाने का आनन्द अपने में एक अनूठी अनुभूति है। दूसरी ओर दक्षिण की समुद्रतटीय पर्वतों की बनावट, उनमें गुफा-सा कटाव, समुद्र के किनारे लहरों की टकराहट से बने बंदरगाहों के योग्य कटाव में प्रकृति की मनोरम गोद में Sea, Sand & Sun का आनन्द लेने के लिए पर्यटकों को अपनी ओर अनवरत रूप से आकर्षित करते हैं। इन स्थानों पर बड़ी संख्या में यात्री आते हैं तथा उगते सूरज को देखने के लिए कन्याकुमारी पहुँचते हैं जहाँ समुद्र के बीच उभरे पहाड़ पर आज विश्व प्रसिद्ध विवेकानन्द स्मारक अपने में अद्‌भुत आकर्षण लिए खड़ा है।

(15) वन और वन्य पशु — हिमालय की गोद में 60-70 हजार फीट की ऊँचाई पर नुकीली पत्तियों वाले चीड़ और देवदार के सघन वन, उनके साथ सभी जंगली लकड़ियों का घना जंगल जिनमें सागौन, साखू आदि के सीधे वृक्ष प्रहरी की तरह खड़े यात्रियों का मन अनायास ही मोह लेते हैं। इन्हीं के साथ कहीं-कहीं कँटीली झाड़ियाँ जिनमें प्रसिद्ध कदरी वन हैं तथा फूलों की घाटियाँ भी अपने आंचल में बिन बोए प्रकृति प्रदत्त अनगिनत सुहावने, मनोहारी फूलों की कतार लिए पर्यटकों को अपनी ओर बुलाते हैं। ऐसा एक प्रसिद्ध स्थल है बद्रीनाथ के मार्ग पर जोशीमठ जिसके आगे 'फूलों की घाटी' जहाँ का माली भगवान है, पर वहाँ के फूल उर्वर भूमि की तुलना में बेमेल सौन्दर्य की चादर ओढ़े हैं। इस मठ की बगिया में लटकते सेव के फल अपने में विचित्र आकर्षण लिए आगन्तुकों को निर्मूल्य उपहार प्रदान हेतु मानों बुला रहे हैं। यहाँ की घनी छाया, ऊँची चोटी, मधुर सुगन्ध और मोहक दृश्य की ओर खिंच कर यात्री बार-बार आते हैं।

इन वनों में विचरने वाले पशुओं की शोभा भी आकर्षण का कारण है। भारतीय बाघ, चीता, हाथी, गेंडा आदि के जीवन विधि का आनन्द लेने तथा शिकार करने के लिए भी लोग जाते हैं। इसी से सरकार ने कुछ वनों को अभयारण्य घोषित कर दिया है। वहाँ ये पशु स्वच्छन्दरूप से विचरण करते हैं और दर्शक दूर के मंच से, सड़क से, वाहन से घूम-घूम कर इसका आनन्द लेते हैं। यहाँ बड़े क्षेत्र में मात्र बाढ़ ही है। वैसे सभी वनों में शिकार की सुविधा वैधानिक रूप से समाप्त कर दी गई है कि जीवों की प्रजातियों का विकास हो। विशिष्ट पशुओं के संदर्भ में इसे दण्डनीय अपराध बना दिया गया है।

(16) नदियाँ और झरने — सृष्टि के उदय के साथ मनुष्य को जल भी मिला। तब इसके लिए नदियाँ महत्त्वपूर्ण साधन थी। इनकी प्रशंसा धर्म ग्रंथ में की गई तथा त्योहारों के साथ इन्हें जोड़ा गया। यहाँ स्नान के नित्य महत्त्व के साथ विशेष अवसरों पर विशिष्ट नदियों में सामूहिक स्नान की मान्यता दी गई जो आज भी हमारे समाज में प्रचलित है। इस अवसर पर आकर्षण की और प्रभावी बनाने के लिए नदियों के किनारे विशाल मेले आयोजित किए गए। इनमें साधु-सन्तों की भीड़ होती है तथा देशी एवं विदेशी कलाएँ प्रदर्शित होती हैं, प्रदर्शनियाँ लगती हैं। इसी से भारत के कुम्भ पर्व पर चाहे वह नासिक का हो या उज्जैन का, प्रयाग का हो या हरिद्वार का विदेशियों का दल बड़ी संख्या में वहाँ आता है। कन्हीं-कन्हीं नदियों

के किनारे प्रकृति प्रदत्त आकर्षण को देखने के लिए भी पर्यटक भारत आते हैं, जैसे उत्तरांचल के पहाड़ों में गंगा का उद्गम स्थल गोमुख जहाँ से गंगा निकलती है तथा ऋषिकेश जहाँ पहाड़ को छोड़कर मैदान में उतरती हुई गंगा की निर्मल धारा जब बीच के पत्थरों से लड़ने के कारण तुमुल ध्वनि करती है तो बड़ा ही मनोहरी दृश्य उपस्थित होता है।

जलप्रपात भी आकर्षण के विशिष्ट केन्द्र है जैसे बद्रनीथ में सहस्त्रधारा, जबलपुर का धुआँधार, मिर्जापुर का विण्डम आदि। इनका प्राकृतिक दृश्य इतना लुभावना होता है कि पर्यटक को हठात खींच लाता है बार-बार।

(17) झील, ताल-तलइयाँ और पक्षी विहार—कुछ झीलें भी सैलानियों के लिए आकर्षण का बिन्दु है, जैसे राजस्थान के भरतपुर नामक स्थान की झील जहाँ जाड़े के दिनों में पक्षियों के दल विदेशों से बड़ी संख्या में आते हैं तथा जल विहार करते हैं। ये पक्षी यूरोप तथा आस्ट्रेलिया से वहाँ की बर्फीली हवाओं के भय से यहाँ चले आते हैं। इसी प्रकार की एक दूसरी झील उत्तर प्रदेश के बलिया जनपद में है सुरहा। यहाँ भी जाड़े में खिले हुए कमल पुष्पों के बीच विदेशी पक्षियों का दल पहुँचता है जिसको देखने के लिए विदेशी आते रहते हैं। अभी हाल में नेपाल नरेश के आगमन के उपलक्ष में इसके बीच में एक ठहराव के लिए ऊँचा मंच बनाया गया है। ये दोनों ही स्थान अनेक विकसित पर्यटन स्थल का रूप धारण कर लिए हैं। यहाँ अनेक यात्री सुविधाएँ उपलब्ध कराई जा रही हैं। वर्ष 1991 में ही समाजवादी जनता दल ने अपने शासन में सुरहा को पर्यटन केन्द्र घोषित किया था जिसे विकसित किया जा रहा है। आइए चलें कश्मीर की डल झील में। वहाँ नावों का घर (Boat Houses) में विदेशी आकर झील का आनन्द लूटने के लिए बड़ी संख्या में ठहरते हैं। इन स्थानों में नाव खेने (Roaing) का प्रशिक्षण भी दिया जाता है। इसे भी विदेशियों का दल सीखने के लिए आता है। ऐसे अनेकों ताल-तलइयों का देश भारत है।

इन्हीं के सहारे बने हैं किनारे पर पक्षी विहार। इसमें पक्षियों को प्राकृतिक रूप से आनन्द लेने के लिए उन्मुक्त रख छोड़ा गया है और बहुत बड़े क्षेत्र में उसे जाल से चारों ओर से तथा ऊपर से ढँक दिया गया है। ये रंग-बिरंगे पक्षी पर्यटकों आनन्द के केन्द्र बने हैं।

(18) सागर—आज पर्यटकों का नारा है Sea, Sand & Sun (सागर, बालुका और धूप)। लोग इसके लिए लालायित हैं। उन्हें घनी बस्ती में न प्रकाश मिलता है न धूप। स्वच्छ हवा के भी मुहताज हैं। लोग नगरीय जीवन से ऊब चुके हैं। उन्हें पसन्द हैं प्रकृति की स्वच्छन्द गोद और उसका आनन्द। भारत तीन ओर से सागरों से घिरा है। किनारे पर बैठकर लहरों का उठना और गिरना, मछुआरों का मछली मारना, पोतयुक्त जलयानों का चलना, अनेक प्रकार के जीव-जन्तुओं का दृश्य कितना मनोहारी है, नहीं कहा जा सकता। यहाँ सीप, घोंघे, उस पर की कला, ताड़ के वृक्षों के कतारें, एकान्त-शान्त परिवेश आदि। समुद्र तट के ये विशिष्ट आकर्षण है। यहाँ उगता और डूबता सूरज बड़ा ही सुहावना होता है। इसलिए यहाँ सरकार की ओर से Sea Beach Resort की व्यवस्था की नई है। जहाँ पर्यटक ठहर कर समुद्र, उसके जीव-जन्तु तथा समुद्रतटवासियों के जीवन का भरपूर आनन्द उठा सके।

पर, खेद है कि सब होते हुए भी अभी पूरे वर्ष में भी भारत में पर्यटकों की वह भीड़ नहीं उमड़ती जो दूसरे देशों में एक माह में देखी जाती है। इसका कारण है कि पर्यटन एक सम्पूर्ण उद्योग (total industry) है। इसके विभिन्न घटकों में पूर्ण तालमेल आवश्यक है जिसकी ओर हम अब प्रगतिशील हुए हैं।

□

अध्याय–4

पर्यटन का इतिहास और अन्य यात्रा स्रोत

[अ] पर्यटन का इतिहास

पर्यटन आज विश्व का एक विकसित उद्योग है। इससे वर्तमान में समाज को अनेक प्रकार के सामाजिक और आर्थिक लाभ प्राप्त होते हैं। अतः इसके विकास के लिए प्रत्येक देश की सरकारें प्रयत्नशील है तथा नवीनतम उपलब्धियों के लिए नये आयामों की खोज की जा रही है। यद्यपि यह कहा जाता है कि भारत में अन्तर्राष्ट्रीय स्तर पर पर्यटन मात्र तीन शताब्दियों से ही व्यापक रूप से चल रहा है। यहाँ आने वाले विदेशी पर्यटकों की संख्या में अभूतपूर्व वृद्धि हुई है। आँकड़ों से ज्ञात होता है कि 8.4 प्रतिशत प्रतिवर्ष की दर से पर्यटकों की संख्या में वृद्धि होती जा रही है। सातवीं पंचवर्षीय योजना में यह सम्भावना व्यक्त की गई थी कि आधुनिक सुविधाओं और आकर्षण के कारण 7 प्रतिशत की वृद्धि विश्व पर्यटन के परिप्रेक्ष्य में भारत में होगी।

पर विश्व इतिहास में पर्यटन अनादि काल से होता रहा है। बरबुलोन के शासक शीलकेत जो कई शताब्दियों पहले शासक थे उन्होंने सड़कों, आवास स्थलों, विश्रामगृहों तथा उद्यानों को और विकसित किया कि यात्रियों को असुविधा न हों। रोमवासी भी आनन्दात्मक यात्राएँ करते थे। पर रोम के पतन के कारण वहाँ पर्यटन वाधित हुआ। यूनान, चीन आदि देशों में यह विधा प्रचलित थी, तभी वहाँ से यात्री भारत आदि देशों में आते रहते थे।

इसके पीछे तीन प्रेरणाएँ कार्य करती थीं : (1) उद्योग और व्यापार, (2) धार्मिक लाभ तथा (3) राजनीतिक तत्त्व। इनके साथ दो तत्त्व ऐसे थे जो लोगों को घूमने में चुम्बकीय शक्ति का कार्य करते थे : शासक वर्ग तथा धार्मिक प्रतीक। शासक वर्ग जनता को अपने विशाल राज्य को बसाने के लिए एक स्थान से दूसरे स्थान पर बसने की प्रेरणा देते थे तथा धार्मिक स्थलों की खोज ने भी इसकी ओर लोगों को आकृष्ट किया। इसमें दूसरा पक्ष अधिक महत्त्वपूर्ण था जो धार्मिक उत्सवों के माध्यम से विश्व के विभिन्न देशों के निवासियों को अपनी ओर आकृष्ट करता था। राज्य में बसाने के पीछे कारण था कि भूमि और राज्य का विस्तार अधिक था जिसको बसाने के लिए वे अपनी प्रजा को एक स्थान से दूसरे स्थान पर स्थानान्तरित करते रहते थे।

भारत के लिए यह आधुनिक व्यवस्था नहीं है। यहाँ की अतीत से ही यह एक विकसित परिक्रिया रही है। वैसे तो मानव के साथ जुटी हुई यह उसकी सहज क्रिया है। लड़का जैसे ही आँख खोलता है वह बाहर की ओर झाँकने लगता है। होश संभालते ही माँ-बाप के कंधों पर सवार होने पर बाहर जाने के लिए बाहर की ओर संकेत देने लगता है। अपने पैरों पर रेंगते समय वह घर की ड्योढ़ी के बाहर प्रायः निकल जाता है और तब से बाहर घूमने की प्रवृत्ति विकसित होती जाती है। अल्पायु में घर के बाहर सैर-सपाटे में उसका बड़ा मन लगता है। वयस्क होने पर मित्रों-साथियों के साथ घूमना उसकी प्रवृत्ति होती है। इसी से प्रत्येक देश और काल में पर्यटन की प्रवृत्ति बढ़ती रही है। इस प्रवृत्ति ने मानव सभ्यता के साथ सदा सामञ्जस्य बनाये रखा। इसका कारण है इसके द्वारा ज्ञान की वृद्धि तथा सीखने की नई दिशाओं का उजागर होना। रीति-रिवाज तथा समन्वयशील प्रवृत्ति इससे जुटती है, सम्बन्धों में व्यापकता

आती है और देश तथा सभ्यताओं की दूरियाँ कम होती जाती हैं। सहयोग और सम्बन्ध की प्रवृत्ति भी इससे बढ़ती है। अतः इसे लाभप्रद क्रिया का क्रमिक विकास जानना आवश्यक है और भी विशेष रूप से भारत के संदर्भ में जो चिर अतीत से पर्यटकों एवं यात्रियों की दृष्टि में स्वर्ग माना जाता था और ज्ञान का भण्डार भी।

इसके व्यवस्थित अध्ययन के लिए इसको तीन कालों अतीत, मध्य और वर्तमान में बाँटकर अध्ययन कर सकते हैं।

अतीत काल

प्राचीनकाल में महलों, नगरों, मन्दिरों को देखने के लिए ईरान, मिस्र, पूर्वी अरब देश, मैसोपाटामिया तथा हड़प्पा क्षेत्र में यात्राएँ होती रही हैं। यह तीसरी सहस्राब्दी की बात है। दूसरी सहस्राब्दी में यह और बढ़ा क्योंकि तब इसके साथ बहुमूल्य धातुओं और पत्थरों की खोज में यात्राएँ शुरू हुई। इसी व्यापारिक सम्पर्क के कारण आज भी भारत का सम्पर्क विभिन्न देशों से बना है। पहले भी इसके लिए इसका व्यापारिक सम्पर्क ग्रीक रोम, मध्य एशिया तथा दक्षिण-पूर्वी एशिया से बना था। इन्हीं व्यापारियों ने विदेशों में यात्रा के लिए मार्ग खोज लिया था जिससे वे झुण्ड में कारवाँ से यात्रा करते थे। भले ही इसके पीछे कारण था आर्थिक लाभ पर नये स्थानों को देखने की ललक भी कुछ कम नहीं थी। इसी से कारवाँ के साथ एक पुरोहित निश्चित रूप से साथ जाता था जो इनके सुखद यात्रा के लिए प्रार्थना करता था। इनके साथ कुछ ऐसे लोग भी जुड़े होते थे जो आनन्द और मनोरंजन में लगे रहते थे कि यात्रियों को किसी असुविधा का अनुभव न हो। कुछ विद्वान भी अपनी जिज्ञासा शान्त करने के लिए साथ-साथ चलते थे। इन सभी तथ्यों से स्पष्ट है कि व्यापार सम्बन्धी कारण ही प्राचीन काल का सबसे व्यापक पर्यटन का आधार था।

पूर्वपाषाणकालींन मानव एक ही स्थान में रहना पसन्द करता था क्योंकि घूमने के लिए उपयुक्त परिवेश का अभाव था। अनिश्चित प्रकृति, भयानक वन, कठोर भूमि, दुर्दान्त पशु, सुरक्षा का अभाव आदि अनेक कारण थे जिन्होंने उसकी भ्रमण की इच्छा को संकुचित रखने के लिए बाध्य किया था। वह अपनी परिस्थितियों एवं वातावरण के अनुकूल गुफा में निवास करता था। वहीं से दिन में आखेट के लिए बाहर जाता और फिर दिन डूबने के पहले वहीं भोजन के लिए शिकार लेकर लौट आता था। यदि कहीं बीहड़ में फँसने के कारण रात्रि होने लगती थी तो वृक्ष के ऊपर ही उसे इन संकटों की कल्पना के कारण रात्रि व्यतीत करना पड़ता था। न तो तब विकरित हथियार थे, न अपने को सुरक्षित रख सकने के दूसरे उगाय उसके पास थे। इससे उसकी स्वच्छन्द गति कुंठित थी। यहाँ बाहर आना मात्र उदर पूर्ति के उद्देश्य से ही होता था।

पर समय के परिवर्तन के साथ सभ्यता विकसित हुई। तब लोगों ने भ्रमण की प्रवृत्ति अपनाई। इन्होंने अब उन्नतिशील औजारों का आविष्कार किया और प्रयोग सीखा जिससे जंगलों में सुविधाजनक मार्ग बनाना तथा वन्य पशुओं से अपनी सुरक्षा करना सरल होने लगा। साथ ही, लम्बे समय बाद प्राकृतिक स्थिति और मौसम में भी परिवर्तन हुआ। बर्फ पिघलने लगा। ग्लेशियर नीचे खिसकने लगे। बाढ़ आई, ठंढक बढ़ी। वहाँ का शीतताप सहने में वे अब असमर्थ होने लगे। जनसंख्या में भी बड़ी तीव्रगति से विकास प्रारम्भ हुआ। इससे आवास और भोजन की असुविधा बस्ती के स्थानों में कमी से उत्पन्न हुई। अब उन्हें जंगलों के फल तथा वन्य पशुओं के मांस पर निर्भर रहना कठिन होने लगा। अतः सुविधाजनक स्थानों की

खोज में वे अपनी गुफाओं से अकेले अथवा समूह में बाहर निकल चले। भूख की ज्वाला को शान्त करने के लिए उत्पादन क्षेत्र की ओर आगे बढ़े। उन्होंने जंगलों को काटना शुरू किया तथा खेती के लिए जमीन तोड़े। वह भी बढ़ती जनसंख्या के लिए क्रमशः कम पड़ने लगी तथा उनके आवास स्थल भी सीमित होने लगे। अतः पुरातन स्थान को छोड़ नए स्थान की खोज में वे निरन्तर एक स्थान से दूसरे स्थान की ओर बढ़ते गए, जो उनके लिए सुविधाजनक लगता था। यहीं से पर्यटन का इतिहास प्रारम्भ हुआ। मानव की सतत समस्याएँ किसी भी एक आवासीय स्थान में सदा अधुरी रहती हैं। इसी से उसे सुविधाओं की खोज में एक स्थान से दूसरे स्थान भटकना ही पड़ता है। यही क्रम विकास का है और पर्यटन-प्रकृति की अनवरतता की बढ़ती हुई कहानी है।

धरती पर सबसे पहले सभ्य लोग आर्य थे। चाहे वे मध्य एशिया के रहने वाले हों या सप्तसिंधु प्रदेश के। उन्होंने अपना घर छोड़ा क्योंकि मौसम के परिवर्तन तथा बढ़ती जनसंख्या की भोजन की समस्या ने उनको धर दबोचा था। यद्यपि पाँच हजार वर्ष पूर्व पर्यटन का विकास चक्के के आविष्कार तथा मुद्रा के चलन के कारण सम्भव हुआ था। ये दोनों ही सबसे पहले विश्व इतिहास में सुमेरिया में देखने को मिली हैं। उसी समय आस-पास जलमार्ग से फिनीशिया निवासी व्यापार के लिए समुद्र द्वारा विदेशों की यात्राएँ करने लगे थे। ये मूलतः भारत के पणि थे, जो भारतीय आर्य मूल के व्यापारी थे। इस प्रकार सही अर्थ में ये ही विश्व के प्रारंभिक पर्यटक माने जा सकते हैं जिनकी नावें सदा एक देश के बन्दरगाह से दूसरे देश के बन्दरगाहों पर घूमती रहती थीं। ये कभी भी समुद्र के एक तट पर नहीं खड़ी होती थी। चाहे इसके पीछे प्रयोजन जो भी रहा हो।

इसी क्रम में आगे ईसा से तीन सहस वर्ष पूर्व मिस्र विश्व के अन्य देशों द्वारा जाना जाता था क्योंकि यहाँ विश्व के विभिन्न देशों से पर्यटक पहुँचते रहते थे। यह उस समय सबसे पुरातन सभ्य देश होने के कारण अत्यन्त आकर्षक था। लगभग इसी समय बाबुलोन के शासक शुल्गी ने अपने राज्य में सड़कें बनवाई, उद्यान लगवाए तथा यात्रियों के लिए विश्राम गृहों की व्यवस्था की। यूनानियों ने भी नावों से यात्रा प्रारम्भ की। ये त्योहारों, वाद-विवादों तथा खेल समारोहों में भाग लेने के लिए दूर-दूर तक जाते थे। यहीं के निवासी हेरोडोटस ने, जो इतिहास का जनक माना जाता है, परम्पराओं, रीतियों और घटनाओं के सही आकलन के लिए मिस्र, सीरिया, फिनीशिया आदि अनेक स्थानों की यात्राएँ की थीं।

रोमवासी पर्यटकों की श्रेणी में वे प्रथम लोग थे जो विनोद के लिए यात्राएँ करते थे। उन्होंने अपने राज्य में प्रत्येक पाँच-छः मील की दूरी पर विश्राम केन्द्र बना रखे थे, जहाँ यात्रियों के लिए घोड़े की व्यवस्था रहती थी। वे घोड़ों से यात्रा करते थे तथा एक मुकाम पर पहुँचकर वे अपना घोड़ा छोड़ देते थे क्योंकि मार्ग में दौड़ने के कारण घोड़ा थक जाता था। वहाँ से वे दूसरे घोड़े पर सवारी कर आगे बढ़ते थे। ऐसी व्यवस्था तभी की गई होगी जब पर्यटन वहाँ के सामाजिक जीवन का एक व्यापक अंग रहा होगा। इनके पर्यटन का उद्देश्य था स्मारकों का देखना, समुद्री तटों का आनन्द लेना, औषधि-स्नान करना आदि। घोड़ों के अतिरिक्त पहियेदार रथों, पशुओं द्वारा खींची जाने वाली गाड़ियों तथा नावों द्वारा भी लोग यात्रा करने लगे थे। पुल्टार्क के अनुसार यहाँ के भ्रमणशील लोगों का अधिकांश जीवन सरायों या नावों में व्यतीत होता था। आधुनिक तुर्की में इसके प्रति प्रगाढ़ रुचि थी। एक विवरण के अनुसार उस समय स्थिति स्फेसस के गणराज्य में लगभग सात लाख यात्री आनन्द के लिए सड़कों

पर एकत्र होकर ऋतु विशेष में नटों, नर्तकों तथा जादूगरों का खेल-तमाशा देखते थे। यही प्रवृत्ति भारत, चीन तथा जापान में भी विकसित थी।

भारत की ओर मुड़ने पर हमें ज्ञात होता है कि इन सभी देशों के प्रयासों से बहुत पहले भारत ने इस दिशा में पहल किया था। यह तब भी अन्य देशों की अपेक्षा अधिक सघन बस्ती वाला देश था, ज़िसे जातियों का बहुमुखी संग्रहालय कहा जा सकता है। यहाँ पलते थे अनेक धर्म और सम्प्रदाय तथा उभरे अनेक धर्माधिकारी संन्यासी से लेकर धर्म प्रचारक तक। इनके साथ थीं अपनी धार्मिक विशेषताएँ।

भारत की हड़प्पा सभ्यता में, जो विश्व की सबसे प्राचीन सभ्यता मानी जाती है। पहिया और मुद्रा-पर्यटन के दो मूल महत्त्वपूर्ण साधनों का विकास हो चुका था। सिन्धु घाटी में ताँबे के मिले पहियादार इक्के इसके जीवन्त प्रमाण हैं। यहाँ के ठिकड़ों पर मिले पालदार नावों के चिह्न तथा लोथल की गोदी इनकी विकसित जलयात्रा के सूचक हैं। विभिन्न देशों में यहाँ की मुहरों का मिलना तथा उन देशों की मुहरों का हड़प्पा क्षेत्र में मिलना इनकी विदेशी यात्रा का ज्वलन्त प्रमाण है। आगे बढ़ने पर हिमालय की कन्दराओं तथा दक्षिण के पठारों में यहाँ के वैदिक ऋषियों के आश्रम विभिन्न स्थानों पर आज मिलते है। उनमें भी एक ही ऋषि के विभिन्न स्थानों पर मिलते आश्रम उनकी घुमक्कड़ प्रवृत्ति के बोधक है राम का पर्यटन (आयन) एक ऐसा ऐतिहासिक सत्य है कि वह विविध स्थानों पर 14 वर्षों तक घूमते रहे – अयोध्या से चलकर लंका तक। यह पारिवारिक भ्रमण था भाई और पत्नी के साथ। महाभारत में अनेक राजाओं ने युद्ध के लिए तथा पाण्डवों ने बनवास काल में 14 वर्षों तक भ्रमण किया था। महावीर और बुद्ध भी घर छोड़कर बराबर घूमते रहे कभी ज्ञान प्राप्ति के लिए कभी प्रचार के लिए। जैन तथा बौध भिक्षुओं का घूम-घूम कर भारत तथा विदेशों में और आर्यों का सप्त सैंधव से आगे गंगा के किनारे होकर पूरब की ओर बढ़ना धर्म प्रचार करना इसी कड़ी का एक अंग था। सिकन्दर के आक्रमण के समय भारत में पर्यटन के लिए विकसित मार्गों का ज्ञान विदेशी यात्रियों के विवरण से मिलता है। ऊँटों के काफिले से लोग चीन, बगदाद होते हुए अदन तथा समरकन्द से टिम्बकूट तक जाते थे। इन सड़कों के किनारे हरे पेड़, पानी पीने के लिए कुएँ, सुरक्षा के लिए पुलिस व्यवस्था तथा विश्राम गृह बने थे।

मौर्यकाल में यह व्यवस्था अत्यधिक विकसित थी। कौटिलीय अर्थशास्त्र से इस पर व्यापक प्रकाश पड़ता है। भारत में विदेशियों से पासपोर्ट लिया जाता था। रास्ते में उनके अनुसार ठहरने का आवास उन्हें दिया जाता था। पर जो जाली या गलत मुद्रा से यात्रा करते थे उन्हें 12 पण दण्ड देना होता था। पासपोर्ट के नियम का उल्लंघन जो विदेशी करते थे उन्हें भारी दण्ड देना पड़ता था। पासपोर्ट के लिए 'मुद्रा' शब्द का प्रयोग हुआ है तथा पासपोर्ट अधिकारी के लिए 'मुद्राध्यक्ष' का। बड़े शहरों में धर्मशालाओं के होने का उल्लेख प्राप्त होता है। यहाँ यात्रियों से जो इसमें ठहरते थे कोई शुल्क नहीं लिया जाता था इससे यहाँ सभी व्यापारी अपने व्यापारी सामानों का विनिमय करते तथा व्यापार की बातें करते थे। सबसे विशेष बात है कि धर्मशाला का मैनेजर अत्यन्त विश्वसनीय व्यक्ति होता था जिसके पास व्यापारी अपनी बहुमूल्य सम्पदा जमा करते थे। ये इतने ज्ञानी भी होते थे कि व्यापारियों को पड़ोस के स्थलों की राजनीतिक-सामाजिक-धार्मिक स्थिति का परिचय देते थे तथा उनको दर्शनीय एवं प्राकृतिक स्थलों की सूचना देते थे। नगर व्यवस्था की एक समीति इन विदेशियों की देख-रेख करने के लिए बनाई गई थी। **मेगास्थनीज** के अनुसार *चन्द्रगुप्त मौर्य के समय पाटलिपुत्र में सड़कों*

का जाल बिछा था तथा यहाँ सुरक्षा प्राचीर भी बने थे। वहाँ चौसठ प्रवेश द्वार थे जो निश्चित ही बाहर से नगर में आने वाली सड़कों के सामने बने होंगे।

अशोक के अभिलेखों से इस व्यवस्था में और अधिक विकास का ज्ञान प्राप्त होता है। उसने सड़कों के किनारे प्याऊ, विश्राम गृह, छाया के लिए वृक्षों को लगवाया था। जगह-जगह पर मनुष्य तथा पशुओं की औषधियाँ लगाई गई थी। इन दोनों के लिए चिकित्सालय भी बनाये गए थे। मार्ग में सुरक्षा की व्यवस्था की गई थी। अनेक अधिकारी नियुक्त किए गए थे। इसके साथ अब पशुओं तथा मनुष्यों के लिए चिकित्सालय भी बने। ये आन्तरिक (domestic) पर्यटन की वृद्धि हेतु बने होंगे। अशोक स्वयं पर्यटन करते लुम्बनी, बोधगया आदि तीर्थों में गया था तथा अपने कर्मचारियों को धर्म प्रचारार्थ देश-विदेश में घूमने का आदेश दिया था। उसने बौद्ध-धर्म प्रचारकों को लंका एवं दक्षिण-पूर्वी तथा पश्चिमी एशिया के भी देशों में भेजा था। यह आन्तरिक और वाह्य पर्यटन का सूचक है। मौर्यों के बाद और गुप्तों के पूर्व अनेक विदेशी जातियाँ घूमते हुए भारत पहुँची थीं और यहाँ अपना राज्य स्थापित कर रह गई जैसे – यवन-वख्त्री, शक-कुषाण, हूण आदि। गुप्त काल में भारत के व्यापारी रोम तथा पश्चिमी विश्व जाते थे जिनके अनेक प्रमाण उपलब्ध है। गुप्तकाल में भारतीय पर्यटक दक्षिणी तथा दक्षिण-पूर्वी एशियाई देशों में पर्यटन के रूप में गए और वहाँ व्यापार के साथ भारतीय संस्कृति की नींव सुदृढ़ कर वृहत्तर भारत का स्वरूप स्थापित किये। वहाँ के कला, धर्म, समाज पर यहाँ की सभ्यता ने ऐसा रंग दिया कि वे भारत के ही अंग होकर वे वहाँ रह गए। इन्होंने वहाँ का शासन भी हथिया लिया।

यद्यपि गुप्तकाल के बाद के हिन्द भारत में कट्टरता आई क्योंकि समुद्र पार यात्रा को तब रोका नहीं गया था। फिर भी आगे यह थमा नहीं। दूसरी ओर भारत में भी अनेक पर्यटक यहाँ के ज्ञान और संस्कृति से प्रभावित होकर आते रहे। उनका उद्देश्य था धार्मिक स्थलों का दर्शन, आनन्दात्मक यात्राएँ, ज्ञानार्जन आदि। इस क्रम में जहाँ पश्चिमी विश्व से मेगास्थनीज, एरियन, पुल्टार्क आदि आए वहीं चीन से फाहियान, ह्वेनसांग, इत्सिंग आदि पर्यटक भी यहाँ आए। इनकी यात्राएँ स्थल और जल दोनों मार्गों से हुई थी। ये अपने साथ भारत की सांस्कृतिक विरासत, अनुदित संस्कृत पुस्तकें तथा ज्ञान और धर्म की अनेक कृतियाँ यहाँ से ले गए। यहाँ के विद्वानों एवं दार्शनिकों से मिले। इसी क्रम में भारत की सीमा पर बसी विदेशी यूनानी बस्तियों से राजदूत भी यहाँ आते थे। बेसनगर का गरुड़ध्वज अभिलेख इसका जीवन्त उदाहरण है जिसके अनुसार तक्षशिला के यूनानी शासक एण्टी अलकाइडस (Antialkaidas) के राज्य से हेल्योडोरस (Haliodoros) नामक यवन दूत विदिशा में आकर वैष्णव धर्म के प्रमुख देवता वासुदेव की प्रतिष्ठा में गरुड़ध्वज की स्थापना की थीं।

प्राचीन विश्व में विकसित पर्यटन का अभाव क्यों रहा है?

इसके लिए निम्नलिखित कारण बताए जा सकते हैं:—

(1) तब विश्व में धार्मिक भावना का प्रावल्य था। मात्र धर्म के लिए ही लोग इधर-उधर अधिक जाते थे। इसे एक प्रकार से धार्मिक यात्रा का काल कहा जा सकता है। इसे आधुनिक परिभाषा के अनुसार पर्यटक के रूप में वे व्यापक रूप से खरे नहीं माने जा सकते।

(2) तब यात्रा सम्बन्धी अनेक कठिनाइयाँ थीं। इनको दो कोटियों में बाँट सकते हैं:—

(क) भौगोलिक कठिनाइयाँ

(i) न विश्व के भूगोल का पूरा ज्ञान था।

(ii) अधिकांश भाग वनाच्छादित होने से अरक्षित थे।

(iii) वन्य पशुओं और डाकुओं से मार्ग अरक्षित थे।

(iv) नदी, सागर, पर्वत आदि प्राकृतिक व्यवधानों के लांघने के साधन का अभाव था।

(ख) अन्य कठिनाइयाँ

(i) यातायात के साधनों तथा मार्गों का अभाव था।

(ii) प्रचार की कमी थी।

(iii) सहायक तथा यात्रा एजेंटों की कमी थी।

(iv) पर्यटन के सहयोगी साधनों का अभाव था जैसे सामान ढोना, ठहरना, भोजन के लिए भोजनालय, पर्यटन व्यवस्थापकों आदि का अभाव।

मध्यकाल

पाँचवीं शती में रोमन साम्राज्य का पतन हुआ। इनसे पश्चिमी विश्व में अशांति की स्थिति व्याप्त हो गई। अब वहाँ सड़कों की मरम्मत नहीं हो सकी। डाकुओं का भय वहाँ बहुत बढ़ गया। सुरक्षा की कोई व्यवस्था नहीं थी। जनजीवन उद्वेलित था। युद्धों के कारण आनन्दायक यात्राओं के क्रम में व्यवधान उत्पन्न हो गया। पूर्वी विश्व में भी असामान्य स्थिति उत्पन्न हुई। भारत में 7वीं शती से राज्यों की संख्या में बढ़ोत्तरी हुई क्योंकि गुप्त साम्राग्य की अवनति के साथ केन्द्रीय सत्ता का ह्रास हुआ। दक्षिण स्वतन्त्र हो गया। वहाँ अनेक छोटे-छोटे राज्यों का उदय हुआ जो राज्य-विस्तार की लिप्सा से आपस में लड़ते रहते थे। उत्तर में भी हर्ष के बाद राजपूत युग का श्रीगणेश हुआ। अनेक राजपूत घरानों ने अपनी सत्ता को स्वतन्त्र घोषित किया और आपस में साम्राज्यवादी भावना से उलझते रहे। इस अशान्ति की स्थिति में पर्यटन का विकास सम्भव नहीं था। कोई भी विदेशी असुरक्षा और शंका की स्थिति में यात्री यात्रा पर निकलने का साहस नहीं कर सकता है।

पर ग्यारहवीं शती के बाद विश्व की स्थिति में परिवर्तन हुआ। अब शान्ति-व्यवस्था और स्थायित्व का समय प्रारम्भ हुआ। पुनः सड़कों को सुव्यवस्थित किया गया। वे अब पहले की अपेक्षा अधिक सुरक्षित बनाई गईं। उन पर गाड़ियाँ दौड़ने लगीं। इस समय फिर से यात्राओं का क्रम प्रारम्भ हुआ। पर अब यात्रा का उद्देश्य था धर्म स्थानों का विशेष रूप से दर्शन करना या युद्ध के लिए जाना। किन्तु अब भी यात्रा की सुविधाएँ सीमित थीं। उनकी स्थिति में कोई विशेष विकास नहीं हुआ। फिर भी यात्रियों का काफिला चलता रहा। बेनजामिन, मार्कोपोलो, इब्नबतूता, अल्बरूनी आदि ने अपनी यात्राएँ इसी समय की थीं। भारत में इस समय भी राज्य की ओर से ठहरने के लिए सराएँ बनी थी जो एक साथ शिक्षा, विश्राम तथा सूचना के केन्द्र थे। इनके स्वामी तथा उसकी पत्नी यात्रियों के लिए 'यात्रा गाइड' का लाभ प्राप्त करते थे। ये सराएँ सड़कों से जुड़ी थीं। यहाँ जो भी यात्री आ जाय रात्रि विश्राम की सुविधाएँ दी जाती थीं। प्रमुख सराएँ थीं–जिया की सराय, यूसुफ सराय, लाडू सराय आदि। ये आगरा से पश्चिम जाने के मार्ग में दिल्ली में थीं।

बेनजामिन ज्यू भाषा का विद्वान था। इसने यूरोप, ईरान और भारत की यात्राएँ की। बेनिस वासी मार्कोपोलो ने ईरान और अफगानिस्तान से होकर पामीर पठार तक की यात्रा की थी। वह गोबी मरुस्थल से होकर चीन, सुमात्रा, जावा, श्रीलंका तथा भारत तक आया था। इब्नबतूता अरब, मेसोपोटामिया, एशिया माइनर से होता हुआ समरकन्द के रास्ते भारत आया था। यहाँ वह बहुत दिनों तक दिल्ली में रहा भी था। उसकी ठहराव अवधि भारत में

लगभग अठारह वर्षों तक थी। उस समय यहाँ मुहम्मद-बिन-तुगलक का राज्य था। यहाँ से वह मालदीव द्वीपों, श्रीलंका, जावा, सुमात्रा, स्पेन और मोरक्को तक गया था। अल्बरुनी पश्चिम एशिया का निवासी था। वह पर्यटन करते हुए भारत आया था और यहाँ का विवरण प्रस्तुत किया। चूँकि उस समय भारत विदेशियों के अधिकार में चला गया था, अतः मुसलमानों ने यहाँ अधिकार कर लिया था। इससे यहाँ के निवासियों की स्वतन्त्र गति-विधि बाधित थी। यही कारण था कि भारतवासियों का विदेश पर्यटन इस काल में लगभग बाधित ही रहा। वे अपने को बलापहारियों के चंगुल से मुक्त कराने के प्रयास में मुख्यतः लगे रहे।

इसी समय थोड़े से शासक वर्ग के लोग ऐसे थे जो यात्रा पर निकलते थे। सामान्य आय वर्ग के लोग बहुत कम यात्रा करते थे। 11वीं शताब्दी में जहाजी बेड़े से व्यापार होता था। इससे पुरोहित और तीर्थयात्री भी जाते थे। 16वीं शती में ज्ञान के नवीन खोज में नए स्थानों के लिए यात्राएँ की जाती थीं।

आधुनिक काल

यह काल औद्योगिक पुनर्जागरण का युग था। इस युग में यात्राएँ अधिक व्यापक और विकसित हुईं। इस समय साहसिक खोजी प्रवृत्ति का विकास हुआ, अब यात्राओं का उद्देश्य न धार्मिक था और न विजय करना था। इसके स्थान पर अध्ययन सम्बन्धी तथा कुतूहल की शान्ति के लिए यात्राएँ की जाती थीं। कुतूहल के पीछे मूल कारण था नए स्थानों की खोज तथा उन स्थानों के निवासियों की जीवन-पद्धति के ज्ञान की अभिलाषा।

धनी लोग फ्रांस, इटली, जर्मनी, मिस्र आदि की यात्रा करने लगे थे। पन्द्रहवीं और सोलहवीं शताब्दी के धनी लोग गाड़ियाँ रखते थे तथा उसी से यात्राएँ करते थे। इन गाड़ियों में चार पहिए होते थे। पशुओं द्वारा इन्हें खींचा जाता था। इनके छत मेहराबदार होते तथा आकर्षक रीति के बने होते थे। इनके बगल के दोनों किनारे के पार्श्व-भाग खुले होते थे जिन्हें आवश्यकतानुसार पर्दे से बन्द भी कर दिया जाता था। इन गाड़ियों से यात्रा करना सुखद होता था। यात्रियों के लिए इंगलैंड में यात्री निवास की भी व्यवस्था की गई थी। आधुनिक रीति से सुसज्जित सराएँ बनी थी। इनमें सुगन्धित छिड़काव भी किया जाता था। भोजन के लिए इनमें एकांकी कक्ष बने थे। लोगों को पर्यटन हेतु प्रोत्साहित किया जाता था तथा बाहर के देशों में भेजा जाता था। यात्रा के पूर्व यहाँ की भू-प्रकृति तथा अन्य कठिनाइयों के विषय में यात्रियों को बतला दिया जाता था। जैसे फ्रांस जाने वाले यात्रियों को आगाह करते थे कि मार्ग के बनों का स्थान कष्टदायक है। स्कॉटलैंड की यात्रा के पूर्व सूचित किया जाता था कि उस स्थान की प्रकृति जंगली हैं।

इस समय यात्राओं के कई उद्देश्य थे जैसे–समुद्र तटों का आनन्द लेना, किसी स्थान के धर्म, कला, विधि (law) तथा विकास के सोपानों की जानकारी प्राप्त करना आदि। 18वीं शती में यह प्रवृत्ति और विकसित हुई। अब लोग यात्राओं में भग्नावशेषों, स्मारकों, पुरासंग्रहालयों और कला बीथियों की ओर अधिक आकर्षित होने लगे। गिबन के अनुसार चालीस हजार अंग्रेज विदेशों में यात्रा के लिए गए थे। इसका कारण यह था कि श्रमिकों तथा मालिकों ने आनन्द के लिए छुट्टियों की व्यवस्था की गई थी कि इसमें श्रम की थकावट मिट सके। यह धनिकों तथा संस्कृति प्रेमियों के लिए वरदान हुई। इसका उपयोग वे पर्यटन में करते थे। ये यात्राएँ समुद्री मार्गों से ही प्रायः की जाती थी। इनमें तटकर अधिकारी यात्रियों से समुद्र में चलते समय रोककर उनके विषय में पूछ-ताछ करते थे।

संतरण काल (17–18 वी शती ई॰ तक)

इस काल का पर्यटन का इतिहास अठारहवीं शती से प्रारम्भ होता है। यूरोप के इतिहास में यह काल उद्योग के स्थापना का काल (Formative period of Industry) माना जाता है। इस समय 'यात्रा और आनन्द' (Travel and Recreation) एक नये विचार के रूप में लोगों में आया। समाज का एक वर्ग उद्योगों से जुड़ा था। इससे आय बढ़ी। अतः लोग सपरिवार यात्रा कर जाने लगे। इस समय यात्रा के प्रेरक तत्त्व थे खूबसूरत चर्च, स्वास्थ्य लाभ, शैक्षणिक केन्द्र आदि। **गिबन** (Gibbon) ने इस सम्बन्ध में लिखा है *कि जून और अक्टूबर के बीच इंगलैंड से लगभग 40000 स्वामी और सेवक बाहर रहते हैं। इसमें ये पड़ोसी देशों में अन्य कारणों के अतिरिक्त परिवर्तन और आनन्द के लिए जाते हैं। पर इंगलैंड से अधिक रोम में इसका प्रचलन था।* ये मन्दिरों को देखने, उत्सवों में भाग लेने, अच्छे स्नान गृहों के पास कुछ समय तक स्वास्थ्य लाभार्थ रहने के लिए जाते थे। पर रोम के पतन के बाद यह क्रिया समाप्त हो गई।

सोलहवीं शती के बाद यात्राएँ निम्न उद्देश्यों से की जाती थी–(1) शिक्षा, (2) धर्म, (3) साहस तथा (4) स्वास्थ के लिए। यह चौथा तत्त्व विदेशों में नया प्रस्तुतीकरण था, नियम द्वारा प्रतिबंधित। इंगलैंड में पुअर एक्ट 1572 के द्वारा रोगी तथा वृद्धों के स्नान के निमित्त कुछ स्थान निर्धारित किये गए जहाँ वे नियमित रूप से स्नानार्थ जाते थे। 17वीं शती में इसके साथ आनन्दात्म यात्राएँ भी जुड़ीं। इसके लिए उस समय सौ जल स्रोत निर्धारित किये गए। इसी से उसी समय के भारत में जब मुगल शासन था गर्मी के दिनों में शासक वर्ग दिल्ली जहाँ अधिक ताप होता है छोड़कर कश्मीर घाटी या पंजसिर पहाड़ियों में चले जाते थे। पर सामान्य लोग ऐसा गरीबी के कारण नहीं कर सकते थे।

अठारहवीं शती में झरनों के प्रति लोगों का आकर्षण बढ़ा। फिर समुद्रतटीय क्षेत्र इनके आकर्षण का केन्द्र हुआ। तभी से गोआ का तेलंगुत तट पर्यटकों का आकर्षण बना। इसके पहले जो भी भारत में विदेशी शासक आते थे उनका उद्देश्य मात्र विजय होता था। 19वीं शती में समूह यात्राओं का दौर प्रारम्भ हुआ। इससे व्यक्तिगत यात्रा की अपेक्षा यात्रा लागत और अन्य आनुषंगिक व्यय से अत्यन्त कमी आई। इसका नायक था थामस कुक जिसने 1850 के दौरान ऐसी यात्राओं की योजना बनाकर कार्यान्वित किया। इसका नाम था 'Ground Tourists.'

विश्व के विभिन्न देशों के कुछ धनी लोगों ने निर्धन देशों के आकर्षक स्थानों को यात्रा के लिए खोजा। यूरोप में इसी समय फ्रांस, स्विटजरलैण्ड आदि यात्रा स्थल के रूप में प्रसिद्ध हुए। भारत में राजा महाराजाओं ने कश्मीर से लेकर अरुणाचल तक बहुत से पहाड़ी क्षेत्रों को यात्रा के लिए ढूँढ़ा। इसी का परिणाम हुआ कि नैनीताल, शिमला, नीलगिरि, दार्जिलिंग, मसूरी, पंचमढ़ी आदि पर्यटन के लिए उपयुक्त स्थल के रूप में विख्यात हुए। भले ही तब औद्योगिक क्रान्ति के कारण यूरोप में धनी वर्ग यात्राएँ करता था पर पीछे सामान्य वर्ग भी थोड़ा धन एकत्रित कर साल में एक बार यात्रा के लिए घर से बाहर निकलता था। 19वीं शती के मध्य में इसकी ओर और रुचि बढ़ी। इसके विषय में Lickroish and Kershow ने कहा है कि– "*By the early 19th century all the main characteristics of tourism were evident in embryo*".

आधुनिक पर्यटन का प्रथम चरण (1841–1918 ई॰)

यह काल समूह पर्यटन (Mass Tourism) का काल था। इसी समय से इसका स्वरूप

उद्योग का होने लगा था। इसके लिए अनेक संगठनों ने, जो इस समय बनने लगे थे, अपने-अपने रूप से इसे बढ़ावा देने का प्रयास किया। ऐसे संगठन का इतिहास 1841 से मिलता है जब थामस कुक ने लिस्टर की एक मीटिंग में भाग लेने के लिए 15 मील की यात्रा का आयोजन 570 यात्रियों को एक रेलगाड़ी द्वारा ले जाकर किया था। इसमें पहली बार विभिन्न एजेण्टों द्वारा टिकट के पुनर्विक्रय हेतु व्यवस्था और ठहरने के प्रबंध को उसने एजेंसी द्वारा किया था। फिर इसमें लाभ देख 800 लोगों को ग्लासगो की यात्रा कराया। यह नया प्रयोग ही 'Grand Tourist' कहलाया। फिर उसने 1851 के प्रदर्शनी में भाग लेने के लिए 165000 यात्रियों को लिया तथा 1856 में अपने देश की प्रथम यात्रा का आयोजन किया। फिर उसका यह क्रम चल पड़ा। इसमें यात्रियों के यात्रा क्रम के बढ़ने की दर 2.66 प्रतिशत थी। पर अब समस्या थी उनकी रुचि के अनुसार ठहरने के स्थान की व्यवस्था करना। इसमें भी वृद्धि हुई 1854 के रायल होटल गाइड के अनुसार ग्रेट ब्रिटेन में 8000 होटल खुले। इस समय बढ़ती विकास की दर के पीछे कारण था संचार व्यवस्था बढ़ना। 1816 में पहला स्टीमर का मार्ग बनाया गया और 1820 में उसकी नियमित सेवा प्रारम्भ की गई। थामस कुक 1878 में पेरिस की प्रदर्शनी में 75000 यात्रियों को ले गया था। अब यह यूरोप से बाहर दूसरे देशों में भी यात्रियों को ले जाने का कार्य करने लगा। इसमें रेल और जहाज दोनों मार्गों का प्रयोग करता था।

पर्यटन को 18वीं शती के अन्त में बढ़ावा मिला। सहस्रों लोग समुद्र तटों की यात्रा करने लगे। 19वीं शती के अन्तिम दो दशकों में पर्यटन क्लबों, यूनियन, संघों की स्थापना हुई जो अपने सदस्यों के सामूहिक यात्रा की व्यवस्था करते थे। ऐसी संस्थाएँ प्रत्येक पश्चिमी देश में स्थापित हुईं। इसलिए यह सही कहा गया है कि 'तकनीकी और औद्योगिक उन्नति के साथ पर्यटन पश्चिमी यूरोप की आर्थिक व्यवस्था में सहज विस्तार पा सका'। ए० नोरवल (A. Norval) के अनुसार – *"पर्यटन आन्दोलन बहु आयामी और सर्वाधिक विस्तार प्राप्त कर सका जितना कोई भी अन्य इस प्रकार का आन्दोलन मानव जाति के इतिहास में ज्ञात नहीं होता है।" ("The tourist movement had assumed considerable dismen- sions and had surpassed any thing of its kind ever known to the history of human race.")* इसी समय इंगलैंड, अमेरिका, स्विटजरलैंड आदि के विद्यालयों में भारत से बहुत से विद्यार्थी आकर्षित होकर वहाँ अध्ययनार्थ गये। भारत से धर्म प्रचारकों के कई दल भी वहाँ पहुँचे। अतः भारतीयों का पर्यटन इस समय पश्चिमी विश्व की तरह नहीं था और न प्रत्यक्ष और मात्रात्मक (proportionate) ही था। इसका कारण था कि अंग्रेजों के शासन में भारत पर भी औद्योगीकरण का प्रभाव पड़ा और आधुनिक पर्यटन की ओर यह उन्मुख हुआ।

द्वितीय चरण (1918–1940 ई०)

यह विश्व युद्ध का काल था। इसमें नई खोजों की आवश्यकता से जनसंख्या का संतरण होने लगा। इसके पीछे सरकारी तंत्र का दबाव था जो तेज छात्रों को नई खोजों के लिए विदेश भेजते थे। इस समय 1914-18 तक प्रथम विश्वयुद्ध चला जिसमें हवाई जहाजों का प्रयोग हुआ जो पर्यटन का तीव्र आधार है। कुछ कम्पनियों ने हानि उठाकर भी हवाई जहाजों के रखने और यात्रियों के भेजने का कार्य प्रारम्भ किया जिसकी क्षतिपूर्ति सरकार करने लगी। कई ऐसी निजी कम्पनियों ने भी इस क्षेत्र में नियमित उड़ान भेजने का कार्य एक निश्चित स्थान तक प्रारम्भ किया जैसे एयर क्राफ्ट ट्रांसपोर्ट एण्ड ट्रैवेल ने लंदन से पेरिस के बीच, हैण्डले पेज लि० ने लंदन-ब्रूसेल के बीच नियमित हवाई उड़ान की सेवाएँ प्रारम्भ किया। इसमें

क्षतिपूर्ति वहाँ की सरकारें करनी लगीं। इसमें विभिन्न स्थानों की नियमित उड़ाने प्रारम्भ हुई। 1922 में चार हवाई जहाज कम्पनियाँ यूरोप में उड़ाने भरने लगीं जिन्हें 1924 में ब्रिटिश सरकार ने एक में शासकीय हवाई उड़ान (Imperial Airways) का नाम दिया। साप्ताहिक सेवाएँ भी कुछ स्थानों के लिए प्रारम्भ की गईं।

हवाई जहाज के मार्ग में भारत को स्थान एक बार स्थान दे देने पर यह एक नया भविष्य भारतीय पर्यटन में जुड़ गया। अब यूरोप और भारत के बीच अधिक त्वरित यात्राएँ प्रारम्भ हुई। यद्यपि इनकी संख्या कम थी और इनका उद्देश्य सरकारी या गैर सरकारी कामकाज तक ही सीमित था। जो भी ऐसे कार्य से भारत आता या जाता था वह एक-दो दिन निकालकर दर्शनीय स्थलों को अवश्य देखता था। युद्ध के बाद पर्यटन में विकास का क्रम प्रारम्भ हुआ। अब अनेक प्रतिबंधों को जो पर्यटन में बाधक थे कम किया गया। इसी समय League of Nations (राष्ट्र संघ) की स्थापना हुई जिससे आशाजनित अन्तरराष्ट्रीय भावनाओं को बढ़ावा मिला। इसने संसार के पर्यटन परिदृश्य को बदल दिया। इसमें अधिक विकास आया। कुछ देशों में पर्यटन से इसको इतनी अधिक विदेशी मुद्रा आई कि उस देश के सम्पूर्ण निर्यात से प्राप्त होने वाली मुद्रा से कहीं अधिक थी। अतः राष्ट्रसंघ ने पर्यटन के लिए दो महत्त्वपूर्ण घटक स्वीकार किया आर्थिक घटक तथा अन्तरराष्ट्रीय क्षेत्र को समझने का घटक।

सीमा प्रतिबंध की अनेक कठिनाइयाँ पर्यटकों के लिए ढीले किये गये, वीसा की फीस कम हुई या हटाई गई, पर्यटकों की कारों को अन्तराष्ट्रीय वीमाकृत कस्टम पास दिया जाने लगा और ड्राइविंग लाइसेंस भी अन्तरराष्ट्रीय बनाये जाने लगे। दूसरी बात इसमें 1924 में जुड़ी – International union of official Organisation for Tourist Propaganda. इसका पहला सम्मेलन 1925 में **हेग** (Hague) में बुलाया गया जिसमें राष्ट्रीय पर्यटन कार्यालयों के 14 यूरोपीय देशों के प्रतिनिधियों ने भाग लिया। इसका उद्देश्य था पर्यटन प्रचार प्रसार को परस्पर मिल बाँट कर करना, पर्यटकों के आयात-निर्यात में प्रचार द्वारा अन्तरराष्ट्रीय जागृति लाना तथा पर्यटकों को सीमा प्रतिबंधों से स्वतंत्र रखना। इस प्रकार इसे International Union of Offical Travel Organisation का पूर्व रूप माना जा सकता है। 1937 में बीस से अधिक देशों ने सरकारी आदेश से कर्मचारियों के लिए अवकाश के दिनों को लागू किया तथा दो वर्षों बाद अवकाश के दिनों के लिए वेतन दिया जाने लगा। इसके कारण यात्राएँ बढ़ी और इसे बढ़ावा देने के लिए युवा छात्रावास (youth hostel) या सस्ते दूसरे ठहराव स्थलों की व्यवस्था की गई।

दूसरे विश्व युद्ध में पर्यटन केवल सम्पन्न लोगों के लिए ही नहीं रह गया। यह बहुत से देशों का राष्ट्रीय चलन बन गया। अब औद्योगिक विकास और आय के बढ़ने से विश्व व्याप्त एजेंसियाँ स्थापित होने लगी। इसी प्रकार यातायात, कम्पनियों, विश्रामगृहों के समूह (hotel groups), प्रचार के संगठन तथा व्यापारिक संगठनों का प्रयोग व्यापक विश्व स्तर पर प्रारम्भ किया गया।

तृतीय चरण (1945–1972 ई०)

आज का पर्यटन अन्तर्राष्ट्रीय पर्यटन की दिशा में बढ़ रहा है। ऐसा नहीं है कि अतीत के पर्यटन की प्रेरणात्मक शक्तियाँ आज से भिन्न थी बल्कि सत्य है कि वे वही थीं जो आज है। केवल तब जो कुछ लोगों द्वारा निभाया जाता था आज उसका स्वरूप सामूहिक हो गया है। इसका कारण है कि पर्यटन पहले से सस्ता, त्वरित, नए संचार और प्रचार साधनों से युक्त,

विदेशी मुद्रा के प्राप्त की ललक, युवा वर्ग में इसके प्रति अधिक आकर्षण जिसमें 'हिप्पी' समुदाय भी है, सस्ते ठहराव, पर्यटन एजेंसियों की स्थापना, पैकेज टूर की व्यवस्था के कारण तनावमुक्त यात्राओं आदि ने इसको सरल और सहज बनाने का कार्य किया है। इसमें युवा वर्ग इसे अधिक बढ़ावा दिया है। इसमें द्वितीय विश्वयुद्ध के बाद के नये अन्वेषणों का विशेष हाथ है। आँकड़ों से स्पष्ट है बड़ी संख्या में पर्यटक 10 बड़े बहुमुखी विकसित क्षेत्रों में इसमें भागीदारी निभाते हैं यथा – न्यूयार्क, बोस्टन, लास एंजिल्स, शिकागो, वाशिंगटन आदि। विश्व आँकड़ों के आधार पर ज्ञात होता है कि जहाँ अन्तर्राष्ट्रीय पर्यटन में 1951 में 684000 लोग गए थे वहीं 1969 में 3,425,000 तथा 1972 में 200 से 500 मीलियन लोग। इसमें अन्तरराष्ट्रीय पर्यटकों ने जहाँ 1967 में केवल 1.5 बिलियन डालर व्यय किया था वहीं 1972 में यह बढ़कर 2.17 बिलियन डालर हो गया। पर ये आँकड़े भी बताते हैं कि विकसित और विकास-शील देशों के बीच बड़ा अन्तर रहा है।

भारत का जहाँ तक संदर्भ है यहाँ विदेशी पर्यटकों की संख्या में बहुत ही मन्थर गति से विकास हुआ है। जहाँ 1967 में इनकी संख्या 92000 थी वहाँ 1970 में बढ़कर 2 लाख हो गई। विभिन्न संचार साधनों से यहाँ पहुँचने वालों की संख्या भी इसी गति से विकसित होती रही है। इनमें विभिन्न देशों से आने वाले पर्यटकों की संख्या में भी बड़ा भेद रहा है। यह भेद विभिन्न लिंगों, आयु वर्ग, आय वर्ग तथा जहाँ पर्यटन के उद्देश्य की दृष्टि से भी भिन्न-भिन्न रहा है वहीं युवा वर्ग के पर्यटकों की संख्या में वृद्धि हुई है।

चतुर्थ चरण (1980 के बाद)

इस समय पर्यटन में अभूतपूर्व विकास हुआ है क्योंकि पर्यटन एक निर्यात उद्योग है तथा विश्व के विदेशी व्यापार का यह अकेला सबसे बड़ा तत्त्व है *(Tourism is the largest export industry and is the largest single item in the worlds foreign trade.)*

भारत में यह निम्न कारणों से बढ़ा है – समुद्री सुहावना तटीय भाग, सांस्कृतिक विरासत, मनमोहक हस्त कौशल की सामग्रियों, तीर्थ स्थानों की अधिकता, योग, आयुर्वेद, भारतीय भाषाओं के अध्ययन, सदाबहार वन, शीतल ग्लेशियर, प्राकृतिक स्वास्थ्य सम्बन्धी स्थल आदि।

दूसरे यहाँ की सरकार ने इसे बढ़ावा देने के लिए नए कदम उठाये हैं। यथा 1982 में पर्यटन की एक राष्ट्रीय नीति की घोषणा की गई, 1989 में इसे आर्थिक सहयोग देने के लिए Tourist Finance Corporation की स्थापना हुई, 1992 में एक National Action Plan तैयार किया गया, 1996 में National Strategy for Promotion of Tourism को रूप दिया गया। इसमें केन्द्रीय और राज्य सरकारों की सहभागिता को अलग-अलग निर्देशित किया गया कि इसका समुचित विकास हो सके। इसी परिप्रेक्ष्य में नवीं योजना आयोग (IX Planning Commision) ने 793.75 करोड़ रु० के व्यय की योजना पर्यटन पर बनाया। 1999–2000 में 1.22 करोड़ रु० इसके लिए निर्गत किया गया। इसमें राजकीय और व्यक्तिगत सहयोग की दृष्टि से सांस्कृतिक धरोहरों के संरक्षण हेतु सांस्कृतिक मंत्रालय के अधीन National Cultural Fund की स्थापना 1996 में की गईं। इसमें दिये जाने वाले दान को राष्ट्रीय आय अधिनियम द्वारा आयकर मुक्त कर इसमें दान की राशि बढ़ाने का प्रयास किया गया। Piligrimage Tourist Board की स्थापना की गई कि वह सलाह दे कि धार्मिक स्थलों में कैसे पर्यटकों की संख्या बढ़ाई जाय। बहुत से प्राकृतिक क्षेत्रों को पर्यटकों के दृष्टिगत

विकसित करने का केन्द्रीय सरकार ने बीड़ा उठाया। इसमें केरल, मिजोरम, सिक्किम, अरुणाचल प्रदेश, हिमाचल प्रदेश, तमिलनाडु को जोड़ा गया। फिर 1998-99 में इसका अलग मंत्रालय बना कर इसके विकास को नई दिशा दी गई। इसके विकास के लिए अलग से धन आवंटित किया। केन्द्रीय बजट में पर्यटन के लिए सकल व्यय का 10% अलग से व्यवस्था किया जाता रहा है। स्थान-स्थान पर पर्यटन कार्यालय खोले गए। सरकार ने यात्रियों के ठहरने के लिए कई प्रकार के आवासों की व्यवस्था की यथा – रात्रि निवास, यात्री निवास, युवा हॉस्टल, पर्यटक ग्राम आदि। कई सितारा होटल खोलने वाले संस्थाओं को 3% के ब्याज पर कर देने की घोषणा की गई। इसके लिए ICICI, IDBI, SIDBI के साथ TCFI, IFCI द्वारा कर्ज दिये जाने का प्रावधान किया गया। जो होटल ग्रामांचलों में है उनके आय पर निर्धारित कर में 50% की छूट दी गई। रुपयों के परिवर्तन करने के लिए सुविधाजनक व्यवस्था होटलों में की गई कि विदेशी यात्रियों को कष्ट न हो।

अब ट्रैवेल एजेण्ट, टूर ऑपरेटर, टूरिस्ट ट्रांसपोर्ट ऑपरेटर्स को आर्थिक सहयोग देने की विधि में सरलता की गई। इससे आज भारत में 389 से अधिक टूर ऑपरेटर्स, 298 से अधिक ट्रैवेल एजेण्ट तथा 240 से अधिक ट्रांसपोर्टस ऑपरेटर इस धंधे में लगे हैं। यहाँ एक 'खुला आकाश सिद्धान्त' (Open sky policy) का पालन इसके विकास की दिशा में किया गया है जिसमें कोई भी विदेशी या स्वदेशी व्यक्ति अपनी व्यक्तिगत इच्छा से इसके विकास में योगदान विदेशी दे सकता है। इसमें जो लोग लगे हैं उनको प्रोत्साहित करने के लिए प्रत्येक वर्ष 1996 से पर्यटन विभाग की ओर 'राष्ट्रीय पर्यटन उपहार' (National Tourism Awards) तथा 'दक्षता उपहार' (Award of Excellence) प्रत्येक वर्ष दिया जाता है। भारतीय पर्यटन मंत्रालय ने बहुत से पर्यटन और यात्रा के प्रशिक्षण केन्द्रों को मान्यता दिया है। 1983 में ग्वालियर में एक पंजीकृत संस्था भारतीय पर्यटन और यात्रा प्रबंधन संस्थान स्थापित है। इसको और बढ़ावा देने के लिए कि भारतीय सांस्कृतिक सम्पदा संरक्षित रहे ऐसे स्थानों को चुना गया है जहाँ आज भी भारतीय सांस्कृतिक परम्पराएँ जीवित हैं तथा उसकी सुरक्षा और बढ़ाने की दिशा में काम हो रहा है।

आज घरेलू पर्यटकों की संख्या में भी वृद्धि हुई है। विदेशी पर्यटकों की संख्या में जो भारत में 1951 में 17 हजार आये थे वे 1998 में 2.36 मिलियन, 1999 में 2.48 मीलियन, 2000 में 2.64 मीलियन और 2001 में 2.7 मीलियन तक बढ़ गया। इसके कारण विदेशी मुद्रा के आयात में भी वृद्धि हुई। जहाँ 1999 में यह 13041.81 करोड़ थी वहीं 2001 में 14408.63 करोड़ थी और इसमें पर्यटन स्थलों पर्यटकों की सुविधा के लिए कुल लाभ 24.241 करोड़ थी। इस समय संयुक्त किंग्डम (U.K.) के वासी भारत में सर्वाधिक आते रहे हैं। इनकी संख्या 2000 में 354217 थी। अन्य देशों के आगन्तुक पर्यटकों की संख्या भारत में इससे कम रही। इनमें भी 4.9% यात्री भारत भ्रमण हेतु आए जबकि दूसरे कारणों से 3.1% ही आए थे। यहाँ के सांस्कृतिक सम्पदा को संरक्षित रखने हेतु South Asia Travel and Tourism Exchange (SATTE) तथा Indian National Tourist for Art & Culture (INTAC) ने वही पर्यटन को बढ़ावा देने हेतु उपहार देने की योजना बनाया था जो इस समय चल रही है।

चूँकि पर्यटन एक सेवा उद्योग है इसलिए प्रत्येक पक्ष चाहे केन्द्र सरकार का हो या राज्य सरकार का व्यक्तिपरक हो या सामूहिक इसका समुचित विकास होना चाहिए, तभी विश्व पर्यटन परिदृश्य में भारत का व्यक्तित्व अधिक उभर सकेगा।

[ब] आज के त्वरित यातायात साधन

आज पर्यटन की त्वरित गति के लिए निम्न साधनों का प्रयोग किया जाने लगा है :—

(1) रेल यात्राएँ — इसने समय की बचत के साथ यात्रियों को विविध प्रकार की सुविधाएँ प्रदान की है। इससे पर्यटन को बहुत बढ़ावा मिला। यद्यपि प्रारम्भ में लोग इसे भय की दृष्टि से देखते थे। इसी से सड़क-यात्रा की अपेक्षा रेल-यात्रा को पसन्द नहीं किया जाता था। पर पीछे यात्री गाड़ियों की व्यवस्था यात्री एजेण्टों द्वारा की गई जिसमें एक साथ बहुत-से यात्रियों को एक मार्ग पर यात्रा के लिए ले जाया जाता था उनकी प्रत्येक सुविधा का ध्यान रखा जाता था। इसमें सबसे पहला एजेण्ट था थॉमस कुक। इसने किराए पर पर्यटन हेतु रेलगाड़ी लेकर 1841 ई० में 570 यात्रियों को लन्दन की यात्रा लिसेस्टर से कराया तथा उन्हें पुनः लिसेस्टर लौटा लाया। उसने प्रचार के माध्यम से इस यात्रा का आयोजन किया था। इसके लिए उसने इसकी एक कम्पनी स्थापित की। आज यह कम्पनी विश्व की सबसे बड़ी यात्रा एजेंन्सी कम्पनी है। इसी के माध्यम से उसने विश्व के विभिन्न देशों की यात्रा प्रारम्भ करायी। इसके बाद जॉर्ज मार्टिनर पुलमैन ने अमेरिका में शंयनयान बनाया जिसमें रात्रि में यात्री सोकर यात्रा कर सकते थे। यह अपने प्रकार की पहली गाड़ी थी। फिर तेज गति की गाड़ियों का विकास हुआ। इनके कारण पर्यटन को विशेष गति मिली। आज विश्व में सबसे तेज गति से चलने वाली जापान की टोकैडो एक्सप्रेस (Tokaido Express) है जो कम्प्यूटर नियंत्रित है। इसकी चाल प्रतिघंटे 250 किमी० है। इसी प्रकार की एक गाड़ी भारत में लखनऊ से दिल्ली यात्रा के लिए जापान के सहयोग से निर्मित किए जाने की स्वीकृति भारत सरकार द्वारा अभी हाल में प्राप्त हुई है। अब तो एयरोट्रेन (Aero Train) चली हैं जो हवा की गति से चलती है।

(2) जलयान — 1820 ई० से अटलांटिक पार देशों में निर्धारित समय से चलनेवाले जलयानों द्वारा यात्राएँ प्रारम्भ हुई। जब तक रेलगाड़ियाँ विकसित नहीं थीं जलयान ही यात्रा के सुरक्षित और सुविधाजनक माध्यम थे। 1840 ई० में सर सैमुअल केनार्ड ने नियमित समय से चलने वाले जलयान सेवा का प्रारम्भ किया। इस यात्रा में यद्यपि रेलगाड़ी से अधिक समय लगता है पर इसमें अपेक्षाकृत आनन्द अधिक मिलता है। इसका उपयोग प्रायः सेवामुक्त लोग ही अधिक करते हैं क्योंकि इसमें आनन्द अधिक है और उन लोगों के पास समय का कोई बंधन नहीं होता।

(3) मोटरगाड़ियाँ — आज पर्यटन के विकास को अधिक सहयोग मोटर गाड़ियों तथा दूसरे इसी प्रकार के स्वचालित यानों (Automobiles) से मिला है। 20वीं सदी में ड्यूरेया और स्टूडीबेकर बंधुओं (Durea and Studibaker Brothers) ने बीस मील की गति से चलनेवाली मोटरगाड़ियों का आविष्कार किया था। आज से लगभग 4-5 दशक पूर्व छोटी स्टूडीबेकर गाड़ियाँ ही प्रायः सड़कों पर दौड़ती हुई दिखती थीं। इसके बाद इससे भी तेज गति से चलने वाली गाड़ियाँ क्रमशः बनी जो कम समय में लम्बी यात्रा तय कर सकती थीं। 1903 ई० में डॉक्टर नेलसन जैक्सन (Dr. Nelson Jakson) ने अपनी गाड़ी को स्वयं चलाकर 63 दिनों में 3000 मील की यात्रा पूरी की थी। इस अवधि में वह समय भी शामिल था जो रास्ते में इसके बिगड़ने तथा बनाने में लगा था। अब तो यात्री बसें तथा टैकसियाँ चल पड़ी हैं। इनसे यात्रा की व्यवस्था के लिए लगभग 90 देशों में कार्यालय खुले हैं और लगभग 3000 यात्री बसें किराए पर चलती हैं। इसमें अनेक एजेण्ट भी कार्यरत हैं जो मोटरगाड़ियों से यात्रा कराने की व्यवस्था करते हैं।

1980 में संसार में यात्री मोटरों की संख्या 320 मीलियन आँकी गई थी। भारत में सड़क परिवहन में होने वाले विकास गति की तीव्रता को देखकर ही प्रत्येक राज्य में सड़क यातायात निगम (Road Transport Corporation) बनाया गया है। इसकी गाड़ियाँ प्रत्येक महत्त्व-पूर्ण स्थलों तक भेजने का यथासम्भव प्रयास किया गया है। अब सड़क परिवहन द्वारा देश के लगभग सभी महत्त्वपूर्ण स्थल जोड़ दिए गए हैं। इनमें वे स्थान भी सम्मिलित है, जहाँ रेलमार्ग बनाना सम्भव नहीं है जैसे – बद्रीनाथ, केदारनाथ, अरुणाचल प्रदेश, अमरनाथ आदि। साथ ही, महत्त्वपूर्ण नगरों में बसें छुट्टियों के दिनों में 'नगरदर्शन' नाम से सस्ते भाड़े पर चलाई जाती हैं। किन्हीं स्थानों में तो ऐसी दैनिक सेवाएँ भी प्रारम्भ की गई हैं। इनका नाम स्थान के साथ जोड़ा गया है जैसे दिल्ली-दर्शन सेवा, आगरा दर्शन सेवा आदि। एक केन्द्र से चलकर ये सभी दर्शनीय स्थानों को कम-से-कम समय में दिखाकर फिर वहीं पहुँचा देती है। कुछ तो व्यक्तिगत संस्थाओं द्वारा तीर्थयात्रा चक्र की भी गाड़ियाँ चलाई जाती हैं जिनमें सोने तथा सामान रखने की व्यवस्था रहती है। वे एक क्षेत्र के विभिन्न दर्शनीय स्थानों को क्रम से दिखाती हुई पुनः दूसरे मार्ग से वहीं लौटा देती हैं। यह रेल से अधिक सुविधाजनक तथा सस्ती होती हैं।

इसका भविष्य अत्यन्त उज्ज्वल है क्योंकि अब छोटी, तेज गति वाली सस्ती तथा इलेक्ट्रॉनिक गाड़ियों का युग भी प्रारम्भ हो गया है। इसको अब भावी दुर्घटना की सूचना देनेवाले राडार से युक्त करने की योजना चल रही है। इसमें समय तथा ईंधन दोनों की बचत होगी। साथ ही, सस्ती दरों पर ये यात्रियों को उनके गन्तव्य तक पहुँचा सकेंगी।

(4) वायुयान — इससे यात्रा की दिशा में आमूल परिवर्तन हुआ है। इसके द्वारा यात्राएँ राजकीय और व्यक्तिगत कम्पनियाँ इस क्षेत्र में लगी हैं तथा लम्बी संख्या में विभिन्न देशों और नगरों में एजेण्ट भी सेवारत हैं जो यात्रियों के सुविधानुसार यात्रा की व्यवस्था करते हैं। हवाई जहाज में भी सुविधा के लिए भोजन, चाय, निरीक्षिका आदि की व्यवस्था रहती है। इनके समय जुड़ी मोटर गाड़ियाँ भी रहती है जिसे यात्रियों को उतरने पर केन्द्र स्थल तक सुविधापूर्वक पहुँचाया जा सके।

17 दिसम्बर, 1963 में अमेरिका में राइट बन्धुओं ने किरीहाक नामक वायुयान बनाकर इसका प्रारम्भ किया था। यहाँ से चलकर जेट तक की एक लम्बी यात्रा आज वायुयान ने तय की है। आज इसकी गति ध्वनि से तीव्रतर है जो विशाल सागर के वृक्ष तथा ऊँची पर्वत चोटियों को बेखटक पार करते हुए सस्ती दर पर विदेशों की दूरी कुछ घंटों में ही तय करा देती है। इस क्षेत्र में इण्टरनेशनल एयर ट्रांसपोटर्स एसोसिएशन (IATA) ने विशेष सुविधा प्रदान की है। इसमें यात्री की एक सूचना पर कहीं-से-कहीं जाने के लिए निर्धारित तिथि में किसी-न-किसी उड़ान में स्थान निश्चित कर देते हैं। वह भी एक ही टिकट पर चाहे वह किसी देश की मुद्रा से खरीदा गया हो। इसी प्रकार 1947 में संयुक्त राष्ट्र में एक एजेंसी स्थापित हुई। इण्टरनेशनल सिविल एविएशन ऑर्गनाइजेशन (ICAO) जिसमें 148 देशों की सदस्यता में सुरक्षित यात्रा की सुविधा व्यवस्था थी।

इसमें एक नया मोड़ वायुयान द्वारा नियोजित पर्यटन व्यवस्था (Air charter) के द्वारा प्रारम्भ हुई। यूरोप में 1950 के लगभग 'बैक टू बैक चार्टर' (Back to back charter) प्रारम्भ हुआ जिसमें जहाँ से जो यान यात्रियों के दल को उठाता था वहीं घुमाकर पुनः उसे वहाँ छोड़ता था। इसके लिए एजेंसियाँ अपनी ओर से यान तय करती हैं और नियमित उड़ानों की तरह उसे निर्धारित स्थानों पर यात्रियों को विविध सुविधाओं के साथ से जाती हैं जिनमें लगा होता

है ठहराव, भोजन, दृश्य दिखाना तथा उनका सामान ले जाना आदि। इससे और अधिक सुविधा फ्रेडीलेकर द्वारा प्रारम्भ की गई यात्रा में दी गई है। अटलांटिक पार यात्रा के लिए चलाई जानेवाली 'स्काई ट्रेन' (Sky Train) नाम से यात्री वायुयान प्रारम्भ हुई जिसमें लन्दन से न्यूयार्क और वापसी का किराया मात्र 236 डालर लगता है जबकि सामान्य किराया 500 डालर है। इसमें यात्री अपनी सुविधा से भोजन आदि की व्यवस्था अपने साधन के अनुसार कर सकते हैं।

इण्टरनेशनल एयर ट्रांसपोर्ट एसोसिएशन (IATA) ने इधर सामूहिक पर्यटकों के किराए में सस्ती दरें तथा कुछ और सुविधाएँ प्रदान की हैं। इनकी मूलतः दो योजनाएँ हैं जिनमें सस्ती दरों पर आनन्दात्मक पर्यटन का किराया लिया जाता है। एक निश्चित क्षेत्र में पर्यटन करके लौटने (Round Trip) का किराया सामान्यतया 20 से 40 प्रतिशत कम लगता है। दूसरे सामूहिक सुविधाजनक यात्रा किराया भी तीन प्रकार के हैं:—

(i) ग्रूप इन्क्लूसिव टूर *(GIT)*—इस सुविधा में कम-से-कम 4 की संख्या में पर्यटकों का दल हो तथा उनका ठहराव अधिकतम अमेरिका से भारत की ओर यात्रा में 14 से 45 दिनों का हो, जिसमें भारत में कम-से-कम 7 दिन रहें। वे सुविधा से 5 स्थानों पर साथ ठहराव लें तथा इसकी व्यवस्था स्वयं करें।

(ii) इण्टेंसिव टूर *(IT)*—यह सुविधा संगठित समूह के लिए दिया जाता है, जिसका भार एक संस्था वहन करती हो, इसमें ठहराव की अवधि कम-से-कम 7 दिन रखी गई है तथा यह न्यूयार्क से नई दिल्ली चलती है।

(iii) एफिनिटी ग्रूप *(Affinity Group)*—यह सुविधा उस संगठन को दी जाती है जो अपनी ओर से कर्मचारियों या सदस्यों को किसी सभा, बैठक या अधिवेशन में भाग लेने के लिए भेजते हैं।

भारत ने भी इस दिशा में पहल किया है। दक्षिण भारत के पर्यटन पर 30 प्रतिशत की छूट भाड़े में दी गई है। घर की ओर यात्रा करने वाले लोगों को जो कम-से-कम 8 या अधिकतम 32 की संख्या में जाते हैं उन्हें भी यही छूट मिलती है। घरेलू कार्य से यात्रा करनेवाले विद्यार्थियों को जिनकी आयु 26 वर्ष तक हो तथा वे किसी शैक्षणिक संस्था में नियमित छात्र हों, उन्हें भाड़े में 50 प्रतिशत की छूट दी जाती है। यही छूट IATA या हवाई जहाज के कर्मचारियों एवं उनके परिवार वालों को भी मिलती है।

पर्यटन एजेन्सी
(Travel Agency)

इसका प्रारम्भ थॉमस कुक ने 1845 में किया था। उन्होंने 1841 में 570 यात्रियों के पर्यटनार्थ एक गाड़ी की व्यवस्था कर यह अनुभव किया कि इस विधि द्वारा कम पैसे में लम्बी यात्रा तय की जा सकती है तथा इससे कमीशन भी प्राप्त किया जा सकता है। फिर उन्होंने यात्रा गाइड बुक (Guide Book on Tour) निकाला और यात्रियों के ठहराव तथा सामान ले जाने की भी व्यवस्था की। तदन्तर चक्रवत यात्राओं (Circular tours) तथा 220 दिनों की एराउण्ड दी वर्ल्ड टूर (Around The World Tour) की व्यवस्था की। यह क्रिया उसके बाद उसके परिवार वाले कई पीढ़ियों तक करते रहे। उससे आज विश्व में 145 देशों में 1000 कार्यालय हैं। इसके अतिरिक्त अब अनेक अन्य एजेंसियाँ भी मैदान में हैं जिनकी संख्या लगभग 44000 है। कुछ ने कम्प्यूटर से आरक्षण तथा यात्री निवासों की भी व्यवस्था की है। 'टूर

ऑपरेटर' दर्शनीय स्थानों के लिए मोटर गाड़ियों, निर्देशकों, दर्शनीय स्थलों की सूची तथा पर्यटन की सुविधाओं की भी व्यवस्था करता है।

भारत में भी इस व्यवस्था को बल मिला है। बड़े-बड़े स्टेशनों पर पंजीकृत एजेण्ट होते हैं जो साधारण लाभांश लेकर यात्रियों के लिए टिकट, आरक्षण, ठहराव आदि की व्यवस्था करते हैं। इस कार्य में भारत के 53 बड़े शहरों में लगभग 5000 लोग लगे हैं। कुछ अपंजीकृत व्यक्ति या संस्थाएँ भी इसमें कार्यरत हैं। ये सड़क, गाड़ी, वायुयान, जलयान, आदि सभी माध्यमों से यात्रा की व्यवस्था करते हैं। पर भारत में इस व्यवस्था का उद्भव बहुत बाद की देन है। 1949 में सर्वप्रथम ऐसी छः एजेन्सियों ने भारत के बम्बई शहर में कार्य प्रारम्भ किया था। इनके मुख्य कार्य हैं :—

(i) यात्रा सम्बन्धी सूचना देना : स्थान की दूरी, यात्रा-विधि, किराया, मौसम की जानकारी, सुविधा-असुविधा, उस देश की मुद्रा की व्यवस्था करना, वीसा, समयसारणी, दर्शनीय स्थलों की विवरणिका देना आदि।

(ii) टिकट की बिक्री करना।

(iii) स्थान के चयन में सलाह देना।

(iv) मृत्यु दुर्घटना आदि सम्बन्धी बीमा कराना।

(v) यात्रा स्थल के विषय में आवश्यकता के लिए विविध सूचना देना।

(vi) यात्रा चक्र बनाना।

उपर्युक्त सारी व्यवस्थाओं के लिए भारत में 'इण्डियन टूरिज्म डेवलपमेण्ट कॉरपोरेशन' (ITDC) की स्थापना की गई है। हाल में ही एक नई संस्था 'अशोक टूर्स एण्ड ट्रैवेल्स' नई दिल्ली में खोली गई है। इसी प्रकार के प्रयास राज्य सरकारों द्वारा भी किए जा रहे हैं। प्रत्येक राज्य में 'राज्य पर्यटन विकास संस्थान' (State Tourism Development Corporation – STDC) है। ये एक दिवसीय यात्राएँ भी चालू करते हैं, जैसे दिल्ली से जयपुर, आगरा से जयपुर आदि।

घर के बाहर भी घर
(Home away from Home)

आज का व्यक्ति सुख-सुविधाओं का इतना दास हो चुका है कि घर के बाहर निकलने पर भी घर का सारा सुख खोजता है। इसके लिए पर्यटन के इतिहास में प्रारम्भ से ही व्यवस्था की गई थी जो सुविधाओं के साथ बढ़ती गई। प्राचीन रोम में भी 500 ई० से पहले सरायों की सुविधाएँ थीं। इनमें यात्री और व्यापारी ठहरते थे। तीर्थयात्री के लिए चर्चों में ठहरने की व्यवस्था की। धनी लोग अलग आवासों में रुकते थे और निर्धन सामान्य कमरों में। भारत में भी मन्दिरों में ठहरने की व्यवस्था थी। धर्मार्थ लोगों ने धर्मशालाओं का निर्माण प्रारम्भ किया पर मध्यकाल से इस व्यवस्था में प्रगति हुई क्योंकि तब धार्मिक एवं आर्थिक जागरण का दौर शुरू हुआ। यात्राएँ अधिक होने लगीं। अतः इटली में सरायों की देख-रेख करनेवालों का पद सबसे पहले वैतनिक बनाया गया। यह भावना पन्द्रहवीं सदी में यूरोप के विभिन्न देशों इंगलैंड, फ्रांस आदि में विकसित हुई। सत्रहवीं-अठारहवीं सदी में सरायों में सुविधाएँ बढ़ा दी गई। इंगलैंड में कानून बना कि सराय की देख-रेख करने वाले का सामाजिक दायित्व है कि ठहरने वालों की सुविधा का ध्यान रखना। उन्नीसवीं सदी में रेल के आविष्कार ने जब यात्रा को सरल और द्रुतगामी बनाया तो सरायों का भविष्य फिर बन्द हुआ। बीसवीं सदी में मोटर और

साइकिल के यात्रियों की सुविधा के लिए पुनः इनका विकास हुआ और इनका परिवर्तित स्वरूप बना होटल, यात्री निवास आदि।

होटल जिससे भविष्य में होटल उद्योग विकसित हुआ आज पर्यटन का एक सहायक अंग आज बन चुका है। अन्तर्राष्ट्रीय होटल संगठन (International Hotel Organisation) की स्थापना अब हुई है जो विभिन्न देशों के होटलों को संचालित करती है। अमेरिका में 1948 में हिल्टन ने एक होटल खोला जो 1981 में देश के बाहर 86 होटलों का संचालन करने लगा। इसे ही देखकर भारत में भी 'होटल कॉरपोरेशन ऑफ इण्डिया' (Hotel Corporation of India – HCI) की स्थापना की गई। इनके लिए ट्रैवेल एजेण्टों की सेवाएँ ली जाती हैं जो यात्रा के समय आरक्षण की सुविधा प्रदान करते हैं। सामान्य आय के यात्रियों के लिए कैपसुल होटल (Capsul Hotel) की व्यवस्था की गई है जो नदी के किनारे प्लास्टिक के बने खोलकर खड़े किये जाते हैं। ये छोटे कक्षों में 5' × 5' × 6.7' माप के होते हैं। जापान में अत्यन्त कम कीमत पर इनमें यात्री ठहराए जाते हैं। अब भारत में विश्व की तरह होटल चेन या ग्रुप (Hotel Chain or Group) की भी व्यवस्था सरकार की ओर से की गई है जैसे – ताज, अशोका, बेलकम ग्रुप होटल आदि। इसकी व्यवस्था के लिए होटल मैनेजमेण्ट, कुकिंग आदि का प्रशिक्षण भी दिया जाता है जिसके लिए प्रशिक्षण संस्थान सरकार द्वारा शिक्षण संस्थानों द्वारा चलाए जा रहे हैं।

□

अध्याय–5

पर्यटन के सहयोगी अंग

पर्यटन के सहयोगी

पर्यटन एक समन्वित उद्योग है। बिना सहयोगी अंगों के पर्यटक केवल कुछ दूर की श्रमसाध्य यात्राएँ ही कर सकता है और वहाँ तभी तक रुक सकता है जब तक उसके पास खाना बनाने और ठहरने की किसी प्रकार क्षमता बनी रहे। इसमें वह आनन्द की अपेक्षा कष्ट का अनुभव करने लगेगा तथा वह उन्मुक्त नहीं रह सकता। अतः आवश्यक है कि पर्यटन सहयोगी साधनों के साथ जुटा हो कि इसकी मूल शर्त अवकाश के दिन आनन्द के लिए हो, पर्यटक के लिए बेमानी न हो जाय। यही कारण है कि इसको समन्वित उद्योग कहा जाता है। उद्योग में जैसे विभिन्न सहाय स्रोत कच्चा माल जुटाने, सामान तैयार करने, श्रम लगाने, विक्रय की व्यवस्था करने, सुरक्षा प्रदान करने की जिम्मेदारी वहन करते हैं उसी प्रकार पर्यटन में भी बिना यातायात, ठहराव, प्रचार, भोजन, सुरक्षा, बैंक आदि के सहयोग की सुविधाओं के इसको सरस नहीं किया नहीं जा सकता। यह पूर्णकालीन अवकाश का उद्योग है जिसमें ऊपर की क्रियाओं से लेकर अन्य अनेक क्रियाओं का सहयोग अपेक्षित होता है। इनमें गोल्फ खेलने, स्केइंग, बागवानी, टिकट एकत्रित करने तक के कार्य सम्मिलित होते हैं। दूसरी ओर यह एक मिश्रित उद्योग (Complex industry) है जिसमें छोटे से बड़े साधन इसके साथ जुटे होते हैं जैसे बड़े-छोटे होटल, कच्ची-पक्की सड़कें, बड़ी-छोटी हवाई जहाजों की उड़ानें आदि।

इसके सहयोगी साधनों को दो कोटियाँ होती है–एक मुख्य और दूसरी गौण। मुख्य वे हैं जो पर्यटक कीं मूल आवश्यकताओं की पूर्ति करती है तथा गौण वे हैं जो उसके सामान्य क्रिया में सहायक होती हैं। इन दोनों की महत्ता पर्यटन में होती है। बिना इन दोनों के समन्वित सहयोग के पर्यटन की आनन्ददायक स्थिति नहीं रहती। आज के पर्यटक पहले की तरह भोजन बाँध कर साइकिल या बैलगाड़ी से नहीं घूमता और न वह मन्दिरों मे ठहर कर रात बिताता है एवं फुटपाथ की दुकानों से चना-चबेना खा कर रह लेता है। तब केवल धार्मिक यात्राएँ होती थीं। पर आज पैसा सबके पास है एवं यात्रा के उद्देश्य अनेक हो गए हैं क्योंकि जीवनस्तर उठ गया है। वह अच्छे होटलों में ठहरता, अच्छा भोजन करता, त्वरित वाहनों के द्वारा यात्रा करता अवकाश के क्षणों का भरपूर आनन्द लेता है। इनकी व्यवस्था एक स्थान रहने वाला व्यक्ति दूसरे स्थान में नहीं कर सकता। अतः उसे टूर एजेंसियों की सहायता लेना पड़ता है जो उसके लिए सारी व्यवस्था गन्तव्य स्थान पर पहले से ही कर दें। इसको एजेंसियों को एकमुश्त पैसा देना पड़े और सारी सुविधाएँ उसको उपलब्ध रहें ये व्यवस्थाएँ प्राथमिक सहयोगी कही जाती है। दूसरा सहयोगी अंग इतना महत्त्व का नहीं होता जैसे नाई, धोबी, दर्जी, पान, दुकानें जहाँ सामान खरीदी जा सके, खेलों का आयोजन, आनन्दात्मक क्रियाओं के स्थल जैसे थियेटर, सिनेमा आदि इनके साथ उसे पर्यटक सहायक की भी आवश्यक लेनी होती है जो मार्ग में उनके साथ चलें, उनको प्रत्येक वस्तुओं के विषय में ज्ञान दें, उनके यात्रा की योजना में सहायता दें। इस प्रकार आज पर्यटन के अंग सेवा प्रधान यात्रा की योजना में सहायता देते हैं। अतः आज का पर्यटन सेवा प्रधान उद्योग (Service Oriented Industry) है। घर के बाहर कदम रखते ही पर्यटक के सेवा का सिलसिला शुरू हो जाता है तथा तब तक चलता रहता है जब तक वह घर फिर लौट कर नहीं चला आता है।

इसमें कुछ सेवाएँ सरकारी तंत्र के संगठन तथा व्यक्तिगत संगठनों द्वारा दी जाती हैं। जैसे पासपोर्ट, वीसा, प्रमाण पत्र गन्तव्य स्थान के लिए सरकारी संगठन और विभाग व्यवस्थित करता है। यही पर्यटन विषय, शिक्षा पर्यटन क्षेत्रों की सम्पूर्ण जानकारी, पर्यटन के आँकड़ों का संकलन आदि का कार्य करती हैं। वही व्यक्तिगत संगठन, यातायात की व्यवस्था, दुकानों, आमोद के साधनों, दैनिक आवश्यकता की पूर्ति जैसे नाई, धोबी, मोची, बैंक आदि की सुविधाएँ उपलब्ध कराता है।

इस प्रकार पर्यटन के सहयोगी साधन निम्न हैं:—

संचार साधन

इसमें यात्रियों को ले जाने वाले साधनों को दो कोटियों में रखा जा सकता है–व्यक्तित्व तथा राजकीय; देश तथा विदेश के हवाई तथा धरातलीय यात्राएँ। इनमें यात्री दूर की यात्रा हवाई जहाज, रेल, जलयान द्वारा करता है। समीप की यात्राएँ सड़क द्वारा की जाती हैं जिसमें, बस, रेल, टैक्सी, किराये के कार से करते हैं। इसके लिए संगठन भी बने हैं जैसे AAA (American Automobile Association), FIAA (Federation of Indian Automobile Association), AAEI (Automobile Association of Eastern India) आदि। इसके लिए इन सुविधाओं को अधिक बढ़ाना चाहिए तथा सड़कों को अधिक सामान्य बनाना चाहिए। इसके गति में बाधक हैं टोल और आक्ट्राम टैक्स। अतः सरकार तथा स्थानीय निकायों को पर्यटन के संदर्भ में इनकी बाध्यता समाप्त करनी चाहिए।

हवाई यात्राएँ दूर के स्थानों के लिए प्रयोग की जाती है चाहे देश के भीतर या देश के बाहर। पर सभी जगह के लिए हवाई यात्राएँ सुलभ नहीं है। इनके निश्चित मार्ग हैं और निश्चित ठहराव हैं जहाँ यह रुक कर यात्रियों को चढ़ाती उतारती है। अतः उन्हीं स्थानों की यात्राएँ हवाई जहाज से की जा सकती है। हवाई जहाज सुविधाओं की दृष्टि से दूसरे हवाई जहाजों की इकाई से जुड़े होते हैं। इनके संगठनों का विकास हुआ है जैसे IATA (International Air Transport Organisation), ICAO (International Civil Avoiation Organisation) आदि।

समुद्री यात्राएँ भी प्रायः प्रत्येक समुद्र तटीय देशों में उपलब्ध हैं। यह यात्रा लम्बी समय लेती है। इससे यात्री थोड़ी दूरी के लिए इसका प्रयोग करते हैं। लम्बी दूरी की समुद्री यात्राएँ आज कष्टकर होने से प्रायः इनका उपयोग सामान ढोने के लिए ही किया जाता है।

इसी क्रम नदी यात्राएँ भी में ले सकते हैं। पर आज इसका उपयोग यात्रा की दृष्टि कम होने से नदी में चलने वाली जहाजों की संख्या बहुत कम हो गई हैं। बरसात के दिनों में यह अधिक खतरनाक हो जाती है। प्रांयः बाढ़ के उफान में नावें और जहाज भी उलटती और डूबती हैं।

रेल यात्राएँ प्रायः देश के भीतर और कहीं-कहीं दूसरे देशों के लिए प्रयोग की जाती हैं। ये घोड़ी या मध्यम दूरी के लिए सामान्य जनता द्वारा अपनाई जाती है क्योंकि सभी स्थानों पर इसका ठहराव होने से लोग अपने गन्तव्य के अति समीप तक पहुँच जाते हैं। इनमें समय और व्यय भी कम लगता है तथा सुविधायें भी पर्याप्त होती हैं।

पर्यटन के आकर्षण

आज पर्यटन के अनेक आकर्षण पैदा किये गए हैं जिससे पर्यटन एक आकर्षण प्रधान क्रिया बन गई है। इसका कारण है आनन्दायक यात्रा का दृष्टिकोण का होना जबकि पहले केवल सांस्कृतिक दृष्टिकोण को ही सामने रखा जाता था। इस बदलाव के कारण अब पर्यटन

स्थलों पर सितारा होटल, मोटल आदि अनेक ठहराव की व्यवस्था की गई है। अनेक प्रकार के यात्री आवास भी वहाँ बने हैं।

इसमें नियमित सेवाएँ थोड़े-थोड़े अन्तर से प्राप्त होती हैं। यह अनेक स्थान जो रेल से दूर हैं वहाँ पहुँचा जा सकता है। समय का भी बंधन रेल की तरह इसमें नहीं होता है। कहीं-कहीं सड़क और रेल साथ-साथ चलती हैं। वहाँ थोड़ी दूर के ठहराव की यात्रा सड़क से ही सम्भव है जहाँ बसें, कार आदि रोक कर उतरा जा सकता है। किराये की टैक्सियों ने इसकी सुविधा को और बढ़ा दिया है। सामान्य कीमतों पर ये किराये पर करके गन्तव्य स्थान तक ले जाई जाती हैं। इसके साथ चलती हैं टूरिस्ट बसें, अन्तर्राष्ट्रीय बस सेवाएँ, समुद्र पार स्थानों से जोड़ने वाली बसें। इसके साथ ही अनेक प्रकार की क्रीड़ाएँ, आकर्षण की वस्तुओं वाली दुकानों, मनोरंजन के अनेक साधनों, समुद्र तटीय दृश्य के स्थानों आदि के बढ़ने के कारण आज पर्यटन विकसित होता जा रहा है। ये सभी सुविधाएँ यात्रियों की माँग पर जनता और सरकारों द्वारा वहाँ जुटायी जाती है।

आनन्दात्मक क्रियाएँ

पर्यटन की शर्त ही है अवकाश काल में आनन्द का उपयोग करना। इसी से पर्यटन स्थलों पर अनेक प्रकार की आनन्दात्मक क्रियाओं की व्यवस्था व्यक्तिगत तथा सरकारी संस्थाओं की ओर से की जाती है कि इससे अधिक पर्यटक आवें और वहाँ लाभ हो। इसके लिए मेले, प्रदर्शनियाँ, त्योहारों, उत्सवों, नृत्य, संगीत, खेल-तमाशे, नाटक, नौटंकी, सिनेमा, सभाएँ, व्याख्यानों आदि का आयोजन किया जाता है। प्रायः ये सायंकाल किये जाते हैं जब पर्यटक सौंदर्य के स्थलों से लौटा होता है और वह अकेला उबन पूर्ण संध्या बिताता है। उसके उबन को दूर करने के लिए इन सभी क्रियाओं का आयोजन किया जाता है।

सरकारी बंधनों में छूट देना

प्रायः सरकारी बंधनों के कारण पर्यटक को सुविधा से पहुँचने के बहुत कठिनाइयाँ होती हैं। अतः इनमें छूट देना चाहिए कि पर्यटक अपने गन्तव्य पर आसानी से पहुँच सके तथा स्वच्छन्द होकर वहाँ भ्रमण कर सके। पार-पत्रों, वीसा, आगमन परमिट आदि को सरल बनाना चाहिए कि पर्यटक को अनेक प्रकार की परिक्रिया के कारण कठिनाई न हो। उसको दफ्तरों में दौड़ने, फार्म भरने, स्वीकृति लेने, विभिन्न प्रकार की जाँच आदि में अनेक दिक्कतों का सामना करना पड़ता है। इसके कारण बहुत से पर्यटन के इच्छुक यात्रा से ठिठक जाते हैं। अतः इनमें सरलीकरण होना चाहिए। जाँच-पड़ताल में ढील होना, सामानों के क्रय की सीमा बढ़ाना, अनावश्यक पूछ-ताछ के लिए रोकना आदि क्रियाओं को आसान बनाने पर ही पर्यटक सरलता से बड़ी संख्या में आते हैं।

यात्रा एजेण्ट और ऑपरेटर

पर्यटन में एजेण्ट की भूमिका महत्त्वपूर्ण होती है। पर्यटक को अनेक प्रकार की सुविधाएँ उसके एजेण्ट और टूर व्यवस्थापक (ऑपरेटर) द्वारा दी जाती है। ये यातायात, ठहराव, भोजन, यात्रा-चक्र, भ्रमण स्थलों की सूची, भ्रमण की सुविधाएँ आदि पर्यटकों को प्रदान करते हैं। इसलिए पर्यटन पूर्व से ही ये पर्यटन की व्यवस्था करते रहते हैं। इसके लिए पर्यटक इन सेवाओं की मांग बराबर करते रहते हैं तथा ये संस्थाएँ पर्यटन में आपूर्त्ति करती रहती हैं। इस प्रकार पर्यटकों की इनकी मांग के कारण और पर्यटन के प्रति इनकी पूर्ति से इसे पर्यटन उद्योग की संज्ञा दी जाती है। 1845 में पर्यटन में एजेंसी का श्री गणेश हुआ। इसके आज

एक हजार से अधिक अपने कार्यालय देश-विदेश में फैले हैं तथा विश्व के तमाम 145 देशों में इसके प्रतिनिधि कार्यालय भी हैं। इसके अनुकरण के आधार पर अन्य अनेक एजेंसियाँ भी कार्यरत हैं जो यात्रा के तीन मुख्य अंगों के लिए सेवा देती हैं : पर्यटन विक्रय, बैंकिंग प्रणाली तथा वाहन सुविधाएँ। इनके लिए ट्रेबेल एजेंट (Travel Agent), टूर ऑपरेटर (Tour Operator), स्पेशैलिटी चैनेलर्स (Speciality Channe-llers) ऐसी बहुविधीय इकाइयाँ हैं जिनमें यात्रायोजक (Travel Planner), होटल प्रतिनिधि, परिवहन प्रतिनिधि, सहयोगी संस्थाओं के अधिकारी तथा यात्रा विशेषज्ञ एवं सलाहकार सम्मिलित रहते हैं। अतः एजेसियाँ भी पर्यटन की सीमा में ही आती हैं।

बीमा योजना

जैसे कृषकों के लिए कृषि बीमा योजना का प्रारम्भ हुआ है उसी प्रकार पर्यटकों के लिए भी बीमा कम्पनियों ने योजनाएँ प्रारम्भ किया है। इसमें पर्यटन प्रारम्भ करने के पूर्व पर्यटक अपने जान-माल का बीमा करा सकता है। इसके लिए बीमा कम्पनियाँ जोखिम उठा लेती हैं। भारत की बीमा कम्पनियों ने भी हाल में ऐसी योजनाएँ लागू की है।

होटल और होटल व्यवस्था

पर्यटन एक खर्चीला व्यसन है। इसमें खर्च करने वाला व्यक्ति साधन-सम्पन्न होता है। वह घर के बाहर भी वैसे ही साधनों को चाहता है। तभी वहाँ वह रुचि पूर्वक रहकर घूम सकता है। अतएव पर्यटक को ठहरने और भोजन की सुविधा दिए बिना ऊपर के वर्णित सभी साधन अपंग रहते हैं क्योंकि विषम परिस्थितियों में कोई भी पर्यटक कहीं जाना पसन्द नहीं करता। इसी से होटल एवं होटल-उद्योग को भी इसके साथ जोड़ा गया है। होटल की व्यवस्था तथा देख-रेख में इधर विशेष प्रगति हुई है। इसमें आधुनिकतम सुविधाएँ उपलब्ध कराई गई हैं तथा इससे सम्बन्धित कुकिंग मैनेजमेंट आदि विविध क्रियाओं की उचित पूर्ति हेतु अनेक शासकीय एवं अशासकीय प्रशिक्षण संस्थाएँ संचालित की गई हैं। सरकार ने कुछ होटल स्वयं खोल रखे हैं जो एक केन्द्रीय व्यवस्था में बँधे होने के कारण एक ही नियंत्रण से संचालित होते हैं। इनके विशेषीकरण के लिए किसी विशिष्ट नाम से इन्हें सर्वत्र सम्बोधित किया जाता है। ऐसे होटल जो एक ही समुदाय के हैं पूरे देश में फैले हैं। उन्हें ग्रुप या चेन होटल (Group or Chain Hotel) कहते हैं। भारत में पाँच सितारा, तीन सितारा, अशोक, ओबेराय होटल आदि इसी क्रम में आते हैं। इनमें प्रशिक्षित व्यवस्थापक एवं कर्मचारी कार्य पर रखे जाते हैं। इसी प्रकार की कुछ व्यक्तिगत संस्थाएँ भी अपने धन से या विदेशी सहयोग से ऐसे ही होटल चला रही हैं। जहाँ ऐसी विकसित सुविधाएँ उपलब्ध नहीं हैं, जैसे श्रीलंका आदि में, वहाँ विदेशी एजेन्सियों को यह कार्य करने का निमन्त्रण दिया गया है कि पर्यटकों को असुविधा न हो। अतः होटल व्यवस्था तथा उससे सम्बन्धित संस्थाएँ भी पर्यटन के ही क्षेत्र में आती हैं क्योंकि इनका सीधा सम्बन्ध पर्यटक से होता है। इसी से भारत सरकार ने होटल निगम को पर्यटन मंत्रालय के अन्तर्गत ही रखा है।

प्रचार और प्रसार

पर्यटन का आधार ही प्रचार और प्रसार (Advertisement & Propaganda) पर निर्भर है। कौन-कौन, कहाँ-कहाँ पर्यटन के स्थल हैं बिना इसके प्रचार के पर्यटकों को वहाँ आकर्षित नहीं किया जा सकता है। इसके प्रसार के लिए विविध माध्यम अपनाने पड़ते हैं जिससे वे लोगों तक अपनी बात पहुँचा सकें। इस उद्देश्य हेतु अनेक तरीके अपनाये जाते हैं तथा नई-

नई विधियों की खोज की जाती है। विविध प्रसार माध्यमों यथा रेडियो, टी० वी०, सिनेमा घरों के टेलरों, पोस्टरों, पुस्तिकाओं, पत्र-पत्रिकाओं आदि का उपयोग इसके लिए किया जाता है तथा इनमें कौशल और आकर्षण का उपयोग करके लोगों का ध्यान इनकी ओर आकर्षित किया जाता है। इसलिए प्रचार और प्रसार के साधनों और उनके प्रभावक विधियों का भी अध्ययन इसका एक अभिन्न अंग है।

पर्यटन संगठन

प्रत्येक देश में पर्यटन संगठनों को बढ़ावा दिया गया है। इनकी शाखाएँ विदेशों में खोली गई हैं। पर जहाँ विदेशों में अपनी शाखाएँ उपलब्ध नहीं है वहाँ विदेशी पर्यटक संगठनों को इनका प्रतिनिधित्व दिया जाता है कि वह संगठन अपना कार्य करते रहकर दूसरे देश के पर्यटन स्थलों की जानकारी, असुविधाओं, पर्यटन सम्बन्धी कुतूहलों का समाधान कर सके तथा पर्यटकों को वहाँ आकर्षित किया जा सके। विदेशों में पर्यटन विभाग की शाखाओं के खोलने के पीछे आवश्यक है कि वहाँ अपने देश का एक अधिकारी व्यवस्था के लिए मौजूद रहे। विश्व में ऐसे पर्यटन समस्थाओं का संगठन भी बना है जहाँ एक मंच पर समय-समय पर परस्पर मिल बैठकर समस्याओं का निराकरण करते हैं, सहयोग के नये उपाय खोजते हैं, अभि-वृद्धि के नये आयाम तैयार करते हैं आदि। 1925 ई० में नीदरलैण्ड के हेग नामक स्थान पर शासकीय प्राविधिक संगठन – इण्टरनेशनल यूनियन ऑफ ऑफिशियल ट्रैवेल ऑर्गनाइजेशन (International Union of Official Travel Organisation – IUOTO) की स्थापना हुई है। इसी ने पीछे 2 जनवरी 1975 से अन्तरराज्य पर्यटन संगठन का रूप धारण कर पर्यटकों की समस्याओं के निराकरण का दायित्व अपने पर ले लिया। इसे वर्ल्ड टूरिस्ट ऑर्गनाइजेशन (World Tourist Organisation – WTO) के नाम से अब जाना जाता है। भारत में भी ऐसी एक संस्था इण्डियन टूरिस्ट डेवलपमेंट ऑर्गनाइजेशन (Indian Tourist Development Organisation – ITDO) है। अतः विश्व में स्थापित ऐसे संगठनों का भी अध्ययन इसकी सीमा में आता है। इसके विस्तृत विवरण पर्यटन विषय अध्याय में दिया जायगा।

पर्यटन विपणन *(Tourist Marketing)*

पर्यटन न कोई वस्तु है न इसका एक निश्चित बाजार है जहाँ इसका क्रय-विक्रय होता हो। फिर भी यह एक ऐसी क्रिया है जो विक्रय वस्तु की तरह लाभ देती है। इसके लिए पर्यटन विक्रेता (वह राज्य जहाँ पर्यटन सम्पदा है) को इसके विक्रय हेतु बाहर के स्थान में ग्राहकों (पर्यटकों) का क्षेत्र बनाना पड़ता है जहाँ से उन्हें अधिक मात्रा में अपने देश में लाया जा सके। परस्पर प्रतिद्वन्द्विता की मात्रा भी इनमें बहुत है। प्रत्येक देश इस होड़ में लगा है कि अधिक-से-अधिक पर्यटक उसके देश में आवें। इस प्रकार यह एक बाजार की क्रिया का रूप ले लेता है। इसलिए इसको हम परिभाषित कर सकते हैं कि आज इसने बाजार का रूप धारण कर लिया है। इसका लक्ष्य है नये पर्यटकों को अपने देश की ओर आकर्षित करना तथा दूसरे प्रतिद्वन्द्वी देशों के प्रति उन्हें आकर्षित होने से रोकना। यही पर्यटन का बाजार करना है। इस प्रकार पर्यटक की हैसियत बाजार में क्रेता की तरह है और पर्यटन स्थल की सामग्रियों विक्रेय की तरह होती है। पर यहाँ बाजार की तरह क्रेता के पास विक्रेता को सामान लेकर नहीं पहुँचाया जा सकता बल्कि उससे भिन्न विक्रेता के ही समीप क्रेता को आना होता है। इससे क्रेता (पर्यटक) की प्रवृत्ति, रुचियों, वरीयताओं का जहाँ ध्यान विक्रेता को रखना पड़ता है वहीं उनकी सुविधाओं को भी उस स्थान पर बढ़ाना पड़ता है कि वह इस प्रतिस्पर्धापूर्ण बाजार में अपनी ओर आकृष्ट कर सके। अतः यह पर्यटन का एक महत्त्वपूर्ण पहलू है।

□

अध्याय–6

पर्यटन : एक सेवा उद्योग

पर्यटन में उद्योग की शर्तें

पर्यटन एक उद्योग है। यह समन्वित और मिश्रित उद्योग है। पर एक क्रिया होते हुए पर्यटन को उद्योग का दर्जा क्यों दिया गया है? इस सम्बन्ध में हम उन शर्तों को देखें जो एक उद्योग के लिए आवश्यक होते हैं तथा पर्यटन में वे कहाँ तक लागू हैं तो इसकी सत्यता स्थापित की जा सकती है। इस दृष्टि से उद्योग में निम्नलिखित शर्तें होती है :—

(1) उद्योग एक आर्थिक क्रिया है।

(2) किसी भी उद्योग के लिए औद्योगिक स्थल का होना आवश्यक होता है।

(3) इसके लिए कच्चा माल उपलब्ध होना जरूरी है।

(4) इसके क्रियान्वयन में कई आनुषंगिक पक्षों का सहयोग आवश्यक है जैसे यातायात, प्रचार-प्रसार आदि।

(5) इसके चलाने के लिए 'सेवा' आवश्यक है जो मनुष्य से प्राप्त होती है।

(6) उत्पादन के सैम्पलिंग तथा माँग के अनुसार पूर्ति को ध्यान में रखकर उत्पादन करना होता है।

(7) उत्पादन के विक्रय के लिए बाजार होना चाहिए जहाँ क्रेता और विक्रेता दोनों हों जिनके बीच उत्पाद का क्रय-विक्रय हो सके।

(8) इसके चलाने के लिए साहसी होना चाहिए चाहे वह सरकार हो अथवा कोई व्यक्ति या संस्था जो जोखिम उठा सके।

(9) इसके विकास के लिए सरकारी प्रेरणा और नियंत्रण दोनों आवश्यक है।

(10) विक्रय से प्राप्त लाभ साहसी को प्राप्त होता है जिसका एक अंश इसमें लगाकर वह इसके विकास की दिशाएँ प्रशस्त करता है। साथ ही सरकार को व्यवस्था और नियंत्रण के लिए लाभ का एक अंश कर के रूप में देना होता है।

प्रथमतः, पर्यटन के संदर्भ में हम देखते हैं कि यह एक सामाजिक-आर्थिक क्रिया है। पर आज इसके आर्थिक पक्ष का विशेष महत्त्व है क्योंकि विदेशी मुद्रा के प्राप्त करने का यह सबसे सरल माध्यम है जिसकी सरकारों को आवश्यकता होती है। इस आर्थिक क्रिया में खर्च बहुत कम पड़ता है।

दूसरे, पर्यटन के लिए ऐसे स्थल का चयन किया जाता है जहाँ पर्यटकों को ले जाते हैं, चाहे वे स्थल किसी भी प्रकार के हों—प्राकृतिक, वन्य जन्तु के स्थान अथवा समुद्र तट जहाँ बालू, धूप आदि का वह आनन्द ले सके।

तीसरे, इसका कच्चा माल सामग्री के रूप में न होकर ऐसे स्थल होते हैं जो पर्यटक को आनन्द प्रदान करें क्योंकि पर्यटन की मूल शर्त आनन्दात्मक यात्रा है।

चौथे, उद्योग में कई सहायक पक्ष शामिल होते हैं कच्चा माल, ढोने का माध्यम, दलाल, प्रचार, खरीदार की मांग आदि। उसी प्रकार पर्यटन में कच्ची सामग्री पर्यटन स्थल होता है जो उत्पादन का आधार कहा जा सकता है। उसके ढोने के लिए यातायात के साधन लगे

होते हैं। इसकी व्यवस्था में अनेक इमारतें बनी होती है जैसे होटल, मोटल, आवास गृह, पर्यटक ग्राम आदि। प्रचार के लिए विज्ञापन और इसके विदेशी कार्यालय होते हैं। इसमें टूर ऑपरेटर पैकेज टूर की व्यवस्था करते हैं। अनेक सेवाएँ इसके साथ जुटी होती हैं – मोची और पान वाले से लेकर बैंक और चिकित्सालय तक।

पाँचवें, यह सेवा समन्वित क्रिया है जिसमें सेवा के अनेक आयाम होते हैं जैसे होटल, सरकारी सलाहकार, इंजीनियर, शैक्षणिक संस्थाएँ, आनन्दात्मक, व्यवसायिक तथा पुनर्निर्माण की क्रियाएँ आदि।

छठे, पर्यटक स्थलों को छाँट कर विभिन्न वर्ग के पर्यटकों के लिए सूचीबद्ध करना पड़ता है जैसे बौद्ध तीर्थ, व्यापारी, बीमारी के इलाज, वन्य जन्तु, प्राकृतिक दृश्य, संग्रहालय आदि देखने के स्थल। इनके पीछे उद्देश्य होता है कि जैसी माँग हो उसी के अनुरूप सेवाओं द्वारा स्थानों को विकसित करना जैसे समुद्र तट के माँग के कारण वहाँ होटल, समुद्र का उचित किनारा चुनना, समुद्र तट पर के नाविक मछुआरों की व्यवस्था करना, मसाज करने वाले और सामग्री उपलब्ध कराना आदि अवसरों को विकसित करना और उनको अधिक प्रशिक्षित करना जिसे अपने व्यवसाय को अधिक आकर्षक बनावें कि पर्यटक को वे मोह सकें जिस कारण वे बार-बार यहाँ आने को ललचाते रहें।

सातवें, उद्योग की तरह इसका बाजार वह स्थान होता है जहाँ दर्शनीय स्थल होता है। वहाँ उसके विकास करने वाले विक्रेता होते हैं तथा इस स्थान के देखने तथा आनन्दात्मक क्रिया के लिए आए दर्शक इसके क्रेता होते हैं। इनके बीच ही पर्यटन स्थल पर माँग (इच्छा) और पूर्ति (व्यवस्था) के आधार पर पर्यटन सौदे का क्रय अर्थात उपभोग के लिए धन देना पड़ता है। यही यहाँ बिक्री की जाने वाली सामग्री के आधार पर क्रय-विक्रय होता है।

आठवें, साहसी (enterpriser) का होना आवश्यक है, जो इसमें पैसा लगाये तथा लाभ हानि उठाने को तैयार रहे। पर्यटन के विकास के लिए प्रायः सरकार स्वयं साहसी होती हैं। वे पैसा लगाती हैं इसके विकास के लिए। व्यक्तिगत संस्थाओं के स्वामी जो इसके आनुषंगिक अंगों के मालिक होते हैं जैसे होटल स्वामी, वाहन स्वामी आदि अपना धन अपने-अपने उद्योग क्षेत्रों में लगाते हैं कि पर्यटकों को सुविधा मिले और वे वहाँ आने में न कतराएँ तथा सरकारी सहयोग से स्थानीय विकास, मेला और उत्सवों का आयोजन किया जाता है कि पर्यटकों को आनन्द मिले। कभी-कभी यह व्यवस्था होटल के स्वामी भी करते हैं।

नवें, सरकार इसके विकास के लिए धन और सुविधाएँ उपलब्ध कराती है। सुरक्षा की व्यवस्था भी वही कराती है तथा अपने तकनीशियनों को भेजकर योजनाएँ बनवाती और शोध कराकर नए-नए आयामों का पैदा करती है। साथ ही वहाँ व्यवस्था के लिए साफ-सफाई तथा अनुशासन बनाये रखने के लिए नियम और सुरक्षा का कार्य उसका होता है कि पर्यटक को न कष्ट हो न पर्यटकों को वहाँ असुविधा हो।

दसवें, इससे जो भी आय होती है उसमें सरकार का हिस्सा प्रधान होता है। जो भी यात्री आता है वह सारी सुविधाओं के लिए पैसा देता है। वह आने-ज़ाने, खाने, ठहरने, सामान खरीदने, मनोरंजन की व्यवस्था का टिकट खरीदने आदि के लिए निर्धारित व्यय करता है। इसमें उद्यमी सरकार को आय का एक निर्धारित भाग टैक्स के रूप में देते हैं। चूँकि ये विदेशी अपने देश की मुद्रा में सारा लेन-देन करते हैं, अतः देश में इस व्यापार से विदेशी मुद्रा आती

है। सरकारी तंत्र का जहाँ सहयोग होता है तथा जहाँ सरकारी टिकट लगती है एवं सरकारी टैक्स आदि से जो आय होती है वह सरकार की सीधी आय होती है। इस प्रकार जितने विदेशी आते हैं उनसे प्रत्यक्ष या अप्रत्यक्ष रूप से सरकार को आय बढ़ती है।

इस दृष्टि से उद्योग की सारी शर्तें पर्यटन पूरा करता है। जब तक यह पूर्ण विकसित नहीं था तब तक यह क्रिया उद्योग नहीं मानी जाती थी। पर जब यह पूर्ण विकसित हो गया तो सरकार ने इसे उद्योग का दर्जा दिया। यह 1984 की जुलाई में उद्योग मान लिया गया। इसके पहले 1949 में यह यातायात मंत्रालय के अधीन था। पर 1950–51 में पं० जवाहरलाल नेहरू ने इसे अलग विभाग का रूप दिया। फिर 1967 में एक अलग पर्यटन और उड्डयन मंत्रालय की स्थापना हुई। फिर 1984 में इसका अलग पर्यटन मंत्रालय बनाकर इसे उद्योग का दर्जा दिया गया।

पर क्या यह उद्योग के उद्देश्यों को पूरा करता है ? इस संदर्भ में कहा जा सकता है कि :—

(1) उद्योग का उद्देश्य आर्थार्जन होता है। पर्यटन इसका सबसे महत्त्वपूर्ण उदाहरण है। इसके सरकार आर्थार्जन की दृष्टि से एक्साइज के बाद दूसरे नम्बर का आय स्रोत अपने आँकड़ों के आधार पर मानती है।

(2) उद्योग का उद्देश्य राष्ट्रीय विकास (national development) होता है। इस दृष्टि से यह राष्ट्र की आर्थिक, सामाजिक, सांस्कृतिक विकास को गति देता है और इसे अन्तर्राष्ट्रीय परिदृश्य पर स्थापित करता है।

(3) उद्योग के द्वारा धन के समान वितरण का सिद्धान्त पूरा होता है। जो धन उद्योगपति पाता है उसका बहुत-सा भाग सहयोगी अंगों, मजदूरी, सरकारी तंत्र आदि को देता है। यह भी अपने सहयोगी अंगों को कमाई कराता है, सरकार को लम्बी आय देता है तथा मजदूरों और सेवा कार्य कर्ताओं में बाँटता है। इसमें संचय नहीं होता। रुपये की ताकत बनी रहती है जिसका आवागमन होता रहता।

(4) बेरोजगारी दूर करना उद्योग का लक्ष होता है। इसके द्वारा शहर और ग्राम के पढ़े-लिखे, कला-कौशल वाले तथा हर तबके के लोग रोजगार पाते हैं क्योंकि कई सहयोगी साधनों को अपनी क्षमता बढ़ाने के लिए रोजगार का अवसर बढ़ाना पड़ता है।

(5) उद्योग का उद्देश्य होता है प्रति व्यक्ति आय का बढ़ाना। इस उद्योग से भी प्रतिव्यक्ति आय बहुत अधिक बढ़ी है और बढ़ते रहने की सम्भावना बनी है, यदि राजनीतिक स्थिरता और शान्ति व्यवस्था विकसित रहे।

(6) औद्योगिक देश राष्ट्र का गौरव बढ़ाते हैं। पर्यटन ने आज भारत का गौरव इतना बढ़ाया है कि आर्थिक दृष्टि से चाहे कोई भी देश कितना धन सम्पन्न तथा राजनीति में आगे बढ़ रहा हो पर सांस्कृतिक आधार पर इसने राष्ट्र के गौरव को समुन्नत किया है। इस प्रकार उद्योग के सारे उद्देश्य इसने पूरा किये हैं।

किसी भी व्यवसाय को यदि सरकार द्वारा उद्योग का दर्जा दिया जाता है तो उसका विकास और सम्भव हो जाता है क्योंकि सरकार उसको सहयोग, मान्यता, सुरक्षा, व्यवस्था उसके विकास को दिशा देने लगती है। इसी प्रकार पर्यटन ने भी राष्ट्र को बहुत अधिक बढ़ाया है। 1987 में जहाँ 1,163,774 पर्यटक भारत में बाहर से आये थे वहाँ 1988 में 12,39,992 का आना हुआ। यह साबित करने के लिए पर्याप्त प्रमाण है कि पर्यटन का परिदृश्य भारत में बढ़ा है। पर आज कश्मीर समस्या, बढ़ते आतंकवाद आदि के कारण 2000 की अपेक्षा

इसका दर उस अनुपात में नहीं बढ़ा है जितना होना चाहिए। इसके पीछे कई कारण रहे हैं जैसे विश्व में आतंकवाद का बढ़ावा, राष्ट्रों में विरोध, पाकिस्तानी राजनीति, मुद्रा का अवमूल्यन, अविकसित देशों के प्रति उपेक्षात्मक नीति आदि। आज कश्मीर और बद्रीनाथ की ओर तथा उत्तरांचल और पूर्वी भारत में पर्यटकों की घटती संख्या का कारण आतंकवाद से भयभीत होना रहा है।

उद्योग का दर्जा इसको देने का कारण रहा है कि सरकारी और व्यक्तिगत तंत्र दोनों की भागीदारी से इसको बढ़ावा देना। साथ ही, सरकारी बजट में इसके लिए अलग पैसा निर्धारित करना कि इसको बढ़ावा मिले। 1983 में केन्द्रीय सरकार ने इसके विकास के लिए 5.00 करोड़ रुपया निर्लक्षित किया था जबकि इसकी विकास गति देखकर 1984 के 23.00 करोड़ रुपये का प्राविधान किया गया। इसी का परिणाम था कि केन्द्रीय सरकार के साथ राज्य सरकारों ने भी इसे उद्योग की मान्यता देकर इसके लिए अलग विभाग की स्थापना कर खोज, सुझाव, नीति निर्धारण, रुपये की व्यवस्था, ऋणों में ब्याज की छूट तथा ब्याज दर कमी करने आदि की सुविधाएँ प्रदान की। केन्द्रीय और राज्य सरकारों में इसके लिए अलग-अलग कर्मचारियों की नियुक्तियाँ हुई। राज्य का विषय होने के कारण इस पर समवर्ती सूची में आने से केन्द्रीय नियंत्रण भी इस पर बना रहता है तथा इसके विकास के लिए अलग-अलग प्रशिक्षण की व्यवस्था की जाती है।

जब 1988 में वित्त मंत्रालय ने लोकसभा में इसको उद्योग का दर्जा देने की घोषणा किया तो वहाँ इसके घोषणा प्रारूप में कहा गया था :—

"I also propose to take certain measures for encouragement of tourism which is a major foreign exchange earner for the country and tourism industry also provides employment in substantial members. It proposes that the benefits of section 80 HHC hehterto available for the merchandise exports, will also be extended to hotels and tour operators. This scheme will be operated totally on the same times as prevailing schemes for exporters with one modification inorder to ensure tax benefit is substantially reinvested in tourism related activities like hotels, travel agencies, tour operators and tourist equipments etc. Fifty percent of the income attributable to the foreign exchange earnings of hotels etc will be allowed as a deduction straightway. For the remaining 50% the benefit of tax exemption will be available to extent income is taken to all reserve for the investment in tourism industry. It is also proposed that the benefit of section 80 cc in respect of investment in new equity will also be available for new capital issues of hotel industry and other specified tourism related activities will be announced seperately.

It is also proposed to increase the rate of interest subsidy for one, two or three star hotels to three percent from the present rate of one percent.

Necessary legislation to give effect to various new measures announced by me will be introduced shortly."

इस प्रस्तावना की मुख्य विशेषताएँ निम्नवत थीं :—

(1) यह विदेशी मुद्रा बनाने का प्रमुख स्रोत है।

(2) यह नौकरी के अवसर प्रदान करता है।

(3) 80 cc की सुविधाएँ इसके द्वारा निर्यात के लिए होटलों तथा यात्रा व्यवस्थापकों टूर ऑपरेटरों को प्राप्त हो सकेगी।

(4) इससे पर्यटन में लगे धन के ऊपर टैक्स की सुविधा मिल सकेगी। जैसे होटल, यात्रा एजेंसियों, यात्रा व्यवस्थापकों और यात्रा के सामानों के खरीद पर।

(5) जो होटल आदि द्वारा विदेशी मुद्रा की आमदनी होगी उसमें 50% की छूट सीधे प्रदान की जायगी और जो 50% अवशेष होगा उनको टैक्स की छूट के साथ पुनः पर्यटन उद्योग में लगाने के लिए एकत्रित रखने में कर की छूट रहेगी।

(6) होटल तथा इससे सम्बन्धित दूसरे उद्योगों में व्यय के लिए जो नए अंशदान होंगे तथा जो धन प्राप्ति सरकार से या बैंक से इस उद्देश्य से होगी का लाभ उसमें भी 80 cc मिलेगा।

(7) जो अनुदान की राशि इस संदर्भ में होगी उसमें लभांश की दर वर्तमान 1% से बढ़ाकर एक, दो और तीन सितारा होटलों के लिए 3% कर दी जायगी।

सरकार की इस घोषणा ने इसे न केवल उद्योग का दर्जा दिया बल्कि इसके विकास की नई दिशा खोल दी। इसका स्वागत उस समय के सभी पर्यटन और होटल से जुड़ी एजेंसियों के प्रमुख जैसे SITA World Travel (India) के चेयरमैन श्री इन्द्रशर्मा, पार्क होटल के चेयरमैन श्री सुरेन्द्र पाल, श्री भूषण कचर (विपण) ITDC के और श्री शश्न वार्टी, जेनरल मैनेजज ताज पैलेस ने बड़ा उत्साहपूर्ण बताया कि अब इसमें पुनः व्यय के लिए सरकार नए धन प्रदान करेगी और 80 cc का लाभ देकर भविष्य के विकास की सुविधाएँ भी देगी। पर दूसरे पक्ष ने इसका विरोध करते हुए कहा कि जब सरकार पैसा देगी तो वह प्रतिबंध भी बढ़ायेगी और अब होटलों को नये अधिकारियों को चंगुल में जकड़ना होगा तथा इसके बाद बढ़ने वाली तथा वर्तमान एजेंसियों तथा स्थानीय संस्थाओं की नई समस्याओं से निपटना पड़ेगा। पर बहुमत ने इसका स्वागत किया। आज का विकास इसी की देन है।

उद्योग का दर्जा प्राप्त करने के कारण पर्यटन के क्षेत्र में अप्रत्याशित विकास हुआ है क्योंकि जब विदेशी यात्री घर से चलने की योजना बनाता है तो उसे निम्न क्रियाएँ करनी होती है जिसके लिए वह विदेशी मुद्रा में भुगतान करता है इससे नौकरी और विदेशी मुद्रा दोनों प्राप्त होती है। ये क्रियाएँ निम्न हैं:—

बाहर में यात्रा एजेण्टों का नौकरी मिलती है। नई एजेंसियाँ बनती हैं। हवाई सेवाएँ बढ़ती हैं। भारत में यात्रा एजेंटों का काम बढ़ने से यहाँ नौकरी का अवसर मिलता है। विदेशी मुद्रा के भुगतान के लिए बैंकों का कार्य बढ़ता है। देश में विदेशी मुद्रा आती है। होटलों में भोजन और ठहराव को लेकर उनकी आमदनी बढ़ती है। यातायात के नये साधन देश में जुटते हैं तथा पुराने और नये दोनों की आमदनी बढ़ती है क्योंकि विदेशियों के लिए ये किराये पर लिए जाते हैं। टूरिस्ट गाइड का व्यवसाय बढ़ने से इसमें नौकरी की नई दिशाएँ बढ़ती हैं जो पर्यटकों को पर्यटन स्थल तक ले जाते हैं, इसकी योजना बनाते और व्यवस्था करते हैं। स्थानीय क्षेत्रों को व्यवसाय का अवसर मिलता है। वहाँ के उत्पाद अब अच्छे होने लगते हैं तथा माँग बढ़ने से उनका उत्पादन बड़े पैमाने पर होता है। इससे स्थानीय लोगों की आमदनी बढ़ती है। इसमें विशेष रूप से हस्तकौशल को बढ़ावा मिलता है, जैसे डलिया, सूप, दौरी, झालर, हाथ के बने कड़े के पंखे आदि। सांस्कृतिक कलाकारों को बढ़ावा मिलता है क्योंकि पर्यटकों को वे अत्यन्त लुभावने लगते हैं। इसी से आज पर्यटक आवासों में रात्रि को स्थानीय नृत्य, संगीत, नाटक, नौटंकी आदि का आयोजन उसके मौलिक परिवेश में किया जाता है। इसके अतिरिक्त छोटी दुकानों में स्थानीय सामग्रियों की माँग बढ़ने से विदेशी मुद्रा में आय सभी

स्थानीय वर्ग के लोगों को होती है। जो विदेशी मुद्रा इससे मिलती है उसका केवल 7% ही इसके विकास में खर्च होता है।

इस प्रकार यह एक ऐसा उद्योग है जिसमें व्यय नगण्य होता है और आय सर्वाधिक। इसमें कोई कच्चा माल नहीं होता न उसके किसी अंश की बरबादी होती है। केवल श्रमिक को मात्र अपना श्रम बेचना पड़ता है सेवा और सजावट के लिए। जहाँ जो उपलब्ध होता है पर्यटक उसी को खरीदता है। केवल भवनों के निर्माण, सड़क की देख-रेख तथा नए सुविधाजनक सड़कों के निर्माण में खर्च होता है। भवन भी सुविधाजनक ठहराव वाले बनाने पड़ते हैं कि पर्यटक वहाँ आकर घर की तरह महसूस करें (Home out of home)। चूँकि पर्यटकों की रुचि में भिन्नता होती है इसको ध्यान में रखकर विभिन्न प्रकार के ठहराव स्थलों का निर्माण करना होता है। इनका अध्ययन हम आगे होटल वाले अध्याय में करेंगे। इस प्रकार कम व्यय और अधिकतम लाभ का यह एक ऐसा उद्योग है जिसके सामान वहीं अपने स्थान पर ही रह जाते हैं और क्रेता वहाँ स्वयं आकर उसको पैसा देकर केवल नेत्र आनन्द उठाकर चला जाता है। उदाहरण के लिए हिमालय की घाटियाँ, कश्मीर के पर्यटन स्थल, काशी विश्वनाथ का मन्दिर आदि जो कोई खरीदकर नहीं ले जा सकता। पर उसके देखने और आनन्द मात्र का ही उसका विक्रय होता है तथा इसी के लिए विदेशियों को अपने देश में कमाई हुई लम्बी रकम यहाँ आयकर व्यय करना पड़ता है।

पर्यटन उद्योग में प्रमुख है विदेशी पर्यटकों का भारत आगमन। इसमें बढ़ावा ज्यादे पर्यटकों से ही मिलता है। जो एक बार भारत आ चुके हैं उनको फिर भारत आने की उत्कण्ठा होना तथा यहाँ का विवरण देकर दूसरे पर्यटकों के आने का प्रस्ताव देना इन्हीं आए हुए पर्यटकों का कार्य होता है। इससे पर्यटन क्षेत्र की आमदनी बढ़ती है।

पर कुछ विशेष दृष्टि से विचार करने पर लगता है कि यह उद्योग नहीं है क्योंकि पर्यटन को एक स्थानीय बाजार सीमा (कैम्पस) में जो किसी उद्योग का होता है, आबद्ध नहीं किया जा सकता। दूसरे, इसको एक विशेष उद्योग का नामकरण उद्योगों के बीच नहीं दिया जा सकता जैसे साबुन उद्योग, जूता उद्योग, तेल उद्योग, कपड़ा उद्योग आदि। तीसरे, इस उद्योग का उत्पादन सीधा पैसा देकर नहीं खरीदा जा सकता जैसे क्रेता किसी सामान की कीमत अदा कर उसे विक्रेता से ले लेता है। चौथे, खरीदने वाला सामान उठाकर ले नहीं जा सकता जैसा उद्योगों के उत्पाद में होता है। पाँचवें, पर्यटन के नये स्थलों को विकसित तो किया जा सकता है पर किसी पर्यटन के स्थल को बढ़ाया नहीं जा सकता जैसे किसी कम्पनी के उत्पादन को बढ़ाया या घटाया जाता है। छठे, इस उद्योग में अन्य उद्योगों की तरह मशीनों का कोई प्रयोग नहीं होता। इसमें सेवा का प्रयोग होता है। इसी को बढ़ाया घटाया जा सकता है। इसी का इसमें विशेष महत्त्व होने से इसे सेवा उपयोग कहा जा सकता है।

पर्यटन एक सेवा उद्योग है

सेवा और उसकी विशेषताएँ

पर्यटन उद्योग में अनेक प्रकार की सेवा क्रियाएँ जुटी होती हैं जो विभिन्न लोगों द्वारा विभिन्न क्षेत्रों में दी जाती है जैसे सामान्य प्रशासन, व्यक्तिगत सेवाएँ आदि। इसमें यातायात सेवा, निर्देशक की सेवा, प्रचार सेवा, टूर ऑपरेटर की सेवा आदि समन्वित होती है। इसलिए इसे समन्वित सेवा उद्योग (Co-ordinated service industry या Complex service industry) कहा जा सकता है।

W. E. Sasser, R. P. Olsow तथा **D. D. Wyckoff** ने सेवा को परिभाषित किया है कि– *'कोई भी संगठन तंत्र व्यक्तिगत, व्यवसायिक और सरकारी तत्र आदि जो विभिन्न प्रकार की सेवाओं से जुड़े होते हैं एवं दूसरे संगठन जैसे होटल और दूसरे आवास के स्थान, वे संगठन जो व्यक्तिगत व्यापार में लगे हैं, सुधार (repair) और आनन्दात्म सेवाएँ, स्वास्थ्य, व्यवस्थात्मक तथा इंजीनियरिंग और दूसरी सेवाएँ, शिक्षण संस्थान, संगठन की सदस्यता एवं दूसरी अन्य सेवाएँ भी इसमें जुटी होती है।''*

इस प्रकार अनेक सेवाओं का यहाँ उल्लेख किया गया है जो समाज की आर्थिक क्रियाओं से सम्बन्धित हैं। किन्तु इसका आर्थिक उत्थान से कोई सम्बन्ध नहीं है। **Yakeshel Hasenfield** ने कुछ इससे भिन्न रूप सेवा को परिभाषित किया है– *''किसी संगठन की क्रियाएँ जो मानव की स्थिति को संरक्षित रखती है, उसके लाभ को एवं मानव क्रियाओं को भी विकसित करती है।''* यहाँ लाभ को विकसित करने में व्यवसाय को भी जोड़ा जा सकता है जो उत्पादन संगठनों के द्वारा समाज के कल्याण को भी विकसित करती है। समाज का कल्याण कच्चे मालों का उद्योग द्वारा उपयोगी स्वरूप के विकास में निहित होता है। इस प्रकार सेवा-प्रधान उद्योग में मानव ही कच्चा माल है और वही उसका तैयार माल भी होता है (**आबिद अखतर**)।

पर्यटन एक सेवा-प्रधान उद्योग है। इसमें लगी सेवाएँ न सूचित रहतीं हैं और न उपभोक्ताओं को जो उसके उपभोग के लिए आते हैं, हस्तान्तरित होती हैं। इसका उपेक्षा उचित मूल्य देकर किया जा सकता है। किन्तु उसका मालिकाना अधिकार प्राप्त नहीं किया जा सकता। आवश्यकतानुसार इसे उत्पन्न किया जाता है और उपभोग भी किया जाता है। यह सदा बना नहीं रहता। इसकी परिणति मानव की संतुष्टि या असंतुष्टि में होती है इस स्थिति में आकर वह एक परिवतर्तित व्यक्ति होता है। यही सेवा की विशेषताएँ हैं।

दूसरी ओर सेवाएँ और उत्पाद में अन्तर समझना भी आवश्यक है। उत्पाद (goods or products) की व्याख्या व्यापारिक सामग्री के रूप में की जाती है। ऐसी सामग्री जिसे देख सकें, छू सकें, पहचान सकें, नाम दे सकें, जिसको उठा सकें, बदल सकें वह उत्पाद कही जाती है जैसे पुस्तकें, मिठाई, कपड़ा आदि। पर सेवा में लगे लोगों की सेवा एक संगठित व्यवस्था है जैसे ठहरने आदि की सेवा जनता के माँग पर होती है। इससे स्पष्ट है कि सामान को जहाँ उठा कर लाया जा सकता है, उनको संचित किया जा सकता है, उनको बनाया बिगाड़ा जा सकता है वही सेवाओं का मात्र उपभोग किया जा सकता है। उनमें और सामग्रियों की तरह की विशेषताएँ नहीं पाई जाती हैं जिनका उल्लेख अभी किया गया है। उनको मात्र पैसा देकर खरीदा जा सकता है और वह भी एक निश्चित समय के उपयोग के लिए। वह उपभोग उनके उत्पादन क्रम के साथ ही हो सकता है। सेवा करने वाले की क्रिया उत्पादन के समाप्त होते ही सेवा समाप्त हो जाती है। केवल इसका प्रभाव रह जाता है। उदाहरण के लिए घर के सफाई की सेवा लें तो सफाई करते समय घर साफ रहेगा। सफाई की क्रिया समाप्त होते ही फिर गन्दगी का होना प्रारम्भ हो जाता है। यादगार रह जाता है कि सफाई हुई थी और घर साफ था। इस प्रकार सेवा और सामान में निम्नलिखित अन्तर दीखता है :—

(1) सामान का भौतिक स्वरूप, एक नाम तथा पहचान बना होता है जबकि सेवा में ऐसा कुछ नहीं होता।

(2) सामान को रख सकते और पीछे उपभोग कर सकते हैं पर सेवा जब की जाती है तो साथ ही उसका उपभोग भी होता रहता है। सेवा समाप्त होते उपभोग की स्थिति समाप्त हो जाती है। इसका प्रभाव रह जाता है।

(3) वस्तु के बनने बिगड़ने की अवस्था होती है। इसमें वह बनने के बाद धीरे-धीरे नष्ट होता है। पर सेवा प्रारम्भ होते ही बनती है और समाप्त होते ही समाप्त हो जाती है।

(4) सामान खरीदने के साथ सेवा भी खरीदा जाता है। जैसे घड़ी खरीदने पर हम घड़ी बनाने वाले की सेवा खरीदते हैं। यह सेवा से बनी घड़ी मँहगी होती है। इसमें विक्रेता का मुनाफा, लागत और मजदूरी साथ जुड़ा होता है। पर सेवा इससे अलग है। सेवा में वस्तु की तरह सेवा के साथ कोई सामान नहीं जुटा होता न किसी सामान का सहारा लेती है।

इस प्रकार सारी वस्तुओं के पीछे सेवा जुड़ी रहती है। साथ ही सेवा की अपनी अलग विशेषताएँ होती हैं:—

(1) सेवा अनुभंव की जा सकती है उसके स्वरूप, आकृति आदि को देखा नहीं जा सकता क्योंकि वह अलग कुछ नहीं होती।

(2) इसका संचय नहीं होता। इसमें विकासात्मक प्रवृत्ति नहीं होती। कार्य की समाप्ति के साथ यह समाप्त हो जाती है।

(3) एक प्रकार की सेवा को कई उपभोक्ताओं के साथ समान रूप से बेची नहीं जा सकती। एक ही सेवा दो व्यक्तियों के प्रति अलग प्रकार की होगी।

(4) सेवा उत्पादन न किसी फर्म में होता है न निश्चित मूल्य पर, निश्चित समय पर होता है।

(5) सेवा से सेवा विक्रेता को अलग नहीं रखा जा सकता।

(6) सेवा का कोई स्वामित्व नहीं होता क्योंकि सेवा विक्रेता के हटते ही सेवा का कोई अस्तित्व नहीं होता। इसी से **Kottar** ने कहा है –*"A service is an activity or benefit that one partly can other to mother that is essentially intangible and does not result in the ownership of any thing."*

(7) सेवा का अस्तित्व थोड़ा होता है क्योंकि सेवा काल ही थोड़ा होता है।

(8) सेवा उत्पादक का अपनी सेवा क्रिया के पीछे न कोई मूल उद्देश्य होता है न निश्चित कीमत होती है।

(9) सेवा अपने स्थान पर ही रहती है। सेवा लेने वाले को वहाँ जाना पड़ता है जैसे हवाई जहाज के चालक की सेवाएँ लेने वाले को हवाई जहाज के पास जाना होता है।

(10) सेवा की गुणवत्ता का माप क्रेता की संतुष्टि पर होता है।

(11) एक ही व्यक्ति द्वारा की गई अलग-अलग सेवा-समयों की सेवाओं की गुणवत्ता भिन्नता रहती है क्योंकि सेवा उस व्यक्ति की मानसिक अवस्था परिवेश आदि पर जो उस समय है निर्भर होती है।

(12) सेवाएँ केवल विकास पर आधारित नहीं होती पर वे उन सभी उत्पादनों में समाहित होती है जो आर्थिक क्रियाओं से सम्बन्धित होती हैं।

पर्यटन एक सेवा आधारित उद्योग

ऊपर सेवा की जो भी विशेषताएँ और परिभाषाएँ दी गई है वे सभी प्रकार से पर्यटन उद्योग पर लागू होती हैं। इसका कारण है कि पर्यटन एक सेवा आधारित क्रिया है। पर्यटन न कोई चीज़ है, न देखी या छुई जा सकती है, न किसी चीज का स्वरूप है न वह लम्बे समय तक रहने वाला है। यह उपभोग के साथ उदय होकर उसी की समाप्ति के साथ समाप्त होती है। फिर इसका कोई अस्तित्व नहीं रहता। पर्यटक को आकर्षित करने की सेवा से लेकर,

पर्यटन के सारी व्यवस्था सेवाजनित होती है जो पर्यटक के साथ समाप्त होती है तथा उसके पर्यटन से लौटने पर कुछ भी सेवा का अवशेष नहीं बचा रहता। पर्यटक को व्यक्तिगत सेवा देने के लिए ही सारी पर्यटन व्यवस्था कार्यरत रहती है जैसे वाहन, होटल, बैंक, चिकित्सालय, शिक्षा, प्राविधिकता, आनन्ददात्मक क्रियाएँ आदि। भले ही यह एक कम्पनी द्वारा आयोजित की गई हो पर है ये सेवाएँ। इनमें कोई ठोस वस्तु पर्यटक न प्राप्त करता है न अपने साथ ले जा सकता है। वह केवल उसका उपभोग करता है और खट्टी-मीठें यादें लेकर वापस लौट जाता है। वहाँ मात्र पर्यटन स्थल का फोटो देखने के अतिरिक्त इन सेवाओं द्वारा प्रदत्त सुविधा, असुविधा उसके समक्ष यादगार में रहता है जो दूसरों को सुनाकर अपना अनुभव बाँटता है। इसके अतिरिक्त उसके हाथ कुछ ठोस नहीं लगता।

सर बेवरिज (Sir Beveridge) ने सेवा की परिभाषा दी है कि – "*Service refers to social efforts (including government) to fight five gian evils-want, disease, ignorance, squalor and illness in the society.*" उसी को पर्यटन कम्पनियों ने भी स्वीकार कर लिया है। यह सेवा कार्य पर्यटन के प्रारम्भ से इसके साथ जुड़ा है। *थॉमस कुक (Thomas Cook)* जो विश्व का पहला यात्रा एजेण्ट और व्यवस्थापक था उसने भी मात्र अपनी सेवा देकर तथा दूसरे संसाधनों की सेवाएँ लेकर इस व्यवसाय को प्रारम्भ किया था। युनाइटेड किंगडम के सरकार ने भी कुक से अपने कर्मचारियों के लिए उसकी सेवाएँ खरीदी थी।

चाहे जिस प्रकार की यात्रा की जाय, जिनका उल्लेख पहले किया जा चुका है, उसमें सेवा ही यात्रा योजकों (tour operators) से प्राप्त करते हैं। ये सेवाएँ हो सकती है स्वचालित एजेंसियों, आटोमोबाइल, ठहरने, चलते-फिरते खाद्य सामग्रियों के रेस्टोरेण्ट, भोजनालय, स्वचालित वाहनों का रख-रखाव, स्वास्थ्य सुरक्षा और सुधार, नाई, धोबी सलाहकार, बैंक और अन्य सेवाएँ। इन सारी सेवाओं को टूर व्यवस्थापक पैकेज में पर्यटक को दिलाने की व्यवस्था करता है जिसके लिए पर्यटक अग्रिम पैसा जमा किये रहता है। यही कारण है कि पर्यटन के सुविधाजनित सेवाओं की वृद्धि के लिए अन्तर्राष्ट्रीय स्तर का एक फोरम जिनेवा में स्थापित किया गया है। इसके वार्षिक अधिवेशन में **इरविन** तथा दूसरे लोगों (Irvin and others) ने एक लेख में यह उद्घाटित किया है कि *युनाइटेड स्टेट के उद्योगों में श्रम के ऊपर जितना व्यय होता है उसकी अपेक्षा आज के सेवा उद्योग में बहुत कम व्यय करना पड़ता है। इससे स्पष्ट है कि सेवा उद्योग अधिक सहज और कम खर्चीला है जबकि इसके विकास की गति उद्योगों में लगे श्रम से कहीं अधिक तीव्र है।*

आज सेवा जनित उद्योग में गुणवत्ता को सर्व प्रधान रखा गया है। इसके क्षेत्र में जापान सबसे आगे है। गुणात्मक सेवा के आधार पर ही जापान आज विश्व में आगे बढ़ा है जब कि बहुत छोटा-सा देश है। इसके पीछे मूल कारण है प्रबंधन का शीर्षस्त स्वरूप (top management issue)। इसमें विभिन्न सेवाओं में योग्यतम का उपयोग होना उत्पादन की सर्वोत्तम प्रस्तुति का कारण माना जा सकता है।

सेवाएँ स्थानान्तरित करके भी गुणवत्ता बढ़ाने की विधा प्रारम्भ हुई है। विकसित देशों में सेवा का स्थानान्तरण कर उसकी गुणवत्ता में वृद्धि के सिद्धान्त का प्रतिपादन टाम एलफ्रिंज (Tom Elfring) ने स्वीकार किया है। इसके लिए आर्थिक विकास को आधार मान कर अध्ययन किया गया है। इसका दूरगामी प्रभाव यह हुआ है कि सेवा उद्योग के अवसर का

विस्तार हुआ है। इसका परिक्षण सात पाश्चात्य और कुछ दक्षिण-पूर्वी एशिया के देशों के संदर्भ में किया गया है। पर यूरोपीय देशों के आर्थिक क्षेत्र में व्यक्तिगत और उत्पादक की क्षमता का प्रयोग ही हुआ है। वहाँ सामाजिक सेवा को छोड़ दिया गया है। किन्तु पर्यटन के सम्बन्ध में बिना सामाजिक सेवा के सेवा का कोई विशेष प्रयोजन नहीं रह जाता।

यहाँ ज्ञातव्य है कि पर्यटन उद्योग की सेवा मे लगे सेवकों के साथ ही उनके ज्ञान, प्रशिक्षण, बैंकिंग व्यवस्था तथा सामाजिक स्थिति का प्रभाव पड़ता है। इस प्रभाव का ज्ञान सेवा के आँकड़ों की वृद्धि के आधार पर किया जा सकता है। 1977 में आँकड़ों के आधार पर कुल सेवा 57.5% थी जो 1987 में बढ़कर 67.9% हो गई। इसके साथ ही क्षेत्रीय विभागीय सेवा को ध्यान में रखकर कहा जा सकता है कि बैंक और वित्त में इसका स्वरूपगत विकास 6.9% से बढ़कर 10.8% हो गया था। इससे स्पष्ट है कि आर्थिक सेवाएँ अधिक बढ़ती रहीं। इसी से पर्यटन की सेवाएँ आर्थिक आधार पर विकसित हुई हैं।

पर्यटन के सम्बन्ध में यह देखा जाता है कि जब जो सेवा चाहें वह तुरंत उपलब्ध हो जाय ऐसा सदा सम्भव नहीं रहता। ये पहले उत्पादित होती है और तब इनकी माँग बनती है। उदाहरण के लिए पहले होटल से बाहर जाने की आवश्यकता होने पर यदि मोटर गाड़ी वहाँ उपलब्ध होगी तभी उसकी व्यवस्था की जायगी। यदि नहीं होगी तो तत्काल उसकी पूर्ति नहीं की जा सकती। साथ ही पर्यटन सेवाएँ सेवा को सामान की तरह खरीदते हैं पर खरीदने के बाद भी अनुभव के अतिरिक्त कोई सामान हाथ नहीं आता। इसमें सामाजिक स्तर बढ़ता है, अपने भीतर गरिमा का भाव उठता है कि हम पंच सितारा होटल में हैं तथा ऊँचे वर्ग के लोगों के साथ वहाँ ठहरे हैं उनसे वार्त्ता कर अपने कद को ऊँचा उठाते हैं।

पर्यटन सेवा सामग्री की खरीद से भिन्न है। सामग्री जो खरीदते हैं तथा उसका उपभोग करते हैं वह उसके बाद समाप्त हो जाती है। पर सेवा के खरीद में पर्यटक और सेवा विक्रेता आमने-सामने होते हैं और उनके बीच सेवा के कारण सह-सम्बन्ध बढ़ता है। इस प्रकार सेवा विपणन का स्वरूप परम्परागत विपणन है।

इसके बाद भी इससे अनेक प्रकार के प्रदूषण उत्पन्न होते हैं। जैसा ऊपर बेवरिज द्वारा दी गई सेवा व्याख्या में देखा गया है कि समाज निम्न प्रकार के रोगों से ग्रसित हो जाता है :—

(1) सेवकों में फैली हुई गन्दी बीमारियों से जैसे यौन शोषण, बलात्कार आदि।

(2) बढ़ती इच्छाओं से क्योंकि इसका कोई अन्त नहीं होता। ये इच्छाएँ अनन्त होती हैं और सब की पूर्ति सम्भव नहीं होती।

(3) अज्ञानता से जैसे स्मैक्स पीना, कम आमदनी वाले सेवकों के साथ रहकर गन्दी आदतें सीखना।

(4) नई बीमारियों का फैलाने से जो पर्यटकों में पहले से न रही हों तथा दूसरे प्रकार के दोषों के प्रवेश से।

□

अध्याय–7

पर्यटन योजना और विकास

पर्यटन एक सतत क्रिया है। जर्मन समाजविज्ञानी **सिगिसमण्ड वान रैडेकी** (Sigismund Von Radecki) ने 1950 के दशक में कहा था कि – *''आज का समाज किसी-न-किसी बंधन में बँधा है जिसके लिए कुछ करना है और इसके लिए सबसे सही तो यही है कि गाथा ही प्रसन्नता का केन्द्र बिन्दु है।''* इसको न बचत ने या गृह सामग्रियों के क्रम ने प्रभावित किया है। बड़े युद्ध भी इसको न ही रोक सके हैं। पर यह पचास वर्ष पहले अनियोजित था। छुट्टी के दिनों में एक ही स्थान पर इतनी भीड़ पर्यटकों की हो जाती थी कि यात्रियों को वहाँ ठहरने तक की जगह नहीं मिलती थी। इसी का परिणाम हुआ कि आज अप्रत्याशित रूप से होटलों, वाहनों आदि की वृद्धि हुई है। इससे उद्यमियों को इस समय पूरा लाभ नहीं मिल पाता है क्योंकि माँग के अधिक होने से केवल अब लगभग 40% ही पर्यटक उपयोग कर पाते हैं। इससे लोगों को बाध्य होकर इनके विकास में नियोजन को स्थान देना पड़ा कि विकास यात्रा बाजार की आवश्यकतानुसार तथा स्थान की क्षमता के दृष्टिगत किया जाय। इसी से आज वैज्ञानिक शोधों के अनुसार नियोजित पर्यटन विकास पर बल दिया गया है कि फिर **गरहार्ड नोबेल** जिस प्रकार *मध्यकालीन पर्यटन* को '*Western Plagues*' तथा '*महामारी से कम खतरनाक*' तथा **किमुरू केन्या** (Kimuru Kenya) ने इसे *as a dangerous invasion* कहा है, उसकी पुनरावृत्ति न हो।

अतः किसी कार्य को भविष्य में समुन्नत बनाने के लिए उसके वर्तमान ज्ञान का लाभ उठाते हुए एक योजना बनानी पड़ती है कि उसके द्वारा उसे भविष्य में नई दिशा देकर अधिक विकसित किया जाय। इसमें भविष्य की ओर बढ़ने के लिए नई-नई योजनाएँ शोध, तकनीक, नियंत्रण तथा विधियों का सहारा लिया जाता है। यह एक प्रकार का पुल होता है जो उसके वर्तमान की कमियों को पाट कर उन्नत भविष्य पर लाकर उसे खड़ा करता है। प्रत्येक अविकसित देश और क्रियाएँ इसी माध्यम से आगे बढ़ी हैं। नियोजन (planning) अतीत में सबसे पहले चीन में विकास के लिए किया गया था। वहाँ पंचवर्षीय योजनाएँ बनाई गई थीं जिसके आधार पर स्वतंत्र भारत में भी इसको पं० जवाहर लाल नेहरू के समय से प्रारम्भ किया गया। इसमें पर्यटन को भी जोड़ा गया। प्रत्येक पंचवर्षीय योजना में इसके ऊपर ध्यान रखा गया। पर्यटन के लक्ष निर्धारित हुए तथा इसकी प्राप्ति के लिए योजनाएँ बनाई गई। एक सोपान बढ़ जाने पर पुनः दूसरी पंचवर्षीय योजना में आगे के सोपान को बनाया जाता रहा कि लक्ष की प्राप्ति हो सके। इसका आशय रहा है सम्पूर्ण रूप से सामाजिक, आर्थिक और सांस्कृतिक लाभ पर्यटन के क्षेत्र में प्राप्त करना तथा माँग और पूर्ति के आधार पर अधिक विकास इन क्षेत्रों में करना।

इसकी उपयोगिता के संदर्भ में **पीयर्स** (Pears) का कहना है कि– *"Planning is necessary to co-ordinate and synchronize the development of different sectors, to balance competing and sometimes conflicting claims on the same limited resource base, to minimize the positive impacts of tourists development and to minimise its adverse effects." (नियोजन आवश्यक है विभिन्न घटकों के सहयोग और समन्वय के कारण। विकास के लिए कि इन घटकों के स्रोतों में परस्पर विरोध न हो जिससे पर्यटन विकास धीमी गति से इनपर निष्क्रिय प्रयास न पड़े तथा पड़ने वाले दुष्प्रभाव कम हों।)* नियोजन की यह बड़ी स्पष्ट व्याख्या है। लम्बी अवधि में इसके द्वारा सुधार की अपेक्षा होती है जो कम व्यय साध्य बन सके।

पर्यटन योजना की आवश्यकता

प्रथम, प्रायः विकास एक क्रमिक और स्थिर गति में नहीं होता। इसके कारण पर्यटन सम्पदा को न समुचित सुरक्षा और व्यवस्था की जा सकती है और न उनसे अधिकाधिक लाभ प्राप्त किया जा सकता है। साथ ही पर्यटन स्थल भवनों के निर्माण, वातावरण की अशुद्धता, संसाधनों के अभाव, रख-रखाव में कमी के कारण इतना विकृत बन जाता है कि पर्यटकों की संख्या वहाँ के प्रदूषित पर्यावरण और दर्शनीय सामग्रियों की गड़बड़ स्थिति के कारण तथा वहाँ के अनियंत्रित लोगों के छेड़-छाड़ के कारण पर्यटकों द्वारा आकर्षण के लिए उपयुक्त न रह जाने से वहाँ की पर्यटन आय घटने लगती है।

दूसरे, वहाँ अनियोजित निर्माण के कारण व्यय अनियंत्रित और बेमानी हो जाता है। इसका उल्टा प्रभाव पर्यटन स्थलों पर पड़ने लगता है। वहाँ स्थायी विघटन होने का यह भी कारण होता है कि भवनों में जो सुधार होता है वह ह्रासात्मक परिणामदायी होता है। इससे पर्यटकों की संख्या घटने लगती है।

तीसरे, योजकों और सरकारों विकासात्मक कार्यों वाली संस्थाओं के साधन सीमित होते हैं जिनके उपयोग से वे अपनी मूल आय में वृद्धि करना चाहते हैं। साथ ही इसी सीमित साधन का प्रयोग दूसरे विकासात्मक दिशा में करना होता है। जो देश अभी विकासमान होते हैं उनके साधन कम होते हैं। बिना नियोजन के इनका समुचित उपयोग पर्यटन विकास के हेतु संभव नहीं हो सकता कि कम व्यय से अधिक लाभ कमाया जा सके।

चौथे, पर्यटन की परिक्रिया माँग और पूर्ति की है। इसके अनुरूप चलने पर ही माँग बढ़ाया जा सकता है और आय भी। इसमें व्यक्तिगत और सरकारी दोनों संस्थाओं की भागीदारी होती है। पर उनके कार्यों के बीच कोई स्पष्ट रेखांकन नहीं किया गया है। जहाँ जितनी सुविधाएँ उपलब्ध होंगी, सेवाएँ सहज होंगी, पर्यटन वहाँ बढ़ेगा। अतः इसके लिए योजना बनाना आवश्यक है।

पाँचवें, अगर राष्ट्रीय आय नीति के अन्तर्गत पर्यटन को रखा जाय तो इसका विकास सीधी दिशा में होगा और राष्ट्रीय आय का भी उचित उपयोग होगा। अतः राष्ट्र की नीति के अनुसार इसकी योजंना बनानी चाहिए कि राष्ट्रीय विकास का सम्पूर्ण स्वरूप बाधित न हो।

पर्यटन योजना में पर्यावरण

गह सबसे आवश्यक है कि पर्यटन से पर्यावरण की शुद्धता वाधित न हो। एक अमेरिकी मूल के भारतीय नागरिक ने कहा था – *"Whatever befalts the earth, befalls the sons of earth."* *''अथर्ववेद में आज से कई हजार वर्ष पूर्व जब अभी सभ्यता विकसित हो रही थी तो यही बात कही गई है कि 'जो भी हम पृथ्वी से ले रहे हैं, भले ही वह शीघ्र प्रजनित होती है, पर हे शुद्धात्मा हम तुम्हारे हृदय की कोमलता को क्षति न पहुँचावे।'* '' यहाँ स्पष्ट है कि ऋषि शुद्ध पर्यावरण को अक्षत रखने का संकल्प मनुष्यों द्वारा लिए जाने का संकेत दे रहे हैं। इसी प्रकार **कृष्णचैतन्य** (Krishnachaitanya) ने कहा है *अगर हम पृथ्वी के साथ दुर्व्यवहार करें, इसके सौंदर्य और व्यवस्था को बिगाड़े तथा उसका आदर न करें तो इसका प्रभाव होगा कि पृथ्वी हम लोगों का अन्त नहीं करेंगी।*

इसको रोकने के लिए विश्व के विभिन्न देशों ने अनेक व्यवस्थाएँ की हैं। ब्रिटेन में ऐतिहासिक स्थानों के लिए 1985 में National Trust की स्थापना हुई। ग्रेट ब्रिटेन में Ministry of Town and Country Planning की स्थापना इसी उद्देश्य से की गई। इसके लिए The National Park Access tc the Countryside Act, 1949 बनाया गया। इंगलैंड में Department of Environmer t की स्थापना हुई तथा भारत में भी Department of Environment and Forest की स्थापना की गई। इसका उद्देश्य है भारत में पर्यटन स्थलों के वातावरण की शुद्धता को बनाये रखना। वातावरणविद् **J. A. Stein** के अनुसार – *''भारत में अनेक आश्चर्य (wonders) हैं जिनमें ह्रास और विनाश प्रारम्भ हो गया है। इसकी सुरक्षा और संरक्षण की व्यवस्था प्राकृतिक और सांस्कृतिक सम्पत्ति के अक्षुण रखने के लिए पर्यटन संग्रहालय को सौंप दिया गया है।''*

इस दृष्टि से पर्यटन वरदान है पर इसके लिए आवश्यक है कि भारतीय परिदृश्य के पर्यटन स्थल अपने पूर्व रूप में ही बने रहें। इसके लिए Tourist Developemnt Corporation ने गोआ में 1972 के सम्मेलन में भारत सरकार को निम्न सुझाव दिया था :—

(1) पर्यटन स्थलों के पड़ोस में नई इमारतों के निर्माण में सौंदर्य संरक्षण का ध्यान रखें।

(2) किसी प्रकार का छेड़-छाड़ बिजली के तार, बिजली स्टेशन, पेट्रोल पम्प, प्रचार के पोस्टर आदि द्वारा इसमें नहीं होना चाहिए।

(3) विशेष ध्यान जल तथा वायु प्रदूषण पर देना चाहिए तथा गड्ढा खोदकर उद्योग से होने वाली गन्दगी आदि को रोका जाए।

(4) समीप के पेड़ों को न काटा जाए।

(5) राज्य सरकार द्वारा आर्थिक सहायता देकर स्थानीय निकायों द्वारा सड़क, स्मारक और दूसरे ऐतिहासिक स्थलों को सुन्दर बनाया जाए।

(6) दुकानों का निर्माण पुरास्थलों में एक व्यवस्थित क्रम में और आवश्यक दूरी पर किया किया जाए तथा इसकी स्वीकृति पुरातत्व विभाग से अवश्य ली जाए।

योजना बनाने के आधार

कोई भी योजना किसी लक्ष की पूर्ति के लिए बनाई जाती है। इसके लिए आवश्यक है कि पर्यटन का लक्ष निर्धारित किया जाय। चूँकि पर्यटन एक त्रिस्तरीय क्रिया है – राष्ट्र, राज्य और स्थानीय क्षेत्रों से सम्बन्धित। इसलिए लक्ष ऐसा हो जो इन तीनों क्षेत्रों के लिए हितकारी हो। इसी लक्ष की पूर्ति के लिए योजना का निर्माण होना चाहिए। दूसरे, इसमें निर्देशक दिशा होनी चाहिए जिसके द्वारा लक्ष के साथ उद्देश्यों और कार्यविधि का संयोजन हो जो निर्धारित दिशा की ओर ले चले। पर यह निर्धारित दिशा **सुहिता चोपड़ा** (Suhita Chopra) के अनुसार– *''केवल आर्थिक ही नहीं होनी चाहिए क्योंकि सारी आर्थिक क्रिया समाज के मूल्यों पर (social costs) की जाती है। इसलिए सामाजिक और सांस्कृतिक पक्षों को भी इसके लक्ष में रखना चाहिए।''*

इसके लाभ का उल्लेख **सातवीं पंचवर्षीय योजना** में किया गया है कि – *''पर्यटन अब एक ऐसी क्रिया मानी गई है जो अनेक सामाजिक और आर्थिक लाभ उत्पन्न करती है। यह राष्ट्रीय एकता, अन्तरराष्ट्रीय सम्बन्ध, नौकरी के अवसर तथा विदेशी मुद्रा की प्राप्ति का अवसर प्रदान करता है। साथ ही यह स्थानीय हस्तकौशल तथा सांकृत क्रियाओं को सहायता देता है। पर्यटकों द्वारा किया गया व्यय बहुविधीय प्रभाव डालता है और बड़ी मात्रा में कर द्वारा देश की आमदनी बढ़ाता है। ये सभी थोड़े से व्यय करके प्राप्त होते हैं।''* इसलिए योजना बनाना आवश्यक है।

पर्यटन के पाँच कारणों की ओर **क्रिपेनड्रॉफ** (Krippendrof) ने ध्यान आकर्षित किया है :—

(1) ग्राम्यांचलों में प्रदूषण न फैले।

(2) किन्हीं क्रियाओं से व्यतिरेक न उत्पन्न हो।

(3) पर्यावरण का महत्त्व आर्थिक विकास और पर्यटन के संदर्भ में बना रहे।

(4) वातावरण आदि स्रोतों के ह्रास के प्रमाण और अनिश्चितता की स्थिति में कमी हो तथा

(5) स्थानीय लोगों की सोच बदले।

वर्ल्ड बैंक ने दो बातों की ओर ध्यान आकर्षित किया है :—

(1) यात्री और स्थानीय पर्यटकों के बीच समान सुविधा होनी चाहिए तथा

(2) केवल लाभ की कामना से ही साहसी इसे न बनावे। इनका ध्यान सरकारीतंत्र को रखना चाहिए।

विभिन्न विकसित देशों में पर्यटन को बढ़ावा देने के लिए वहाँ की सरकारों ने योजनाएँ बनाई हैं। इनके पीछे आधार रखा गया है आय के संसाधनों को बढ़ाना, नौकरी के अवसरों में वृद्धि करना, क्षेत्रीय विकास तथा विदेशी मुद्रा में पर्यटकों द्वारा किया जाने वाला भुगतान। इसी से पर्यटन सम्बन्धी जो सभाएँ बुलाई जाती है उनमें योजना बनाते समय उन्हीं लक्ष्यों को ध्यान में रखने पर बल दिया जाता है। इसी से 1963 में रोम में हुए United Nations Conference on International Travel and Tourism में इसकी योजना पर विशेष बल और सुझाव भी दिया गया।

पर विकासशील देशों में स्थिति भिन्न है। वे अपने संसाधनों का कुछ भी बेकार नहीं होने देना चाहते हैं जिससे विकास में बाधा हो। इसलिए इन देशों की सरकारें निम्न बातों को ध्यान में रखकर योजनाएँ बनाती हैं :—

(1) पर्यटन के क्षेत्रों के विकास की गति में क्या वे सहसा विकास चाहते हैं या धीरे-धीरे इसकी गति बढ़ाना चाहते हैं।

(2) राष्ट्रीय आय में इसका महत्त्व देखना तथा यह ध्यान रखना चाहिए कि किस गति से इसका विकास हो कि राष्ट्रीय, राजकीय और स्थानीय स्तरों का विकास हो।

(3) उद्योग के विकास में व्यक्तिगत तथा सरकारी उद्यमियों की भागीदारी निश्चित करना।

(4) यह तै करना कि क्या पर्यटन उद्योग के साथ वही व्यवहार किया जाय जो अन्य उद्योगों के साथ किया जाता है या कुछ विशेष।

(5) इसमें कितनी विदेशी और कितनी घरेलू आय पर व्यय किया जाय। प्रायः ऐसा होता है कि जहाँ घरेलू साधन सीमित होते हैं वहाँ विकास के लिए इस पर विदेशी मुद्रा व्यय किया जाता है तथा

(6) यह निर्धारित करना कि पर्यटन उद्योग की योजना दीर्घकालिक बने या वर्तमान की व्यापारिक कमी की पूर्ति के लिए अल्पकालिक हो।

योजना में शोध और क्रियान्वयन

सभी योजना के पहले शोध आवश्यक है। इसका कारण है कि पर्यटन में बहुत पैसा खर्च होता है। अतः पहले यह निश्चय करना जरूरी है कि कहाँ कितना लगाया जाय कि कम में कम व्यय में अधिक लाभ मिल सके तथा इसमें विकास की आर्थिक और भौतिक सम्भावनाएँ बनी रहें। इसके लिए निम्न तत्त्वों की ओर ध्यान देना आवश्यक है :—

(1) भूमि का स्वरूप जिसको विकसित करना है और वह रकम जो इसके लिए व्यय की जानी है।

(2) उन सुविधाओं की पूर्ति का जो पर्यटन में सहायक होते हैं — होटल के विविध प्रकार, समुद्री पर्यटन सेवा आदि।

(3) जनता के द्वारा किए गए व्यय से अधिक-से-अधिक लाभ कमाना।

(4) स्थलीय और ऊपर की आवश्यक सामग्रियों (infra and super structure) की

पूरी लागत वसूलना जिस क्षेत्र में इसे विकसित होना है। इसमें स्थलीय क्षेत्र में है गाड़ी खड़ी करने का स्थान, हवाई पट्टी, पानी तथा बिजली की आपूर्ति तथा ऊपरी में है होटल, दुकान, आनन्दात्मक भवन आदि।

(5) प्रत्यक्ष और परोक्ष टैक्स वसूली की सम्भावनाएँ जिससे जनता के लगे पैसे का लाभ अधिक मिल सके।

क्रियान्वयन

योजना बनाने वाले की दो क्रियाएँ होती हैं:—

(1) नये स्थलों को विकसित करने का जहाँ पर्यटन क्रियाएँ नहीं होती या बहुत कम होती हैं तथा

(2) उन स्थलों को पुनः विकसित करने के लिए जहाँ पहले से पर्यटक आते रहे हैं। इसके लिए वह पहले पर्यटन की आधार सामग्री के स्रोत वाला स्थान ढूँढ़ता है जहाँ विशेषतः आर्थिक संसाधन उपलब्ध हो, जैसे दृश्यवाले स्थल, ऐतिहासिक भवन, धार्मिक क्षेत्र आदि। दूसरे, वह बड़े नगरों को लेता है जहाँ स्वतः पर्यटक खिंचते आते हैं जैसे लंदन, दिल्ली, कोलकाता आदि। यहाँ के लिए मानदंड रखना चाहिए कि भवन ऐसे बनाए जाएँ कि वातावरण को शुद्धता उनके सटे-सटे होने या ऊँचे होने से वाधित न हो। यहाँ भवनों के बीच दूरी हो, सड़क और भवनों में दूरी हो। ये यात्रियों को ध्यान में रखकर तैयार किये जाय। नक्शा बनाने में ध्यान रहे इनके क्षेत्रफल और निर्माण की विशेषताएँ, प्राकृतिक स्थलों से दूरी कि इनके होने से उन्हें नुकसान न पहुँचे तथा भवनों के किनारे हरियाली बनी रहे। तीसरे, जो ऐतिहासिक स्थल है वहाँ ध्यान रहे कि वहाँ की इमारतों तथा ऐतिहासिक स्थानों को निर्माणाधीन भवनों से हानि न हो। वे छिप न जाएँ। जैसे आज ताजमहल की समस्या उसके निर्माणाधीन गलियारे से खड़ी हो गई है। चौथे, यह भी ध्यान रखना चाहिए कि योजना पर जो व्यय हो रहा है उसकी व्यय राशि और प्राप्त होने वाली राशि के बीच क्या सम्बन्ध है। इसके लिए निम्न बातों को ध्यान में रखनां चाहिए:—

शोध में

(1) राष्ट्रीय पर्यटन संसाधनों को ध्यान में रखकर योजना तैयार करना।

(2) शहरी इमारतों और बसाव का ध्यान रखना।

(3) प्रस्तावित क्रिया और उनसे आधारित लाभ को ध्यान रखना।

(4) राजकीय तथा व्यक्तिगत सीमा क्षेत्र द्वारा व्यय की सम्भावनों को विचार में रखना।

क्रियान्वयन में

(1) सम्भावना के अध्ययन पर लक्ष्य की प्राप्ति का ध्यान रखना।

(2) बाजार और संसाधनों का विश्लेषण करना।

(3) योजना का आधार सामने रखना।

(4) योजना की स्वीकृति।

(5) मास्टर योजना से मेल बैठाना।

(6) क्रम निर्धारित करना जिससे योजना विकसित हो।

(7) मूल्यांकन और विकास की दिशा का ध्यान रखना।

(8) गुणवत्ता का निर्माण कौशल में ध्यान रखना।

योजना के प्रकार

पर्यटन एक निरन्तर परिक्रिया होने से सदा चलती रहती है। इसके कारण इसके संदर्भ

में आवश्यकतानुसार भिन्न-भिन्न प्रकार की योजनाएँ बनाई जाती हैं :—

(i) समयबद्ध योजना — इसमें कुछ दीर्घकालिक, कुछ मध्यकालिक तथा कुछ अल्पकालिक होती हैं। इसी के अनुरूप योजनाएँ होती हैं जिनमें भवन निर्माण क्षेत्र, विकास की अवधि को ध्यान में रखा जाता है।

(ii) स्थानबद्ध योजना — यह तै करता है कि योजना का लक्ष्य राष्ट्र, राज्य-स्तरीय या स्थानीय है अथवा इसको अन्तर्राष्ट्रीय परिप्रेक्ष्य में तैयार करना है।

(iii) क्षेत्रीय योजना — जिस क्षेत्र को पर्यटन की दृष्टि से विकसित करना है उसके हिसाब से योजना होनी चाहिए जैसे मैदानी क्षेत्र, पहाड़ी क्षेत्र या सामाजिक क्षेत्र आदि।

योजना की मुख्य बातें

चूँकि पर्यटन एक परिक्रिया है इसलिए कई बातें साथ जुड़ी होती हैं। इसे एक मिश्रित उद्योग का नाम दिया गया है क्योंकि पर्यटन विभिन्न उद्योगों के सहयोग का एक सामूहिक रूप है। इसलिए नियोजन में कई स्तरों का समन्वय आवश्यक होता है। इनमें पाँच बातें मुख्य हैं जिनका विश्लेषण करके ही आगे बढ़ा जा सकता है :,—

(1) पर्यटकों की माँग और पूर्ति–इसका विश्लेषण इसलिए आवश्यक है कि यह पता चले कि वर्तमान स्थिति क्या है ? आगे के लिए इसमें जिस प्रकार के उत्पादन की आवश्यकता है। इसमें व्यक्तिगत साहसी लोगों की भी योजनाओं और सरकारी नीतियों का समन्वय होना चाहिए।

(2) यह भी देखना होता है कि उस क्षेत्र के पर्यटन साधनों का कितना उपयोग हुआ है तथा कितना और उपयोग किया जा सकता है। फिर बाजार और स्रोतों की दृष्टि से इस पर विचार आवश्यक है। इसमें स्रोतों क्षमता समझे बगैर योजना में जुटना बेमानी है। साथ ही यह भी पता रखना चाहिए कि पर्यटक किस क्षेत्र को पसन्द करते हैं और वहाँ उन्हें क्या अधिक आकर्षक लगता है। फिर स्रोतों को एकत्रित कर उनका आकलन उपयोगिता के आधार पर अन्तर्राष्ट्रीय, राष्ट्रीय, क्षेत्रीय और स्थानीय बजारों को दृष्टि में रखकर किया जाना चाहिए। फिर किन बाजारों में इसका विक्रय किया जाय अर्थात् किस प्रकार के पर्यटकों के लिए ये आकर्षक होंगे इसकी सलाह दी जाय तथा विकास के लिए वृहद योजना तैयार की जाय।

(3) सभी अवयवों की सम्मिलित समीक्षा और निष्कर्ष निकलना, जिनका ऊपर अध्ययन किया गया है। इसमें देखना चाहिए कि पर्यटन में कितना विकास हुआ है ? पर्यटन विपणन की स्थिति क्या रही है ? इस उद्योग का संगठन किस प्रकार का है ? इसके प्रति जागृति और यात्रा कितनी बढ़ी है ? तथा इसकी सहयोगी सेवाएँ कौन-कौन-सी है कि इस समन्वयात्मक ज्ञान से भविष्य के विकास की अवस्था की सम्भावना की जा सके।

(4) योजना के लक्ष्य, विधियाँ और उद्देश्य तीन अत्यन्त महत्व के होते हैं। किसी क्षेत्र में विकास की योजना बनाते समय तीनों का ध्यान रखना आवश्यक है। इनके बढ़ने से वहाँ पर्यटन विकसित होता है तथा वहाँ यात्रियों का जमघट बना रहता है।

(5) जो भी योजना द्वारा प्राप्त करना है उसका विस्तृत विवरण यहाँ होता है जिससे लक्ष्य की संतोषजनक प्राप्ति हो सके। इसमें व्यक्तिगत और राजकीय वर्गों की भागीदारी भी तै की जाती है। इसी के अनुरूप समय, श्रम और द्रव्य की व्यवस्था करनी होती है। साथ ही अनेक रीतियों का प्रयोग करना भी इसी की देन होता है।

योजना और सरकारी तंत्र

व्यक्तिगत व्यय को प्रोत्साहित करने के लिए सरकार को भी साथ-साथ सहयोगी होना पड़ता

है क्योंकि राजतंत्र और समाजतंत्र दोनों को व्यय करना होता है तथा दोनों को धन का लाभ होता है। इसलिए सरकार को समाज के साहसियों के लिए कानून व्यवस्था बनानी पड़ती है, भूमि आवाप्त करनी होती है, उनके योजनाओं की जाँच और स्वीकृति करनी होती है, उनको एक नियम में रखना होता है, आर्थिक सहयोग देना होता है। सरकार को योजना को प्रेरित करने तथा आकर्षक बनाने के लिए एक अनुदान अपनी ओर से विभिन्न स्तरों में देना होता है कि साहसी को व्यय में सुविधा, सरलता और कमी हो। दूसरा, उधार लेने सम्बन्धी सुविधा भी इसको देनी पड़ती है। इसमें लम्बी अवधि के लिए तथा कम सूद पर कर की योजना लानी पड़ती है। इसके लिए कुछ देशों में अलग उधार देने वाली संस्थाओं की व्यवस्था की गई है। भारत में भी उसी तरह केन्द्रीय स्तर पर इण्डस्ट्रियल फाइनेन्स कॉरपोरेशन ऑफ इडिया (IFCI) द्वारा पर्यटन विभाग (Department of Tourism – DOT) की संस्तुति पर उधार दिया जाता है। राज्य स्तर पर स्टेट फाइनेंसियल कॉरपारेशन (State Finance Corporation – SFC) द्वारा उधार दिलाया जाता है। तीसरे, इनके सूद पर भी सरकार कुछ छूट या उसमें अंशदान देती हैं। इससे व्यवसायी बैंकों की अपेक्षा इसको होटल उद्योग पर कम लाभांश देना पड़ता है। चौथे, पर्यटन योजना के निर्माणाधीन भवनों के लिए सस्ते दर पर सरकार कभी-कभी भूमि दिलवाती है कि सामाजिक पक्ष को इसके निर्माण में सरलता हो। पाँचवें, कुछ सरकारें इसे वही सुविधा देती है जो निर्यात उद्योग को दिया जाता है जैसे पर्यटन से सम्बन्धित आयात को कर-मुक्त रखना, व्यापार कर में छूट देना, क्रियान्वयन काल में कुछ समय तक कर की छूट देना, होटल और आनुषंगिक व्यवस्था को चलाने के लिए सरकार द्वारा प्रशिक्षु चलवाना कि इनके व्यवसायियों को प्रशिक्षित व्यक्ति मिल सकें तथा राज्य सरकारों द्वारा पर्यटन व्यवस्था को कुछ छूट भी प्रदान करना होता है।

पर्यटन में आय तथा व्यय के स्रोत

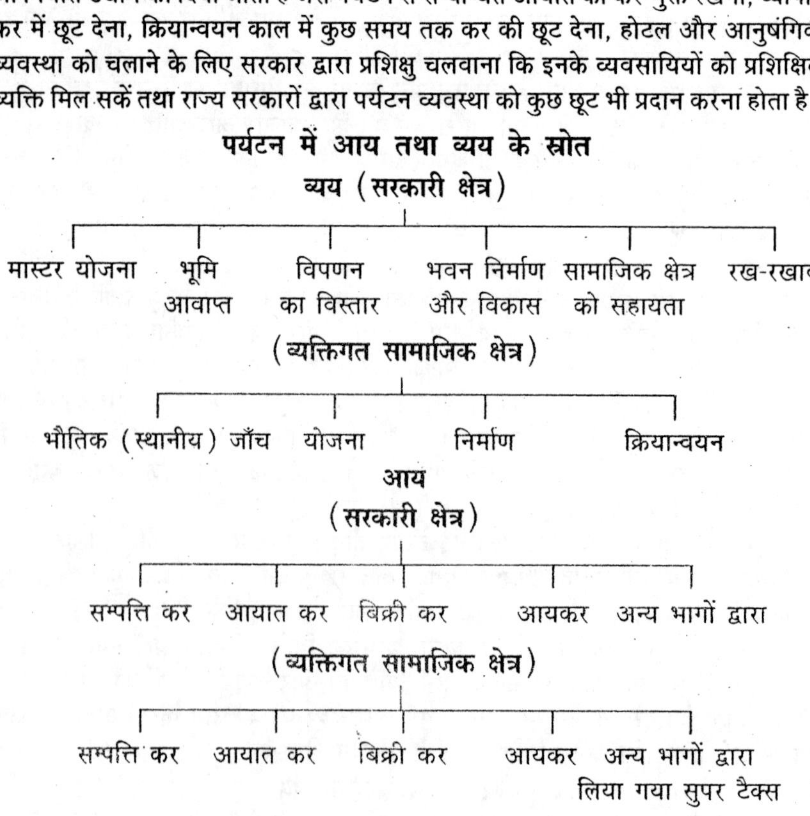

योजना के बदलते आयाम

योजना के बदले आयाम में इसके अतिरिक्त यह ध्यान देना पड़ता है कि योजना के प्रभावक तत्त्व कौन-कौन से हैं ? तथा उनमें क्या नया जुड़ा है ? इसका कारण है कि नई तकनीक और परम्पराएँ आ गई है। इन तकनीक और खोजों ने इसको प्रभावित किया है। इसलिए इन बदले तथा विकसित आयामों की जानकारी आवश्यक है। ये निम्न हैं:—

प्रथम, पहले की अपेक्षा विभिन्न क्षेत्रों मे स्थित एजेंसियाँ चाहे राष्ट्रीय, प्रान्तीय, क्षेत्रीय, शहरी या स्थानीय स्तर की हों उनके क्रिया-कलायों और व्यवस्था के क्षेत्र में आमूल परिवर्तन हुआ है।

दूसरे, नई खोजें और शोध इस क्षेत्र में किये जाने लगे हैं कि कम व्यय कर अधिक आय इससे प्राप्त किया जा सके। इस दिशा में प्रगति होती जा रही है। अतः ये भी योजना की तैयारी कर अपनी छाप डालते रहते हैं।

तीसरे, दृष्टिकोण में परिवर्तन ने योजना में परिवर्तन कर दिया है। आज पर्यटक का दृष्टिकोण है अतीत के अवशेषों को देखना तथा अतीत के विषय में जानकारी प्राप्त करना। साथ ही बाजारों के विषय में सामान्य जानकारी प्राप्त करना। अतः योजना में इसका समावेश बढ़ाना होगा।

चौथे, पर्यटन बाजार की माँग के अनुसार पर्यटन क्षेत्रों को तैयार करना इसकी एक नई दिशा है। आज सांस्कृतिक और प्राकृतिक दृश्यों की माँग पर्यटकों में बढ़ी है। पर्यटक जहाँ भी जाते हैं वह अच्छे सम्बन्ध स्थापित करने के इच्छुक होते हैं। वे पर्यटन सम्पदा के प्रति विशेषीकरण की प्रवृत्ति रखते हैं।

पाँचवें, अच्छी सेवाएँ, विकसित सुविधाएँ देना तथा रुचि का विकास करना पर्यटन की विशेषता है जिसमें आज बढ़ोत्तरी होती जा रही है। इसमें व्यवसायिक पर्यटन का पक्ष विशेष प्रबल हुआ है। इसके साथ पर्यावरण की ओर भी लोगों का झुकाव बढ़ा है।

अतः पर्यटन योजना में इन क्षेत्रों को विकसित करने, इनके नये अवसरों को ढूँढ़ने तथा इनको सजाने संवारने की ओर ध्यान देना आवश्यक हो गया है। यद्यपि पर्यावरण का बदलाव इस व्यवसाय के लिए बड़ा संकट बनता जा रहा है क्योंकि औद्योगीकरण और बढ़ती जनसंख्या के दबाव को प्रदूषित पर्यावरण की अवस्था उत्पन्न कर दी है। नगरों तथा उद्योगों की बेकार सामग्रियों के कारण वायु तथा जल प्रदूषित होते जा रहे हैं। जंगलों के कटने, वन्य जन्तुओं के समाप्त होने से प्रदूषण नियंत्रण के प्राकृतिक स्रोत भी सूखते जा रहे हैं। नदियों के कटाव आदि से संसाधनों में कमी आती जा रही है। इस प्रकार एक ओर जहाँ योजना के द्वारा पर्यटन के बढ़ावा की व्यवस्था की जा रही है वहीं प्राकृतिक संकट और मानव की दुष्प्रवृत्ति के कारण इस व्यवस्था पर संकट गहराता जा रहा है।

अतः आज पर्यटन सम्बन्धी योजना को सफल बनाने के लिए आवश्यक है भौतिक और राजनीतिक प्रभाव को इस दिशा में रोकना होगा कि पर्यावरण प्रदूषित न हो। यह बढ़ते नकारात्मक प्रभाव की ओर ले जा रहा है। किन्तु आवश्यकता है योग्य योजना बनाने वालों की जो दुष्प्रभावों को कम करने और सकारात्मक प्रभावों को बढ़ाने की दिशा को ध्यान में रखकर योजनाएँ बनावें।

विभिन्न स्तरों पर योजना के अलग दृष्टिकोण

ऊपर हमने देखा है पर्यटन को स्तरों में विभक्त किया गया है–राष्ट्रीय, क्षेत्रीय तथा

स्थानीय। प्रत्येक की समस्याएँ और सामग्रियाँ अलग-अलग प्रकार की होती हैं। अतः योजना बनाने में प्रत्येक स्तर की योजना में अन्तर रखना स्वाभाविक है।

राष्ट्र स्तरीय योजना

इसमें भौगोलिक पक्ष को ध्यान में रखकर योजना तैयार किया जाता है। भौगोलिक दृश्य, आवागमन के साधन, प्रकृत प्रदत्त अन्य संसाधन जैसे लकड़ी, पत्थर, चूना आदि का उपयोग योजना में भविष्य को दृष्टिगत करके किया जाता है। उदाहरण के लिए जबलपुर के भेंडाघाट पर जो यात्री निवास बना है वह नर्मदा के किनारे प्राकृतिक क्षेत्र में है तथा वहाँ के संगमरमर के पहाड़ों के टुकड़ों से बनने वाली मूर्तियों का प्रशिक्षण सरकार की ओर से दिया जाता है। इससे स्पष्ट है कि विपणन प्रधान उत्पादन को ऐसे ही क्षेत्रों में विकसित करने की योजना बनानी चाहिए। पर्यावंरण नियंत्रण के नियम बनाने चाहिए तथा भवनों को बहुमंजिला बनाना चाहिए कि आर्थिक बचत हो और जगह का दुरुपयोग न हो।

क्षेत्र स्तरीय योजना

क्षेत्रों का विभाजन भौगोलिक आधार पर किया जाता है। विशेष प्रकार के पर्यटन संदर्भित उत्पादन के भाग को पर्यटन की दृष्टि से एक क्षेत्र मानते हैं जैसे बौद्ध धर्म का क्षेत्र, विशिष्ट कलाकृतियों का क्षेत्र, विशिष्ट प्रकार के बसाव का क्षेत्र आदि। यह पर्यटक की विशिष्ट रुचि को ध्यान में रखकर बनाया जाता है। इसके कई लाभ है पर्यटकों को सेवा का अच्छा अवसर देना, प्रशासनिक दृष्टि से नियंत्रण रखना। इस विभाजन से पर्यटकों का अचानक बोझ एक क्षेत्र पर नहीं पड़ता तथा एक रुचि के पर्यटक एक क्षेत्र का पर्यटन कम पैसे और सुविधा से कर सकते हैं। इस योजना के द्वारा पर्यटन में हानि की सम्भावना नहीं रह जाती तथा पर्यटन स्थलों में बिखराव भी नहीं होने पाता। पर्यावरण के सुरक्षा का लक्ष्य तथा लाभ इस विधि से प्राप्त होता है।

स्थान स्तरीय योजनाएँ

छोटी इकाई में धन से सेवा, सुविधा, यातायात, ठहराव आदि की सुविधाओं की व्यवस्था करना सरल होता है। यहाँ आवश्यकता होती है ठहरने के भवन निर्माण की क्योंकि प्रत्येक स्थान पर पहले से होटल नहीं होते पर यहाँ प्राकृतिक दृश्य, ग्राम्यांचल का वातावरण, सेवा के अधिक अवसर, मौलिक स्थिति का ज्ञान जो पर्यटक का मूल आकर्षण होता है यहाँ उसे मिलता है। अन्य सुविधाओं के लिए यहाँ योजना में स्थान होना चाहिए क्योंकि ये स्थान शहर से दूर होने के कारण यहाँ पहले से सारी सुविधाएँ उपलब्ध नहीं रहती। इन स्थानों पर समरूप से सुविधाओं को विकसित करने की योजना बनानी होती है जिससे पर्यटकों का आकर्षण कम न हो।

भारत की पंचवर्षीय योजनाएँ और पर्यटन

भारत 1947 में स्वतंत्र हुआ। पर इसमें पर्यटन को स्थान बाद में मिला। इसका स्पष्ट रूप 1949 से सामने आया जब भारत सरकार ने यहाँ आने वाले पर्यटकों की संख्या के कारण तथा इसके लाभ के आकलन पर पर्यटन सेल की स्थापना परिवहन मंत्रालय के अन्तर्गत किया गया। इसके कुछ ही वर्षों के अन्तर 1952 से प्रथम पंचवर्षीय योजना लागू हुई। तबसे पर्यटन के लिए प्रत्येक पंचवर्षीय योजना में बढ़ावा के लिए प्रावधान किया गया। इसमें 1952–53 में न्यूयार्क और लंदन में क्रमशः भारत पर्यटन कार्यालय वहाँ के पर्यटकों को आकर्षित करने

के लिए खोला गया। अगले वर्ष 1954 में पर्यटकों को ठहरने और उचित भोजन के लिए मुम्बई में प्रथम होटल संस्थान खोला गया।

दूसरी पंचवर्षीय योजना में पर्यटन के लिए थोड़ा विचार किया गया था। इस समय दो योजनाएँ ली गईं थीं – (1) कुछ ऐसे स्थान जहाँ पर्यटकों की भीड़ लगी रहती थी वहाँ सुविधाओं को बढ़ा देना, (2) सामान्य आय वर्ग वालों के लिए क्षेत्रीय तथा स्थानीय स्थलों के पर्यटन की सुविधा घरेलू उद्योग को देना।

तीसरी पंचवर्षीय योजना में पर्यटकों की सुविधाएँ बढ़ाई गई। केन्द्रीय सरकार ने विदेशी पर्यटकों को ध्यान में रखकर सुविधाएँ बढ़ाने तथा पर्यटन स्थलों को विकसित करने की योजना ली। राज्य की योजना में घरेलू पर्यटन को केन्द्र बनाया गया।

चौथी पंचवर्षीय योजना में विदेशी मुद्रा की प्राप्ति को पर्यटन का मूल आशय बनाया गया। नौकरियों के अवसर बढ़ाने की भी व्यवस्था की गई। इसके द्वारा अन्तर्राष्ट्रीय सम्बन्ध और सोच को बढ़ावा देने का प्रयास लक्षित रहा।

पाँचवीं पंचवर्षीय योजना में पर्यटन पर थोड़ा खर्च और थोड़ी योजनाओं के क्रियान्वयन को स्वीकार किया गया।

छठवीं पंचवर्षीय योजना में नये आयाम स्वीकार किये गए। विदेशी मुद्रा की प्राप्ति और आर्थिक विकास की योजनाएँ चुनी गईं। इनके लिए योजना में मुख्य रूप से नौकरी के अवसरों की खोज, धार्मिक असहिष्णुता की समाप्ति, विदेशी मुद्रा कमाना, स्थानीय हस्तकौशल तथा सांस्कृतिक क्रियाओं को बढ़ावा देना, सामाजिक तथा आर्थिक लाभ कमाना जैसे राष्ट्रीय और अन्तर्राष्ट्रीयता को बढ़ावा देना तथा राज्य और केन्द्र के लिए कर व्यवस्था से धन प्राप्त करना आदि।

सातवीं पंचवर्षीय योजना में मुख्य लक्ष्य रखा गया पर्यटन को और अधिक विकसित करना, पर्यटन को उद्योग का दर्जा देना, राजकीय पक्ष को भवनों के निर्माण का कार्य सौंपना तथा व्यक्तिगत संस्थाओं को पर्यटन के विकास के अन्य संसाधनों को जुटाना, स्थानीय कला और हस्तकौशल को बढ़ावा देकर विदेशी पर्यटकों को आकृष्ट करना कि इनकी बिक्री बढ़े तथा राष्ट्रीय एकता को बढ़ाना। इसके साथ ही पर्यटन क्षेत्र बढ़ाना, नए आयामों को विकसित करना जैसे समुद्रतटीय पर्यटन, वर्ष पर खेल, वन्य जन्तुओं के लिए पर्यटन आदि, व्यापारीकरण की दृष्टि से नए पर्यटन उत्पाद को बढ़ावा देना, राष्ट्रीय गौरव को विकसित करना आदि।

आठवीं पंचवर्षीय योजना में व्यक्तिगत संस्थाओं को पर्यटन कार्य के लिए लगाना, इनको बढ़ावा के लिए आर्थिक सहायता देना किन्तु उसपर सरकारी नियंत्रण रखना, भवनों की लागत पर अधिक उत्पादकता प्राप्त करना तथा उसकी गुणवत्ता को बढ़ाना, चयनित क्षेत्रों में पूँजी लगाकर पर्यटन को विकसित करने के लिए विशेष पर्यटन क्षेत्रों (Special Tourist Area) का चुना जाना जहाँ पूर्ण भवन निर्माण की सुविधाएँ प्रदान की जा सकें, भावी विकास के दृष्टिगत सूचना प्रसार तकनीक को विकसित करने का उद्देश्य सामने रखा गया। साथ ही मलिन बस्तियों को विकसित करने की समन्वित योजना को क्रियान्वित करना, अविकसित क्षेत्रों के विकास के लिए मास्टर प्लान बनाना तथा वहाँ मानव विकास के संसाधनों का प्रयोग करने का भी लक्ष्य लिया गया।

नवीं पंचवर्षीय योजना में कुछ नई नीतियाँ निर्धारित की गईं जैसे घरेलू क्षेत्रों को बढ़ावा देने के लिए विभिन्न राज्यों में भवन निर्माण की योजना लेना, सभी पर्यटन एजेंसियों का

समन्वय करना कि पर्यटन उत्पादन और सम्बन्धित भवनों को बढ़ाया जा सके, लोगों की सहभागिता पर्यटन विकास में निर्धारित करना, पर्यटकों के लिए मित्रवत वातावरण को पैदा करना, क्षेत्रीय विकास को बल देना विशेषतः उत्तर-पूर्वी क्षेत्र को जहाँ अतुलित पर्यटन सम्पदा विद्यमान है।

इसी क्रम में राष्ट्रीय पर्यटन नीति का भी निर्धारण 1982 में किया गया जिसके प्रमुख बिन्दु थे : राष्ट्रीय और अन्तर्राष्ट्रीय भावनाओं को समझने की क्षमता का विकास करना, भारतीय गौरव का संरक्षण और विश्व में उसका प्रसार, सामाजिक-आर्थिक लाभ की दिशा में रोजगार, आमदनी तथा विदेशी मुद्रा की प्राप्ति को बढ़ाना, युवापीढ़ी में परस्पर भावनाओं के समझने की क्षमता बढ़ाना तथा उन्हें अवसर देना; राष्ट्र, राष्ट्रीय चरित्र और राष्ट्रीय क्रियाओं को खेल साहस आदि के सहारे बढ़ाना।

इस नीति की पूर्ति के लिए कुछ सिद्धान्त बनाये गए कि विकास और संरक्षण में सहसम्बन्ध बना रहे, सम्पूर्ण राष्ट्र का लक्ष्य निर्धारित हो कि पर्यटन का विकास हो, उचित नियंत्रण की सीमा में इन्हें रखा जाय तथा स्थानीय लोगों में सहयोग की भावना बढ़े जिससे वे इसमें भागीदारी निभाये तथा इसके लाभ में हिस्सेदार बने।

किन्तु निम्न तथ्यों को जो इस मार्ग में बाधक हो सकती हैं उनको दूर करने की ओर भी ध्यान रखना आवश्यक था : भवनों की कमी तथा उनका पर्यटकों की रुचि के अनुसार न होने को दूर करना। सड़कों तथा हवाई जहाज की ढोने की क्षमता का ध्यान रखना, सामान्य कीमतों पर साफ तथा आरामदायक ठहरने की व्यवस्था होना, आवागमन को सुविधाजनक बनाना, बाहर अपने देश के गौरव प्रसार करना, प्रचार के साधनों को बढ़ाना आदि।

□

अध्याय–8

भारत पर्यटन वर्ष 1991 की नवीन योजनाएँ और दिशाएँ

वर्ष 1991 'भारत पर्यटन वर्ष' (Visit India Year – 1991) के रूप में मनाया गया था। इसमें एक दशक के लिए कुछ नई योजनाएँ पर्यटन क्षेत्र के लिए तैयार करके लागू की गई थी। इसको 'Destination India Decade' नाम दिया गया था। इसमें निम्न पक्षों को विशेष रूप से उजागर करने का प्रस्ताव था:—

(1) देश के पर्यटन की योजना ऐसी बनायी जाती रहे हैं कि पर्यटकों को अधिक-से-अधिक आकर्षित किया जा सके। इस दिशा में प्रयास है कि 1991 में दो मीलियन से अधिक पर्यटक भारत में आवें। इसके लिए 18 नए पर्यटन चक्र (Travel circuits) बनाए गए हैं।

(2) अब तक पर्यटन की दिशा में होने वाला प्रयास उत्तर भारत तक ही विशेष रूप से सीमित था। अब दक्षिण की ओर पर्यटकों को आकर्षित करने का प्रयास किया जा रहा है। इसके लिए जिन छः पर्यटन चक्रों को दक्षिण के लिए तैयार किया गया है उनके क्रियान्वयन की व्यवस्था और प्रचार किया जा रहा है। ये छः चक्र (circuits) हैं:—

(i) मन्दिर भ्रमण चक्र : चैन्नई – मुदरै – तिरुची – चैन्नई।

(ii) चन्दन वन और मसाले के क्षेत्र का भ्रमण चक्र : चैन्नई – मैसूर – कोचीन – चैन्नई।

(iii) मालावार विशेष भ्रमण चक्र : चैन्नई – त्रिवेन्द्रम – कोचीन – चैन्नई।

(iv) सूर्य और रेत भ्रमण चक्र : चैन्नई – अण्डमान – चैन्नई।

(v) स्मारक और समुद्रतटीय भ्रमण चक्र : चैन्नई – हैदराबाद – विजगापट्टम् – चैन्नई।

(vi) नील पर्वत भ्रमण चक्र : चैन्नई – ऊँटी – मैसूर – चैन्नई।

चार नए भ्रमण चक्र जो अब इसमें जोड़े गए हैं:—

(i) कोचीन – अलेधी – कोट्टयम – थोक्काडी – कोड्डइकनाल – मदुरै।

(ii) कोयम्बटूर – कुनूर – उदगमण्डलम (ऊँटी) – मदुमलय – सुल्तान बैट्री – मैसूर – बंगलोर।

(iii) मद्रास – मामल्लपुरम् – काञ्चीपुरम् – पाण्टीचेरी।

(iv) तुरुची – तंजवूर – नागपट्टीनम् – चिदम्बरम् – गंगैकोण्ड चोलपुरम्।

इन चक्रों का प्रयोजन यह है कि उत्तरी भारत पर बढ़ते हुए पर्यटकों का भार कम हो तथा यह बोझ कुछ दक्षिण की ओर बँट जाय। साथ ही, उत्तर में आतंकवाद से आक्रांत पंजाब, कश्मीर, राजस्थान आदि के क्षेत्र जो अनारक्षित बन गए हैं अब पर्यटकों के आकर्षण में बाधा उत्पन्न करते हैं। इससे पर्यटकों की संख्या जो इन क्षेत्रों में भ्रमण के लिए आती थी घटती जा रही है और इसमे बड़ी मात्रा में ह्रास की सम्भावना आगे और आसन्न है। इस विषम स्थिति को रोकने के लिए पर्यटकों का ध्यान दक्षिण भारत की ओर आकर्षित करने की योजना सरकार के सम्मुख है। यह क्षेत्र प्राकृतिक सम्पदाओं और स्मारकों का केन्द्र स्थल है। पर प्राकृतिक बाधाओं के कारण अविकसित और आवागमन की सुविधाओं से बहुत अधिक सम्पन्न न होने के कारण पर्यटन के लिए इसे विकसित नहीं किया गया था। इसके विकास के पूर्व पर्यटन का स्वर्णिम त्रिभुज (Golden Triangle of Tourism) दिल्ली, आगरा, जयपुर माना जाता

था। आतंकवाद के बढ़ावा के कारण, इस त्रिभुज को तोड़ने की आवश्यकता देखकर दक्षिण भारत में भ्रमण केन्द्रों को अब विकसित किया जा रहा है। यही कारण है कि 'पैलेस ऑन व्हील' (Palace on Wheel) नामक पर्यटक गाड़ी (Tourist Train) से इन स्थानों पर पर्यटकों को जहाँ दिल्ली से जयपुर तक चक्रानुक्रम में ले जाया जाता था वहीं अब हैदराबाद क्षेत्र में भी नए विकास के क्रम में उसी प्रकार की 'पैलेस ऑन व्हील' गाड़ी चलाई गई है।

(3) पर्यटकों को आकर्षित करने के लिए सरकार ने भारत में अनेक मेलों की आयोजित करने की योजना बनाई है। इसके लिए 1991 से 46 मेले तथा अनेक उत्सवों की योजना सरकार के समक्ष है कि विदेशी भ्रमणार्थियों को इनकी ओर आकृष्ट कर भारत यात्रा के लिए उन्हे प्रोत्साहित किया जाय। जनवरी 1990 से सितम्बर माह तक लगभग 140,000 विदेशी पर्यटक भारत में आए थे। 1989 में इसी समय जितने पर्यटक भारत में आये थे उससे यह संख्या 20000 से अधिक है। अतः यह संख्या काफी अधिक वृद्धि का संकेत देती है।

"Tourist arrivals are not wane but have gone up inspite of disturbances in the North". — **Manish Behl**

(4) वर्तमान परिप्रेक्ष्य में पर्यटन व्यवसाय में प्रत्यक्ष तथा परोक्ष रूप से लगभग 1.3 मीलियन लोग जुड़े हैं।

(5) पर्यटन की गति को तीव्र बनाने के लिए विदेशों में इससे सम्बद्ध विधाओं में प्रशिक्षण के लिए विदेशी संस्थानों में इस व्यवसाय से जुड़े भारतीय लोगों को भेजने की व्यवस्था भारत सरकार द्वारा की गई है। इस दिशा में इण्डियन टूरिस्ट डेवलपमेंट कॉरपोरेशन (ITDC) के बीस अधिकारियों के एक दल को पर्यटन विपणन (Tourist Marketing) में प्रशिक्षण के लिए अमेरिका के होटल चेन-रैडीशन में भेजने की व्यवस्था की गई है।

(6) वर्ष 1998 में 1.2 मीलियन विदेशी पर्यटक भारत में पर्यटन के लिए आए थे। जबकि 1989 में यह संस्था बढ़कर 1.3 मीलियन हो गई। किन्तु इस बढ़ती विदेशी पर्यटकों की संख्या के कारण विदेशी मुद्रा की आय में 1% की वृद्धि हुई है।

(7) इस नए परिप्रेक्ष्य – 'भारत पर्यटन वर्ष 1991' में जो नया आलोक विकसित किया गया – 'Visit India Year' इसके संदर्भ में संयुक्त राज्य, ब्रिटेन, जापान, आस्ट्रेलिया, पश्चिमी यूरोप, पश्चिमी एशिया आदि देशों से पर्यटकों को भारत में आकर्षित करने की व्यवस्था की गई।

(8) भारत में आने वाले विदेशी पर्यटकों द्वारा प्रति व्यक्ति व्यय लगभग रु० 16000/- किया जाता रहा है। अब सम्भावना है कि लगभग 1 मीलियन विदेशी पर्यटकों से भारत को प्राप्त होनेवाली विदेशी मुद्रा में होने वाली आय रु० 160 करोड़ प्रति वर्ष होगी।

(9) भारत के व्यक्तित्व को विदेशों में व्यापक रूप से उजागर करने के लिए भारत के पर्यटन विभाग ने मेलों, त्योहारों, उत्सवों का आयोजन भारत के बाहर के देशों में पहली बार करने की योजना 1991 वर्ष में बनाई। इसके पूर्व संयुक्त राज्य अमेरिका, युनाइटेड किंगडम, यू० एस० एस० आर०, स्वीडन और फ्रांस में भारत महोत्सवों का आयोजन किया जा चुका है। पर सितम्बर, 1991 से मई 1992 के बीच जर्मनी में 'भारत महोत्सव' (India Festival) मनाया गया।

(10) आज जो पर्यटन स्रोत अनुर्वर और अविकसित स्थिति में हैं उनको खोजने, विकसित करने तथा उर्वर बनाने का प्रयास हो रहा है कि वे पर्यटकों को अधिक आकर्षित कर सकें।

ऐसे यहाँ आज भी अनेक अनुर्वर क्षेत्र हैं जो प्राकृतिक दृश्य से भरे हैं तथा सांस्कृतिक जीवन के केन्द्र है।

(11) इस उद्योग से प्राप्त होनेवाली विदेशी आय का 50% कर मुक्त होता है। शेष भाग यदि इसी उद्योग में लगाया जाय तो उसे भी कर मुक्त रखने का प्रावधान है। साथ ही इस उद्योग में निवेशित राशि को अनेक प्रत्यक्ष तथा अप्रत्यक्ष करों से मुक्त रखने की सुविधा दी गई है।

(12) पर्यटन को सुविधाजनक बनाने के लिए विशाल आकार के वायुयानों का प्रयोग प्रस्तावित है जिनसे अधिक लोग कम कीमत में यात्रा पूरी कर सकें। इसके अतिरिक्त इनको अनेक सुविधाओं से मुक्त किया गया है कि यात्रियों को इसमें यात्रा के दौरान कोई कष्ट न हो। ऐसा करने के पीछे कारण है कि यही विदेशी भ्रमण का मूल माध्यम है। घरेलू पर्यटन के लिए कुछ नई सुविधाएँ प्रस्तावित हैं कि चार्टर में अधिक-से-अधिक सरलता बनाई जाय, किराए-भाड़े में अधिक सुविधाएँ प्रदान की जायँ, एयर टैक्सी (Air Taxi) की व्यवस्था की जाय कि यात्रा अधिक सुखद और सरल हो सके।

(13) पर्यटकों की सुविधा के लिए होटल उद्योग में 51% विदेशी आधिपत्य की सुविधा दी गई है जिससे विदेशियों को अपनी रुचि के अनुसार ठहरने और भोजन की सुविधा प्राप्त हो सके। साथ ही, विदेशियों को होटल की व्यवस्था में नियुक्त करने की सुविधाएँ भी प्रदान की गई है।

(14) वीसा के नियमों में भी सरलीकरण किया गया है। जो लोग भारतीय मूल के हैं तथा विदेशों में बस गए हैं उनको भारत आने के लिए 5 वर्ष के वीसा की सुविधा प्रदान की गई है।

(15) As the in-frastructure; becomes stronger more and more people will come in India, ensuring a steady occupancy in resorts & hotels.

—**G. K. Goswamy** (पर्यटन उद्योग निदेशक)

पर्यटन व्यवसाय से सम्बन्धित ठहराव आदि की नई योजनाएँ प्रस्तावित हैं। इससे स्पष्ट है कि इमारतों को पर्यटकों की सुविधा की दृष्टि से बनाने की योजना सरकार के समक्ष हैं कि अधिक-से-अधिक पर्यटक भारत में आवें और सुविधानुसार उनकी चाहे ठहराव की हो या किराए की यहाँ व्यवस्था की जाय।

(16) विदेशी यातायात के साधनों की समुन्नति ने भारत में पर्यटकों की संख्या में आशातीत वृद्धि की है। इससे भावी विकास की सम्भावनाएँ और भी अधिक हो चली हैं। 1987 में इनकी संख्या लगभग 1 मीलियन थी जबकि 1989 में इसकी वृद्धि होकर यह 1.2 मीलियन पहुँच गई। अब आशा की जाती है कि 1995 तक यह संख्या अप्रत्याशित रूप से वृद्धि करते हुए 2.3 मीलियन तक पहुँच जायेगी तथा 2000 ई० तक यह 5 मीलियन हो जायेगी।

(17) इस बढ़ती संख्या की उचित व्यवस्था के लिए प्रस्तावित है कि रु० 2000 मीलियन की आवश्यकता है जिससे नए होटल खोले जायँ और वर्तमान होटलों में कमरों की संख्या बढ़ाई जाय कि भविष्य में सुविधाओं की कमी न रह जाय। पर्यटन विभाग के आँकड़े के अनुसार 1989 में भारत में पर्यटकों के लिए 647 होटल थे जिनमें 42,415 कमरे थे। वर्तमान समय में 288 नए होटलों के निर्माण की योजना स्वीकृत है जिनमें अतिरिक्त कमरों की संख्या 19605 होगी।

(18) अब पर्यटन को बढ़ावा देने के लिए पर्यटन प्रकारों के अनुसार पर्यटन केन्द्रों को

व्यवस्थित करने की योजना बनाई गई है जिससे विविध रुचि के पर्यटक अपने अनुरूप केन्द्रों पर जाकर आनन्द ले सकें। इस दृष्टि से इनको निम्नक्रम में व्यवस्थित किया गया है :—

(i) सांस्कृतिक भ्रमण : ताजमहल - कुतुबमीनार - अजन्ता - एलौरा - खजुराहो आदि का समन्वित भ्रमण (Package Tour)

(ii) अवकाश बिताने का भ्रमण

(iii) साहसिक भ्रमण

(iv) वन्यजीवन दर्शन-भ्रमण

(v) वन्यक्षेत्र भ्रमण

(vi) गोल्फ प्रतियोगितार्थ भ्रमण

(vii) ऊँट पर यात्रा का भ्रमण

(viii) नाव दौड़ हेतु भ्रमण

इस प्रकार के अनेक उद्देश्यों से भ्रमण के लिए विविध सम्बन्धित स्थलों की सूची बनाई गई है जहाँ रुचि के अनुसार यात्रियों को भ्रमण हेतु ले जाते हैं।

(19) भ्रमण का एक नया आयाम भारत में प्रारम्भ किया गया है, प्राकृतिक दृश्यों वाले क्षेत्र का भ्रमण। इस प्रकार के क्षेत्रों को उजागर करने तथा वहाँ भ्रमणार्थियों को इकट्ठा होने का अवसर प्रदान करने के लिए भारत सरकार ने 'Convention & Conference Tarrif' के नाम से एक योजना विकसित की है। अब इन्हीं स्थानों पर अनेक सभाओं तथा बैठकों का आयोजन किया जाता है जो यात्रा का मात्र एक बहाना होता है जबकि वास्तविक उद्देश्य होता है भारत की प्राकृतिक छटा के आनन्द (scenario view of the country) का अवसर उपलब्ध करना। 1982 में ऐसे मात्र 265 सम्मेलनों का आयोजन भारत में किया गया था जबकि 1988 में इनकी संख्या 572 हो गई। भारत में इस प्रकार का एक अलग संगठन है 'India Convention Bureau' जो संसार के प्रशासकों को प्रेरित करता है कि वे अपने सम्मेलन भारत के प्राकृतिक शोभा वाले क्षेत्रों में आयोजित करें।

(20) भारत बौद्ध धर्म का उद्‌गम स्थल होने के कारण बौद्ध देशों के लोग यहाँ बड़ी संख्या में भारत में अपने तीर्थस्थलों को दर्शनार्थ आते हैं। इनमें जापानी तथा आस्ट्रेलियायी लोगों की संख्या सर्वाधिक है। 1988 में जापानी पर्यटकों की संख्या भारत में 49000 थी तथा आस्ट्रेलिया के भ्रमणार्थियों में 55% की वृद्धि हुई। इसी से आज भारत सरकार बौद्ध केन्द्रों को बड़ी तेजी से विकसित कर रही है कि इस धर्म के भ्रमणार्थियों की संख्या भारत में बढ़ती जाय। उत्तरप्रदेश में बौद्ध धर्म के अनेक धर्मस्थल बुद्ध के जीवन से सम्बन्धित हैं। उनको चरणों के विकसित करने तथा वहाँ पर्यटन सुविधाएँ उपलब्ध कराने के लिए उत्तरप्रदेश सरकार ने योजना बनाई हैं।

(21) भ्रमण को बढ़ावा देने के लिए विकसित शैय्यावाली गाड़ियों की व्यवस्था की गई है। हवाई उड़ानों में भी नई योजनाएँ बनाई गई हैं। सप्ताह में अब दो दिन लंदन से सीधी हवाई उड़ाने मद्रास के लिए होती है। तिरुवनन्तपुरम को बड़े अन्तर्राष्ट्रीय हवाई अड्डों में पांचवाँ स्थान प्राप्त है। इसी प्रकार यात्री सुविधाजनक कोचो (Luxury coaches) से युक्त जलयानों को सोनपुर से मद्रास के बीच चलाया जा रहा है। यह यात्रा-व्यवस्था पाक्षिक (fortnightly) है। इससे पर्यटन विकास को और अधिक गति मिली है। इसका स्पष्ट उदाहरण है मुम्बई का ताज होटल 1990 में विश्व के पचहत्तर प्रशंसनीय होटलों की श्रेणी में रखा गया।

(22) कुछ नये क्षेत्रों को विकसित करने की योजना सरकार के अधीन है। इनमें है–उड़ीसा, अंडमान-निकोबार तथा लक्षद्वीप। यहाँ पर्यटकों के अधिक आकर्षण की व्यवस्था करनी प्रस्तावित है।

(23) अवकाश के दिनों के लिए पर्वतीय क्षेत्रों में आवासी व्यवस्था की योजना सरकार के विचाराधीन है। जहाँ ग्रीष्म ऋतु में विदेशी पर्यटकों को ठहराया जा सके। इसके साथ ही पर्यटन केन्द्र के रूप में उन्हें विकसित करने का भी प्रस्ताव है।

(24) पर्यटन विकास के लिए प्रशिक्षण व्यवस्था की ओर भी सरकार उन्मुख है। केरल के क्वालालम नामक स्थान पर 15 दिसम्बर 1990 को Institute of Hotel Management and Cataring Technology का पन्द्रहवाँ प्रशिक्षण केन्द्र पर्यटन मंत्रालय द्वारा खोला गया था। इसमें कुल 60 प्रशिक्षुओं को भर्ती करने की स्वीकृति दी गई थी। 1991 में इनकी संख्या बढ़ाकर 120 की गई। इसको UNIDO योजना के अन्तर्गत 3 करोड़ रुपये की लागत से विकसित करके South Asian Training Centre बनाया गया।

पर्यटन विकास की नई दिशाएँ

वर्तमान में पर्यटन के विकास के लिए निम्न प्रक्रियाएँ अपनाई जा रही हैं:—

(i) बर्फीले क्षेत्रों में स्कीइंग (sking) की सुविधा उपलब्ध कराई गई हैं। वहाँ इसका प्रशिक्षण केन्द्र खोला गया है तथा इससे सम्बन्धित सामग्रियों की दूकानें भी खोली गई हैं जहाँ उनकी मरम्मत भी की जाती है ताकि विदेशी क्रय करने, सीखने तथा अभ्यास करने के उद्देश्य से भी वहाँ पर्यटन के लिए पर्यटक आवें। साथ ही, पर्वतारोहण का भी प्रशिक्षण शुरू किया गया है। भारत में हिमाचल प्रदेश में शिमला, कुल्लुमेनाली तथा कश्मीर इसी प्रकार के पर्यटक केन्द्र हैं। वहाँ पर्यटन विभाग की ओर से Institute of Sking and Mountaineering की स्थापना की गई है तथा इसके लिए प्रशिक्षित शिक्षकों की नियुक्ति की गई है। इसी प्रकार जल स्केइंग के प्रशिक्षण की भी योजना नागिन झील, कश्मीर तथा गुलबर्ग में है। इसके कारण बड़ी संख्या में वहाँ विदेशी पर्यटक तो आते ही हैं भारत को बड़ी मात्रा में विदेशी मुद्रा का लाभ भी प्राप्त होता है।

(ii) आज के विदेशी पर्यटकों में एक नई प्रवृत्ति जागृत हुई है : धूप, बालू और सागर के प्रति आकर्षण। इसे 'Sun, Sand and Sea Enjoyment' के नाम से जाना जाता है। इसके लिए Sun & Sand Vacation का प्रयोग 1959 से हुआ। भूमध्यसागरीय क्लब ने इसीलिए एक सागर तटीय ग्राम कोवालम (Kovalam) में स्थापित किया जो केरल राज्य के त्रिवेन्द्रम शहर के बाहर स्थित है। इस प्रकार के अन्य स्थलों का भी विकास किया जा रहा है जहाँ वन्य प्राणी हों, समुद्र का एकान्त तट हो और प्राकृतिक दृश्य का भव्य आनन्द हो। इसके लिए सागर तटीय विश्राम-गृह (Sea Beach Resort) की स्थापना की गई है। यह एक ऐसा स्थान होता है जहाँ लोग थकावट दूर करने, आनन्द प्राप्त करने और स्वतन्त्रता की अनुभूति के लिए आते हैं और एक रात से अधिक इस आशय से ठहरते हैं कि बहुमुखी आकर्षण वहाँ मिल सके तथा अवकाश काल आनन्द से बीत सके *("a palace where people go principally for the purpose of relaxation, leisure & recreation generally with intention of spending more than one night and attractions to carry out their leisure persuit.")*

(iii) आवश्यकता है यात्री निवास के उचित व्यवस्था की। आज का पर्यटक वन की ओर आकृष्ट है जहाँ दृश्य के साथ शान्ति, वन्य जीवन, जीव-जन्तु का सान्निध्य उसे मिले।

सरकार ने इसके लिए वन-बिहार, अभयारण्य और वन आवास (forest lodge) की व्यवस्था की है। केन्द्रीय पर्यटन कार्यालय आर्थिक सहयोग व्यक्तिगत संस्थाओं को इसके विकास के लिए दिलवाती है।

(iv) आज युवा आवास (Youth hostels) पूरे देश में बनाए जा रहे हैं। इसमें दोष यह है कि ये सभी पर्यटन स्थलों से दूर बन रहे हैं जिससे बढ़ते पर्यटन के युग में ये घाटे के सौदे होते जा रहे हैं। इसी प्रकार सरकारी सहयोग से व्यक्तिगत क्षेत्र में लगे लोग विभिन्न स्थलों पर होटल बनाने में कार्यरत हैं।

(v) विकास के लिए प्रशिक्षण बहुत आवश्यक है। पर्यटन में प्रशिक्षित व्यक्तियों की नितान्त कमी है। इसके लिए प्रशिक्षण संस्थाएँ सरकार की ओर से स्थापित होनी चाहिए जो ऐसे लोगों को तैयार करें जो इस सेवा में लगे रहें तथा इसकी विशेषताओं से परिचित हो सकें। वर्तमान समय में कई विश्वविद्यालयों में इसका पाठ्यक्रम स्नातक तथा स्नातकोत्तर स्तर पर प्रारम्भ किया गया है। मगध, पूर्वांचल, काशी हिन्दू विश्वविद्यालयों में यह एक प्रश्नपत्र के रूप में प्राचीन इतिहास के अन्तर्गत पढ़ाया जाता है जबकि कुरुक्षेत्र विश्वविद्यालय, शिमला विश्व-विद्यालय तथा गढ़वाल में यह एक विषय के रूप में पढ़ाया जाता है। भारत सरकार ने ऐसी अपनी ओर से भी कुछ संस्थाएँ खोली हैं। Indian Institute for Tourism Training में पर्यटन की प्रवृत्ति वाले लोगों को प्रशिक्षित किया जाता है। साथ ही Hotel Management का प्रशिक्षण भी जो अनेक संस्थाओं द्वारा प्रदान किया जा रहा है, इसका एक सहयोगी अंग है।

(vi) यह भी आवश्यक है कि पर्यटकों को अनेक प्रकार के प्रतिबन्धों से छूट दिलाई जाय जिससे उनका सरलतापूर्वक आगमन हो सके।

(vii) सरकार को चाहिए कि भूमि का अधिग्रहण कर सस्ती दर पर व्यक्तिगत संस्थाओं को उसे दें जिसका वे सुविधानुसार पर्यटन क्षेत्र में उपयोग कर सकें। इसके लिए कम ब्याज पर सरकार को ऋण भी देनी चाहिए तथा इस ऋण का एक भाग विदेशी मुद्रा में होना चाहिए कि इससे विदेशी साज-सज्जा की सामग्रियाँ मँगा सकें।

(viii) विदेशी और स्वदेशी सहयोग से होटलों की व्यवस्था इन स्थानों पर करना अधिक लाभकर और आकर्षक होगा। इसका उदाहरण श्रीलंका है जहाँ भारत के सहयोग से Oberoi Hotels Chain परम्परा में स्थापित किए गए हैं। इसी प्रकार वहाँ Taj Samundra Hotel के लिए भारत के Taj Group को 500 एकड़ भूमि दी गई है।

(ix) पर्यटन केन्द्रों को शहर से दूर ग्रामीण अंचलों में स्थापित करना चाहिए जिससे न केवल वहाँ का जीवन स्तर उठता है बल्कि उस क्षेत्र के लोग अनेक कार्यों में लग जाते हैं। साथ ही विभिन्न प्रकार के हस्तकौशल एवं उद्योगों का विकास उन ग्रामों में होने लगता है क्योंकि विदेशियों के रुकने से उसकी बिक्री प्रभावित होती है। लंका में कोलम्बो से 40 मील दूर बेनटोटा में इसी कारण अप्रत्याशित विकास हुआ है।

(x) सांस्कृतिक केन्द्रों की स्थापना भी इसके बढ़ावा देने का एक माध्यम है। बहुत से विदेशी वृन्दावन की जन्माष्टमी और होली देखने आते हैं तो कुछ कुम्भ का मेला देखने प्रयाग और हरिद्वार जाते हैं, गड़वाली लोक-नृत्य देखने गढ़वाल जाते हैं, राजस्थान की किला देखने वहाँ जाते हैं। पर उन्हें वहाँ एक स्थान पर इस प्रकार की सुविधा न मिलने से बड़ी कठिनाई होती है। अतएव आवश्यक है कि प्रत्येक क्षेत्र में वहाँ की सांस्कृतिक विशेषताओं के प्रदर्शन के लिए पर्यटन केन्द्रों पर कलाकेन्द्र स्थापित किये जायँ जहाँ नाटक, फिल्म, नृत्य, प्रदर्शन,

समारोह आदि को माध्यम बनाकर समय-समय पर इनका आयोजन किया जाय। इससे पर्यटकों को आकर्षित करने में विशेष सुविधा प्राप्त हो सकेगी। साथ ही, उनको भी उसमें भागीदारी का अवसर दिया जाएगा जैसे ऊँट की सवारी, घाँघरा पहनकर नृत्य आदि का अवसर राजस्थानी पर्यटकों के लिए उपलब्ध रहे।

(xi) पर्यटन वरदान भी है और अभिशाप भी। जहाँ यह अनेक दृष्टियों से उत्कर्ष का मार्ग प्रशस्त करता है वहीं कुछ दृष्टियों से विनाश की स्थिति में देश को ले जाता है। प्रदूषण इसका सबसे बड़ा अभिशाप है। पर्यटकों की कुप्रवृत्तियों का शिकार वह स्थान हो जाता है जहाँ वे ठहरते हैं। उनकी गलत परम्पराएँ एक शिष्ट देश को भी झेलनी पड़ती है जैसे भारत को स्वतंत्र यौन सम्बन्ध, एड्स का दोष, वातावरण के विपरीत वस्त्र और बनावटी कपड़े (artifical dress) फिजूलखर्ची, नशाखोरी जैसे – शराब, चरस, हिरोइन आदि। लंका में सम-लैंगिक सम्बन्ध (Homo-sexuality) का होना इसी का कुपरिणाम है। वहाँ के अनेक होटल कर्मचारी इसी कुप्रभाव में आकर लंका से 1981 में डच तथा जर्मन पर्यटकों के साथ भाग गये थे। इसीलिए इससे बचाव भी आवश्यक है कि देश के मूल्य सुरक्षित रहें।

□

अध्याय–9

पर्यावरण पर्यटन

पर्यटन के क्षेत्र में यह एक नई विधा के रूप में स्थापित हुआ है। Eco से अभिप्राय है Ecology (पर्यावरण)। पर्यावरण की शुद्धता के प्रभाव को पर्यटन की दृष्टि से बनाये रखने के लिए इस पर आज बल दिया जाने लगा है। इस प्रकार के पर्यटन से अभिप्राय है पर्यावरण को इस प्रकार व्यवस्थित रखना कि इसकी पूर्ति का लाभ पर्यटक और पर्यावरण दोनों को एक समान रूप से मिले तथा सामान्य लोग जो पर्यावरण के संतुलन की देख-रेख कर रहे हैं उनको भी इसके आय का लाभ प्राप्त हो। यह लाभ स्थानीय लोगों के लिए विशेष रूप से होता है क्योंकि वे पर्यावरण सुरक्षा से सम्बन्धित होते हैं। इससे स्थानीय लोग, जनजातियाँ तथा ग्रामांचल के रहने वाले विशेष कारगर होते हैं तथा लाभ प्राप्त करते हैं। साथ ही, ये ऐसी व्यवस्था रखते हैं कि पर्यटकों के लिए इसका आकर्षण बना रहे तथा वे इसकी शुद्धता को बाधित न कर सकें। ऐसा होने पर ही जहाँ पर्यटक यहाँ आना पसंद करेगा वहीं वहाँ के क्षेत्रीय लोगों को यहाँ के उत्पादन का लाभ प्राप्त हो सकेगा। इसी से इसे विश्व पर्यटन संघटन (WTO) ने परिभाषित किया है :—

"पर्यटन से ऐसी यात्रा का सम्बन्ध है जो वहाँ के पर्यावरण की प्राकृतिक अवस्था को उद्वेलित कर दे विशेष रूप से उसके अध्ययन के लिए, प्रशंसा के लिए या वहाँ से प्राकृतिक आनन्द की प्राप्ति के लिए वहाँ के वन्य सम्पदा, वन्य प्राणी तथा स्थानीय परम्परा को जो उस क्षेत्र में स्थित है।" (Tourism that involves travelling to relatively undisturbed natural area with the specified object of shiding, admiring & enjoying nature and its wild plants and animals present found in these areas.)

इसके महत्त्व के कारण ही United Nations General Assembly (संयुक्त राष्ट्र संघ की सामान्य सभा) में इसकी महत्ता को सामान्य जनमानस तक पहुँचाने के लिए वर्ष 2002 को अन्तरराष्ट्रीय पर्यावरण पर्यटन वर्ष (International Year of Eco-Tourism – IYE) घोषित किया था। इसी पर्यावरण सुरक्षा की दृष्टि से वन्य अधिनियम (Forest Act) बनाया गया कि उसमें भूमि क्षरण, उसकी सुन्दरता में बाधा पहुँचाने पहाड़ों में भूमि के गिरने आदि को रोककर उसकी वास्तविक स्थिति को बनाये रखा जाय। इस दृष्टि से विभिन्न क्षेत्रों में पर्यावरण और उसकी सम्पदा को बाँट कर निम्न अध्ययन किया जा सकता है :—

वन्य क्षेत्र

आज पर्यावरण पर्यटन के विषय पर सभी पर्यटन संघों ने काम करना शुरू किया है। इसमें पौधों की पहचान शुरू की गई है जो कभी ऋषि-मुनियों द्वारा की जाती थी और पौधों के महत्व को उन्होंने समझा और समझाया था। तब इनके पहलू को जोड़ने के लिए ही बहुत से पौधों को धर्म से जोड़ा गया था कि धार्मिक भावना के धनी समाज के लोग इनको देवता या पवित्र मानकर इनका नुकसान न करें। यह भारत में अतीत से चली आती परम्परा रही है। जितनी भी वनस्पतियाँ आयुर्वेद की दृष्टि से महत्व की रही हैं उनको किसी-न-किसी प्रकार धर्म से जोड़ा गया है जैसे पीपल, तुलसी, नीम, आँवला अगस्त, आदि। इन पौधों में कुछ के जड़, फूल, फल, छाल, मंजरी, रस, लकड़ी आदि का महत्त्व होने से वैद्यक शास्त्र में इनके उपयोग की महत्ता दी गई है।

आज बहुत से प्राकृतिक क्षेत्र जहाँ इस प्रकार की जड़ी-बूटियाँ प्राकृतिक रूप से स्वयं उत्पन्न होती हैं उन्हें सरकारों ने परिरक्षित क्षेत्र घोषित कर दिया है। कुछ अति महत्त्व की जड़ी-बूटियाँ जिनका ज्ञान सामान्य मानव को नहीं है तथा जो साधारणतया सभी जगह नहीं उपलब्ध होती उनकी उपलब्धता तथा पहचान के लिए सरकारों ने बोटैनिकल गार्डेन (Botanical Gardens) की व्यवस्था कर उनमें उनको उगाने की योजना की है तथा उन पर शोध कार्य को बढ़ावा दिया जा रहा है कि लोगों को ज्ञात हो सके कि किन-किन वनस्पतियों से कौन-कौन से रोग के उपचार के लिए दवाएँ बनाई जा सकती हैं।

हिमालय की उपत्यका इस प्रकार की वनस्पतियों के लिए सबसे महत्त्वपूर्ण है तथा वहाँ पर्यटन केन्द्र भी हैं। पर्यटकों से उनकी हानि न हो बल्कि उनके शुद्ध वायु के सेवन से पर्यटक अपने अनेक रोगों का निदान कर सकें इसके लिए वहाँ Himalyan Drug Research Centre तथा Drug Institute की स्थापना सरकार तथा व्यक्तिगत प्रयासों से किया गया है। गायत्री शक्तिपीठ इसी प्रकार के शोध संस्थान नामक एक केन्द्र की स्थापना शान्तिकुंज, हरिद्वार के परिसर में की है। ऐसे प्राकृतिक स्थलों पर सुरक्षा को ध्यान में रखकर सूचनापट्ट लगाया गया है, रक्षकों की नियुक्तियाँ की गई है।

जल क्षेत्र

दूसरी ओर समुद्र तट पर बालू, समुद्र के जल, वहाँ के शुद्ध वातावरण में मिलने वाले सूरज की रोशनी के सेवन के लिए आज सैलानियों के बीच एक नई विधा का प्रसर किया जा रहा है – समुद्र तट, बालुका और सूर्य की किरणें। इनसे अनेक रोगों का निदान सम्भव है। प्रायः यूरोप में यात्राएँ इसी उद्देश्य से की जाती हैं। ये तीनों ही स्वास्थ के लिए अत्यन्त लाभकारी होते हैं। इनके लिए पर्यटकों के बीच प्रचलित शब्दावली हैं – Sea Shore, Sand and Sun इसकी ओर पर्यटकों की बढ़ती संख्या को देखकर जहाँ ऐसे समुद्रतट स्वच्क्ष वातावरण में हैं वहाँ बढ़ती भीड़ को सुविधा देने के लिए अनेक प्रकार की आवासीय सुविधाएँ सरकारीतंत्र तथा स्वैच्छिक संस्थाओं द्वारा बनाया गया है। साथ में समुद्र में सैर-सपाटे के लिए नावों की व्यवस्था की गई है जहाँ सैलानी स्वयं उसको खेकर आनन्द प्राप्त करें।

एकान्त और प्राकृतिक वातावरण के बीच कुछ ऐसे प्रपात हैं जिनका जल अनेक असाध्य रोगों के निवारण का माध्यम है। ऐसे स्थानों के जल स्रोतों को सरकारें प्रचारित कर पर्यटकों को वहाँ आकर्षित करती है। आज देहरादून (उत्तरांचल) में सहस्रधारा नामक एक जल प्रपात है जिससे गिरने वाली जलधारा का जल शुद्ध दवा है। जोड़ों का दर्द, गठिया, चमड़े तथा पेट की बीमारी का बड़ा ही पक्का इलाज है। वहाँ बड़े-बड़े अक्षरों में इस आशय को सरकारी बोर्ड लगा है। सरकारी बोर्डों के होने के कारण लोगों में यह विश्वास इतना बढ़ा है कि वहाँ पर्यटकों की भीड़ लगी रहती है और वे गैलनो में वहाँ से पानी भर कर घर ले जाते हैं। पर वहाँ व्यवस्था है कि उस क्षेत्र की शुद्धता वाधित न की जाय। ऐसे ही गरम झरने का स्रोत राजगीर (बिहार), बद्रीनाथ (उत्तरांचल) में है जिसके सलफर युक्त जल के कारण अनेक चर्म रोगों से छुटकारा मात्र उससे कुछ दिनों स्नान से ही हो जाता है।

पर्यटन एजेंसियों का यह महान उत्तरदायी कार्य है कि ऐसे स्थलों का पता लगाकर इनका प्रसार करें जिससे उन विशिष्ट रोगों से पीड़ित व्यक्ति वहाँ आकर प्राकृतिक आनन्द लेते हुए प्राकृतिक तत्त्वों से अपना उपचार कर सकें। पर आवश्यक है कि ऐसे स्थानों पर पर्यटकों के प्रवेश के पूर्व उन्हें इसकी सूचना होनी चाहिए कि 'वहाँ के शुद्ध वातावरण को वे दूषित

न करेंगे तथा वहाँ की प्राकृतिक सम्पदा की सुरक्षा उनका व्यक्तिगत दायित्व होगा। साथ ही, वह वहाँ के स्थानीय सांस्कृतिक परम्परा में कोई फेरबदल का प्रयास नहीं करेगा जिससे वहाँ का सामान्य जनजीवन अस्त-व्यस्त हो जाय। उन्हें लकड़ी काटना, धुआ करना, गंदगी फैलाना मना रहेगा। जो इसको दूषित करेगा वह स्थानीय नियमों के अनुसार दण्ड का भागी होगा।

उपवन क्षेत्र

प्राचीन काल से यह परम्परा रही है कि कुछ वन-उपवन किसी विशेष देवता या दैत्य के रहस्य स्थान के नाम से जोड़े गए हैं। वहाँ लोग जाते इस मान्यता से सिहरते हैं कि आज भी उस देव या दैत्य की आत्मा उसमें विराजमान है जिससे यदि कोई भी गलत कार्य उसमें किया जायगा तो उसका दुष्परिणाम भोगना पड़ेगा। इसका बड़ा ही प्रबल उदाहरण भारत में वृन्दावन के कुंजवन के सम्बन्ध में यह प्रचलित धारणा है कि वहाँ रात को भगवान कृष्ण और राधा आती हैं। अतः किसी भी बाहरी को वहाँ रात होते रहने नहीं दिया जाता। कभी कोई छुप कर दर्शनाथ वहाँ रह गया तो सुबह वह मरा पाया जाता है। इसका दूसरा प्रमाण है कि आज आधी रात को उस उपवन के बाहर कृष्ण की बाँसुरी की मधुर धुन सुनाई पड़ती है। कालिदास के विक्रमोर्वशीयन में ऐसे अनेक उपवनों, वनों का उल्लेख मिलता है। ऐसे पवित्र वनों में बहुत से खतरनाक वृक्ष भी होते हैं। इसी प्रकार के अनेक वृक्ष और वन अनेक देवताओं के साथ जोड़े गये हैं जैसे पीपल विष्णु से, अंजीर को दत्तात्रेय से, तुलसी को विष्णु से, बेला को शिव से, कनैल को वृहस्पति से आदि। भारत मे ऐसे पवित्र वनों में 50000 से अधिक वनों की गणना की गई है। ऐसे वन यहाँ विशेष रूप से केरल, महाराष्ट्र, बिहार, कर्नाटक, मध्य प्रदेश, मणीपुर, हिमांचल, मेघालय, उड़ीसा, तमिलनाडु, राजस्थान आदि में पाये जाते हैं। इन पवित्र वनों को विभिन्न राज्यों में वहाँ की स्थानीय भाषा में विभिन्न नामों से जाना जाता है जैसे हिमाचल प्रदेश में 'देववन', मध्य प्रदेश में 'सरन', केरल में 'कवौ' आदि। **Aston** ने कहा है– *"The Hindus have inherited preseptions of a people who lived since ancient times in a humid climate particularly favouable for forest, life-settled people, they see themselves as one with natural world..."*

वन्य जन्तु

पर्यावरण को बनाये रखने में वन्य जन्तुओं का विशेष हाथ होता है। प्राचीन मानव पशुओं के सान्निध्य में रहा है। अफ्रिका इसका जीवन्त उदाहरण है। भारत में भी पशुओं के शिकार की परम्परा यहाँ के निवासियों में वन्य काल से रही है। आज भी भारती वन्य पशुओं को उनके प्राकृतिक आवासों में ही देखना पसन्द करते हैं। यही कारण है कि आज जन्तुसंधान-शालाओं में प्राकृतिक वातावरण उपस्थित कर वन्य जन्तुओं को रखा गया है। इनके साथ जुड़ी होती हैं वनस्पतियाँ जिनके सान्निध्य में ये अपने आवासों में मूलस्थान पर पाये जाते हैं– पौधे, लता, गुल्म, भू-प्रकृति आदि। आज इसका प्रसार विदेशों में हो रहा है। इससे यहाँ आने वाले लोग स्मारकों के साथ वनस्पति उद्यान, जन्तुसंधानशालाओं की ओर अधिक आकृष्ट होते हैं। यहाँ विदेशियों को शिकार का भी अवसर प्रदान किया जाता है जहाँ वे खुले वन्य वातावरण में हिंसक पशुओं जैसे चीतल, जंगली सूअर, जंगली हाथियों आदि के शिकार को देख सके तथा उसमें सहभागिता निभा सके। इसकी ओर झुकान का कारण है कि भारतीय आखेट का उल्लेख सर्वत्र किया गया है तथा मुगल कालीन चित्रकला एक आधुनिक चित्रकला में इसका निदर्शन हुआ है। यह भारतीय राजकुमारों की शिक्षा का एक प्रमुख विषय था। पर आज विदेशों में विभिन्न कारणों से भारतीय पशुओं के हड्डी, खाल और बाल की माँग बढ़ी है। पर

आज संस्थाओं का मानना है कि भारत से वन्य जन्तु धीरे-धीरे शिकारियों के कारण समाप्त होते जा रहे हैं। इसलिए इन पर रोक लगाना चाहिए। इसके लिए आज भारत सरकार की ओर से पशु संरक्षण सम्बन्धी अनेक नियम पारित किए गए हैं तथा उनको मारना, उनका व्यापार करना, उनका चमड़ा या बाल उतार कर बेचना दण्डनीय अपराध बताया गया है।

आज इनको प्राकृतिक स्थिति में देखने के लिए कुछ वनों को अभयारण्य घोषित किया गया है जो खुले वन्य प्रदेश हैं तथा जहाँ बीच-बीच में सड़कें बनी है जिनसे होकर यात्री खुली गाड़ियों में यात्रा करते हुए वन्य जन्तुओं को देखते हैं तथा उनके जीवन शैली का ज्ञान प्राप्त करते हैं। अभयारण्य नामकरण के पीछे कारण है कि वहाँ पशु स्वच्छन्द होकर बिना किसी शंका या भय के विचरण करते हैं। वहाँ ठहरकर उनके विषय में जानकारी प्राप्त करने के लिए यात्री विश्राम गृह बने हैं। ये उसके भीतर सीमा पर या उसके बाहर बनाये गये हैं।

पर इसमें कुछ कठिनाइयाँ हैं यथा–(1) इन अभयारण्यों में अच्छी सड़कों का अभाव है कि गाड़ियाँ बिना खड़बड़ किये कि पशु उसकी आवाज से उद्वेलित होकर भाग न जाय नहीं जा सकती। इसके पीछे कारण है पैसों की कमी, मजदूरों को हिम्मत जुटाकर काम करना क्योंकि पशु उन सड़कों पर भी किसी समय घूमते आ सकते हैं। (2) पशुओं की सुरक्षा के लिए इन अरण्यों में केवल तार का बाढ़ लगा होता है। कभी-कभी हिंसक पशु इन अरण्यों से भटक कर बाहर निकल आते हैं और यात्रियों या पड़ोसी गाँव वालों को हानि पहुँचा देते हैं। (3) यात्रियों के ठहरने के लिए यहाँ समुचित सुविधायुक्त व्यवस्था में बहुत कुछ अभाव होने से यात्री यहाँ ठहरने से कतराते हैं। (4) जो विश्राम गृह बने हैं वे बहुत छोटे तथा बहुत कम हैं। बाहर का यात्री वहाँ इसलिए भी नहीं ठहरना चाहता कि खाने-पीने की सामानों की वहाँ दिक्कत होती है। (5) इसके अन्दर जाने के लिए उपयुक्त गाड़ियों की कमी है। यहाँ अफ्रीका के अभयारण्यों की तरह छोटी किन्तु सुविधाजनक गाड़ियाँ नहीं है। अगर कुछ किसी भी प्रकार की गाड़ियाँ है तो बहुत पुरानी और अत्यन्त कम तथा असुविधाजनक है। इसके लिए भारत सरकार को छोटी छत रहित फोटो खींचने की सुविधायुक्त बसों की व्यवस्था करनी चाहिए कि आसानी से यात्रियों को एक समुचित संख्या में वहाँ घुमा सके। (6) यहाँ पर्याप्त संख्या में वाच टावरों (Watch towers) की कमी है कि उस पर कर्मचारी चढ़कर पशुओं की गतिविधियों को देख सके तथा यदि कोई गड़बड़ी की आशंका हो तो सम्बन्धित अधिकारियों को उसकी सूचना दे सकें। (7) सबसे बड़ी दिक्कत है कि इसका प्रचार समुचित रीति से नहीं किया जा सका है कि लोग इसकी ओर आकृष्ट होकर यहाँ आवें।

पार्क और पक्षी विहार

प्रायः प्रत्येक देश में पर्यटकों के पर्यावरण प्रेम को देख कर पार्क बनाये गये हैं जिनमें हैं कृत्रिम रूप में झरने, पर्वत, वन, पक्षी विहार, झील जहाँ जलचर रखे जाते हैं। उस पार्क में विशिष्ट प्रकार के चयनित फूल-फल के पेड़ लगाये जाते हैं। साथ ही, तार का जाल घेर कर पेड़ों के ऊपर या नीचे खुले में पक्षियों को रखते हैं। इन्हें इस प्रकार के जाल के घेरे में रेंगने वाले जानवर साँप आदि भी रखे जाते हैं। झीलों, तालाबों में विशिष्ट प्रकार की मछलियाँ, मगर रखे जाते हैं, पक्षी पर्यटन अधिकारी पार्क व्यवस्थापक के सम्पर्क में बराबर बना रहता है कि आगन्तुकों को पक्षी विहार और पार्क का आनन्द कराया जा सके। यहाँ पशु-पक्षी अपने प्राकृतिक स्थिति में देखे जाते हैं, पक्षी घोसलों में रहते, छोटे पशु मांदों में रहते। इन पार्कों की एक लम्बी शृंखला भारत में है जिनका विवरण पुस्तक के अन्त में दी जायगी। यहाँ यात्रियों के ठहरने के लिए सुविधाजनक विश्रामगृह बनाये गये हैं। डांकबंगला भी किन्हीं पार्कों में बना

है। यहाँ यह सूचना लगी रहती है कि यात्री ज्यादा तड़क-भड़क वाले वस्त्र पहन कर न आवें, जीवों को न छेड़े, ऊँचे स्वर में बात न करें तथा जहाँ तक हो समूह में ही घूमने का आनन्द लें। यहाँ मानसून में घूमने का उचित नहीं होता क्योंकि पक्षियों के आनन्द का यह काल होता है जिससे उनके जीवन शैली मे बाधा आती है। अतः सुझाव यही दिया जाता है कि अक्टूबर के अन्त से लेकर जून तक इन स्थानों को देखा जाय।

नदी बेड़ा तथा उत्सव

नदियों में बेड़ा चलाने का शौक पर्यटकों में इधर बहुत बढ़ा है। यूरोप की नदियाँ प्रायः बर्फ से ढँकी रहती है ठंढक के कारण भारत की नदियों में सालों भर जल प्रवाह बना रहता है क्योंकि यहाँ वर्ष में 9 माह गर्मी ही रहती है और सर्दी भी ऐसी ही पड़ती है कि नदियों पर बर्फ नहीं जमती। यह एक प्रकार का सैलानियों का साहसिक कार्य है। इसकी देख-रेख भारतीय पर्यटन क्षेत्रीय कार्यालयों में होता है। इनमें बेड़ा के लिए विश्व मानक के आधार पर निर्धारित दुकानों से बेड़ा खरीदकर रखा जाता है जिसको वहाँ के व्यवस्थापक की देख-रेख में सैलानी निर्धारित कीमत चुका कर प्रयोग करते हैं। ऐसे बेड़े सरकारी पर्यटक कार्यालयों की ओर से निम्न नदियों में निर्धारित पर्यटन स्थलों के पास रखे जाते हैं। प्रायः जहाँ पर्यटकों का ठहराव अधिक होता है वहाँ नदी के ऊपरी भाग में बेड़े की व्यवस्था रहती है और इसका कार्यालय होता है। इनके खेने के लिए एक निर्धारित दूरी तै रहती है तथा कुछ महीनों में ही इनके उपयोग की छूट रहती है जब मौसम सामान्य रहता है कि पर्यटकों को हानि की सम्भावना न रहे। इनमें कुछ प्रमुख हैं:—

नदी	स्थल	मौसम
गंगा	वियासी, शिवपुरी	अक्टूबर
सिंधु	कारु	सितम्बर
चिनाव	किस्तवाड़	नवम्बर से मार्च
सतलज	रामपुर	अक्टूबर से अप्रैल
व्यास	कुल्लू	अप्रैल से जून
यमुना	लालसी	अक्टूबर से मई
शारदा	टनकपुर	वही
तिसता	दिकचू	वही

इसके साथ ही नदियों के विकास तथा इसकी ओर पर्यटकों को आकर्षित करने के लिए अनेक महत्त्वपूर्ण नदियों के तटों पर उत्सव मनाने का कार्य पर्यटन विभाग ने उठाया है और इस अवसर पर यहाँ मेले का आयोजन किया जाता है जिसमें स्थानीय कला-कौशल प्रदर्शनी, प्रसिद्ध स्थलों की फ़ोटो प्रदर्शनी, वहाँ की जीवन शैली का प्रदर्शन, सांस्कृतिक महत्त्व से सम्बन्धित स्थलों की सैर, प्रसिद्ध कलाकृतियों की फोटो या आकृति प्रतिलिपि का प्रदर्शन, स्थानीय विविध नृत्य-संगीत का आयोजन, स्थानीय लेखकों की साहित्यिक रचनाओं का प्रदर्शन, स्थानीय वस्त्र और गहने की दुकानें, हास्य विनोद की वहाँ की प्रचलित विविधयों आदि का प्रदर्शन इसमें करके पर्यटकों को आकर्षित करते हैं। इनके अतिरिक्त इन अवसरों पर देश के विभिन्न भागों से ऊपरी सामग्री लेकर दलों को आमंत्रित किया जाता है कि वहाँ आकर वे अपनी कला की प्रतिभा फैलाएँ। इस अवसर पर अनेक प्रतियोगिताओं का भी आयोजन किया

जाता है जो नदी के सहारे होता है जैसे मछली मारना, नाव दौड़ आदि। ऐसे उत्सवों में प्रमुख हैं :—

(1) सिंधु दर्शन उत्सव – लेह में 1997 तथा 2002 में।

(2) ब्रह्मपुत्र दर्शन उत्सव – रोईंग (अरुणाचल प्रदेश) 2001 दिबंग नदी के तट पर तथा 2002 में पासीघाट में।

पर्वतारोहण

इसका कार्यक्रम यूरोप में W.W. Graham ने 1883 में शुरू किया था। भारत में हिमालय पर्यटकों का प्रमुख आकर्षण है। यहाँ की बर्फीली चोटियों पर चढ़ने के आनन्दार्थ सैलानी भारत आते रहे हैं। इसे देखकर पर्वतारोहण का पाठ्यक्रम पर्वतीय क्षेत्र के विश्वविद्यालयों में पढ़ाया जाता है तथा इसमें व्यावहारिक ज्ञान के लिए कोच होते हैं। भारत सरकार ने भी पर्वतारोहण संस्थान देहरादून में स्थापित किया है जहाँ से हिमालय चोटियाँ पास हैं। Indian Mountaineering Fountation की स्थापना भी इसी उद्देश्य से 1957 में शुरू हुई। पर्वतारोहण का मुख्य क्षेत्र आज हिमालय के पर्वत और उसकी शृंखला है। इस प्रकार का अवसर भारत में साल भर मिलता रहता है तथा कई शृंखलाओं पर इसका अभ्यास किया जाता है। इन शृंखलाओं में मुख्य हैं – अरावली, गढ़वाल, माउण्ट आबू, पश्चिमी घाट, कश्मीर, हिमाचल प्रदेश आदि।

बर्फ का खेल

पर्वत पर पड़े बर्फ पर स्केइंग तथा बर्फ पर फिसलना (skating) के लिए भी यहाँ यात्री आते हैं। यह खेल बर्फ पर ही होता है। जब हिमालय के क्षेत्रों में बर्फ गिरती है और जो भाग बर्फ से ढँक जाता है वहाँ यह अभ्यास किया जाता है। वे स्थान जो कभी बर्फ से ढँक जाते थे और वे धार्मिक महत्त्व के क्षेत्र थे आज वहीं जाड़े में खेल का स्थान माना जाता है। उसे आज इसी रूप में विकसित भी करते हैं। ऐसे स्थल हैं कश्मीर में गुलमर्ग, शिमला के पास निखण्ड, जोशीमठ के समीप का रोहितंग दर्रा। एक खेल होता है हेली स्कीइंग (Heli Skiing)। इसमें भागीदार को बर्फ से ढँके चोटियों पर हेलीकोप्टर से उतार दिया जाता है और वे वहाँ से सर्पाकार बर्फ पर चलते हुए नीचे पहुँचते हैं। ऐसे खेल के लिए हिमालय में कश्मीर उचित स्थल है।

मरुस्थल में ऊँट से सम्बन्धित खेल

भारत का सबसे विशाल मरुस्थल राजस्थान में थार का रेगिस्तान है। यह बीकानेर, जैसलमेर में फैला है। यहाँ विदेशी पहुँचकर ऊँट की सवारी करना बहुत पसन्द करते हैं। यहाँ की सरकार ऊँटों के काफिले की व्यवस्था करके पर्यटकों को उन पर सवार होकर विभिन्न स्थानों की यात्राएँ कराते हैं जैसे कि वहाँ के स्थानीय लोग करते हैं। अन्य स्थानों पर भी ऐसी ही सवारी की व्यवस्था इसी क्षेत्र में की गई है।

□

अध्याय–10

पर्यटन के विविध आयाम

[अ] सांस्कृतिक पर्यटन

संस्कृति मानव के जन्म के साथ जुड़ी होती है। वह उसी के परिप्रेक्ष्य में अपनी भौतिक क्रियाएँ करता तथा उसके विचार जाने-अनजाने बनते हैं। यह आन्तरिक पक्ष है और सभ्यता बाह्य। इसी से धार्मिक भावनाएँ विकसित होती हैं तथा ऐतिहासिक पुरास्थलों की खुदाई से बसाव की मनोदशा का ज्ञान प्राप्त होता है। पर्यटकों के आकर्षण केन्द्र प्रायः ये ही होते हैं। पर्यटन प्रकारों में सांस्कृतिक पर्यटन मुख्य है। इतिहास की आधारभूत सामग्रियाँ ही सांस्कृतिक अवस्था का ज्ञान देती हैं। ऐतिहासिक पर्यटन सांस्कृतिक पर्यटन से भिन्न है। ऐतिहासिक पर्यटन में इतिहास के युगों तथा महापुरुषों की सामग्रियों का ज्ञान प्राप्त करना पर्यटक का उद्देश्य होता है। *अतः सांस्कृतिक पर्यटन की परिभाषा इस प्रकार की जा सकती है कि इसके द्वारा पर्यटक के किसी भी स्थान विषयक सांस्कृतिक और वैचारिक ज्ञान की उत्सुकता को संतुष्ट किया जा सकता है जिसमें पुरातन स्मारकों, कला सामग्रियों तथा धार्मिक महत्त्व के केन्द्रों की यात्राएँ की जाती है।* इसका उद्देश्य होता है जन-रुचि, परम्पराओं, सभ्यताओं, विश्वासों, उत्सवों तथा त्योहारों, कलात्मक अभिव्यक्ति से परिचित होना।

सांस्कृतिक पर्यटन विषय

स्पष्ट है कि सांस्कृतिक पर्यटन में सांस्कृतिक परम्पराओं से जुड़ी सामग्रियों का देखना और स्थलों की यात्राएँ सम्मिलित होती हैं। सांस्कृतिक परम्पराओं से कलात्मक कृतियों को देखना, धार्मिक केन्द्रों की भी यात्राएँ जो कभी अतीत में महात्माओं का आवास रहा हो जैसे– नैमिभाषारण्य, जोशीमठ आदि, और पालिपुत्र, हड़प्पा, लोथल, खैराडीह, राजघाट आदि स्थानों की खुदाई जहाँ से पुराने नगर के अवशेष खोज निकाले गए हैं। वहाँ की मूर्तियाँ, प्रतिमाएँ और स्मारक इनका एक महत्त्वपूर्ण आकर्षण होता है कुछ कलात्मक प्रतिमान हैं जैसे अयोध्या का राम मन्दिर, काशी का विश्वनाथ मन्दिर, अजन्ता की चित्रकला आदि; अनेक उत्सव जैसे पुरी की रथ यात्रा, मिर्जापुर की कजरी, दक्षिण का मणीपुर नृत्य आदि, हिमाचल के पहाड़ पर चढ़ना सीखना, कश्मीर की बर्फीली घाटी में बर्फ पर स्केइंग के लिए भी लोग चल पड़ते हैं।

भारत में सांस्कृतिक पर्यटन का महत्त्व

भारत जैसे सांस्कृतिक देश की माटी के कण-कण में सांस्कृतिक सम्पदा का अतुलित भण्डार है। प्रत्येक क्षेत्र अपनी परम्परागत कला एवं परम्परा का जीता-जागता नमूना है। यहाँ तक कि आदिवासियों की परम्पराएँ भले ही आज की उत्तेजक और रोमांचक परिवेश से दूर हैं, पर अपने में आज भी नवीन और मौलिक हैं। सैलानियों का दल भारत भूमि में और उन जनजातियों की बस्तियों में इसी मौज और मस्ती के जीवन का आनन्द लेने आज के अपने औद्योगिक जीवन की नीरसता से ऊबकर आता है।

विश्व की आँखें हमारी सांस्कृतिक धरोहर की ओर लगी हैं। इसलिए आज जब भारत में पर्यटन को उद्योग माना गया है तब भारत की सांस्कृतिक सम्पदा को उजागर करने का अनवरत प्रयास चल रहा है। यहाँ आने वाला प्रत्येक पर्यटक जहाँ एक ओर प्राकृतिक दृश्य, अभयारण्य, सामुद्रिक सौन्दर्य से अपने को जोड़ता है वहीं विभिन्न सांस्कृतिक परम्पराओं के

देखने का प्रयास करता है। एक ओर वह राजस्थान की ऊँट की सवारी, यहाँ का पारस्परिक वस्त्र–घाँघरा, चुनरी, अंगरखा, जूता, पगड़ी में अपने को सजाता है तो वहीं वहाँ के भाखड़ा नृत्य में डुबो लेता है भले ही खाने की कठिनाई, भीषण गर्मी, मरुभूमि के कारण उसे सतावे पर वह इस आनन्द के आगे सब भूल जाता है। ऐसे ही छोटानागपुर, असम, अरुणाचल, मिजोरम आदि के क्षेत्रों में घूमकर भारत की अनेकता में एकता का एक अप्रतिम आनन्द लेता है। जंगली, पर्वतीय, मरुस्थली, समुद्रतटीय जीवन को देखने के अवसर के साथ उसमें सराबोर होकर वह अपने के कुछ क्षणों को उसी वातावरण में ढाल लेता है। इसी आनन्द की अनुभूति के लिए सैलानियों का दल भारत के विभिन्न सांस्कृतिक केन्द्रों–वाराणसी, मथुरा, हरिद्वार, गया, भुवनेश्वर, पुरी, द्वारका आदि में पहुँचता है।

भारत में आज पर्यटन विकसित होने लगा है। इसका एक ही आदर्श है सांस्कृतिक केन्द्रों को विकसित करना, उन्हें अच्छी सड़कों से जोड़ना, परिवहन साधनों की व्यवस्था करना, उसका अधिक सुन्दरीकरण करना, यात्रियों के लिए विश्राम गृहों की व्यवस्था करना आदि। इतिहास का खजाना ऐसा है कि धरती उस स्थान की ओर संकेत देती है जहाँ पहुँचने पर यात्री अतीत की पुस्तकाकृत कहानी धरती से परत-दर-परत उघरने लगती है। वे मूल सामग्रियाँ यात्री के कानों में वहाँ का बहुत कुछ कहने लगती हैं और उस माटी का पूरा इतिहास जीवन्त हो उठता है। बुद्ध के समाधि स्थल पर पहुँचते ही उनकी आकृति उभर पड़ती है, गाथाएँ मुखर हो उठती हैं, घटनाएँ चित्रांकित-सी दिखने लगती हैं और श्रद्धा उमड़ उठती है। यही स्थिति किसी भी धार्मिक भावना से जुड़े स्थल के साथ बनी रहती है।

इसी संस्कृति की खोज में फाहियान, ह्वेनसांग, इत्सिंग, अल्बरूनी आदि ऐतिहासिक पर्यटक अतीत में तथा टवायनवी की तरह हजारों वर्तमान काल में आए और इस धरती की संस्कृति को सम्मान दिये। यही कारण है कि भारत सांस्कृतिक पर्यटन से इतना परिपूर्ण है कि विश्व के किसी भी देश के विषय में ऐसा सोचा भी नहीं जा सकता। यही कारण है कि भारत सृष्टि के प्रारम्भ से विश्व का गुरु माना जाता रहा है। **मनु** ने कहा ही है–*एतद्देशः प्रसूतस्य सकाशादग्रजन्मनाः। स्वं-स्वयं चरित्रं शिक्षेरन् पृथिव्याः सर्व मानवाः॥* इसी गुरु की मर्यादित भूमि का दर्शन करने लगभग 40 लाख यात्री यहाँ धरती पर प्रतिवर्ष आते हैं।

भारत के सांस्कृतिक स्थल और पर्यटन

पर्यटन की दृष्टि से यदि भारत के सांस्कृतिक स्थलों के सर्वेक्षण में लगता है कि यहाँ सर्वत्र साँस्कृतिक निधि छिपी है। साहित्य से अतीत की निधियों का संकेत मिलता है। वे आज भी वनों, पर्वतों, धरती के भीतर छिपी है इन्हें पूरी तरह उभरा नहीं जा सका है। क्योंकि विदेशी शासन के कारण स्वतन्त्र अध्ययन का अभाव तथा धन और प्रोत्साहन की कमी सदा ओड़ आती रही है। अब स्वतंत्रता के बाद सरकार ने देश का व्यक्तित्व जीवित कर पर्यटन से लाभ कमाने के लिए इनको उजागर करना शुरू किया है।

ये स्थल एक ही साथ विभिन्न विचारों के संधि स्थल हैं जहाँ बौद्ध, जैन हिन्दू, मुसलमान सभी तीर्थ यात्रियों को जाते हैं। इसके कारण हैं कि यहाँ सांस्कृतिक समन्वय प्राचीन काल से रही है। सभी लोग सभी धर्मों का आदर और सभी के देवताओं की पूजा करते रहे हैं तथा सभी धर्मों के केन्द्र एक ही क्षेत्र में साथ-साथ विकसित हुए हैं। अशोक जैसे भारतीय शासकों ने भी ऐसा करने को उद्वेलित किया था। अजमेर शरीफ में जहाँ मुसलमान मुइनुद्दीन चिश्ती के दरगाह पर चादर चढ़ाने जाता है वही हिन्दू ब्रह्मसरोवर में स्नान कर तथा ब्रह्मा की मूर्ति

का दर्शन करता है। आगरा में जहाँ राधास्वामी समुदाय के लोग अपने गुरू का दर्शन करते हैं वहीं आगरे का किला है और फतेहपुर सिकरी में शेख सलीम चिश्ती की दरगाह है, तो मथुरा में कृष्ण की लीला भूमि, बरासने में राधा का गाँव, गोवर्धन पर्वत से जुड़ी परम्पराएँ, कालीदह की कथा एक साथ सबको बाँध लेती हैं। लगता है वैद्य जीवक जिसने हर वनस्पति के औषधीय गुण को आँका था, कि अगर हम भारत के कण-कण को इतिहास और धर्मग्रंथों के आंचल में झाँकना शुरू करें तो सभी पर्यटन स्थल पर एक चमकता हीरा ही मिलेगा।

यह बात विचित्र है कि सदियों पुरानी संस्कृति आज भी जीवित है पहाड़ी जातियों, जनजातीयों, तराई में रहने वाले लोगों और ग्रामवासियों में। यह बात अलग है कि उनका स्वरूप बदला है।

भारत बहुमुखी सभ्यता और संस्कृति का देश है। जहाँ दस कोस पर बोली बदले वहाँ एक ही सभ्यता पूरे देश कैसे सम्भव है ? पर स्मिथ की तरह आज भी यह सवाल है कि जब देश की सीमाएँ एक हैं पूर्वज एक है, तब इस अनेकता का मतलब क्या मात्र बाहरी अन्तर है जिसको अनजाने में हम अलग-थलग मानकर आपस में उत्तर, दक्षिण, गुजरात, हिमालय, राजस्थान और बंगाल का भेदभाव पैदा कर विरोध की आग में जल रहे हैं। पर सभी क्षेत्रों में सभी धर्मों के लगभग समान देवताओं की पूजा होती है तथा सर्वत्र सभी धर्मों के तीर्थ हैं। इसी प्रकार आचार-विचार से हम दक्षिण को उत्तर से, गुजराती को बंगाली से भिन्न मान बैठते हैं और सोचते नहीं कि वे भी हमारे भाई हैं। जहाँ घर में दो भाइयों में भिन्नता होती है वहाँ इतने बड़े देश में ऐसी छोटी भिन्नताएँ स्वाभाविक हैं, उदाहरण है दक्षिण की भाषाएँ जहाँ तमिल, तेलगु, मलयालम, कन्नड़ आदि छोटे-छोटे क्षेत्रों में सदियों से उभरी हैं। यह भी विचित्रता है कि वहाँ लोग अपनी भाषा को छोड़ पड़ोस की दूसरी भाषाओं को ठीक से नहीं जानते हैं। पर पर्यटन इस दूरी को पाटने का सीधा साधन है। एक पर्यटक जहाँ पहुँचकर कुछ दिन ठहरता है, वह वहाँ की भाषा, रीति, परम्परा को अनजाने में सीखने लगता है। उत्तर भारत का साहित्यकार जब दक्षिण की गोष्ठियों में जाते हैं तो वे विविध भाषाओं को बोलना और समझना अनायास ही सीख लेते हैं। वहाँ के लोग भी इसकी विशेषताएँ ग्रहण कर लेते हैं और उसमें अपनी परम्परा की झाँकी पाते हैं। आमने-सामने होने पर ही अपनी पहचान हो सकती कि वे भी एक ही खून और परिवार के हैं जो स्थानीय दूरी के कारण सामान्य रूप से एक-दूसरे से अलग हैं।

पर्यटन ने इस दूरी को इतना कम कर दिया है। काशी या प्रयाग में हिन्दू त्योहारों के समय दक्षिण भारतीयों की उमड़ती भीड़ देखें ऐसा लगता कि यह उनका भी उतना ही पूज्य है जितना हमारा। वहाँ उनके बने मठ-मन्दिर और उनके जाति के ब्राह्मण पुजारी हैं। यह विचित्रता है कि अनादि काल से उत्तरांचल के बद्री और केदारनाथ के मन्दिरों, कानपुर के बिठूर में झांसी की रानी के बचपन के पूजा वाले मन्दिर में, बिहार के बक्सर के नवलखा मन्दिर के पुजारी दक्षिण भारत के ही ब्राह्मण परिवार के लोग हैं। उनकी पूजन विधि भी कमोबेश दक्षिण भारतीयों की तरह है। इस धार्मिक भेद को मिटाने में सांस्कृतिक यात्राएँ बहुत हद तक सहायक रही हैं। बौद्धों को जैनों के साथ, शैवों को वैष्णवों के साथ, उत्तर वासियों को दक्षिण भारतीयों के साथ, हिन्दू को मुसलमानों के साथ, पंक्ति में खड़ा करने की महत्त्वपूर्ण भूमिका पर्यटन ही निभा रहा है।

पर्यटन से वैचारिक विभेद भी लगभग समाप्तप्राय है। आज से लगभग 30 वर्ष पूर्व दक्षिण

में हिन्दी को राष्ट्रभाषा बनाने पर बड़ा विरोध था। कहा जाता था कि हिन्दी हम पर थोपी जा रही है। पर आज ऐसा नहीं है दक्षिण में हिन्दी का विकास उत्तर की तरह ही द्रुतगति से हो रहा है। यह तब हुआ जब दक्षिण के लोग उत्तर आने और उत्तर के लोग दक्षिण में जाकर वहाँ के स्थलों में पर्यटन का आनन्द लेने लगे।

सांस्कृतिक पर्यटन और अन्तरराष्ट्रीयता

आर्य मूल जाति ने ही एशिया तथा यूरोप के देशों में सभ्यता का सूर्य उगाया। उनकी कर्मभूमि भारत भूमि रही है। यहीं से वेदों का मन्त्र फूटा, विश्व को मानवता मिली। यहीं की संस्कृत भाषा विश्व की सबसे प्राचीन भाषा है और यूरोपीय भाषाओं की जननी भी। यहाँ की धरती पर खड़े भव्य स्मारक जो भौतिकता से नहीं आध्यात्मिकता से जुड़े हैं, यहाँ मूर्तियों के स्वरूप से कहीं अधिक आत्मा का स्थान है, यहाँ की धर्मभूमि ने ही मनीषियों को जन्म दिया जिन्होंने विश्व को धर्म की नयी परिभाषा और सन्देश दिया। उसे देखने विदेशी पर्यटक इस धरती पर अमेरिका, ब्रिटेन, यूरोप, जापान, आस्ट्रेलिया, पश्चिमी एशिया, दक्षिण-पूर्वी एशिया आदि से बड़ी संख्या में पहुँचते हैं। इससे हमारी अन्तरराष्ट्रीयता की भावना को बहुत अधिक बढ़ावा मिला है क्योंकि :—

(1) पर्यटक अपने देश में आने के लिए मित्रों की निमंत्रित करते हैं। इससे पारस्परिक सम्पर्क और एकता बढ़ती है।

(2) जो वेष-भूषा उनकी हमें प्रभावित करती है उसे हम ग्रहण करते हैं तथा हमारा वे। तभी काशी में रामनामी ओढ़े, गेरुआ वस्त्र पहने, भारतीय साड़ी और चोली, धोती तथा कुर्ता पहने विदेशी बड़ी संख्या में दीखते हैं और अपने देश भी ले जाते हैं। उनका पहनावा भारतीय पुरुष तथा स्त्री दोनों ही पैंट, कोर्ट, टाई अधिक पसन्द करते हैं। अब भारत की लड़कियाँ भी इसको धारण करने लगी हैं।

(3) भारत में जहाँ शुद्ध शाकाहारी भोजनालय थे, जमीन पर बैठ कर, वे सिले वस्त्र में शुद्धता से थाली में ब्राह्मण का बनाया भोजन किया जाता था, वहाँ उनके प्रभाव के कारण यहाँ टेबुल-कुर्सी पर बैठकर पूरे सिले वस्त्र पहने चीनी मिट्टी के बर्तन में, कांटे चम्मच के साथ खाने को आधुनिकता माना जाने लगा है। इनके यहाँ आने का कारण ही विदेशों में अब भारतीय भोजन की माँग बढ़ी है।

(4) पूजा पाठ, व्रत-त्योहार, मन्दिर-मस्जिद से दूर यूरोपीय पर्यटकों के कारण हमने जहाँ उनके धर्म तथा देवता को समझना शुरू किया, उनकी अच्छाइयों को ग्रहण करने लगे, वहीं वे हमारी परम्परा की तरफ झुके। तभी वे अपने देश में राम-कृष्णं का मन्दिर बनाकर भारतीय मन्त्रों के साथ प्रातः और सायं राम-कृष्ण का कीर्तन करते हैं।

(5) भारत की राजस्थानी चुनरी, हिमालय प्रदेश की टोपी, उत्तर प्रदेश की सूती साड़ियाँ, साउथ सिल्क के कपड़े, भागलपुरी रेशमी वस्त्रों की माँग विदेश में बहुत अधिक बढ़ी है। हमारी पुरातन लोक-कला, शिल्प, मूर्तियाँ वहाँ के घरों को सँवारती हैं मधुबनी चित्रकला तथा अजन्ता की कलाकारिता, खजुराहों की मूर्तियों का प्रतिरूप भारत से बड़ी संख्या में घरों में लगाने के लिए विदेशों से माँगा जा रहा है।

(6) अंग्रेजी का विरोध पूरा भारत करता है। पर दूसरी ओर अंग्रेजी शिक्षा का प्रचार भी हो रहा है। यहाँ देखें कॉनवेंट में लड़कों को पढ़ाने का धुन सवार है। जबकि भारत के

बाहर के देशों में हिन्दी और संस्कृत उनके पाठयक्रम का अनिवार्य अंग बनने से यहाँ के अध्यापकों की माँग वहाँ बढ़ रही है।

(7) भारतीय लोक कला-नृत्य, संगीत, वाद्या की ओर विदेशी रुचि बढ़ी है। भारतीय कलाकारों को जैसे पं० रविशंकर, पंकज उधास तथा भारतीय धार्मिक प्रवचन कर्ताओं मोरारी बापू, रमेश भाई ओझा आदि को विदेशों में बड़े सम्मान से बुलाया जाता है।

इस प्रकार विदेशी पर्यटन से हमारा सांस्कृतिक सम्बन्ध भारत के बाहर के देशों के साथ बहुत अधिक प्रगाढ़ हुआ है।

इसका कारण है कि :—

(i) इसके द्वारा राष्ट्रीय एकता जागृत होती है।

(ii) इससे अन्तर्राष्ट्रीय एकता के भाव उभरते हैं।

(iii) क्षेत्रीयवाद की समाप्ति होती है। सभी एक पिता की सन्तान और एक घर के निवासी अपने को मानने लगते हैं तथा एक-दूसरे को समझने की कोशिश करते हैं।

(iv) इसके कारण स्थानीय उत्पादनों का विक्रय बढ़ जाता है जिससे कलाकृतियों के निर्माण में योगदान मिलता है।

(v) सांस्कृतिक क्रियाओं के विकास को गति मिलती है जिससे दक्षिण की शैली का समीकरण उत्तर में तथा उत्तर का दक्षिण में होता है।

(vi) अनेक केन्द्रों में स्थानीय कलाएँ तथा व्यवसाय विकसित होते हैं। केरल के क्वालम तट पर पर्यटन केन्द्र में योग और मसाज केन्द्र खोले गए हैं। इसी प्रकार वहाँ के प्रसिद्ध नृत्य कथक्कली के प्रदर्शन के लिए प्रदर्शन कक्षों की स्थापना हुई है।

(vii) अनेक आनन्ददायक क्रियाएँ पर्यटकों के लिए स्थानीय सुविधा के अनुसार शुरू की गई हैं जैसे तैराकी, लहरों का आनन्द लेना, नाव खेना आदि जिससे पारस्परिक सहयोग बढ़ता है।

(viii) इसके कारण सांस्कृतिक धरोहर तथा सभ्यता सुरक्षित रखने के लिए सरकार स्वयं प्रयत्नशील रहती है कि यहाँ पर्यटक आवें।

(ix) धर्म यात्राएँ, विश्व-व्यवहार तथा सद्‌भाव एवं देश की संस्कृति इससे विकसित होती है।

सांस्कृतिक पर्यटन योजना का निर्माण

ऐतिहासिक या सांस्कृतिक पर्यटकों के लिए योजनाबद्ध पर्यटन आवश्यक है। अभी राजस्थान सरकार ने 'Palace on Wheels' योजना बनाई है इसी से जिसमें वह दिल्ली से अपनी विशेष यात्री गाड़ी के द्वारा जोधपुर, जयपुर, उदयपुर आदि स्थानों के दर्शनीय ऐतिहासिक स्थलों की यात्रा करती हुई पुनः दिल्ली पहुँचा देती है। दूसरी ओर हाल ही में आंध्र प्रदेश सरकार ने हैदराबाद में एक दूसरी ऐसी योजना (Palace on Wheels) शुरू करने की घोषणा की है कि आंध्र प्रदेश की ऐतिहासिक विरासत को पर्यटकों को दिखा सकें। तीसरे मध्यम तथा निम्न आय वर्ग के लोगों के लिए Village on Wheels योजना बनाई गई है। बिहार, उत्तर प्रदेश, राजस्थान, हरियाणा और पंजाब के प्रमुख स्थानों की यात्रा एक क्रम में कराते हुए पटना से प्रारम्भ कर पटना लौटा देती है।

पर्यटन अपने में एक खर्चीली और समय लगने वाली क्रिया है। पर्यटकों के पास इतना न तो समय है और इतना पैसा कि पूरी सामग्री किसी भी देश की या क्षेत्र की एक साथ देख सकें। इसकी जिम्मेदारी है मेहमान देश की कि उसके पर्यटक कर्मचारी इतना सजग हों कि एक क्षेत्र में, एक निश्चित समय में, कम-से-कम व्यय पर पर्यटकों को अधिक-से-अधिक दिखाने की योजना बनावें। अतः एक क्षेत्र के ऐतिहासिक एवं सांस्कृतिक स्थलों को एक निश्चित समय में देखा जा सके इसकी एक सूची बनावें और उसी क्रम में उन्हें दिखावें। इसे पर्यटन चक्र (Tourist Circle या Tourist Grid) कहते हैं।

सांस्कृतिक पर्यटन में बाधाएँ

(1) भारत का मौसम तथा भू-प्रकृति अनिश्चित है कहीं जाड़े में सम-वातावरण रहता है कहीं गर्मी में ठंढक पड़ती है। कहीं गर्मी के कारण लोग स्थान छोड़ कर भटक पड़ते हैं तो कहीं ठंढक के दिनों में लोग आवास से हट आते हैं।

(2) न सड़कें यहाँ अच्छी हैं और न प्रत्येक ऐतिहासिक विरासत को जोड़ती हैं।

(3) परिवहन की उचित सुविधा की भी कमी है।

(4) न तो सभी गाइड शिक्षित है न सर्वत्र उपलब्ध है। वे पर्यटक की किसी भी जिज्ञासा को शान्त नहीं कर सकते हैं, न उपलब्ध सुविधाओं को भी दे सकते हैं।

(5) सम्पूर्ण धरोहरों की एक निर्देशिका का अभाव है जो प्रामाणिक जानकारी दे सके।

(6) सांस्कृतिक समारोहों के लिए अलग थियेटर की व्यवस्था नहीं है कि नियमित क्रम में उनका प्रदर्शन होता रहे।

(7) सभी स्मारक न संरक्षित है और न वहाँ यात्रियों के आवास की सुविधा है।

(8) सांस्कृतिक स्थलों पर पूछ-ताछ तथा सूचना केन्द्रों की कमी है।

(9) अनियमित विद्युत व्यवस्था और रहस्यमय बनावट से कुछ स्मारकों में घुसते ही भय लगता है जैसे लखनऊ की भूल-भुलैया।

विकास का सरकारी प्रयास

(1) सांस्कृतिक केन्द्रों के विकास के लिए स्थानीय सांस्कृतिक संगठनों का गठन करना जिनमें योग्य तथा विशेषज्ञ लोग हों और उनकी विषय में रुचि हो और कार्य करने का उत्साह हो।

(2) स्थायी थियेटर, प्रदर्शन कक्ष, प्रशिक्षण केन्द्र, आदि का निर्माण करना। यहाँ इच्छुक पर्यटकों को उसके विषय में शिक्षा भी दी जा सके।

(3) स्थानीय कलाकारों की तालिका रखना कि आवश्यकता पर उन्हें वहाँ बुलाया जा सके उनकी कला का आनन्द लिया जा सके।

(4) जहाँ जिस प्रकार का आनन्द उठाया जा सके वहाँ उसके लिए वैसी योजना बनाना जैसे राजस्थान में ऊँट की सवारी की व्यवस्था रखना, कश्मीर में वोट हाउस का आवास इच्छुक व्यक्तियों के लिए साधन उपलब्ध कराना, केन्द्रीय अभयारण्यों में गाड़ी की व्यवस्था रखना कि पर्यटक निःशंक घूम सकें।

(5) सांस्कृतिक सामग्रियों की खोज, देख-रेख, मरम्मत और संरक्षण प्रदान करना। ऐसी योजना बनाना कि स्मारक अपनी गरिमा को विनष्ट न करें।

(6) स्थानीय हस्तकलाओं एवं उत्पादनों को माँग के अनुसार सँवारना तथा पूर्ति की व्यवस्था करना। सरकारी उचित मूल्य की दुकानें खोलना।

(7) स्थान-स्थान पर सूचना केन्द्र और पूछ-ताछ कार्यालय खोलना एवं गाइड की सुविधा देना।

(8) सांस्कृतिक केन्द्रों पर आवास सुरक्षा की समुचित व्यवस्था करना तथा यातायात की उपयुक्त सुविधा देना।

(9) समारोहों एवं उत्सव का आयोजन करना। राजस्थान ने 'शरद मेला' तथा 'मिस अरावली प्रतियोगिता' का आयोजन किया गया है। भारत सरकार ने भी दो मेलों का आयोजन 1990 में किया था–एक दिल्ली में, एक लेह में। विदेशों में भी 'भारतीय महोत्सव' नाम से आयोजन किए जाते हैं।

(10) व्यवस्थित चित्रित गाइड बुक तैयार करना तथा पर्यटन मुख्यालयों पर एक बोर्ड लगाकर पूरी जानकारी प्रस्तुत करना।

सांस्कृतिक पर्यटन का भविष्य

(1) अधिक प्रशिक्षित व्यक्तियों, व्यावहारिक और विचारात्मक पुस्तकों, रंगीन फोल्डरों, स्मारकों के चित्र आदि को बड़ी संख्या में देश के विविध भागों तथा विदेशों में भेजना कि अधिक लोग आकृष्ट हों।

(2) रेडियो, दूरदर्शन, इलेक्ट्रॉनिक माध्यम द्वारा इसका प्रचार करना कि इसकी व्यापक जानकारी दी जा सके।

(3) एजेन्सियों को अधुनातन जानकारी से सजग रखना तथा वहाँ के बड़े-बड़े पोस्टरों को दिखाकर आकर्षित करना।

(4) पर्यटक केन्द्रों को प्रचारार्थ अधिक-से-अधिक विदेशों में एजेंसियाँ खोलना तथा बाहरी एजेन्सियों को इसके प्रचार के लिए अधिकार और बोनस देना।

(5) ऐतिहासिक स्मारकों का पोस्टकार्ड, प्रतिमूर्ति, चिह्न, सजावट और प्रयोग की सामग्रियों पर अंकन करके बाँटना, बेचना, उपहार भेजना कि इसका प्रचार हो और लोग पहचानें।

(6) डाक टिकटों पर स्मारकों और सांस्कृतिक आयोजन का अंकन कि जन-जन में यह फैले।

पं० जवाहरलाल नेहरू ने कहा था– *''हमें देशी और विदेशी पर्यटक मित्रों का स्वागत करना चाहिए न केवल इसलिए कि पर्यटन से विदेशी मुद्रा मिलती है बल्कि इसलिए ज्यादा इससे आपसी सद्भाव तथा सूझ-बूझ की भावना बढ़ती है। आज तो जितनी आवश्यकता इस सद्भाव की है–उतनी और किसी चीज की नहीं।''*

[ब] ऐतिहासिक पर्यटन

कोई भी भ्रमणार्थी कहीं व्यक्तिगत या सरकारी यात्रा पर जाता है तो वहाँ या पड़ोस के संग्रहालय, उत्खनन, स्मारक, महान व्यक्ति से सम्बन्धित स्थानों, महान घटना से सम्बन्धित स्थल, किसी मूर्ति विशिष्ट प्राकृतिक स्थिति को देखने के लिए मचल उठता है। उनकी रुचि इतिहास में ही होती है। वे जहाँ रहते हैं उसके पास-पड़ोस में घूम-घूम कर ऐतिहासिक स्थलों और सामग्रियों को देखते तथा संग्रह करते हैं। डॉ० जदुनाथ सरकार एक ऐसे ही इतिहासकार थे। महाराष्ट्र के किसी महाविद्यालय में अंग्रेजी के प्राध्यापक पद पर रहते हुए लोगों से मराठाओं की बात सुनकर वहाँ घूम-घूमकर उस क्षेत्र में उनके स्थानों को देखा, उनके विषय की लिखित

सामग्रियाँ, सूचनाएँ; विवरण, दस्तावेज आदि एकत्र कर उसका अध्ययन कर उसके अधिकारी विद्वान बन गये। कार्लाइल, राहुल सांकृत्यायन, बी० ए० स्मिथ, फुरर आदि ऐसे ही लोग थे। ऊँची कक्षा में प्रायः पर्यटन के लिए प्रत्येक विद्यालय योजना बनाता है तथा प्रायः इतिहास विभाग को सरकार तथा संस्था इसलिए भी अनुदान देती है। छोटे छात्रों के दल भी अध्यापकों की देख-रेख में पड़ोस में छुट्टियों में घूमने जाकर ऐतिहासिक स्थलों और सामग्रियों को देखते हैं। इस प्रकार जो पर्यटन इतिहास के अध्ययन के उद्देश्य से किया जाय उसे ऐतिहासिक पर्यटन कहा जाता है। सभी की उत्सुकता अपने बीते दिनों के जानने, अपनी धरती को पहचानने, अपने पूर्वजों अतीत को याद करने की होती है। आज अनेक राज्य अपनी ऐतिहासिक विरासत को उजागर करने के लिए न्योता देकर विद्वानों को अपने यहाँ बुलाते हैं।

ऐतिहासिक पर्यटन का उद्देश्य

छात्रों के लिए

(1) पढ़े हुए ज्ञान को पुष्ट करने के लिए वास्तविक स्थान पर जाकर स्मारकों को देखकर उसके अंगों को समझना तथा कलाकारों की वास्तविक शैली का प्रत्यक्ष ज्ञान करना। (2) एतिहासिक स्रोतों की जानकारी प्राप्त करना। (3) संग्रहालयों में विकास का क्रमिक स्वरूप देखना। (4) लिपि का प्रत्यक्ष ज्ञान प्राप्त करना तथा अभिलेखों और हस्तलिखित पोथियों को पढ़ना। (5) चित्रकला द्वारा रंगों के मेल; चित्रों का सौन्दर्य, शैली आदि देखना। (6) मूर्तियों के वास्तविक स्वरूप तथा शैलीगत पहचान से परिचित होना। (7) लोगों से पूछकर तथ्यों की पुष्टि करना। (8) किम्बदन्तियों, परम्पराओं से इतिहास की जानकारी प्राप्त करना।

जन सामान्य के लिए

(1) ज्ञान की वृद्धि करना। (2) पुरखों की विरासत जानना। (3) नई-नई सामग्रियों को देखकर उनके विषय में ज्ञान प्राप्त करना। (4) पुराने स्थानों के बारे में वहाँ के लोगों से सुनकर अपने पूर्व ज्ञान को पुनर्जीवित करना। (5) अपने देश का व्यक्तित्व सामग्रियों को देखकर उजागर करना। (6) लोगों के बीच ज्ञान की डींग हाँकना। (7) कम-से-कम समय में अधिक-से-अधिक प्राचीन ऐतिहासिक ज्ञान प्राप्त करना। (8) विद्वानों के ऐतिहासिक भ्रमण का मुख्य उद्देश्य नई ऐतिहासिक सामग्रियों की खोज (Exploration) और उनकी नई व्याख्या तथा नई पहचान उजागर करना होता है।

ऐतिहासिक भ्रमण में दर्शनीय सामग्रियाँ

(1) ऐतिहासिक स्थान—कोई भी ऐतिहासिक स्थानों को देखता है चाहे वे किसी भी काल की हों।

(2) उत्खनन स्थलों को देखना—पुराने स्थलों में कुछ टीलों की खुदाई हुई है और कुछ टीले हैं जिनपर बिखरी सामग्रियाँ उनकी पुरातनता की मूल कहानी कहती हैं। जो उत्खनित हैं उनका वक्षस्थल अपने में छिपी कथा सुनाता है।

(3) स्मारक—सभ्यताएँ समाप्त हो गई पर अपना अवशेष धरती पर स्मारक के रूप में आज भी छोड़ गई हैं। ये प्रत्यक्ष रूप से पुरानी यादें जहाँ जगाते हैं वहीं आमने-सामने कला का पाठ पढ़ाते हैं। कोणार्क के सूर्य मन्दिर को चित्रों और पोथियों के माध्यम से चाहे कितना भी समझना चाहें उससे वह स्पष्टता नहीं होती जो प्रत्यक्ष देखने से मिलता है।

(4) मूर्तियाँ—प्रायः बिखरी मूर्तियाँ ज्ञान की साधन है। कुछ इतनी प्रमुख हैं कि उनका

उल्लेख ग्रंथों में पढ़ कर देखने को मन ललचाया रहता है। गया मन्दिर के किनारे बने वेदिका (Railing) पर की कला दर्शक देखकर अपने अनुसार इसका ज्ञान करता तथा अर्थ निकालता है।

(5) चित्रकलाएँ—अजन्ता जाकर भ्रमणार्थी वहाँ के गुहा में उत्खनित चित्रों को न देखे तो उसके जाने का वहाँ कोई प्रयोजन ही नहीं है। ये कलाएँ प्रत्यक्ष देखने से कला, कौशल आदि का एक साथ ज्ञान देते हैं।

(6) संग्रहालय—प्रायः प्रत्येक ऐतिहासिक स्थल पर संग्रहालय हैं। कुछ राज्य सरकारों द्वारा और कुछ केन्द्रीय सरकारों द्वारा स्थापित हैं। इनको देखना भ्रमणार्थी का लक्ष्य होता है।

(7) नगर बसाव—पटना जाकर सभी कोई पुराना पाटलिपुत्र देखने के लिए कुम्हरार, बुलन्दीबाग आदि स्थानों पर अवश्य जाना चाहेगा। इसी प्रकार फैजाबाद जानेवाला अयोध्या का प्राचीन नगर देखता ही है। दूसरी ओर आज की भव्य इमारतें भी उसकी आँखों से चूकती नहीं जैसे लखनऊ का बोटैनिकल गार्डेन, इलाहाबाद का प्लैनिटोरियम, दिल्ली का संसद भवन आदि।

विद्यार्थियों को लाभ

इससे ज्ञान का प्रत्यक्षीकरण होता है। जिसे पोथियों में पढ़ते हैं उसको सामने देखकर समझ लेते है। अध्ययन की जटिल प्रक्रिया पर्यटन के द्वारा रुचिकर बनाया जाता है। पर्यटन में अध्यापक मात्र निर्देशक होता है। क्रियाएँ विद्यार्थी करता है। विद्यार्थी इतिहास के मूल स्रोतों से पहुँचता है। इससे वह इतिहास रचना में मूल इतिहासकार की भूमिका अदा करता है तथा उसमें शोध की प्रवृत्ति जागृत होती है। वह नई-नई सूचनाओं से अवगत होकर नए स्थानों की खोज करता है तथा उसमें तार्किकता आती है। देखने के बाद लिखने की उत्कण्ठा से वह साहित्य सृजन करता है।

पर्यटन की योजना बनाना

ऐतिहासिक पर्यटन की योजना बनाने के लिए वहाँ की जानकारी आवश्यक है। उचित परिस्थिति तथा मौसम ही योजना बनाती है। मौसमों के हिसाब से योजना की तैयारी करनी पड़ती है। इसके लिए सामान्य मौसम ही ठीक होता है घूमने में कठिनाई नहीं होती। यह जानना कि कितना व्यय करना आवश्यक है कि तभी उस हिसाब से योजना बनाई जाय। पर्यटक की उम्र और रुचि को भी ध्यान पर्यटक रखना होता है कि उन्हें ऊब न हो।

इसके बाद यात्रा का स्थान, उसकी विधा, समय आदि तय कर लेने पर यात्रा विधि को तय करते हैं कि किन साधनों से, वहाँ जाना है। इसके लिए यात्रा की रीति तय की जाती है। अधिक लोगों के लिए बस की ही यात्रा अच्छी रहती है क्योंकि वह ठीक जगह तक दर्शक को पहुँचाता है तथा इसमें आवश्यक सामान भी ले जा सकते हैं। ठहराव की भी सूची बना ली जाती है और वहाँ उपयुक्त स्थानों पर उसकी पूर्व सूचना भेज दी जाती है जिससे पहले से आरक्षित रहे। जिन जगहों को देखना है इससे सम्बन्धित अधिकारी को सूचना दे दी जाती है जिससे वहाँ वह भी पूर्व व्यवस्था से मौजूद रहे। जैसे संग्रहालय को देखने हेतु पूर्व सूचना देने पर सिक्कों आदि को मुख्य केन्द्र से निकाल कर वह बाहर रखें तथा लेक्चरर गाइड को भी मौजूद रखते हैं जो पूर्ण जानकारी दे सकें।

सरकारी सुविधाएँ

(1) ऐसे पर्यटकों के लिए किराए की बसें पर्यटन विभाग (Tourist Department) सस्ती दरों पर देता है।

(2) समूह में यात्रा करने पर, रेल के किराए में एक ओर के मार्ग भाड़े की, छूट मिल जाती है।

(3) यदि 15 या इससे अधिक संख्या में लोगों की यात्रा करनी है तो एक गाइड के किराए की छूट प्राप्त होती है।

(4) एक ही स्थान से चक्राल पर्यटन टिकट (Round Tour Tickets) उपलब्ध कराए जाते हैं जिनपर ऐसे निर्दिष्ट स्थान की यात्रा विभिन्न गाड़ियों द्वारा की जा सकती है।

(5) विशेष यात्रियों की संग्रहालय आदि में टिकट की छूट मिलती है।

(6) ऐसी यात्राओं के सहयोगी निर्देशक के अवकाश को कार्यविधि में गिनते हैं।

(7) इन्हें बहुमूल्य वस्तुएँ तथा सुरक्षित स्थान देखने की सुविधाएँ दी जाती हैं जो साधारणतया सुलभ नहीं है।

कठिनाइयाँ

(1) स्थानीय बोल-चाल की भाषा समझने में कठिनाई।

(2) सुविधाजनक उपयुक्त स्थानाभाव से ठहरने के स्थान में कठिनाई।

(3) जहाँ आरक्षण की सुविधा नहीं प्राप्त होती वहाँ यात्रा करने में बड़ी कठिनाई होती है।

(4) दूसरे प्रान्तों में जाने पर विदेशी की तरह वहाँ व्यवहार होना।

(5) संरक्षित ऐतिहासिक स्थलों पर गाइड न होना।

(6) प्रत्येक स्थान के विषय में जानकारी सम्बन्धी पुस्तिकाओं का अभाव होना।

(7) अधिकारियों द्वारा सहयोग न देने की प्रवृत्ति।

ऐतिहासिक पर्यटन चक्र ***(Historical Tourist Grid)***

भारत में किसी भ्रमणार्थी के लिए असम्भव है कि वह समूचे देश एक साथ देख सके। इस विशाल भूमि को घूमना श्रमसाध्य, समयसाध्य तथा व्ययसाध्य क्रिया है जो सामान्य भ्रमणार्थी के लिए सम्भव नहीं है। इसी से सरकार की ओर से 40 भ्रमण चक्र (Tourist Grid) बनाये गये हैं तथा पर्यटक स्वयं गाइड या एजेन्टों के सहयोग से नये चक्र भी बना लेता है।

ऐसा भ्रमणार्थी भारत का एक मानचित्र लेकर उसमें अपनी रुचि के स्थानों की यात्रा के लिए एक क्षेत्र निर्धारित करता है। इसमें यात्रा का जो भी माध्यम स्वीकार करे उसका मार्ग ऐसा बनाना चाहिए कि एक ओर से जाकर दूसरी ओर से लौटा जाय। अन्यथा इसमें एक ही चक्र में अनेक स्थान बिना मार्ग की पुनरावृत्ति किए देखा जा सकता है। अतः एक क्षेत्र को चुनना ही सरल होगा। यदि कोई भ्रमणार्थी केवल मुख्य स्थानों को ही देखना चाहे तो उसे उन स्थानों को सूचीबद्ध करना चाहिए जिसे वह घूमना चाहता है।

ऐसा पर्यटन टूरिस्ट गाइड, सहायक पर्यटन अधिकारी या पर्यटक प्रत्येक पर्यटन के प्रारम्भ के पूर्व बनाता है। इसी से कम समय और व्यय में व्यवस्थित रूप से सभी चीजें देखी जा सकती हैं।

[स] सामाजिक पर्यटन

पर्यटन भी एक सामाजिक क्रिया है जो समाज के विभिन्न वर्गों, भागों, लोगों को एकसूत्र में बाँधने और समझने का सहज माध्यम है। विश्व के रंगमंच पर अलग-अलग डफली और अलग-अलग रागों के बीच जब तक समन्वय नहीं होगा तब तक मानव मानव को अपना नहीं समझेगा। इसी से विश्व द्वेष, विरोध और संकीर्णता में डूबा है। इससे मानव समाज में

कहीं पारस्परिक तालमेल नहीं है और इसको लाने के लिए हमें दूसरों से मिलना और उन्हें समझाना होगा, तभी विश्व का कल्याण हो सकेगा। विभीषिका टल सकेगी। यह तभी सम्भव है जब एक देश या राज्य के लोग दूसरे में पर्यटन करें और उसको भी अपना समझ कर वहाँ विकास में सहायता करें।

सामाजिक पर्यटन का स्वरूप

"Social tourism is the type of tourism produced by those who could not be able is meet the cost without social intervention i.e. without the assistance of an association to which the individual belongs."

—M. Andhre Polimount

सामाजिक पर्यटन का अभिप्राय सामान्य व्यक्ति के पर्यटन से है जिसके पास न पर्यटन के लिए पर्याप्त पैसा है न जानकारी के साधन हैं और न समुचित आवासीय सुविधा ही है। ऐसे लोग चाहे सेवारत होते हैं चाहे अपना व्यक्तिगत काम-काज करते हैं। इनकी भी दुनिया या देश देखने का अवसर उपलब्ध होना चाहिए। संसार के लोगों में इस प्रकार की एक जागृति आज आई है। ऐसे पिछड़े लोगों को पर्यटन का अवसर प्रदान कराने के लिए राज्य सरकारें, स्वयंसेवी संस्थाएँ तथा उद्योगों की ओर से व्यवस्था है कि वे छुट्टियों के दिनों में घर से बाहर निकल कर बाहरी दुनिया से भी परिचित हो।

इसके लिए आज निम्न व्यवस्थाएँ हैं:—

(1) उद्यमी अपने कर्मचारी को यात्रा का विशेष भत्ता देते हैं।

(2) कर्मचारियों की आय से एक निश्चित राशि जमा कराई जाती है जिसमें उद्यमी अपनी ओर से मिलाकर उसे यात्रा के समय देता है। बेल्जियम में 'Holiday wages' के रूप में वेतन का दूना यात्रा के समय कर्मचारियों को दिया जाता है। नीदरलैण्ड में इसके अतिरिक्त भी वार्षिक अथवा दो प्रतिशत और 'Holiday bonus' देते हैं। यह भी सुविधा है कि वे कुल योग से भी अधिक पैसा दिया जा सकता है जिसका भुगतान एक निश्चित समय में उसे धीरे-धीरे करना होगा।

(3) कुछ यात्रा एजेंसियों में व्यवस्था है 'Travel now pay later' (आज यात्रा करिए पीछे भुगतान करिए)। यही योजना संयुक्त राज्य अमेरिका में चल रही है। यात्रियों की संख्या पर टिकट की दरों में कमी की गई है। जर्मनी में बारह या अधिक यात्रियों के साभूहिक यात्रा पर 33% की छूट तथा पचीस और अधिक पर 50% की छूट दी जाती है। विद्यार्थियों को इससे भी अधिक सुविधा दी जाती है। कहीं-कहीं तो सस्ते दर के टिकट ही ऐसे यात्रा के प्रमाण-पत्र पर दिया जाता है। चेकोस्लोवाकिया में ऐसा यात्रा प्रमाण पत्र देखे पर उद्यमी मुफ्त टिकट भी देते हैं।

(4) फ्रांस, आस्ट्रेलिया, बेल्जियम आदि में उद्यमी संघ अपने सदस्यों से कुछ पैसा जमा कराता है। इस बचत खाते में उद्यमी भी कुछ सहायता देता है और संघ भी। इसमें होटल और यातायात संस्थानों का भी सहयोग होता है। इस से यात्रा के समय कर्मचारी अधिक पैसा निकाल सकता है। संयुक्त राज्य में कर्मचारी उद्योग संघ से यात्रा बोनस कर्मचारी सेवा अवधि के लिए जो निर्धारित है यात्रा के समय ले सकते हैं।

(5) फ्रांस के कर्मचारी संघों द्वारा पर्यटन स्थलों पर 'Holiday Bonus' की व्यवस्था की गई है जिसमें उद्यमियों की भी भागीदारी होती है। इसमें सस्ते दर पर ठहरने की सुविधा होती है। कहीं-कहीं टैक्स भी माफ रहता है। न्यूजीलैण्ड की सरकार ने तो होटल की दर में

ऐसे यात्रियों के लिए भुगतान के छूट की सुविधा दे रखी है। राज्य सरकारों ने भी अनेक स्थानों पर अपने होटल बना रखे हैं जहाँ ठहरने की सस्ती व्यवस्था है। इस प्रकार के ठहरने के स्थानों में इकट्ठा सारी सुविधाएँ जैसे गोल्फ खेलने, ऊँट की सवारी, तैरने का ताल, क्रीड़ा क्षेत्र आदि की व्यवस्था रहती है।

(6) यूनान में उद्यमियों ने अपनी ओर से अपने कर्मचारियों के स्वतंत्र ठहरने हेतु वहाँ के पर्यटन केन्द्रों पर आवास बनाया है। स्विटजरलैण्ड में भी ऐसे अनेक ठहराव स्थल बने हैं। वहाँ ठहराव का व्यय यात्रियों के पहुँच के बाहर होने पर भी उन्हें नहीं देना होता है।

आर्थिक सहयोग

निम्नांकित घटकों से इसमें आर्थिक कठिनाई की पूर्ति की जाती है :—(i) कर्मचारियों द्वारा नियमित कटौती कराकर, (ii) कर्मचारी संगठनों के सहयोग द्वारा, (iii) उद्यमियों के द्वारा आर्थिक सहायता देकर, (iv) राज्य सरकारों द्वारा सुविधाएँ प्रदान कर, (v) विभिन्न निकायों द्वारा अपनी ओर से विशेष छूट प्रदान कर, (vi) अन्य संगठनों द्वारा सहायता देकर, (vii) जहाँ संगठन से प्रत्यक्ष सहायता नहीं प्राप्त होती वहाँ भी वे परोक्ष रूप से इसमें सहायता प्रदान करते हैं।

भारत में सामाजिक पर्यटन का इतिहास

भारत में सामाजिक पर्यटन चिर पुरातन है। भले ही इसका स्वरूप प्रत्यक्षतः साम्राज्यवादी था पर भीतर से सामाजिक था। आर्य भारत की धरती से चलकर पश्चिम पहुँचे। वहाँ के अर्द्धसभ्य तथा असभ्य लोगों को उन्होंने सभ्यता, ज्ञान, चरित्र और नैतिकता की भावना भरकर उन्हें सामाजिक बनाया था। **मनु** ने अपनी स्मृति के प्रारम्भ में ही कहा है कि *'स्वं-स्वं चरित्र शिक्षरेन् पृथिव्याः सर्वमानवाः।'* यह तभी सम्भव था जब भारत के पर्यटक बाहर के लोगों को अपनी आचारगत संस्कृति सभ्यता, ज्ञान का पाठ पढ़ाया हो।

धर्म की प्रधानता अतीत से थी। प्रत्येक क्रिया या भावना धर्म प्रेरित थी। पुस्तकस्थ तो था ही साथ-ही-साथ अनपढ़ या स्थानीय और क्षेत्रीय धर्म जिसे लोक धर्म कह सकते हैं उसका ज्ञान पर्यटन के सहारे ही प्राप्त होता था। लोगों में धार्मिक भावना जाग्रत करने पहचानने हेतु उत्सव, मेला, त्योहार, यज्ञ, तीर्थों में सम्मेलन आदि को आयोजित किए जाते थे। वहाँ लोग इकट्ठा होकर कम-से-कम चौबीस घंटे तो रहते ही थे क्योंकि यातायात के तब त्वरित माध्यम नहीं थे। कोई यज्ञ एक दिन से कम का नहीं होता था। चूंकि वे पैदल या पशुओं से यात्रा करते थे तो विश्राम के लिए वहाँ पड़ाव डालते थे जहाँ विभिन्न वर्गों के लोगों के ठहरने से उनका सान्निध्य परस्पर होता था जिससे सामाजिक भावना, चेतना, मानदण्डों का नैतिक प्रसार होता होगा। यही होगा सामाजिक संतरण का पहला चरण, उस उद्‌बुद्ध समाज का जब उसने कृषक जीवन स्वीकार कर लिया होगा। यही से प्रारम्भ हुई होगी सामाजिक सहअस्तित्व की दृष्टि। अतः इसी उद्देश्य से विभिन्न धार्मिक आयोजन भारत में समय-समय पर आयोजित किए जाते थे जैसे चार कुम्भों का आयोजन–दक्षिण (महाराष्ट्र), पश्चिम (गुजरात), उत्तर (हरिद्वार), पूरब (इलाहाबाद) में।

राजा भी पर्यटन करते थे। अशोक इसका उदाहरण है कि वह अपने राज्य के विभिन्न भागों में जनता के बीच गया था। उसके कर्मचारियों को भी आदेश था कि वे राज्य में घूम-घूम कर जनता धम्म का प्रचार करे तथा दुःख-सुख की जानकारी रखें। चन्द्रगुप्त मौर्य भी राजनीतिक, विजय, प्रशासनिक, धर्म प्रचारार्थ उत्तर से दक्षिण तक तथा पूरब से

पश्चिम तक अपने साम्राज्य में यात्रा किया था। यही अन्य शासकों के विषय में भी कहा जा सकता है।

साहित्यकारों का पर्यटन उनकी कृतियों से स्वयं सिद्ध है। कालिदास का मेघदूत स्पष्ट करता है कि वह मध्य प्रदेश से चलकर हिमालय तक के प्रत्येक क्षेत्रों का पर्यटन किया था जिससे मार्ग, भू-प्रकृति, सामाजिक, परिवेश, भूगोल, इतिहास आदि का उन्हें ज्ञान था। वाणभट्ट, वाल्मीकि, वेदव्यास की कृतियाँ भी इसको पुष्ट हैं। बुद्ध, महावीर, कृष्ण, राम तथा उनके अनुयायियों ने भी देशाटन किया था। भारत के बाहर से अनेक यात्री यहाँ की प्रशंसा सुनकर यहाँ आये और भारत भूमि का परिभ्रमण किये। भारतीय भी लंका, जावा, बाली, सुमात्रा आदि दक्षिणी पूर्वी देशों में और फिर मेसोपाटमिया, ईरान आदि मध्य एशियायी देशों में और मिस्र आदि तक गए थे।

मध्यकाल में विविध देशों के लोग भारत में आए। कुछ भारत की यात्रा के लिए पर संयोग हुआ कि वे यहाँ पर यहीं के होकर रह गए। कई विद्वान केवल यहाँ अध्ययन के लिए थे। उसी दौर में शाहजहाँ के शासन काल में कुछ कलाकार आये जो थोड़े समय यहाँ रहकर फिर अपने देश चले गए। इस समय इसाई देश से जो अपने धर्म के प्रचारार्थ भारत आये थे फिर व्यापार करने लगे और पीछे यहाँ अपनी जड़ें जमाईं जिससे उनकी सभ्यता धीरे-धीरे भारतीय समाज के स्वरूप में ही बदल गयी।

यहाँ अंग्रेजों ने उन्हीं मदरसों में अपने स्कूल खोले जो मुसलमानों के थे तथा अपनी कोठियाँ खड़ी की। इसके सहारे उनका आना-जाना बढ़ा, साम्राज्यवादी प्रसार और भारत में ईसाइयत एवं अंग्रेजियत। यह समाज अब न पूर्ण हिन्दू रहा, न इस्लामी और न इसाई बल्कि सबका घुला-मिला (cosmospslitan) रूप। हमारी रूढ़िवादिता की दीवार इससे अब टूट रही है पर हम स्वयं इतने दिखवापन में डूब गए हैं कि वाह्य प्रदर्शन को ही सही मानकर उसको संस्कृति में जोड़ लिए हैं। यह दोष खुद का है कि हम विदेशी प्रभाव में आकर अपनी पहचान मिटा रहे हैं।

आज भारतीय समाज इन्हीं पर्यटकों के कारण विश्व संस्कृति से जुड़ता चला जा रहा है। इसका ग्रामीण समाज भी आधुनिकता की ओर बढ़ रहा है तथा भविष्य में इसकी रूढ़िवादिता की रही-सही दीवार भी टूट जाएगी।

मनुष्य एक सामाजिक प्राणी है वह सदियों से जिस समाज में रहता आ रहा है उसके आगे भी बढ़ाना उसकी रुचि है। वहाँ से निकलकर फिर देश और विदेश के समाज की ओर बढ़ता है।

ज्ञान के विकास ने मानव को दूसरों के विषय में जानने का अवसर दिया है। वह अपने सीमित क्षेत्र से आगे विदेश की ओर ज्ञान के माध्यम से बढ़ता है। प्रत्यक्ष ज्ञान के लिए वह उन स्थानों की यात्रा करना चाहता है। इसमें इसके सम्मुख कई उद्देश्य होते हैं – वहाँ का प्रत्यक्ष भौगोलिक ज्ञान प्राप्त करना, इतिहास तथा पुरातनता की जानकारी मूल स्रोतों से करना, रीति, परम्परा, व्यवहार, आचार आदि को जानना, कलात्मक कृतियों को देखना, सामाजिक विशेषताओं को पहचानना, विद्वानों से सीधा सम्पर्क करना, बाहर के विकसित पूर्ण ज्ञान की प्राप्त करना, विकसित देशों के प्रयोगशाला तथा पुस्तकालयों का उपयोग करना तथा बाहर के विद्वानों के साथ मिलकर ज्ञान के क्षेत्र में नई खोजें करना।

ऐसी बहुत-सी कल्याणकारी सामाजिक संस्थाएँ पूरा विश्व में हैं। उनकी शाखाएँ संसार के अनेक देशों में जहाँ हैं वहाँ उनकी क्रियाएँ भिन्न-भिन्न प्रकार से चलती रहती है। उनके

बीच तालमेल के लिए वे परस्पर मिल बैठ कर विचार-विमर्श का अवसर निकालते हैं। अपनी अन्तर्राष्ट्रीय गोष्ठियों का आयोजन अलग-अलग देशों में प्रतिवर्ष करते हैं। ऐसे सम्मेलनों में भाग लेने के लिए सदस्य देशों के लोग वहाँ-वहाँ एकत्रित होकर आपसी क्रियाओं का आदान-प्रदान करते हैं। इसके द्वारा वे बहुत कुछ लेते-देते हैं। इसका प्रभाव पूरे समाज पर होता है क्योंकि वे इसका प्रचार करते हैं। ऐसी संस्थाएँ हैं – Lions International, Rotary Club आदि। ये जनकल्याण का कार्य विश्व स्तर पर करती हैं जिससे एक देश के समाज का सम्पर्क दूसरे देश के समाज से आने-जाने के द्वारा ही नहीं वरन् क्रिया-कलाप और पारस्परिक सहयोग के द्वारा होता है।

प्रत्येक देश में विकास के लिए राज्य द्वारा तथा स्वयंसेवी संस्थाओं के सहयोग से विभिन्न देशों के बीच सामाजिक सम्पर्क सूत्र स्थापित करने की ओर कदम उठाया जा रहा है। इसमें हम सांस्कृतिक तथा सामाजिक एकत्व स्थापना का प्रयास करते हैं। आज विश्व की दूरी कम हो गई है। साथ ही, समाज के विभेदों को भी मिटाने का प्रयास किया जा रहा है। इसी से भारत जैसे विकासशील देश में 'भारत समाज', 'किसान सभा' आदि संस्थाओं ने अपने अन्य कार्यक्रमों के साथ सामान्य स्तर के लोगों को देश-विदेश का पर्यटन कराती तथा अपनी भावना दूसरे तक पहुँचाती हैं कि ये लोग दूसरे की सभ्यता को देखें और जो अच्छा हो उसे ग्रहण करें कि ये भी उनके अनुरूप आगे बढ़ सकें। राज्य सरकारें संघटनों को ऐसे कार्यों के लिए अपनी ओर से भी ऐसे पर्यटन कार्यक्रम बनाती हैं। राष्ट्रीय सरकारें भी प्रायः सांस्कृतिक दलों को मित्र राष्ट्रों में भेजती हैं तथा उन्हें अपने यहाँ आमन्त्रित करती है।

सामाजिक जीवन को उजागर करने का प्रायः प्रयास किया जाता है यही की मान्यताओं, भावनाओं, क्रिया-कलापों, जीवन पद्धति, स्वरूप, संगठन आदि से दूसरे लोग परिचित हों। इसलिए वहाँ के वस्त्र, व्यवसाय, कलाकृतियों, लोक-जीवन, संस्कारों, भोजनपान आदि दैनिक जीवन की सामाजिक क्रियाओं की प्रदर्शनी लगाई जाती है। इसके लिए केन्द्रीय स्थानों जैसे प्रत्येक प्रान्त की राजधानियों, बड़े नगरों, मेलों, राष्ट्रीय उत्सवों और पर्वों आदि के अवसर पर दूसरे राज्य अपना अस्थायी तथा स्थायी स्टॉल लगाते हैं जहाँ उनकी सामग्रियाँ मिलती हैं। इससे अपरिचित लोगों के लिए भी वह धीरे-धीरे परिचित-सा हो जाता है। इसका एक जीवन्त उदाहरण है बनारस के रेलवे प्लेटफार्म पर दक्षिण भारतीय जलपान-गृह, कानपुर का भारतीय वस्त्र उद्योग इम्पोरियम।

सामाजिक पर्यटन की ओर आकर्षण के माध्यम

इसके लिए निम्न विधियाँ अपनाई जाती हैं:—

पोस्टर्स आकार के फोटो बनवाकर जगह-जगह लगवाना। पत्र-पत्रिकाओं में लेख देना तथा चित्र छपवाकर उनकी विशेषताओं का उल्लेख करना। समय-समय पर डेलीगेशन बुलाना तथा भेजना। अपने समाज पर सस्ता, सरल तथा पठनीय साहित्य तैयार करके अपने स्टालों तथा दूसरों के स्टालों से बेचना। सामाजिक जीवन सम्बन्धी स्टीकर, मोनोग्राम, टिकट, वस्त्रों पर छापे आदि को लगवाना। दूसरे राज्यों तथा संस्थाओं से प्रसंविदा (contract) लेना। अपने भोजनालय, वस्त्रालय, साहित्य, कला केन्द्रों आदि को दूरस्थ स्थानों में स्थापित करना तथा दूसरों के स्टालों पर इन सामग्रियों को रखवाना, अपने यहाँ होने वाले उत्सवों का व्यापक प्रचार करना। उसमें लोगों को बुलाना। उनकी कभी-कभी भागीदारी स्वीकार करना। सामाजिक पर्यटकों को विशेष सुविधा देना। राष्ट्रीय उत्सव देश में तथा बाहर मनाना जैसे राजस्थान महोत्सव, भारत महोत्सव, रूस महोत्सव आदि।

सामाजिक पर्यटन की उपयोगिता

'Tourism is a sociological aspect consists of recreational, educational and cultural aspects.'

''पर्यटन विभिन्न देशों के अलग-अलग पृष्ठभूमि वाले लोगों को एक-दूसरे के निकट लाता है। इससे उनकी जीवन शैली के परस्पर ज्ञान, अलग-अलग संस्थाओं से भलीभाँति परिचित होने, पारस्परिक सहयोग बढ़ाने तथा सामाजिक आदान-प्रदान का मौका मिलता है। इससे पर्यटकों के आगमन से लोगों को सांस्कृतिक आदान-प्रदान का अवसर मिलता है।''

इससे परस्पर सामाजिक दूरी कम होती है, विभेद में कमी आती है तथा सौहार्द्र बनता है। एक-दूसरे को समझने का सीधा अवसर मिलता है। पारस्परिक सम्पर्क के कारण अनेक विधाओं की पूरी-पूरी व्यवस्था को अंगीकार कर लेते हैं। नई-नई सामाजिक परम्पराएँ अपनाई जाने लगती है। यह पुरातन काल से चल रही परम्परा है जैसे यूनानी पर्यटकों के प्रभाव के कारण चन्द्रगुप्त मौर्य ने केशप्रक्षालन की परम्परा दरबार में शुरू किया था। इससे सामाजिक महत्त्व के स्थल प्रकाश में आते हैं जिन्हें देखने के लिए लोग आते हैं तथा उसको विकसित करने के लिए देशी तथा विदेशी सरकारें अनुदान देती हैं। इसके परिणामस्वरूप विदेशी वस्तुओं का आयात निर्यात होता है। इसके कारण राष्ट्रीय उत्पादन प्रभावित होता है। विदेशों में स्वदेशी सामग्रियों का पण्डाल लगाया जाता है। मनोरंजन की नई-नई विधाएँ अपनाई जाती है। एक क्षेत्र का बाह्य समाजों के सम्पर्क से बढ़ता रहता है।

इसके कारण चारित्रिक और नैतिक विकास होता है। सामाजिक शिक्षा के विकास में यह सहायक होता है। तभी लैंगिकता (sex) की शिक्षा प्रौढ़ों को दी जाय कि दुष्प्रयोग से अपने को बचा सकें। यह पश्चिमी समाज के प्रभाव का मात्र परिणाम है। इसे सामाजिक शिक्षा (social education) कहते हैं। यह सामाजिक संतरण (social mobilization) को बल देता है। धरती पर लोगों के बसाव का दबाव एक स्थान पर न होकर फैला होता। घर के भीतर बंध कर रहने (Home sickness) की प्रवृत्ति का उन्मूलन होता है। व्यक्तिगत केन्द्रीकरण (self contralization) की भावना समाप्त होने से घर के बाहर भी घर ही समझा जाने लगता है। जीवनस्तर में विकास होता है। बाहर के देशों के साथ कोई भेदभाव नहीं रहता। तभी आनन्दात्मक यात्रा (Pleasure Tourism) की बात सही उतरती है। परिवर्तन पर्यटन द्वारा धीरे-धीरे संस्कृतिक क्षेत्र में उतरता आता है। समाज नवीनता की ओर बढ़ता जाता है। राजनीति मूल्यों और सम्बन्धों की स्थापना होती है। राजनीति प्रेरित यात्राओं का आमंत्रण मिलता है। इस कारण संस्कृति तथा ज्ञान के पारस्परिक उदारीकरण को सहमति मिलती है। यह *''एकमात्र सामाजिक यात्रा है जो विश्राम, ध्यान का विकेन्द्रीकरण और सांस्कृतिक संतोष प्रदान कर सकती है।''*

It is social movement with a view to rest, diversons & satisfaction of cultural needs. — **Dr. Zavidin.**

राष्ट्रों के बीच सम्बन्ध स्थापित करने से राष्ट्रों में परम्पर सहमति बनती है। इसके लिए एक विधि यह भी अपनाई जाती है कि एक देश के लोगों को दूसरे देश में भ्रमण, मेला, सांस्कृतिक प्रदर्शन, ज्ञान का आदान-प्रदान, कलात्मक प्रदर्शनियाँ आदि लगाने के उद्देश्य से भेजा जाता है या बुलाया जाता है कि सम्पर्क और सहयोग की वृत्ति आपस में बढ़े। न केवल राष्ट्रों के बीच बल्कि एक ही देश के विभिन्न प्रान्तों, फिरकों, सम्प्रदायों के बीच सौहार्द्र स्थापित करने में यह सहायक होता है। इससे लगता है कि सभी लोग एक ही परिवार और कुल के

हैं चाहे वे कितने भी दूर के रहने वाले हों। अतः एकता स्थापित करने का यह एक बड़ा ही सशक्त माध्यम है।

सामाजिक पर्यटन में असुविधाएँ

सम्मानित लोगों को भी दूसरे देशों के नियमों में बँधक कर रहना होता है इससे मानव और नियम का सम्मान इसी के सहारे हम सीख लेते हैं। दूसरे स्थान के अधिकारियों की निगाहों में प्रत्येक बाहरी संदेह के घेरे में होता है। कभी-कभी बाहरी लोगों से ऐसी बातें पूछी जाती है जिनका उत्तर उनके तथा देश के सम्मान के विरुद्ध होता है। उनको अनेक प्रपत्र भरने पड़ते हैं जो श्रमसांध्य होते हैं। विदेशियों का व्यवहार सरल और सहज नहीं होता। इनके कार्य को कर्मचारी अनावश्यक विलम्ब करते हैं। बाहरी समाज के नियम प्रायः विरोधी होते हैं।

सामाजिक पर्यटन का कैंसर वेश्यावृत्ति

थाईलैण्ड आज पर्यटकों का एक केन्द्र बन गया है। वहाँ के सरकार ने पर्यटन को बढ़ावा देने के लिए सभी संसाधनों को जो उनके पास है उन्मुक्त रखा है। जमीन, जल आदि का अधिग्रहण किया है। वहाँ लोक स्वास्थ्य मंत्रालय की ओर से 1992 उनके विरुद्ध एक सर्वेक्षण हुआ था। उसके अनुसार उस देश में 76863 वेश्याएँ हैं। 'फाउण्डेशन फॉर वीमेंस कैम्पेन अगेन्स्ट चाइल्ड प्रॉस्टीट्यूशन' के अनुसार इनमें 15000 से अधिक 18 वर्ष आयु वर्ग से कम की थी। 1982 के गैर सरकारी सर्वेक्षण के अनुसार 5% वेश्याएँ 15 वर्ष से कम उम्र की थी। ऐसा अनुमान है कि 2000 ईस्वी में यह संख्या 20 लाख तक पहुँची होगी। विश्व बैंक के पीपुल फोरम की बैठक में प्रो० नागवाओ नाओ ने बताया कि यहाँ यौन-उद्योग फल फूल रहा है। यहाँ प्रत्येक ऐसे धंधे में लगी स्त्रियाँ 400 से 800 डॉलर के लगभग प्रतिदिन कमाती हैं। वहाँ के देहाती क्षेत्रों का यह सामान्य धन्धा हो गया है। वहाँ की पढ़ी महिलाएँ अधिकारी होने की अपेक्षा इस धंधे को अधिक पसन्द करती हैं क्योंकि इसमें पैसा और चमक-दमक अधिक है। इससे वहाँ बेशुमार बीमारियाँ फैल रही हैं। समाज पतन की ओर बढ़ता जा रहा है। इसकी सारी जिम्मेदारी पर्यटकों पर है। यहाँ आने वाले पर्यटकों के कारण इस धंधे को काफी प्रोत्साहन मिला है। पर्यटकों में स्त्रियाँ भी आती हैं। ये यहाँ आकर वेश्याओं में शामिल हो जाती है। इससे इस समय थाईलैण्ड आने वाले पुरुषों और और स्त्रियों के बीच 2 : 1 का अनुपात है। सर्वेक्षण के रिपोर्ट के अनुसार दुनिया के किसी दूसरे विकासशील देश में इतनी बड़ी संख्या में पर्यटक नहीं जाते जितनी थाईलैण्ड जाते हैं। यद्यपि 1960 में वेश्यावृत्ति अधिनियम द्वारा इसे अवैध घोषित किया गया था पर फिर भी इस धंधे के लोगों का पंजीकरण वहाँ होता है। ये धंधे कई रूप से किये जाते हैं। बैंकाक में मालिश करने वाले पार्लर, नाइट क्लब और डिस्को-कम-इटिंग केन्द्र के द्वारा यह धंधा चलता है। अब विदेशी सूचना माध्यमों ने थाईलैण्ड को 'वेश्याओं का स्वर्ग' की संज्ञा दिया है। वहाँ के संयुक्त राष्ट्रसंघ के राजदूत ने अनेक अधिकारिक चिट्ठियाँ इसके विरोध में लिखी पर वे बेकार रहीं।

सामाजिक पर्यटकों को क्या सुविधाएँ दी जाएँ?

(i) उनको गन्तव्य तक जाने के लिए सरल नियम बनाए जायँ। (ii) उनकी स्वतन्त्रता में विशेष बाधाएँ न उत्पन्न की जाय। (iii) इनके प्रति सद्‌भाव तथा स्नेह का वातावरण पैदा किया जाय। (iv) इनके आवास, भोजन तथा वस्त्र की अनुकूल व्यवस्था की जाय। (v) सामाजिक विभेदों की व्याख्या के लिए साहित्य उपलब्ध कराया जाय कि उसका स्वरूप समझ सकें। (vi) स्थानीय लोगों को साथ रखा जाय कि वे उनको वहाँ के समाज के विषय

में सही और तर्कपूर्ण सूचनाएँ दे सकें। (vii) पारपत्र, मुद्रा परिवर्तन, लौटने की व्यवस्था सम्बन्धी कठिनाइयों को दूर किया जाय।

[द] धार्मिक पर्यटन

प्राचीन विश्व का स्वरूप धार्मिक रहा है। सभी देश अपने अतीत में धर्म से बंधा था। धीरे-धीरे धर्म के बन्धन ढीले होने लगे। उसमें सहायक बने विदेशी आगन्तुक। चाहे वे जिस किसी भी परिप्रेक्ष्य में आए हों उन्होंने अपने साथ लाई परम्परा का उसके साथ मेल कराने का प्रयास किया। इस प्रयास में स्थानीय रूढ़िवादिता में कमी आई। इसके साथ ही कुछ धर्म प्रचारकों का संगठन बना जो घूम-घूमकर अपने धर्म का प्रचार करते थे। उनको बहुत से समाजों में जाना पड़ता था। वहाँ जो भी अच्छा लगता था उसको भी अपना लेते थे। इसका परिणाम यह हुआ कि धर्म का मूल तो वहीं रहा पर उसका बाह्य स्वरूप बहुत कुछ परिवर्तित होता गया। इन संगठनों के प्रधानों ने इसके स्वरूप और कठिनाइयों की ओर ध्यान दिया। जो कुछ अधिक दुरूह, रूढ़िवादी या कठोर लगता था और जिसका जनता आदर नहीं करती थी उनके स्थान सरल तथा ग्राह्य तत्त्वों को जोड़ा गया। इस प्रकार धर्म का नवीन सुधरा रूप लेकर धर्म प्रचारकों ने देश और क्षेत्र की सीमा से बाहर निकलकर प्रचार किया। इसी क्रम में धर्म का स्वरूप कई आवृत्तियों में घटता बढ़ता रहा। जो आज है वह पीछे नहीं था, वह आगे भी नहीं रहेगा। यही इसका सिद्धान्त है। इसमें सहायक हैं पर्यटक चाहे वे धार्मिक भावना से प्रभावित रहे हों या किसी अन्य से। भारत में इन्हीं पर्यटकों के कारण समय-समय पर धार्मिक सुधारवादी आन्दोलन छिड़ते रहे जिनका प्रभाव कला, ज्ञान, समाज, शिक्षा, साहित्य आदि विविध क्षेत्रों में पड़ता रहा। अतः धर्म और धार्मिक जीवन का पर्यटन से घनिष्ठ सम्बन्ध रहा है।

धार्मिक पर्यटन के कारण

(1) प्रायः मनुष्य आस्थावादी होता है। वह देवता तथा देवस्थानों के प्रति अस्थावान रहता है।

(2) अवस्था बढ़ने के साथ धर्म और धार्मिक स्थलों के प्रति रुचि बढ़ती है। इससे अवस्था प्राप्त लोग धार्मिक स्थलों का पर्यटन अधिक करते हैं।

(3) धार्मिक कला के अवलोकन के लिए यात्राएँ की जाती हैं जैसे अजन्ता की बौद्ध चित्रकला, बोध गया मन्दिर आदि के लिए।

(4) धर्माचार्यों के जन्मस्थान, कार्यक्षेत्र तथा समाधि स्थान के दर्शन के लिए यात्राएँ होती है, जैसे रोम में सेंटपाल तथा पीटर के मकबरे के दर्शन हेतु ।

(5) इस भावना से कि देवता अमर है उसका दर्शन, प्रसाद, धूल आदि लेने से लाभ होगा। कुछ यात्री गोआ आते हैं केवल ईसाई धर्माधिकारियों के कब्र की श्रद्धा धूल लेने। इसी प्रकार हिन्दू धर्मस्थल का प्रसाद लेकर ही सन्तुष्ट हो जाता है।

(6) पाप से मुक्ति पाने के लिए तीर्थाटन किया जाता है इस विश्वास से कि तीर्थ यात्रा, पुण्य तिथियों को तीर्थ में स्नान-दान से पाप से मुक्ति मिलेगी।

(7) यह मान्यता है कि ईश्वर के बुलाने पर ही धार्मिक यात्राएँ हो सकती है।

(8) कुछ धर्मों में आदेश है कि तीर्थाटन आवश्यक है जैसे इस्लाम धर्म में जीवन में एक बार मक्का मदीना की यात्रा को आवश्यक माना गया है।

(9) धार्मिक सम्मेलनों के लिए यात्राएँ की जाती हैं। यही कारण है कि प्रसिद्ध धार्मिक

अवसरों पर महत्त्व के धर्म-स्थलों पर धार्मिक सभाओं का आयोजन किया जाता है जैसे चारों कुम्भों के अवसरों पर।

भारत में धार्मिक पर्यटन का इतिहास

पहले ऋषि एक स्थान पर स्थायी रूप से नहीं रहते थे। व्यास गुफा बद्रीनाथ से भी उत्तर में माडा नामक गाँव में है। वहाँ से वह पूरे भारत में घूमते रहे। बाल्मीकि का आश्रम बलिया, बिठूर (कानपुर) तथा चित्रकूट में एक पर्वत पर बना है। इसी प्रकार परशुराम, नारद आदि थे। यह प्रमाण है कि ये धर्म के अधिकारी धर्म संस्थापनार्थ स्थान-स्थान पर घूमते रहते थे। हमारे धर्म महापुरुष राम, कृष्ण आदि का जीवन भी पर्यटन में ही बीता है। रामायण का अर्थ ही है रामा का 'अयन' घूमना। ये बुद्ध की तरह धर्म के प्रचारार्थ स्थान-स्थान पर नहीं गए। पर फिर भी उनके स्थान परिवर्तन के कारण धर्म की धुरी बदलती गई। जब कृष्ण मथुरा में थे तो भागवत धर्म का वह केन्द्र था। जब वह गुजरात के द्वारका में पहुँचे तो वह भी इस सम्प्रदाय का क्षेत्र बन गया। इसी प्रकार सूर्य पूजा वैदिक ऋषियों ने पश्चिमी भारत में शुरू की थी। महाभारत के अनुसार शाम्ब से इसे जोड़ा गया। वहीं गुजरात, दक्षिण भारत तथा पूर्वी भारत में विभिन्न केन्द्रों में आज यह फैली है। राम का धार्मिक मान्यता उनके साथ उत्तर में अयोध्या से लेकर दक्षिण में रामेश्वरम और लंका तक फैली है। भले ही वे धर्म के प्रचारार्थ वहाँ नहीं गए थे पर धर्म उनके साथ सहचरी रूप में उनसे जुड़ा था जो वहाँ फैला गया।

घूम-घूम कर धर्म के प्रचार के लिए अशोक का काल प्रसिद्ध है। उनके समय से 'धर्मयात्रा' शुरू हुई। वह अनेक बौद्ध धार्मिक स्थलों पर गए – बोधगया, लुम्बिनी, कुशीनगर आदि। उसने अपने अधिकारियों को भी धर्मयात्रा के लिए आदेशित किया था। उसके शासन काल में भारत से बाहर निकल कर दक्षिण-पूर्वी एशिया तथा मध्य एशिया में प्रचारार्थ बौद्ध धर्म के प्रचारार्थ भिक्षुओं को भेजा गया था। इससे भारत का यह धर्म इतना व्यापक हो गया कि कोई धर्म उतना व्यापक नहीं था। आज भी यह विश्व का दूसरा सर्वाधिक मान्य धर्म है। यहाँ के स्थानों के भ्रमणार्थ नए-नएं मार्गों को बनवाकर विदेशी भारत आकर यहाँ के प्रसिद्ध बौद्ध स्थलों की यात्रा किए तथा यहाँ के आँखों देखे हाल का विवरण प्रस्तुत किए। इसके सहारे हमारे भारत की भू-प्रकृति, जीवन, सम्पदा, सामाजिक अवस्था, सांस्कृतिक स्थिति, राजनीतिक परिस्थितियों का ज्ञान उभरा। इसके प्रभाव से हिन्दू धर्म में भी रूढ़िवादिता को दूर करने का प्रयास किया गया और इसमें नवीन मान्यताएँ जोड़ी गईं जैसे बुद्ध को विष्णु का अवतार माना गया और बौद्ध धर्म की अहिंसावादी नीति को वैष्णवों ने भी कठोरता से स्वीकार किया। इन दोनों धर्मों में इतना सामंजस्य बना कि दोनों धर्मों के प्रमुख पर्यटन केन्द्र साथ-ही-साथ रहे हैं जैसे – गया (विष्णुपद, बोधगया), काशी (शंकाराचार्य का स्थान और सारनाथ बुद्ध का प्रचार स्थान) आदि।

फिर विदेशी धर्मप्रचारकों ने विजेताओं और आक्रमणकारियों के साथ हमारी धरती पर आकर धर्म का प्रचार किया। बहुत से भारतीयों ने भी चाहे धन की लिप्सा या राज्य मद में इसे स्वीकार कर लिया। इनको रोकने के लिए हमारे मनीषियों ने अपने धर्म की जटिलताओं को उनके प्रतिरूप शिथिल किया और प्रचार करते विदेशों में पहुँचे। इसी क्रम में स्वामी विवेकानन्द धर्म सुधारवादी आन्दोलन छेड़ा। अब धर्म का स्वरूप मात्र आध्यात्म और कर्मकाण्ड की सीमा से आगे बढ़कर पुनर्जागरण का रूप ले लिया। इस कारण विदेशियों की हमारे धर्म से भागीदारी हुई जिससे आर्य समाज, ब्रह्म समाज, प्रार्थना समाज, रामकृष्ण मिशन, थियोसोफिकल सोसाइटी आदि उभरे। इनके प्रचारार्थ विश्व का भ्रमण किया गया। विश्व के

लोग अपने धर्मों को लेकर भारत में आये अपना हमको देने तथा हमारा अपने लेने के लिए। अब धर्म का सामाजिक स्वरूप आया जिसमें बाल-विवाह, विधवा विवाह, बालहत्या, छुआछूत, हरिजनोद्धार आदि की समस्याओं को सुलझाने का पहल धर्म के प्रचारकों ने शुरू किया।

आज सरकार ने इसकी आवश्यकता और महत्ता से प्रेरित होकर धार्मिक स्थलों पर पर्यटन की सुविधाएँ, विस्तार, सुन्दरीकरण आदि कराना प्रारम्भ कर दिया है। इसी से आज अयोध्या, कुशीनगर, श्रावस्ती, सारनाथ आदि अपने मौलिक रूप से बहुत आगे बढ़ गया है।

अगर हम विश्व के सम्पर्क आकर धार्मिक आन्दोलनों से न जुड़ते, वहाँ के पर्यटकों की बातें न सुनते तो हम अपनी पहचान को बदलने में असमर्थ होकर धर्म की आधुनिकता, विश्व एकता, भातृत्व की भावना से बहुत दूर खड़े रहते। आज पर्यटन का ही परिणाम है कि भारत के महेशयोगी, विवेकानन्द, रामकृष्ण परमहंस, बालयोगेश्वर, महात्मा गाँधी आदि ने विदेशों में भारत की पहचान नए परिवेश में बनाया।

भारत में आने वाले धार्मिक पर्यटनों को तीन श्रेणियों में रख सकते हैं:—

(1) भारत के मूलवासी जो विदेशों के नागरिक बन चुके हैं वे अपनी उत्कण्ठा को शान्त करने के लिए कि वे अपने पूर्वजों के धर्मस्थलों को देखने आते हैं।

(2) दक्षिण-पूर्वी एशिया जहाँ बौद्ध धर्म के प्रचार के कारण अधिकांश लोग बौद्धानुयायी हो गए हैं। वे अपने धर्म गुरु के स्थलों के दर्शन के लिए यहाँ आते हैं।

(3) यूरोपीय लोग मुख्यतः अमेरिका, इंगलैण्ड आदि के जिनकी रुचि बौद्ध, हिन्दू, सिक्ख धर्मों में है वे इसके केन्द्रों की यात्रा के लिए आते हैं।

धर्म के द्वारा पर्यटन को बढ़ावा कैसे दें?

इसके निम्नांकित माध्यम हैं:—

(i) धर्म का प्रचार विदेशों में किया जाय तथा वहाँ धार्मिक महापुरुषों के चित्र जगह-जगह लगाया जाय।

(ii) धार्मिक स्थलों के विषय में लेख विदेशी धर्म पत्रिकाओं में लिखकर महत्त्वपूर्ण तथ्यों को उजागर किया जाय तथा पुरातन सामग्रियों और नवीन निर्माणों के विषय को अधिक प्रकाशित किया जाय।

(iii) धार्मिक उत्सवों तथा मूल धार्मिक आयोजनों को अधिक रंग दिया जाय।

(iv) धार्मिक स्थलों के चित्रों, दृश्यों, घाटों, पूजा स्थलों, धर्माधीशों का प्रचार जगह-जगह फोटो, पोस्टर, पुस्तिकाओं, पत्रों द्वारा किया जाय।

(v) पर्यटन संस्थाओं को सामग्रियाँ भेजी जाय कि वे पर्यटक संस्थाओं, टूर ऑपरेटरों से सम्पर्क करके इसका अधिक-से-अधिक प्रचार करें।

(vi) धार्मिक स्थलों के विशेष अवसरों जैसे पूजनोत्सव, वार्षिकोत्सव, विशेष आयोजनों, भाषण चक्रों आदि की सूची तैयार की जाय।

(vii) धार्मिक स्थलों पर पर्यटकों के ठहरने की सुविधाएँ, भोजन, सुरक्षा, परिवहन, क्रय-विक्रय केन्द्र, सुखद यात्रा की सुविधा उपलब्ध कराया जाय।

(viii) पर्यटन चक्र विशेष धर्म सम्बन्धी धार्मिक स्थानों का बनाया जाय कि यात्री आकर अपने सम्बन्धित स्थलों की भी यात्रा एक निश्चित व्यय तथा समय में कर सकें।

(ix) धार्मिक पर्यटन स्थलों पर उस धर्म से सम्बन्धित ग्रंथालय और दुर्लभ सामग्री विक्रय

केन्द्र स्थापित (cureo) होना चाहिए कि विदेशी वहाँ अपनी धार्मिक जिज्ञासा शान्त कर सकें तथा अपने लोगों के लिए कुछ सामग्रियाँ ले जा सकें।

(x) धार्मिक सम्मेलनों का आयोजन करना चाहिए कि उसमें लोग भाग लेने आवें।

(xi) धर्म संस्थापकों की जयन्ती, उसके प्रचारकों का समारोह, उसके विषय का मेला, पुजनोत्सव का आयोजन करना चाहिए कि लोग वहाँ आवें।

(xii) धार्मिक स्थलों पर धर्म संघ बनाना, विद्यालय एवं संस्थान खोलना, सम्बन्धित पुस्तकों और पत्रिकाओं के प्रकाशन की व्यवस्था की जाय।

(xiii) धार्मिक केन्द्रों की स्थापना सीमावर्ती क्षेत्रों में प्राकृतिक स्थलों पर, देश के विविध कोनों पर करना चाहिए जैसे आदि शंकराचार्य ने भारत के विभिन्न कोने पर अपना मठ स्थापित किया है।

(xiv) धर्मस्थलों पर धार्मिक संग्रहालयों की स्थापना की जाय।

भारतीय धार्मिक स्थलों पर पर्यटक सुविधाएँ

इसके लिए निम्न सुविधाएँ प्रदान की गई हैं :—

(i) धर्मस्थलों को यातायात के माध्यम से जोड़ा गया है। उदाहरण के लिए पहाड़ में बसा बद्रीकाश्रम, केदारनाथ, उत्तरकाशी, गंगोत्री, वैष्णव देवी को सड़क के माध्यम से जोड़ा गया है। जहाँ हवाई यात्रा सम्भव हो वहाँ उसकी सुविधा भी उपलब्ध कराई जाए।

(ii) धर्मस्थलों के क्षेत्र को विकसित किया गया है। पहाड़ के भीतर बसे हमारे तीर्थ हैं या समुद्र के बीच में अथवा जंगलों के अन्दर या मैदानों में सर्वत्र इतना सुखमय वातावरण बनाया गया है कि पर्यटक उसकी ओर आकर्षित होता है। जैसे हरिद्वार, ऋषिकेश, मथुरा, द्वारिका, समुद्र के बीच स्थित कन्याकुमारी और विवेकानन्द स्मारक तथा सेतुबंध रामेश्वर और गंगासागर जंगलों के बीच स्थित विंध्यवासिनी देवी कामाख्या देवी का मन्दिर आदि।

(iii) प्रायः पर्यटन केन्द्रों की स्थापना ऐसे धर्म स्थलों पर की गई है कि पर्यटकों को सहायता, सुविधा प्राप्त हो सके। इनसे लगे वहाँ स्थापित है धर्मशालाएँ, यात्री निवास के विशाल होटल और सुन्दर बाजार, अगली यात्रा के लिए आरक्षण एवं परिवहन की सुविधा, व्यवस्थित तथा विविध प्रकार के भोजन उपलब्ध कराने वाले भोजनालय।

(iv) प्रायः धार्मिक स्थलों की खुदाई से प्राप्त सामग्रियों का एक छोटा स्थलीय संग्रहालय (Site Museum) स्थापित किया गया है।

(v) कुछ स्थायी पर्यटन चक्र भी तैयार किया गया है कि धार्मिक स्थलों को एक क्रम में जोड़कर आसानी से कम समय और कम पैसे में पर्यटक को घुमाया जा सके।

(vi) पर्यटन केन्द्रों के विकास की योजनाओं के लिए राज्य सरकार तथा केन्द्र सरकार दोनों ही सचेष्ट हैं। अभी उत्तर प्रदेश के बौद्ध धर्म के पर्यटन केन्द्रों को जोड़ने और विकसित करने की योजना उत्तर प्रदेश सरकार ने कई चरणों में पूर्ण करने का कार्य हाथ में लिया है। इसके लिए बाहरी देश से भी सहायता उपलब्ध हो सकी है। इसी प्रकार सहायता प्राप्त संस्थान प्रारम्भ किया गया है : सारनाथ में तिब्बती संस्थान तथा नालन्दा में भी 'नवानालन्दा महावीर'।

(vii) धार्मिक स्थलों से पत्र-पत्रिकाओं, पुस्तकों का प्रकाशन तथा तत्सम्बन्धी सोसाइटियों और न्यासों की स्थापना की गई है यथा – बौद्ध संस्थान, सारनाथ, राधाकृष्ण संस्थान वृन्दावन, कालिदास संस्थान, उज्जैन, आदि।

(viii) विदेशी संस्थाएँ जो धार्मिक स्थलों को विकसित करना चाहती हैं उनको भारत के केन्द्र तथा राज्य सरकारों से सहयोग दिया जाता है। जापान, लंका आदि के देश भारत के बौद्ध तीर्थों के विकास के लिए सतत प्रयत्नशील हैं। इनको कम कीमत पर भूमि, मुफ्त प्राविधिक सुविधाएँ, कर मुक्त सामान आदि सरकार उपलब्ध करती हैं।

धार्मिक क्षेत्र में पर्यटन की उपयोगिता

(i) पर्यटकों के आवागमन बढ़ने से धार्मिक क्षेत्र का विस्तार होता है। सभी सोचते हैं कि यहाँ यात्रियों की सुविधा को विस्तार किया जाय। अयोध्या का राम मंदिर जो कभी अत्यन्त सीमित क्षेत्रफल में था वह आज राम मंदिर देशी तथा विदेशी पर्यटकों के आने से एक विशाल परिसर में फैला है।

(ii) वहाँ चारों ओर भवनों का विकास होने लगता है कि पर्यटकों के ठहरने के लिए सरकारी तंत्र की व्यवस्था से अलग, वहाँ के निवासी और दूसरे व्यवसायी इसके द्वारा अधिक-से-अधिक पैसा कमायें।

(iii) वहाँ का जीवन स्तर भी विकसित होता है क्योंकि पर्यटकों के आने से लोग अपने को उस रंग में रंग लेते हैं कि वे उनके साथ घुल-मिल सकें। वाराणसी में प्रायः शंकर के नाम पर और मथुरा में कृष्ण के नाम पर लोग पर्यटकों की साथी बनाकर उनके अनुसार अपना जीवन स्तर रखते हैं।

(iv) वहाँ धार्मिक सामानों की बिक्री पर भी इसका प्रभाव पड़ता है। धर्म स्थानों पर ऐसे दूकानों की व्यवस्था की जाती है जहाँ धार्मिक वस्तुएँ बेची जायँ। उनमें मूर्तियाँ वेष-भूषा तथा पूजा की सामग्रियाँ, धार्मिक पोथियाँ आदि बिकती हैं। फलाहारी व्रत की भोज्य सामग्रियाँ भी वहाँ बिकती है।

(v) दूसरे धर्म को भी समझने का इससे अवसर मिलता है। तभी बौद्ध धर्म और दर्शन को समझने के लिए बौद्ध स्थानों के पर्यटन हेतु ह्वेनसांग, फाहियान आदि विदेशी भारत आए थे। पर वे यहाँ न केवल बौद्ध धर्म के विषय में परन्तु भारत में प्रचलित अनेक धर्मों के विषय में भी जानकारी प्राप्त किए तथा सभी तीर्थों की यात्राएँ की।

(vi) इससे धार्मिक भेद की भावना का ह्रास होता है तथा धार्मिक सम्प्रदायों के बीच दूरियाँ समाप्त होती हैं।

(vii) इसके द्वारा आध्यात्मिकता का विकास, आचारगत शुद्धता और जीवन पद्धति में बदलाव भी आता है।

(viii) यहाँ धार्मिक उत्सवों, त्योहारों आदि का स्वरूप आकर्षक बनने लगता है क्योंकि इसमें स्वदेश के साथ-साथ विदेशियों को भी भागीदारी होने लगती है।

(ix) इसके परिणामस्वरूप अनेक धार्मिक संस्थाओं के बढ़ने के साथ ही इसके अनुयायियों की संख्या विदेशों में बढ़ती है, जैसे महर्षि महेश योगी ने अमेरिका तथा स्विटजरलैण्ड आदि में अपना आश्रम, शिक्षण केन्द्र संस्थान खोला है। शुरू में ये ऋषिकेश में थे। योगेश्वर ने रूस में अपने धर्म का केन्द्र बना लिया है।

(x) इसके कारण धार्मिक स्थलों, स्मारकों की सुरक्षा तथा विकास का भार सरकार ने अपने ऊपर लेती हैं। यदि पर्यटक न आते तो सम्भावना है कि धर्मस्थल कभी के वीरान पड़े होते।

पर्यटन का नैतिक एवं आध्यात्मिक मूल्य

पर्यटन का धार्मिक पक्ष द्विमुखी है : जहाँ यह बाह्य क्रियाओं को जोड़ता है वहीं आन्तरिक मूल्यों को बढ़ाता है। ये आन्तरिक मूल्य है : मनुष्य की नैतिक एवं आध्यात्मिक प्रवृत्तियाँ। पर्यटक अपने साथ कुछ मूल्यों एवं आदर्शों को लेकर आता है और जहाँ आता है वहाँ के कुछ आदर्शों को आत्मसात करता है तथा अपना उसे देता भी है।

नैतिक मूल्यों को प्रभावित करने वाले कारक

विदेशी लोगों और आदर्श पुरुषों का सम्पर्क, विदेशी साहित्य का ज्ञान, विदेशी धार्मिक कलाकृतियों, स्मारकों तथा धर्माधिकारियों से सम्बन्धित स्थल, योग केन्द्रों पर बार-बार जाना, आध्यात्मिक केन्द्रों की यात्राएँ, एकान्तवास तथा विरोधों से अलग होकर सोचने का अवसर, विशेष आयोजनों में भाग लेना, धार्मिक एवं आध्यात्मिक गोष्ठियाँ एवं सभाओं का आदान-प्रदान, संगीत संध्या आदि का आयोजन, धार्मिक संस्थानों और पुस्तकालयों में जाना, पाप से बचने की प्रवृत्ति का जागरण आदि से नैतिक मूल्य प्रभावित होते हैं।

धार्मिक पर्यटन में कठिनाइयाँ

(1) भारत धर्मस्थलों का संग्रहालय है जहाँ एक साथ एक स्थान पर अनेक धर्मों का केन्द्र है। इसके प्रमाण पंचायतन मन्दिर हैं जिसमें पाँच विविध देवताओं की स्थापना होती है। यह कहना कठिन हो जाता है कि किस धर्म के लोग ऐसे पर्यटन स्थलों के विकास में प्रयासरत रहे।

(2) धर्म विशेष की कट्टरता के कारण सामान्य धार्मिक पर्यटन बाधित होता है।

(3) धार्मिक आन्दोलनों या विवाद के कारण भी धार्मिक पर्यटन बाधित होता है। उदाहरण के लिए हम राम मन्दिर की समस्या के कारण अयोध्या में पर्यटकों की भीड़ बहुत कम हो गई है। काशी विश्वनाथ मन्दिर के मुद्दे को लेकर विश्वनाथ मन्दिर में ऐसे ही शिवरात्रि आदि पर्वों वहाँ तीर्थयात्रियों की संख्या में ह्रास हुआ है।

(4) राजनीतिक उथल-पुथल और आतंकवाद भी इसमें बाधक है। पाकिस्तान ने कश्मीर सीमा पर आतंकवाद को बढ़ावा दे रखा है जिससे अमरनाथ तथा वैष्णव देवी के यात्रियों की संख्या पर बहुत असर पड़ा है। उसी प्रकार पाकिस्तान में हिन्दू मन्दिर तोड़ने जाने पर वहाँ लव-कुश मन्दिर में यात्रियों ने अपनी यात्राएँ स्थगित कर दी थी।

कठिनाइयों के निराकरण के उपाय

इन कठिनाइयों क निराकरण के लिए निम्न उपायों को करना चाहिए :—

(i) धार्मिक स्थल पर प्रशासन तथा स्थानीय लोगों द्वारा सुरक्षा रखना, (ii) मौसम के अनुकूल वहाँ यात्रा सुविधा का ध्यान रखना, (iii) यातायात तथा स्थानीय यात्रा की कठिनाइयों को दूर करने की व्यवस्था करना जैसे पहाड़ की चढ़ाई पर डोली, खच्चर आदि की, (iv) सरकारों को घोषित करना चाहिए कि वह क्षेत्र सुरक्षित है या अरक्षित जिससे भ्रम फैलाने वालों के गलत प्रचार से यात्रा बाधित न हो, (v) यात्रियों के साथ साम्प्रदायिक व्यवहार नहीं करना, (vi) यात्रियों को पूर्व सूचित हो कि यात्रा के दौरान क्या असुविधाएँ होंगी जिसके लिए उन्हें क्या तैयारी करके आनी चाहिए।

[य] पर्यटन का आर्थिक पहलू

संसार में तेल उद्योग के बाद पर्यटन उद्योग का ही स्थान आता है। पहले यह एक व्यसन

था, पर पिछले कुछ वर्षों में भारत में पर्यटन को उद्योग की मान्यता मिली है। इससे भारत ने रोजगार के नवीन अवसरों को बढ़ाया जिससे एक बड़ी मात्रा में विदेशी मुद्रा भारत अर्जित करता है। यहाँ इस उद्योग से 55 लाख लोगों को सीधे तथा परोक्ष रूप से रोजगार मिला है। इसके साथ ही 1989–90 में भारत ने लगभग 2455 करोड़ रुपये की विदेशी मुद्रा अर्जित किया। इस क्रम में उसने बिना कुछ खर्च किए लम्बी रकम कमाया और आर्थिक संपन्ना के लिए अवसर उत्पन्न किया। अनुमानतः 7 सेंट खर्च करके 1 डॉलर कमाने वाला यह व्यवसाय स्वतन्त्र भारत की एक महती उपलब्धि है।

पर्यटन उद्योग का दर्जा प्राप्त करते ही नई आर्थिक विधाओं से इसको जोड़ दिया गया है। इसमें पर्यटकों की सुविधा के लिए होटल, भोजन, हस्तशिल्प, हथकरघा आदि अनेक उद्योग जुड़े हैं जिनके विकसित स्थिति के कारण हमारी आर्थिक व्यवस्था में प्रतिवर्ष क्रमागत वृद्धि होती जा रही है, यथा :—

पर्यटन वर्ष	अर्जित विदेशी मुद्रा	आये विदेशी पर्यटक
1987–88	19 करोड़	12399 हजार
1988–89	21 करोड़	1335.3 हजार
1989–90	24.56 करोड़	40 लाख (लगभग)

यह बात विश्व के अन्य देशों में भी इसी प्रकार है। लंका ने जो इस दिशा में हाल में ही प्रयास शुरू किया है, एक लम्बी रकम कमा रहा है।

पर्यटन का आर्थिक उद्देश्य

"Industries outisde tourism are effected in its product due to tourists."

How important Tourism is in Real Terms : Catering Times

— G. Richard

विकासशील राष्ट्रों के आर्थिक विकास की अधिकतम दर प्राप्त करने की गाड़ी की एक धूरी पर्यटन है। सम्पूर्ण विश्व पर्यटन के आर्थिक विकास के कारण ही इसके विकास में धन विनियोजन करने की परम्परा बन गई है। तीव्र आर्थिक विकास के लिए अन्तर्राष्ट्रीय पर्यटन को ऐतिहासिक माना जा सकता है।

पर्यटन के बाहर के उद्योग भी पर्यटकों के कारण द्विविधीय होते हैं – एक तो इनका उत्पादन पर्यटन के अगली पंक्ति का होता है जो उन पर किया गया व्यय सीधा पर्यटकों से प्राप्त होता है जैसे आवास, भोजन आदि। दूसरी विधा का पर्यटन से परोक्ष सम्बन्ध है जिनका उत्पादन सीधे पर्यटकों के लिए नहीं होकर आनुषंसिक प्रसंग में किया जाता है, जैसे टेलीफोन, वाहन, दुकानें आदि।

पर्यटक एक बाहरी व्यक्ति होता है जो अपने देश की कमाई मुद्रा दूसरे देश में खर्च करता है। इस प्रकार पर्यटन वाले देश को विदेशी मुद्रा प्राप्त होती है। इससे पर्यटन के निम्न उपयोगिताएँ हैं :—

(i) राष्ट्रीय आय में वृद्धि, (ii) कार्य-क्षमता में वृद्धि, (iii) उत्पादन में वृद्धि, (iv) उत्पादन के स्रोत का अधिकाधिक उपयोग, (v) उत्पादन सम्बन्धी संभावना को विकसित करना, (vi) उत्पादन के विभिन्न घटकों में व्यवस्थित आय वितरण, (vii) निर्यात के द्वारा विदेशी बाजार में उत्पादन के लिए उचित परिस्थिति का निर्माण, (viii) व्यावहारिक तथा भौगोलिक वितरण।

पर्यटन उद्योग की विशेषताएँ

पर्यटन एक उद्योग है, इस कथन से अधिक सत्य है, कि पर्यटन विभिन्न उद्योगों का एक सामूहिक संगठन (a group of industries) है। इस उद्योग में बैलगाड़ी चलानेवाले से वायुयान चालक तक, स्थानीय घरों में सेवकों से लेकर होटल व्यवसायी तक; डलिया, सूप आदि से चलकर कालीन और रेशमी साड़ी के व्यवसायी तक, मजदूर से लेकर अधिकारी तक, सेवक से लेकर स्वामी तक सभी अपनी-अपनी इकाई के साथ जुटे रहते हैं। इनमें लगे लोगों की एक ही दृष्टि होती है – पर्यटकों के आवश्यकता की पूर्ति करना। इनमें कुछ उद्योग प्रथम सोपान के होते हैं जो पर्यटकों से सीधा लाभ प्राप्त करते हैं, जैसे – होटल, यातायात, टूर एजेण्ट आदि और कुछ द्वितीय सोपान के होते हैं जो अप्रत्यक्ष रूप से लाभ पाते हैं, जैसे – बैंक, नाई, धोबी, बीमा कम्पनियाँ आदि। इसका पूरा हिस्सा उद्यमी स्वयं प्राप्त कर लेता है। उद्योग जो सरकार को प्रत्यक्ष रूप से देता है या सरकार अप्रत्यक्ष रूप उस उद्योग के विभिन्न आयामों से प्राप्त करती है वही राज्य या राष्ट्र की आय होती है। फिर भी यह इतना अधिक है कि दूसरे किसी उद्योग से नहीं प्राप्त की जा सकती।

पर्यटन एक रोजगार-परक (Labour oriented) उद्योग है क्योंकि इसमें बेरोजगारों को अधिक कार्य का अवसर मिलता है। ये श्रमिक स्थानीय होते हैं जिनको रोजगार का कोई अन्य अवसर घर में नहीं मिलता। इसमें अशिक्षित और अकुशल श्रमिकों को भी घर में ही कार्य करने का अवसर मिलता है जो अन्यथा प्रायः बेकार ही बने रहते। इस उद्योग के कारण कुली और मजदूर से लेकर अकुशल और कुशल एवं शिक्षित बेरोजगारों को रोटी कमाने का अवसर प्राप्त होता है। सामान्य उद्योगों की अपेक्षा इसमें रोजगार के कई गुना अधिक अवसर उपलब्ध होते हैं। इसमें छोटी-छोटी इकाइयाँ श्रमिक, कर्मचारी और रोजगारियों की ही इनमें अधिकता होती हैं, मालिक का इनपर अधिकार नहीं रहता। इस रोजगार में लगे लोग पर्यटन मौसम में बहुत अधिक बढ़ जाते हैं जिसे peak period कहते हैं। पर, पर्यटन मौसम समाप्त होते जिसे leave period कहते हैं इनकी संख्या फिर घट जाती है। यही कारण है कि इसे गहन रोजगार का उद्योग (Labour Intensive Industry) कहा जाता है। इसमें पर्यटकों की माँग के अनुसार श्रमिकों की संख्या में वृद्धि तथा ह्रास होता रहता है। स्विटजरलैण्ड में गर्मियों में लगभग 7,00,000 श्रमिकों को श्रम मिल जाता है। इस प्रकार की बढ़ती श्रम संख्या औद्योगिक क्षेत्रों की होती है, जहाँ पर्यटक आते हैं।

"Tourism is a source of employment is particularly important for areas with limited alternative sources of employment as is often the case in non-industrial areas deficient in natural resources other than senic areas attraction and climate." —**Medik**

"पर्यटन एक रोजगार का ऐसा स्रोत उन क्षेत्रों में है जहाँ रोज़गार के लिए अन्य अवसरों का अभाव होता है। विशेषकर यह अनौद्योगिक क्षेत्रों में लागू होता है जहाँ प्राकृतिक दृश्यों के अतिरिक्त किन्हीं प्राकृतिक स्रोतों का अभाव होता है।"

इसमें उद्योग का माल (उद्योग में काम आनेवाली सामग्रियों सूई, ऊन, खनिज आदि की तरह) न जुटाया जा सकता है न बढ़ाया जा सकता है। इससे कोई तैयार माल (कम्बल, कपड़ा आदि की तरह), निकलता नहीं जो भी सामग्री इसमें कच्चे माल के रूप में प्रयोग होती है जैसे स्मारक, सांस्कृतिक केन्द्र, प्राकृतिक स्थल आदि वे सभी स्थानीय और अचल होती हैं। ये उस क्षेत्र के जीवन और संस्कृति से जुड़ी होती हैं। इनसे कोई सामग्री तैयार की ही

नहीं जा सकती। बल्कि उन्हें उसी रूप में उनको सुरक्षित रखता और उसके भूमितल (Land scape) को सजाना सँवारना पड़ता है कि पर्यटक उससे आकर्षित हों बार-बार वहाँ आने को ललचाएँ। इसको अन्य सामग्रियों की तरह बाजार तक पहुँचा भी नहीं सकते। यहाँ क्रेता (पर्यटक) स्वयं आते हैं और उनके लिए वह मुँहमाँगा धन व्यय करते हैं। मोल भाव यहाँ नहीं होता।

कुछ यूरोपीय पर्यटकों ने उत्तर प्रदेश के पूर्वांचल में ग्रामीण औरतों द्वारा घरों में बनायी जाने वाली डलिया, मोन्हा, झाँपी, दउरी, अनाज के डंठलों से तैयार पंखा, बेना, फटे कपड़े का बना कढ़ाईदार लेवा, मिट्टी केकाले बर्तन आदि बहुत पसन्द किया और अपने देश ले गए। वहाँ इसकी माँग इतनी बढ़ी कि नैनी (इलाहाबाद) में इनका क्रय केन्द्र स्थापित कर सरकारी तथा गैर सरकारी संगठनों द्वारा ऐसे सामानों का भण्डारण कर उनका निर्यात किया जाता है। यह निर्यात उद्योग (Export Industry) की कोटि में माना गया है। इनको तैयार करने के लिए ग्रामीण क्षेत्रों में प्रेरणा, अनुदान, नए नक्काशियों की खोज, प्रचलन, प्रशिक्षण आदि की व्यवस्था की गई है। इसका उत्पादन जहाँ अबतक व्यक्तिगत आवश्यकता के लिए होता था वहाँ आज बड़े शहरों में घरों को सजाने के लिए किया जाता है। इस प्रकार परम्परागत देशी कला को पर्यटन के कारण बढ़ावा ही नहीं मिला है बल्कि इसने विकसित उद्योग का रूप ले लिया है। अतः पर्यटन के द्वारा बिना प्रचार और बाजार के निरर्थक समझी जाने वाली देशी सामग्री का विदेशी व्यापार बढ़ जाता है और उसका उत्पादन निर्यात उद्योग का दर्जा प्राप्त कर लेता है।

इसके द्वारा नए उद्योग पनप उठते हैं। केरल के समुद्र तट पर ताड़ के वृक्षों की पंक्तियाँ युग पुरातन से खड़ी हैं। वहाँ मछली, सीप, घोंघा आदि का उत्पादन अनादिकाल से हो रहा है। पर पर्यटकों के आगमन के कारण सीप, घोघा आदि की सामग्रियाँ जो पर्यटकों के लिए एकदम नई थीं पसन्द की गईं। इसके इनका उद्योग पनपा। इनको सुन्दर बनाने के लिए सीप तथा शंख पर नक्काशी का उद्योग, अलंकार बनाने आदि को प्रश्रय मिला। इस प्रकार इनके द्वारा अनेक उद्योगों का विकास हुआ जो बिलकुल नए हैं और मनुष्य के मस्तिष्क की उपज है जिसके लिए उनको कुछ भी देना नहीं पड़ता बल्कि अपने श्रम के बदले अप्रत्याशित लाभ प्राप्त करते हैं। फिर इससे जुड़ी व्यवस्था, प्रशिक्षण आदि को और अधिक औद्योगिक विकास को दिशा मिलती है।

पर्यटन मात्र एक निर्यात व्यापार है (Tourism is the only export trade)। किसी भी व्यापार के दो रूप होते हैं–आन्तरिक और बाह्य या आयात और निर्यात। व्यापारी जब निर्यात करता है तो बाहर से अपने यहाँ आयत भी करता है कि बैलेंस (Balance) बराबर बना रहे। एक के अधिक होने पर व्यापार में उथल-पुथल होता है। पर पर्यटन में आयात कुछ नहीं होता केवल निर्यात होता है क्योंकि जो है उसको बढ़ाना, घटाना या बाहर भेजना सम्भव ही नहीं है। पर, मूल रूप से कुछ भी निर्यात नहीं किया जाता केवल स्थान की विशेषताओं का ज्ञान निर्यात किया जाता है और उसी के आधार पर विदेशी पर्यटक व्यापारी वहाँ चले आते हैं। और ऐसा कौन दूसरा उद्योग है जिसमें 'पैसा लगे न कौड़ी और रंग चोखा रहे।'

पर्यटक जहाँ जाता है उसको यहाँ की मुद्रा की आवश्यकता होती है। इसके लिए वह अपने देश की मुद्रा उस देश के कोष को देता है और अन्तरर्राष्ट्रीय मुद्रा दर पर उसको उस स्थान की मुद्रा प्राप्त हो जाती है। प्रत्येक देश को विदेशों से व्यापार करने के लिए वहाँ की मुद्रा चाहिए। पर्यटन के द्वारा इस प्रकार विदेशी मुद्रा बिना किसी प्रयास के देश को प्राप्त

होती है। अगर ऐसा न हो तो हमको विदेशों से सहायता या कर्ज लेना पड़ेगा जिसका भुगतान भविष्य में ऊँची सूद के साथ करनी पड़ेगी जिससे देश की प्रतिष्ठा उछलेगी। पर, इसके द्वारा विश्व के उद्योगपति स्वयं हमारे द्वार पर अपने बाजार में हमारा समान ले जाने के लिए आकर खड़े होते हैं। भले ही वे पर्यटन के उद्देश्य से ही आए हों पर पहुँचने पर वे सौदाबाजी स्वयं कर लेते हैं। इस प्रकार पर्यटन विकास के लिए उद्योग विकासमान और अविकसित देशों के एक वरदान ही है। इसने अनेक देशों की आर्थिक स्थिति को ही बदल दिया है, जैसे – जापान, इटली, फ्रांस आदि की।

पर्यटन उद्योग में न हमें कोई सामान विदेशों में बेचने के लिए जहाज आदि पर लादना है, न उसके लिए कोई जोखिम उठाना है, नहीं बाजार खोजना है जहाँ हम बेंचे तथा न कोई कर चुकाना है। प्रायः पर्यटक ऐसी वस्तुओं का क्रय यहाँ करते हैं जिनका उपयोग भी यहीं कर लेते हैं जैसे भोजन, वस्त्र, पठनीय सामग्री आदि। इसलिए इनके विक्रय पर बण्डल बनाना, किराया चुकाना, पहुँचाने का खर्च देना, फिर पैसा वसूलना आदि अनेक झंझटों से छुट्टी रहती है। साथ ही, इन पर्यटकों से फुटकर व्यवसायियों, कृषकों तथा हाथ से काम करने वाले कारीगरों को विशेष लाभ होता है।

किसी भी उद्योग से प्राप्त आय का संचित (hording) करते हैं। देश का यह धन राष्ट्रीय हित में प्रयोग न होकर एक हाथ में बंधा रहता है। पर पर्यटन द्वारा जो धन उद्योगों से अर्जित होता है वह इसके श्रम-प्रधान उद्योग तथा कई उद्योगों के समूहों का संगठन होने के कारण एक हाथ में न पहुँचकर कई हाथों में पहुँचता है। इससे एक हाथ में आय का संचयन नहीं हो पाता। राष्ट्र के विभिन्न घटकों में पहुँचने के कारण यह राष्ट्रीय विकास में सहायक बनता है। पर्यटक एक स्थान का कमाया पैसा दूसरे स्थान पर खर्च करता है तथा जितने लोगों को यह मिलता है उनकी आय बढ़ती है तथा उनका जीवनस्तर ऊपर उठता है। इस प्रकार यह राष्ट्रीय आय के सामाजिक वितरण का एक अत्यन्त उचित माध्यम है।

सभी उद्योग अपने या अपने स्वामी के विकास करने तक सीमित होते हैं। पर इसमें जन-सामान्य फूटकर विक्रेता,स्थानीय परिवहन, भवन निर्माण और राष्ट्रीय आय-व्यय व्यवस्था आदि को विशेष लाभ मिलता है। जहाँ पर्यटक क्षेत्र बनेगा वहाँ बिजली, पानी, नाली की समुचित व्यवस्था की जायेगी। यहाँ आने वाले लोग पान, बीड़ी, सिगरेट, चाय, देशी खाद्य सामग्री तथा अन्य वस्तुएँ किसी फुटकर विक्रेता से ही खरीदेंगे। इससे फुटकर विक्रेता की बिक्री भी प्रभावित होगी। परिवहन के लिए जो स्थानीय साधन इक्का, रिक्शा, बैलगाड़ी, टैक्सी से लेकर वायुयान तक का प्रयोग करेंगे वह स्थानीय आवश्यकता के अनुरूप होगा। इन पर किया गया व्यय उनके चालकों के पास पहुँचेगा। उनके ठहरने के लिए उचित भवन, आने-जाने के लिए सड़क, दूकानें, विक्रय के लिए जिसे इमारत (infrastructure) विकसित होते हैं। इनके द्वारा विदेशी मुद्रा आती हैं तथा सरकार को मिलने वाला कर बढ़ता है जिससे राष्ट्रीय आय-व्यय में बढ़ोत्तरी होती है।

पर्यटन का आर्थिक उद्देश्य

जो भी पर्यटक बाहर से आता है वह अपने साथ विदेशी मुद्रा लाता है। इसके द्वारा निम्न आर्थिक उद्देश्य से पर्यटन को बढ़ावा आज विश्व में सर्वत्र दिया जा रहा है:—

(1) इसके द्वारा देश में विदेशी मुद्रा सरलता से आ जाती है जिससे अन्तर्राष्ट्रीय क्षेत्र में उस देश का व्यापारिक संतुलन बना रहता है।

(2) बहुत से लोगों के पास बहुत पैसा है जिनकी समस्या है कि उसे कैसे खर्च करें। बहुत से लोग केवल पैसों का संग्रह करते हैं। इसके द्वारा उस संग्रह का समुचित उपयोग होता है जिससे राष्ट्र और व्यक्ति दोनों को कार्य मिलता है।

(3) बेकारी विश्व की विभीषिका है जो अनेक व्यवस्था को जन्म देता है। पर्यटन में प्रत्यक्ष और परोक्ष रूप से किसी भी देश के लगभग 80% लोगों से अधिक ही जुटे होते हैं। इसमें उद्योग और श्रम के नए-नए आयाम बनते जाते हैं जिससे अधिक-से-अधिक लोगों को काम मिलता है। इसी से इसे श्रम नियोजित उद्योग (Labour Oriented Industry) कहा जाता है।

(4) इसके द्वारा जो अछूते क्षेत्र हैं वहाँ आर्थिक विकास की छाया पड़ती ही नहीं है। वहाँ पर्यटन की सम्भावनाओं के होने से बिना विकास की विधाएँ बनती जाती हैं। तब उद्यमी, साहसी, उद्योगपति, मिलकर उद्योग खोलते हैं तथा परिस्थिति के अनुसार उस स्थान को विकसित करते हैं कि पर्यटकों से कमाया जा सके।

(5) किसी उद्योग तथा राष्ट्र को विकसित करने में व्यक्तिगत क्षेत्र तथा विदेशी क्षेत्र का पैसा लगाना पड़ता है। पर पर्यटन के स्थलों की खोज के द्वारा यह बोझ दोनों पर से कम हो जाता है। पर्यटकों के पैसे से ही वहाँ विकास की गति तीव्र से होने लगती है।

पर्यटन उद्योग के आर्थिक सहयोगी

(1) होटल उद्योग—इस उद्योग में धर्मशाला, सराय, होटल, लॉज, यात्री निवास, जनता निवास, समुद्रतटीय आवासगृह, अभयारण्य निवास, पब्लिक होम, टूरिस्ट ग्राम आदि अनेक प्रकार की आवासी व्यवस्थाएँ सम्मिलित हैं। इनमें रहने के उपयुक्त कमरे सभी सुविधाओं से सज्जित तथा वहीं अपनी इच्छित वस्तु मँगाने तथा बुक करने की सुविधा से युक्त होना चाहिए। इसी से किसी भी टूरिस्ट होटल में चाहे वह यात्री निवास हो या पाँच सितारा होटल अथवा ताजग्रुप से सम्बन्धित हो वहाँ किसी भी पर्यटक को आवश्यकता की किसी भी वस्तु के लिए बाहर नहीं जाना पड़ता। उसी के साथ लगी दुकानों में नाई से लेकर पान वाले, एजेन्ट से लेकर परिवहन चालक तक सारी व्यवस्था रहती है। जैसे ही वे आर्डर देते हैं उसकी व्यवस्था तत्काल हो जाती है। यह बात दूसरी है कि ऐसी सुविधाएँ सभी केन्द्रों पर नहीं हैं। इसके लिए होटल उद्योग को विकसित किया गया है। पहले यह एक स्वतंत्र संस्था थी पर अब इसको पर्यटन के सहयोगी होने के कारण इसे पर्यटन से जोड़ दिया गया है। वह आय का एक बहुत बड़ा स्रोत है।

(2) भोजन उपक्रम—भारत का सामान्य व्यक्ति साधारणतया पर्यटन करना पसंद नहीं कर सकता और न उस रीति से कर सकता है जो पर्यटकों की परम्परा है क्योंकि वह अपनी रुचि और परम्परा के अनुसार अपने समय से भोजन करना ही पसंद करेगा। इसके लिए भोजन का व्यवसाय भी होटल के साथ जोड़ा गया है जिसमें प्रशिक्षित रसोइयों की देख-रेख में भोजन तैयार किया जाता है और विदेशियों के लिए विदेशी पद्धति से उसे परसा जाता है। इसमें होटल को खर्च तो बहुत कम करना पड़ता है पर आमदनी बहुत होती है। भोजन होटल व्यवस्था का एक अत्याज्य अंग है क्योंकि यात्री जो होटल में ठहरेगा वह खाना खाने बाहर तो जाना पसंद नहीं करेगा। अतः यह भी पर्यटन का एक आर्थिक आयाम है।

(3) परिवहन—पहले परिवहन का एक स्वतंत्र मंत्रालय था। उसकी अपनी क्रियाएँ थीं। उसका किसी दूसरे से तालमेल नहीं था। पर जब से पर्यटन का विकास हुआ पर्यटकों की सुविधा के लिए परिवहन को एक सहयोगी उपक्रम के रूप में इससे जोड़ना आवश्यक हो गया

क्योंकि बिना इस साधन के पर्यटन किया ही नहीं जा सकता। इसके लिए होटल की ओर से ही प्रायः टूरिस्ट गाड़ियाँ रखी जाती हैं जो पर्यटकों द्वारा किराए पर ली जाती हैं। इससे पर्यटनों के लिए परिवहन विभाग स्थान के दर्शन के नाम में बसें भी चलाता है जैसे दिल्ली दर्शन, मद्रास दर्शन, मथुरा दर्शन आदि। ये सस्तेदारों पर यात्रियों को सारे पर्यटन स्थलों को क्रम-से-कम समय में घुमा देते हैं। अतः यह भी आमदनी का एक महत्त्वपूर्ण स्रोत है।

(4) हस्तशिल्प — पर्यटन के आर्थिक पक्ष से जुड़ा है हस्तशिल्प एवं कुटीर उद्योग। पर्यटक स्थानीय शिल्पों, वस्त्रों और सामग्रियों को पसंद के अनुसार खरीदते हैं। आप बनारस के विश्वनाथ गली में जाय तो बनारसी पीतल की कला बनारसी सिल्क के साड़ियों सबसे अधिक खरीददारी करते पर्यटक मिलेंगे। इसी प्रकार राजस्थान में वहाँ की चुनरी, लहँगा, जूता, कढ़ाई का सामान बड़े चाव से ये खरीदते हैं। इसीलिए दिल्ली में तथा प्रत्येक प्रान्तों की राजधानी तथा बड़े शहरों में दूसरे प्रान्त की दुकाने 'इम्पोरियम' के नाम से स्थापित हैं जहाँ घरेलू तथा बाहरी पर्यटक जहाँ बड़ी संख्या में खरीदारी कर सकें। इन दुकानों पर उस क्षेत्र के हाथ की बनी सामग्रियाँ तथा विशिष्ट उद्योग की चीजें ही प्रायः रहती हैं।

(5) सामान्य तथा विशिष्ट दुकानें —किसी भी पर्यटन स्थल के बाहर सामान्य वस्तुओं के विक्रय की दुकानें लगी रहती हैं। इन दुकानों से बड़ी मात्रा में बिक्री पर्यटकों द्वारा होती है। इनसे आमदनी द्वारा विक्रेता और सरकार दोनों ही लाभान्वित होते हैं। सरकार उनकी बिक्री पर जो टैक्स प्राप्त करती है वह उसकी सीधी आमदनी है तथा दुकानों का आवंटन भी सरकार ही करती है क्योंकि पर्यटन स्थल के पास की भूमि सरकार द्वारा अधिगृहीत होती है। वहाँ के विशेष प्रयोग की सामग्रियों की दुकानें भी महत्त्व रखती है। इसके लिए वहाँ विशिष्ट दुकानें होती है जैसे पहाड़ी क्षेत्र में स्कीइंग, पर्वतारोहण आदि की सामग्रियों की दुकानें; कला एकेडमी के पास वाद्य-यन्त्रों, लोक-नृत्य के वस्त्र और साज-सज्जा की दुकानें आदि होती हैं।

(6) विशेष कला प्रशिक्षण — कुछ स्थानों की विशिष्ट कलाएँ हठात् पर्यटकों को आकर्षित करती है जैसे–मसूरी और कश्मीर में स्कीइंग के लिए पर्यटक विशेष रूप से आते हैं। समुद्र तटों पर नौका विहार और नाव खेने के लिए पहुँचते हैं। पर्वत की उपत्यका देहरादून आदि में पर्वतारोहण के लिए आते हैं। पर इनको तबतक नहीं कर सकते जब तक कि इन्हें सीखते नहीं। इसके लिए वहाँ विशेष प्रशिक्षण-केन्द्र पर्यटन आवास के साथ खोले गए हैं। वहाँ नियमित कक्षाएँ चलती हैं। लोगों को वांछित प्रशिक्षण दिया जाता है तथा अभ्यास कराया जाता है। यह आय का अच्छा साधन है।

(7) एजेन्सी — पर्यटकों की सुविधा के लिए सरकार की ओर से एजेण्ट नियुक्त किए गए हैं तथा एजेन्सियों को विविध कार्य सौंपा गया है। ये पर्यटकों को सारी सूचनाएँ देते हैं जो उन्हें अपेक्षित होती हैं तथा उनकी यात्रा की सारी तैयारी कराते हैं। इसमें पर्यटक को पैसा देने के अतिरिक्त अन्य दिक्कतें नहीं उठानी पड़ती। इस कार्य में मेहमान देश से प्रचार के लिए तथा पर्यटक से उसे सुविधा प्रदान कराने के लिए एजेण्ट कमीशन प्राप्त करते हैं।

(8) प्रचार और प्रकाशन — पर्यटन के प्रचार के लिए कि पर्यटक बड़ी संख्या में आवें इसपर बहुत अधिक पैसा व्यय किया जाता है। यह कार्य विदेशों में अपनी प्रचार शाखाएँ खोलकर तथा स्थानीय एजेन्सियों या विश्व की पर्यटन एजेन्सियों को माध्यम बनाकर कराया जाता है। जहाँ अपने देश की प्रचार शाखाएँ खोलना सम्भव नहीं होता या खर्चीला होता है वहाँ दूसरी रीतियों का सहारा लिया जाता है। इसके लिए उनको अपने देश से फोल्डर,

पोस्टकार्ड, लीफलेट, पैम्फलेट, आदि भेजा जाता है तथा उस देश के प्रचार माध्यमों का सहारा लेकर वहाँ के रेडियो, दूरदर्शन, इलेक्ट्रॉनिक स्रोतों, महोत्सवों का आयोजन, सिनेमा में टेलर का प्रदर्शन कराके प्रचार कराया जाता है। इसके लिए मेहमान सरकार को स्वयं व्यय वहन करना पड़ता है जो दूसरे देश की आमदनी होती है तथा प्रकाशन से जुड़े लोग जो प्रचार सामग्रियाँ छापते हैं वे भी लाभान्वित होते हैं।

(9) पर्यटन गाइड—प्रायः ये गाइड बड़े होटलों में एवं पर्यटन केन्द्रों पर सरकार द्वारा नियुक्त या संस्था द्वारा रज़िस्टर्ड होते हैं। इन्हीं के साथ पर्यटक कहीं जाना पसन्द करता है क्योंकि ये स्थानीय विशेषता बताते दर्शनीय स्थानों को दिखाते हुए घूमते हैं। इसके लिए इन्हें निर्धारित पैसा मिलता है। कुछ स्थानीय लोग स्वरोजगार योजना के अन्तर्गत यह कार्य स्वतः करते हैं वे भी इससे काफी पैसा कमा लेते हैं।

पर्यटन का आर्थिक लाभ

(i) पर्यटन से केन्द्रीय और प्रान्तीय सरकारों को प्रत्यक्ष और अप्रत्यक्ष दोनों प्रकार के कर प्राप्त होते है। जो पर्यटक सरकारी दूकानों से सामान खरीदता, संग्रहालयों में जाता, सरकार द्वारा चालित होटलों में ठहरता है वह प्रत्यक्ष या अप्रत्यक्ष रूप से सरकार को कर देता है। पर साथ ही अन्य व्यक्तिगत संगठनों द्वारा चलाए जाने वाले उपक्रमों का जब वह उपयोग करता है तो उनके माध्यम से भी उसे कर के रूप में पैसा अदा करना पड़ता है।

(ii) पर्यटन रोजगार का एक बहुमुखी माध्यम है। यह विविध प्रकार से प्रत्यक्ष तथा परोक्ष रूप से रोजगार को अवसर देता है। इसमें किसी भी देश की एक बड़ी जनसंख्या जुड़ी होती है चाहे प्रत्यक्ष रूप से या परोक्ष रूप से। भारत में सातवीं योजना के अन्त तक इससे 80 लाख लोगों के रोजगार मिलने का अनुमान है।

(iii) यह विदेशी मुद्रा अर्जित करने का एक बड़ा ही महत्त्वपूर्ण और सरल साधन है। 1988 में पर्यटन से 2100 करोड़ विदेशी मुद्रा भारत में आई थी जिसमें 1990 में 17 प्रतिशत वृद्धि की आशा की गई थी।

(iv) विदेशियों को उनकी रुचि के क्षेत्र में ट्रेनिंग देने के लिए ट्रेनिंग केन्द्र खोले गए हैं जहाँ उनसे सम्बन्धित सामग्रियों की दुकानें भी है। इनसे अच्छी रकम प्राप्त होती है।

(v) यह देश की अर्थव्यवस्था को सबसे अधिक प्रभावित करता है। इसमें लागत बहुत ही कम होती है और आमदनी सर्वाधिक। यह एक ऐसा व्यवसाय है जो बिना पूँजी लगाए एक बड़ी आमदनी के लिए किया जाता है।

(vi) अनेक सहयोगी उद्योग इसके साथ विकसित होते हैं जैसे होटल, भोजन, परिवहन, प्रचार आदि। साथ ही, ये उद्योग अपने देश के साथ विदेशों में भी इसके माध्यम से आमंत्रण पर कार्यरत हैं जैसे श्रीलंका में ताज ग्रुप का होटल व्यवसाय। इसको वहाँ चलाने के लिए उद्यमी देश भारत को अपना व्यय भी नहीं करना पड़ा। अधिकांश व्यय स्थानीय मेजबान देश ही वहन करता है।

(vii) कुटीर उद्योग को इससे बढ़ावा मिलता है। हस्तशिल्प का विक्रय इन्हीं पर्यटक केन्द्रों पर विशेष रूप से होता है।

(viii) यह एक ऐसी क्रिया है जिसमें आर्थिक पक्ष के दो घटकों पूँजी और श्रम को बढ़ावा मिलता है।

(ix) देश के पिछड़े भाग की आर्थिक और सामाजिक अवस्था के विकास में यह सहायक है।

(x) विदेशी व्यापारिक तथा क्षेत्रीय लेन-देन की विषमताओं को दूर करने में यह आयात के कारण देश पर दूसरे देशों का भुगतान बोझ जो बढ़ता है उसे पर्यटकों से प्राप्त आमदनी से पूरा करता है।

(xi) आज पर्यटन उद्योग ने निर्यात उद्योग (Export Oriented Industry) का दर्जा प्राप्त कर लिया है।

(xii) इस उद्योग के प्रचार-प्रसार में लगी संस्थाएँ बिना किसी व्यय के बड़ी अच्छी आय करती हैं। वे मेजबान देश से अच्छी रकम प्रचार के लिए प्राप्त करती हैं।

(xiii) इसके द्वारा वायु मार्ग तथा उससे यात्रा के अधिक विकास का अवसर मिल सका है।

कठिनाइयाँ

लाभ के साथ इसकी कमियों की ओर भी देखना पड़ता है:—

(i) अव्यवस्थित आर्थिक विकास की सम्भावना बढ़ जाती है। भले ही पर्यटक केन्द्रों के पड़ोसियों के पास क्षमता हो अथवा नहीं उन्हें सामाजिक तथा आर्थिक दृष्टि से विकसित किया जाता है।

(ii) जीवन स्तर बाहर से तो बढ़ता है पर अन्दर से इसमें गिरावट आती है। जो लोग नहीं कमाते हैं वे दिखावे में ही फँसे रह जाते हैं।

(iii) इससे वर्ष भर समान आय नहीं की जा सकती। स्थानीय ऋतुओं के अनुसार आय बढ़ती है जैसे कश्मीर में गर्मियों में, दक्षिण भारत में जाड़े में, धार्मिक स्थलों में उपयुक्त अवसरों पर जैसे अयोध्या में रामनवमी के अवसर पर, मथुरा में कृष्ण जन्माष्टमी पर।

(iv) जब कभी देश में समस्या उत्पन्न होती है तो सहसा यह उद्योग बन्द हो जाता है। कभी-कभी दूसरे देशों से सम्बन्ध बिगड़ने का भी इस पर बुरा प्रभाव पड़ता है जो अन्ततोगत्वा आर्थिक स्थिति को बिगाड़ देता है।

सरकार का इसके विकास में योगदान

(i) सरकार यात्रियों को आकर्षित करने के लिए पर्यटन के उन सहउद्योगों को विकसित करने में प्रयत्नशील है जिनसे आर्थिक लाभ प्राप्त किया जा सकता है। इस दिशा में हम परिवहन उद्योग को ले सकते हैं जिनमें नई सुविधाएँ सरकार उपलब्ध करा रही है जो सस्ती और शीघ्रगामी हों। जैसे 'पैलेस ऑन ह्वील', नई उड़ानों की योजनाएँ आदि।

(ii) वन्य पर्यटन को बढ़ावा दिया जा रहा है। इसी के लिए मध्यप्रदेश में कान्हा नेशनल पार्क, उत्तर प्रदेश में दुधवा वन्य अभयारण्य, पश्चिम बंगाल में सुन्दरवन, राजस्थान में रनकपुर तथा रणथम्भौर के राष्ट्रीय मरुउद्यान, केरल के पराम्बीकुलम और नायर बांध का विकास किया गया है।

(iii) विदेशी पर्यटकों को आकर्षित करने के लिए 19 पर्यटन सूचना कार्यालय विदेशों में खोले गए हैं।

(iv) राज्य सरकारों ने सांस्कृतिक पर्यटन स्थलों यथा, बिहार सरकार ने नालन्दा, राजगीर, बोधगया, बैजनाथधाम आदि में अपना पर्यटन केन्द्र तथा होटल खोल कर आय का स्रोत बढ़ाया है।

(v) भारत में केन्द्रीय सरकार ने इसे राष्ट्रीय उद्योग का दर्जा दिया है। उसी प्रकार राज्यों में भी हिमाचल प्रदेश, उत्तर प्रदेश, आन्ध्र प्रदेश, हरियाणा, मेघालय, केरल, तमिलनाडु, त्रिपुरा,

मणिपुर, असम, गोआ, कर्नाटक, अण्डमान और निकोबार द्वीपसमूह, दादरा और नगर-हवेली तथा लक्षद्वीप आदि राज्यों की सरकारों ने भी इसे राज्य उद्योग का दर्जा दिया है।

(vi) होटलों में ही मुद्रा विनिमय की सुविधा प्रदान करा दी गई है। इन्हें रिजर्व बैंक द्वारा सीमित मुद्रा विनिमय के लाइसेंस प्रदान किए गए हैं।

(vii) प्रतिबन्धित क्षेत्रों में जाने के लिए यात्रा नियमों को उदार बनाया गया है।

(viii) अब पर्यटकों के लैंडिंग परमिट की अवधि 30 दिन कर दी गई है कि अधिक समय तक यहाँ रुक सके।

(ix) वीसा फीस का भुगतान विदेश स्थित भारतीय दूतावासों में चेक या ऋण कार्ड के द्वारा भी करने की सुविधा दी गई है।

(x) ग्रामीण क्षेत्रों के विकास के लिए पहली बार ग्राम्य अंचलों में 46 मेलों का आयोजन किया गया है।

(xi) पर्यटन की दृष्टि से 18 नए मार्गों को विकसित किया गया है जिनमें राजस्थान का भरतपुर, मध्य-प्रदेश का शिवपुरी, ओरछा आदि हैं।

(xii) नए पर्यटन स्थलों लद्दाख, दार्जिलिंग, सिक्किम, हिमाचल प्रदेश को विकसित और प्रचारित किया जा रहा है।

(xiii) पर्यटन प्राविधिक कार्यों से जुड़े लोगों के प्रशिक्षण की व्यवस्था की गई है जैसे माउन्टेनियरिंग, स्केइंग, टूरिस्ट गाइड, मोटर मैकेनिक, टैक्सी ड्राइविंग आदि।

(xiv) धार्मिक और सांस्कृतिक दृष्टियों से 24 पर्यटन चक्र (टूरिस्ट ग्रिड) बनाये गये हैं कि प्रत्येक क्षेत्र का भ्रमण पूरा करा सके।

(xv) पर्यटन के आर्थिक लाभ के बारे में देश भर में जागृति लाने का प्रयास किया गया है।

□

[ब]

पर्यटन प्रबंधन और संगठन

अध्याय–11

पर्यटन प्रबंधन : एक परिचय

आज पर्यटन एक व्यवसाय बन चुका है। व्यवसाय का दर्जा प्राप्त करने के बाद आवश्यक है इसको विकसित करना। यह तभी विकसित किया जा सकता है जब इसको एक व्यवस्थित प्रबन्धतंत्र द्वारा नियन्त्रित रखा जाय। अतः पर्यटन में प्रबन्धन की विशेष भूमिका होती है। इसी के द्वारा पर्यटन के आय-व्यय को एक सम स्थिति में नियोजित करते हैं कि कम-से-कम व्यय करके अधिक-से-अधिक लाभ देश को प्राप्त हो। पर अधिक प्राप्ति के लिए बड़ी संख्या मे पर्यटकों का किसी भी देश में आना आवश्यक है। उनके बुलाने के लिए यह आवश्यक है कि विपणन का सिद्धान्त और व्यवस्था ऐसा निर्धारित किया जाय कि अपेक्षित लक्ष्य की प्राप्ति हो सके। सिद्धान्त के तै करने के बाद उन घटकों को जो इसमें लगे हैं उनको नियंत्रित करना आवश्यक होगा। उनके नियंत्रण के लिए उनको एक व्यवस्था के अन्तर्गत बाँधना होगा। ये घटक हैं–यातायात के स्रोत, ठहराव और भोजन की व्यवस्था, प्रचार-प्रसार के माध्यम, इनमें लगे लोगों का प्रशिक्षण, इनको व्यवस्थित रूप से संगठित करना, इनके सम्बन्ध में सरकारी तथा अन्तरराष्ट्रीय नीतियाँ और नियम बनाना, पर्यटन को संगठित रूप देना जिसके लिए क्लब, संघ संस्थान आदि को व्यवस्थित करना, देश में पर्यटन संगठनों और विभाग को व्यवस्थित करना आदि। इन्हीं के सहारे पर्यटन का भविष्य बनता है। इसलिए प्रत्येक देश की सरकारों तथा अन्तर्राष्ट्रीय क्षेत्र के सदस्यों का पर्यटन में प्रबंधन पर विशेष बल देना चाहिए।

पर्यटन का आधार मानव है। यह शुद्ध रूप से मानवीय क्रिया है। यह क्रिया मनुष्य द्वारा एवं मनुष्य के लिए की जाती है और इसका भागीदार मनुष्य ही होता है। यह बात दूसरी है कि अलग-अलग क्षेत्र राज्यों, राष्ट्रों आदि में इसका प्रभाव अलग-अलग पड़ता है। इसका कारण वहाँ के स्थानीय लोगों के व्यवहार तथा राज्यों और राष्ट्र की नीति पर निर्भर होता है। जहाँ कठोरता और अनियमितता होगी, व्यवस्था में दोष होगा वहाँ पर्यटकों को असुविधाएँ और कष्ट होना स्वाभाविक है। ऐसी स्थिति में वहाँ पर्यटकों की संख्या का घटना तथा उस जगह पर्यटकों की यात्रा की रुचि में कमी होना स्वाभाविक है।

इस विषम में स्रोत मनुष्य होता है। इनको व्यक्तिगत प्रबंधन के आधार पर आकर्षित किया जाता रहा है। पर अब जहाँ सामूहिक यात्राएँ प्रारम्भ हो गई है वहाँ संगठन भी धीरे-धीरे दुरूह होता गया है तथा इनकी संख्या में भी वृद्धि हुई है। इनकी क्रियाओं को भी नई प्राविधिक खोजों के आधार पर विकसित किया जा रहा है जिससे आकर्षण को बढ़ाया जाय। इसमें सहयोग और विकास की दृष्टि से व्यक्तिगत और सामूहिक स्तर से आगे बढ़ कर सरकारी हस्तक्षेप बढ़ता जा रहा है जो सकारात्मक दिशा है। इसका कारण है कि सही प्रबंधन पर्यटन को बढ़ावा देने का एक बड़ा ही उचित माध्यम है। इसके साथ सामाजिक बंधन और सम्बन्ध, वैधानिक व्यवस्था में चुस्ती और व्यापार संघ के दबाव के कारण इसके रूप में इधर काफी सकारात्मक परिवर्तन हुआ है। प्रकृति पर मनुष्य का वश तो नहीं है पर उसको समयानुसार अपने से जोड़ने के प्रयास में लगा मानव इसका भी साहचर्य प्राप्त करता है। इस प्रकार पञ्च सिद्धान्तीय व्यवस्था पर्यटन के बढ़ावा का मूल आधार है–आर्थिक व्यवस्था, सामाजिक सांस्कृतिक स्थिति, वैधानिक और राजनीतिक स्थिति तथा सम्बन्ध, प्रविधिक नई खोजें और जनसंख्या की वृद्धि।

आज यह स्पष्ट है कि प्रबंधन जितना चुस्त होगा, संगठन जितना व्यवस्थित होगा और उतनी ही विकास की दिशा और गति बढ़ेगी। यह मनुष्य पर निर्भर करता है। इसमें प्राविधिकी का कोई स्थान नहीं होता। अतः व्यवस्थित मनुष्य ही एक निश्चित प्रबंधन में इसके विकास को आगे बढ़ा सकेगा। इसमें मानव ही स्रोत होने से उसकी शिक्षा, उसके प्रशिक्षण की सुविधाएँ और आवश्यकतानुसार व्यवहार को विकसित करने में संगठन और व्यवस्था का महती योगदान होता है।

यही कारण है कि आज व्यवस्था का क्षेत्र पहले की अपेक्षा अधिक व्यापक होता जा रहा है। इस व्यापकता का दूसरा कारण है कि औद्योगिक संगठन तथा राज्य सरकारों का व्यवस्था सम्बन्धी कसता शिकंजा, केन्द्रीय सरकारों की व्यवस्थापक नीति ने इसके बढ़ावा में सहायता दिया है। सबसे महत्त्वपूर्ण है कि इसकी इकाइयों की ओर अन्तर्राष्ट्रीय स्तर पर विशेष ध्यान दिया जाना। वहाँ के संघटनों ने भी इसको इस प्रकार नियमबद्ध बनाने का प्रयास किया है कि इसकी नींव स्थायी हो सके। पर्यटकों को दुरूहता या कठिनाइयाँ महसूस होती है तो उनका ज्ञान मिलते ही यह प्रबंधतंत्र उसको दूर कर पर्यटन को अधिक सरल बनाने की दिशा में प्रयत्नशील हो जाता है।

आज प्रबंधन की दिशा में नये आयाम आ गये हैं। प्रबंधतंत्र अपने को अधिक सामयिक और समय में श्रेष्ठतम होने के लिए नये प्रयोग करने लगा है। इसमें दो बातों का ध्यान रखा जाता है कि व्यय में जहाँ तक हो सके कमी बनी रहे तथा जो भी निष्कर्ष निकले वह अधिकतम सरल हो। इसके लिए कम्प्यूटर का प्रयोग पर्यटन कार्यालयों में करने तथा उसे इण्टरनेट से जोड़ने से सारा विश्व इस परिप्रेक्ष में सिमट गया है। एक ही केन्द्र पर बैठे सारा कुछ ज्ञात हो जाता है तथा सारी सूचनाएँ बिना किसी विलम्ब के दूसरे स्थानों को प्रेषित हो जाती हैं। जो प्रबंधतंत्र जितना त्वरित गति से अपने उपभोगताओं को उसके यात्रा सम्बन्धी सूचना प्रदान करता है उतनी ही उसकी साख बढ़ती है। इसलिए प्रबंधतंत्र को इस दिशा में विशेष सतर्क रहना चाहिए। इससे एक लाभ यह भी होता है कि ऐसी व्यवस्था के कारण एकाधिकार बढ़ता जाता है।

माइलेक रेली ने यह कहा है कि प्रत्येक उद्योग अपनी एक बिशिष्ट पहचान रखना चाहता है कि उसकी अलग साख बनी रहे। यह बात पर्यटन उद्योग के विषय में भी पूर्ण सत्य है। प्रत्येक संगठन में लगे लोगों की अपनी एक कार्य संस्कृति होती है। जब कम्प्यूटर द्वारा कार्य-क्षमता बढ़ायी गयी है तो उस कार्य संस्कृति को इससे बहुत आघात पहुँचा है। किन्तु वहाँ विशिष्टता का अभाव होने लगता है क्योंकि जहाँ अधिक कार्यक्षमता और विशिष्ट कार्य पद्धति के लोग कोई काम करते हैं वहाँ कम्प्यूटर शीघ्रता और सही उत्तर तो दे देता है पर जो समझाने और अपनी विशेषता के कारण प्रभावित करने की क्षमता होती है उसका कोई लाभ इससे नहीं मिलता। यह इस विधा का एक आवश्यक आधार है।

मैनेजर की क्षमता इस समय प्रबन्धन का एक विशेष आधार होता है। जितना सक्षम मैनेजर होगा उतना ही संस्थान को लाभ मिलेगा और विकास होगा। इससे प्रबंधतंत्र भी समादृत होगा। इसलिए सब कुछ होने पर भी व्यक्तिगत गुणों में जो विशिष्टता होती है उसको जनसंस्थाओं को अनदेखी नहीं करनी चाहिए। होटल, यात्रा के संसाधन, यात्रा सम्बन्धी क्रियाएँ, एजेन्सियों आदि के लिए प्रबन्धतंत्र एक अत्याज्य अंग है। पर उसे भी अपने योग्य कर्मचारियों को अधिक प्रेरणा देना आवश्यक है कि वे अधिक मेहनत से काम कर उसके लिए उचित

नाम कमा सकें। यह तभी सम्भव है जब व्यक्तिगत क्षमताओं को उभारा जाय तथा उन क्षमताओं को जिनसे सेवा में कमी आती है उनको नजरअन्दाज न किया जाय। इसके लिए कार्यों का आकलन करना तथा बराबर सूचना सम्पर्क में अपने को बनाये रखना आवश्यक है।

किसी भी संस्था में कुछ निर्णय लेने पड़ते हैं उसे नवीन दिशा देने के लिए। इस ओर बढ़ने में साहस जुटाना पड़ता है और जोखिम उठाने को तैयार होना पड़ता है। बिना इसके लाभ की प्रत्यशा नहीं की जा सकती। पर सम्भव है ऐसा करने में कभी चूक हो जाय और लाभ की अपेक्षा व्यवस्थापक की नई सोच से नुकसान उठाना पड़े। ऐसे जोखिम के लिए प्रबन्धतंत्र को तैयार रहना चाहिए। कुछ ऐसे विभाग है जिनमें नीति निर्धारण सेल अलग होता है। उसमें मैनेजर के साथ विभागों के उच्चाधिकारी और प्रबंधतंत्र के प्रतिनिधि भी एक साथ बैठकर सारी पुरानी क्रियाओं और विकास का आकलन कर नई दिशा के लिए प्रयत्न करते रहते हैं। यहाँ सभी के विचारों का समन्वय किया जाता है और अतीत की उपलब्धियों के परिप्रेक्ष्य में उसका विश्लेषण करते हैं। यहाँ काम में लगे अधिकारी के आँकड़ों और सिद्धान्त निर्धारण, अधिकारी के विचारों का समन्वय की बात से कोई निष्कर्ष निकालते हैं। इसमें भौतिक, आर्थिक और श्रम सम्बन्धी तथ्यों को एक साथ मिलाकर ही किसी परिणाम की प्रत्याशा करते हैं। इस कार्य में कई वर्ग एक साथ मिलकर काम करते हैं। ये निम्न हैं:—

(1) परसनल विभाग—यह व्यक्तिगत उपलब्धियों का लेखा जोखा रखता है। सरकारी तंत्र से जो पत्र व्यवहार करना होता है उसको करता है। यही प्रबन्धन संगठन के साथ समन्वय बनाने की दिशा में पहल करता है।

(2) मैनेजमेण्ट विभाग—यहाँ ऐसे विशेषज्ञ रखे जाते हैं जो उच्च कोटि के होते हैं तथा वे नई दिशाओं का अध्ययन करते हैं एवं उसमें विकास के लिए मानव संसाधन की अधिक उपयोगिता के लिए तैयार रहते हैं। यह आशा रखता है कि कम कीमत पर अधिक लाभ कमाने के माध्यमों को अमल किया जाय और यह भी इस दिशा में कि मानव ससाधनों द्वारा उसकी अधिकतम संतुष्टि हो सके। इसी से यह भी आशा रखी जाती है कि यह व्यक्तिगत कार्यकर्ता और प्रबन्धतंत्र के बीच एक प्रकार के सौहार्द्र के वातावरण को उत्पन्न करें। यही श्रम संगठनों के बीच क्षमता की कड़ी भी बने। साथ ही, भावी क्षेत्र में जहाँ जोखिम की सम्भावना हो वहाँ जोखिम भरे काम को पर्यटन विकास की दिशा में अंजाम देने को तैयार रहे।

पर्यटन उद्योग में प्रबन्धन का अभिप्राय है वह व्यक्तिगत सिद्धान्त जिसका निर्धारण इस दृष्टि से किया जाता है कि आगन्तुक पर्यटकों के प्रति किस प्रकार आत्मीयता और सुविधा का अवसर प्रदान किया जाय। व्यक्तिगत सिद्धान्त उद्यमी का होता है जो अपने उद्योग को विकसित करना चाहता है। वह चाहता है कि इसी सिद्धान्त का पालन उसके द्वारा इस उद्योग में नियुक्त व्यक्ति भी करे कि निर्धारित लक्ष्य की प्राप्ति सम्भव हो सके। यह एक सामान्य निर्देशक तत्त्व होता है और इसी के आधार पर कोई भी निर्णय लिया जाता है। इसी के आधार पर वह व्यक्तिगत साहसी अपनी संस्था को बढ़ाने का कार्य करता है जैसे कर्मचारियों की भर्ती, उनका प्रशिक्षण, उनकी उपलब्धि के आधार पर वेतन तथा बढ़ोत्तरी देना, स्थानान्तरण करना, अनुभव के आधार पर उच्च स्थानों पर नियुक्त करना, सुविधाएँ उपलब्ध कराना, अनेक प्रलोभन देकर कार्यक्षमता को विकसित करना, अवकाश स्वीकृत करना और उस काल के उपयोग के लिए विविध सुविधाएँ प्रदान करना, विशेष पैकेज देना आदि। पर जो उसके निर्देशक सिद्धान्तों का पालन नहीं करते उन्हें सेवामुक्त करना भी उसकी दृष्टि में बना रहता है। पर

यह आवश्यक है कि उन सुविधाओं को देते समय प्रबंधक को यह ध्यान रखना चाहिए कि कोई भेद-भाव कर्मचारियों में न करें। उसे सभी कर्मचारी को जो कार्य-स्तर में समान हों उनको एक साथ एक प्रकार की सुविधा देनी चाहिए। जब भी उनमें भेद होगा तो वह स्थिति संस्थान या संगठन में विस्फोटक रूप धारण कर लेगी। अतः एकरूपता को आगे रखकर ही संगठन का सामान्य प्रयास बनाये रखा जा सकता है।

किन्तु सिद्धान्त निर्धारण के पूर्ण कुछ बातें स्पष्ट रूप से ध्यान में रखनी चाहिए कि नीति निर्धारण में कहीं भटकाव न आ जाय। उद्यमी को स्पष्ट होना चाहिए कि जो नीति वह लागू करने जा रहा है उसका उद्देश्य क्या है ? उससे वह कहाँ तक किस लक्ष्य की प्राप्ति कर सकेगा ? उसके लागू करने में कौन-कौन-सी विधियों को वह अपनायेगा। ऐसा करते समय चार बातें उसके दिमाग में बड़ा साफ होना चाहिए – (1) इस नीति को जिसे उसने बनाया है उसे लागू करने का अधिकार किसको प्रदान करेगा। (2) इसमें उस अधिकारी का मार्गदर्शक कौन बनेगा। (3) इसके लिखायदी तथा पत्राचार की कार्यवाही किस कार्यालय के द्वारा होगी और (4) जिसके पास नियंत्रण सम्बन्धी सारे पत्र जाते होंगे इस पर व्यवस्था का अंकुश कौन रखेगा। इस प्रकार की नीति के काम का बँटवारा करके ही भली प्रकार लागू कराया जा सकता है।

इस नीति निर्धारण के पीछे एक और कारण है कि पर्यटन संगठन एक बहुविधीय क्रिया है। एक ओर जहाँ इसके प्रबंधन को पर्यटन के विभिन्न आनुषंगिक पक्षों को ध्यान में रखना होगा जैसे यातायात साधन, प्रचार, गाइड, खेलकूद की व्यवस्था, आर्थिक संस्थाएँ, सरकारीतंत्र का सहयोग, सामग्रियों की वृद्धि और समृद्धता आदि वहीं उसे प्राकृतिक साधनों के अधिकाधिक दोहन का दृष्टिकोण रखना होता है और वह भी इस प्रकार कि उसे लाभ बराबर मिलता रहे पर स्रोत भी बना रहे जैसे झील, झरने, पहाड़ी दृश्य, प्राकृतिक एवं समुद्रतटीय स्थल, वन्य प्राणियों का आवास क्षेत्र, शिकार, स्केटिंग आदि। दूसरे उसको बाहरी निर्माण (Infrastructure) कर पर्यटन स्थल को सुविधाओं से युक्त करना होता है जैसे जल की सुविधा, जल बहाव की व्यवस्था, बिजली एवं गैस लाइन बिछाना, पार्क बनाना, होटल, रेलवे, डाक आदि की सुविधाएँ उपलब्ध कराना आदि। इनको हम उपयोगिता की दृष्टि निम्न मुख्य वर्गों में बाँट सकते हैं :—

(1) जल सम्बन्धी — पाइप लाइन बिछाना, हाथ का पाइप लगवाना आदि।
(2) आवास सम्बन्धी — ठहरने का होटल, विश्रामालय आदि।
(3) यातायात सम्बन्धी — रेल, बस, हवाई जहाज आदि।
(4) सूचना प्रसार — रेडियो केन्द्र, टी. वी. केन्द्र आदि।
(5) संचार साधन — टेलीफोन कॉर्नर, वायरलेंस कॉर्नर आदि।
(6) प्रकाश सम्बन्धी — बिजली केन्द्र, पावर स्टेशन आदि।
(7) खेलकूद सम्बन्धी — स्थानीय खेल का मैदान, जिमनैजियम आदि।
(8) भोजन सम्बन्धी — विभिन्न प्रकार के भोजनालय सम्बन्धी जो सुविधायुक्त हों।
(9) स्वास्थ सम्बन्धी — समुद्र तटीय प्राकृतिक स्थल, चिकित्सालय आदि।
(10) संग्रहालय सम्बन्धी — चित्रशाला, मूर्तिशाला, पुस्तक संग्रहालय आदि।
(11) जन्तुशाला सम्बन्धी — जू, अभयारण्य आदि।
(12) मनोरंजन — शिकार, स्टेटिंग, पहाड़ से सर्पाकार उतरना आदि।

इसके साथ ही कुछ विशिष्ट प्रकार के बाहरी निर्माण भी जुड़े होते हैं जिनका निर्माण

प्रबंधतंत्र को करना होता है। ये हैं:—

(1) विशिष्ट आवासीय व्यवस्था—इण्टरनेशनल होटल, यात्री निवास, कॉमर्शियल होटल, अतिथिशाला, अवकाश के विश्रामगृह आदि।

(2) भोजन व्यवस्था—विभिन्न देशों के अच्छे प्रकार के पकवान, पेय व्यवस्था, रात्रिक्लब, दुग्ध और उसके उत्पाद आदि।

(3) खेल व्यवस्था—स्केइक, पार्क तथा ऊँट की सवारी, स्केइंग प्रशिक्षण, घर के भीतरी खेल, तैरना आदि।

(4) विशिष्ट पर्यटन संघटनों द्वारा आयोजित—पैलेस आन व्हील पर यात्रा, पर्वतारोहण और प्रशिक्षण, नाव चलाना, शिकार खेलना आदि।

(5) विशिष्ट आनन्दात्मक स्थल भ्रमण—जन्तुशाला, संग्रहालय, पुस्तकालय, स्मारक, पुरास्थलों की यात्रा, युद्धस्थलों की यात्रा।

(6) विशिष्ट खरीद की दुकानें—पुरा-सामग्रियों की दुकानें, पुरा-स्मारकों के प्रतीक-चिह्नों की दुकानें, एलबम की दुकानें, पुराने वाद्य की दुकानें, हस्तकौशल की दुकानें, कर मुक्त दुकानें, विभिन्न राज्यों के उत्पाद आदि।

(7) आर्थिक केन्द्र—रिजर्व बैंक की शाखा, पोस्ट आफिस, विदेशी बैंक जहाँ विदेशी मुद्रा बदला जा सके आदि।

(8) अन्य स्थल—अन्तर्राष्ट्रीय हवाई अड्डे, रेल कारखाना, कस्टम कार्यालय आदि।

(9) विशिष्ट यातायात स्थल—हवाई पट्टी, लक्सरी तथा वातानुकूलित बस सेवा केन्द्र, हेलिकाप्टर उड़ान सेवा केन्द्र, जलयान यात्राओं के सेवा केन्द्र।

(10) विशिष्ट सम्मन और सूचना स्थल—विश्व मेला स्थल, विश्व प्रसिद्ध विश्वविद्यालय, योग केन्द्र, विशिष्ट पूजा परिक्रिया, ग्रामीण जीवन दृश्य आदि।

ऊपर के विवरणों से स्पष्ट है कि प्रबंधतंत्र न केवल यात्रा का ही प्रबंध अपने हाथ रखता है बल्कि उसको अन्य व्यवस्थाओं में भी अपनी भागीदारी निभानी होती है। इसके पीछे कारण है कि पर्यटन एक जनोपयोगी बाहरी निर्माण क्रिया है (Tourism is a public utility infrastructure)। इसी से आज एक नई विधा इसके साथ जुट गई है कि पर्यटन व्यवस्था और प्रबंधन में जन अधिकारी की भागीदार और विकास क्रिया में सहयोग को राष्ट्रीय पर्यटन का एक अंग मान लिया गया है। राज्य सरकारें भी ऐसे जनसदस्यों का चयन कर उनके सहयोग से पर्यटन प्रबंधन को अधिक चुस्त बना रही हैं। साथ ही, कुछ पर्यटन क्रियाओं को सामाजिक जिम्मेदारी मानकर उसे समाज के लोगों पर छोड़ दिया है कि वे इसकी व्यवस्था करें। ये वे क्षेत्र हैं जो राजकीय व्यवस्था से दूर होते हैं। देश की स्थिति के अनुसार उनमें अन्तर देखा जा सकता है। सभी अर्थव्यवस्था की दृष्टि में राज्य को मुख्य रूप से पर्यटन के संचालक, व्यवस्थापक और प्रबंधन का दायित्व वहन करते हैं।

□

अध्याय– 12

श्रम संसाधन का प्रबंधन और नियोजन

पर्यटन एक सेवा क्रिया है। इसमें एक लम्बी संख्या में विभिन्न प्रकार के श्रम का लाभ शासन द्वारा नियुक्त कर्मचारियों का प्राप्त होता है तथा दूसरे के प्रकार समाहित होते हैं जो स्वेच्छा से अपनी आय के लिए स्वतंत्र कार्य करते हुए अपनी भागीदारी का योगदान इसमें करते हैं। इससे स्पष्ट है कि दो प्रकार के श्रम इसमें लगे हैं एक जो किसी नियोक्ता के अधीन हैं या जो बड़े उद्यमी हैं जिनके अधीन श्रम करने वालों का एक वर्ग पर्यटन सेवा में कार्यरत है तथा दूसरा वह श्रम जो एकांगी अपनी जीविका के उपार्जनार्थ पर्यटन सेवा में जुटा होता है और इसकी प्रक्रिया का एक अंग बन जाता है। यहाँ पहले प्रकार की भी दो कोटियाँ होती है– एक जो शासकीय क्षेत्र में कार्य करते हैं तथा उनका शासन के प्रति दायित्व होता है क्योंकि शासन ही उसका नियोक्ता होता है जैसे पर्यटन अधिकारी, पर्यटन कार्यालय के सहयोगी, पर्यटन स्थलों के व्यवस्थापक, पर्यटन क्षेत्रों में शासन द्वारा नियुक्त बिजली मिस्त्री, माली, मजदूर आदि। जहाँ कोई कार्य किसी व्यक्तिगत संगठन को सौंपा जाता जहाँ पानी का लाइन बिछाना, बिजली का तार लगाना, सड़क ठीक करना आदि। ये भी दो प्रकारों में रखे जा सकते हैं एक प्राविधिक कार्य से सम्बन्धित जो किसी विधा में विशेष कौशल प्राप्त होता तथा दूसरा सामान्य श्रम जो किसी विधि विशेष में कौशल प्राप्त नहीं होते पर सामान्य कार्य करते हैं। इसी प्रकार संगठन या कोई संस्थान जिसे एक कार्य विशेष ठीके पर दिया जाता है जहाँ भी इन्हीं दो प्रकार के श्रम का उपयोग होता है। किन्तु वह श्रम जो किसी संस्थान से न जुड़कर स्वच्छन्द रूप से इसमें भाग लेकर अपनी जीविका चलाता है वह स्वैच्छिक होता है। इसमें भी कुशल और अकुशल होते हैं जैसे मोटर चलाने वाला ड्राइवर यह कुशल (skilled) कार्य करता है पर जो मजदूर सामान ढोकर मोटर से होटल तक पहुँचाता है वह अकुशल श्रम (unskilled labour) होता है। इन दोनों प्रकार को मिलाकर मानव श्रम संगठन प्रबंधन की कोटि में रखते हैं क्योंकि इन दोनों को एक-एक व्यवस्था के तहत ही कार्य करना पड़ता है।

श्रम संगठन प्रबंधन

इसमें प्रबंधन की आवश्यकता इसलिए होती है कि स्वच्छन्द रीति से केवल जागरूक और निष्ठावान श्रम का ही लाभ देश या पर्यटन व्यवस्था को मिल सकता है। पर प्रश्न है कि कितने लोग देश में निष्ठावान रूप में श्रम में जुटे हैं। प्रायः यह मानव प्रवृत्ति है कि वह श्रम करना नहीं केवल लाभ कमाना चाहता है। इसलिए अंकुश आवश्यक है जो लाभ के बदले उससे उपयुक्त श्रम करावे। ऐसा करने से ही व्यवस्था और देश दोनों को लाभ मिल सकता है। साथ ही भौतिक सुख भोजन, वस्त्र, आवास आदि की आवश्यकता की पूर्ति भी इससे हो सकेगी।

मानव श्रम के प्रेरणा के लिए आवश्यक है श्रम में व्यक्तिगत उन्नति करने की भावना का समावेश होना तथा अपने कौशल की गुणवत्ता के प्रकाश करने की इच्छा से प्रेरित होना। यह भावना जानना कि जितना अच्छा कार्य किया जायगा उतना लोगों का स्नेह प्राप्त होगा। साथ ही, यह भावना उठना कि श्रम के द्वारा ही समाज की सुरक्षा एवं उन्नति सम्भव है। ये सारी प्रेरणा अकेली या समन्वित रूप से मानव को क्रियाशील बनाती है। पर इसके साथ संगठन या प्रबंधन का यह धर्म होता है कि वह जाने कि श्रम की क्या क्षमता है और उससे

अधिक-से-अधिक कैसे उपयोग में लाकर उससे लाभ कमाया जाय। प्रायः यह देखा जाता है कि जो कुशल श्रम होता है वह अवकाश के काल में भी शान्त नहीं बैठता बल्कि बाहरी काम करके ऊपरी आमदनी कमाता है। इसके पीछे बढ़ती आवश्यकताओं की प्रेरणात्मक शक्ति होती है।

यदि देखा जाय तो कुशल श्रम की अपेक्षा अकुशल श्रम की इसमें अधिकता होती है। ऐसे लोगों की नौकरियाँ पर्यटन में अधिक है जो पोर्टर, कुली, विक्रेता, रिक्शा चालक, फेरीवाले, सेवक का कार्य करने वाले, चाय बेचने वाले, पान लगाने वाले आदि होते हैं क्योंकि इनकी आवश्यकता व्यवहारिक जीवन में बार-बार होती है। जबकि कुशल श्रम का एक बार आधार कार्य (basic work) समाप्त हो जाने पर अब कुछ थोड़े से लोग उसके रख-रखाव के लिए चाहिए होते हैं। जैसे पाइप लाइन बिछ जाने, बिजली का तार खिच जाने, कोई कार्य पूरा हो जाने पर एक छोटी टुकड़ी उसमें उत्पन्न होने वाली असुविधाओं को दूर करने तथा उसकी देख-रेख के लिए वहाँ रह जाती है। शेष आगे दूसरे क्षेत्र में कार्य करते हैं। होटल, भोजन की व्यवस्था में भी जहाँ नियमित कर्मचारी कुशल श्रम रसोइयाँ होता है। शेष अकुशल श्रम ही होते हैं।

इन अकुशल श्रम को व्यवस्थित रखने के लिए आवश्यक है कि इनको एक निर्धारित कार्य देकर प्रबंधतंत्र शान्त न बैठे बल्कि इनमें उनकी कार्य पद्धति में कुशलता का सृजन करता रहे तथा अधिक क्षमता जुटाने की प्रेरणा भी दे। इसके लिए तीन शब्दों ज्ञान, कौशल और योग्यता की वृद्धि पर बल की बात की गई है। इसके अंग्रेजी के तीन अक्षरों से संदर्भित किया गया है। K (knowledge = ज्ञान), S (skill = कौशल) और A (ability = योग्यता)। इसी के आधार पर उनकी कार्य पद्धति बढ़ती है। अतः अकुशल श्रम के चयन में प्रबंधन को इन गुणों KSA का ध्यान रखना आवश्यक है। पर यहाँ K = ज्ञान के मुख्य पहलू होने चाहिए नियमों का ज्ञान, उनके पालन का ज्ञान, गई व्यवस्था का ज्ञान जो क्रय-विक्रय में लगा हो जैसे क्रेडिट कार्ड, आरक्षण आदि। इसी प्रकार S = कुशल श्रम से अभिप्राय है स्थिति की व्याख्या करना, प्राप्त सूचना को एकत्र करके ऐसा करना कि उसका ग्राहक पर व्यक्तिगत प्रभाव पड़े तथा वह सारी सूची बनाये जिसकी माँग क्रेता करता रहता है। A = योग्य श्रम से तात्पर्य है कठिन परिस्थितियों से अपने का उबार लेना, अपने उत्तरदायित्व का निर्वाह करना तथा जो काम मिला है उसको भली प्रकार समझ कर उसकी पूर्ति करना।

ऊपर के विवरण से स्पष्ट है कि इस सारी व्यवस्था का केन्द्र मानव है। यह अपने प्रयास से मुद्रा और वस्तु अर्जित करता है। पर इसके सक्षम क्रिया के लिए आवश्यक है कि जिस भी तंत्र के अधीन जो लोग कार्यरत है उन पर उस तंत्र के द्वारा व्यवस्था का लगाम कसा जाय। इसका परिणाम होगा कि जो भी क्षमता उसमें होगी उसका प्रबन्ध श्रम नियोजन अधिक-से-अधिक उपयोग करने में सफल हो सकेगा। पर यह व्यवस्था सहसा किसी पर लादा नहीं जा सकता। अचानक ऐसा करने से वह भड़क उठेगा और अव्यवस्था बढ़ जायेगी।

इसलिए व्यवस्था को भी विकास की दिशा में एक क्रमिक प्रक्रिया के तहत बनाया जाय कि मनुष्य अपना लक्ष्य प्राप्त कर सके। साथ ही, यह भी ध्यान रखना चाहिए कि उचित मात्रा में मानव शक्ति की नियुक्ति करना चाहिए कि जो कार्य सामने है उसको समय से गुणवत्ता के आधार पर पूरा किया जा सके। अधिक कर्मचारियों की नियुक्ति कार्य सम्पादन को उचित दिशा में नहीं कर पायेगा और कम कर्मचारियों की जमात कर लेगा। इसलिए अनुमान के आधार पर एक उचित संख्या निर्धारित कर नियुक्ति करनी चाहिए।

इस प्रकार मानव शक्ति की नियुक्ति के लिए एक उचित नियोजन आवश्यक है। इसमें श्रम की कुशलता, क्षमता और उनका दृष्टिकोण महत्त्वपूर्ण होता है। इन तीनों को दृष्टि में रखकर योजना के अनुसार नियुक्ति करनी चाहिए। पर यह एक परिवर्तित प्रक्रिया है। यदि श्रम क्षमता बढ़ती दिखाई पड़ती हो तो उसमें आवश्यकतानुसार कमी करना चाहिए वर्ना उसके पूरा उपयोग होने के स्थान समय का अपव्यय इसमें होने लगता है। परिस्थितियों के अनुसार भी इसमें परिवर्तन अपेक्षित होता है। सही दिशा में परिस्थितियों के होने पर श्रम की कमी तथा गलत दिशा में होने पर श्रम में बढ़ोतरी करना आवश्यक हो जाता है। इस प्रकार यह योजना बनाना मैनेजमेण्ट द्वारा नियुक्त प्रतिनिधि अधिकारी का कार्य होता है। यह एक अत्यन्त जटिल किन्तु उलझी प्रक्रिया है जिसका सही आकलन मैनेजर की दूरदृष्टि पर आधारित होता है। यही सफल योजना का मूल आधार होता है।

इसके लिए सबसे पहले लक्ष्य निर्धारित करना होता है। साथ ही, उद्देश्य भी स्पष्ट रूप से सामने रखनां होता है कि वहाँ पहुँचने के पहले ही श्रम शक्ति भटक न जाय। तब उसकी प्राप्ति के लिए यह आकलन करना होता है कि इसमें कितना श्रम लगेगा और किस प्रकार का कुशल, अकुशल अथवा दोनों अपेक्षित हैं। साथ ही, भविष्य में इस श्रम को किस प्रकार संगठित किया जाय कि लक्ष्य की प्राप्ति सम्भव हो सके। यह निर्धारित करने के बाद जो उपलब्ध श्रम है उनको क्षमता का आकलन करना पड़ता है कि वे क्या निर्धारित समय में निश्चित उद्देश्य को पूर्ण कर सकेंगे। जब यह तै करना होता है कि कार्य का स्वरूप क्या है? तो इसके साथ ही कार्य का पूरा विवरण सामने रखना पड़ता है कि उसी कसौटी पर श्रम को कसा जा सके। तब मानव स्रोत की योजना को विकसित किया जा सकता है।

मानव शक्ति को योजना में जोड़ना आवश्यक है। बिना इसके सहयोग के योजना पूरी नहीं हो सकती। पर इसमें प्रशिक्षित, अप्रशिक्षित तथा कार्य की सही दिशा में प्रेरणा प्राप्त श्रमिक होते हैं। इन पर बहुत अधिक व्यय करना होता है क्योंकि इनकी क्षमतानुसार इनका वेतन तै होता है। यदि वे निर्धारित वेतन के अनुरूप कार्य नहीं करते तो उसमें नुकसान होना ही है। इसलिए एक व्यवस्था के तहत उनको नियुक्ति करना ही उचित है। इसमें नियुक्ति में निम्न तथ्यों को सामने रखना चाहिए — कितना नियुक्त करना अति आवश्यक है। इनमें से प्राकृतिक व्याघातों या सुविधाओं के आकलन के आधार पर यह भी अनुमानतः निश्चित करना होता है कि कितना और कम पड़ेगा या आगे चल कर इनमें से कितने को समय-समय पर हटाना पड़ेगा। कितने ऐसे होंगे जिनको भविष्य में योजना को बढ़ाने तथा कुशल बनाने के लिए प्रशिक्षण देना होगा। प्रबंधन की दिशा में क्या प्रक्रिया इसमें अपनायी गई होगी। उत्पादन की प्राप्ति और उद्योगिक सम्बन्धों की दिशा में भी तत्वों के सम्बन्ध पर ध्यान देना पड़ता है। जो व्यय श्रम पर करना पड़ रहा है उनसे किस प्रकार अधिक-से-अधिक उत्पादन किया जा सकता है। यह तभी सम्भव होगा जब नियुक्त स्टाफ को अधिक सुविधाएँ प्रदान की जाय। अतः यह भी ध्यान रखना होता है कि स्टाफ को सुविधा देने के लिए हमारे पास क्या संसाधन उपलब्ध है। यह भी आकलन करना पड़ता है कि किस क्षेत्र में कुशल श्रम की कमी होगी तथा उसकी पूर्ति कैसे करें कि समय पर कार्य को सही अंजाम दिया जा सकेगा। यह इसमें सबसे महत्त्वपूर्ण होता है तथा कुशल प्रबंधतंत्र के लिए यह एक चुनौती के रूप में सामने होता है।

नियोजन का उद्देश्य

इसका अन्तिम तथा स्थायी उद्देश्य होता है कार्य को भविष्य में पूर्ण अंजाम देना। इसके पीछे कारक होता है राष्ट्रीय आय की वृद्धि उस राशि पर जो इसके लिए खर्च की गई है। वैसे तो सामान्य रूप से इसका उद्देश्य है श्रमिकों की नियुक्ति, संगठन और राष्ट्रीय उद्देश्य को पूरा करना। इससे एक बात स्पष्ट है कि कार्य की पूर्ति के लिए कितने श्रम की आवश्यकता है और उसे कितना कार्य को पूरा करने के लिए लगाया गया है। इसमें एक समरसता होना आवश्यक है। यह समरसता वर्तमान के लिए नहीं वरन भविष्य के लिए जरूरी है क्योंकि इसी के आधार पर आय और व्यय का लेखा जोखा तैयार करते समय आय की वृद्धि का अनुमान लगाया जा सकता है। यह आवश्यक नहीं है कि थोड़े काल की योजना के लिए कोई नियोजन आवश्यक नहीं होता। यह केवल लम्बे समय तक चलने वाले काम के लिए ही जरूरी होता है। बल्कि प्रत्येक कार्य चाहे वह अल्पावधि का हो या दीर्घकालिक सबके लिए योजना बनाकर ही कार्य करना पड़ता है। इसमें समयानुसार योजना बनाते समय कम-से-कम को मान कर संगठन और श्रम को ध्यान में रखकर योजना बनाई जाती है। हो सकता है कि यह बाद में चलकर बढ़ गया। इसलिए योजना बनाते समय इस बात का भी ध्यान घटाया रखा जाता है कि इसको बढ़ाया जा सके यदि बीच में आवश्यकता पड़े तो घटाया जा सके।

योजना बनाने में श्रम पूर्ति और विकास पर विशेष ध्यान रखना पड़ता है। इस विकास में बाधक होती है श्रम के स्वरूप में भिन्नता जो उनके शिक्षा, वातावरण, स्वास्थ्य और जीवन-पद्धति में होती है। यह श्रमिक संगठनों के लिए एक प्रभावक तत्त्व होता है। संगठन की दृष्टि से इनका महत्त्व तो है ही पर इससे अधिक महत्त्वपूर्ण है मानव श्रम के भविष्य की स्थिति का आकलन। इस भावी आकलन में तीन बातें विशेष महत्त्व की होती है–इसका आर्थिक भविष्य क्या होगा ? इसका प्रभाव उत्पादन, विक्रय और विस्तार पर क्या पड़ेगा ? तथा श्रम के बाजार पर इसका प्रभाव क्या पड़ेगा ? इन तीनो के सम्बन्ध में आकलन करने के बाद ही नियोजन की ओर बढ़ा जा सकता है। इन दोनों को जोड़कर ही यह निर्णय लिया जाता है कि कितना श्रम अपेक्षित है तथा कितने को इसमें लगाया जाय कि कार्य पूर्ण हो जाय और घाटा भी न लगे।

श्रम संगठन और प्रशासन

किसी भी संगठन या प्रबंधन के दो महत्त्व अंग होते हैं–एक प्रशासनतंत्र जहाँ संगठन की जड़ें होती है तथा दूसरा व्यक्तिगत विभाग। व्यक्तिगत विभाग अधिक महत्त्व का होता है क्योंकि वह सभी प्रकार का आँकड़ा इकट्ठा करके प्रशासनतंत्र को भेजता है और अपना सुझाव भी रखता है कि क्या इसके विषय में किया जा सकता है। यह भावी स्थिति पर भी प्रकाश डालता है। यह गोपनीय कार्यालय होता है जहाँ सारी बातें इकट्ठी संग्रहित होती हैं। यही श्रम की शक्ति या क्षमता आकलन कर उसके विषय में प्रशासन से संस्तुति प्राप्त कर उसके अनुसार कार्य करता है। अब यह विज्ञापन देकर नियुक्ति सम्बन्धी प्रक्रिया अपनाता है चाहे वह बाहरी लोगों में से चुनाव द्वारा कराये या अपने ही संस्थान में कार्यरत लोगों को प्रोन्नति दें। कभी-कभी दूसरी शाखाओं से स्थानान्तरित करके भी ऐसी रिक्तियाँ भरी जाती हैं। ये नियुक्तियाँ इस दृष्टि से की जाती है कि श्रम संगठन (union) इसके विरोध में वितंडावाद न खड़ा कर दे जिससे संस्थान की क्रियाएं प्रभावित होने लगे। इसी को ध्यान में रखकर वह प्रोन्नति और वेतन निर्धारण भी करता है। कभी-कभी उच्च स्तर के श्रम को वह प्रोत्साहन

राशि भी प्रदान कर उनको बढ़ावा देता है। साथ ही, कार्य किस स्तर पर प्रगति में है उसकी सूचना भी यही विभाग प्राप्त कर प्रशासन को इसकी सूचना समय-समय पर देता रहता है। इसी विभाग का कार्य है कि कार्यरत कर्मचारियों को उनकी क्षमता, योग्यता के आधार पर उनको प्रशिक्षण दिलाकर उनकी प्रोन्नति करे। यही उनके क्षमता के उचित उपयोग के लिए विकासात्मक अवसर भी प्रदान करता है।

ऊपर के विवरण से स्पष्ट है कि मानव श्रम का आकलन मांग और पूर्ति के आधार पर किया जाता है और वह भी माँग भविष्य की स्थिति को सामने देखते हुए। दूसरे यहाँ पूर्ति के लिए संगठनों से उपयुक्त प्रकार के लोगों की मांग करते हैं। यह भावी योजना को ध्यान में रखकर उसके आकलन के आधार पर किया जाता है। ऐसा करते समय कुछ विशिष्ट बिन्दु सामने रखे जाते हैं। एक कि भविष्य में मानव श्रम की कितनी आवश्यकता सम्भावित है। दूसरे यह योजना के आधार पर यह होता है कि किस प्रकार के नौकरी के अवसर उपलब्ध हैं और उनका विवरण क्या है? यह व्याख्या करना होता है कि जिन लोगों का चुना जाना है उनकी कौशल क्या है और प्रकृति कैसी है ? तथा अन्तिम है किन उपयुक्त स्रोतों से श्रम लिया जाय जिससे कार्य की सिद्धि में कोई संदेह न रह जाय।

इस कार्य-क्षमता वृद्धि के लिए आवश्यक है उचित प्रशिक्षण देना। साथ ही, विकास की गति के साथ बढ़ोतरी का प्रावधान रखना। इनमें अधिक कुशल हो उनको उच्च पदासीन तथा उच्च वेतन भुगतान कर अपना अधिक विश्वसनीय बनाकर उसे प्रबंधन चाहिए जो सब पर समान रूप से लागू होना चाहिए। यह आधार है उसके कार्यों की उपलब्धि का आकलन और उसके साथ उसकी योग्यता, शिक्षा आदि के साथ में संगणना करने। किन्तु प्रबंधन को वर्तमान सेवकों की क्रियाओं के आकलन से ही संतुष्ट नहीं होना चाहिए। उसके सामने भविष्य की समस्या खड़ी रहती है जब उस कोटि के व्यक्ति सेवा मुक्त होंगे तथा जब वे दूसरे प्रबंधन में अच्छे पद और वेतन पर इसको छोड़कर चले जायँगे। इसलिए आवश्यक है कि ऐसे लोगों को समुचित सुविधा देकर जहाँ रखा जाय वहीं इनके कार्यों के लिए नई क्षमता के लोगों को भर्ती किया जाय और उन्हें भी इनका काम सिखाया जाय कि वे इनके हटते इनका स्थान ले सकें। काम सिखाने के लिए आवश्यक है कि पुरानी क्षमता वाले के साथ उन्हें सहयोगी के रूप में जोड़कर रखना चाहिए तथा काम की क्षमता बढ़ने के साथ उनके वेतन में वृद्धि करते रहना चाहिए।

किन्तु इसका आकलन कैसे किया जाय कि कितने लोगों की कब आवश्यकता पड़ेगी कि उन्हें प्रशिक्षण देकर तैयार रखा जाय। इसके लिए एक अनुमानित आधार रखना चाहिए कि एक पंक्ति के अच्छे अधिकारी कुल कितने सेवामुक्त हो रहे हैं। उसी मात्रा में उससे कुछ वर्ष पहले उसी की तरह या उससे भी अच्छी क्षमता के कर्मचारियों की भर्ती करनी चाहिए। कर्मचारियों को जांच के लिए उनकी क्षमता क्या है एक लिखित तथा व्यवहारिक परीक्षा लेकर योग्यता के आधार पर भर्ती करनी चाहिए। यह भर्ती एकाएक न करके प्रति वर्ष क्रमशः करने से सेवामुक्त होने वाले लोगों को ये स्थानापन्न कर लेंगे। साथ ही, लम्बी अवधि के बाद अगर एक साथ लम्बी जमात सेवामुक्त होनी है तो उस हिसाब से पहले ही भर्ती कर नई पीढ़ी को प्रशिक्षित कर देना चाहिए कि खाली स्थान से नुकसान न हो। यह भर्ती में श्रम क्षमता को विशेष ध्यान में रखना आवश्यक है कि कार्य शैली में पुरानों के जाने और नयों के आने से व्यवस्था में गिरावट न आ जाय। प्रबंधन और नियुक्तियों के लिए आवश्यक है पहले से ही नियुक्ति विभाग द्वारा लेखा-जोखा तैयार रखना। इसके लिए उसे निम्न पक्षों को सामने रखकर आँकड़ा बनाना चाहिए–(1) कितने लोग वर्तमान में हैं तथा कितने की नए पदस्थापन,

प्रोन्नति, सेवामुक्त या बीमारी के कारण वर्तमान स्थिति को बनाए रखने की निकट भविष्य में आवश्यकता होगी। (2) यह भी देखना होगा कि नई नियुक्तियों से क्या अधिभार बढ़ेगा और उसकी पूर्ति कितने दिन बाद हो जायगी तथा जब तक पूर्ति नहीं हो रही है तब तक उत्पादन क्षमता पर इसका क्या प्रभाव पड़ेगा। भरसक यह प्रयास करना चाहिए कि जो कमी होने वाली है वह प्रोन्नति के द्वारा पहले भरी जाय और फिर उस रिक्तियों को जिनपर प्रोन्नत हुई है उसको नई नियुक्तियों से पूरा किया जाय।

इन नई नियुक्तियों के लिए निम्न विधि का पालन कर रिक्तियाँ भरनी चाहिए। पहले व्यक्तिगत संभाग यह आकलन करे कि कितनी नियुक्तियाँ वर्तमान में अति आवश्यक है तथा कितने प्रशिक्षित व्यक्ति निकट भविष्य में हमें चाहिए। इन दोनों को जोड़कर पद विज्ञापित किया जाय और उसके लिए आवेदन माँगा जाय। फिर लिखित तथा मौखिक परीक्षा के द्वारा इन्हें भरा जाय। जो तत्काल आवश्यकता हो उस पर निर्धारित वेतन क्रम में नियुक्ति कर अल्पकालिक प्रशिक्षण देकर कार्य प्रारम्भ करा दें। जिनकी पीछे आवश्यकता पड़े उनको प्रशिक्षु रूप में लम्बे समय का पूर्ण प्रशिक्षण दिलाया जाय। उस अवधि में इनको मानदेय प्रदान किया जाय। उसके बाद पुनः प्रशिक्षुओं की योग्यता सूची परीक्षा लेकर बनाया जाय और रीक्तियों पर उनकी नियुक्ति की जाय। किन्तु नियुक्ति के समय उस व्यक्ति के विषय में छानबीन करना चाहिए कि कहीं इसका पूर्व जीवन राजनीतिक तो नहीं रहा है या किसी यूनियन से सम्बन्धित तो नहीं रहा है क्योंकि ऐसे लोग प्रबंधन और व्यवस्था दोनों के लिए बड़े खतरनाक सिद्ध होंगे। इसलिए उनकी नियुक्ति नहीं करनी चाहिए।

प्रबंधन को भी किसी बिगड़ी सम्भावना से रोकने के लिए व्यवहार में सबके साथ एकरूपता रखनी चाहिए। यदि एक ही स्तर में काम करने वाले लोगों में कुछ को अधिक वेतनमान या सुविधा दिया जाय और कुछ को कुछ नहीं तो दूसरा वर्ग अपना संघ बनाकर विरोध पर उतर आयेगा। इससे दो प्रकार की हानियाँ होगी। एक तो कार्य के सुचारु संचालन में व्यवधान होगा तथा दूसरे कर्मचारियों के बीच विरोध उत्पन्न होगा। अतः मानव श्रम नियोजन एक दुधारी तलवार है। यह अपनी क्षमता, योग्यता, कौशल आदि के द्वारा लाभ भी दे सकती है और यह अपने कुशल विरोध, तर्क और विद्रोहात्मक प्रवृत्ति से हानि भी कर सकता है। अतः प्रबंधन को ऐसे कार्य से बाज आना चाहिए तो पीछे के लिए दुःखद परिणाम दे।

इस प्रकार व्यक्तिगत योजना एक अत्यन्त लाभकर क्रिया है। यह उत्पाद और कार्य में क्षमता, कौशल, योग्यता और नियोजन की दृष्टि से बढ़ोतरी कर सकता है। संगठन की दृष्टि में ऐसे लोग पूर्ण शालीन और दिशावान अनुशासन का पालन करते हैं। इनके द्वारा भविष्य की योजनाएँ सफल होती हैं। अतः प्रबंधन के लिए मानव श्रमशक्ति को सही दिशा में रखना एक महत्त्वपूर्ण कार्य है तथा किसी भी व्यवस्था के प्रबंधन का मूल है।

प्रबंधन और कर्मचारी प्रोन्नति

कर्मचारी के व्यक्तित्व के लिए भी योजना अत्यन्त उपयोगी है। इसके द्वारा कर्मचारी की कुशलता में विकास होता है। नियोजन द्वारा कर्मचारी की क्षमता बढ़ती है, उत्पादन बढ़ता है तथा कार्यकुशल कर्मचारी सेवा क्षेत्र में प्राप्त होते हैं। इस प्रकार श्रम वह प्रेरक शक्ति है जो सर्वाधिक लाभ प्राप्त करने की दिशा में व्यक्ति को बढ़ाता है। अब आवश्यकता है मानव शक्ति को निर्धारित सीढ़ी से आगे बढ़ाने की। इस विकास का आकलन पूर्व क्रियाओं के परिप्रेक्ष्य में किया जा सकता है। यदि कार्यकर्ता सही ढंग से नियमित कार्य कर रहा है और यह उसकी

सतत क्रिया है तो योजनानुरूप विकास होना ही है। ऐसे कर्मचारियों को प्रोन्नत देना प्रबंधतंत्र के लिए उचित होगा। ऐसा करने से उस व्यक्ति को अपनी नौकरी के प्रति संतोष, कार्य के प्रति निष्ठा तथा अपनी शक्ति के सदुपयोग की भावना बढ़ती है। इस प्रकार विकास और प्रोन्नति एक आवश्यक अंग है सूचना और नियंत्रण का। अतः प्रत्येक संगठन को आवश्यक रूप से कार्य कुशलता का परीक्षण करना चाहिए और लेखा-जोखा रखना चाहिए। इसके द्वारा वह व्यक्ति की कार्यकुशलता, पूर्व की उपलब्धि से तुलनात्मक विकास का ज्ञान प्राप्त कर सकता है। इस आधार पर उसे प्रोत्साहन राशि देकर विकास की दिशा में अग्रसर कर नई उपलब्धियाँ प्राप्त की जा सकती है।

ऐसा करने के पीछे कारण है यह पता लगाना कि पीछे की अपेक्षा कितना विकास श्रम में हुआ है। तभी इसी लेखा के आधार पर विकास के सम्बन्ध में व्यक्तिगत निर्णय लिया जा सकता है। इसके अनुसार प्रोन्नति उपहार, दण्ड, नया पदस्थापन आदि दिया जा सकता है। यहाँ विकास के सम्बन्ध से अभिप्राय है संगठन और व्यक्ति दोनों में विकास का प्रभाव देखना तथा जहाँ कमी हो उसका निदान करना। इसी के आधार पर परस्पर बैठकर विचार-विमर्श किया जाता है, नई विधाओं का ज्ञान दिया जाता है, नये मार्ग सुझाये जाते हैं, नीचे के सहयोगियों के कार्य में तेजी और विकास के लिए मार्ग खोजे जाते हैं। ऐसे बहुत से प्रबंधतंत्र के उद्देश्य है जो इस प्रकार परस्पर विचार-विमर्श द्वारा पूर्ण किये जा सकते हैं। इसी का परिणाम होता है कि कार्य व्यवस्थित होने लगता है, उत्पाद बढ़ता है, व्यक्ति की पहचान निखर उठती है, कार्य पद्धति का विकास होता है, नई आवश्यकताएँ उभरती और पूरा की जाती हैं, कर्मचारियों की प्रोन्नति और छटनी का निर्णय भी इसी आधार पर लिया जाता है तथा समस्याओं के निदान का मार्ग खोजा जाता है।

प्रोन्नति का सर्वाधिक लाभ प्रबंधन को मिलता है। इसके द्वारा कर्मचारी की क्षमता बढ़ती है, उसपर अंकुश बढ़ता है, उसमें उत्पाद बढ़ाने का उत्साह बढ़ता है, पर्यावरण के अनुसार उचित कार्य करने में वह सफल होता है, उसमें कार्य के प्रति नया जोश उत्पन्न होता है। वह अधिक आगे बढ़ने के लिए नए जोश से कार्य में जुटता है। पर ऐसा नहीं है सभी कार्य को एक ही मानदण्ड में आँका जाय, एक ही प्रशिक्षण दिया जाय, सबकी श्रम कार्य-क्षमता एक ही मानकर उनकी विशेषताओं का आकलन नहीं किया जा सकता। इसीलिए प्रत्येक वर्ग का वेतनमान, योग्यता, नियुक्ति की विधा भिन्न-भिन्न होती है। यहाँ प्रबंधन का दृष्टिकोण पूर्ण स्पष्ट होना चाहिए तथा उचित प्रशिक्षण केन्द्रों से योग्य व्यक्तियों का चयन करना चाहिए।

प्रबंधन और प्रशिक्षण

जो नवनियुक्त होता है वह पूर्ण प्रशिक्षित नहीं होता। उसमें विषय क्षमता तो होती है पर व्यवहार का पूर्ण अभाव होता है। इसलिए प्रबंधतंत्र का यह कार्य होता है कि उसको समुचित कार्य का क्रियात्मक या व्यवहारिक ज्ञान दे। इसी के लिए प्रशिक्षण आवश्यक होता है। पर जहाँ प्रशिक्षण में यह लगता है कि अधिक समय लगने से काम की गति धीमी हो जाएगी वहाँ कुछ योग्य और चयनित लोगों को अल्पकालीन प्रशिक्षण देकर कार्य में लगा देते हैं। फिर उनमें से कुछ को क्रमशः अवकाश के समय जब व्यापार में मंदी होती है तब क्रमशः प्रशिक्षण देते हैं। ऐसा करने से कार्य की भी हानि नहीं होती और न प्रशिक्षण की अवधि को घटाकर जल्दी इसे समाप्त करना पड़ता है।

किन्तु प्रशिक्षण केवल कार्यकुशलता उत्पादन के लिए ही आवश्यक नहीं है पर आवश्यक

है विकास के लिए। इसके द्वारा व्यक्ति में निहित क्षमता का उचित उपयोग होता है तथा संगठन के द्वारा निर्धारित लक्ष्य की प्राप्ति भी होती है। इसकी आवश्यकता व्यक्तिगत संस्थानों में ही नहीं बल्कि राजकीय संस्थानों में भी उतनी ही है। बिना प्रशिक्षण के विकास सम्भव नहीं है और विकास भी बिना प्रशिक्षण के हो नहीं सकता। इसका परिणाम विभाग, संगठन, व्यापारिक संघों, संस्थानों तथा सरकार सब पर पड़ता है। इसीलिए योजना बनाते समय प्रशिक्षण की ओर विशेष ध्यान दिया जाता है। प्रशिक्षण में जो सबसे महत्त्वपूर्ण पक्ष होता है वह है कार्य के उद्देश्य को स्पष्ट रूप से समझाना, उसके साधनों की व्याख्या करना, उससे सम्बन्धित संगठनों के कार्यों को बताना तथा उनका पारस्परिक सम्बन्ध निर्धारित करना, संसाधनों के दोहन की विधि बताना, श्रम-संगठन और कार्य की व्याख्या करना आदि।

प्रबंधन और कार्य परिवेश

प्रत्येक कार्य पद्धति का एक परिवेश होता है। प्रबंधन को उस परिवेश का पैदा करना होता है कि कर्मचारी उसके अनुसार अपने को ढाल कर कार्य करें। यदि प्रबंधन ऐसा नहीं कर पाता तो कर्मचारियों में समरसता, प्रबन्धन के प्रति श्रद्धा, कार्य का विकास आदि नहीं होता। यह उद्योग अनेक ऐसी परिस्थितियों से घिरा होता है जहाँ कार्यकर्ता को अनेक प्रकार की असुविधाओं का सामना करना पड़ता है जैसे कभी वहाँ की स्थानीय जनता द्वारा उत्पन्न आपत्तियाँ, वातावरण का प्रदूषण, कार्य करने के लिए उपयुक्त परिस्थितियों का अभाव, आवास की कमी, समुचित साधनों का अभाव, अधिकारियों द्वारा प्रायः उत्पन्न समस्याएँ, कच्चे माल की कमी, उचित समायोजन का न होना, फैलने वाली बीमारियाँ, कार्य में खतरे, परिवार के विकास की सुविधा का अभाव, श्रम संगठनों का दबाव, उपयुक्त वेतन की कमी, व्यवहार में भेदभाव आदि। यद्यपि अब इस ओर भले उद्योगपति आँख मूदने का प्रयास करें पर सरकार द्वारा नियुक्त कर्मचारी, कल्याण अधिकारी, राज्य कल्याण विभाग, अनेक श्रम संगठन, व्यक्तिगत संगठन, विभिन्न वर्गों का नेतृत्व, जनहित याचिकाएँ आदि ऐसे अस्त्र सामने उभर आए हैं कि भले ही उद्योगपति कर्मचारी हितों की अनदेखी करें पर ये सभी उसको ऐसा करने नहीं देते।

इसके साथ ही कार्य-क्षमता के अनुसार वेतन, अवकाश, स्वास्थ्य सम्बन्धी सुविधाओं, विशेष दुर्घटनाओं से सुरक्षा, दुर्घटना काल में सुविधाओं, परिवार विकास के लिए स्थितियों को कायम करना आदि का दायित्व नियोक्ता या प्रबंधन को दिया गया है जिसकी जाँच समय-समय पर होती रहती है। अब कर्मचारियों को उनकी प्रोन्नति, कानूनी सुविधा, बचत में उद्यमी का योगदान, नौकरी में स्थिरता, कार्य की परिस्थिति में सुधार, कार्य के घंटों का निर्धारण, कर्मचारियों को कार्यावधि में सुविधाएँ आदि देने के लिए वैधानिक बाध्यता लगाई गई है। सरकार की ओर से श्रम विभाग की स्थापना इन्हीं असुविधाओं को दूर कराने के लिए की गई है। इसके लिए कर्मचारी-उपभोक्ता फोरम बनाया गया है जहाँ इसकी समस्याओं का मिल बैठ कर निराकरण किया जा सके। सरकार की ओर इसके विषय में विधान बनाया गया है कि वैधानिक आधार पर इनको सुविधा दी जाय तथा प्रबंधतंत्र और कर्मचारी एक वैधानिक बंधन के तहत बंध कर काम करे। यह प्रावधान किया गया है कि कार्य और अवकाश के घंटे निर्धारित किये गये। मजदूरी और लाभ के दृष्टिगत आर्थिक सुविधाएँ दी जाय। कहीं कर्मचारियों का सामाजिक तथा आर्थिक शोषण न हो। शारीरिक सुविधाओं हेतु जलपान, भोजन, स्वच्छ जल आदि के लिए वातावरण के अनुसार कैण्टीन और भोजनालय से उपयुक्त भोजन, जल-पान आदि प्राप्त हो सके।

प्रबंधन और श्रम के बीच विभेद एवं निराकरण

जब तक प्रबंधन और श्रम एक पटरी पर साथ-साथ बने रहेंगे तब तक व्यवसायिक उन्नति बाधित नहीं होगी। पर जब प्रबंधतंत्र अपने को श्रम से अलग समझ कर स्वामी और सेवक की वृत्ति अपनायेगा वहीं से परस्पर विभेद प्रारम्भ हो जायगा। इसके पीछे कारण है कि दोनों तंत्र परस्पर एक-दूसरे से अपेक्षा रखते हैं। यहाँ जब विश्वास टूट जाता है तो वहाँ संघ निर्माण, विरोध, तनाव, नारेबाजी, तोड़-फोड़ की स्थिति आती है। ऐसे में दोनों पक्ष को हानि उठानी पड़ती है। फिर इस खराब सम्बन्ध का फायदा विचौलिया उठाकर उनके बीच लड़ाई, मुकदमा-बाजी, आगजनी आदि कराकर बखेड़ा खड़ा करते हैं जिसमें सबसे अधिक नुकसान श्रमशक्ति का होता है। प्रबंधन के ऐसी व्यवस्था बनाये रखना चाहिए कि कर्मचारी उनके द्वारा निर्धारित नीति-रीति के अनुरूप कार्य करें तथा कर्मचारी को भी ऐसा सम्बन्ध प्रबंधतंत्र से रखना चाहिए कि वह उसके सुख-दुःख में समान भागीदार रहे। पर यदि प्रबंधन कसता जाय तो कर्मचारी या श्रम कुछ ही दिन इसे सहन कर सकेगा। फिर वह टूटकर बिखर जायगा।

दोनों के बीच विरोध के मुख्य कारण होते हैं:—

(1) कर्मचारियों पर प्रबंधतंत्र का कसता अनैतिक, अमानुषिक, अवैधानिक अंकुश।

(2) प्रबंधतंत्र द्वारा कर्मचारियों के बीच सौतेला व्यवहार करना। यदि वह उच्चाधिकारियों का वेतन बढ़ाता है और श्रमिकों की ओर ध्यान नहीं देता तो विस्फोट होना ही है।

(3) समान कार्य के लिए समान वेतन और उचित अवकाश की सुविधा।

(4) अधिक कार्य घंटों के लिए अधिक एलाउएंस देना।

(5) असुविधाजनक कार्य के लिए विशेष सुविधाएँ उपलब्ध न कराना।

(6) किसी की कार्य-क्षमता का अनदेखी कर एक ही पंक्ति में सभी श्रम का आकलन करना।

(7) सामाजिक, आर्थिक, वैधानिक सुविधाओं से श्रम को वंचित रखना जिससे उनकी कार्यक्षमता घटने लगे।

(8) कैण्टीन, होटल, दवाखाना आदि का अभाव।

(9) बलात स्थानान्तरण, प्रोन्नति के अवसर न देना, सेवा शर्तों में स्थायित्व का न होना, दण्ड का अनुचित प्रयोग।

(10) सुरक्षा के उपायों में कमी, छुट्टी में कटौती आदि।

(11) निरीक्षक वर्ग द्वारा उचित व्यवहार न किया जाना, प्रशासन में श्रम की भागीदारी न होना कि उनकी समस्या वहाँ रखी और सुनी जा सके, अधिकारियों से श्रम की संवादहीनता तथा प्रबंधन का सहयोगी प्रवृत्ति न होना। ऐसे एक नहीं अनेक कारण समय-समय फूट पड़ते हैं जो प्रबंधन और श्रम के बीच टकराव उत्पन्न करते हैं।

आज परिस्थितियाँ बदल गई है। श्रमिकों का ध्रुवीकरण होता जा रहा है। यह माना जाता है कि प्रबंधतंत्र श्रम की सदा अवहेलना कर उन्हें दबाना चाहता है। अतः प्रबंधतंत्र के विरोध में लड़ने के लिए श्रम की जमात सदा तत्पर रहती है। यही कारण है कि जहाँ प्रबंधन का संघ उतना सशक्त, क्रियाशील और प्रभावक नहीं दीखता वहाँ श्रमशक्ति, संघ, क्रियाशील होता है और उसके साथ अनेक अन्य संघ के लोग समस्याओं में कूद पड़ते हैं। यह प्रतिस्पर्द्धा का युग है। यहाँ तक कि जो लोग घरेलू उद्योग में भी लगे हैं वे भी अपना संघ बना कर सरकार तथा उद्योगपतियों की नीतियों के विरुद्ध अपना नारा देते हैं। अतः प्रबंधन को इससे बचने

के लिए निम्न उपायों का अनुसरण करना चाहिए :—

(1) उसे नीति बनाते समय सभी का समान हित ध्यान में रखना चाहिए।

(2) नीति पालन में उसे दृढ़ता रखनी चाहिए कि कहीं उसमें विरोध न हो।

(3) प्रबंधन की सामान्य समिति में श्रमिकों का प्रतिनिधित्व होना चाहिए कि उनको विश्वास रहे कि उनकी समस्या सुनी गई और मिलकर उसका निराकरण निकाला गया।

(4) श्रमिक के हितों का सर्वोपरी ध्यान रखना चाहिए क्योंकि किसी भी छोटे-बड़े उद्योग का आधार श्रमिक ही होता है।

(5) श्रमिक समस्याओं के निराकरण के लिए प्रबंधन और श्रमिक समिति के सदस्यों की सम्मिलित समिति गठित होनी चाहिए जिससे श्रम को उसकी शुचिता पर भरोसा रहे।

(6) कार्य में पारदर्शिता होनी चाहिए और दण्डात्मक क्रिया के पूर्व श्रम संगठन के सदस्यों से भी उस पर राय कर लेनी चाहिए।

(7) प्रोन्नति के नियम बनाते समय श्रम समिति के सदस्यों की भी भागीदारी नीति निर्धारण में निश्चित करनी चाहिए।

(8) वेतनमान पुनरीक्षण समिति में श्रम समिति के भी सदस्य होने चाहिए कि वे पीछे यह न कह सके कि उनकी अनदेखी की गई है।

(9) वेतन बढ़ाना हो तो विसंगतियाँ नहीं होनी चाहिए। समता को ध्यान रखना चाहिए।

(10) सुविधाओं के लिए जो धन देना हो उसे आवंटित कर श्रम समिति पर उसका प्रयोग किसी योग्य अधिकारी की देख-रेख में छोड़ देना चाहिए।

इनके द्वारा बहुत हद तक विरोध टाला जा सकता है और श्रम की उन्नति तथा सहयोग प्रबंधन प्राप्त कर सकता है।

□

अध्याय–13

पर्यटन एजेंसियाँ और व्यवस्थापक

पर्यटन एजेंसी प्रबंधन

यह एक पर्यटन सम्बन्धी प्रक्रिया है जिसको पर्यटन एजेंसी बनाती, निर्देशित करती, व्यवस्थित रखती हुई, एक सोद्देश्य संगठन के रूप में काम करती है क्रमिक, समन्वित तथा सहयोगी मानवीय क्रियाओं के द्वारा। इस प्रकार एजेंसी प्रबंधन क्रियाओं का एक समन्वित समूह है जो पर्यटन बेचने की दिशा में नई खोज है।

पहले पर्यटन का स्वरूप धार्मिक था। इससे लोग कष्ट उठा कर भी तीर्थ स्थानों की यात्रा करते थे। पर आज उसका स्वरूप आनन्दात्मक हो गया है। इससे कष्ट उठाकर कोई भी व्यक्ति यात्रा करना नहीं चाहेगा। इस असुविधा के निवारणार्थ पर्यटन एजेंसियों की व्यवस्था हुई। ये सभी असुविधाओं को दूर कर सुविधाओं का दायित्व लेने का काम करती हैं। अतः आवास, यातायात स्रोत, गाइड और यात्रा एजेंसियाँ ये चार अंग अब पर्यटन उद्योग से जुड़ गये हैं। इनके सम्मिलित सहयोग से ही सुखद पर्यटन सम्भव है। यह पर्यटकों की औपचारिकता को पूरा करने में सहायता देता है और यात्री से कोई अलग कमीशन नहीं लेता है। ये अपना कमीशन हवाई जहाज, होटल यातायात के स्रोतों से लेते हैं। इनको IATA से अपनी स्वीकृति लेनी होती है। इसके बाद जिन विभागों को वह बिक्री देता है उनसे उसे स्वतः कमीशन प्राप्त हो जाता है। साथ ही, इसकी साख अग्रिम 30 दिनों तक बनी रहती है। इसके एजेण्ट क्रेता और विक्रेता के बीच की कड़ी होते हैं। वे जो भी वाउचर देते हैं वह तीस दिनों तक मान्य रहता है।

पर्यटन कार्य में लगी एजेन्सियाँ एक उद्यमिता हैं जो पर्यटकों को सारी सुविधाएँ और व्यवस्था प्रदान करते हैं। यह लाभार्जित करने वाले व्यवसाय हैं जो क्रेता और विक्रेता के बीच मध्यवर्ती का कार्य करते हैं। इसके लिए ये कमीशन लेते हैं। इनके द्वारा पर्यटकों को पैकेज टूर प्रदान की जाती है जिसमें पर्यटकों को घर छोड़ने से लेकर घर लौटने तक का सारा भार ये वहन करती है। इसके लिए अलग-अलग एजेण्ट तथा स्टाफ होता है जो पर्यटकों के लिए सारी व्यवस्था तैयार रखते हैं। इससे एजेंसियाँ को एक लम्बी आय होती है। इनके द्रव्यार्जन के आधार पर इनको वर्गीकृत किया गया है। दूसरे प्रकार का वर्गीकरण कार्य शैली के आधार पर किया जाता है।

आर्थिक आधार

एजेंसियों द्वारा विदेशी मुद्रा के वार्षिक अर्जन के आधार पर उनका वर्गीकरण किया जाता है। इस दृष्टि से इनको चार वर्गों में रखा गया है–प्रथम वर्ग में, पाँच करोड़ से ऊपर के अर्जित वाली एजेंसियाँ आती हैं। दूसरे वर्ग में, पाँच से दो करोड़ वाली आती हैं। तीसरे में, दो करोड़ से 75 लाख वाली रखी जाती है तथा चौथे में, पचहत्तर से पचीस लाख तक वाली को रखते हैं।

कार्य का आधार

इस दृष्टि से भी दो प्रकारों में इसका वर्गीकरण हुआ है :—

(1) विचौलिया पर्यटन एजेंसियाँ (An Inter-mediary Travel Agency)

(2) संगठन पर्यटन एजेंसियाँ (An Organising Travel Agency)

विचौलिया पर्यटन एजेंसियाँ दूसरे के लिए कार्य भार ग्रहण कर विचौलिया का काम करती हैं। इसके कार्य के बदले इन्हें एक राशि प्राप्त होती है। इन्हीं को Tour Operators भी कहते हैं तथा थोक विक्रेता (Wholesalers) भी। ये पैकेज टूर लेती है और यात्री के लिए यात्रा के दौरान सारी व्यवस्था करने का दायित्व उठाती हैं। ये Tour Operator खुदरा विक्रेताओं को यात्रा के समय की क्रियाएँ बेचते हैं। ये खुदरा विक्रेता ही संगठन पर्यटन एजेंसियाँ (Organising Travel Agency) होती हैं। उन्हीं को Travel Agents तथा खुदरा यात्रा एजेण्ट (Retail Travel Agent) कहते हैं। ये Travel Agents अधिकार शासन से स्वीकृति प्राप्त होते हैं तथा राष्ट्रीय एवं अन्तर्राष्ट्रीय संगठनों के सदस्य होते हैं। पर भारत जैसे देश में जहाँ यात्रा के संसाधनों का अभाव होता है वहाँ खुदरा विक्रेता को संसाधनों के जुटाने में बड़ी असुविधा होती है। फिर भी यात्रा में दोनों का सहयोग आवश्यक होता है। पर्यटन एजेंसी एक सेवा संगठन है जो यात्रियों के सम्पूर्ण आवश्यकताओं की पूर्ति करता है। पर पर्यटन संगठन एजेण्ट एक निश्चित क्षेत्र एक निर्धारित या कई आवश्यकताओं की पूर्ति का दायित्व पर्यटन एजेंसी से अपनी क्षमतानुसार प्राप्त करता और पूरा करता है।

टूर ऑपरेटर— यह यात्री की व्यक्तिगत आवश्यकताओं को इकट्ठा कर पैकेज टूर देता है।

खुदरा (रिटेल) टूर एजेण्ट— जो मूल टूर एजेंसी के लिए कार्य करते हैं जैसे होटल की व्यवस्था, टिकट खरीदना आदि। जो यात्रा व्यवस्थापक (Tour Operators) बाहरी देश से आने वाले यात्रियों के लिए व्यवस्था करते हैं वे Inbound Tour Operators होते हैं।

पर ऐसा भी होता है कि कुछ यात्रा एजेंसियाँ स्वयं दोनों काम करती हैं। उनका कार्यालय दो भागों का होता है– सम्पूर्ण यात्रा अनुभाग (Wholesale Division) तथा खुदरा यात्रा अनुभाग (Retail Division)। कहीं-कहीं ऐसा भी है कि व्यक्तिगत एजेण्टों ने अपना संघ बना लिया है। उसमें सभी कार्य-व्यापार के एजेण्ट होते हैं। ये सब मिलकर सम्पूर्ण यात्रा क्रेता का कार्य करते हैं।

यात्रा विक्रय की विभिन्न स्तरीय व्यवस्थाएँ

आज यात्रा विक्रय के लिए चार स्तरीय व्यवस्थाएँ हे। सबके अपने-अपने लाभ-हानि हैं, जिसे चाहे यात्री चुने। ये निम्न है :—

(1) एकस्तरीय व्यवस्था— इसमें यात्री सीधे सेवा करने वालों से बात कर सेवाएँ लेता है। अलग-अलग सेवाओं जैसे रेल टिकट, हवाई जहाज का टिकट, होटल आदि के लिए अलग-अलग लोगों की सेवाएँ लेता है। इसमें व्यय अधिक होता है।

(2) द्विस्तरीय व्यवस्था— इसमें क्रेता और विक्रेता के बीच एक एजेण्ट आता है। इसमें यह एजेण्ट ही सारी व्यवस्था क्रेता को विक्रेता के लिए देता है। इससे एक ही बिल से भुगतान होता है तथा यात्रा एजेण्ट का खर्च भी कम आता है।

(3) त्रिस्तरीय व्यवस्था— इसमें दो बिचौलिये होते हैं— खुदरा एजेण्ट और सम्पूर्ण विक्रेता। इससे सम्पूर्ण विक्रेता बड़ी संख्या में यात्रा क्रय करता है और अधिक लाभ कमाता है। इसमें से वह यात्री को कुछ छूट दे सकता है।

(4) चतुर्थस्तरीय व्यवस्था— इसमें एक और विचौलिया आ जाता है जिनका कार्यालय समुद्र पार के स्थानों में होता है। अब ये चार होते हैं बिचौलिया, सम्पूर्ण विक्रेता, खुदरा व्यवस्थापक और विशेष व्यवस्थापक। इसमें एजेंसी की सुविधा और लाभ अधिक होता है। ये विशेष व्यवस्थापक (speciality channelers) बड़े स्तर का कार्य लेते हैं जैसे मीटिंग,

विभिन्न संगठनों के प्रतिनिधियों के बैठक आयोजित करने का जिनमें उनके संस्थाओं के प्रतिनिधित्व प्राप्त किए लोग होते हैं जैसे होटल, हवाई जहाज के कम्पनी आदि के। इनकी ओर से इन्हें टिकट आदि में विशेष छूट तथा अनुग्रह राशि भी प्राप्त होती है। इसमें वेतन भोगी कर्मचारी होते हैं। जो लाभ मिलता है वह इनकी एजेंसी का होता है। इनके द्वारा एजेंसी को सबसे अधिक लाभ संस्थाओं द्वारा आयोजित किये गये यात्रा से प्राप्त होता है।

यात्रा एजेंसियों का कार्य

आज पर्यटन में एजेंसियों ने विभिन्न संघटनों के कार्यों को बहुत सरल बना दिया है। क्रेताओं को उनको खरीदने की अब अलग व्यवस्था करने, अपने विदेशी कार्यालयों के खोलने की आवश्यकता नहीं रह गई है। इनके कारण सुविधाओं के बढ़ने से पर्यटन पहले की अपेक्षा अधिक सरल हो गया है। यह स्वयं बिचौलिये का कार्य करके यात्रा सुविधा पर्यटकों के हाथ उपलब्ध करा देती है। अनुमानतः 90% यात्री होटल, यातायात टिकट आदि खरीदने के लिए एजेण्टों का ही सहारा लेते हैं। ये सम्पूर्ण यात्रा विक्रेता होते हैं। उन्हें यात्रा उत्पादक एजेण्ट (Creative Travel Agent) कहते हैं जो यात्रा सम्बन्धी सारी व्यवस्था को करते हैं। इस दृष्टि से ये निम्न कार्य करते हैं:—

(1) ये यात्रा साहित्य, स्थानीय विवरण, यात्रा पुस्तिका, यात्रा पैंकेट आदि प्रकाशित कर यात्री को आकर्षित करते हैं। इससे बड़ी एजेंसियों के यात्रा विस्तार के लिए प्रकाशन का दायित्व ले लेते हैं।

(2) वे बड़े होटलों तथा ठहराव के अन्य कम व्यय वाले स्थानों की सूची रखते हैं तथा उन पर होने वाले व्यय का विवरणिका भी यात्री अपनी सुविधा से उनमें से चयन कर सके। साथ ही, बड़ी मात्रा में यात्रियों के दल को छूट भी दिलाती है।

(3) यात्री को यात्रा तै करने के लिए अनेक कठिनाइयों का सामना करना पड़ता है जैसे स्थान तथा व्यवस्था, संस्थाओं की जानकारी, भाषा की कठिनाई कि वह सही बात समझ सके, योजना बनाना, अनुमानित लागत ज्ञान आदि की समस्या का समाधान इनके माध्यम से हो जाता है।

(4) ये प्रत्येक शहरों में अपना कार्यालय रखते हैं जहाँ आसानी से यात्रा इनके द्वारा सूचना एकत्र कर लेता है। बिना इनके इतनी बड़ी संख्या में यात्रियों का होना सम्भव नहीं है क्योंकि सलाह, सुविधा, आकर्षण के अभाव में यात्रा करना लोगों के लिए असम्भव है। ये सस्ती दर पर टिकट की व्यवस्था करते हैं। कहीं-कहीं यातायात माध्यमों में ठहरने की मुफ्त व्यवस्था भी कराते हैं।

(5) ये दो प्रकार के कार्य करते हैं–एक विचौलिया के रूप में ये यात्री, यात्रा व्यवस्था के बीच में तीसरा पक्ष होते हैं जो दोनों को न केवल जोड़ते हैं बल्कि यात्रियों को सुविधा प्रदान कराते हैं। इसके लिए अन्य सम्बन्धित संस्था होटल, यातायात कम्पनी आदि से कमीशन प्राप्त कराते हैं। दूसरे यात्रा व्यवस्थापक के रूप में एजेंसियाँ अपने आधार पर यात्रा की व्यवस्था कराती है। वह यात्रा का स्थान, साधन, ठहरने, भोजन आदि की सुविधाएँ स्वयं जनरुचि और यात्रा के उद्देश्य, स्नान, धार्मिक, प्राकृतिक, समुद्रतटीय क्षेत्र आदि के अनुसार समय और स्थलों का चयन करती है जैसे गंगासागर स्नान के लिए या चारो धाम यात्रा के लिए व्यवस्था। इसमें समय, लागत सब तय होता है और सुविधाएँ जैसे साथ चलता हुआ बैंक, भोजनालय, धार्मिक

प्रवचन आदि। इसमें कमीशन नहीं लगता ऐसी करते हैं कि उसका एक भाग इनको प्राप्त हो सके।

(6) यात्रा की व्यवस्था करके ही यात्रा एजेण्ट का कार्य समाप्त नहीं होता उसको यात्री के साथ उस एजेन्सी को भी संतुष्ट रखना पड़ता है जहाँ से उसने कार्य प्राप्त किया है। उसे होटल, गाड़ियों, वायुयान आदि में आरक्षण, देखने वाले स्थान पर व्यवस्था, आनन्दात्मक क्रिया की व्यवस्था तो करनी ही होती है साथ ही यात्री के लिए पासपोर्ट, **'P'** फार्म, वीसा, कस्टम का भुगतान, विदेशी मुद्रा, यात्री चेक आदि की भी व्यवस्था करना होता है। पर्यटन क्षेत्र से सम्बन्धित साहित्य, वहाँ की विशेषताओं का लिफलेट आदि भी इसे देना पड़ता है कि उसका मुवक्किल उससे संतुष्ट रहे।

(7) यात्रा एजेंसियाँ जो यात्रा विक्रय करती हैं उनके पीछे ध्यान रखती हैं कि यह एक वर्ष की अवधि में पूर्ण हो जाय। इसके लिए कई प्रकार के पैकेज यात्रा बनाकर अपनी एजेंसियों, बिचौलियों, एजेण्टों तथा पर्यटन से सम्बन्धित अन्य संस्थानों को विश्व के विभिन्न भागों ने बँटवाती हैं। पत्र-पत्रिकाओं में तथा यात्रा जनरलों में भी इनका प्रकाशन कराती हैं कि बड़े स्तर पर लोग इससे परिचित हो जायँ। जब इस तरह के पर्यटन के इच्छुकों (क्रेताओं) की संख्या 15–20 हो जाती है तो यात्रा की व्यवस्था करती हैं। इसमें संसार में फैली वे संस्थाएँ सहायक होती हैं जो यात्री को हवाई अड्डे या बंदरगाह पर पहुँचने पर उनको उतार कर गन्तव्य तक पहुँचाती हैं। वहाँ उसके शर्त के अनुसार खाने या न खाने की व्यवस्था करती, वाहन से दृश्य या निर्दिष्ट स्थान तक पहुँचाती हैं। इसको पहले से ही सारा भुगतान हुआ रहता है। पर ऐसा भी होता है कि Package Tour लेने के बाद यात्री यदि उस एजेन्सी के द्वारा जाना न पसन्द न करे तो वह उसको निरस्त करा देता है और एजेण्टों से सीधे सम्पर्क कर यात्रा व्यवस्था करता है। इसके लिए उसे कुछ हानि उठानी पड़ती है।

(8) कुछ यात्रा एजेंसियाँ ऐसी होती हैं जो केवल आगन्तुक विदेशी यात्रियों (Inbound tour) की ही व्यवस्था करती हैं। अपने देश से बाहर यात्रियों को भेजने की व्यवस्था (Outbound tour) उनकी नहीं होती। पर कुछ दोनों प्रकार के, देश के बाहर जाने वाले तथा देश के भीतर जाने वाले यात्रियों की व्यवस्था लेती हैं। ये एजेण्ट यात्रा सम्बन्धी अलग-अलग अंगों को पूरा करते हैं।

(9) पर्यटक जब भी आता है तो उसके यात्रा का चाहे जो भी उद्देश्य हो वह उस स्थान के महत्त्वपूर्ण स्थलों को देखना चाहता है। इसकी सूचना एजेंसी से उसे प्राप्त रहती है। इसलिए वह आधा दिन इसी में देना चाहता है। अतः यात्रा व्यवस्थापक 2 से 2 $^{1}/_{2}$ प्रतिशत का समय स्थल दृश्य दिखाने की योजना रखते हैं। इसमें कोई क्रम या तारतम्य बनाये रखना आवश्यक नहीं होता। इसके लिए यात्रा मार्ग ऐसा चुना जाता है कि कम समय और व्यय में वह अधिक देख और जान सके। इसमें स्वच्छ रंगीन दृश्यों और अच्छे भवनों वाले मार्ग का चयन करता है जिसमें बाजार स्थानीय जीवन-पद्धति दोनों ही देखा जा सके। साथ ही, जो पुरास्मारक हों उनके विषय में भी कुछ बताना चाहिए।

(10) पर्यटक खरीददारी भी करना चाहता है अतः उसे ऐसी विशिष्ट चीजें दिखाई जाय जिनको वह खरीद ले। इससे राष्ट्र तथा एजेण्ट दोनों को लाभ होता है। उनके विक्रय पर एजेण्ट को कमीशन मिलता है। भारत इस दृष्टि से पर्यटकों के लिए स्वर्ग माना जाता है। यहाँ आने वाला बनारसी साड़ी, लखनवी चिकन का कुर्ता, जयपुरी लहंगा, मूर्तियाँ, हाथी दाँत

की सामग्रियाँ आदि खरीदता है क्योंकि पश्चिमी देशों में लोक-कला के उत्पादन का कोई स्थान नहीं है। इसी से प्रत्येक भारतीय बड़े शहरों में राज्यों के एम्पोरियम बनाए गए हैं जहाँ इकट्ठा विभिन्न स्थानों की विशिष्ट सामग्रियाँ मिल सके। कभी-कभी इनकी माँग उतनी बड़ी मात्रा में हो जाती है कि उनकी पूर्ति भारत नहीं कर पाता।

(11) इस प्रकार एजेंसियों का कार्य यात्रा मात्र ही न होकर देश के आर्थिक आय और गौरव को बढ़ाना भी होता है। इसे वह अपने मृदु व्यवहार तथा सुखदायक यात्रा प्रदान करके किया जा सकता है। इस दृष्टि से इनके कार्यों को निम्न रूपों में देखा जा सकता है:—

(i) विक्रेता के रूप में — वह अपने मुवक्किल को सेवा लेने के लिए प्रेरित करता है।

(ii) यात्रा सलाहकार के रूप में — यात्री की इच्छा, यात्रा समय सीमा, अनुमानित व्यय को जानकार यात्रा के स्थलों, ठहराव के स्थान और उसकी सुविधाएँ, भोजन की व्यवस्था, यात्रा माध्यम, विदेशी मुद्रा, मौसम, साथ लाने के सामान, सम्भावित दुर्घटनाओं आदि की सलाह देता है।

(iii) यात्रा निर्देशक के रूप में — एक सप्ताह से छः माह तक के पर्यटकों को यात्रा नायक (Travel leader) की सेवा देता है। इसका व्यय यात्री को वहन करना पड़ता है।

(iv) रिकार्ड कीपर की सेवा — यात्रियों की सेवा के सारे पत्र जैसे रिजर्वेशन, बुकिंग, यातायात सुविधा आदि को निश्चित कर उसका प्रपत्र यात्री को सौंपता है। इसके लिए बड़ी-बड़ी कम्पनियाँ अलग-अलग क्षेत्रों के लिए अपने कार्यालय में अलग-अलग अनुभाग रखती है।

(v) व्यवस्थापक के रूप में — बीमा, यात्री चेक, वाहन रखने के स्थान, पत्रजातों की पूर्ति, नियम-कानून बताने, भाषागत कठिनाइयों के निवारण, मुद्रा विनिमय आदि की व्यवस्था बनाता है।

यह क्रिया यात्री के उसके पर्यटन पर आने के समय से लौटने के समय तक बनी रहती है। उसकी कुशलता है यात्रियों के लिए सुविधा जुटाने, योजना बनाने, आवश्यकताओं की पूर्ति करने तथा उसे बिना कठिनाई के यात्रा समाप्त कराने में।

पर्यटन एजेंसियों के अनुभाग

बड़ी पर्यटन एजेंसियों के कई विभाग होते हैं जिसमें अलग-अलग काम बाँट कर वह काम पूरा करती है। इनमें मुख्य निम्न हैं:—

[अ] विदेशी यात्रा बुकिंग विभाग

पत्रजात विभाग — यात्रा प्रारम्भ के पूर्व यात्री को अपने सरकार से तथा जहाँ जाना चाहता है वहाँ के सरकार से अनुमति लेनी पड़ती है। इसके लिए कई पत्रजात भरने होते हैं। ये पत्रजात अलग-अलग उद्देश्य के यात्राओं के लिए अलग-अलग होते हैं। यह अनुभाग उनको अपने यात्री को उपलब्ध करता, समझा कर भरवाता, सारी औपचारिकताएँ पूरी कराता है। इसकी स्वीकृति हेतु पुष्ट आधारों के लिए कागज बनवाता है। इसी क्रम में अपने देश के रिजर्व बैंक से स्वीकृति प्राप्त के कागज भरवाता है जिसके आधार पर वह टिकट प्राप्त कर सके। सरकार से पारपत्र की स्वीकृति के प्राप्त होने पर फिर पासपोर्ट बनवाता है। यह सब होने पर वह आरक्षण अनुभाग को सारे प्रपत्र भेज देता है।

आरक्षण अनुभाग — यह अनुभाग सभी हवाई उड़ानों के समय-सारणी, यात्रा बदलने के

स्थान, स्थानों की दूरी, टिकट की कीमत, आदि का विवरण रखता है। प्रोग्राम के अनुसार वह अपने चार्ट पर पूरा विवरण लिखता है जिसके अनुसार उचित सम्पर्क वाले हवाई उड़ानों को जोड़ते हुए योजना बनाता है। रास्ते में ठहरने की कीमत भी अनुमानित रीति से इसमें जोड़ता है। जब योजना अन्तिम रूप ले लेती है तो यात्री को इसकी एक प्रति भेज देता है। इसे Internerary कहते हैं। फिर वह हवाई यात्रा के लिए सीट की व्यवस्था सम्बन्धित हवाई जहाज की कम्पनी को सौंपता है जो अपने तथा आगे के सहयोगी उड़ानों में आरक्षण की व्यवस्था अपने अधिकारियों द्वारा पूर्ण कराकर एजेण्ट को इसकी पूर्णता की सूचना देता है। फिर वह यात्री फार्म जिसमें सारा विवरण आरक्षण सम्बन्धी होता है भर कर वाउचर से पैसा देकर अपने यात्री के लिए उड़ानों मे आरक्षित टिकट प्राप्त करता है जिसमें यात्रा सम्बन्धी सम्पूर्ण विवरण अंकित होता है। इसमें अतिरिक्त राशि ही यात्री को देनी होती है। अतः इन कार्यों के लिए यह अलग पैसा नहीं लेता।

वीसा अनुभाग — सही सूचनाओं के सहारे वह 'वीसा' प्राप्त करता है।

विक्रय अनुभाग — इसका कार्य है एजेंसी के लिए अधिक-से-अधिक क्रेताओं को एकत्रित करना तथा काम लेना। इसके अधिकारियों को Sales Officer या Sales Executive कहते हैं। ये बाजार में क्रेताओं के पास जाकर अपने एजेंसी के माध्यम से उन्हें यात्रा के लिए प्रेरित करते हैं। इन अधिकारियों की भूषा, भाषा, शिक्षा, व्यवहार इस प्रकार का होना चाहिए कि वे यात्रियों को अपनी ओर आकर्षित कर सकें।

इसका दूसरा कार्य है कि व्यापारी जो इस एजेंसी की सदस्यता ग्रहण करना चाहते हैं उनसे 30 दिन के लिए फार्म (Credit Opening From) भरवाती है। वे अपने कार्य एकत्रित कर एजेन्सी को देती है। एजेंसी ध्यान रखती है कि ये कितना काम दे रहे हैं तथा बिल के भुगतान की इनकी गति क्या है। यह दोनों के बीच का हित देखती है।

[ब] स्वदेशी यात्रा बुकिंग विभाग

यह केवल घरेलू यात्रा से सम्बन्धित होता है। अतः यह घरेलू उड़ानों की कम्पनियों से सम्बन्धित होता है और उनके टिकट बड़ी मात्रा में रखता है तथा यात्रियों को खोज कर उन्हें टिकट बेचता है।

जब कोई यात्री देश में यात्रा करना चाहता है तो उनका फार्म भर के यात्रा तिथि, स्थान, उड़ान के उल्लेख के साथ इसे देता है, जिसके आधार पर यह टिकट बेच कर उड्डयन कम्पनियों से उस निश्चित तिथि के लिए आरक्षण का प्रयास करता है। फिर सीट मिलने पर वह दूर के यात्रा के लिए यदि दूसरे उड़ानों का सहारा लेना पड़ता है तो वहाँ से उसी हवाई जहाज की कम्पनी द्वारा सूचना भिजवा कर उसकी पुष्टि कराता है। फिर यात्री के सूचित कर उसे टिकट देता है। वहाँ यात्री के ठहरने, भोजन, यातायात के साधन सम्बन्धी अन्य सुविधाओं की व्यवस्था करा कर उसका पत्र प्राप्त करता है जिसके लिए यात्री को वाउचर बना कर देता है। यात्री को यात्रा करते समय कोई भुगतान नहीं करना पड़ता। वह केवल वाउचर पर हस्ताक्षर करके दे देता है। यात्री के लौटने पर जिन कम्पनियों को सहयोग के लिए इसने वाउचर दिया होता है वे उसके आधार पर इस एजेंसी से पैसे की माँग करता है। इस पर वह यात्री से पैसा प्राप्त कर उनका भुगतान कर देता है।

[स] टूर ऑपरेशन विभाग

इसका कार्य अत्यन्त सरल है। यह विदेश के यात्रियों को अपने भूमि पर आने पर उसकी

सारी आवश्यकताएँ पूरा करता है, जैसे ठहरना, भोजन, यातायात आदि। यह क्रिया वह पूरे देश में जहाँ यात्री जाना चाहता है वहाँ पूरा करता है।

इसके लिए इस विभाग के उच्चाधिकारी देश में घूम-घूम कर पर्यटन स्थलों वाले स्थान पर एजेण्ट नियुक्त करते हैं जो वहाँ आने वाले यात्रियों को उनकी रुचि के अनुसार विभिन्न सेवाएँ दे सकें; जैसे ठहरना, भोजन तथा क्षेत्र में वे जहाँ जाना चाहे उसको उसके निर्धारित व्यय पर वहाँ के एजेण्ट को सौंपेगा। इस प्रकार इसमें एजेण्टों की नियुक्ति के साथ विभिन्न सेवाओं के लिए कीमत भी निर्धारित हो जाती है। पर जो लेन-देन की सूची तै होती है वह गोपनीय होती है क्योंकि इसमें विदेशी एजेण्ट का भी कमीशन जुड़ा होता है। सभी सेवाओं का विवरण इसलिए तै रहता है कि बिना एजेण्टों के माँगे उनका भाग उन्हें पहुँच जाय।

पर्यटन ऑपरेशन मे एजेंट का मुख्य कार्य है पर्यटन को बढ़ावा (tour promotion) देना। यह दो प्रकार से होता है–एक जो व्यक्तिगत रूप से अपने स्तर पर ही बढ़ावा देते हैं। इन्हें खुदरा विक्रेता (Retailers) कहते हैं। दूसरा वे हैं जो व्यापक पैमाने पर इसे बढ़ावा देते हैं। इन्हें थोक पर्यटन विक्रेता (Wholesellers) कहा जाता है। ये पर्यटन की योजना बनाकर उनका व्यापक विवरण आवागमन, स्थान दर्शन आदि का प्रसार करते हैं तथा अपने फुटकर एजेण्टों से पर्यटकों की बड़ी संख्या को प्राप्त कर उनके अनुसार भेजने और आने का व्यवस्थित ब्योरा बनाकर तथा उसमें लागत आदि का ब्योरा जहाँ जाना है वहाँ के एजेण्टों से प्राप्त कर स्वयं उसकी स्वीकृति पर्यटकों से लेता है। फिर इसको अगन्तव्य स्थान के एजेण्ट को व्यवस्था करने का निर्देश अन्तिम रूप से देता है। गन्तव्य स्थान का एजेण्ट तदनुसार सारी व्यवस्था करके बाहरी ऑपरेटर को इसकी सूचना देता है। फिर यात्रियों के आने पर उनको लाकर उचित स्थान पर ठहराता तथा उनकी सारी व्यवस्था विवरणिका के अनुसार करता है। टूर का प्रतिनिधि एक 'service order' रखा रहता है। सारी सेवाएँ पूर्ण होने पर वह लौटते समय अपना हस्ताक्षर कर उसे भर कर स्थानीय एजेण्ट को दे देता है। यह एजेण्ट ऑपरेटर को फिर वाउचर बनाकर इसके साथ भेजता है जिसके आधार पर 30 दिनों के भीतर इसका भुगतान किया जाता है।

यहाँ इससे स्पष्ट है कि पर्यटन के पहले पर्यटक को बहुत लिखा-पढ़ी करनी पड़ती है। इससे बचने के लिए टूर ऑपरेटर पर ही इकट्ठा कार्य का बोझ सौंप कर पर्यटक स्वयं निश्चित हो जाता है। अब यह कार्य ऑपरेटर का होता है कि सब काम अपने स्तर से पूरा करावें तथा पर्यटक को पर्यटन स्थल तक लाकर पर्यटन करावे और फिर उनको उनके घर वापस पहुँचावे। इन सभी में पर्यटक को कुछ भी नहीं करना पड़ता। यह इकट्ठे एक संस्था पूरा कराती है। अतः इस इकट्ठे कार्य को Tour Package कहते हैं।

यात्रा एजेंसियों की कार्य पद्धति

ये एजेंसियाँ राज्य सरकारों द्वारा नियंत्रित होती हैं। इसका कारण है कि वे क्रेताओं को धोखा न दे सकें तथा अपने कार्य के स्तरीकरण का गारण्टी बनाए रखें। इनके मुख्य कार्य हैं:—

(1) जो यात्री इनका क्रेता हो उसके अधिकार और लाभ का ध्यान रखें।

(2) उसके यात्रा की इच्छा का ध्यान रखें।

(3) उसको सही, इच्छित तथा तिथियुक्त टिकट प्रदान करें।

(4) ये देखें कि यात्रा के प्रपत्र की पूर्ति सारा कुछ यात्रा प्रारम्भ करने के पूर्व यात्री के पास है।

(5) यदि यात्रा प्रारम्भ के पूर्व यात्री यात्रा न करना चाहे तो वह उससे व्यय में हुए सेवा और धन का भाग प्राप्त कर यात्रा को निरस्त कर दे।

(6) यात्री से यात्रा प्रारम्भ के पूर्व ये एक प्रभूति राशि (fixed amount) जमा करा लें।

(7) दूसरी एजेंसियों को जिनके कार्य का इसने सहयोग लिया है। उनके व्यय का भुगतान वाउचर के आधार पर कर दे।

(8) इसका कार्य है कुछ निश्चित स्तर के लोगों में यात्रा के प्रति रुचि जाग्रत करना और पर्यटन विपणन (Tourism Marketing) को विकसित करना।

(9) पर्यटन के लिए आवश्यक समय के अतिरिक्त समय में जब पर्यटकों की भीड़ नहीं रहती पर्यटन को बढ़ावा देना कि एजेंसी की क्रियाएँ चलती रहे।

(10) पर्यटन कार्य में सेवा को बढ़ावा देना कि सर्वोत्तम प्रकार की सेवा इनके द्वारा प्राप्त हो सके। यह यात्रियों की रुचि, आवश्यकता और नई प्रवृत्तियों को सेवा सहयोगियों तक पहुँचाता है कि इनके कारण यात्री अधुनातन सुविधाएँ प्राप्त कर सकें।

(11) ये घरेलू यात्राओं को बढ़ावा देते हैं जो आय बढ़ाने के साथ राष्ट्रीय एकता को बढ़ावा देती है। साथ ही, इनसे कई प्रकार की सेवाओं वाहन, रेल आदि के विकास से नौकरी का अवसर बढ़ाता है।

भारत एजेंसियों के प्रबंधन की दृष्टि से

एजेंसियों के क्रियात्मक प्रबंधन की दृष्टि से इनकी कार्य पद्धति का अध्ययन आवश्यक है। इनका विशेष सम्बन्ध विदेशी से आने वाले पर्यटकों के विषय में अधिक होता है। इस संदर्भ में ये निम्न कार्य करती हैं:—

(1) विदेश की यात्रा एजेंसी इनके सम्बन्ध में सूचना प्राप्त करने के लिए कि जिस व्यक्ति को कहीं भेज रही है वहाँ की जानकारी प्राप्त करने के लिए आगमन वाले देश की एजेंसी से पूछताछ करता है। इसमें यात्री की जानकारी की इच्छा के अनुसार सारी सूचनाएँ एकत्र की जाती हैं।

(2) इसके लिए विदेशी एजेंसी को उसके जिज्ञासा की संतुष्टि के लिए सारी सूचनाएँ भेजी जाती हैं। साथ ही यह भी सूचित किया जाता है इस यात्रा में कुल कितना व्यय आएगा कि यात्री अपने को उसके लिए तैयार करे।

(3) पर्यटन संगठनकर्ता (Tour operator) इससे संतुष्ट होकर यात्री के भेजने की बात निश्चित करने पर सूचित करता है कि वह कब, कैसे और कहाँ पहुँच रहा है। इसके पूर्व सम्भव है कि दोनों देशों के पर्यटन में एजेण्टों के बीच पैसे की लागत और निर्धारित प्रोग्राम के विषय में कुछ सौदे बाजी हो। फिर भी सौदेबाजी के बाद जब बाते तै हो जाती हैं तो इसकी पुष्टि अग्रिम चेक के साथ होने पर ही सारी व्यवस्था पर्यटक द्वारा किये जाने वाले व्यय विदेशी पर्यटन व्यवस्थापक निर्धारित राशि और माँग राशि की पूर्ति पर करते हैं। इसके पूर्व वह व्यवस्था करना प्रारम्भ नहीं करना।

(4) पर्यटक व्यवस्थापक जब पूर्ण आश्वस्त हो जाता है कि यात्रा निश्चित हो चुका है तब वह यात्रा के लिए हवाई जहाज में सीट का आवेदन करेगा तथा होटल की व्यवस्था, ठहरने

और भोजन के सम्बन्ध में करेगा। उसके अतिरिक्त जो प्रोग्राम वह पर्यटन के लिए बनायेगा उसके अनुसार यात्री को एक स्थान से दूसरे स्थान ले जाने के लिए सवारियों की पहले से बुकिंग निश्चित तिथि, स्थान और समय के अनुसार करेगा।

(5) जिस दिन पर्यटक को देश की भूमि पर उतरनी होगी उस दिन के लिए वह अपना प्रतिनिधि उस निर्धारित हवाई अड्डे पर भेजेगा जहाँ वह उतरेगा। वह व्यक्ति वहाँ उसको हवाई जहाज से उतारकर जहाँ ठहरना होगा वहाँ पहुँचा कर उसकी पूरी व्यवस्था की सूचना उसको वहाँ देगा तथा उसके आराम की व्यवस्था करायेगा।

(6) जब से यात्रा प्रारम्भ होनी होगी तब से वह यात्रा संगठन एक यात्रा निर्देशक उसे देगा और साथ ही उसको सारे आदेशों की एक प्रति भी प्रदान करेगा जो उसने मुद्रा परिवर्तन के संदर्भ में प्राप्त किया है और सेवा के बदले उससे लेने वाले भुगतान का वाउचर भी। इस आदेश में उन सभी स्थानों पर उसके यात्रा का आदेश होगा जहाँ दोनों स्थानों के एजेंटों के बीच यात्री के यात्रा पर ले जाने की बातें पहले तै हुई होगी। ये स्थान देश के भीतर तथा बाहर कहीं भी हो वहाँ वह पर्यटक को ले जाता है। इसमें यात्री को सेवा के बदले एजेंट को कोई भुगतान नहीं करना पड़ता है। इसके साथ मुद्रा का परिवर्तन यात्रा के दौरान जाता है। एजेण्ट इसको स्वीकार कर लेता है क्योंकि उसके यात्रा प्रारम्भ के पूर्व दोनों देशों के एजेण्ट में जो कनटैक्ट स्वीकृत हुआ होता है उसमें इसका उल्लेख पहले से होता है।

(7) पर्यटक उतने ही दिनों कहीं भी ठहर सकता है जितने दिनों के लिए उसका ठहराव स्वीकृत हो। इस प्रकार यात्रा की सम्पूर्ण स्वीकृति अवधि बिता कर फिर उसे अपने देश लौट जाना पड़ता है। इस बीच वह केवल वहीं ठहरेगा, उसी वाहन का प्रयोग करेगा और उसी गाइड का उपयोग करेगा जिसका टूर ऑपरेटर ने उसे दिया है। इसका कारण है कि उसके यात्रा का दायित्व उसी ऑपरेटर पर होता है जिसके साथ उसकी शर्तें तय होती हैं।

(8) जो भी आनुषंगिक स्रोत उसके यात्रा के दौरान प्रयोग होगा उसका भुगतान वह एजेण्ट ही करेगा जिसके साथ शर्तें तय हुई हैं । इसका कारण यह है कि यात्रा के पहले ही यात्री इसका भुगतान एक मुश्त अपने यहाँ के स्थानीय एजेण्ट को दिया होता है जो गन्तव्य स्थान के एजेण्ट को चेक द्वारा आपस के तै शर्तों के अनुसार पहले ही भेज चुका होता है।

एजेंसियों का स्वरूप

ऊपर हमने एजेंसियों के कार्य के विषय में देखा है पर इनकी स्थापना और स्वरूप के विषय में जानकारी करना आवश्यक है। इस प्रकार की कम्पनियों के विवरण से उनकी कम व्यय पर यात्राँ कराने वाली कम्पनी और स्वरूप के विषय में ज्ञान प्राप्त किया जा सकता है। आकर्षक व्यवस्था के कारण ख्याति प्राप्त कर अपनी शाखाएँ विश्व के विभिन्न भागों में क्रमशः स्थापित करती है। इसी क्रम में नई दिल्ली में भी कई एजेंसियों की शाखा की स्थापना हुई। इस तरह की एक नहीं अनेक कम्पनियाँ अपनी सुविधा के अनुसार विश्व के विभिन्न भागों में जहाँ उन्हें पर्यटन में अधिक काम का अवसर दिखाई पड़ता है वहाँ अपनी शाखाएँ बढ़ाते रहे।

ये कम्पनियाँ अपनी व्यवस्था के लिए एक मैनेजमेंट के तहत कार्य करती हैं। इनमें अनुभवी योग्य व्यक्ति होता है जिनका शीर्षस्त डाइरेक्टर (यात्रा) होता है। दूसरे प्रमुख सहयोगी होते हैं–उपाध्यक्ष, मार्केटिंग अधिकारी (ट्रेवेल ऑफिसर) और मैनेजर आदि।

इनका अपना एक कुशल और प्रशिक्षित लम्बा स्टाफ आवश्यकतानुसार होता है, इनके कई कार्यालय विदेशों में पर्यटकों को आकर्षित करने के लिए स्थापित होते हैं। जहाँ उचित

समझते हैं वह सहयोगी संस्थान से भी समझौता कर अपना कार्य कमीशन पर उन्हीं को संस्थान सौंप देते हैं जिससे कार्यालय पर होने वाला अतिरिक्त व्यय वहाँ के लिए बच जाता है। कुछ स्थलों में देश में भी यात्रियों की सुविधा प्रदान करने के लिए पर्यटन कार्यालय खोले जाते हैं। इनके अपने मार्केटिंग आफिस होते हैं तथा विकसित इण्टरनेशनल एयर लाइन, होटल, सीधा टेलेक्स सेवा आदि अनेक आनुषंगिक (associate) स्रोतों से अपने को जोड़ लेती हैं।

फिर ये बड़ी-बड़ी अन्तरराष्ट्रीय संस्थानों से अपना सम्बन्ध जोड़कर उनकी सदस्यता ग्रहण कर लेती हैं। कुछ ऐसी बड़ी संस्थाएँ हैं—*American Society of Travel Agents. (ASTA), Japan Association of Travel Agents (JATA), Universal Federation of Travel Agents (UFTA) International Air Transport Association (IATA)* आदि।

ये राष्ट्रीय तथा अन्तर्राष्ट्रीय योजनाबद्ध पर्यटन का प्रबंधन करती हैं। आकर्षक पर्यटन स्थलों के यात्रा के लिए योजना बनाती है कि घरेलू तथा विदेशी पर्यटक वहाँ बार-बार आने के लिए उत्साहित रहें। इसके लिए सुविधाएँ जुटाने का प्रयास इनका उद्देश्य होता है कि यात्री को उसकी इच्छा के अनुसार सर्वसुविधासम्पन्न होटल, इच्छित भोजन, सर्वसूचनायुक्त निदेशक तथा सुखदायी स्थलीय वाहनों की व्यवस्था करना इनका कार्य होता है।

साथ ही विशेष रुचि वालों के लिए या किसी विशेष उद्देश्य से आए यात्रियों के लिए विशेष प्रकार के पर्यटन का भी ये आयोजन करती हैं। इनके साथ यात्रियों को आकर्षक और चमक-दमकपूर्ण स्थलों का भ्रमण कराना चाहिए। यहाँ के आकर्षक एवं रंग-बिरंगे दृश्य, परम्पराएँ, पशुओं की क्रीड़ाएँ जैसे ऊँट और हाथी की सवारी, वर्फ पर स्केइंग करना आदि का भी प्रावधान रखना चाहिए, भारतीय विविध व्यंजनों को भोजन में देना, सुन्दर उपवनों में अनेक प्रदर्शनों की व्यवस्था करनी चाहिए। पक्षियों के क्रियाओं की जानकारी के लिए पक्षी विहार, संग्रहालय, पुरास्थलों, भव्य भवनों, गोल्फ आदि के स्थानों पर युवा और पढ़े लिखे पीढ़ी के लोगों को ले जाना चाहिए।

इनको राष्ट्रीय तथा अन्तरराष्ट्रीय सम्मेलनों के लिए अत्यन्त उपयुक्त भवन, सुन्दर मनोरम स्थलों का चयन करना चाहिए तथा उसमें भागीदारी की सुविधा को ध्यान में रखकर ठहराव, भोजन, मनोरंजन, पर्यटन आदि की व्यवस्था करनी चाहिए। वीसा, पासपोर्ट, आगमन, आज्ञा-पत्र आदि के बनवाने, विदेशी मुद्रा के परिवर्तन का दायित्व भी इन्हीं एजेंसियों को लेना चाहिए कि इन सुविधाओं के कारण देशी तथा विदेशी सभाएँ और सम्मेलन यहाँ आयोजित किये जायँ जिसमें सभा की भागीदारी के साथ आनन्द की भी अनुभूति के बाद लौटने की भी व्यवस्था का इन्हें प्रबंध करना चाहिए कि यहाँ सम्मेलन का आयोजन सुविधा के कारण बार-बार होता रहे।

कभी-कभी उसके साथ सहयोगी कम्पनियों की भी सहभागिता लेकर पर्यटन को आकर्षक बनाया जाता है। इनके सहयोग से मूल एजेंसियाँ सम्मेलन का पूरा पैकेज उठाना स्वीकार कर लेती है। इसके लिए योजना बनाना, यात्रियों की सुविधा देना, उनके सम्मेलन के लिए सारी तैयारी करना, बीच-बीच में घुमाने की व्यवस्था करना, उनके सुविधानुसार उनकी आवासीय व्यवस्था करना, रात्रि के मनोरंजक दृश्यों का आयोजन करना, जन-सम्पर्क को सुविधा देना, वांछित सेवा प्रदान करना, सूचना प्रसार की व्यवस्था, विवरणी का प्रकाशन, होस्टेस की व्यवस्था, सजावट का कार्य, सम्मेलन के निर्णयों का लेखा-जोखा रखना तथा उसकी कापियाँ

तैयार कर सदस्यों को देना, विवरणों को बाहर भेजना, प्रचार साधनों को देना और पूरा लेखा-जोखा तथा हिसाब का ब्योरा देने का कार्य इनको ले लेना चाहिए जिससे सम्मेलनकर्ता प्रायः इसी व्यवस्था को अपने सम्मेलनों के लिए चुने।

घरेलू यात्रियों के लिए यात्री को उसके आवास पर हवाई जहाज के टिकट पहुँचाने, होटल के बुकिंग का प्रपत्र देने, यातायात के साधनों का विवरण देने, यात्रा के प्रोग्राम का प्रारूप देने की व्यवस्था एजेंसियों को करना चाहिए। ऐतिहासिक, पुरास्थल, प्राकृतिक सौंदर्य के स्थान आदि की सूची भी उन्हें देनी चाहिए।

अन्तरराष्ट्रीय यात्रा पर निकलने वाले यात्रियों को उनके गन्तव्य तक ले जाने के लिए पूरी योजना, व्यवस्था, विभिन्न हवाई जहाजों के सम्पर्क टिकट तथा अन्य विवरण देना चाहिए। साथ ही उसके सुविधानुसार इनकी व्यवस्था, इच्छित होटलों, वाहनों आदि की भी व्यवस्था रखनी चाहिए कि उन्हें कोई कष्ट न हो। विभिन्न देशों की एजेंसियों से सम्पर्क कर उनके ठहरने, दर्शनीय स्थल पर जाने की पूर्व योजनाएँ बनाने की व्यवस्था करनी चाहिए। साथ ही वीसा, पासपोर्ट, रिजर्व बैंक का प्रमाणपत्र, P फार्म आदि भी इन्हें उपलब्ध करना चाहिए। भले किसी एक एजेंसी का संसार के दूसरे भागों में कोई कार्यालय न हो पर ऐसे में दूसरी एजेंसियों से सम्पर्क स्थापित करके इन कार्यों को संसार में कहीं भी करना एजेंसियों के लिए अत्यन्त सरल होता है।

इनको यात्रा मेलें (Traveller fair) का भी आयोजन करना चाहिए जिसमें व्यवसाय करने वाले यात्रियों की सुविधाओं के लिए दूसरे देशों के व्यवसायियों को भी आमन्त्रित करना चाहिए कि एक ही स्थान पर सब मिलकर अपनी समस्याओं का निराकरण तथा अपने उत्पाद का प्रचार कर सकें।

एजेंसियों का ही कार्य होता है सामान पहुँचाने, अनेक प्रकार की यात्रा बाधाओं को दूर कराने जैसे उचित यात्रा मार्ग का सलाह देना, कस्टम के देनदारी को साफ करना, उचित यात्रा किराया की व्यवस्था कराना, यात्रा के समय, बीमा कराना, सुरक्षित और तीव्रगामी साधनों से यात्रियों को भेजना आदि।

एजेंसियाँ कुछ साहित्य भी प्रकाशित कराती हैं जिससे यात्रा की नई सुविधाएँ, व्यवस्था तथा दूसरे देश के यात्रा स्थल का ज्ञान प्राप्त हो सके। संस्कृति तथा दर्शनीय स्थलों का परिचय पत्र निकालना, वहाँ की सुविधाओं का ब्योरा देना, वहाँ का फोटो छापने का कार्य ये करके यात्रियों को यात्रा के लिए लुभाती हैं।

एजेंसियों का संगठनात्मक स्वरूप

प्रत्येक एजेंसी का एक संगठनात्मक स्वरूप होता है। इसमें ये ऊपर से नियंत्रित और केन्द्रित होती है पर प्रायः संगठन के नीचे के भाग में अधिकारों को विकृत कर देती है कि संगठन का प्रत्येक व्यक्ति अपनी अहमियत समझ सके। संगठन का प्रधान व्यक्ति डाइरेक्टर होता है जिसके नीचे मैनेजिंग डाइरेक्टर अथवा चेयरमैन कम मैनिजिंग डायरेक्टर होता है। इसके कई सहयोगी डाइरेक्टर होते हैं जो विभिन्न क्षेत्रों की क्रियाओं को देखते हैं जिनका उल्लेख पहले किया गया है। इसके स्वरूप का ज्ञान इसमें लगे कार्यकर्ताओं तथा इसके वार्षिक व्यवसाय के फेर-बदल (turnover) से होता है।

उद्देश्य और स्वरूप के आधार पर एजेंसियों को कई विभागों में बाँटा जाता है और उनमें कुशल कार्यकर्ता नियुक्त कर उनपर एक सुपरवाइजर तथा डाइरेक्टर रखा जाता है। इन

कार्यकर्ताओं के बीच कार्यों का बँटवारा इस प्रकार करते हैं कि वे कुशलतापूर्वक उसका सम्पादन कर सकें। ये विभाग यात्रियों की दृष्टि से किये जाते हैं जैसे यात्रा विभाग, सम्मेलन विभाग, प्रकाशन विभाग, विदेशी यात्रियों की व्यवस्था विभाग, घरेलू यात्रा विभाग, असुविधा निवारण विभाग, अन्तरराष्ट्रीय यात्रा विभाग, लेखा-जोखा विभाग आदि। इन विभागों में कर्मचारियों का वर्ग कार्यरत होता है।

अलग-अलग विभागों के कर्मचारियों को दलों में विभक्त कर एक-एक दल को एक कार्य सौंपा जाता है जैसे, जहाज और माल परिवहन दल, विशेष प्रकार के रुचि वाले यात्रा का नियोजक दल, प्रेरणात्मक यात्रा दल आदि। ये दल अपने-अपने कार्यों में दक्ष होते हैं तथा इन सभी के सहयोग से पूरी एजेंसी के स्वरूप का विकास सम्भव हो सकता है। इनमें विशेषज्ञ लोग ही रखे जाते हैं जो कार्य को आगे बड़ा सकें। यह ध्यान रखते हैं कि दलों के बीच विभेद न उत्पन्न हो। इनके कार्यों का प्रयास होता है कि इनमें दलबन्दी न होने पावे क्योंकि ऐसा होने पर कार्य का संचालन समुचित रीति से नहीं हो सकेगा और नेतागिरी के चक्कर में एजेंसियों का कबाड़ा हो जायगा। इसी से निर्णय तथा नीति निर्धारण ऊपर के स्तर से होता है। इसका विवेचन भले इन वर्गों के साथ किया जाता है कि वे भी अपने को उसका एक हिस्सा मानकर उसमें अपनी हिस्सेदारी निभावें। नीति निर्धारण में इन्हें लचर होना चाहिए क्योंकि परिस्थितियाँ बदलने में नीति में बदलाव अपेक्षित होता है।

इनमें नियुक्तियों के लिए परसनल विभाग आँकड़े एकत्रित कर रिक्तियों की सूचना ऊपर के व्यवस्था को देता है। फिर उसकी स्वीकृति पर उसके लिए विज्ञापन दिया जाता है। उसके अनुसार प्राप्त आवेदन पत्र की जाँच विभाग करके सर्वोच्च अधिकारी को भेजता है जो संक्षिप्त साक्षात्कार अभ्यर्थियों की करता है और फिर विभागीय डाइरेक्टर को साक्षात्कार के लिए भेज देता है। वहाँ उचित रीति से साक्षात्कार कर विभागी डाइरेक्टर उपयुक्त अभ्यर्थी की नियुक्ति की प्रक्रिया पूरी करता है। प्रायः इसमें सामान्य ज्ञान, व्यक्तित्व, भाषा की गति और व्यवहार पर विशेष ध्यान देंते हैं कि आगन्तुक को यह सन्तुष्टि दे सके। पर छोटी एजेंसियों में इतनी व्यवस्था नहीं होती।

नियुक्ति के बाद एक विशेष विभाग इन्हें सौंपा जाता है। पर अन्य विभागों के कार्यों सें भी इन्हें परिचित रखा जाता है कि समय पर किसी विभाग का भी काम देख सकें। काम का बँटवारा योग्यता के आधार पर किया जाता है। इसमें वेतन एक नियत क्रम (slab) में निश्चित होता है। इसके साथ आनुषंगिक उपलब्धियाँ भी दी जाती है जैसे विशेष अवसरों पर एक मुश्त रकम, प्रोत्साहन, सहयोग, अच्छे कार्य के लिए कुछ पैसा तथा ऊपर का पद आदि। यह इसलिए किया जाता है कि उसे अधिक काम करने का प्रोत्साहन मिले। इसके लिए मकान किराया, LTC, जन्म दिन उपहार, वस्त्र तथा चिकित्सा, प्राविडेण्ट फण्ड की सुविधा देते हैं। कर्मचारी के साथ कार्यों में बार-बार छेड़-छाड़ नहीं करना चाहिए तथा उसे सामान्य दोष के लिए निकालने का प्रावधान होना चाहिए। इनकी जाँच अलग से न करके सुपरवाइजर को ध्यान रखने का निर्देश देना चाहिए।

नियुक्ति के बाद कर्मचारियों को संक्षिप्त ट्रेनिंग देना चाहिए कि कार्य-पद्धति को जान लें। इसके लिए व्यस्ततम समय में अल्पकालिक प्रशिक्षण ही उपयुक्त होता है। पर प्रशिक्षण देना चाहिए। कार्य के साथ एजेन्सी के नियम और कायदे का भी प्रशिक्षण दिया जाना चाहिए कि उसे अपना दायरा पता रहे। व्यक्तिगत विभाग को कर्मचारियों के चयन, प्रोन्नति तथा निष्कासन

के विषय में नियम का पालन आवश्यक है। इसके विपरीत कार्य होने पर स्थिति विस्फोटक होने की सम्भावना बनी रहती है। तभी नेतागिरी, यूनियनबाजी प्रारम्भ हो जाती है। वेतन नियमित और आवश्यकतानुसार पूर्ण होना चाहिए कि कर्मचारी गलत आदत का शिकार न हो एवं उसका नैतिक स्तर ऊँचा बना रहे।

अपने को कर्मचारियों से व्यवस्था को अलग नहीं रखना चाहिए अन्यथा कर्मचारी अपना विरोधी उसे मानने लगेंगे। उनके साथ सहयोगी प्रवृत्ति अपनानी चाहिए। कोई भी नया पक्ष प्रस्तुत करने का निर्णय मैनेजमेंट का होना चाहिए पर उसमें कर्मचारियों की सहमति बनाने के लिए किए गए परिवर्तन को बताने के लिए उनके साथ बैठक कर प्रस्ताव पर उन्हें सहमत कर लेना चाहिए। इससे कर्मचारियों में यह भावना बढ़ती है कि वे भी परिवर्तन का हिस्सा है ? साथ ही कर्मचारियों और प्रबंधन के बीच कभी संवादहीनता नहीं होनी चाहिए कि कर्मचारी अपने को प्रबंधन से अलग समझें। इसी से अच्छे कार्य के प्रोत्साहनार्थ प्रशंसापत्र, प्रोत्साहन लाभ आदि देकर कर्मचारियों का हौसला ब ढ़ाना चाहिए। इनके प्रति अविश्वास की भावना कभी नहीं बढ़ने देना चाहिए, न कभी अनुचित शब्दों का प्रयोग कर उन्हें हतोत्साहित करना चाहिए। पारिवारिक भावना से रखे गये कर्मचारी अपने नियोक्ता के प्रति समर्पित होते हैं। इससे उनके सुख-दुःख में उनका साथ अवश्य देना चाहिए। इसीसे **जावेद अखतर** (Javed Akhtar) ने कहा है कि – *'Management is both authoritative and participative.'*

नियंत्रण के लिए कम्पनी को आय-व्यय के विषय में अपनी एक योजना रखनी चाहिए। इसे विभागानुसार बाँटना चाहिए। जितना लक्ष्य जिस विभाग का निर्धारित है अगर वह पूरा नहीं हो पाता तो उस विभाग को कसना आवश्यक हो जाता है। पर कसने के लिए दण्डात्मक क्रिया न होकर सुधारात्मक व्यवस्था ही लाभकारी होती है। आर्थिक लब्धियों में कड़ा नियंत्रण रखना चाहिए अन्यथा एजेंसी का उद्देश्य ही बिगड़ जायगा। इसके लिए बाहर के खेल एजेण्टों से देश के लिए पर्यटकों के आने का हर सम्भव प्रयास करना चाहिए। इसकी स्थिति की जानकारी बाहर के एजेण्टों द्वारा भेजे गये टूर रिपोर्ट से होती है। इसमें जो भी खामियाँ रह गई हों उनका निवारण करना चाहिए। योजना बनाते समय ही कण्ट्रोल व्यवस्था को ध्यान में रखना चाहिए। सुपरवाइजर से कर्मचारियों के विषय में उनके कार्य पद्धति का रिपोर्ट सदा लेते रहना चाहिए। वहाँ आडिट विभाग इसमें नहीं होता पर अर्थ विभाग ही इस कार्य को पूरा करता है जिसके द्वारा एजेंसी के वार्षिक लेन-देन का लेखा-जोखा जाँचा जाता है।

एजेंसियों का योजना बनाना

इन सबके पीछे है एजेंसी का उचितं लाभ कमाना उस व्यय पर जो उसने इसमें किया है क्योंकि यह पूर्ण आर्थिक क्रिया वाली संस्था है। इसके हिस्सेदारों तथा डाइरेक्टरों का यही एक लक्ष्य इसमें होता है। इसी के लिए वर्षानुसार लेखा-जोखा रखा जाता है। अतः योजना ऐसी बनानी होती है कि लागत पर अधिकाधिक उचित लाभ प्राप्त हो सके। योजनाएँ दो प्रकार की होती है– लम्बी अवधि वाली तथा अल्पकालीन। अल्पकालीन दो से पाँच वर्षों के लिए बनाई जाती है। जो योजना बना ली जाय उसी के अनुसार आगे व्यवस्था होनी चाहिए। उसमें कोई नया बदलाव साधारणतया नहीं करना चाहिए कि निर्धारित लक्ष्य की प्राप्ति हो सके। इसकी जाँच भी लेन-देन के लेखा-जोखा द्वारा तथा पिछले 2-3 वर्षों के हिसाब-किताब तथा आमदनी के आधार पर करना चाहिए। पर इसमें गुंजाइश होना चाहिए कि परिस्थिति के अनुसार

इसमें बदलाव किया जाय। इसके बनाने में किसी विशेष प्रावधान को ध्यान में रखने की आवश्यकता नहीं होती।

इसको तैयार करने में मैनेजर के पद तक के कर्मचारियों की भागीदारी होनी चाहिए। यही उचित रीति है क्योंकि वे सभी स्थिति को जानते रहते हैं। अब योजना में कर्मचारियों का अंग हो जाने से वे भी उसके निर्माण की जिम्मेदारी स्वयं वहन करने लगेंगे। इसके बनाने में निम्न बातें ध्यान में रखना चाहिए :—

(1) पिछली योजना की परिलब्धियाँ।

(2) नई योजना का उद्देश्य निर्धारण।

(3) योजना के आनुषंगिक अंग।

(4) योजना के सहयोगियों का योगदान।

(5) योजना का व्यवहारिक रूप जो लक्ष की प्राप्ति में सहायक हो सकें।

(6) इसका आकलन कि इसमें कितना साहस (risk) इन्हें ग्रहण करना होगा जो एजेंसी की क्षमता के अनुसार है।

(7) सरकारी आँकड़ों को ध्यान में रखना पर उन पर पूरा विश्वास न करना क्योंकि वे कल्पनातीत अधिक होते हैं, व्यवहारिक कम।

(8) अपनी स्थिति को ध्यान रखकर योजना बनाना जिसमें प्रसार, कर्मचारियों की संख्या और क्षमता, लगाई गई राशि, उत्पादन की वापसी प्रमुख हैं।

(9) भाग्य भरोसे योजना का भविष्य नहीं छोड़ना चाहिए बल्कि व्यवहारिक धरातल पर उपलब्धिपरक आकलन करना अधिक लाभकर होता है कि हानि न उठाना पड़ें।

(10) किसी बड़े साहस (risk) को उठाने से अलग रहना क्योंकि यदि यह अत्यधिक हानि पहुँचाने लगेगा तब इसकी दिशा और दशा बदल जायगी। अतः योजना बनाने के बाद उस पर गंभीरता से मंथन मैनेजमेण्ट स्टाफ के साथ करना चाहिए कि किसी की दूर दृष्टि के भी कारण सम्भव है कि हानि की सम्भावना टल जाय। जब इसकी रूपरेखा तैयार हो जाय तो उसको लागू करने के पूर्व कर्मचारियों को भी इसमें भागीदार बनाना होगा क्योंकि वे ही इसकी सबसे निचली और आवश्यक कड़ी हैं। इसके लिए इसके मूल तथ्यों को उनके साथ विचार करना चाहिए कि वे भी समझे कि इसमें हमारा भी उत्तरदायित्व निहित है। यह सत्य है कि वे इसमें कोई बदलाव प्रस्तावित नहीं करेंगे पर अपनी भागीदारी स्वीकार कर इसकी पूर्ति में सहायक बने रहेंगे। साथ ही, वे यह भी सोचेंगे कि जो परिवर्तन हुए हैं हम भी उसके एक अंग है। इस दृष्टि से योजना बनाते समय निम्न उद्देश्य ध्यान में रखने चाहिए :—

(1) योजना लचर हो कि परिस्थिति अनुरूप बदल सके।

(2) योजना लाभकारी हो कि इसके शेयर होल्डरों से लेकर श्रमिक तब सबका लाभ हो सके।

(3) वह व्यवहारिक हो कि इसके असफल होने की कोई गुञ्जाइश न रहें।

(4) अल्पकालीन और दीर्घकालीन योजनाओं में समानता रहे।

(5) यह श्रमिक, कर्मचारी, अधिकारी तथा मैनेजमेण्ट तथा मालिक सभी के हित में हो।

(6) पूर्व योजना और बदली परिस्थिति को ध्यान में रखकर बनाई गई हो।

(7) यह ऐसा बनी हो कि अगर इसका एक पक्ष सफल न हो तो भी अन्य पक्ष सफल रहे।

(8) लघु योजना स्थिर होनी चाहिए जबकि दीर्घकालीन योजना लचर क्योंकि दीर्घकाल में परिस्थितियों में परिवर्तन होना स्वाभाविक है।

(9) कभी भी बड़े साहस की योजना नहीं हो जब तक लक्ष्य विकसित न हो।

एजेंसियों में क्रियात्मक अन्तर

छोटी बड़ी एजेंसियों के क्रियान्वयन में अन्तर होना स्वाभाविक है। दूसरे देशी तथा विदेशी एजेंसियाँ जो इस देश मे स्थापित है उनमें भी अन्तर होना अपेक्षित है। योजना की तैयारी में एजेन्सियों के उद्देश्य अलग-अलग होने से उनमें अन्तर होना निश्चित है। इसी प्रकार साहस के सम्बन्ध में भी सोचना चाहिए। संस्थाएँ अपनी-अपनी दृष्टि से सामान्य अथवा विशिष्टीकरण वाले कर्मचारियों की नियुक्ति में भी भेद रखती हैं। जिसका जितना उत्पाद होता है उसी के अनुसार वे प्रशिक्षित या सामान्य कर्मचारियों को नियुक्त करती हैं कर्मचारियों की चयन प्रक्रिया में भी जो छोटी एजेन्सियाँ होती हैं वे बहुत पेंचीदा रास्ता बड़ी एजेंसियों की तरह तैयार नहीं करती। छोटी एजेंसियों का कायदा कानून बड़ी एजेंसियों की तरह बहुत नियमित तथा कठिन नहीं होता। छोटी एजेंसियाँ प्रोत्साहन के लिए धन के बदले कोई सामग्री या प्रशंसा पत्र ही देती है जबकि बड़ी कम्पनियाँ आर्थिक प्रोत्साहन राशि देना उचित मानती हैं। छोटी एजेंसियों के कर्मचारी उसकी व्यवस्था से जुड़ते नहीं क्योंकि एक व्यक्ति का वहाँ वर्चस्व होता है पर नियंत्रण में कोई अन्तर नहीं मिलता।

प्रबंधन में सुधार के सुझाव

लम्बी अवधि की योजना के तैयार करने का आधार विदेशी एजेंसियों की सूचना को नहीं मानना चाहिए क्योंकि भारत में लचरपन ज्यादे हैं। साथ ही, विदेशी सूचना उतनी विश्वसनीय नहीं होती। इसलिए अपनी परिस्थिति के अनुसार उसका अनुपालन करना चाहिए। लम्बी योजनाओं के बनाने में भी बहुत लम्बी अवधि नहीं जोड़नी चाहिए क्योंकि भारत की राजनीतिक स्थिति में कोई स्थायित्व न होने से कभी भी इसकी नीति में परिवर्तन सम्भव है। तब योजना धरी रह जायगी अगर विदेश सम्बन्ध बिगड़ा या आतंकवाद बढ़ा तो छोटे समय की योजना भी इसी दृष्टि से बनानी चाहिए कि विदेशी यात्रा व्यवस्थापक किस प्रकार का पर्यटन पसन्द करेंगे। साथ ही, इसमें स्थैतिकता होनी चाहिए अन्यथा लचरपन से लक्ष्य प्राप्त नहीं की जा सकती। इसके लिए आवश्यक है अल्पकालीन कुछ सीटे हवाई जहाज में पहले से सुरक्षित रख ली जाय कि अल्प सूचना प्राप्त होने पर उसका उपयोग किया जा सके अन्यथा पर्यटक के लिए छोटी एजे़ंसियों को तत्काल व्यवस्था करना सम्भव नहीं हो सकेगा।

पैकेज टूर में दूसरी सेवाओं को भी जोड़ना चाहिए जो पर्यटन के अंग नहीं होते। इससे समाज से विदेशी पर्यटक को जोड़ने का अवसर मिलता है जैसे गाँव में ले जाना वहाँ का खाना खिलाना, आनन्दात्मक क्रियाओं के प्रदर्शन आदि। इससे पर्यटन पायेगा। इसीसे आज के मोटलों में गाँव का दृश्य, लालटेन में बल्ब से रोशनी, वहाँ स्थानी नृत्य और संगीत आदि से जोड़ा जा रहा है। इसी दृष्टि से जबलपुर के भेड़ाघाट में 'बसेरा' नामक यात्री आवास जो शहर के बाहर है में इस प्रकार की व्यवस्था की गई है।

विशेषज्ञों की राय का समादर करना चाहिए तात्कालिक निर्माण में समिति के सलाह का स्थान नहीं होना चाहिए क्योंकि निर्णय का स्वरूप यहाँ तत्कालिक और स्थानीय होने से व्यक्ति विशेष को इसके लिए अधिकार दे देना चाहिए। समय और आवश्यकतानुसार नीति में परिवर्तन अपेक्षित है क्योंकि पर्यटन बाजार स्वयं ही लचर होता है जिससे पर्यटन विपणन

में अन्तर आते रहना स्वाभाविक है। यदि यह परिवर्तनीय नहीं होगा तो लाभ अर्जित करना सम्भव नहीं हो सकेगा।

नियुक्ति में प्राविधिक कौशल (technical skill) वाले लोगों की भर्ती का विशेष माने नहीं होता क्योंकि व्यक्तिगत कौशल (personal skill) को इसमें अधिक महत्त्व होती है। अपने इस कौशल द्वारा पर्यटकों को आकर्षित किया जा सकता है। इसलिए इसी क्षमता को अधिक विकसित करने की व्यवस्था करनी चाहिए। दूसरे एकदम नये लड़कों की नियुक्ति इस व्यवसाय में करना चाहिए क्योंकि उनमें ऊर्जा अधिक होने से वे अधिक दौड़-धूप वाला कार्य कर सकते हैं। भले ही उन्हें नियुक्ति के बाद ट्रेनिंग देकर इस व्यवसाय के लिए तैयार करना चाहिए। इस तैयारी में उन्हें ट्रेनिंग के साथ एजेंसी की ओर से एक लिखित विवरण देना चाहिए तथा कुछ लिखित सामग्री कि जिस प्रयोजन से वह चुना गया है उसके लिए उसे क्या करना है कि एजेंसी का स्वरूप विकसित हो सके।

कर्मचारियों को सक्षम बनाने के लिए नियोक्ता को उनके साथ सहयोगी की वृत्ति अपनानी चाहिए। इससे कर्मचारियों से काम को आगे बढ़ाने में प्रेरणा मिलती है। साथ ही, उसे अधिक प्रोत्साहन देकर उसकी निहित क्षमता से अधिक काम लेकर एजेंसी को आगे बढ़ाना चाहिए। इनके साथ व्यवस्था को अनौपचारिक लिखित सम्पर्क स्थापित रखना चाहिए कि वह विकास के सभी बिन्दुओं के विषय में जानकारी प्राप्त कर सके। इसके अतिरिक्त लिखित आधार पर दिशा निर्देश और प्रोत्साहन देकर उसे अपना बनाना चाहिए कि उसके काम में अपनापन बना रहे।

जो लक्ष्य नियोक्ता विदेशी पर्यटक के लिए निर्धारित करता है वह कहाँ तक प्राप्त किया जा सका है, इसका हिसाब लगाते समय यह भी ध्यान रखना चाहिए कि उन विदेशी पर्यटकों के ठहराव की अवधि क्या रही है। यदि वह पूर्व की अपेक्षा अधिक रही है तो इसका अभिप्राय हुआ कि पर्यटन विभाग ने पहले की अपेक्षा अधिक लाभ कमाया है। इसके लिए लाभ के प्रारूप वाला फारमेट के भरने से स्थिति स्पष्ट हो जायगी।

व्यवस्था को विभिन्न प्रकार का बजट बनाकर लाभ का आकलन करना चाहिए। विभिन्न प्रकार के बजट हैं:—

(i) लेखा-जोखा का बजट।

(ii) बिक्री का बजट।

(iii) सामान्य व्यय का बजट।

(iv) लाभ का बजट।

(v) इसमें लगे श्रमिकों पर होने वाले व्यय का बजट आदि।

बाधाएँ और निवारण

एजेंसियों की व्यवस्था में बहुत से दोष आते हैं। इनका ज्ञान एजेंसी के मालिकों को होना चाहिए तथा उनके निवारण की भी व्यवस्था उसे करनी चाहिए जो निम्न हैं:—

(1) नियुक्ति में चुनाव के समय बहुत से दोष होने से काम गड़बड़ हो जाता है।

(2) ट्रेनिंग के ठीक समय के पहचान न होने से आय में कमी आ जाती है क्योंकि इसके लिए गलत समय होता है जब आय करने का समय हो तो ट्रेनिंग देना। इससे क्षमता का ह्रास होता है। ट्रेनिंग को खाली समय का कार्य मानना चाहिए।

(3) नियुक्तियों को कम करने तथा नियुक्त कर्मचारियों के हटाने में किसी निर्धारित सिद्धान्त के बिना अपनी रुचि के अनुसार रखने तथा निकालने के आदेश से क्षति होती है। इसलिए एक निर्धारित नियम के तहत यह होना चाहिए।

(4) संवादहीनता की स्थिति नियोक्ता और नियुक्त व्यक्ति के बीच होने से कार्य की कठिनाई को प्रबंधतंत्र नहीं जान सकता। इसलिए दोनों के बीच संवाद का तारतम्य समय-समय पर बना रहना चाहिए कि वास्तविक कठिनाई का ज्ञान नियोक्ता तथा व्यवस्थापक मण्डल को भी हो सके। इससे विषम परिस्थितियाँ टाली जा सकेंगी।

(5) अनुपस्थिति और कुण्ठा कर्मचारियों की क्षमता बेकार होने से रोकने का सबसे बड़ा कारण है। अतः नियोक्ता को इन कारणों का पता लगाना चाहिए कि ऐसा क्यों है और इसके निराकरण का रास्ता निकालना चाहिए।

(6) पर्यटकों की घटती संख्या के कारणों की जानकारी करानी चाहिए और उस अव्यवस्था को दूर कराना चाहिए। पर कुछ अव्यवस्थाएँ ऐसी भी होती है कि प्रबंधतंत्र इसमें मजबूर हो जाता है। उदाहरण के लिए खराब मौसम, राजनीतिक उथल-पुथल, आतंकवाद, बाहरी आक्रमण आदि। ऐसे में पर्यटक आना पसंद नहीं करते जिससे पर्यटन घाटे का सौदा हो जाता है। इस स्थिति में एजेंसियों को विकल्प खोजना होता है कि पर्यटन चलता रहे। यदि बढ़े नहीं तो यथास्थिति बनी रहे। इसके लिए प्राकृतिक क्षेत्र, शान्त क्षेत्र, समुद्रतटीय पर्यटन, सांस्कृतिक क्रियाओं के प्रदर्शनार्थ महोत्सवों आदि, धार्मिक उत्सवों और नृत्य संगीत की प्रतियोगिता का विकल्प बढ़ाना चाहिए कि संकटापन्न क्षेत्र से अलग इसके आयोजन के कारण पर्यटक निश्चिन्त होकर आ सके और पर्यटन की यथास्थिति बनी रहे। इस समय यदि एजेंसियों को पर्यटन विक्रय कुछ सस्ता भी करना पड़े, लाभ थोड़ा भी हो, फिर भी इसको चलाने की व्यवस्था करनी चाहिए भले ही खर्च और थोड़ा लाभ ही प्राप्त हो।

□

अध्याय–14

पर्यटन उद्योग की महत्त्वपूर्ण एजेंसियाँ

पिछले अध्याय में पर्यटन उद्योग में एजेंसियों की भूमिका पर प्रकाश डाला गया है। विश्व के प्रत्येक देश में पर्यटन उद्योग को बढ़ावा देने के लिए विविध एजेंसियाँ कार्यरत हैं। इनमें प्रायः सम्मिलित हैं व्यक्तिगत संगठन जो अपना संघ बनाकर व्यापक स्तर पर प्रभावी रूप से कार्य करती हैं। ये अपने उद्यम से स्वयं भी पैसा कमाती हैं तथा यात्रियों को अनेक प्रकार की सुविधाएँ जो सरकारीतंत्र से सरलता और प्रभावशाली रूप से नहीं प्राप्त हो सकती, जुटाती हैं। पर्यटन की बढ़ती जिम्मेदारी को अकेले विभाग के लिए सम्भालना कठिन है क्योंकि ऐसा करने में लालफीताशाही की बात उत्पन्न होगी और विकास की गति अवरुद्ध हो जायगी। इसलिए सरकार ने कुछ निगम (corporation) बनाकर एक चेयरमैन की देख-रेख में एक प्रकार का कार्य एक समिति की सहायता से, जिसका विस्तार व्यापक है तथा एक केन्द्र से उस पर नियंत्रण रखना कठिन है, कराने का प्रावधान किया है। ये अर्द्धसरकारी संस्थाएँ हैं जिनमें राज्य सरकार का नियंत्रण होता है। पर नियम कानून इनमें व्यक्तिगत संस्थानों का लागू होता है। व्यक्तिगत या सामूहिक एजेंसियों ने अपने कार्य को व्यवस्थित तथा व्यापक बनाने के लिए अपना अलग संघ (Association) बना लिया है। अलग-अलग कार्य करनेवाली एजेंसियों के अलग-अलग संघ हैं। इस प्रकार की प्रमुख एजेंसियाँ निम्न हैं:—

भारतीय पर्यटन और यात्रा प्रबंधन संस्थान
(Indian Travel & Tourism Association – ITTA)

यह भारत के पर्यटन व्यवस्था का सर्वोच्च संस्थान है जो आवश्यकता के अनुरूप लोगों को प्रोत्साहित कर पर्यटन में मानव संसाधन की पूर्ति के लिए लम्बी ट्रेनिंग किसी भी वर्ष में देता है।

भारतीय पर्यटन विकास कॉर्पोरेशन
(Indian Tourism Development Corporation – ITDC)

इसकी स्थापना अक्टूबर 1, 1966 को पर्यटन विकास की दिशा में भवनों के निर्माण के लिए की गई। यह पर्यटन को बढ़ावा देने के लिए, क्षेत्रीय प्रतिबंधों को समाप्त करने, पर्यटन से सामाजिक-आर्थिक लाभ की प्राप्ति, राष्ट्रीय एकीकरण को विकसित करने, विदेशी मुद्रा प्राप्त करने का कार्य करता रहा है। इसका संचालन एक बोर्ड ऑफ डाइरेक्टर्स द्वारा होता है जिसका प्रधान चेयरमैन-कम-मैनेजिंग डाइरेक्टर होता है। इसमें कार्य कुशलता के लिए कई अनुभाग बनाये गये हैं जिसके प्रधान उपाध्यक्ष होते हैं।

आज यह चेन होटल (Chain hotel) बनानेवाली सबसे बड़ी संस्थान है और कर मुक्त दुकानों के साध आनन्दात्मक क्रियाओं के स्थल और रेस्टराँ को एक में ही जोड़ कर चलाने का कार्य करती है। यह अशोका ग्रुप के होटलों (Ashok Group of Hotels) का संचालन करती है जिसमें आज 35 होटल तथा इनमें इसके 7860 कर्मी कार्यरत हैं। इसके संचालित अशोक ग्रूप के होटलों में 4000 कमरे हैं, 11 यात्रा और यातायात इकाइयाँ है, पर्यटन सेवा केन्द्र है, पाँच अन्तरराष्ट्रीय हवाई अड्डों पर कर मुक्त दुकाने हैं, 1 डाउन टाउन और करमुक्त दुकान है तथा 14 स्वतंत्र जलपान के रेस्तराँ हैं। इसने समुद्र तटों पर अवकाश के दिनों के

लिए हालीडे कॉटेज (Holiday Cottege) अन्तरराष्ट्रीय पर्यटकों के लिए बनवाया है जैसे गोआ, चेन्नई, महाबलीपुरम आदि में जहाँ स्थानीय मनोरंजक क्रियाओं के साथ जड़ी-बूटियों के तेल की मालिश (मसाज) तथा योग का आनन्द यात्री उठाते हैं। इसका प्रमुख कार्य है कि यह सलाहकार के रूप में कमीशन हेतु मास्टर प्लान तैयार करती है, कार्य के प्रगति पर होने पर प्रबंधन सेवा के कार्यों में भी भागीदारी निभाती है जैसे पिछड़े क्षेत्रों का विकास, क्षेत्रीय विकास में समता बनाना आदि। यह अपनी आय का एक बड़ा रकम भारत में होने वाले संकटों के निवारणार्थ सहायता के रूप में भी जनहित में व्यय करती है जैसे कार्गिल के लिए राष्ट्रीय सुरक्षाकोष में इसने 14.90 लाख रुपया दिया था तथा उड़ीसा में आए तूफान की तबाही से निपटने के लिए राष्ट्रपति सुरक्षा कोष में भी 41.88 लाख दिया था।

यह पर्यटन विपणन में भी हिस्सा लेती है। एशिया के अन्तरराष्ट्रीय पर्यटन, यात्रा मेला, विश्व पर्यटन संगठन (WTO), भारतीय ट्रैवेल एजेण्ट तथा टूर ऑपरेटर संघ आदि में भी हिस्सा लेती है। यह अनेक उत्सवों का खानपान तथा सांस्कृति विरासत सम्बन्धी आयोजन विदेशों में करके भारत के व्यक्तितत्व को उजागर करती है। कई राष्ट्रीय और अन्तरराष्ट्रीय स्तर के सम्मेलनों का आयोजन कराती है। अन्तरराष्ट्रीय हवाई अड्डे पर कर मुक्त दुकानों का संचालन करती है। अन्तरराष्ट्रीय यात्रा के निकट, ठहराव की होटल व्यवस्था, पर्यटन की योजना पर्यटक की व्यवस्था के अनुसार बनाने तथा विशेष उद्देश्य वाले यात्राओं जैसे मन्दिर दर्शन, ऐतिहासिक स्थल भ्रमण आदि के लिए भी व्यवस्था करती है। साथ ही, ऊर्जा के अपरम्परागत स्रोतों की ओर इसने कार्य किया है जैसे सौर्य उर्जा जल व्यवस्था (Solar hot water system) की ITDC के होटलों में स्थापना, पुरानी ऊर्जा वाली बेकार मशीनों को हटाकर नई मशीनों की प्रतिस्थापना आदि।

टूरिस्ट एण्ड ट्रेवेल ऑर्गनाइजेशन
(Tourism and Travel Organisation – TTO)

इसकी स्थापना 1908 में हुई थी। यह एक प्रथम अन्तरराष्ट्रीय पर्यटन संगठन था जो तीन देशों – फ्रांस, स्पेन तथा पुर्तगाल के होने के कारण नाम दिया गया 'फ्राने-हिसपैनो-पुर्तगीज फेडरेशन ऑफ टूरिस्ट एसोसिएशन'। इसको देखकर बहुत से देशों ने ऐसे एक मंचीय संगठन की बात पर्यटन की दिशा में सोचने लगे। कुछ ऐसे मंच बने भी। International Union of National Tourist Propaganda Organisation (IUNTPO) इसी क्रम में 1925 में स्थापित किया गया। किन्तु द्वितीय विश्व-युद्ध के प्रारम्भ हो जाने से यह टूट गया। पर युद्ध समाप्त होते ही फिर ऐसा संघ पुनः स्थापित हुआ।

इण्टरनेशनल यूनियन ऑफ ऑफिशियल ट्रेवेल ऑर्गनाइजेशन
(International Union of Official Travel Organisation – IUOTO)

इसकी स्थापना 1947 में हुई जब लन्दन में विभिन्न देशों द्वारा पर्यटन को बढ़ावा देने की बात विश्व सम्मेलन में 1946 में तै हो गई थी। विभिन्न देशों में इसके सौ राष्ट्रीय पर्यटन कार्यालय स्थापित हुए तथा निजी और सरकारी क्षेत्रों में 80 राष्ट्रीय और अन्तरराष्ट्रीय कार्यालयों की स्थापना की गई। इसका उद्देश्य था कि राष्ट्रों के बीच आर्थिक और सामाजिक अन्तर की खाई को पाटना कि पर्यटन बाधित न हो और अन्तरराष्ट्रीय शान्ति पर्यटन से स्थापित हो सके। इसके लिए इसने विश्व पर्यटन का स्वरूप निर्धारित किया। पर्यटन की माँग, विपणन, प्रेरणा, पर्यावरण पर इसके प्रभाव का इसने अध्ययन किया। पर्यटकों के सूचना केन्द्रों की

स्थापना, पर्यटन प्रकाशन और शोध, प्रशिक्षण क्रियाओं, अन्तरराष्ट्रीय परस्पर सहमति आदि की क्रियाओं को बढ़ावा दिया। इसके लिए बहुत अन्तरराष्ट्रीय सभाएँ की गई, कार्य-शालाओं का आयोजन हुआ, वार्षिक आँकड़े प्रकाशित किये जाने लगे तथा इटली के तुरीन में एक अन्तरराष्ट्रीय उच्च पर्यटन अध्ययन केन्द्र (International Centre for Advance Tourism Studies) की स्थापना किया। पर यह संगठन 1975 में विश्व पर्यटन संघ (World Tourism Organisation) में समाहित हो गया।

वर्ल्ड ट्रेड आर्गनाइजेशन
(World Trade Organisation – WTO)

इसकी स्थापना का प्रस्ताव 1969 में पर्यटन की सामान्य सभा में हो चुका था जिसके आधार पर 1975 में इसकी स्थापना हुई तथा इसी वर्ष स्पेन में इसकी पहली बैठक हुई। इसमें IUOTO को सर्वप्रथम समाहित करने का कार्य किया गया। इसके 120 पूर्ण सदस्य थे तथा 250 सम्बद्धता के सदस्य थे। इस संघ के 6 देशों में क्षेत्रीय केन्द्र थे – अफ्रीका, अमेरिका, यूरोप, पश्चिमी एशिया, पैसेफिक, पूर्वी एशिया और दक्षिणी एशिया। इसकी बैठक प्रत्येक दो वर्ष होना निश्चित हुआ।

इसका कार्य निर्धारित हुआ पर्यटन सम्बन्धी सारी सूचनाओं को एकत्रित कर उसको भेजना, सीमा सम्बन्धी बाधाओं का निवारण, अन्तरराष्ट्रीय समीतियों-गोष्ठियों का आयोजन करना, प्रशिक्षण योजना तैयार करना, शोध एवं विपणन के आँकड़ों को एकत्रित करना, पर्यावरण की शुद्धता की योजना बनाना तथा सूचना और लेखा-जोखा रखना आदि। इस परिप्रेक्ष्य में उसने कई प्रकाशन किये हैं जैसे : Tourism Compendium, Technical Bulletin and Travel Research Journal आदि।

पैसफिक एशिया ट्रेवेल एसोसिएशन
(Pacific Asia Travel Association – PATA)

हवाई में इसकी स्थापना 1951 में हुई कि संघ राज्य अमेरिका से पाकिस्तान तक और अलसका से न्यूजीलैण्ड तक के क्षेत्रों में पर्यटन को विकसित किया जा सके। इसमें राज्यों के 2000 सदस्य हैं और उनमें से चयनित 46 सदस्य बोर्ड ऑफ डायरेक्टर्स के हैं। इसका केन्द्र सेन फ्रांसिसको में हैं। इसके तीन क्षेत्रीय कार्यालय हैं – यूरोप के लिए फ्रकफर्ट में, एशिया के लिए सिंगापुर में तथा दक्षिणी पैसफिक के लिए सिडनी में। इसके मुख्य कार्य हैं – पर्यटन क्षेत्रों में आगन्तुकों के लिए भवन निर्माण, विशेषज्ञों की व्यवस्था, समूह यात्रा का आयोजन, होटल व्यवस्था, प्रशिक्षण-शोध और विपणन योजनाएँ आदि। यह बैठकें और सम्मेलन का आयोजन करता है। विपणन में यहाँ माँग तथा पूर्ति पर ध्यान रखा जाता है एवं क्रेता-विक्रेता को आमने-सामने रखता है। इसके कई महत्त्वपूर्ण प्रकाशन हैं जैसे – *Hotel Dictionary and Travel Guide, Pacific Travel News* आदि।

यूनिवर्स फेडरेशन ऑफ ट्रेवेल एजेण्टस एसोसिएशन
(Universal Federation of Travel Agents Association – UFTAA)

विश्व के यात्रा एजेण्टों के संघ की यह सबसे बड़ी इकाई है ज़िसे 1966 में स्थापित किया गया था। विश्व इकाइयों के सलाहकार के रूप में यह कार्य करता है। इसमें 114 राष्ट्रों के संगठनों का प्रतिनिधित्व है। यात्रा एजेण्टों की सुविधाओं की माँग विभिन्न क्षेत्रों में करना

इसका प्रमुख उद्देश्य है। इसके दूसरे कार्य हैं – सभी राष्ट्र के लोगों को पर्यटन हेतु प्रेरित करना तथा पर्यटन में स्वतंत्रता स्थापित करना, यात्रियों की वाधाओं को हटाना, सुरक्षा की व्यवस्था कराना, संवादहीनता को दूर करने के लिए सूचना और समाचार की चिट्ठियाँ भेजना, कर्मचारियों के प्रशिक्षण में सहायता देना, गोष्ठियों और बैठकों का आयोजन, वर्ष में एक बार एक मंच पर सबकी समस्याओं को उठाना और निर्णय लेना, मानव संसाधन और पर्यावरण की सुरक्षा करना तथा एजेण्टों के हितों की रक्षा करना।

इण्टरनेशनल सिविल एविएशन ऑर्गनाइजेशन
(International Civil Aviation Organisation – ICAO)

प्रथम विश्व युद्ध के बाद लोगों ने अनुभव किया कि हवाई जहाज के प्रसंग के कारण यात्रा और त्वरित हो गई है। इसलिए 1922 में इसकी स्थापना पेरिस में की गई कि यह International Commision for Air Navigation (ICAN) की मदद करें। इसका प्रमुख कार्य था हवाई जहाज सम्बन्धी प्रविधिकी में नया आयाम खोजना जैसे एरोनाटिकल मेटरोलॉजी, एरोनाटिकल चार्ट आदि, लोगों को चालक का प्रमाण-पत्र देना, हवाई जहाज से होने वाली दुर्घटनाओं के कारण तथा बचाव के उपाय खोजना, हवाई जहाज के मालवाहक जहाजों (cargo) खतरनाक सामान को सुरक्षित पहुँचाना, राज्यों को हवाई उड़ानों में सुविधाएँ उपलब्ध कराना आदि।

ट्रेवेल एजेण्ट्स एसोसिएशन ऑफ इण्डिया
(Travel Agents Association of India – TAAI)

भारत के ट्रैवेल एटेण्टों ने अपने को व्यवस्थित करने के लिए एक सम्मेलन का आयोजन पहली बार बम्बई में किया। यह घटना 1951 की है। वहाँ उन्होंने राष्ट्रीय स्तर पर अपना एक संघ बनाया। इस संघ का नाम ट्रैवेल एजेण्ट्स एसोसियेशन ऑफ इण्डिया रखा गया। इसकी योजना American Society of Travel Agents के आधार पर प्रारम्भ हुई। उसकी सभा में भारत के श्री नरी जे० कटगरा सदस्य के रूप में सम्मिलित हुए थे। उन्हें लगा कि भारत में भी ऐसी संस्था बनाई जाय। यद्यपि स्वतंत्रता पूर्व एजेण्ट का व्यवसाय प्रचलित नहीं था। स्वतंत्रता के बाद इसका विस्तार हुआ। श्री नरी जे० कटगरा ने एजेण्ट व्यवसाय के विकास के लिए 6 सदस्यों से इसका प्रारम्भ किया।

यह संघ 60 तथा 70 के दशाब्द में बहुत विकसित नहीं हो सका। फिर भी 78-79 के बीच एजेंसी का व्यवसाय भारत में पाँच गुना बढ़ा तथा एजेंसी की इकाइयों में 50 प्रतिशत की वृद्धि हुई। इसके सदस्यों की मान्यता भारत सरकार के पर्यटन विभाग तथा International Airport Transport Association (IATA) ने भी दी।

आज यह अपने तीन क्षेत्रीय कार्यालयों में सेवारत हैं – कोलकाता, दिल्ली और चेन्नई। इसके सदस्यों की संख्या भी 500 हो गई है। इसमें लगभग 5000 लोग कार्यरत हैं जो भारत के 53 जनपदों में यात्रा उद्योग से जुड़े हैं। 6 एजेंसियों ने समुद्र पार अपना विकासमान कार्यालय भी खोला है।

इस संगठन के मुख्य उद्देश्य हैं – एजेंटों एवं एजेंसियों के हितों को सुरक्षित रखना। इसके लिए वह सम्बन्धित सरकारी संगठनों तथा प्रमुख वायुमार्गों, होटलों और परिवहन से निरन्तर वार्ता करता रहता है। इसकी सूचना उसके सदस्यों तक पहुँचे इसके लिए *Travel News* नामक पत्रिका भी प्रकाशित की जाती है। साथ ही, यात्रा को बढ़ावा देने के लिए इसने प्रचार

और विज्ञापन करने का कार्य भी प्रारम्भ कर दिया है। इस सगंठन की सबसे महत्त्वपूर्ण विशेषता है कि इसमें विश्वसनीयता है तथा औद्योगिकता के सभी गुण विद्यमान हैं। इसने अनेक प्रकार के Package Tour प्रारम्भ किये हैं जो उचित मूल्य पर बड़ी कुशलता से चलाये जाते हैं।

इण्टरनेशनल होटल एसोसिएशन
(International Hotel Association – IHA)

इसकी स्थापना 1946 में लंदन में हुई थी। इसका केन्द्र पेरिस में रखा गया। इसका कार्य दैनिक होटल प्रबंधन से जुड़ा रहना है। इसका उद्देश्य था अन्तरराष्ट्रीय स्तर पर देशों के होटल संगठन को एक में जोड़ना तथा पारस्परिक समस्याओं को निराकरण करना। इसका दूसरा कार्य था होटल और खान-पान की व्यवस्था का उन्नयन करना। इसकी सलाहकारिणी समिति में UN, ILO, Council of Europe & UNESCO के रूप में होटल प्रशिक्षण की दिशा में माना गया। इसका कार्य WTO तथा UFTAA के सहयोगी के रूप में किया गया। इसने होटल, स्कूल, उनके पाठ्यक्रम तथा प्रशिक्षण पर एक पुस्तिका प्रकाशित किया है। विश्व को Travel Agencies तथा प्रमुख Travel Agents का कोष तैयार किया है। इसका दूसरा प्रकाशन है International Hotel Review।

होटल कॉरपोरेशन ऑफ इण्डिया लिमिटेड
(Hotel Corporation of India Ltd – HCl)

इस योजना की आधारशिला अमेरिका के अनुकरण पर रखी गई है। 1940 तक अंग्रेजों तथा स्विस लोगों द्वारा होटल चलाया जाता था। 1948 में जब अमेरिका सरकार ने इस व्यवसाय को चलाने के लिए होटल उद्यमियों से पूछा तो Pan American Airways ने इसको स्वीकार किया। इसके लिए एक International Hotel Corporation की स्थापना हुई। इसने विभिन्न देशों में अमेरिका के बाहर लगभग 85 होटल खोले। इसी प्रकार भारत में भी Air India ने अपनी एक सहयोगी शाखा Hotel Corporation of India (HCI) के नाम से खोल दिया।

इसका कारण यह था कि आज के एजेण्टों के यात्रा व्यवसाय में सफलता यात्रियों को सुविधा देने में है। इसमें सबसे अधिक भूमिका होटलों की होती है। इसलिए इनकी बिक्री में भी एजेण्टों की महत्त्वपूर्ण भूमिका होती है। इसका परिणाम यह हुआ कि बड़े शहरों में विभिन्न प्रकार के होटलों की संख्या में वृद्धि हुई है। जापान में आधुनिकतम Capsul Hotels का विकास इसी क्रम में हुआ है जिसको टेकियों में 6 डालर देकर एक रात के लिए बुक किया जा सकता है। यह प्लास्टिक का एक छोटा शयन कक्ष $5' \times 5' \times 6' \times 7'$ का होता है।

HCI ने सर्वप्रथम बम्बई में हवाई अड्डे पर Centaur होटल खोला। इसके बाद आज चार होटल इसके पास और हैं – दो दिल्ली में, एक श्रीनगर में और एक मुम्बई के समुद्र तट पर।

1952 में जब भारत का पर्यटन अवनति की ओर बढ़ने लगा तो जाँच के लिए भारत सरकार ने एल० के० झा, जो तत्कालीन अर्थ मंत्रालय में आर्थिक मामलों के सचिव थे इनकी अध्यक्षता में एक कमिटी गठित की गई। कमिटी ने अन्य अनेक सुझावों के साथ एक सुझाव यह भी दिया कि सरकार होटलों, परिवहन सुविधाओं तथा आनन्द के साधनों के लिए निगमों की स्थापना करे। इसी क्रम में तीन उपक्रम स्थापित हुए :—

(1) Hotel Corporation of India Limited,
(2) Indian Tourism Corporation Limited,
(3) Indian Tourism Transport Undertaking Limited.

पर यह देखा गया कि ये सारे निगम स्वतंत्र रूप से बड़े प्रभावक नहीं हो रहे हैं तो 1 अक्टूबर 1966 को इनका अलग-अलग अस्तित्व समाप्त कर इनको एक संघ में सम्मिलित कर दिया गया। अब HCI भी Indian Tourism Development Corporation का एक अंग बन गया है।

फेडरेशन ऑफ होटल रेस्तराँ एसोसिएशन ऑफ इण्डिया

(Federation of Hotel Restaurant Association of India – FHRA)

यह संगठन राष्ट्रीय स्तर का है। इसमें सभी प्रमुख होटल और रेस्तराँ सम्मिलित हैं। इसका प्रमुख कार्य है अपने सदस्यों के व्यवसाय की वृद्धि के विषय में सजग रहना तथा उनको उचित सलाह देना। साथ ही, उनकी व्यवस्था की देख-रेख करना। इसकी स्थापना 1954 में हुई। इसके पूर्व 1950 में इस व्यवसाय के प्रमुख क्षेत्रीय संगठन भारत में कार्यरत थे। इनके कार्य स्थल थे – दिल्ली, कोलकाता, चेन्नई और मुम्बई। पर अलग-अलग कार्य स्थानों से एक समुचित नीति का निर्धारण नहीं हो पाता था। इसीलिए इनका एक केन्द्रीय संगठन नई दिल्ली में बनाया गया।

इन क्षेत्रीय संगठनों की आवश्यकता 1950 में इसलिए प्रतीत हुई कि यात्रियों की सुविधा के लिए सर्वाधिक आवश्यक होती है भोजन और जलपान की। अतः इस व्यवसाय से यात्री विकास सम्बद्ध है। इसको बढ़ावा देने तथा व्यवस्थित संचालन के लिए ये क्षेत्रीय संस्थाएँ प्रारम्भ हुई। पर वे ठीक से अपना कार्य बिना एक केन्द्रीय नियन्त्रण के न कर सकीं। इसीलिए Federation of Hotel and Restaurant Association of India की स्थापना नई दिल्ली में एक अध्यक्ष की देख-रेख में की गई। ये क्षेत्रीय संगठन उनके अंग के रूप में कार्यरत रहे। इस केन्द्रीय संगठन के प्रथम अध्यक्ष M. S. Oberoi बनाये गये जो Oberoi Group of Hotels के संचालक थे। इसका अध्यक्ष पद चयनित होता है। वह चूँकि ये इस व्यवसाय से घनिष्ठ रूप से प्रारम्भ से ही सम्बन्धित थे इसलिए जीवन पर्यन्त इसके सम्मानित अध्यक्ष बने रहे। यद्यपि अध्यक्ष के पद का चयन सहयोगी सदस्यों एवं संगठनों द्वारा प्रतिवर्ष किया जाता है।

आज इस संगठन में 800 सदस्य हैं। इनमें कुछ संस्थाएँ हैं तथा कुछ व्यक्तिगत रूप से लगे हुए उद्यमी हैं जो होटल तथा रेस्तराँ चलाते हैं, होटल के सामानों के उत्पादक है और यात्री एजेण्ट हैं।

सरकार ने इसको बढ़ावा देने के लिए कई सुविधाएँ दी हैं:—

(1) ऋण की राशि निर्धारित कर दी गई है।

(2) टैक्स से लाभों को छूट प्रदान किया गया है।

(3) अन्य उद्योगों से भी इसे सहायता प्राप्त होती है। यह होटल वयवसाय के विकास के लिए नए-नए आयामों और सुविधाओं का सर्वेक्षण कराता है। इसका परिणाम है कि कुछ ही वर्षों में इसने होटल उद्योग में अप्रत्याशित विकास कर लिया है। इसके कारण भारत में पर्यटकों को आकर्षित करने के लिए नई विधाएँ अब उपलब्ध हैं।

घरेलू और अन्तरराष्ट्रीय वायु सेवाएँ

(Domestic and International Air Services)

बैलून से चलकर हवाई जहाज तक और फिर जेट तक पहुँचने वाली वायु-सेवा ने पर्यटन के क्षेत्र में अप्रत्याशित प्रगति की है। 1873 में ज्यूल्स वर्ने फिनीज फाक्स की कहानी कहता

था कि उसने 80 दिनों में विश्व की यात्रा पूरी कर ली थी। आज इस समय 80 घंटों से भी कम समय में उपयुक्त ठहरावों पर रुकते हुए कोई भी यात्री एक नियमित क्रम में यह यात्रा पूरी कर सकता है। इसमें यात्री का महत्व नहीं है बल्कि ध्वनि वेग के समान तीव्रगति से चलने वाले वायुयान का है। इसमें समय की बचत के साथ अन्य सुविधाएँ, आर्थिक लाभ भी होता है क्योंकि आज अन्तरराष्ट्रीय वायु सेवाओं का विकास हुआ है।

(अ) अन्तरराष्ट्रीय वायु सेवाएँ
(International Air Service)

यह सम्भावना की गई थी कि 1985 से 950 मीलियन यात्री यात्रा करेंगे तथा प्रतिदिन 2·6 मिलियन लोग विश्व के विभिन्न भागों में जा सकेंगे। इससे व्यक्तिगत वायुयानों का आकार पहले की अपेक्षा बड़ा होने की आवश्यकता प्रतीत होने लगी कि यात्रियों और उनके सामान को ले जाने के लिए बड़े हवाई जहाजों का प्रयोग किया जाय।

आज बिना किसी कठिनाई के एक स्थान से हम किसी भी हवाई जहाज में बैठकर पूरे विश्व का एक टिकट ले सकते हैं और उसी के आधार पर विभिन्न हवाई जहाज में यात्रा करते हुए निश्चित स्थान पर पहुँच सकते हैं। इसका कारण है कि अन्तरराष्ट्रीय वायु सेवाओं ने अपना एक संगठन बना लिया है। इस प्रकार के दो संगठन विशेष रूप से उल्लेखनीय हैं—

(1) International Air Transport Association – IATA

(2) International Civil Aviation Organisation – ICAO

(1) इण्टरनेशनल एयर ट्राँसपोर्ट एसोसिएशन (*IATA*)

1919 में हेग ने International Air Traffic Association की स्थापना की जब हवाई जहाज की यात्राओं का प्रारम्भिक काल था। इस संस्था का स्थान IATA ने ले लिया जब द्वितीय विश्वयुद्ध के बाद वायु मार्ग की यात्राएँ द्रुतगति से विकसित हुई। यह एक कनाडा की संस्था थी जो वहाँ की सरकार के द्वारा पारित एक्ट के आधार पर 1945 में प्राम्भ हुई थी। इसके निम्न उद्देश्य थे:—

(i) विश्व की हवाई उड़ानों में एक मानक स्थापित करना। प्राद्यौगिक नियमों (Technical regulation) और नागरिक उड़ानों (Civil Aviation) में विशिष्टता लाना।

(ii) एक कीमत तथा एक ही मुद्रा द्वारा विश्व के किसी भी स्थान से किसी भी स्थान के लिए एक टिकट प्राप्त करना तथा उसी पर चाहे कितने भी यानों को बदलना पड़े उससे होकर गन्तव्य तक जाना।

(iii) इसी प्रकार यात्री के सामानों को एक स्थान से दूसरे स्थान पर पहुँचाना। यह एक ऐच्छिक स्वतन्त्र संगठन है जिसका सम्बन्ध किसी भी राजनीतिक दल से नहीं है। इसकी सदस्यता किसी भी ऐसे संगठन के लिए खुली है जिसे सरकार के नियम के अन्तर्गत लाइसेंस मिला हो तथा वह ICAO का सदस्य हो सकता हो। अन्तरराष्ट्रीय वायुयान सेवाओं को यह सक्रिय सदस्यता प्रदान करता है जबकि घरेलू सेवाओं को अपनी सम्बद्धता देता है।

यह अपने संघ की बैठक में जो किराया भाड़ा स्थायी रूप से तै करता है वहीं संसार के विभिन्न स्थानों के इसके 113 सदस्य संस्थाओं को मान्य होता है। यही मानक रूप में दूसरी संस्थाओं द्वारा भी स्वीकार किया जाता है जो इसके सदस्य नहीं होते। इस प्रकार विभिन्न देशों में हवाई यात्रा की सेवाओं के बीच इसने एकरूपता स्थापित करने का प्रयास किया है।

इसका एक clearing house है जहाँ विभिन्न देशों के सदस्य इकट्ठा होकर आपस में प्रतिमाह टिकटों के हिसाब के लेन-देन का भुगतान परस्पर में मिलकर करते हैं। यह महावारी हिसाब-किताब के लिए प्रसिद्ध संस्था है जो एक ही मुद्रा में चाहे वह डालर, रुबी या स्टर्लिंग कुछ भी हो अपना ऋण अदा करने की सुविधा प्रदान करता है। इसके लिए जिनेवा में एक कार्यालय है जिसमें 8 सदस्य कार्यरत हैं। इन्हीं के माध्यम से इतना बड़ा हिसाब निपट जाता है। इसकी सदस्यता सबके लिए खुली है। इसका खर्च, जो लाभांश प्रत्येक संस्था यहाँ से प्राप्त करती है, उसी के एक अंशदान से चलता है। यह इसकी सबसे बड़ी विशेषता है कि एक ही देश की मुद्रा देकर हम किसी भी देश का तथा किसी भी Air line का टिकट समन्वित रूप से प्राप्त कर सकते हैं।

इसने अपनी उड़ान के अनुसार यात्रियों की सुविधा के लिए पूरे विश्व को तीन भागों में विभक्त किया है। इनको Traffic Conference Area (TC Area) कहते हैं। इनके क्षेत्र निम्न हैं :—

To 1 or Area 1 — सम्पूर्ण उत्तरी एवं दक्षिणी अमेरिका और उससे सम्बन्धित द्वीप।

To 2 or Area 2 — यूरोप, अफ्रीका और उससे सम्बन्धित द्वीप, एशिया का पश्चिमी भाग और ईरान।

To 3 or Area 3 — एशिया, इसके समीपवर्ती द्वीप, पूर्वी द्वीप समूह, आस्ट्रेलिया, न्यूजीलैण्ड और पैसफिक सागर के द्वीप समूह।

(2) इण्टरनेशनल सिविल एवियेशन ऑर्गनाइजेशन *(ICAO)*

1947 में संयुक्त राज्य अमेरिका में हवाई जहाज की कम्पनियों का एक संगठन स्थापित किया गया। इसका मुख्यालय माण्टरियल बनाया गया। इसके 6 क्षेत्रीय कार्यालय खोले गए :— बैंकाक, कैरो, दकर लीमा, मैक्सिको और पेरिस।

इसके मुख्य उद्देश्य निम्नवत हैं :—

(i) सम्पूर्ण विश्व को एक व्यवस्थित और सुरक्षित यात्रा क्रम में बाँधना।

(ii) शान्तिपूर्ण यात्रा के लिए हवाई जहाजों की नई बनावट और क्रिया को विकसित करना।

(iii) अन्तरराष्ट्रीय नागरिक उड़ानों के लिए हवाई मार्गों, हवाई केन्द्रों तथा सुविधाओं को व्यवस्थित करना।

(iv) आर्थिक क्षति को रोकना जो अनुचित प्रतिस्पर्धा के कारण उत्पन्न होती है।

(v) सरकारी और व्यक्तिगत संस्थाओं के भेदभाव को दूर करना।

(vi) विकास तथा नियोजन में तीव्रता लाना।

(vii) विकासमान देशों को प्राविधिक सहायता प्रदान करना।

(viii) हवाई यात्रा के सम्बन्ध में निश्चित नियमों को निर्धारित करना।

(ix) राष्ट्रीय सीमा के पार जाने के लिए उत्पन्न बाधाओं : कस्टम (custom), स्वास्थ्य नियम, अन्य औपचारिकताओं को दूर करने का प्रयास करना।

(x) वर्तमान समय में होने वाली उड़ान सम्बन्धी कठिनाइयों को रोकने की व्यवस्था करना जैसे हाइजैकिंग।

इसके संगठन के विषय में 1944 में शिकागो में एक International Civil Aviation

का सम्मेलन आयोजित किया गया था जिसमें इसका संविधान तय हुआ। इसमें सभी राज्य सदस्य उपस्थित थे। इसके कार्य के संचालनार्थ एक असेम्बली, एक सीमित सदस्यता की कौंसिल और सेक्रेटेरियट तथा अन्य अधीनस्थ संस्थाओं की स्थापना को स्वीकृति मिली। इसमें दो पदों को प्रधानता दी गई–कौंसिल के प्रेसिडेन्ट तथा सेक्रेटरी जेनरल।

सामान्य सभा (Assembly) के सभी सदस्य राज्यों के प्रतिनिधियों में से बनाये जाते हैं। प्रत्यके तीसरे वर्ष इसकी बैठक होती है। इसका मुख्य कार्य हैं–संगठन की क्रिया की देख-रेख करना, भविष्य के लिए नियम निर्धारित करना तथा बजट के विषय में विचार करना।

कौंसिल एक प्रशासनिक संस्थान है। इसके सदस्य 33 राज्यों में से 3 वर्ष के लिए चुने जाते हैं। भारत इसका बहुत दिनों से सदस्य है।

सेक्रेटेरियट का प्रधान सेक्रेट्री जेनरल होता है। इसके पाँच प्रमुख अंग हैं–Air Navigation Bureau, Air Transport Bureau, Technical Assistance Bureau, Legal Bureau और Bureau of Administration and Services। इसमें विविध देशों के व्यावसायिक क्षमता के व्यक्तियों को नियुक्त किया जाता है।

इस संगठन में बहुत-सी सहयोगी संस्थाएँ भी हैं जिनके सहयोग से यह कार्य करता है ये हैं–World Metrological Organisation, Universal Postal Union, World Health Organization, ITA, International Federation of Airlines, Pilots Association आदि।

एयर इण्डिया *(Air India)*

भारत में नागरिक हवाई जहाज के उड़ानों के लिए संसद ने 1953 में Air Corporation Act पास किया। इसके अनुसार हवाई जहाजों की कम्पनियों का राष्ट्रीयकरण करते हुए दो नियमों को मान्य बताया–(i) इण्डिया एयर लाइन्स कॉरपोरेशन तथा (ii) एयर इण्डिया इण्टरनेशनल कॉरपोरेशन। एयर इण्डिया इण्टरनेशनल कॉरपोरेशन में एयर इण्डिया लिमिटेड सम्मिलित किया गया। 1962 में Air Corporation Act के आधार पर 'इण्टर नेशनल' शब्द निकाल कर अब इसे मात्र 'एयर इण्डिया' सम्बोधित किया जाता है।

1953 तक जब इसका राष्ट्रीयकरण नहीं हुआ था एयर इण्डिया की सेवाएँ केवल मुम्बई से लन्दन और मुम्बई से नैरोबी तक ही सीमित थी। पर राष्ट्रीयकरण के बाद इसकी सेवाएँ हांगकांग, न्यूयार्क, मास्को, टोकियो, सिडनी आदि प्रारम्भ के अपने 4 स्टेशनों के साथ अब मार्ग के 54 तथा बाहर के 96 स्थानों में अपने विक्रय कार्यालयों के साथ कार्यरत है। 1948 में जब इसका प्रारम्भ हुआ था तब वह साप्ताहिक सेवाएँ करता था। अब दैनिक और नियमित सेवाएँ दिल्ली, कोलकाता, चेन्नई, त्रिवेन्द्रम और अमृतसर से चालू हैं जो विश्व के विभिन्न स्थानों को भारत से जोड़ती है।

1971 में इसने अपना एक सहयोगी संस्थान खोला – Air India Charters Limited आज इस कम्पनी पर Air India की अंशदान पूँजी का विनियोग (share capital investment) 2·25 लाख है।

आज एयर इण्डिया ने अपना इंजिन बनाने का कारखाना मुम्बई में स्थापित किया है तथा Sperry univac 1100 Real Time Computer System मुम्बई में इसके अड्डे पर यात्रियों को रिजर्वेशन सुविधा के लिए लगाया गया है। 1981–82 में 11 मीलियन डालर इसको लाभ मिला था।

(ब) घरेलू नागरिक हवाई सेवाएँ
(Domestic Civil Aviation Service)

भारत में घरेलू हवाई उड़ानों का प्रारम्भ 1877 से माना जा सकता है जब बैलून के सहारे एक साहसिक व्यक्ति बम्बई से उत्तर की ओर 6 मील की दूरी तक उड़ा था। फिर 1911 में Henry Homber से Biplane के द्वारा इलाहाबाद से डाक नैनी जंक्शन तक 13 मिनट में 8 मील की दूरी तय कर पहुँचाया था। विश्व में हवाई डाक सेवा का प्रारम्भ यहीं से हुआ। फिर अंग्रेज, डच, फ्रांसीसी हवाई उड़ानें भारत में ठहराव लेकर दूसरे स्थानों की यात्रा करती थीं। 1926 में Indian Air Board की सलाहकार समिति ने अपने रिपोर्ट में अन्य बातों के साथ बताया कि भारत में मुख्य वायु मार्गों का सर्वेक्षण किया जाय तथा सरकार सहायता देकर कलकत्ता से रंगून तक हवाई सेवा किसी कम्पनी से प्रारम्भ करावे। इस दिशा में व्यवस्थित कार्य पहले 1932 में टाटा के हवाई जहाज विभाग ने किया जिसका नाम Tata Airlines रखा गया। इसने कराँची, इलाहाबाद, मुम्बई, बरेली और चेन्नई के मार्गों से डाक सेवा प्रारम्भ की। फिर नेविल विसष्ट नामक अंग्रेज ने जो टाटा के यहाँ कार्य करता था मुम्बई से चेन्नई गया। 1933 में Indian National Airways तथा Air Services of India की स्थापना हुई। पर Air Services of India शीघ्र असफल हो गयी।

द्वितीय विश्वयुद्ध में इसकी गतिविधि युद्ध के कारण रोक दी गई। पर युद्ध के बाद इसमें अप्रत्याशित विकास हुआ। 1943 में F. C. Tymms ने सरकार के निर्देश पर इसके विषय में एक प्रतिवेदन दिया। इसमें अन्य सुझावों के साथ व्यक्तिगत कम्पनियों को लाइसेंस देने की बात की गई है। इसके तहत 21 कम्पनियों ने 40 करोड़ की पूँजी के साथ लाइसेंस का आवेदन किया तथा द्वितीय विश्वयुद्ध के बचे डकौटा विमानों का क्रय किया। सरकार ने इनमें से 11 कम्पनियों का लाइसेंस दे दिया। इनमें प्रतिस्पर्धा बढ़ गई जिससे इनकी स्थिति समाप्त प्राय होने लगी। 1946 में Tata Airlines का सरकारीकरण किया गया तथा इनका नाम अब Air India रखा गया। यह अत्यन्त सफल रहा। पर आपसी प्रतिस्पर्धा के कारण चालकों में हीन भावना पनपने लगी। इससे घाटा होने लगी। इसके लिए 1950 में हाईकोर्ट के जज की अध्यक्षता में एक जाँच समिति बनी। इसने सुझाव दिया कि कुछ कम्पनियों का एकीकरण कर दिया जाय। 1952 में सरकार ने सभी कम्पनियों का राष्ट्रीयकरण किया कि अनिश्चितता समाप्त हो जाय।

इसी क्रम में 1953 में जो दो निगम बने उनमें घरेलू उड़ान के नियम का नाम India Air Lines रखा गया। इसमें 80 व्यक्तिगत कम्पनियों का राष्ट्रीयकरण हुआ जिनकी व्यवस्थाएँ, जहाज, संगठन और क्रियाएँ भिन्न-भिन्न थीं। इसके कारण घरेलू उड़ान के लिए 99 विविध प्रकार के ज़हाज मिले। जिनमें Brings 73's तथा एयर बस भी सम्मिलित थे। 1963 में जेट विमान घरेलू उड़ानों के लिए प्रयोग किया गया। इसमें कम समय और कम पैसे से लम्बी दूरी तय होती है। इससे हवाई यात्राएँ सुविधाजनक हो गई। इसमें लगे गैस टरबाइन इंजन के कारण विश्व में सबसे सस्ती हवाई यात्रा भारत की हो गई है। लगभग 1 किमी० के लिए मात्र 1 रु० किराया भाड़ा पड़ता है जो किसी भी दूसरे वाहन की अपेक्षा अत्यन्त सस्ता है।

आर्थिक दृष्टि से इसका विशेष महत्त्व है। 1984 में ही अपने ऊपर होने वाले व्यय का लगभग तीन गुना इसने अपनी पूँजी की भागीदारी, टैक्स और कर के रूप में दे दिया। इसने पर्यटन के विकास की दिशा में विदेशी मुद्रा की आय की। 1983–84 में यात्रियों से कुल आय 454·53 करोड़ की हुई जिसमें विदेशी मुद्रा रु० 137 करोड़ थी। इसमें 19000 लोग सेवारत

हैं और प्रतिदिन 32000 लोग इससे यात्रा करते हैं। संयुक्त राज्य अमेरिका को छोड़कर विश्व के शेष घरेलू उड़ानों में भारत के Indian Air Lines का तीसरा स्थान है।

इसने सुविधा को बढ़ाने के लिए दिल्ली में जेट विमानों के इंजन की सफाई का केन्द्र खोल दिया है तथा Real Time Computer System (RTC) को स्थापित किया। इससे अतिशीघ्र यात्री के सीटों का रिजर्वेशन हो जाता है। साथ ही, अपने भाड़े में भी इसने कुछ विशेष परिस्थितियों में छूट की व्यवस्था की है यथा कैन्सर के रोगी या अन्धा को 50 प्रतिशत की छूट तथा एक व्यक्ति (Conductor) को मुफ्त यात्रा सुविधा दी गई जो Youth Fair या Discover India योजना में यात्रा करते हैं या 15 की जमात में यात्रा करते हैं। विद्यार्थी छूट तथा IATA एवं Air Lines के कर्मचारियों एवं उनके परिवार के लोगों की यात्राओं के भाड़े में कुछ छूट दिया गया है जो 25 से 50 प्रतिशत होता है।

वायुदूत

1982 से निश्चित स्थलों पर यात्रा के लिए वायुदूत सेवा प्रारम्भ की गई। इसमें सम्मिलित हैं—तीर्थाटन जैसे मथुरा, काशी, गया आदि औद्योगिक केन्द्र की यात्रा यथा कानपुर, जमशेदपुर आदि तथा प्राकृतिक दृश्य के स्थल जैसे कुलू-मनाली आदि। यह एक छोटा, कम यात्रियों को ले जानेवाला विमान होता है जो बहुत कम run way पर भी उतारा जा सकता है। इसका उद्देश्य है, प्रसिद्ध स्थानों पर लोगों को आसानी से पहुँचाना।

इण्टरनेशनल एयरपोर्ट ऑथर्टी ऑफ इण्डिया

(International Airport Authority of India — IAAI)

यह संस्था हवाई जहाज नहीं रखती है पर हवाई जहाज के उड़ान भरने और उतारने की सुविधा की व्यवस्था करती है। इसका कार्यक्षेत्र है–मुम्बई, चैन्नई, कोलकाता और दिल्ली के हवाई अड्डों की व्यवस्था करना। वहाँ भवन बनवाना, सड़कें तैयार कराना तथा यात्रियों की सुविधा के लिए सहयोगी एजेंसियों के बीच समन्वय स्थापित करना इसका मूल उद्देश्य है। इसका प्रधान चेयरमैन और डाइरेक्टर होता है तथा एक बोर्ड होता है जिसमें विभिन्न सहयोगी विभागों के मन्त्री होते हैं।

इसकी आय का स्रोत है, इसके द्वारा निर्भित भवनों, स्थानों के प्रयोग से प्राप्त किया द्रव्य। साथ ही, जो दर्शक इन्हें देखने जाते हैं उनको भी इसके देखने का टिकट लेना होता है।

□

अध्याय–15

यात्रा एजेण्ट

एजेण्टों की आवश्यकता

जो बड़ी एजेंसियाँ होती है वे अपना कार्यालय सर्वत्र स्थापित नहीं कर सकतीं। जो स्थान छोटे शहरों से सम्बन्धित है वहाँ एजेंसी के लोगों का पहुँचना कठिन तथा खर्चीला होता है। बहुत से ऐसे स्थल हैं जो गाँवों में दूर स्थित हैं जहाँ दूर के पर्यटकों के लिए गाइडों के लिए ले जाना सम्भव नहीं होता। स्थानीय ठहराव और भोजन के स्थलों की जानकारी दूर के एजेण्टों को नहीं होती और वे उनसे अपना सम्पर्क ही सरलता से वहाँ नहीं बना पाते हैं। ऐसे विशेष रुचि के पर्यटक के लिए स्थानीय एजेण्ट ही सहायक होते हैं। दूर क्षेत्रों में कौन-कौन से पुरास्थल दर्शनीय हैं इनका ज्ञान स्थानीय एजेण्टों को ही होता है। ये स्थानीय एजेण्ट बड़े एजेण्टों द्वारा नियुक्त किये जाते हैं जो प्रायः भ्रमण करते हुए महत्त्व के स्थलों को खोजते रहते हैं।

बड़ी कम्पनियों का कार्य एजेण्टों के कारण सरल हो गया है। वे अपने पैकेज टूर लेकर उसे ऐजण्टों को बाँट देती हैं। अब ये एजेण्ट उसकी ओर से पर्यटकों की व्यवस्था पूरी या आंशिक अर्थात् अलग-अलग इकाइयों के लिए करते हैं जैसे होटल की इकाई, यातायात की इकाई आदि। इससे बड़ी एजेंसियाँ मुक्त होकर एक साथ ही बहुत-सा कार्य स्वीकार कर लेती है जिनको विभिन्न स्थानों में, जो पर्यटकों की रुचि के अनुसार होता है, एजेण्टों को सौंप कर निश्चिन्त हो जाती हैं।

व्यक्तिगत दृष्टि से ये भी इस व्यवसाय की आवश्यकता है क्योंकि बढ़ती बेकारी की समस्या को निपटाने में यह बहुत अधिक सहायक होता है। इसके लिए बहुत विद्वान या विशिष्ट प्रकार के प्रशिक्षित व्यक्ति की आवश्यकता नहीं होती। मेहनती तथा कुशल व्यक्ति ही एक सफल एजेण्ट हो सकता है। इस प्रकार बहुत से बेकार तथा कुशल युवा पीढ़ी के लोगों के लिए रोजगार का यह अत्यन्त सुलभ अवसर प्रदान करता है।

जो कम आय के लोग होते हैं वे एजेंसियों का भार वहन नहीं कर सकते क्योंकि वहाँ उन्हें अधिक व्यय करना पड़ता है। एजेंसियाँ पर्यटन को नीचे की एजेंसी को और फिर वे टूर एजेण्ट को बेचती हैं। अतः इनका कमीशन भी उसमें जुड़ा होता है। ये एजेंसियाँ महँगे होटल, यातायात के साधनों से सम्पर्क रखती हैं। अतः वे लोग सीधे एजेण्टों से सम्पर्क स्थापित कर अपनी यात्रा को तै करते हैं।

जिस कार्य के लिए एजेण्ट से सम्पर्क साधते हैं उसकी सारी व्यवस्था वह करता है। यह आवश्यक नहीं कि वह पैकेज टूर को स्वीकार करे। इससे यह सस्ता पड़ता है।

भारत में एजेण्टों की नियुक्ति

भारत में एजेंसी के अधिकारी विभिन्न स्थानों में घूमते रहते हैं। प्रमुख दर्शनीय तथा पर्यटन स्थलों पर पहुँचकर वे वहाँ के स्थानीय लोगों में से जो उन्हें सक्षम, आकर्षक, पढ़ा-लिखा, वहाँ के स्थानीय घटकों से अपना सम्बन्ध रखता है, बोल-चाल में आकर्षक, स्थानीय व्यवस्था से परिचित तथा आवश्यक सुविधा और आनन्दात्मक क्रियाओं की व्यवस्था करनें के लिए कुशल होता है उसको वहाँ अपना एजेण्ट नियुक्त करा दिया जाता है।

इन एजेण्टों को यात्रियों के लिए ठहराव के स्थान, भोजन, यातायात तथा गाइड की व्यवस्था करनी होती है। इनके परिपक्व होने के बाद इनको एजेण्ट नियुक्त किया जाता है। इनके द्वारा भेजे गए विवरण के आधार पर उनको दृष्टि में रखकर स्थानों की एक सूची बनाई जाती है जिसमें होटल, भोजन, यातायात आदि पर होने वाले खर्च की सूची एजेंसियाँ द्वारा तैयार की जाती है। यह सूची अत्यन्त गोपनीय होती है जिसे समन्वित कर बाहर की यात्रा एजेंसियों को भेजी जाती है। इसको 'Confidential Tariff' कहते हैं। इसकी गोपनीयता का कारण है कि यात्री से इसी के आधार पर लाभ जोड़कर पैसा लिया जाता है कि उसकी वास्तविक व्यय का अनुमान नहीं हो। इस सूची के स्थानों को वर्णमाला क्रम में बनाया जाता है कि बाहर के एजेंसी को इनका पता लगाने में कठिनाई न हो। अब उन एजेंसियों को बार-बार व्यय की पूछ-ताछ नहीं करनी पड़ती है।

जो सधे या पुराने कार्यकारी होते हैं उनको विदेशों में यात्रियों को भेजने का कार्य दिया जाता है। इसके लिए उन्हें विदेश में घूमने की सुविधा प्रदान की जाती है कि वहाँ के विषय में वे जान सकें। ये अब अपना एजेण्ट बनाते हैं और उन्हें पर्यटकों को उपलब्ध करते हैं। ये एजेण्ट दो प्रकार के होते हैं – होलसेलर तथा रिटेलर। जो रिटेलर होते हैं वे विदेशी स्वतंत्र यात्रियों FIT (Foreign Independent Travellers) की व्यवस्था करते हैं। कभी-कभी ये छोटे-छोटे दलों की यात्रा से जुड़े होते हैं। पर Wholesellers वे होते हैं जो पर्यटन की योजना बनाकर उसके पर्चे छपवा कर, अखबार में निकलवाकर तथा अन्य प्रचार माध्यमों से उसका प्रचार कर उसके लिए यात्रियों को जुटाते हैं। फिर इसकी सूचना अपने यात्री एजेण्टों को भेज कर इनका काम करवाते हैं। इसके लिए सूचना तथा व्यवस्था का कोटेशन एजेण्टों से माँगते हैं। उनकी प्राप्ति पर जिसके साथ वह यात्रा की शर्त तै करते हैं उसे कार्य सौंप देते हैं। वह सम्पूर्ण व्यवस्था सम्पादित कर इसकी सूचना विदेशी एजेंसी को भी भेज देते हैं।

(i) योग्यता और प्रशिक्षण (*Qualification and Training*)

अभी हाल तक इसके लिए अनुभव और उपयुक्त शैक्षणिक योग्यता को ही एजेण्टों की नियुक्ति के लिए मानदण्ड बनाया गया था। पर आज जब इसका विकास हुआ है तथा यह क्रिया अपना व्यापार जाल अन्तरराष्ट्रीय स्तर पर फैलाई है तो इसमें योग्य और प्रशिक्षित व्यक्तियों की आवश्यकता महसूस की गई। इसके कारण उनकी नियुक्ति में भी सुविधा होने लगी तथा योग्य व्यक्ति इस व्यवसाय में आने लगे। इराके लिए सामान्यतया स्नातक स्तर पर पर्यटन को पाठयक्रम में एक अलग विषय के रूप में समाहित किया गया है। जो छात्र इसमें रुचि रखते हैं वे इस विषय को लेकर स्नातक उत्तीर्ण करते हैं। साथ ही ऐसे छात्रों को जो इस विशिष्ट विधा में जाना चाहते हैं उनको टूरिज्म में डिप्लोमा कराया जाता है। सरकार की ओर से अनेक इंस्टीट्यूट खोले गए हैं जो टूरिज्म में 2 वर्षों का प्रशिक्षण कराते हैं। इन प्रशिक्षित व्यक्तियों को अब इसमें इसमें लेने के कारण इस व्यवसाय में विकास का नया आयाम स्थापित हुआ है। चूँकि यह प्रबंधन से भी सम्बन्धित है इसलिए इसमें MBM या MBA कोर्स पास किये छात्रों को भी प्रशिक्षित इसमें किया जाता है। Master Degree in Tourism भी कुछ विश्वविद्यालयों ने प्रारभ कर उच्च शिक्षा इस विधा की देने की व्यवस्था की गई है।

ऐसे प्रशिक्षित लाभों के लिए पर्यटन एजेंसियाँ नौकरी के अवसरों का प्रकाशन करती हैं। इनके आवेदन पर साक्षात्कार के माध्यम से नियुक्ति की जाती है। इसमें वरीयता होती है इतिहास और संस्कृति या कला विषय के स्नातक तथा स्नात्तकोत्तर छात्रों की जो पर्यटकों को स्थानीय या देश का संक्षिप्त परिचय, नागरिक जीवन, भूगोल, इतिहास, संस्कृति और कला का ज्ञान

दे सकें क्योंकि पर्यटक की विशेष दृष्टि अन्य क्षेत्रों के साथ इसकी ओर रहती है। उसे गणित, वाणिज्य, टाइपिंग और अंग्रेजी में कुशल होना चाहिए। इसको व्यक्तित्व, बुद्धिकौशल, यात्रियों से बातचीत करने के तरीके आदि के आधार पर चयनित किया जाता है। फिर प्रत्येक एजेंसी अपने अनुसार इन्हें प्रशिक्षित करती है। यह प्रशिक्षण उस समय दिया जाता है जब कम पर्यटकों के आने का समय होता है। वैसे संक्षिप्त प्रशिक्षण सप्ताह या एक पखवारे का देकर नियुक्ति के तत्काल बाद इन्हें काम में लगाना होता है। इसमें मुख्य मुद्दा होता है कि वे किस प्रकार यात्रियों को पर्यटन के लिए उत्साहित करें, प्रचार करें, कैसा व्यवहार करें, अन्य संदर्भित संस्थानों जैसे होटल, यातायात की कम्पनियों, हवाई जहाज की एजेंसियों से किस प्रकार सम्पर्क रखे, वीसा, पासपोर्ट आदि के प्राप्ति के लिए क्या विधि अपनाना होता है आदि। इसके देने का कारण है यदि इसमें कहीं खोट रह जायगी तो यात्री संतुष्ट नहीं होगा। फिर इस कम्पनी को मुनाफा कम होगा।

यह एक विकसित विधा है। इसमें नई-नई खोजें रोज हो रही हैं कि पर्यटन के अवसर किसी देश में कैसे खोजे जायँ तथा उसे कैसे परोसा जाय कि यात्री प्रभावित होकर बार-बार वहाँ आना चाहे। इन नई विधाओं का ज्ञान तथा प्रशिक्षण भी इन्हें दिया जाता है कि कहीं व्यवहारिकता में कमी न रह जाय। आज जो भी कम्पनी इसमें विकास की होड़ में पीछे छूट जाती है उसका कारण है उसमें तकनीकी व्यक्तियों की कमी।

आज जबसे 'पैकेज टूर' की व्यवस्था चल पड़ी है तब से एजेण्टों का महत्त्व बढ़ा है। बिना समुचित ज्ञान के न वे पर्यटन की योजना बना सकते हैं और न प्रशिक्षण के अभाव में पर्यटक की रुचि जानकर उसके अनुसार नियोजन कर सकते हैं। आज युवा पीढ़ी समुद्रतटीय खेलों, आनन्दायक क्रियाओं, यात्राओं आदि की ओर अधिक झुकाव रहता है। अतः पर्यटन व्यवसाय से जुड़े एजेण्टों को इन स्थलों का विशेष ध्यान देना चाहिए।

भाषागत तथा मुद्रा विनिमय की कठिन समस्या पर्यटन में होती है। इसका समुचित ज्ञान एजेण्ट में होना चाहिए कि कैसे वह इन कठिनाइयों का समाधान करेगा। यही कारण है कि आज इस व्यवसाय में नियुक्ति व्यक्ति से जाने वाले लोगों में किसी विदेशी भाषा के जानने की भी उपेक्षा की जाती है कि वह बाहर के पर्यटक के साथ उसकी भाषा में वार्तालाप कर सके। उसे बहुआयामी होना चाहिए क्योंकि व्यवस्था, वर्ग, प्राविधिकता एक देश से दूसरे देश में बदलती रहती है।

इनको पर्यटन में प्रयुक्त होने वाले टर्म का ज्ञान होना चाहिए। उन संक्षेपकों (abbreviations) से भी परिचित होना चाहिए जो इसमें प्रायः प्रयुक्त होते हैं क्योंकि बराबर इनका प्रयोग उसे करना होता है। इसकी सूची पीछे दी जायगी। जो टर्म उसे आवश्यक रूप से जानने होते हैं वे निम्न हैं :—

(ii) सर्विस आर्डर *(Service Order)*

निर्दिष्ट स्थान पर पर्यटक के हवाई जहाज से पहुँचने पर एजेण्ट उसे उतार कर वहाँ लाता है जो शर्त के अनुसार तय होता है और उस अनुसार तय उसे व्यवस्था दिलाता तथा घुमाता है। इस पर्यटक दल का एक नेता होता है जिसके पास उन सभी व्यवस्थाओं का वितरण दो प्रतियों में होता है जिसकी माँग उसने एजेंसी से की भी होती है तथा एजेंसी ने उसे देना स्वीकार किया होता है। इसे Service Order कहते हैं। जब वह यात्रा समाप्त कर लेता है तो उसकी एक प्रति पर हस्ताक्षर कर उसे स्थानीय एजेण्ट को सौंप देता है। इसमें वह प्रमाणित करता है कि इसमें उल्लिखित सेवाओं का उसने उपयोग किया है और वह इसमें पूर्ण सन्तुष्ट रहा

है। अब एजेण्ट अपना बिल बनाकर उस Service Order को उसके साथ जोड़कर उस एजेंसी को जहाँ से उसको कार्य मिला था भेजता है। इसी के आधार पर उसका भुगतान होता है। बिना इसके भुगतान बाधित रहता है। इसका आशय है यात्रा के दौरान यात्रा में होने वाले व्यय पर यात्री द्वारा कोई भुगतान नहीं किया गया है।

(iii) पैकेज टूर *(Package Tour)*

इसकी व्याख्या इसी अध्याय में आगे अलग से की जायगी। अन्य की सूची परिशिष्ट में दी गई है।

यात्री एजेण्टों के कार्य

इसको विविध प्रकार के यातायात माध्यमों को बेचना होता है, पर इसके लिए इसे अनेक यातायात संगठनों से सम्बद्ध होना होता है जिसकी स्वीकृति इसे प्राप्त करनी होती है, जैसे एयर ट्रैफिक कानफरेंस, IPTA, रेल यात्रा एजेंसी आदि से।

यात्रियों को टिकट भी बेचने का कार्य कुछ एजेण्ट करते हैं। पर उनको इस कार्य के लिए यात्रा के क्षेत्र कुछ दिनों तक कार्य का अनुभव होना चाहिए। इसमें जो जिन यात्रा संगठनों का टिकट बेचना चाहते हैं उनकी स्वीकृति उन्हें पहले से प्राप्त करनी होती है।

स्थानीय एजेंटों को क्षेत्र का विशेष ज्ञान होता है। इस ज्ञान भण्डार को उपयोग करने के लिए बड़े एजेंटों को यात्रा करके उनसे जानकारी लेनी पड़ती है कि अपने ग्राहक को वहाँ भेज सके और सूचनाएँ दे सकें। ये भी यात्रा सम्बन्धी पत्रिकाओं में इस विषय पर लेख लिखकर वहाँ की पूरी जानकारी देते हैं।

अनेक संगठन वह किसी भी प्रकार के यातायात से सम्बन्धित हो अपने एजेण्ट रखते हैं तथा उनको अपनी ओर से टिकट बेचने की स्वीकृति देते हैं। इस स्वीकृति के कारण ग्राहक आश्वस्त रहता है कि उसका पैसा सही जगह पर लग रहा है। इसके लिए ये एजेण्ट अपनी कम्पनी में अपनी ओर से यातायात क्लर्कों की नियुक्ति करते हैं। चूँकि ये सरकारी सेवाएँ नहीं है इसलिए व्यक्तिगत सम्बन्ध तथा आवेदन के ही आधार पर इन पर नियुक्ति हो जाती है। जो लोग अधिक अनुभवी होते हैं उन्हें टूर कण्डक्टर के पद पर कार्य दिया जाता है।

कुछ नगरों में एजेण्टों के संगठनों ने यात्रा सम्बन्धी ज्ञान के लिए ट्रैवेल एजेंसी द्वारा रात्रि पाठशाला भी चलाकर नये तथा पुराने एजेण्टों को नई दिशा प्रदान करने का कार्य किया है। कुछ नये इच्छुक छात्रों को भी ये प्रशिक्षित करती हैं। दूसरे रीति से यह Kit contianing information द्वारा भी इसके ज्ञान की वृद्धि में सहायक होती हैं। इसमें पर्यटन सम्बन्धी अनेक नवीन सूचनाएँ यात्रा साहित्य के द्वारा दी जाती है। यहाँ किट से अभिप्राय है एक आवश्यक बंडल। इसके साथ ही इसमें लगी होती है कौन बेचेंगे और किसको कहाँ बेचेंगे।

एजेंटों के कार्य की क्षमता कम्पनी के कार्य के आकार पर निर्भर होती है। जैसे-जैसे कम्पनी के आय में विकास होगा वैसे-वैसे एजेण्टों को विशेष सुविधाएँ प्रदान होती जायगी। इसमें विशेषीकरण और विकास की अनिश्चित दिशा होती है। यह भी सम्भव है कि एजेंसी के विकास के साथ बढ़ते एजेण्ट अपने अधीन और सह-एजेण्टों की नियुक्ति कर अपना क्रिया-कलाप बढ़ावें और नये कार्यालय खोलें। इससे अच्छी आय और बेहतर स्थिति की सम्भावना बढ़ती है।

इनका भविष्य बड़ा समुन्नत है। पर आवश्यकता है अनुभवी लोगों की। इसमें अधिक व्यक्तिगत आय, लम्बा वेतन भोगी अवकाश, लम्बी अवधि तक सेवा कार्य में लगे रहना आदि इसकी विशेषताएँ हैं। नियमित सेवा का तात्पर्य इसमें है अधिक यात्रा। इसकी सबसे बड़ी

विशेषता हैं – Travel-now-pay-later अर्थात् अभी यात्रा करें पीछे भुगतान करें। इससे यात्रा को बहुत बढ़ावा मिला है। आज लोग यात्रा में अधिक व्यय करते हैं। अब आँकड़े बताते हैं कि पहले की अपेक्षा वर्तमान में पर्यटन बढ़ा है। यह देन एजेण्टों और एजेंसियों की है। पर आवश्यकता है अधिक प्राविधिक प्रशिक्षित और योग्य लोगों की।

इनकी एक क्रिया है परस्पर सहयोग की। इनका सहयोग दूसरे एजेण्टों तथा एजेंसियों से निम्न पाँच रीतियों से स्थापित होता है। इनके होने से पर्यटन की सम्भावनाओं को बढ़ावा मिलता है :—

(1) एजेंट पर्यटन सम्बन्धी क्षेत्रीय सूचनाएँ अपने विभाग से सम्बन्धित एजेंसियों को भेजते हैं। एजेंसियाँ इनको एकत्रित कर इनको अपने राष्ट्रीय पर्यटन संगठन तथा क्रेता को देती हैं कि वे पर्यटन की सम्भावना तथा स्थलों से परिचित हो सके। दूसरी ओर राष्ट्रीय पर्यटन संगठन तथा एजेंसियाँ विभिन्न टूर-प्रोग्राम बनाकर अपने एजेंटों को देती हैं कि वे उसके आधार पर पर्यटकों को प्रेरित कर सकें।

(2) एजेण्ट इनके प्रकाशन में एजेंसियों के लिए सलाहकार का कार्य करते हैं। ये सलाह देते हैं कि किस प्रकार का साहित्य एजेंसियाँ तैयार करें कि उनसे यात्रियों को आकर्षित किया जा सके। जो नक्शे, फोटोग्राफ आदि वे छापती हैं उनको एजेण्ट अपने-अपने क्षेत्रों से प्रदान करते हैं।

(3) स्थानों का परिचय और अध्ययन यात्राएँ बड़ी एजेंसियों के अधिकारी तथा एजेंट इस उद्देश्य से करते हैं कि उनको स्थानीय ज्ञान प्राप्त हो सके। भारत में विदेश के ऐसे कई संस्थाओं के एजेंट तथा अधिकारी परिचय यात्रा पर आते रहते हैं कि बाहर के यात्रियों को उनका विवरण, फोटो आदि देकर आकर्षित किया जाय।

(4) जब कोई विशेष आयोजन सरकार की ओर से होने वाला होता है तो उसकी सूचना एजेण्ट दूसरी एजेंसियों को भेजते हैं कि वे उसका प्रसार कर लोगों को वहाँ जाने की प्रेरणा दे जैसे भारत महोत्सव, पुस्तक मेला, सांस्कृतिक संगम, विभिन्न विशिष्ट सम्मेलन जैसे विश्व हिन्दी सम्मेलन महोत्सव आदि।

(5) कुछ एजेण्टों की संगठित संस्थाएँ भी स्थापित हुई है जो परस्पर अपनी समस्याओं को उजागर करती हैं। अमेरिका में ऐसी संस्था है ASTA (American Society of Travel Agents), ब्रिटेन में है ABTA (Assocation of British Travel Agents) भारत में है TAAI (Travel Agents Association of India)। ये परस्पर मिलकर अपनी निम्न समस्याओं का निराकरण करती हैं :—

(i) सेवा शर्तों तथा निश्चित कीमते तै करना।

(ii) कीमतों के घटाने का विरोध करना भले ही इनकी संख्या अधिक न हो।

(iii) सफल एजेण्टों को आर्थिक सहयोग प्रदान कर उनके व्यवसाय को बढ़ावा देना।

(iv) टिकट की सुरक्षा के लिए निर्धारित स्थान निश्चय करना जहाँ से टिकट बेचा जाय।

(v) उपभोक्ताओं के लाभ को सुरक्षित रखना।

(vi) संयुक्त राशि तथा निश्चित योजनाओं की रक्षा करना।

अगस्त सम्मान

1974 में भारत सरकार पर्यटन को बढ़ावा देने के लिए पाँच होटल एजेण्टों को चुनकर इस सम्मान से सम्मानित किया। ऐसे सम्मान, कला, खेल, पत्रकारिता, चित्र प्रदर्शनों,

हस्तकौशल उद्योगियों को भी समय-समय पर दिया गया जिन्होंने पर्यटन को बढ़ावा दिया है। इसी समय पाँच यात्रा एजेण्टों को भी यह सम्मान दिया गया जिनके कारण भारत में पर्यटन का विकास हो सका। इसकी व्याख्या की गई थी कि यह भारतीय यात्रा उद्योग के विविध विकास की दिशा वाले लोगों के लिए हैं। इस सम्मान का प्रतीक सोने का शूल था जो समय और क्षेत्र में गति को प्रदर्शित करता है। इनकी संख्या चार थी जो चारों दिशाओं और कलाओं का सूचक है। यह National Institute of Design, Ahamadabad द्वारा तैयार क़िया गया था। इसके नामकरण का कारण है कि अगस्त ऋषि वह पहले पर्यटक थे जो उत्तर भारत से दक्षिण भारत का पर्यटन किये थे तथा विंध्याचल की ऊँचाई को कम कराया था जिससे उत्तर दक्षिण के बीच की पर्यटन की बाधा दूर हो सके। ऐसा उन्होंने दक्षिण को आर्य संस्कृति के प्रसार के लिए किया था। यह ऋषि पर्यटन करते श्रीलंका तथा जावा तक गए थे जैसा कहा जाता है। इसी से आज भी जावा में उनके सम्मान में दो मन्दिर बने हैं। इस प्रकार वह एक ऐतिहासिक पर्यटक के रूप में माने जाते हैं। उनके सम्मान में यह पर्यटन सम्मान भारत सरकार ने चलाया है। यह सम्मान एम० एस० ओबराय, जे० आर० डी० टाटा, एस० एन० छिब, एस० के० कूका, जे० एन० कटगरा, स्वर्गीय अलेन ई० कुर्रिम भाई (मरणोपरान्त) आदि को दिया गया है।

यात्रा एजेण्टों की कठिनाइयाँ

इन एजेण्टों को अपना पूर्वकालिक कार्यालय रखना होता है। इसको IATA के नियमों का पालन करना होता है। सुयोग्य और अनुभवी कर्मचारी रखने होते हैं कि वे यात्रियों की इच्छानुसार उनको सेवाएँ प्रदान करें। इनको देश या स्थलों के विषय में पूरी जानकारी अपेक्षित है कि उसके अनुसार यात्री के यात्रा का मार्ग निर्धारित करें तथा टूर प्रोग्राम बनावें। इसके लिए उन्हें स्वयं पहले यात्रा उन स्थानों का करना होता है। ये सारी बातें व्यय साध्य और कुछ कठिन हैं। अनुभवी तथा विषय विशेषज्ञों की भारत में कमी है क्योंकि यात्रियों से उन्हें सीधा कमीशन तो मिलता नहीं। उन्हें टिकट पर कमीशन लेने के लिए मेहनत करनी होती है। उन विभागों में जहाँ वीसा पासपोर्ट आदि बनता है फार्म लेने एवं कार्य की स्वीकृति के लिए उन विभागों में अपनी पहचान बनानी होती है। इनको अनेक कार्य करना होता है जैसे कस्टम की पूर्ति, जीवन बीमा कराना आदि एक संस्था के लिए कठिन होता, उसको अनेक नियमों की जानकारी रखनी होती है जैसे रिजर्व बैंक के नियम, आयात के नियम, समय-समय पर बढ़ता किराया, समय सारणी में प्रायः परिवर्तन, टिकट दर में हुआ परिवर्तन आदि।

उसे पूर्ण प्रतिस्पर्धा में काम करना होता है क्योंकि कई एजेंसियाँ एक ही क्षेत्र में लगी रहती हैं तथा उनके एजेण्ट वहाँ फैले होते हैं। वे सब यात्री को एक ही प्रकार की सुविधा का वादा करते हैं। पर यह एजेण्ट पर निर्भर करता है कि वह अपने व्यवहार से कितना यात्री को लुभा लेता है। इसके लिए एजेण्टों को सप्ताह में रविवार और आधा शनिवार को छोड़कर लगभग 8 घंटे प्रतिदिन काम करना होता है। जब पर्यटन काल अति व्यस्त होता है तो निर्धारित समय से अधिक समय इनको कार्य करना होता है। एजेण्ट भी अधिक आय की प्राप्ति पर एजेन्सी बदल लिया करते हैं।

एजेण्ट प्रायः दबाव में काम करता है क्योंकि पर्यटक का यात्रा समय और क्रम प्रायः बदल जाता है। इसके कारण जो भी उसने कान्ट्रैक्ट लिए होते हैं उसे निरस्त करना पड़ता है। संसार के किसी भाग में होने वाले फेर-बदल तथा मौसमों के उतार-चढ़ाव का प्रभाव भी

पर्यटकों पर पड़ता है। भारत में एजेण्ट एक बाजारू आदमी के रूप में होता है। उसमें गुणवत्ता कम रहती है। विदेशों में इसे अपने कार्यालय स्थापित करने होते हैं जिसे वहाँ के नियम का अपनी आर्थिक अक्षमता के कारण वह पालन नहीं कर पाता। वह यात्रा उत्पाद (product) का विक्रेता (salesman) होता है। बाजार में यात्रा उत्पाद में उतार चढ़ाव उसके, विस्तार को प्रभावित करता है। बिलों के भुगतान यात्रियों की असुरक्षा आदि अनेक ऐसे अवसर हैं जो एजेण्टों के विकास की ओर बढ़ने में बाधक बन जाते हैं। नई तकनीकों का ज्ञान आवश्यक है। पर अविकसित देशों में इसके पहुँचने में देरी होने से इस व्यवसाय को बड़ा झटका लाता है।

यात्रा एजेण्टों की आर्थिक उपलब्धियाँ

यात्रा एजेण्ट तथा एजेंसियाँ आर्थिक लाभ के लिए ही सारी क्रियाएँ करती हैं। इन क्रियाओं के लिए एजेण्ट अपनी दुकानें या प्रतिष्ठान खोलते हैं जो प्रायः शहरों के भीड़-भाड़वाले इलाके में होते हैं। इनके लिए उन्हें अधिक किराया या कीमत देनी होती है। फिर काम काज निपटाने के लिए विभिन्न प्रकार के लोगों को अपने कार्यालय में रखना होता है जिनको अच्छा वेतन देना होता है। इनमें पुरुष तथा स्त्रियाँ दोनों होती हैं। प्रायः स्त्रियाँ पर्यटकों से सीधा सम्पर्क स्थापित करती हैं जिसके लिए उन्हें गन्तव्य स्थान की जलवायु, यातायात, ठहराव आदि सुविधाएँ का ज्ञान होना आवश्यक होता है। ये फिर यात्री को तैयार कर उनकी मार्ग योजना (rout plan) तैयार करते हैं जिसमें उन स्थानों का विवरण होता है जहाँ कम समय और व्यय में वे मार्ग में दृश्य स्थानों को देखते आगे बढ़ सके। इनके र॥थ ठहराव, यातायात आदि का भी विवरण वे देते हैं तथा उनकी व्यवस्था करते हैं।

जब यात्री आता है तो उसको ठहराने और सारी सुविधायुक्त व्यवस्था के साथ उनको स्थानों तक ले जाते हैं भले ही उनके साथ उनका एक गाइड जिसे नायक (leader) कहा है ग्रुप के साथ एजेंसी द्वारा भेजा गया हो। फिर यात्रियों के लौट जाने पर ये उनके द्वारा हस्ताक्षरित सर्विस आर्डर को लगाकर अपना कार्य-कमीशन के साथ एजेंसी से माँग का वाउचर बनाकर उसे भेजते हैं। साल के आय-व्यय का लेखा-जोखा तैयार करते हैं। जो सेवाएँ एक यात्री को एजेण्ट प्रदान करते हैं उसकी गणना man-minut में करते हैं। एक यात्री की व्यवस्था में बीस मैन-मिनट की औसत गणना की जाती है।

इन सभी कार्यों के बदले ये कमीशन प्राप्त करते हैं जो विभिन्न स्रोतों से अलग-अलग और विभिन्न मात्राओं में मिलता है। राष्ट्रीय हवाई उड़ानों से यह कमीशन 7% मिलता है और अन्तर्राष्ट्रीय उड़ानों पर बहुत कम है। इसका कारण है कि यात्रियों को बढ़ावा देने के लिए हवाई जहाजों की कम्पनियों ने अपना किराया यात्रियों के लिए सस्ता किया है। रेलवे स्वीकृत एजेंटों को टिकट बिकवाने पर 3% कमीशन देती है। यह इतना कम है कि प्रायः एजेण्ट यह काम नहीं करते। होटल के मालिकों से इनका 10% कमीशन कमरों के किराये पर मिलता है। यही मात्रात्मक दृष्टि से सर्वाधिक कमीशन है। पर उनके खान-पान पर किये जाने वाले व्यय में से कोई कमीशन नहीं मिलता। पर इसकी भी माँग आज एजेण्ट कर रहे हैं। यही कमीशन इनकी आमदनी होती है। अन्य यातायात के साधनों पर ये अलग से कमीशन पाते हैं। टूरिस्ट गाइड को यदि यात्री साथ लेना चाहते हैं तो उनका भी भुगतान एजेण्ट को अलग से करना होता है या और भी जो अतिरिक्त सुविधाएँ यात्री चाहता है उसका भी उसे भुगतान अलग से करना होता है। इस प्रकार कमीशन का घटना या बढ़ना यात्रियों की घटती-बढ़ती संख्या और रुचि पर निर्भर होता है।

इनको बढ़ाने के लिए एजेण्टों को अलग से व्यय करना होता है। वे पत्र-पत्रिकाओं, पुस्तिकाओं, समाचार पत्रों, डोकेमेण्ट्री फिल्मों द्वारा भारत अथवा गन्तव्य स्थल के दृश्यों, भवनों, मन्दिरों आदि विषय में जानकारी देकर लोगों को पर्यटन के लिए आकर्षित करते हैं। वे समय-समय पर पर्यटन सभाओं में भाग लेने के लिए जाते हैं। ट्रैवेल एजेंसियों से टेलेक्स द्वारा शीघ्रता हेतु सम्पर्क करते हैं। सुविधा प्रदान करने हेतु व्यवस्था के लिए ये बराबर दौड़ते रहते हैं। इस प्रकार इनका लम्बा व्यय प्रकाशन, साहित्य, कर्मचारी, सुविधा प्रदान करने में होता है। अपनी साज-सज्जा भी भव्य रखनी पड़ती है क्योंकि उसे पर्यटकों के सम्पर्क में रहना पड़ता है। जो समाज का उच्च वर्गीय व्यक्ति होता है।

इसके लिए आवश्यक है न इसका अधिक बोझ यात्री पर पड़े और न ये घाटा में रहे। अतः सरकारी सहयोग इनके बढ़ावे के लिए आवश्यक है। सरकार का उनको टैक्स, अनुदान तथा दूसरे उद्योगों के नियम की तरह इन्हें भी छूट देनी चाहिए। प्रकाशन पर जो भी इनका व्यय होता है उसमें सरकार को भी हाथ बँटाना चाहिए क्योंकि इससे अन्ततोगत्वा सरकार को ही लाभ मिलता है जिसके लिए उसका नियंत्रण और अग्रिम राशिदान तो होता है पर असली काम यात्रियों को लाने का ये एजेण्ट ही करते हैं। सरकार को इनको इस विधा में निष्णात बनाने के लिए प्रशिक्षित करना चाहिए कि वे उन नये तरीकों को प्रयोग कर सके जिससे पर्यटकों को पर्यटन के लिए अधिक आकर्षण दे सके। यह एक विकसित भविष्य वाला कार्य है। इससे सरकार की जिम्मेदारी बढ़ जाती है। इसके लिए सरकार को चाहिए कि पर्यटकों के देश भारत (tourist place India) को पर्यटकों का स्वर्ग (Paradise of Travel) बना दें। पर्यटन एक महँगा शौक है इसलिए भारत की मध्यवर्गीय जनता इस ओर आकृष्ट नहीं हो पाती। अतः घरेलू पर्यटन को बढ़ावा देना सरकार और एजेण्ट दोनों के लिए लाभ कर हो सकता है क्योंकि भारत में इतना कुछ है जिसके बारे में भारतवासी बहुत कुछ अनभिज्ञ हैं। अतः उसको बढ़ावा देने के लिए सरकार सस्ते होटल, सस्ता खान-पान, रियायती यात्रा भाड़ा आदि की व्यवस्था करनी होगी कि भारत की सामान्य जनता भी यात्रा कर सके। दूसरे, जो अनधिकृत कुकुरमुत्ते की तरह एजेण्ट उग आए हैं। उनको भी रोकना होगा क्योंकि वे पर्यटन के लिए घातक हैं। पर्यटकों से अनावश्यक पैसा ऐंठते हैं और उनको असुविधा देते हैं। इसके लिए सरकार को जहाँ एक ओर कानून बनाना होगा वहीं दूसरी ओर रेलवे, हवाई जहाज की कम्पनियों, होटल संगठनों आदि को एजेण्टों को पंजीकृत करना होगा कि अनावश्यक एजेण्ट नामधारी लोग इस पेशे में आकर इसे बदनाम न करें।

ऊपर कमीशन की बात की गई है। पर यह कमीशन यात्री नहीं देता ये यात्री के लिए व्यवस्था वाली संस्थाएँ देती हैं जैसे रेल तथा हवाई जहाज की कम्पनी जहाँ से वह टिकट खरीदता है, होटल जहाँ उसके ठहरने की व्यवस्था करता है, यातायात कम्पनियाँ जो साधन उपलब्ध कराती हैं आदि। इस प्रकार उसकी आमदनी निम्न स्रोतों से होती है:—

(1) हवाई जहाज, रेल की कम्पनियों और होटलों से।

(2) अन्य सेवाओं से जो यात्री के लिए वह उपलब्ध कराता है जैसे बीमा, यात्रा चेक के भुगतान के कमीशन से, मुद्रा के बदलने में, उपहार सेवाओं में, दुकानों से खरीदारी में आदि।

(3) अल्पकालिक धन जो उसे यात्री से जमानत के रूप में प्राप्त होता है उसके लाभांश (सूद) से।

(4) अगर वह स्वयं यात्रा विक्रेता है तो अपने यात्रा के विक्रय से।

(5) पैकेज टूर में विभिन्न स्रोतों से।

पैकेज टूर

बार-बार पैकेज टूर की चर्चा की गई है। इसलिए यह जानना आवश्यक है कि पैकेज टूर क्या है ? यह एक नई व्यवस्था है जिसमें यात्री एजेंसियाँ अथवा एजेण्ट यात्रा की सारी प्रक्रिया जो अलग-अलग स्रोतों से पूर्ण होती है उनको इकट्ठा करने का दायित्व वहन करते हैं। पहले यात्री को टिकट, होटल, योजना आदि अनेक संदर्भित क्रियाएँ स्वयं करनी होती थीं। इसमें समय और पैसा दोनों का बड़ा नुकसान होता था। इसको पूरा करने में अनेक कठिनाइयाँ भी उठानी पड़ती थी। इसलिए यह नई व्यवस्था प्रारम्भ हुई है जिसमें एक ही स्रोत सब भार ग्रहण कर लेता है। इससे सुविधा, सरलता, समय और पैसे की बचत होती है। इस व्यवस्था ने विदेशी यात्रा का सस्ता बनाकर उसमें सफलता प्राप्त किया है।

यह एक विशेष यात्रा दल के लिए बनाया जाता है जिसका एक विशेष प्रकार की यात्रा में रुचि होती हैं जैसे पर्वतारोहण, संग्रहालय देखना आदि। इस दल के साथ कभी एक संचालक (escorter) भी होता है और नहीं भी होता। पर्यटन व्यवस्था के फार्म में इस प्रकार की उन सारी सुविधाओं का उल्लेख होता है जो पर्यटक को एजेण्ट द्वारा उपब्ध करना होता है। ये तीन प्रकार के होते हैं:—

(1) सूहगत सामूहिक यात्राएँ ***(Group Inclusive Tours – GIT)***

इसमें 15 या अधिक लोग एक साथ समूह में यात्रा करते हैं। इसमें संचालक का व्यय नहीं लगता है चाहे यात्रा भाड़ा में हो या ठहरने में। हवाई यात्रा वाली कम्पनी अपने होटल से उसे मुफ्त ठहराती है। यह किसी भी दूरी के लिए उपलब्ध होता है। जो लोग समूह में तथा नायक के साथ यात्रा करते हैं वे अधिक सुरक्षित अनुभव करते हैं तथा संचालक के होने से वह सभी कुछ समझाता और दिखाता चलता है। इसमें पर्यटन संचालक के होने से विदेशी भाषा की समस्या भी आती आड़े हाथ नहीं वहीं संचालक साथ भेजा जाता है जो पर्यटन स्थल की भाषा जानता हो। इसमें आने जाने का किराया, भोजन, ठहराव तथा यातायात का व्यय सम्मिलित होता है। प्रायः ये विशेष समन्वित यात्रा क्रम (Inclusive Tour) में चलते हैं जैसे भारत, नेपाल और श्रीलंका का एक चक्र बना है। इस चक्र में यात्री को यात्रा में 39% की छूट एजेंसी से प्राप्त होती है।

(2) विदेशी सामूहिक यात्राएँ ***(Foreign Inclusive Tours – FIT)***

इसमें व्यक्तिगत यात्री यात्रा करता है। उसका एजेण्ट यात्री की सुविधा के अनुसार यात्रा स्थान और समय के आधार पर यात्रा की व्यवस्था करता है। यह सब यात्री पर निर्भर रहता है कि उसे कब, कहाँ और किस प्रकार के होटल में रुकना है, कैसी सवारी का प्रयोग करना है आदि। इन सबका जोड़कर व्यय यात्री के देने पर एजेण्ट यात्रा व्यवस्था बनाता है। इसके साथ कोई संचालक नहीं होता।

(3) स्वतंत्र यात्री है ***(Independent Traveller – IT)***

यह अपना टिकट कटाकर स्वयं जाता है। अपनी इच्छानुसार ठहरता, खाता, घूमता और लौट आता है। इसमें पूरे पैकेज की व्यवस्था वह स्वयं करता है। कोई विचौलिया एजेण्ट इसमें नहीं होता। ऐसी यात्रा कम व्यय साध्य होती है। सामान्य स्तर के लोग इसे करते हैं। वह व्यवस्था पहले से नहीं बनाता। जहाँ जैसी सुविधा होती है वहाँ वैसा कर लेता है। एक दृष्टि से यह पैकेज टूर हुआ भी नहीं।

इस प्रकार एजेंसी द्वारा प्रदत्त पैकेज टूर में, एक इकाई से निश्चित सेवा, निश्चित आवास एक निश्चित दाम पर प्राप्त होता है। इसमें यात्री को सस्ता पड़ता है क्योंकि उसे कई जगह लिखा-पढ़ी तथा पैसा भेजना नहीं पड़ता। यात्रा के बाद पूरा भुगतान उसे एजेंसी को ही करना होता है। इसमें यात्री को पहले एक राशि सिक्योरिटी के रूप में देनी होती है। जो अलग-अलग सुविधाओं के लिए उसे अलग-अलग एजेण्टों को पैसा देना पड़ता उससे इकट्ठा देने में सस्ता पड़ता है। साथ ही, एजेण्ट प्रतिस्पर्धा के कारण सस्ता कमीशन लेते हैं और अच्छी सुविधा देते हैं। यात्री को कुछ अलग से पता लगाना भी नहीं पड़ता। सब कुछ पूर्व तैयार छपा-छपाया एजेण्टों के पास मार्ग के दर्शनीय स्थल यात्रा चक्र अगर किसी विशेष प्रकार की यात्रा करनी हो जैसे बौद्ध तीर्थों की आदि को तो तैयार रहता है, यह विदेशी के लिए जानकारी, समय और कीमत में कमी का कारण होता है। उसे सभी किरायों को जोड़कर जो राशि देनी होती है उसे IT (Inclusion tour) कहते हैं। इसके बाद यात्री को धुलाई, हजामत, सामान के खरीद या अपनी इच्छा के कार्यों के लिए ही अलग भाग देना पड़ता है। इसमें जितना कुछ मार्ग में देखने लायक होता है वहाँ ठहराव की भी व्यवस्था होती है। योजना (itineraries) बनाने के झंझटी काम से भी छुट्टी मिल जाती है। अगर यात्री कोई नए प्रकार की चीजें देखना चाहता है जैसे वन्य-जन्तु जीवन, विशेष उद्योग के स्थान, विशेष उत्सव, क्रीड़ाएँ, उत्पाद क्षेत्र जैसे चाय, माइका आदि तो उसकी इच्छानुसांर और मार्ग की सुविधानुसार इनको भी इसमें सम्मिलित कर किया जाता है। कुछ एजेण्ट भी इससे अन्य प्रकार से लाभान्वित होते हैं जैसे शीत ऋतु के लिए भवनों का निर्माण क्योंकि यह एक लम्बे समय तक उपयोग में बना रहता है।

पर इसमें हानियाँ भी हैं। कोई ऐसा पैकेज टूर नहीं है जिनमें यात्री की इच्छा की सारी व्यवस्था प्रदान की जा सके। आवश्यक नहीं कि यात्री पैकेज टूर के प्रोग्राम में दिये गए सभी स्थानों के प्रति रुचि नहीं रखते। अतः उन स्थानों पर जाना उनके समय का अपव्यय ही होता है। जब समुदाय में यात्री चलते हैं तो उनमें से किसी के चाहने से यात्रा क्रम में कोई फेर बदल नहीं किया जा सकता।

चार्टर टूर

यह एक पुरातन परम्परा रही है कि लोग अपनी सवारी से जैसे बैलगाड़ी, साइकिल आदि से किसी स्थान पर यात्रा करते थे। बैलगाडी में पड़ोसियों को भी बैठाकर उसका किराया बाँट लेते थे जिससे उनका किराया सस्ता पड़ता था। मेला आदि में जाने के लिए यही विधि प्रयोग की जाती थी। यह व्यवस्था शादियों में रेलगाड़ी में बारात ले जाने के लिए प्रयोग करते हैं कि गाड़ी का डब्बा किराये पर लेकर अलग-अलग टिकट कटाने से सस्ते दर पर पूरी बारात ले जाने की प्रथा आज प्रचलित है। इसी प्रकार एक दल या संगठन अपनी यात्रा के लिए भी एक हवाई जहाज, रेलगाड़ी के कुछ डब्बे पूरी बस आदि किराये पर लेकर यात्रा प्रारम्भ किया। अब हवाई जहाज की एक उड़ान खरीद कर एक दल आपस में किराया बाँट कर यात्रा शुरू किया तो इसमें व्यक्तिगत टिकट की अपेक्षा कम पड़ता था। पर यह झंझट उठाना पड़ता था कि लिखा-पढ़ी करके हवाई जहाज के लिए उसकी कम्पनी से स्वीकृति ली जाय। अतः अब एजेंटों के जरिये ही इसे तै कराकर किराये पर ले लिया जाता है। इस प्रकार की पूरा व्यवस्था को एक दल द्वारा खरीद कर यात्रा व्यवस्था करना चार्टर्स टूर कहलाता है। इसमें हवाई जहाज का ट्रांसपोर्टर ही पूरा बोझ उठा लेता है।

इसमें सुविधा होती है कि जहाँ चाहें, जब चाहें निर्धारित समय सीमा में रोक लें। इसको

पहले बुक कराना होता है, पहले किराया जमा करना होता है जो लौटता नहीं। पर यह बहुत सस्ता पड़ता है तथा पूरे जहाज या वाहन का भार ग्राहकों पर होता है। इसमें घूम कर घर लौट जाने तक का व्यय भुगतान होता है। इसके लिए यात्रा कम्पनियाँ अपने वाहन खरीद लेती हैं। ये भी दो प्रकार की होती हैं–नियमित और बीच में आवश्यकता वाली। दोनों में समान सुविधाएँ रहती हैं। प्रायः एक निर्धारित स्थान से दूसरे गन्तव्य के लिए इसकी नियमित सेवा का प्रयोग होता है जैसे दिल्ली दर्शन की सेवा आदि। ऐसी सेवा में 50 प्रतिशत भार उन स्थानों का होता है जहाँ पहुँचने का दूसरा साधन नहीं होता।

आज प्रायः अनियमित सेवा वाले चार्टर यातायात की माँग अन्तरराष्ट्रीय क्षेत्र में बढ़ी है। इसके द्वारा अविकसित देशों में यात्रा की रुचि भी बढ़ी है।

सेवाओं को तीन प्रकारों में विभक्त किया जा सकता है :—

1. विशेष अवसर वाले चार्टर्स (*Affinity charters*)—ये पहले से चले आ रहे हैं जिसमें निर्धारित आयोजनों के अवसर पर इसका उपयोग किया जाता है; जैसे धार्मिक स्थलों पर जाने में, सम्मेलन में भाग लेने के लिए आदि।

2. तीव्रगति के चार्टर्स (*Charter cruises*)—इसमें एक हवाई जहाज विभिन्न स्थानों की यात्रा कराता है। अभी संयुक्त राज्य अमेरिका में Around the world चार्टर प्रारम्भ किया गया है।

3. बैक टु बैक चार्टर्स (*Back to back charaters*)—इसको बड़ी यात्रा एजेंसियों ने चालू किया है। जैसे स्विटजरलैण्ड के कुओनिस (Koonis) आदि। यह सप्ताह में एक बार या एक पखवारे में एक बार होता है। अवकाश के दिनों में इससे यात्रा करना बहुत सस्ता पड़ता है। अति साधारण लोग जैसे कम्पनी के मजदूर, नर्स, दुकानदार सभी इसका आनन्द लेते हैं। भारत यूरोप से चार्टर द्वारा नहीं जुड़ा है। जो यात्री वहाँ से दक्षिण-पूर्वी एशियायी देशों में आते हैं वे भारत भी चले जाते हैं।

स्काई ट्रेन यात्रा का प्रारम्भ होना पर्यटन को नई देन है। यह एक क्रम में यात्रा कराती हुई अपने मूल स्थान पर लौटा देती है। यह इतनी सस्ती है कि पूरी लन्दन-न्यूयार्क-लन्दन तक की यात्रा के लिए कुल 326 देना पड़ता है। इसमें न आरक्षण होता है न भोजन और ठहराव की सुविधा होती है। इसमें कुछ ही सीटों की बिक्री की जाती है और कुछ रुकने के स्थानों पर भरी जाती है।

जन सम्पर्क अधिकारी—यह स्थानीय, क्षेत्रीय तथा अन्तरराष्ट्रीय बाजार की व्याख्या तथा अध्ययन करता। नए सम्पर्क बनाता, यात्रियों की पूरी फाइल रखता है तथा मैनेजमेण्ट को रिपोर्ट और सुझाव देता है।

सम्मेलन अधिकारी—सम्मेलनों का पत्रजात रखता, उनसे पत्र व्यवहार करता, इसके लिए आरक्षण कराता, जन सम्पर्क करता, सम्मेलन कराने की पूरी व्यवस्था करता, बिल तैयार कराता और भुगतान लेता है।

प्रसार अधिकारी—यात्री सम्बन्धी विवरणों, पत्रिकाओं, लिफलेट, पैफलेट, फोल्डर, संहिता प्रसरित करता तथा दूसरी पत्रिकाओं में इसके लिए प्रकाशन की व्यवस्था करता है कि प्रचार होता।

स्थानान्तरण अधिकारी—यह यात्रियों को एक यात्रावाहन से दूसरे सम्बन्धी यात्रावाहन व्यवस्था कराता, उनके उतरने पर उनके स्वागत तथा होटल पहुँचाने के लिए उचित निर्देश देता, कार्य की पूर्णता की जाँच करता, झगड़ों का निपटारा करता है।

प्रधान लिपिक—कार्यालय के सम्पूर्ण क्रियाओं की ज़िम्मेदारी वहन करना।

यात्रा पैकेज अधिकारी—यह प्रोग्राम बनाता, विभिन्न संसाधनों से संपर्क कर यात्री के यात्रा का व्यवस्था करता, चक्रवत यात्रा की व्यवस्था करता लाभ-हानि की व्याख्या के आधार पर, समस्याओं के समाधान का मार्ग ढूँढ़ता है।

सहायक पैकेज अधिकारी—यह पैकेज अधिकारी के कार्यों में सहयोग करता है। इसके अतिरिक्त इसमें लिपिक तथा दूसरे कर्मचारी होते हैं।

सेवा अनुभाग—इसमें सहायक मैनेजर एवं यात्रा क्षेत्र-सेवाधिकारी होते हैं इनका कार्य भी संगठन के इस पद के अधिकारी के लिए जो बताया गया है वही होता है।

विशिष्ट स्वागताधिकारी—ये कई क्षेत्रों में होते हैं जैसे हवाई जहाज, स्थलीय क्षेत्र, समुद्री क्षेत्र आदि। ये पर्यटन क्षेत्र में से अपने क्षेत्र के यात्रियों का स्वागत करते, उनकी सुविधा का ध्यान रखते, कठिनाइयों का निवारण करते, एक शाखा से दूसरे शाखा में जाने वाले की सहायता करते तथा उसको प्रसार माध्यमों को उपलब्ध कराते कि वह अपनी शंका दूर कर सके।

पर्यटनं नायक *(Tour leader)*—यह अपने देश में या विदेश में यात्रियों के साथ जाता है, जो सेवा उचित है उसे दिलाता है, यात्रियों की समस्याएँ दूर करता है, सार पत्रजात यात्रा के दौरान पूरा कराता, एजेंसी को यात्रा का रिपोर्ट भेजता तथा लौटते समय सेवा आदेश पर हस्ताक्षर कर एजेण्ट को दे जाता है।

मनोरंजन अधिकारी—यह मनोरंजन की व्यवस्था करता है कि पर्यटक ऊबे नहीं।

निदेशक और दुभाषिया—यह यात्रियों को विभिन्न दृश्य स्थानों पर ले जाता, वहाँ का इतिहास, भूगोल और कलात्मकता को बताता तथा यह कई भाषाओं को जानकार होने के कारण जहाँ उनके समक्ष भाषागत समस्या आती वहाँ उसका अनुवाद कर पर्यटकों को समझाता है। ये क्षेत्रीय तथा स्थानीय दोनों होते हैं।

अवकाश, आवास और ठहराव अनुभाग

इसमें अवकाशकालीन कैम्प मैनेजर होता है। एक युवा अधिकारी होता है जो सांस्कृतिक कार्यों का आयोजन करता है। मनोरंजन अधिकारी शारीरिक प्रशिक्षक आदि होते हैं। शारीरिक प्रशिक्षक अनेक प्रकार की स्थानीय क्रीड़ाओं में आगन्तुकों को प्रशिक्षित करते हैं।

लेखा अनुभाग

इसमें प्रमुख गणक, रोकड़िया, सिक्रेटरी, लेखक आदि होते हैं जो लेखा-जोखा रखते तथा अधिकारियों के आय-व्यय की सूचना मैनेजमेण्ट को भेजते हैं।

□

अध्याय– 16

पर्यटन विपणन

पर्यटन विपणन का अभिप्राय

विपणन का अभिप्राय है बिक्री करने की क्रिया। इसमें खरीद और बिक्री दोनों सम्मिलित रहती है। पर साधारण विक्रय क्रिया से मार्केटिंग (विपणन) का कार्य थोड़ा भिन्न है। इसमें उपभोक्ता को सामान के साथ सेवा के विक्रय का भी अभिप्राय समाहित है। ऐसा करने में उच्च कोटि की मृदु-व्यवहारिक और वैज्ञानिक प्रक्रिया सम्मिलित होती है। इस प्रकार विपणन (marketing) से अभिप्राय है उच्च कोटि की मृदु-व्यवहारिक और वैज्ञानिक प्रक्रिया द्वारा विक्रय का कार्य करना। इसमें वे सम्पूर्ण क्रियाएँ समाहित हैं जो उपभोक्ता के पास उत्पादक को लाती हैं। आज विपणन उपभोक्ता आधारित होता है जिसमें उत्पादन क्रिया माँग और बाजारों के अनुसार होती है। यह क्रिया पर्यटन के संदर्भ में तब से प्रारंभ हुई जब से सामूहिक पर्यटन का चलन प्रारम्भ हुआ। जब बड़ी संख्या में क्रेता-विक्रेता मिलते हैं तभी बाजार और क्रय-विक्रय की स्थिति आती है।

विपणन की कुछ परिभाषाएँ निम्नवत हैं:—

1. "Marketing is human activity directed at satisfying needs & wants through exchange process."

(विपणन वह मानव क्रिया है जो आवश्यकताओं की संतुष्टि और इच्छाओं को अदल बदल द्वारा पूर्ति के द्वारा है।)

2. "Marketing is the management function which organises and directs all those business activities involved in assessing and convering customer purchasing power into effective demand for a specific product or service to the final customer or uses so as to achieve the profit target or other objective set by company." **— Biritish Institute of Marketing**

3. "Marketing looks after the need of the customer, selling looks after the needs of the producer." **— Professor A. Corbian**

(मार्केटिंग क्रेता की आवश्यकता को ध्यान में रखता है और विक्रय उत्पादक की आवश्यकता को ध्यान में रखता है।)

4. "It is easy to pay lip service to the marketing concept than to apply it in a business. Marketing is simply customer orientation looks at your business from the customers point of view."

— The British Institute of Management News

(व्यापार में इसके प्रयोग की अपेक्षा मारकेटिंग की अवधारणा है सेवा को होंठ तक पहुँचाया। मार्केटिंग केवल क्रेता पर आधारित होती है जो व्यवसाय को क्रेता के दृष्टि से देखता है।)

5. "Marketing defined as those activities which direct the flow of goods & services from production to consumption."

(The Committee on Definitions & of The American Marketing Association)

(मार्केटिंग को परिभाषित किया गया है उन क्रियाओं से जो सामग्री और सेवा का प्रसार उत्पादन से उपभोग की ओर बढ़ाता है।)

प्रस्तुत परिभाषाओं से निम्न बातें स्पष्ट होती हैं:—

(i) मार्केटिंग एक व्यवस्थित पर्यटन उद्योग है जिसमें राष्ट्रीय, अन्तरराष्ट्रीय तथा स्थानीय स्तर पर क्रेता और विक्रेता में समन्वय होता है।

(ii) इसके द्वारा पर्यटन दल या व्यक्ति को पर्यटन उत्पाद से पूर्ण संतोष प्राप्त होता है।

(iii) यह सेवा आधारित क्रियाओं के विक्रय को बढ़ावा देता है।

(iv) यह बढ़ावा इस शोध पर होता है कि बाजार में मांग क्या है।

(v) उपभोक्ता की रुचि बदलती रहती है। इससे उत्पादक को उसके रुचि के अनुरूप उत्पादन को आधारित करना पड़ता है नहीं तो वह बाजार के बाहर हो जायगा।

(vi) इसमें व्यवसायगत निर्धारित नीतियों का पालन किया जाता है जो स्थानीय, राज्य, राष्ट्र तथा अन्तर्राष्ट्रीय स्तर पर होती है।

(vii) इसका उद्देश्य होता है पर्यटन का विकास।

इसी से **Kripendrof** ने कहा है– *"Marketing in tourism is to be understood as the systemetic and co-ordinated excution of business policy by tourist understandings, whether private or state owned, at local regional, national or international level to achieve the optimum satisfaction of the need of identifiable consumer groups, and in doing so to achieve an appropriate return."*

इस प्रकार परिभाषित किया जा सकता है कि *पर्यटन मार्केटिंग एक पर्यटन विक्रय है जिसमें शोध के आधार पर उपभोक्ता की बदलती रुचि की माँग के अनुसार सेवा आधारित ऊपरी सामग्रियों की पूर्ति कर इसे बढ़ावा दिया जा सकता है।*

पर पर्यटन विपणन में सामान्य विपणन (general marketing) से भिन्नता होती है। यहाँ कोई ठोस सामान नहीं होता पर सामान के स्थान उत्पाद (product) बिकता। उसके खरीददार का सामान पर यह अधिकार नहीं होता कि उसे उठाकर अपने साथ ले जाय न वह उसका संग्रह कर सकता है न उपभोग कर उसे समाप्त कर सकता है। इसके लिए बहुत मोल-भाव भी नहीं होता। इसमें विक्रेता की जगह उत्पादक (produce) होता है जो सामान की जगह सेवाएँ (service) बेचता है तथा क्रेता की जगह उपभोक्ता (consumer) होता है जो उपभोग हेतु करता है। अतः यहाँ नये उपभोक्ताओं को आकर्षित किया जाता है तथा दूसरे प्रतिस्पर्धी को उपभोक्ता को ले जाने से रोकता है। इस प्रकार कहा जा सकता है:—

"Tourism Marketing activities are systematic and coordinated efforts exerted by tourist organisation and or tourist enterprises on international, national and local level to optimize the satisfaction of the tourist groups and individuals in view of satisfaction of sustained tourist growth."

—**P. N. Seth**

पर्यटन विपणन के सोपान

पर्यटन विपणन के लिए विपणनकर्ता को निम्न सोपानों से गुजरना पड़ता है:—

(1) किसी उत्पाद के विपणन के पूर्व यह जानना होता है कि क्या इसकी बिक्री हो सकती है।

(2) वह उत्पाद क्या है जिसकी बिक्री पर्यटन स्थल में किया जाना है इसकी पहचान हो।

(3) जो उत्पाद हो वह स्पष्ट रूप से भौतिक और मनोवैज्ञानिक रूप से क्रेता के संतुष्टि का हो।

(4) इसमें देश का प्राकृतिक सौंदर्य, संस्कृतिक, हस्तकौशल तथा वहाँ की जीवन पद्धति की रुचि का विक्रय होता है।

(5) दूसरा सामग्रियों के विक्रय में जानना होता है कि वे कहाँ स्थित हैं, वहाँ क्या सुविधाएँ हैं–पहुँचने, ठहरने, वाहन प्राप्त करने तथा वहाँ की वस्तुओं के खरीदने का।

पर्यटन उत्पाद की विशेषताएँ

पर्यटन उत्पाद की विशेषताएँ निम्नवत हैं:—

(1) विविध प्रकार की सेवाएँ जो पर्यटक को पर्यटन के लिए आवश्यकता हों। अकेले उत्पादक द्वारा इसकी पूर्ति नहीं की जा सकती। अतः अधिकतम विपणन के लिए विभिन्न उत्पादकों का सहयोग इसमें अपेक्षित होता है जैसे यातायात, ठहराव, बैंक, खान-पान आदि।

(2) उत्पाद लचर नहीं होता। इसमें लम्बी रकम लगानी होती है तथा कुशल जनशक्ति का प्रयोग होता है जो लम्बे समय में इसे तैयार करती है जैसे होटल आदि।

(3) इससे प्राप्त होने वाला लाभ अस्थायी होता है क्योंकि समय, परिस्थिति, रुचि, आर्थिक नीतियों के परिवर्तन से होने वाले मुद्रा में उतार-चढ़ाव इसको प्रभावित करती हैं।

(4) इसमें विचौलियों की महत्त्वपूर्ण भूमिका होती हैं जैसे एजेण्ट, चार्टर दलाल आदि। ये पूर्तिकर्ता की अपेक्षा अधिक मोल-भाव करते हैं।

उत्पादक को क्या करना चाहिए

(1) इसे उपभोक्ता के स्वभाव, आवश्यकता और रुचि को जानना चाहिए।

(2) विभिन्न क्षेत्रों में क्या माँग है इसका पता लगाना चाहिए क्योंकि अलग-अलग स्थानों पर माँग में भिन्नता रहती हैं।

(3) कब कैसा ऊपरी सेवा आवश्यक है इसकी जानकारी होनी चाहिए। इसलिए पर्यटन बाजार पर शोध कर उसकी व्याख्या के आधार पर पूर्ति करनी चाहिए जैसे होटल, यातायात सुविधाएँ, खेल, दृश्य स्थल आदि।

(4) विपणन के विभिन्न क्षेत्रों के लिए सेवा, विक्रय तथा धन व्यय को ध्यान में रखकर योज़ना बनानी चाहिए। इससे पर्यटन को प्रोत्साहन मिलता है।

(5) पर्यटन उत्पाद का समन्वित विपणन करना चाहिए। एक उत्पाद के विक्रय में कोई लाभ नहीं हो सकता क्योंकि पर्यटन एक समन्वित क्रिया है। पर्यटक इकट्ठा सब कुछ चाहता है। इसमें सरकारी प्रयास दूसरे उद्योगों की तरह नहीं होता। किसी भी स्थान पर कार्य पूरा होने के बाद ही पर्यटक वहाँ आते हैं। वहाँ आने के लिए उन्हें विभिन्न स्रोतों से सुविधा चाहिए। इसलिए सबका समन्वय उत्पाद के लिए आवश्यक है।

(6) इसमें निरन्तर मूल्यांकन आवश्यक है कि जो व्यवस्था अप्रभावक हो उन्हें बन्द कर दिया जाय और प्रभावक को स्वीकार करें। जहाँ विपणन पर्यटन में प्रारम्भ होता है तभी वह पूर्ण रहता है क्योंकि पर्यटक की संतुष्टि इसी पूर्णता पर निर्भर होती है। जो विपणन की सफलता या असफलता का मापदण्ड होता है।

(7) यह व्यापारिक संगठनों या उद्यमियों द्वारा न नियंत्रित होता है और न उनसे निर्देशित

होता है। इसको जो बातें प्रभावित करती हैं वे हैं–पर्यटक की रुचि के अनुसार व्यवस्था, सुविधाएँ प्रदान करना, सरकार का सहयोगी रुख, आर्थिक और राजनीतिक स्थिरता। इनके अस्थिर होने पर पर्यटन की दिशा बदल जाती है जैसे आतंकवाद के कारण कश्मीर पर्यटकों के लिए उजड़ गया है। *जिन परिस्थितियों से विपणन प्रभावित होता है उन्हें विपणन परिवेष (Marketing Environment) कहते हैं। इसका अध्ययन अलग किया जाएगा।*

(8) Marketing Mix का ध्यान रखना होता। इसका अभिप्राय है कि पर्यटन बाजार क्या दे रहा है तथा पर्यटन क्रियाएँ क्या चाहती हैं ? इसके समन्वय का ध्यान उत्पाद के लिए रखना आवश्यक होता है। पर्यटन बाजार में उपलब्ध होता हैं मौसम, ठहराव, आनन्द, अवकाश के समय के दृश्य स्थल, खेल, यातायात मनोरंजन आदि। इनके प्रति क्रियाएँ होती हैं विकास, जन सम्पर्क, विक्रय और वितरण।

पर्यटन विपणन के प्रभावक तत्त्व

पर्यटन विपणन को चार तत्त्व प्रभावित करते हैं:—

(1) कीमतें— यही पर्यटन उद्योग का निर्णायक तत्त्व होता है। इसी के आधार पर क्रेताओं की संख्या और प्रकार निर्धारित होती है। कीमतों के निर्धारण में कारक हैं सुविधाएँ जो अधिक प्रकार के उत्पाद को जोड़ती हैं। उदाहरणार्थ ठहराव के स्थान पर बड़े होटलों के साथ-साथ ठहराव सुविधाओं का होना।

(2) वितरण के माध्यम— वितरण के अनेक माध्यम समय-समय पर बदलते रहते हैं।

(3) विक्रय क्षमता— इसके बढ़ने के आधार पर पर्यटन विक्रय बढ़ता है। इसके लिए सरकारों ने राष्ट्रीय पर्यटन संगठन से लगे लोगों के प्रशिक्षण की व्यवस्था की है।

(4) प्रचार और विक्रय विकास— यह इसकी अन्तिम कड़ी है। इन दोनों का सामंजस्य परस्पर होना आवश्यक है। यह बात अन्यथा है कि ये उत्पाद और पर्यटकों की अनधारणा के अनुसार बदलते रहे हैं।

पर्यटन विपणन के नीति निर्धारक पंचतत्त्व

(1) पर्यटक उत्पाद— पर्यटन उत्पाद यातायात, ठहराव, मनोरंजन, आकर्षण का समन्वित उत्पाद है। पर्यटक चाहे एकाकी या रागन्वित रीति से इनको खरीदते हैं। उत्पाद वह है जो संपदा है जो देश में उपलब्ध है जैसे प्राकृतिक संसाधन, स्थापत्य, स्मारक, संग्रहालय, संस्कृति आदि। इनमें किसकी ओर पर्यटक आर्थिक आकृष्ट होता है। यह सम्पदा की विशेषता और पर्यटक की रुचि दोनों पर निर्भर करता है। एक पक्ष दूसरे से कम आकर्षक होता ही है, जैसे समुद्रतटीय दृश्य ऐतिहासिक स्थलों की अपेक्षा कम आकर्षक होता है। इनकी दिशाएँ हैं: आकर्षण, सुविधाएँ तथा यातायात के साधनों की सुविधा के कारण आसानी से पहुँचना। इनमें सबसे आवश्यक है यातायात की सुविधाजनक होना।

आवास— पर्यटन रात्रि आवास की सुविधा को ध्यान में रखकर यात्रा करता है। इसमें अनेक प्रकार के आवास की व्यवस्था पर्यटक के लिए की जाती है–होटल, यात्री, निवास, अवकाश गृह, अवकाश ग्राम आदि। भोजन के भी विभिन्न प्रकारों को भी नियमित आहार वाले तथा स्थानीय, पर्यटक ध्यान में रखता है।

पर्यटन सम्पदा— पर्यटक प्राकृतिक दृश्य, सामाजिक, सांस्कृतिक, ऐतिहासिक, धार्मिक-कलात्मक, प्राविधिक आदि विशेषताओं को ध्यान में रखकर यात्रा करता है।

इनके अतिरिक्त है सेवायें, यातायात, मनोरंजन, क्रय करना आदि।

(2) पर्यटन विकास — विकास की आधुनिक दौड़ में हमें दुनिया के साथ चलना है। नई विधाएँ अपनानी होगी तभी हम सबके साथ बढ़ सकेंगे। इसी से SATC का सम्मेलन दिल्ली में बुलाया गया था। कुछ देश परस्पर सहयोग से इसके विकास में जुटे हैं। फिर भी इस प्रयास में कुछ बाधाएँ आती हैं जैसे आर्थिक संसाधन और ज्ञान की कमी। इसके लिए आवश्यक है कि अन्तरराज्य मंत्रियों के सम्मेलन में आपस में इस पर विचार किया जाए।

(3) मूल्य — पर्यटन उत्पाद-मूल्याधारित होती है। साथ ही, यह सहयोगी देशों के परिप्रेक्ष्य में होना चाहिए। यदि कोई देश साधन विहीन है तो कीमतें अधिक होने से वहाँ पर्यटन को बढ़ावा नहीं मिल सकेगा। इसके लिए जहाँ पर्यटन बाजार छोटा है वहाँ कुशल विकास क्रिया को बढ़ाना होगा। इसके छोटा होने का कारण है कि वहाँ पहुँचने के साधन महँगे तथा अन्य सहयोगी साधनों का विकसित न होना कहा जा सकता है।

(4) पर्यटन बाजार और विखण्डन — पर्यटन बाजार में सामूहिक तथा एकल रूप से प्रत्येक पर्यटन उत्पाद का क्रेता होता है। ये बाजार के तीन प्रकार होते हैं – (i) अवकाशकालीन पर्यटक बाजार, (ii) व्यापारी पर्यटक बाजार तथा (iii) सामान्य रुचि के पर्यटक वाले बाजार। जो अवकाशकालीन पर्यटक होते हैं वे मौसमी होते हैं। मौसम के अनुसार इस बाजार की कीमत घटती बढ़ती है। जाड़े के दिनों में अधिक यात्रियों के आने से कीमतें ऊँची रहती हैं। व्यापक पर्यटन में कीमतें स्थिर रहती है। वह बाजार उद्देश्य निहित होने से व्यापारी वहाँ बहुत स्थिर रहता है क्योंकि मेला, प्रदर्शन जहाँ व्यापार की बातें करनी है वहाँ स्थिरता रहती है। सामान्य रुचि के बाजार में कीमतें लचर होती हैं क्योंकि यहाँ मित्रों से मिलने, तीर्थ स्थानों पर जाने और शैक्षणिक प्रयोजन होता है।

पर्यटन बाजार का विखण्डन — प्रत्येक पर्यटन उत्पाद के आधार पर एक अलग बाजार की पहचान होती है। इस प्रकार प्रत्येक बाजार का अलग क्षेत्र तथा देश होता है जहाँ सेवा तथा दृश्य के लिए उसके क्रेता पर्यटक जाते हैं। इससे विभिन्न प्रकार के क्रेताओं की इच्छा की जानकारी प्राप्त होती है और उनकी आवश्यकताओं का ज्ञान मिलता है। यह भी पता चलता है कि इससे कहाँ तक पर्यटक संतुष्टि प्राप्त करता है। इसी के आधार पर कोई संगठन अपने निर्धारित बाजार का चयन करता है। यह उसके मनोविज्ञान के आधार पर बाजार विशेष की नीति निर्धारित करता है। बाजारों का विभाजन (i) भौगोलिक्र क्षेत्र के अनुसार, (ii) क्रेता के आयु-लिंग-आय-शिक्षा-सामाजिक स्तर-धर्म के अनुसार तथा (iii) इसकी जीवन पद्धति, क्रय की प्रेरक शक्ति, उत्पाद ज्ञान और प्रयोग के आधार पर किया जा सकता है। इसी के आधार पर दूसरे स्थानों के ऐसे विशिष्ट बाजार की तुलना कर पूर्ति को अधिक अच्छा प्रस्तुत किया जा सकता है कि वे समय, माँग और विकसित आय वर्ग के उपयुक्त हो सकें।

(5) पर्यटन बाजार की विशेषताएँ — यात्रा के जो सहायक अंग होते हैं वे अपने पुराने विवरणों के अध्ययन तथा प्राप्त सूचनाओं की व्याख्या के आधार पर विपण भावी योजना सम्बन्धी बनाते हैं। इसमें वे – (i) यात्री के दृष्टिकोण पर विशेष ध्यान देते हैं कि उसी के अनुसार प्रचार-प्रसार कर उन्हें आकर्षित करें। उनके अनुसार यातायात की सुविधा तथा पुरानी अवधारणाओं के विरोध के विषय में लोगों को बताते हैं। (ii) क्रेताओं के क्रय सम्बन्धी आदतों को ध्यान रखते हैं कि वे कहाँ, किस वाहन तथा किस दर्जे में जाना, ठहरना, व्यय करना, कितने समय के लगभग ठहरना और किन स्थानों को देखना चाहेंगे। (iii) उनके रूपरेखा

को ध्यान में रखते हैं कि किस वर्ग, लिंग, आयु, शैक्षणिक योग्यता, व्यवसाय, परिवार, देश आदि से सम्बन्धित है। (iv) उनकी विशेषताओं का ध्यान रखते हैं कि किसने और कब पर्यटन योजना बनाई है, कब इसे बुक किया गया है, किस प्रकार की यात्रा है, कहाँ से आर्थिक सहायता प्राप्त है, उनकी क्रियाएँ और पसन्द क्या है आदि।

पर्यटन बाजार को विकसित करने के माध्यम

(अ) पर्यटकों से संवाद सम्पर्क

पर्यटक ही पर्यटन बाजार का वह आधार होता है जिसके लिए बाजार को व्यवस्थित करते हैं। इसके लिए उसके विषय में बहुत कुछ जानना होता है। इसके लिए कोई मानदण्ड नहीं होता। उसकी प्रवृत्ति और व्यवहार सामान्यतया अतिशीघ्र नहीं बदलता। वह विशेष परिस्थिति में ही परिवर्तित होता है। उसके विषय में जानने के लिए उसे पर्यटन को सूचित करने के लिए तथा उसे इसकी ओर आकर्षित करने के लिए उससे संवाद के अवसर बनाये रखना आवश्यक होता है। साथ ही, बार-बार संवाद देते रहना पड़ता है कि इसके अनुसार उसकी वृद्धि बदलें। इसके लिए संवाद क्रम के द्वारा उसको निम्न तीन बातों की पुष्टि की जानी चाहिए जो उसकी खरीदारी के लिए अवकाश है–(i) उसे जानकारी दी जाय कि उत्पाद सरलतापूर्वक उपलब्ध है जो उपयोगी और विश्वसनीय है, (ii) सेवा और उत्पाद दोनों ही उसके रुचि के अनुसार है तथा (iii) वादा है कि ये उसके कीमत के अनुसार उसे मूल्य देंगें। तभी उपभोक्ता से सकारात्मक परिणाम प्राप्त होता हैं। अन्यथा वह ऊहापोह की स्थिति में पड़ा रहता है।

इसके लिए जन सम्पर्क, प्रचार, विज्ञापन, विक्रय तथा विक्रय को बढ़ावा देने के लिए सीधा प्रतिउत्तर प्राप्त करना, कार्यकर्ताओं का प्रशिक्षण, उचित अवसरों का चुनाव आदि सभी आवश्यक होता है। इसमें पर्यटक या क्रेता को अपने विश्वास में लेना पड़ता है। इसे क्रेता तक पहुँचने के लिए निम्न बातें जानना आवश्यक है:—

(i) किन सम्पदाओं और सामग्रियों से क्रेता को अधिक आकर्षित किया जा सकता है और किनसे नहीं ?

(ii) क्रेता कौन है ?

(iii) क्रेता तक कैसे पहुँचा जाय ?

(iv) उसकी पसंदगी में क्या अधिक महत्त्वपूर्ण है ?

(v) कितना इससे उपलब्धि की आशा रखी जा सकती है?

इन बातों को ध्यान में रखकर ही संवाद क्रम प्रारम्भ करना चाहिए। संवाद क्रम का सबसे उचित और प्रभावक माध्यम है सुव्यवस्थित लिखित रूप। इसके द्वारा एक ही साथ कई क्रेताओं के साथ सम्पर्क बनता है। जिसे वह भेजा जाता है वह बार-बार उसको पढ़ता है। इससे उस पर इसका प्रभाव पड़ना स्वाभाविक है। दूसरी बात करनी चाहिए कि एक निश्चित योजना और समय-चक्र भी साथ ही भेजना चाहिए कि इसकी पूर्णता के सम्बन्ध में क्रेता आश्वस्त हो जाय। ऐसा करने में प्राथमिकता होनी चाहिए कि क्रेता क्या खरीदना चाहता है क्योंकि अपनी गाढ़ी कमाई तो उसे ही व्यय करना होता है। अतः वह अपनी रुचि का ही क्रय करेगा न कि विक्रेता जो बेचना चाहेगा। अगर विक्रेता अपने देश का आधुनिक शान-शौकत बेचना चाहेगा तो क्रेता उसे नहीं खरीदेगा क्योंकि यह तो सभी जगह कमोबेश है। वह अतीत के

गौरवपूर्ण भव्यता को देखना चाहेगा जिसकी कल्पना वह लम्बे समय तक अपने मन में संजोये रखता है।

विज्ञापन में सारी बातें होनी चाहिए क्योंकि क्रेता सम्पूर्ण सूचनाएँ चाहता है। विज्ञापन को क्रेता महत्त्वपूर्ण मानकर क्रय की ओर बढ़ता है। वह वादा चाहता है कि जो सुविधाएँ देने को कहा जाए वे दी जायगी। इसलिए वादा सही करना चाहिए। झूठे वादे भविष्य के लिए हानिकारक होते हैं। सूचनाएँ इतनी सरल हों कि क्रेता आसानी से उसे समझ ले। इसलिए रोचक, स्पष्ट और आकर्षक तथा लुभावन शीर्षक वाला, विज्ञापन की सफलता का आधार होता है। इसमें बड़बोलापन या अपूर्णता नहीं होनी चाहिए। गुणवत्ता का ध्यान रखना आवश्यक है।

संवाद सम्पर्क के लिए लघु-पुस्तिका, सूचना-पत्र, विज्ञापन, छपे चित्र, टी. वी., रेडियो आदि का प्रयोग करना चाहिए। इसमें बारंबारता होना आवश्यक है जिससे अध्येता के दिमाग पर बार-बार पढ़ने से उसकी छाप पड़ सके। इसमें जो सबसे अच्छा हो उसी को कुछ-कुछ अन्तराल पर दुहराते रहना चाहिए। इसके लिए छपे प्रपत्र को अच्छी तरह संचित रखना चाहिए कि समय के अन्तराल से उसको डाक द्वारा भेजा जाता रहे जिससे क्रेता का ध्यान इस ओर बनता रहे। इसका कारण है कि पर्यटन कोई आवश्यक आवश्यकता तो है नहीं। इसको टाला भी जा सकता है, रोका भी जा सकता है। इसलिए विक्रेता को उन सभी उचित रीतियों को अपनाना चाहिए और उचित क्रियाओं को करते रहना चाहिए कि पर्यटक का दिमाग इस ओर मुड़ जाय।

इसके लिए नए-नए विधाओं का आविष्कार बराबर हो रहा है। अतः कार्यकर्ताओं को हर नए प्रयोगों की सूचना देनी चाहिए कि प्रतिस्पर्द्धा में वे पीछे नहीं रह जायँ। ये ही इसके उपकरण हैं जिनसे उसे सामग्री बनानी है।

(ब) निर्लक्षित क्रेता (Target Purchaser) सम्बन्धित शोध

पर्यटन को बढ़ावा देने के लिए आवश्यक है कि उत्पादक को अपना उत्पाद जानना, उत्पाद के गुण-दोषों से परिचित होना, उसके आकर्षण और प्रतिस्पर्धा के बीच स्थिति जानना, फिर कौन इसका निर्लक्षित क्रेता हो सकता है उसको पहचानना, जो उस उत्पाद का उपभोग कर सकता है आवश्यक हैं क्योंकि सभी पर्यटन सम्पदा का उपभोग नहीं कर सकते। इसलिए विक्रेता का गलत दिशा में कदम बढ़ाना उसी की हानि होगी। पैकेज की बात उसी से करनी चाहिए जो इसके लिए सक्षम है। इसलिए निर्लक्षित क्रेता से सम्पर्क स्थापित करना, उसका जानना आवश्यक होता है। इसके लिए एक देश का विक्रेता दूसरे देश के निर्लक्षित क्रेता (target purchaser) को कैसे जाने कि उसे अपने उत्पाद के प्रचार का निर्लक्षित श्रोता (target audience) बनावें ? इसी समस्या के समाधान के लिए दूसरे देशों में चाहे तो पर्यटक एजेंसियाँ अपना कार्यालय खोलती हैं या वहाँ स्थापित एजेंसियों को अपना एजेण्ट बना लेती है। इसके लिए संचार का प्रभाव और लक्ष्य की प्राप्ति का तुलना करके पर्यटन एजेंसियाँ या सरकार आगे बढ़ती है।

इन सभी क्रियाओं को मिलाकर एक समन्वित नाम दिया गया है। इसे समन्वित विपणन (Marketing Mix) कहते हैं। इसमें डा० एस० पी० गुप्ता आदि के अनुसार चार P अक्षर से प्रारम्भ होने वाले शब्द जुड़े हैं–Product (उत्पाद), Price (कीमत), Promotion (विक्रय का विस्तार) तथा Place (विक्रय स्थान)। उत्पाद से अभिप्राय है–उत्पाद की

विशेषताएँ, स्वरूप और देय सुविधाएँ, सहयोगी सदस्य और उकनी प्रवृत्तियाँ, उनका स्थान, मान्यता आदि। कीमत से अभिप्राय है–सामान्य कीमतें, प्रसार मद में देय के आधार पर, छूट काटने पर शेष कीमतें, थोक विक्रेता की कीमत, सामयिक कीमतें। विक्रय प्रसार या विस्तार में जुड़ी हैं विज्ञापन क्रिया और व्यय, विक्रय बढ़ाने की रीतियाँ, जनसम्पर्क, सीधे प्रसार सामग्री का सम्प्रेषण। विक्रय स्वरूप में जुड़ा है वितरण के माध्यम, संरक्षण व्यवस्था, बिचौलियों की क्रियाएँ, संचार के नये माध्यमों जैसे वायुयान तथा संचार संगठन जैसे, क्लब, समीतियाँ आदि।

इन बिन्दुओं के आकलन से पर्यटन योजक (Tourist Planner) यह समझ जाता है कि आवश्यकता किसकी है तथा किस क्षेत्र में है जिसकी पूर्ति कर वह अधिक माँग का पर्यटन में उत्पाद बढ़ा सकता है। इसी से इसको परिभाषित किया गया है—'यह सूचना कां एक व्यविस्थत संकलन है जो किसी वस्तु या वस्तु उत्पाद के प्रस्ताव के मांग और पूर्ति पर आधारित होता है इस प्रकार कि इन सूचनाओं के आधार पर उत्पाद विक्रय के नीति और उद्देश्यों को तय किया जाता है।

इसके लिए प्रत्येक उत्पाद से सम्बन्धित शोध की आवश्यकता होती है। इस दिशा में शोध की कई विधियाँ अपनाई जाती हैं जो निम्न हैं:—

(1) टेबुल शोध विधि (*Desk Research*)—इस विषय के बहुत से पर्यटन विषयक विशेष प्रकाशनों के साहित्य तथा सांख्यकी का अध्ययन एक स्थान पर बैठ कर किया जाय और उपयुक्त ग्राहक तथा देश का पता लगाया जाय जहाँ उत्पाद का विक्रय हो सकता हो। इन साहित्यों के प्रकाशक है–WTO, UNESCO, World Bank, EEC, IATA आदि। इन्हीं साहित्य से पर्यटन उत्पाद, उपभोग, भागीदारों की संख्या, कीमतों की स्थिति आदि की जानकारी होती है। इनके प्रकाशन हैं—*Saturday Review, Travel and Leisure* आदि जो बराबर प्रकाशित होते रहते हैं।

(2) क्षेत्र शोध विधि (*Field Research*)—इसमें अनेक कार्य समाहित हैं पर मुख्य हैं–क्रियात्मक शोध, पर्यावरण व्याख्या, सैम्पल सर्वेक्षण आदि।

सैम्पल सर्वेक्षण—यह घरेलू बाजारों में आने वाले पर्यटकों से किया जाता हैं। इसके लिए आने वाले पर्यटकों का साक्षात्कार कुछ को छाँट कर किया जाता है। उनके व्यय की स्थिति की पड़ताल की जाती है। यह कार्य अनेक शिक्षण संस्थाओं या शोध संस्थानों द्वारा किया जाता है। इसमें पर्यटकों पर्यटक एजेण्ट, पर्यटकों को लाने वाले स्रोत, होटल व्यवस्थापक से व्यक्तिगत या प्रश्नावली भेज कर अथवा टेलीफोन द्वारा सम्पर्क करके किया जाता है।

प्रवृत्यात्मक शोध—इसमें पर्यटक की प्रवृत्ति को जानने का प्रयास किया जाता है जिससे प्रेरित होकर वह पर्यटन करता है। इसमें मानव के क्रिया-व्यापार को विशेष रूप से ध्यान में रखा जाता है। इससे ज्ञात होता है कि कुछ देशों के लोगों की प्रवृत्ति ही पर्यटन की होने से वे पर्यटन के लिए स्वयं प्रेरित होते रहते हैं। इससे ज्ञात होता है कि ब्रिटेन, जर्मनी तथा फ्रांस के लोग परम्परागत पर्यटक हैं तथा जापान का राष्ट्र ही पर्यटन उन्मुख रहता है।

अतः विपणन में शोध कार्य की आवश्यकता है क्योंकि इसी के आधार पर योंजना बनाई जाय। इस प्रकार के विश्व में लगभग आठ शोध संस्थान है जिनमें एक भारत से भी है। इसके लिए ये प्रश्नावली बनाते हैं, शोध की विधि निर्धारित करते हैं, फिर कुछ चयनित पर्यटकों का अध्ययन करते हैं, व्यवहारिक क्रियाएँ की जाती हैं, तालिका बनाकर अध्ययन करते हैं तब निष्कर्षानुसार रिपोर्ट तैयार का सुझाव देते हैं। ऐसे शोध कार्य कई राष्ट्रीय शोध-संगठन

करते हैं। ये अपनी उपलब्धियों को नियमित रूप से प्रकाशित करते हैं जिससे पर्यटक संस्थाएँ लाभान्वित होती है। इसी उद्देश्य से बहुत से पर्यटन विभाग अपना अलग शोध अनुभाग रखते हैं जैसे भारत सरकार के पर्यटन विभाग में है।

(स) योजना का विस्तारीकरण

जब सूचनाएँ एकत्र हो जाती हैं तो योजनाओं का विस्तारीकरण किया जाता है। प्रथम, इसमें समस्या का आकलन करते तथा उसके अनुसार अवसर खोजते हैं। दूसरे, लक्ष्य निर्धारित कर उसकी प्राप्ति के लिए बढ़ने का क्रम आता है। तीसरे, तब योजना के विस्तार हेतु विज्ञापन, प्रचार, प्रकाशन, विक्रय आदि में क्रियायों का चयन किया जाता है। इसमें उसे विस्तार क्रिया को अपनाना चाहिए जिसमें लागत कम लगे पर लाभ अधिक हो। चौथे, अर्थ की व्यवस्था करनी होती है तथा यह बँटवारा करना होता है कि विभिन्न माध्यमों में कितना व्यय किया जाय। पाँचवें, नीति निर्धारक दिशा निर्देशन को तै करना चाहिए। छठे, वास्तविक क्रिया और योजना के बीच समन्वय स्थापित करने के लिए एक कार्यक्रम रखना चाहिए कि क्रिया ठीक रूप से बढ़े। सातवें, यदि उचित नियंत्रण नही रहेगा तो ताल-मेल दोनों में नहीं बैठेगा। इसलिए योजना और कार्य में तालमेल के लिए उचित नियंत्रण होना चाहिए। आठवें, यह निश्चित करना चाहिए कि विक्रय के तीनों पक्षों के विस्तार के माध्यम, विशिष्ट विपणन क्रिया जिसमें विक्रय नीति, स्टाफ का प्रशिक्षण, विक्रय आदि समाहित है तथा जन-सम्पर्क का सम्बन्ध आपस में ताने-बाने की तरह बैठ जाए।

(द) विज्ञापन

पर्यटन का यह अति महत्त्वपूर्ण पक्ष है। दूर बैठा व्यक्ति पुस्तक में पढ़कर किसी स्थान के विषय में जानकर देखने के लिए कुछ देर तक ललचाता है पर फिर दिमाग पर दूसरी बातों के आते ही उसे भूल जाता है। इसके लिए आवश्यक है कि उसको बार-बार इसकी ओर आकर्षित किया जाय। यह क्रिया विज्ञापन द्वारा ही सम्भव है। इसी से **पी० एन० सेठ** ने विज्ञापन को परिभाषित किया है कि –*''पर्यटन-विज्ञान पैसा देकर जनता को संदेश भेजने की व्यवस्था है जिसमें किसी क्षेत्र का विवरण हो या प्रशंसा।''* *(Tourism advertisement can be defined as paid public massages designed to describe or praise an area.)*

इसके लिए पत्र-पत्रिकाएँ, रेडियो, टी. वी., पोस्टर, पुस्तिकाएँ आदि का सहयोग लिया जाता है। इसमें जो सबसे अधिक प्रभावक तथा जिसके द्वारा उस क्षेत्र को अधिक व्यवस्थित रूप से प्रस्तुत किया जा सके विशेष रूप से चुनना चाहिए। यही पाठक का स्थान से पहला परिचय कराता है। यही व्यक्ति के दिमाग पर बराबर इसे बनाये रखने में सफल होता है। बराबर इसलिए आवश्यक है कि बार-बार के विज्ञापन से मस्तिष्क पर उसकी लकीर बन जाएगी और उत्सुकता बढ़ेगी। इसके विपरीत अगर एक-दो बार विज्ञापन देकर चुप बैठ जाय तो वह विज्ञापन का पैसा बेकार जायगा क्योंकि यह बेअसर रहेगा। विज्ञापन की भाषा सरल और शैली चुटकिली होंनी चाहिए। व्यक्ति को चारों ओर से घेरने के लिए सभी विज्ञापन माध्यमों का साथ-साथ सहयोग लेना आवश्यक होता है। दूसरे यह भी जरूरी है कि एक विज्ञापन के कुछ ही बाद दूसरा, तीसरा उस विज्ञापन के भेजने का क्रम चलाया जाय कि मस्तिष्क पर वह प्रभावक बन जाय। अब वह विज्ञापन के तथ्य को भूलेगा नहीं।

विज्ञापन एजेंसियाँ — विज्ञापन के लिए विज्ञापन एजेंसियाँ होती हैं। कुछ तो प्रेरक अपनी निज की विज्ञापन एजेंसी रखते हैं। जिनके पास नहीं होती वह दूसरी ऐसी ही एजेंसी का सहारा

लेते हैं। इसमें कलाकार, विज्ञापन लेखक, रंग कर्मी, उचित अक्षर संयोजक, कुशल, छायाकार, छापने में सिद्धस्थों कि सुन्दर, आकर्षक, मनमोहक छपाई हो। ये अपना शोध अनुभाग रखते हैं जो क्रेता की प्रवृत्तियों का अध्ययन करता है तथा विज्ञापन देने के पूर्व उसका प्रभाव का आकलन करता है। कुछ विज्ञापन एजेंसियों का विपणन विभाग होता है जो पर्यटन एजेंसियों के विपणन में सहयोग करता है। कुछ विज्ञापन एजेंसियाँ अपने कला विशेषज्ञ रखती हैं जो ग्राहक को उसके विषय में सहायता करते हैं। ये संचार माध्यमों से भी सम्बन्धित होते जिनसे इन्हें 15% प्राप्त होता है। ये टी० वी०, पोस्टर, पोस्टकार्ड, लिफाफे आदि माध्यम द्वारा विज्ञापन को प्रचारित करते हैं।

विज्ञापन के लिए कौन-सी एजेंसी ली जाय तै करना होता है क्योंकि इसका प्रभाव विज्ञापन की सफलता या असफलता पर पड़ता है। पर साथ ही, अपना बजट देखकर ही विज्ञापन एजेंसियाँ चुनी जाती हैं। जितनी अच्छी तरह से विज्ञापन की प्रस्तुती होगी उतना ही स्थायी प्रभाव पाठक पर पड़ेगा। इसमें दो शब्दों का प्रयोग प्राविधिक रूप से किया जाता है — लिखित संवाद जो प्रचारार्थ होता है उसे 'कॉपी' (copy) कहते हैं। उस लिखित सामग्री को सजाने की पृष्ठभूमि जो होती है जिसके बीच में उसे लिखा जाता है उसे पृष्ठभूमि (lay out) कहते हैं।

(य) प्रचार

प्रचार से खराब वस्तुएँ भी लोगों का ध्यान आकृष्ट कर लेती है। एक राजनीति शास्त्र की पुस्तक नहीं बिकने से तथा पाठयक्रम बदलने से बड़ी संख्या में प्रकाशक के यहाँ वह बची थी। कुछ वर्षों बाद उसे ध्यान आया कि यह नुकसान जा रहा है। उसने उसके प्रथम पृष्ठ को नया छपवाकर 'P.C.S. परीक्षोपयोगी' हेडिंग बड़वा दिया। तत्काल पुस्तक बिक गई। इस प्रकार प्रचार कैसी भी वस्तु का विक्रय कर लेता है। इसके लिए निम्न बातें आवश्यक हैं:—

(1) कर्मचारियों का प्रशिक्षण विक्रय आधारित होना चाहिए।

(2) विक्रय का नियम है कि बड़े व्यापारी को सामग्री दी जाय।

(3) कर्मचारी ऐसे हों जो विभिन्न प्रकार का सलाह सामने रखें।

(4) जो भी इस विषय पर पूछ-ताछ की जाए उस विनम्र भाव से चतुर का उत्तर दिया जाय।

इसके लिए निम्न बिधियों को अपनाना चाहिए:—

(i) लिखित साहित्य — पर्यटन कार्यालय में पर्यटकों के लिए सम्बन्धित लघु पुस्तिकाएँ या फोल्डर का प्रयोग होना चाहिए। इसमें जो भी लिखा हो वह तथ्य परक हो, निरर्थक न हो। सारे तथ्य उसमें निहित हों जो पर्यटक को अपेक्षित हों। यह दूसरे प्रचारकों से भिन्न और आकर्षक हों। इसमें व्यवसायिक दृष्टि से निर्मित प्रलेखन तथा सम्बन्धित चित्र स्पष्ट और आकर्षक हों। ध्यानाकर्षण के लिए इसमें प्रभावशाली प्रस्तुति हो।

(ii) सीधा डाक सम्पर्क — इसमें कई विधियाँ अपनाई जाती हैं। एक है, व्यक्तिगत पत्र (personal letter) व्यवहार। दूसरा है, व्यक्तिगत नाम से हस्ताक्षरित भेजा गया पत्र (Individual signed letter) जिसमें सारी आवश्यक सूचनाएँ दूरी, आकर्षण, व्यय, यातायात आदि का विवरण होना चाहिए। फिर दूसरी बार स्मरण पत्र भेजना चाहिए। तीसरा है, उस स्थान विशेष से सम्बन्धित लेखों का प्रतिलिपि (Reprints of articles) तथा सम्बन्धित विज्ञापन की प्रतिलिपि (Advertisement copy) भेजना। ऐसे पत्र जो उन पक्षों को विशेष उजागर करें जो औरतों और लड़कों के लिए आकर्षक हों। चौथे, उत्तम प्रकार का यात्रा साहित्य

(Travel literature), एजेंसी, एजेण्ट, यात्रा व्यवस्थापक तथा परिचित व्यक्तियों को भेजना चाहिए। एजेण्टों को इस आशय का ज्ञान अवश्य दिया जाय कि वे पर्यटकों को भेज सके। पाँचवाँ है सूचना पत्र (News Letter) भेजना। इसमें सामयिक महत्व की सूचनायें संग्रहित होती है जिनका तात्कालिक आकर्षण होता है। यह पत्र बार-बार समय-समय पर उससे सम्बन्धित को भेजना चाहिए। छठें, उन यात्रियों का पता-ठिकाना रखना जो पहले वहाँ आ चुके हैं। यह सूची कम्प्यूटरीकृत पता के साथ रखना चाहिए जो सूचना पत्रों पर चिपका कर उन्हें भेजते रहना चाहिए। इससे वे स्वयं भी इसके विषय में दूसरे को बताते हैं। सातवें, यदि कहीं से कुछ पूछ-ताछ की जाय तो उसका तत्काल उत्तर बड़े ही संयत ढंग से देना चाहिए। इससे एजेंसी की साख बनी रहती है।

(iii) यात्रा एजेण्टों से सम्पर्क— इसके लिए एजेण्टों को यात्रा स्थान की सही जानकारी होने पर ही वे इसको बेंच सकते हैं क्योंकि यात्रा बेंचना उन्हीं का कार्य होता है। उनको किसी स्थान के विषय में पूर्ण सूचना के लिए कई व्यवस्थाएँ दी जाती हैं–फोन पर व्यक्तिगत वार्ता करके, प्रमुखों के साथ व्यावसायिक बैठकें करके, एजेंसी के लोगों के लिए सेमिनार करके तथा फिल्म दिखाकर, परिचयात्मक यात्रा की व्यवस्था कर, प्रमुख यात्रा एजेण्टों को आमंत्रित करके। इसके लिए छुट्टी के दिनों में यात्रा एजेंसी के मैनेजर प्रायः यात्रा पर जाते रहते हैं।

(iv) जन सम्पर्क— पर्यटन जनसम्पर्क और जन सहयोग पर आधारित व्यवसाय है। यात्री को पर्यटन स्थल पर उचित व्यवस्था मिलने तथा समुचित लोगों के सहयोग के द्वारा जनसम्पर्क को बढ़ावा मिलता है। जनसम्पर्क की व्यवस्था वहाँ पर्यटन संगठनात्मक संस्थाओं को करना चाहिए। जनसम्पर्क का कोई मतलब विज्ञापन, प्रचार आदि से नहीं है। पर्यटन में ये जन सम्पर्क के अंग हो सकते हैं पर जनसमर्थन नहीं। अतः जनसम्पर्क के द्वारा वह परिस्थिति उत्पन्न की जाय जिसमें दूसरे लोग यह कहे कि ये क्षेत्र पर्यटन के लिए उत्तम है। इसकी परिभाषा की जा सकती है कि 'यह पर्यटक संस्थानों और उनसे सम्बन्धित व्यक्तियों द्वारा दूसरे लोगों और समुदायों को किसी स्थान के पर्यटन स्थल सम्बन्धी आकर्षणों को बता कर वहाँ पर्यटन के लिए तैयार करता है।' यह एक नीति और व्यवस्था के तहत किया जाता है। इसके द्वारा वहाँ पर्यटन के विषय में जन-रुचि तैयार की जाती है।

जनसम्पर्क अधिकारी को इस कार्य का दायित्व सौंपा जाता है। किन्तु इस अधिकारी की क्रियाएँ संगठनों के अन्तर से भिन्न-भिन्न प्रकार की होती हैं। यह संगठन के स्वरूप और कार्यशैली पर निर्भर होती है।

पर्यटन के संदर्भ में जनसम्पर्क के लिए मुख्य माध्यम निम्न स्वीकार किए गए हैं:—

(1) लेखन द्वारा विज्ञापन, कहानियाँ, अखबारों में लेख, सम्बन्धित कहानियाँ लिखवाना।

(2) सम्बन्धित फिल्म तैयार कर दिखाना, पोस्टर बनाकर टाँगना, उत्सवों का उसके नाम पर आयोजन करना।

(3) संस्थानों द्वारा होटलों, पर्यटन एजेंसियों का यात्रा व्यवस्थापकों से सम्पर्क करना, मुख्य स्थानों पर सूचना केन्द्र खोलना आदि।

(4) श्रव्य-दृश्य विधान द्वारा रेडियो, टी. वी., घुमा-घुमा कर फिल्म दिखाना, नुक्कड़ नाटक, सहायतार्थ प्रदर्शनी तथा सामानों के विक्रय वहाँ की नागरिकता के प्रदर्शन द्वारा।

(5) पत्रिका द्वारा— सम्बन्धित विषय पर पत्रिका प्रकाशित करना।

(6) क्रियाओं द्वारा— इसमें कई प्रकार की उक्तियों का प्रभाव पड़ता है। ईमानदारी से

सही बात बताने का प्रभाव बहुत गहरा पड़ता है। दूसरे, सामने वाले का सहयोग जीतने से जनता में सहयोग का संदेश जाता है। तीसरे, सही दिशा में कार्य करने से सम्पर्क बढ़ता है। चौथे, दूसरे की बात धैर्यपूर्वक सुनने तथा अपनी बात को बार-बार कहने से सहयोगी भावना को बढ़ावा मिलता है। पाँचवें, जो बहुत विशेष बात हो उसको बार-बार बल देने से। साथ ही, अतिथियों के प्रति सहृदयता, सहिष्णुता का व्यवहार करना चाहिए।

इन सभी बातों के साथ विक्रेताओं की प्रवृत्तियों को जानना चाहिए और उसी के अनुरूप अपनी सामग्रियों को प्रस्तुत करना चाहिए। सही बात बतानी चाहिए। यदि वादा में कोई कठिनाई आ जाय तो शीघ्र ही उचित निर्णय लेकर कार्य करना चाहिए। इसके लिए यात्रा विपणन के नियम निर्धारित करना अति आवश्यक है।

पर्यटन बाजार और वस्तु बाजार में अन्तर

ऊपर पर्यटन बाजार में विपणन की चर्चा की गई है। पर दैनिक व्यवहारिक जीवन में हमारा सम्बन्ध वस्तु बाजार से होता है। अतः जानना आवश्यक है कि इन दोनों प्रकार के बाजारों में मौलिक्र भेद क्या होता है। इनमें मूल अन्तर निम्न हैं:—

(1) वस्तु बाजार में कोई भी वस्तु जो खरीदते हैं उसकी उपयोगिता के आधार पर उसकी कीमत देते हैं। उस पर अधिकार और उपयोगिता लम्बे समय तक बनी रहती है। पर जब उसकी उपयोगिता समाप्त होती है तो उसमें टूट तथा घिसाव के कारण उसकी आकृति विकृत रहती है। फिर भी जो अवशेष होता है उसको भी किसी कबाड़ी के हाथ बेंच कर कुछ-न-कुछ कीमत अवश्य प्राप्त करते हैं। यह हमारा आर्थिक लाभ होता है।

पर पर्यटन बाजार में क्रेता पर्यटक जब पर्यटन के लिए बाहर निकलता है तो यात्रा का टिकट खरीदता है। यदि यात्री पैकेज यात्रा खरीदता है तो विक्रेता एजेंसी को उसके लिए यात्रा से पूर्व रकम चुकानी पड़ती है। इसमें कोई पदार्थ या स्थायी वस्तु हम प्राप्त नहीं करते जैसे संग्रहालय में जाना, जन्तुशाला में जाना, प्राकृतिक दृश्यों को देखना, स्मारकों में घूमना आदि। देखने के बाद वहाँ जैसे ही मुड़ते हैं वह हमारे साथ नहीं आती बल्कि वही रह जाती है और हमारा साथ छोड़ देती है। कभी वह अधिकार में नहीं रहती। मात्र आनन्द और ऐंद्रिक सुख देती है। उसका कोई आर्थिक मूल्य नहीं होता। यह केवल व्यय किये गए पैसे की अनुभूति की उपयोगिता प्रदान करती है। इसमें कीमत आत्मसंतोष का होता है जो दिये हुए कीमत के बदले उपभोक्ता पाता है। यात्रा में यात्रा के अन्त के साथ बचता है मात्र कुछ छाया-चित्र जो उपभोक्ता अपने साथ रखता है। वहाँ से हटते ही वही उसके उपभोग की स्थिति समाप्त हो जाती है।

(2) सरकार द्वारा वस्तु के बाजार से सम्बन्धित अनेक नियम और प्रतिबन्ध समय-समय पर बनाये जाते हैं। वे सारे नियम और प्रतिबन्ध बाजार पर लागू होते हैं।

पर्यटन बाजार में यात्री की इच्छा पर कोई सरकार की पाबन्दी या नियमबद्धता नहीं होती। इसमें उपभोक्ता के ह्रास का नियम साधारणतया लागू नहीं होता। उसकी उत्कण्ठा और देखने की ओर बढ़ती जाती है जब तक समय, पैसा और शारीरिक क्षमता उसके पास बनी रहती है। देखने की उसकी लालसा तृप्त नहीं होती। पर अन्त में हाथ लगता है अस्थायी संतोष। यहाँ क्रेता तब तक क्रय करता है जब तक उसके पास छुट्टियाँ और पैसा होती है।

(3) वस्तु बाजार में उपभोक्ता की जितनी क्षमता किसी सामग्री के खरीदने के लिए होती है उसी के आधार पर वस्तु की माँग होती है।

पर पर्यटन बाजार में केवल पर्यटन सामग्रियों के क्रेता की आर्थिक क्षमता पर ही बाजार प्रभावित नहीं होता बल्कि उसके स्वास्थ्य आन्तरिक साहस, समय सीमा के आधार पर उपभोग निर्धारित किया जा सकता है।

(4) वस्तु बाजार में वस्तुओं के खरीद पर ही वास्तविक व्यय होता है। उसके खरीदने की सम्पूर्ण क्रियाओं पर किया जाने वाला व्यय बहुत कम होता है जैसे रिक्शा से बाजार जाना, ठेले पर सामान लाना, चुंगी आदि।

पर पर्यटन बाजार में वास्तविक स्थान के लिए बहुत थोड़ा व्यय करना होता है जैसे गाइड रखना तथा जहाँ प्रवेश शुल्क निर्धारित है वहाँ टिकट कटाना आदि पर सारी अन्य क्रियाएँ या पैकेज जिसके द्वारा वहाँ तक आना और जाना होता है उस पर अधिक व्यय होता है।

(5) वस्तु के बाजार में जो सामग्रियाँ बिक रही हैं उनमें क्रय शक्ति के आधार पर किसी उपभोक्ता की दृष्टि में कुछ अति आवश्यक होंगी, कुछ जरूरी होंगी और कुछ सौख्य के लिए होंगी। प्रत्येक उपभोक्ताओं की दृष्टि में इस आधार पर वस्तुओं का आकलन अलग-अलग होगा।

पर पर्यटन बाजार में इस प्रकार से पर्यटन सामग्री का वर्गीकरण नहीं कर सकते। दूसरे, यहाँ वर्गीकरण का आधार पैसा नहीं होता। परिस्थितियाँ, शिक्षा, सांस्कृतिक स्तर, पर्यटन की इच्छा शक्ति, उद्देश्य आदि होते हैं। ऐसे लोग पर्यटन का विपणन अधिक करते हैं। इनमें पैसा बहुत महत्त्वपूर्ण नहीं होता।

पर्यटन बाजार में पूर्ति और माँग

पूर्ति

किसी भी बाजार में वस्तु का महत्त्व या कीमत उसकी पूर्ति और माँग पर आधारित होती है। माँग बढ़ने और पूर्ति कम होने से कीमत बढ़ना स्वाभाविक है। पर्यटन बाजार में किसी सम्पदा का स्वरूप और मात्रा अपरिवर्तित होती है। जो जैसा है वह वैसा ही रहेगा। क्योंकि इसमें प्राकृतिक तत्त्व, कल-क़ारखाने, पुरातन ध्वंसावशेष, ऐतिहासिक इमारतें, नृत्य संगीत का परम्परागत स्वरूप आदि में कोई बदलाव तो किया नहीं जा सकता। जितना जो जहाँ है वहाँ उतना ही रहेगा। बढ़ाया जा सकता है सुविधा की सामग्रियों में जो वहाँ तक पहुँचानें, रखने, ठहराने आदि में सहायक होते हैं। इसका पर्यटन पर थोड़ा प्रभाव पड़ता है क्योंकि पर्यटक पहले यह निश्चय करता है कि उसे कहाँ जाना है। फिर वहाँ क्या और कैसी सुविधा उसे मिलेगी उसका पता करता है। यह गौण है क्योंकि असुविधा होने पर भी अल्पावधि वाला पर्यटक उसको बहुत महत्त्व नहीं देता। इसका महत्त्व दीर्घावधि वाला पर्यटक देता है जिसे जितना लम्बे समय तक वह यात्रा करना होता है वह उतना आराम खोजना आवश्यक है। दूसरे, सेवा की पूर्ति एक निश्चित समय नियत होती है। उसे तत्काल घटाया बढ़ाया नहीं जा सकता। पर्यटन सेवा उद्योग होने से इसका विशेष महत्त्व है। इसकी पूर्ति माँग के अनुसार जैसे वातानुकूलित गाड़ी, वातानुकूलित ठहराव का स्थान, विशिष्ट प्रकार का भोजन जो वह चाहे आदि व्यवस्था करना पड़ेगा। इसमें समय लगेगा। समतल, चिकना सड़क बनवाने में भी समय अपेक्षित होता है। पैसा रहने पर भी उसकी पूर्ति तत्काल नहीं की जा सकती न आवासीय सुविधाएँ ही शीघ्र बढ़ाई जा सकती हैं। इसमें कीमतें घटा-बढ़ा कर भी पूर्ति को न बढ़ाया जा सकता है और माँग को।

माँग

दूसरी ओर माँग को लें तो माँग का बढ़ावा विभिन्न कारकों से होता है। इसमें एक है पर्यटन की समय सीमा। जो लम्बे समय तक के पर्यटक होते हैं उनके माँग को प्रभावित करने वाले तत्त्व होते हैं – सामान्य शिक्षा का प्रसार, दूसरे देशों और स्थलों को देखने की इच्छा, फैशन, विश्राम और आराम हेतु समय की उपलब्धता आदि।

पर जो अल्प-कालिक यात्री होते हैं उनके माँग में परिवर्तन के अलग-अलग कारक होते हैं। यह उनकी स्वभाव की भिन्नता के अनुसार होता है। इसके पीछे कारण होता है आवश्यकताएँ जो सबके साथ भिन्न-भिन्न होती है। उनसे सबको अलग-अलग संतुष्टि भी मिलती है। पर यहाँ मात्रात्मक परिवर्तन भी माँग की घटती-बढ़ती है। इनमें कीमतों का भी प्रभाव पड़ता है क्योंकि उपभोक्ता व्यक्तिगत रुचि को उसके आधार पर बढ़ाता घटाता है। किन्तु कुछ यात्री ऐसे होते हैं जिनकी प्रेरणा और आवश्यकता किसी स्थान की यात्रा के लिए इतनी तीव्र होती है कि सेवा की कीमतों में घट-बढ़ का उनपर कोई असर नहीं होता। दूसरे, ऐसे यात्री होते हैं जिनकी स्वेच्छा प्रबल होती है। वे अपनी इच्छा के अनुसार यात्रा का स्थान तै करते और बदलते रहते हैं क्योंकि उनकी आमदनी अधिक होने से उसका एक अंश वे यात्रा के लिए निकालते रहते हैं। इसे यात्रियों पर फैशन के परिवर्तन, विशिष्ट उत्सवों की सूचना पर उसे देखने की ललक, स्थानीय स्थिति में अस्थिरता, आतंकवाद, राजनीतिक उथल-पुथल का विशेष प्रभाव पड़ता है।

ऊपर के वितरण से स्पष्ट है कि माँग लोचदार और स्थिर दोनों ही प्रकार के होती हैं। इसमें लोचदार माँग पर सेवा मूल्य बढ़ाना घाटे का सौदा रहता है क्योंकि इसका प्रभाव यात्री पर होने से वह स्थान का चुनाव बदल लेता है। पर जहाँ स्थिर माँग होती है उसमें कीमत बढ़ाने का प्रभाव न होने से वैसा करना सम्भव नहीं होता है। लचीली माँग में कीमतें बढ़ाना तभी सम्भव होता है जब सभी प्रतिस्पर्धी निश्चित कीमतों की ही माँग रखें।

माँग के बढ़ाना विक्रेता की सबसे बड़ी उपलब्धि होती है। इसमें राष्ट्रीय और अन्तर्राष्ट्रीय क्षेत्र में प्रतिस्पर्धा के तीन आधार है। इसके लिए पहली आधार है सेवा के अवसर और स्वरूप बढ़ाना, इच्छा उत्पन्न करने के लिए प्रेरणा देना, व्यवस्था देना कि यात्री की इच्छा की उसकी आवश्यकता बन जाय। इसके लिए विशिष्ट घटनाओं के सहारे उनमें यात्रा को सबल प्रेरित करना पड़ता है। इसमें प्रचार, विज्ञान आदि का विशेष महत्त्व होता है। एक बार किसी वर्ग को यात्रा के लिए तैयार करने पर उनको सेवा बेचना आसान हो जाता है।

यात्रा में माँग का दूसरा आधार है कि वह परिस्थितियों से प्रभावित होती है किसी पुस्तकीय नियम से नहीं।

तीसरा आधार है, यातायात के संसाधन। यह आर्थिक दृष्टि से इसलिए महत्त्वपूर्ण है कि जब सभी अन्य स्रोतों की कीमतें ठीक रहने पर भी इसमें घट-बढ़ के कारण यात्रा हाँ या नहीं में बदल जाती है।

कोई भी यात्री किसी स्थान पर सामान्य स्थिति में केवल यात्रा के लिए नहीं जाता बल्कि अपनी किसी इच्छा की सुंतष्टि के लिए जाता है चाहे वह मानसिक इच्छा हो, कुछ देखने या पाने की इच्छा हो या कोई और हो। यात्री जो सेवाएँ तथा सामग्रियाँ सम्मिलित रूप में (package) खरीदता है उनका सहसम्बन्ध भी उसे बैठाना पड़ता है। इसमें उपभोक्ता के ह्रास का नियम नहीं लागू होता है कि जैसे-जैसे उपभोग की मात्रा बढ़ाते जाएँगे उसके उपभोग

की इच्छा घटेगी। यह सम्भव है कि सामान्य माँग घटे पर विशिष्ट माँग तो बनी ही रहेगी क्योंकि छोटे से जीवन में हम विशाल संसार की सभी चीजों को देखना चाहते हैं।

इसमें विक्रय से कोई भी वस्तु उपभोग द्वारा समाप्त नहीं होती, न उपभोक्ता के स्वामित्व में हो जाती है और न उसको उपभोक्ता छीन-झपट सकता है। यहाँ वस्तु उपभोक्ता के पास नहीं जाती पर वस्तु के पास उपभोक्ता को जाना होता है और उसके उपभोग के बाद वस्तु वहीं, वैसी ही बनी रहती है और उपभोक्ता लौट जाता है। फिर उसी वस्तु का दूसरा उपभोक्ता वहीं आकर उसका उपभोग करता है। यही अन्तर पर्यटन सामग्री और बाजार की सामग्री में होता है।

यात्रा विपणन में कठिनाइयाँ

(1) ऊपर हमने देखा है कि पर्यटन के दो स्पष्ट प्रकार हैं घरेलू पर्यटन और विदेशी पर्यटन। इन दोनों में पैसा मूल आधार होता है। पर्यटन की इच्छा तो सबमें होती है। पर जिसकी आर्थिक स्थिति सामान्य से अधिक ऊँची होती है वही यात्रा की बात उठाता है, जो देश विकसित है, जहाँ उद्योग के कारण पैसे की अधिकता होती है वहाँ के लोग समूह में विदेश यात्रा करते हैं। पर जहाँ सामान्य आय होती है वे कुछ ही पैसा यात्रा पर लगाने का सामर्थ रखने के कारण एक निर्धारित सीमा में घरेलू यात्रा ही करते हैं जैसे भारत और अमेरिका में तुलनात्मक देख सकते हैं। भारतीय घरेलू यात्रा करने का जहाँ साहस जुटाते हैं वहीं अमेरिकन समूह में यात्रा करते हैं। अतः आर्थिक व्यवस्था की इसमें बाध्यता होती है।

(2) कुछ देशों के यात्रियों को प्रशासनिक कठिनाइयों के कारण यात्रा में बाधा होती है जहाँ यात्रियों के लिए अनेक सरकारी जाँच पड़ताल, काल-पत्र की पूर्ति, स्वीकृति आदि को झेलना पड़ता है जैसे पासपोर्ट प्राप्त करना, बाहर जाने की सरकारी स्वीकृति लेना, वीसा पर प्रतिबंध होना, पुलिस कार्यालय द्वारा आने तथा जाने वाले यात्रियों की छानबीन करना आदि।

(3) आर्थिक प्रतिबंध भी प्रायः कारक बनते हैं जैसे बाहर यात्रा पर आनन्द कर देना, बाहर से सामान लाने पर विशेष प्रकार का कर देना, पेट्रोल पर नियंत्रण के कारण उस पर अलग से अधिभार देना आदि।

(4) सामान्य असुविधाएँ भी इसमें बाधक होती है। अच्छी यातायात व्यवस्था का अभाव, अच्छे आवासीय और खान-पान की व्यवस्था का न होना, प्रशिक्षित लोगों की कमी तथा सामान्य असुविधाएँ आदि इसमें बाधा उत्पन्न करती हैं।

(5) विभिन्न देशों का अपना व्यापारिक सम्बन्ध होता है। इसके कारण विनिमय की दर अच्छी होती है। पर जहाँ से यह सम्बन्ध नहीं रहता वहाँ विनिमय की दर अधिक होती है। इससे मुद्रा की लागत वहाँ अधिक होने से वहाँ की यात्रा तथा सामान लाना महँगा पड़ता है। व्यापारिक सहयोग के कारण सुविधाएँ और सुरक्षा भी अधिक मिलती है। पर सभी देशों से यह सहयोग तथा सम्बन्ध न होने से कठिनाई होना स्वाभाविक है।

(6) मौसम के अनुसार यात्राएँ बाधित होती हैं।

(7) अवकाश के समय की कमी के कारण भी यात्राओं में बाधा आती है।

(8) शारीरिक स्वास्थ्या की बुरी स्थिति भी इसमें दीवार बनती है।

भारत में पर्यटन विपणन

पर्यटकों के लिए भारत में अतुलित सम्पदा है। यदि इसे 'पर्यटन सामग्रियों का खाजाना' कहें तो कोई अतिशयोक्ति नहीं होगी। पर आवश्यकता है इस सम्पदाओं को सुरक्षित रखने

और विकसित करने की। इसका दायित्व न तो केवल सरकारीतंत्र पर ही निर्भर हो सकता है और व्यक्तिगत संगठनों पर दोनों का सहयोग इसमें अपेक्षित होगा। इसके विपणन में योजनाबद्ध रीति से आवासी आदि सुविधाओं को जोड़कर बढ़ना होगा। इसके साथ आवागमन की सुविधाओं को भी ध्यान में रखना होगा। जहाँ संचार माध्यम है वहाँ और पर्यटन बिन्दुओं को खोजना होगा तथा जहाँ संचार माध्यम नहीं है वहाँ फिलहाल सामयिक माध्यमों की व्यवस्था करनी होगी। साथ ही, एक दीर्घकालिक योजना 10 या 15 वर्षों की बना कर उन स्थानों को विकसित करना और वहाँ यातायात की सुविधाओं को प्रदान करना होगा।

आज पर्यटन के विपणन की नई विधाएँ खोजी गई हैं। इनमें एक है कि जहाँ पर्यटन के प्रति जनजाग्रति हो जैसे फ्रांस, कनाडा, जर्मनी, संयुक्त राज्य आदि वहाँ पत्राचार से पर्यटन को विपणन किया जाता है। इसके लिए विज्ञापन द्वारा जैसे वस्तुएँ बेची जाती है वैसे ही पर्यटन का भी विक्रय किया जाता है। दूसरी, सर्वाधिक नई विधा है कि यात्रा प्रधान रुचि वाले देशों में विभागीय स्टोर तथा सुपर मार्केट की स्थापना करना। यहाँ क्रेता आकर सम्पर्क करते हैं तथा यात्रा खरीदते हैं।

इस प्रकार के अनेक ऐसे नगरों में जो यात्रा के प्रति सामूहिक रूप से जागरूक है वहाँ इसको बैंक के द्वारा भी व्यवस्थित किया जाता है। यथा न्यूयार्क में First National City Bank, Steel Corporation Bank of America आदि। ऐसे बैंक यात्रा के लिए जमा किये जाने वाले पैसे पर ऊँची दर का लाभ देते हैं तथा सामूहिक यात्रा की व्यवस्था इसी पैसे से करते हैं। इसके लिए वे सहायक यात्रा एजेंसियाँ रखते हैं। कुछ तो ऐसे बैंक हैं जो विभिन्न देशों में यात्रा कार्यालय खोले हैं। इनका सम्बन्ध Holiday Clubs से है जिसके द्वारा दिए गए यात्रा विकासात्मक पत्रों को वे डाक से भेजते हैं तथा विज्ञापन कराते हैं। इसके लिए वे कमीशन प्राप्त करते हैं तथा जो इसके सदस्य होते हैं उनसे लाभ रहित जमा लेते हैं। इस प्रकार यात्रा अब व्यवहारिक आधार पर विकास की ओर बढ़ोत्तरी पर है।

पर भारत में जो यात्री आते हैं उनका मूल आशय होता है यहाँ की सदियों पुरानी सांस्कृतिक विरासत को देखना, यहाँ के परम्परागत तथा वैविध्यपूर्ण भोजन का स्वाद लेना तथा यहाँ के ग्रामीण अंचलों की सभ्यता को देखना। यहाँ के पुरातन कलावृत्तियों, भग्नावशेषों, संचित ग्रंथों और संग्रहालयों में मूर्तियों, धार्मिक स्थलों, प्राकृतिक दृश्यों को देखना उनका मुख्य उद्देश्य होता है। इस प्रकार भारत का पर्यटन विपणन विशिष्ट प्रकार के लोगों द्वारा किया जाता है।

यहाँ आवश्यकता है मध्यवर्गीय यात्रियों की रुचि का ध्यान रखने और यात्रा सुविधा उपलब्ध कराने का। आज जो पर्यटन व्यापार बाजार है वह मुख्यतः संयुक्त राज्य, पश्चिमी यूरोप, ब्रिटेन, ऑस्ट्रेलिया, दक्षिणी पूर्वी एशियायी देश और जापान है। इसका कारण है कि यहाँ होटल का किराया और ठहराव बाहरी देशों की अपेक्षा सस्ता है। पर अभी आवश्यकता है विकास के लिए निम्न व्यवस्था करने का :—

(1) अधिक होटलों का विस्तार।

(2) भारतीय वायुयान सेवा को अपनी क्षमता बढ़ाने की कि 50 लोग एक साथ यात्रा कर सकें।

(3) विज्ञापन को बढ़ावा देना।

(4) बोतलबन्द जल की अधिक व्यवस्था करना जिसका प्रयोग विदेशी पर्यटक करते हैं।

(5) शाकाहारी भारतीयों के देश में मांसाहारी खान-पान की व्यवस्था करना।

(6) आधुनिक सुविधायुक्त कॉफी हाउस तथा रेस्तराँ को विकसित करना और वहाँ आधुनिक पश्चिमी रुचि के भोजन की व्यवस्था करना।

(7) अच्छे प्रकार के प्रकाश, संगीत और आनन्दायक क्रियाओं का आयोजन करना।

(8) अमेरिकी सूअर के मांस, बार की व्यवस्था जिसके साथ पाश्चात्य सभ्यता के लोग अपना शाम बिताना चाहते हैं उसका यहाँ नितान्त अभाव होना।

(9) हमारा उद्देश्य होना चाहिए— 'Welcome a visitor and send back as a friend' – आगन्तुक के रूप में पर्यटक का स्वागत करना और मित्र के रूप में उसे विदा करना।

(10) विदेश में नए पर्यटक उत्पादक बाजारों का खोज और विकास करना जहाँ पर्यटकों को आकर्षित किया जा सके।

(11) नये योजनाओं को बनाना कि पर्यटन बाजार में नये प्रकाश को लावें कि नए स्रोत और केन्द्र बनें।

(12) पर्यटन में निरंतर आधुनिकता और नवीनता को जोड़ा जाय।

(13) भारत महोत्सव के मनाने के पूर्व अग्रिम तैयारी और योजना बनाना।

(14) घरेलू पर्यटन को बढ़ावा देना चाहिए।

(15) इसके विकास में व्यक्तिगत और सरकारी दोनों स्रोतों का सहयोग अपेक्षित है।

(16) विकास की दिशा में प्रत्येक कार्यों को योग्य हाथों में सौंपना।

(17) यात्रा में अनेक सुविधाजनक नीतियों को अपनाना जैसे वीसा, हवाई यात्रा की सुविधाएँ, ठहराव में सुविधाएँ आदि।

(18) यातायात की सुविधाएँ बढ़ाना, इसमें अच्छी सड़क व्यवस्था, त्वरित रेल गाड़ियाँ आदि अपेक्षित हैं।

(19) केन्द्रीय तथा प्रान्तीय सरकारों द्वारा समन्वित और सुनिर्मित विपणन नीति का निर्धारण करना।

□

अध्याय–17

पर्यटन संगठन

1963 में अन्तरराष्ट्रीय यात्रा और पर्यटन पर रोम में संयुक्त राष्ट्रों का सम्मेलन बुलाया गया। इसमें पर्यटन की दिशा में विकास के लिए प्रत्येक राष्ट्र के लिए पर्यटन संगठन की आवश्यकता पर बल देते हुए कहा गया–*Governments want to stimulate and co-ordinate national tourist activities and is convinced that this task can, in the main, be carried out through the medium of national tourist organization.* इस प्रकार सरकारों को राष्ट्रीय पर्यटन क्रिया के सहायक घटकों के बीच सह-सम्बन्ध स्थापित करने और उन्हें बढ़ावा देने के लिए संगठन में बल दिया गया। अधिकांश देशों में सरकारी विभाग के द्वारा पर्यटन की व्यवस्था की जाती है। कुछ देशों में सहकारी संगठन इसकी उन्नति और विकास को बढ़ावा देते हैं। इन संगठनों को सरकार की मान्यता तो प्राप्त होती ही है साथ-ही-साथ आर्थिक सहयोग भी मिलता है।

इस प्रकार इन संगठनों के दो प्रमुख कार्य हैं–एक पर्यटन उत्पाद का विकास करना तथा दूसरे इस क्रिया को बढ़ावा देना। इन क्रियाओं का सम्पादन एक या दो संगठनों के द्वारा किया जाता है। भारत में इसके लिए एक अलग विभाग है जिसे 'पर्यटन विभाग' के नाम से जाना जाता है। इसकी एक सहयोगी संस्था भी Indian Tourist Development Corporation–ITDC के नाम से स्थापित है जो इसके कार्यों के क्रियान्वयन में सहायता प्रदान करती है।

उद्देश्य
(Objects)

पर्यटन संगठनों के निम्न उद्देश्य हैं :—

(1) पर्यटकों को इस ओर आकर्षित करना।

(2) पर्यटन उत्पाद को विकसित करना।

(3) पर्यटन विक्रय को बढ़ाना।

(4) पर्यटकों की उचित सुविधा की व्यवस्था करना।

(5) संगठन की गुणवत्ता को उन्नत करना।

(6) पर्यटन बाजार को बढ़ावा देना।

(7) सहयोगी संगठनों एवं घटकों में सहसम्बन्ध स्थापित करना।

इन संगठनों की आवश्यकता इसलिए है कि पर्यटन बाजार के बढ़ने के साथ पर्यटन अनेक प्रश्नों से घिरे होते हैं। यह एक श्रमपूर्ण तथा व्ययसाध्य क्रिया है। इसलिए वह इस ओर कदम बढ़ाने के पहले, जहाँ के लिए वे अनजान हैं, अनेक बातें जानना चाहते हैं जैसे वहाँ ठहरने की सुविधा, आवागमन की व्यवस्था, आवश्यकता की वस्तुओं की प्राप्ति, व्यय की सीमा, स्वास्थ्य की देखरेख की व्यवस्था, अपने देश से सम्पर्क बनाए रखने के साधन, पड़ोस में स्थित स्थानों से संपर्क कठिनाइयाँ, प्रतिबंध आदि सैकड़ों प्रश्नों का भण्डार उनके मन में इकट्ठा होता रहता है। इसके लिए पहले वे प्रचारित साहित्य को देखते हैं। फिर उससे भी अपने को सन्तुष्ट न पाकर सीधी जानकारी का प्रयास करते हैं। यह सारे या और भी।

बहुत कुछ जो मन में उठते प्रश्न होते हैं उनका हल मात्र संगठनों द्वारा ही उन्हें मिल पाता है तथा सुविधाएँ भी ये ही उपलब्ध कराते हैं। इसलिए संगठन को चुस्त-दुरुस्त तथा व्यवस्थित रखना प्रत्येक देश का दायित्व है।

इन आवश्यकताओं की पूर्ति के लिए संगठन को निम्न कार्य करने होते हैं:—

1. विकास की दिशा में

(1) जो पर्यटन स्थल ज्ञात हैं उन्हें विकसित करना।

(2) नये स्थलों की खोज करना और उसके विकास की योजना बनाना।

(3) पड़ोस में तथा देश में पर्यटन का वातावरण पैदा करना।

(4) पर्यावरण प्रदूषण को बचाना।

(5) स्थिति सामग्रियों की सुरक्षा करना।

(6) होटल आदि आवासीय तथा परिवहन सम्बन्धी सुविधाएँ जुटाना।

(7) प्रशिक्षित व्यक्तियों को नियुक्त करना जो रुचिकर और उचित प्रकार का भोजन-पान दे सकें।

(8) उचित टूरिस्ट गाइडों की नियुक्ति करना तथा उनको समुचित सूचनाओं से अवगत रखना।

(9) इसमें आने वाली कठिनाइयों का पता लगाना, पर्यटकों का लेखा-जोखा रखना तथा भविष्य में बढ़ोत्तरी के उपाय ढूँढ़ना।

(10) विभिन्न घटकों का निरीक्षण करना और उनको कार्य करने के लिए लाइसेन्स देना

2. विभिन्न घटकों में सहयोग की व्यवस्था करना

(1) केन्द्रीय सरकार के विविध विभागों के बीच समन्वय बनाना जो पर्यटन के व्यवसाय को प्रभावित करते हैं।

(2) राज्य सरकार, क्षेत्रीय व्यवस्था तथा स्थानीय घटकों के बीच समन्वय स्थापित करना जिससे पर्यटन को बढ़ावा मिलता है।

(3) व्यक्तिगत संस्थाओं या सामूहिक संस्थाओं जैसे होटल, परिवहन संगठन, यात्रा एजेंसियों के साथ सहयोग करना।

(4) व्यावसायिक संगठनों के साथ समन्वय स्थापित करना जो इसको प्रभावित करते हैं, जैसे कुटीर उद्योग आदि।

(5) सांस्कृतिक संगठनों के बीच सम्बन्ध स्थापित करना जिससे पर्यटकों को आकर्षित किया जा सके जैसे स्थानीय नाट्य मण्डलियाँ, लोकनृत्य-संगीत आदि घटकों में।

(6) अनेक सहयोगी संस्थाओं को इस दिशा में महत्त्वपूर्ण योगदान के लिए सलाहकार नियुक्त करना।

3. पर्यटन व्यापार को बढ़ाना

(1) पर्यटक क्षमता और क्षेत्र का पता लगाना।

(2) पर्यटकों को आकर्षित करने, सूचना देने तथा रुचि उत्पन्न करने में विविध साधनों का प्रयोग करना जैसे फिल्म, पोस्टर, पत्र आदि।

(3) विदेशी पर्यटकों के लिए समुद्र पार देशों में अपना पर्यटन कार्यालय खोलना या दूसरी एजेंसियों द्वारा प्रचार करना और उनको उचित प्रलोभन देना।

(4) घरेलू पर्यटन को बढ़ावा देना तथा इसके लिए सरकार को सुझाव देना।

(5) विदेशी पर्यटन संगठनों की सदस्यता ग्रहण करना तथा उनको अपने वहाँ से सद्भावना यात्रा पर बुलाना।

(6) पर्यटन की दिशा में शोध करना और भविष्यवाणी करना।

4. आर्थिक सहायता देना

(1) सरकार द्वारा स्वीकृत बजट से पर्यटन को विकसित करना।

(2) सरकार से ऋण प्राप्त करना।

(3) व्यक्तिगत संस्थाओं को आर्थिक सहायता देना।

(4) विभिन्न आर्थिक उपक्रमों को छूट देना।

(5) इससे सम्बन्धित टैक्स में छूट देना।

(6) अन्तरराष्ट्रीय क्षेत्र द्वारा स्थानीय पर्यटन स्थलों के विकास में सहायता देना।

5. प्रशासनिक व्यवस्था करना

(1) पर्यटन स्थलों के विकास का निरीक्षण करना।

(2) उचित अधिकारियों की नियुक्ति करना।

(3) आय-व्यय के वितरण को तैयार करना तथा उसका जाँच करना।

पर्यटन कार्यालय

इन कार्यों में से कुछ तो देश से ही सम्बन्धित हैं। पर विकास के लिए विदेशी सम्बन्ध आवश्यक है। बिना विदेशी पर्यटकों के देश में पर्यटन व्यवसाय को उचित और वास्तविक लाभ नहीं मिल सकता क्योंकि इसी से विदेशी मुद्रा आती है। इसके लिए आवश्यक नहीं कि विदेशों में अपना पर्यटन कार्यालय ही खोला जाय। इसके लिए तीन प्रकार की व्यवस्था की जाती है–एक अपना कार्यालय विदेशों में खोलना, दूसरे विदेशी एजेंसियों द्वारा अपने देश को पर्यटन सामग्री का विक्रय कराना तथा तीसरे अपने दूतावासों द्वारा इस क्रिया को सम्पादित कराना। यह देश की आर्थिक क्षमता पर निर्भर करता है कि वह कौन-सा माध्यम अपनावे।

विदेशों में पर्यटन कार्यालय खोलना

पहले इस प्रकार के कार्यालय का मात्र उद्देश्य था सूचना देना। यह सूचना के लिए दो माध्यमों का प्रयोग करते थे–एक साहित्य भेजकर तथा दूसरे जो कुछ भी जिज्ञासा की जाय उसको बताकर। पर अब परिस्थितियाँ बदल गई हैं। आज सूचना तो सामान्य रूप से शिक्षा के विकास के साथ लगभग कमोबेश सबके पास है। साथ ही प्रतिस्पर्द्धा की वृद्धि हुई है। सभी देश विदेशी मुद्रा अर्जित करने के इस सरल साधन का उपयोग अपने लिए करना चाहते हैं। इसी खींचातानी में अधिक-से-अधिक कमाना है, इसके लिए ये कार्यालय निम्न प्रकार से पर्यटन बाजार को बढ़ावा देते हैं–एक व्यवसाय पक्ष से दूसरे उपभोक्ता पक्ष से।

व्यवसाय पक्ष से ये निम्न प्रक्रियाएँ अपनाते हैं:—

(1) पर्यटन साहित्य को अपने एजेण्टों को सीधा भेजते रहते हैं कि वे पर्यटन के परिवेश से परिचित रहें।

(2) पर्यटन एजेण्टों की सभा अपने कार्यालयों में आयोजित करके अपने देश में पर्यटन की उपयुक्तता तथा उचित समय का सुझाव देते हैं जब वे पर्यटन को प्रेरित कर सकें।

(3) चूँकि पर्यटन एजेण्टों को बुलाना संभव नहीं हो पाता इसलिए प्रत्येक नवीन आयामों की सूचना पत्रों के माध्यम से देते हैं।

(4) स्थानीय पर्यटन व्यवसाय में लगे लोगों का सम्मेलन तथा शिविर आयोजित किया जाता है जिनमें दृश्य-श्रव्य विधान, सूचनाओं, पत्रों, साहित्यों से उनको अपने देश के विषय में अवगत कराते हैं।

(5) परिचयात्मक यात्राएँ भी एक माध्यम है। इसमें ट्रेवेल एजेण्टस को व्यक्तिगत रूप से प्रेरित करने के लिए सद्‌भावना तथा परिचयात्मक यात्राएँ व्यवस्थित की जाती हैं। ऐसी यात्राएँ विदेशी तथा अन्तरराष्ट्रीय सहयोग के आधार पर आयोजित की जाती हैं। इनमें पर्यटन विषय के लेखकों, दूरदर्शन के अधिकारियों, फिल्म निर्माताओं, पत्रकारों आदि को भी सम्मिलित किया जा सकता है। ये प्रचार के माध्यम (Media of Information) हैं। अतः इनकी यात्राएँ विशेष लाभकर होती हैं।

उपभोक्ता पक्ष के लिए निम्न क्रियाएँ की जाती हैं:—

(1) एक सूचना एवं पूछ-ताछ कार्यालय खोलकर सभी जिज्ञासा और शंकाओं की संतुष्टि का प्रयास करना एवं उचित जानकारी देना।

(2) व्यक्तियों को सीधे पत्र, पत्रिकाएँ फोल्डर्स आदि भेजना।

(3) जहाँ भी भीड़-भाड़ का स्थान यथा रेलवे स्टेशन, हवाई अड्डे आदि हों वहाँ पर पोस्टर प्रदर्शन करना।

(4) उन प्रचारकों की सेवाएँ खरीदना जो आकर्षक रीति से प्रचार के कार्य में लगे हैं।

(5) जब कभी मेला, प्रदर्शनी आदि का आयोजन हो उनमें पर्यटन कार्यालय अपना पण्डाल लगवावें, पर्यटन सप्ताह मनावें आदि। यह आकर्षण का एक बड़ा ही सरल और सीधा माध्यम होता है।

(6) कभी-कभी सांस्कृतिक महोत्सव, वस्त्र प्रदर्शन, कलात्मक स्थल, स्थानीय भोजन प्रदर्शनी तथा दूकान, लोक-कला सप्ताह आदि के द्वारा भी विदेशी उपभोक्ताओं को आकर्षित किया जा सकता है।

(7) स्थानीय प्रेस के माध्यम से लोगों के बीच किसी भी देश का स्वरूप गौरवान्वित रूप में प्रस्तुत करना तथा आश्वस्त करना कि वह देश पर्यटकों के लिए सुविधाओं से भरा-पूरा है।

(8) प्रचार संस्थाओं की सहायता का उपयोग करना।

(9) इसके लिए स्थानीय तथा देश का मानचित्र, सूचना पत्र, फिल्म, पोस्टर, संगीत गोष्ठियाँ, टेप, स्थानीय सामग्रियाँ विशेष उपयोगी साधन सिद्ध हो सकती हैं।

इस प्रकार पर्यटन को बढ़ावा देने के लिए जहाँ देश जुटे हैं वहीं विश्व के लोग भी इनमें लगे हैं। इनके लिए विश्व स्तर पर एक अलग संगठन बना है जिसे World Tourism Organisation – WTO कहते हैं।

वर्ल्ड टूरिज्म संगठन

इसकी स्थापना 2 जनवरी, 1975 में मैड्रिड में की गई। इसके पूर्व हेग, नीदरलैण्ड में एक अप्राविधिक संगठन की स्थापना 1925 में की गई थी जिसका नाम था International Union of Offical Travel Organiation (IUOTO)। यह एक अराजकीय संस्था थीं।

इसका उद्देश्य था सामाजिक, सांस्कृतिक और आर्थिक क्षेत्रों में विकास के लिए पर्यटन को प्रत्येक राष्ट्र में बढ़ावा देना। पर द्वितीय विश्वयुद्ध के कारण यह संगठन सफल न हो सका। अब 1963 में इसी आधार पर रोम में इस पर विचार करने के लिए एक सभा बुलाई गई। इसका नाम था United Nations Conference on International Travel and Tourism. इसमें निर्णय किया गया कि संयुक्त राष्ट्र IUOTO को सर्वदेशीय पर्यटन विकास का आधार बनावे।

इस समय यह आवश्यकता महसूस की गई कि सभी राज्यों के बीच पर्यटन को बढ़ावा देने के लिए अन्तरराज्य स्तर पर ऐसी संस्था स्थापित की जाय। इसी आशय की पूर्ति के लिए Word Tourist Organisation – WTO की स्थापना मैड्रिड में की गई जहाँ स्पेन ने दस मंजिला भवन इसके कार्यालय के लिए प्रदान किया। यह पर्यटन का एक अन्तरराष्ट्रीय मंच है जहाँ सरकारी और गैरसरकारी इकाइयाँ पर्यटन सम्बन्धी समस्याओं पर विमर्श करती हैं तथा यह अन्तरराज्य पर्यटन के सर्वांगीण विकास की दिशा में सहयोग करता है।

यह संस्था सभी पर्यटन संगठनों ITA, ILO, ICAO आदि के सहयोग से कार्यरत है। इसकी सदस्यता तीन प्रकार की है – पूर्ण सदस्यता (Full Membership), सहायक सदस्यता (Associate Membership) तथा सम्बद्ध सदस्यता (Affiliated Membership)। पूर्णसदस्यता राजतन्त्रीय या पूर्ण राज्यों को दी जाती है। सहायक सदस्यता उन क्षेत्रीय राज्यों को दी जाती है जो अपना बाह्य सम्बन्ध स्वयं नहीं स्थापित कर सकते पर उनका प्रधान राज्य स्थापित करता है। सम्बद्ध सदस्यता उन अन्तरराष्ट्रीय एवं प्रशासकीय इकाइयों को दी जाती है जो पर्यटन से सम्बन्धित हैं तथा उनसे व्यापारिक विकास सम्भव हो सकता है। उदाहरण स्वरूप भारत पूर्ण राज्य होने के कारण इसका पूर्ण सदस्य है जबकि (Indian Airlines) एक अन्तरराष्ट्रीय सम्बन्ध की संस्था होने के कारण इसका सम्बद्ध सदस्य है।

इस संस्था का मुख्य कार्य है संसार के पर्यटन सम्बन्धी आँकड़ों को एकत्र करना, उनका विश्लेषण करना, उनके आधार पर शोध करना तथा विविध देशों के पर्यटन सम्बन्धी नियमों का संकलन करना, सुविधाओं की जानकारी एकत्र करना तथा भविष्य में होने वाली परिस्थितियों एवं परिवर्तन से परिचित कराना। साथ ही इन तथ्यों को वह अपने सदस्यों को जानकारी हेतु प्रेषित करती रहती है। इसके साथ पर्यटन में होने वाली कठिनाइयों को सहयोगी संगठनों द्वारा कम करता है और स्वतन्त्र पर्यटन के लिए सुविधाएँ जुटाता है। यह बैठकों, समितियों का आयोजन करता है तथा उनकी समस्याओं को मिलाकर कुछ निवारण करने की व्यवस्था करता है। International Centre for Advanced Tourism Studies (CIEST) के द्वारा यह व्यवस्थित प्राविधिक शिक्षा देता है। इसके लिए पत्राचार पाठ्यक्रम तथा आवासीय केन्द्रों की व्यवस्था की जाती है।

इस संगठन के मुख्य अंग हैं :—

(1) सामान्य सभा (*General Assembly*) — यह सदस्यों से निर्मित होती है। प्रत्येक प्रकार के सदस्य इसके प्रतिनिधि चूने जा सकते हैं। इसकी बैठक प्रति दूसरे वर्ष होती है। कोई भी समस्या जो इसके विचार क्षेत्र की होती है उसके ऊपर यह अपना निर्णय देती है। इसकी छः क्षेत्रीय समितियाँ हैं। ये क्षेत्र हैं – अफ्रीका, अमेरिका, मोयोफ, पश्चिमी एशिया, पैसफिक क्षेत्र एवं पूर्वी एशिया तथा दक्षिणी एशिया। इन क्षेत्रीय समितियों का कार्य है कि जो भी सामान्य सभा का निर्णय हो तथा कार्यकारिणी समिति का प्रस्ताव हो उसको लागू करना।

(2) कार्यकारिणी समिति *(Executive Council)*—इसके प्रतिनिधि पूर्ण सदस्यों में से होते हैं। क्षेत्रीय आधार पर पाँच पूर्ण सदस्यों में से एक सदस्य को इसके प्रतिनिधि के रूप में चयनित किया जाता है। इसकी बैठक वर्ष में दो बार होती है। यह नीति निर्धारण का कार्य करती है।

(3) सेक्रेटेरियट *(Secretariate)*—इसका प्रधान सेक्रेटरी जेनरल होता है। उसकी सहायता के लिए एक कार्यालय होता है। जो भी कुछ सामान्य सभा तथा कार्यकारिणी समिति का निर्णय होता है उसको कार्य रूप में लाने की प्रक्रिया का यह उत्तरदायित्व वहन करती है।

(4) फैसिलिटेशन समिति *(Facilitation Committee)*—इसके प्रमुख कार्य हैं— पासपोर्ट, बीमा की व्यवस्था करना तथा उसके नियमों को सरलीकरण कराना। विदेशी मुद्रा परिवर्तन के नियम को शिथिल करना तथा स्वास्थ्य सम्बन्धी नियमों का निर्धारण करना।

इण्टरनेशनल कान्फ्रेंस एण्ड कन्वेंशन एसोसिएशन

इसका मुख्यालय नीदरलैण्ड के एमेस्टर्डम नामक स्थान में है। इसके प्रमुख उद्देश्य हैं:—

(1) अन्तरराष्ट्रीय संगठन को विकसित करना।

(2) बैठक बुलाना।

(3) प्रदर्शनियों को आयोजित करना।

75 देशों ने इसकी सदस्यता स्वीकार की है। इसके सदस्य हैं– राष्ट्रीय पर्यटन अधिकारी, एजेण्ट, व्यावसायिक संगठन नियोजक, हवाई जहाज के यात्री संगठन, होटल आदि। जब पर्यटन का समय नहीं रहता उस समय अन्तरराष्ट्रीय कन्वेंशन का कार्य विभिन्न देशों की पर्यटन इकाइयाँ करती हैं। विश्व के प्रमुख देश अपने यहाँ Convocation Bureau की व्यवस्था रखते हैं। भारत में भी दिल्ली में एक छोटी इकाई कन्वेंशन के लिए खोली गयी है। ये प्रायः अपनी बैठकें बुलाकर पर्यटन की समस्याओं को सुलझाती हैं तथा प्रचार की व्यवस्था करती रहती हैं।

भारत में पर्यटन संगठन

भारत में पर्यटन संगठन का प्रारम्भ सारजेण्ट कमीशन की रिपोर्ट के आधार पर 1946 में विधिवत् किया गया। इसके लिए 1948 में एक अस्थायी समिति का गठन किया गया कि वह इस देश में विकास का मार्ग सुझावें। इसके सुझावों के आधार पर 1949 में एक Tourist Traffic Branch स्थापित हुआ तथा इसकी क्षेत्रीय शाखाएँ दिल्ली और मुम्बई में खोली गईं। इसकी सफलता को देखकर 1941 में कोलकाता और चेन्नई के महानगरों में भी दो और शाखाएँ खोली गयीं। इनके प्रमुख कार्य थे:—

(1) देश में उपलब्ध पर्यटन साधनों का सर्वेक्षण करना।

(2) **सरकार को सलाह** देना कि किस प्रकार होटल, परिवहन आदि को बढ़ा दिया जा **सकता हैं तथा इसे** विकसित किया जा सकता है।

(3) **राज्य सरकारों से इस** दिशा में सम्पर्क स्थापित करना।

(4) **पर्यटन व्यवसाय** और साहित्य तथा सूचना को सम्बन्धित क्षेत्रों में प्रसारित करना।

सर्वप्रथम इस दिशा में 1952 में **न्यूयार्क** में भारत अपना कार्यालय खोला। इसके बाद **लन्दन, पेरिस, कोलम्बो, सेनफ्रांसिसको तथा मेलबोर्न में भी ऐसे ही कार्यालय खोले गए।** 1955

में उपर्यकित प्रत्येक मुख्यालयों में अतिरिक्त चार और शाखाएँ खोली गईं। 1957 में फैकफर्ट में भी एक कार्यालय खुला।

1958 मार्च में Tourist Traffic Branch के स्थान Department of Tourism की स्थापना की गई। इसे Ministry of Transport and Communications के अन्तर्गत रखा गया क्योंकि तब पर्यटन मंत्रालय का विभाग नहीं था। Department of Tourism कार्य Director General की देख-रेख में होता था। इसके सहयोग के लिए Deputy Directors की नियुक्तियाँ की गई थीं। इस विभाग से सम्बन्धित प्रत्येक इकाई एक Deputy Director की देखरेख में सौंपी गई। इसके लिए एक सलाहकार समिति (Advisory Council) भी बनायी गई, जिसे Tourism Development Council के नाम से जानते थे।

पर 1962 में पर्यटन की दिशा में अप्रत्याशित ह्रास हुआ। इसके परिणाम स्वरूप **एल० के० झा०** (L. K. Jha) की अध्यक्षता में समिति का गठन इसकी गिरती समस्या के जाँच के लिए हुआ। इसने जाँच के बाद अपना प्रतिवेदन प्रस्तुत किया जिसमें विकास के लिए अनेक सुझाव दिए गए। इसके सुझावों का क्रियान्वयन 1965 में किया गया। इसके अनुसार तीन राजकीय निगमों की स्थापना की गई:—

(1) Hotel Corporation of India Limited.
(2) Indian Tourism Corporation Limited.
(3) Indian Tourism Corporation Undertaking Limited.

किन्तु ये निगम अलग-अलग बहुत संतोषजनक रूप से कार्य नहीं कर रहे थे। इसलिए इनको 1966 से एक निगम के अन्तर्गत समाहित कर दिया गया। इस निगम का नाम Indian Tourism Development Corporation Limited रखा गया।

1967 में भारत सरकार में एक अलग पर्यटन मंत्रालय (Ministry of Tourism) स्थापित हुआ। इसके प्रथम मंत्री डॉ० कर्ण सिंह नियुक्त किए गए। अब Development of Tourism इसी के अधीन हो गया। इसके कई अनुभाग आज कार्यरत हैं।

पर्यटन मंत्रालय

पहले पर्यटन का अलग मंत्रालय भारत में नहीं था। यह वित्त मंत्रालय का एक भाग मात्र था। तब पर्यटन इतना विकसित नहीं था। पर जब पर्यटन एक विकसित स्वरूप में सामने आया और इसके क्षेत्र का विस्तारीकरण होने लगा तथा भारत के आय का यह एक विकसित स्रोत बना। तब से इसे बढ़ावा देने की योजना भारत सरकार के सम्मुख आई। अतः सरकार ने इसको अधिक स्वतंत्र और विकसित बनाने के लिए इसका एक अलग मंत्रालय बना दिया 'पर्यटन मंत्रालय' तथा इसका दायित्व एक कैबिनेट स्तर के मंत्री के हाथ में सौंप दिया। उसे पर्यटन मंत्रालय का नाम दिया गया। तब यह वित्त मंत्रालय से अलग एक स्वतंत्र मंत्रालय का रूप धारण कर सका।

इस मंत्रालय की व्यवस्था के लिए पर्यटन मंत्री के नीचे विभिन्न पद सृजित किए गए और उनको पर्यटन विकास सम्बन्धी कार्यों के विषय का दायित्व सौंपा गया। उन सबकी जिम्मेदारी क्रमशः पर्यटन मंत्री के प्रति होती थी। अपने उच्च अधिकारियों के स्तर से होते हुए इस क्रम में सबसे प्रमुख विभाग का प्रधान है सचिव। इसके साथ ही इसके सहयोगी हैं डाइरेक्टर जेनरल टूरिज्म तथा पदेन सहायक सचिव। दूसरा है चेयरमैन टूरिस्ट बोर्ड। डाइरेक्टर

ज़ेनरल ही प्रायः टूरिस्ट बोर्ड का चेयरमैन होता है। इनके जिम्में मुख्य कार्य हैं:—

(1) पर्यटन शिक्षा और प्रशिक्षण।

(2) विपणन—देश के भीतर के पर्यटन कार्यालय तथा विदेशों में पर्यटन की वृद्धि के लिए स्थापित पर्यटन केन्द्रों और कार्यालयों की स्थापना करना।

(3) विकास।

(4) नियोजन—योजना बनाना, शोध कराना, आँकड़ा एकत्रित करना तथा मानक बनाएँ रखने की योजना देना।

(5) अन्तर्राज्यीय पर्यटन सहयोग स्थापना—इसमें यह आर्थिक सहयोग तथा विकास हेतु प्रेरणा देता है।

(6) विभिन्न प्रकार के पर्यटनों को बढ़ावा देना—सामाजिक, सांस्कृतिक, खेलकूद, वन्यप्राणी, पर्वतारोहण, समुद्रतटीय आनन्द, गोल्फ आदि।

(7) विभिन्न प्रकार के आवासों की व्यवस्था—यात्री निवास, बसेरा, युवा होस्टल, पर्यटन ग्राम, विभिन्न ग्रुप के होटल आदि।

(8) अन्य सुविधाओं की व्यवस्था—यातायात, भोजन, सुरक्षा आदि।

(9) पर्यटन विभाग की स्थापना और उसमें कार्य वितरण।

(10) नेशनल काउंसिल फॉर होटल मैनेजमेण्ट, खान-पान की प्राविधिकी, इन्स्टीट्यूट ऑफ होटल मैनेजमेण्ट एण्ड फूडक्राफ्ट संस्थान, भारतीय पर्यटन और यात्रा प्रबंधन (Indian Institute of Tourism & Travel Management), इण्डियन टूरिज्म डेवलपमेण्ट कॉरपोरेशन द्वारा पर्यटन के विकास में सहयोग देना।

(11) बाहरी भवनों के निर्माण तथा विशिष्ट पर्यटन केन्द्रों में विकास का कार्य करने के लिए बजट में प्रावधान करना।

(12) होटल, खानपान उद्योग के विकास में विशेष सहयोग करना।

इसके सहयोगी के रूप में ज्वायण्ट डाइरेक्टर, एडिशलनल डाइरेक्टर, डिप्टी डाइरेक्टर आदि अनेक अधिकारी होते हैं तथा उनका अलग-अलग कार्यालय भी होता है।

पर्यटन विभाग
(Department of Tourism – DOT)

इस विभाग की स्थापना भारतीय पर्यटन को बढ़ावा देने के लिए, पर्यटन सम्बन्धी इमारतों के निर्माण, नियमित रूप से पर्यटकों की संख्या में वृद्धि हेतु तथा इसके विषय में नई योजनाएँ बनाने के लिए किया गया है। इसके प्रमुख कार्य हैं:—

(1) देश के बाहर स्थापित पर्यटन विभागों से सम्पर्क रखना कि पर्यटन की दिशा का ज्ञान प्राप्त कर तदनुसारं नई व्यवस्थाएँ की जाएँ।

(2) विदेशी पर्यटकों की संख्या में वृद्धि के लिए विदेशी पर्यटन विभागों से सहायता लेना कि इसका विपणन जापान, चीन, यूरोप आदि में बढ़े।

(3) नये-नये पर्यटन स्थलों और पर्यटन की दिशाओं को खोजना जहाँ पर्यटकों को आकर्षित कर बुलाया जा सके।

(4) पर्यटकों की सुविधा के लिए-नये आवासी भवनों (होटल, मोटल, यात्री निवास,

बसेरा, पर्यटन ग्राम आदि) की व्यवस्था करना कि पर्यटकों को आने पर असुविधा न हो।

(5) पर्यटन में नई सुविधाओं के लिए यातायात के समुचित व्यवस्था करना, पर्यटन चक्र बनाना, पर्यटन गाइडों की नियुक्ति करना, सड़कें, बिजली व्यवस्था, भोजन व्यवस्था को हर परिस्थिति के योग्य बनाना कि विदेशी पर्यटक विदेश में भी घर का अनुभव करें।

(6) बाहरी एजेंसियों से सम्पर्क कर जहाँ इसका अपना कार्यालय नहीं है वहाँ अपने देश के लिए उचित प्रचार, साहित्य वितरण, सूचना प्रसारण आदि द्वारा देश के पर्यटन केन्द्रों और सुविधाओं को उजागर कर पर्यटकों को आकर्षित करना।

(7) इस देश में पर्यटकों को होने वाली असुविधाओं को दूर करना।

(8) पंचवर्षीय योजनाओं में नये आयाम जोड़ने की दिशा में राज्य सरकार, पर्यटन विकास कॉरपोरेशन (Tourist Development Corporation) को सहायता देना।

(9) पर्यटकों के आकर्षण के लिए उत्सवों, स्थानीय कला प्रदर्शनियों, ग्राम्य दृश्यों, विशेष पर्वों पर मेलाओं आदि का आयोजन कर विदेशियों को आकर्षित करना।

(10) पर्यटन सम्बन्धी जितनी भी आनुषंगिक संस्थाएँ हैं जैसे यातायात, होटल, यात्रा एजेंसियाँ, टूर ऑपरेटर आदि के सम्बन्ध में नियम बनाकर उनमें लागू करना कि वे मनमानापन न कर सकें।

(11) विभिन्न केन्द्रों पर समय-समय पर पर्यटन पर संगोष्ठियाँ आयोजित करना, विदेशियों को उसमें बुलाना, देश के पर्यटन से जुड़े संस्था के प्रधानों को बुलाकर उनसे नई दिशा की ओर सुझाव लेना।

(12) सभी राज्यों के पर्यटन मंत्रियों का सम्मेलन करना और उनकी समस्याओं के सामूहिक कारण और निराकरण के विषय में एक मंच पर आम राय काम करना।

(13) इसी के प्रयास से Indian Convertion Promotion Bureau (ICPB) की स्थापना की गई है जिसमें पर्यटन विभाग, होटल, संस्थान, राष्ट्रीय उड्डयन क्षेत्रों, यात्रा एजेंसियों, राज्य पर्यटन विकास संस्थानों आदि के सदस्यों का सम्मेलन कर International Congress and Convetional Association की स्वीकृति प्राप्त कर अपना विकास किया है।

(14) इसमें सांस्कृतिक अदल-बदल नीति (Cultural Exchange Programme) की व्यवस्था कर दूसरे देशों में अपना महोत्सव तथा अपने देशों में दूसरे देशों का महोत्सव मनाने की योजना से पर्यटन को बढ़ाया है।

(15) इसकी प्रेरणा से प्रायः विभिन्न देशों के पर्यटन स्थलों में भारतीय पर्यटन के प्रमुख आकर्षणों के लिए एक अलग सेल की व्यवस्था हो सकी है जैसे भारतीय बौद्ध स्थलों का प्रदर्शन जापान, थाईलैण्ड आदि में करना जिससे वहाँ के पर्यटक भारत तो आते ही हैं साथ-साथ बौद्ध दर्शनीय स्थलों की दयनीय दशा के सुधार में अपना योगदान सड़क निर्माण, अपने यात्रियों के होटल, बीच में सुविधा के लिए विश्रामगृह बनाना, बौद्ध क्षेत्रों को हवाई मार्ग से तथा सड़क मार्ग से जोड़ने का खर्च देना आदि सम्भव हो सका है। इसी प्रकार संयुक्त राज्य के राष्ट्रीय उद्यान में भारतीय संस्कृति परम्परा के प्रदर्शन को स्थान प्राप्त हो सका है।

(16) दूसरे देशों से मिलकर पर्यटन सहयोगी संघों का निर्माण करना जैसे जर्मनी से भारत में बड़ी संख्या में पर्यटक आते हैं अतः वहाँ INDO–FRG Corporation (INDO – भारतीय + FRG फेडरल रिपब्लिक आफ जर्मनी) की स्थापना करना।।

आज की नई दिशाएँ

आज पर्यटन एक उद्योग बन गया है। जुलाई 1984 में राष्ट्रीय विकास कौंसिल (National Development Council) ने एक प्रस्ताव पारित किया कि *'भारत में पर्यटन सम्बन्धी सम्भावनाओं के विकास का एक विस्तृत आधार है। अतः पर्यटन को उद्योग का दर्जा देना चाहिए। निजी पक्षों को पर्यटन के विकास में प्रोत्साहित करना चाहिए तथा सरकारी पक्षों को पर्यटन क्षेत्र में बड़े भवनों के निर्माण के विषय में प्रेरित करना चाहिए।''* यह प्रस्ताव कुछ ही राज्यों को छोड़कर सबने मान कर अपने-अपने राज्य में पर्यटन को उद्योग का दर्जा प्रदान कर दिया। जिन राज्यों ने तब इसको यथावत नहीं माना था तो उन्होंने अपने यहाँ के होटल व्यवसाय को जो पर्यटन व्यवसाय सबसे बड़ा सहयोगी है उद्योग का दर्जा प्रदान कर दिया। अब तो प्रायः उन्होंने भी पर्यटन को उद्योग मान लिया है।

आज जिन पर्यटन विधाओं पर सरकार का विशेष बल है वह है घरलू पर्यटन। इससे देश में एक हाथ में पूँजी का संचयन न होकर उसका वितरण विभिन्न राज्यों में बिना किसी बाहरी दबाव के सम्भव हो सकेगा। दूसरे, वे लोग जो भारत के विषय में बहुत नहीं जानते वे अपने देश के विषय में जान सकेंगे। इनसे प्राप्त पैसे से ही भारत के पर्यटन स्थलों का मास्टर प्लान बनाकर उनका विकास सम्भव हो सकेगा। इसमें एक स्थान पर किसी ऋतु विशेष में बढ़ती जनसंख्या का दबाव भी नहीं रहेगा। लोगों के पर्यटन से इसमें कमी आई है। पहाड़ जो जाड़े तथा बरसात में वहाँ की प्राकृतिक असुविधा के कारण खाली और सूने पड़े रहते हैं वे गर्मियों में अत्यन्त भीड़-भाड़ युक्त हो जाते हैं। हिमालय क्षेत्र इसका सबसे ज्वलंत उदाहरण हैं। जहाँ कभी सन्नाटा पसरा रहता था आज वहाँ पर्यटकों के दृष्टिगत बड़े भवनों के निर्माण, सुविधाओं की व्यवस्था, सुरक्षा के प्रबंध आदि होने के कारण पूर्ण जागृति रहती है।

इसी प्रकार मरुस्थल जो सदा उपेक्षित रहा तथा समुद्र तट केवल मछुआरों का स्थान था आज एक पर्यटकों का आकर्षण बना है। मरुस्थल की संस्कृति के प्रसार ने न उनके स्थानों को सजाया है बल्कि वहाँ की संस्कृति की धाक विदेशों में फैली है। वहाँ सैलानियों का दल वर्ष भर आता है कुछ वहाँ का प्राकृतिक आनन्द लेने, कुछ वहाँ की विशिष्ट सांस्कृतिक विरासत देखने, कुछ वहाँ की ऊँट की सवारी करने, कुछ पुराने राजघरानों का वैभव देखने आदि। इसका परिणाम है कि वह बियावान इलाका आज खुशहाल हो गया है। वहाँ अनेक उद्योग चल रहे हैं। वहाँ के लोग जो कभी भूखे पेट भारत के विभिन्न भागों में टहलते थे वे आज बाहर से श्रमिकों को बुलाकर अपनी प्राकृतिक सम्पदा का दोहन कर बडे-बड़े नगरों और उद्योगों को विकसित किएँ हैं। इससे सरकार को भी नएँ पर्यटन आयाम शुरू करने के अवसर मिले हैं जैसे पैलेस आन ह्वील (Palace on Wheels) नामक गाड़ियाँ चली है जिसमें सम्पन्न लोग सुविधापूर्वक वहाँ के प्राकृतिक थपेड़ों को हटाकर वहाँ का आनन्द लेते एक निश्चित समय में राजस्थान का दौरा करने के लिए लालायित रहते हैं। आज पर्यटन की देन ने राजस्थान का फिर भाग्य बदला है। विदेशी जोड़े वहाँ आकर यहाँ के परम्परागत वस्त्रों में अपना पुनर्विवाह भारतीय शैली में रचाते हैं।

समुद्र का सूना तट जो कभी केवल मछुआरों की जीविका का आधार था वह आज सैलानियों की भीड़ से भरा रहता है। वे यहाँ समुद्र के प्राकृति का आनन्द लेने के साथ वहाँ के बालू, धूप और सागर की लहरों में अपने को आज के धमाचौकड़ी से ऊबकर भुलाने चले आते हैं। जहाँ कभी सन्नाटा पसरा रहता था, कुछ मछुआरों की नावें होती थीं तथा

किनारे पर झोपड़ियाँ होती थीं वहाँ आज इन पर्यटकों के कारण बड़ी-बड़ी विभिन्न प्रकार के होटलों की अट्टालिकाएँ खड़ी है। वहाँ समुद्र के किनारे सैलानियों का दल अपने विशेष अन्दाज में उसके तट पर पड़ा रहता है, वहाँ बड़ी-बड़ी नौकाएँ समुद्र में घूमने तथा छोटी नौकाएँ जल विहार के लिए बंधी दीखती है। वहाँ का सीप, मछली, खजूर के पत्ते, विशेष वन स्थितियों की बनी सामग्रियों आदि का उद्योग खूब फल-फूल रहा है। वहाँ धूप में पड़े नंग-धड़ंग सैलानी स्थानीय जड़ी बूटियों के तेल से अपने शरीर की मालिश कराते हैं। वहाँ के प्रकृति में उगने वाले ताड़ के पत्तों से बने वाद्यों और क्रीड़ा सामग्रियों का आनन्द लेते हैं।

इसी प्रकार कश्मीर की घाटी भी जाड़ों में जहाँ बर्फ के गिरने के कारण कभी वहाँ के लोग अपना आवास छोड़ कर नीचे आते थे आज वहाँ विदेशी स्केइंग के लिए जाते हैं और वहाँ के लोग उनके अपेक्षा की सामग्रियों की दूकानें लगाकर वहीं रुकते और पैसा कमाते हैं। वहाँ इसके प्रशिक्षण की भी व्यवस्था की गई है कि विदेशी और घरेलू पर्यटक भी आकर इसका प्रशिक्षण प्राप्त करें।

जल-क्रीड़ा के लिए भी आज सरकार की ओर से पर्यटन विकास ने कई स्थानों की स्वीकृति प्राप्त कर वहाँ क्रीड़ा केन्द्र खोल दिया है जैसे लखनऊ, चिलका झील, नागार्जुनी सागर, विजयवाड़ा, पाण्डीचेरी, लक्षद्वीप आदि में। इसके कारण वहाँ के अनेक लोगों को व्यवसाय मिल सका है।

पर्वतारोहण, पर्वत पर ऊपर से नीचे की ओर घुमावदार रास्ते से उतरना, नदी में तैरकी आदि की साहसी योजनाएँ तथा हाथी पर चढ़ कर जंगलों में शिकार का दृश्य देखने तथा उसमें भाग लेने के लिए सरकार की सहायता पर विभाग ने योजनाएँ बनाई है। इसी के दृष्टिगत वहाँ अभयारण्यों की स्थापना की गई है जैसे आसाम में काज्जीरंगा में।

लकड़ी की गाड़ी पर बैठकर कुछ दूर यात्रा करने की भी योजना पूर्व परम्परा में बनाई गई है। जबलपुर के भेड़ाघाट में बसेरा होटल में पूरी व्यवस्था लकड़ी के सामानों के सहारे ही की गई है। वहाँ बाहर बैलगाड़ी रखी है। लकड़ी की लालटेन बनाकर उसमें बल्ब लगाकर रोशनी की व्यवस्था की गई है तथा ठहरने का आवास भी बाहर से लकड़ी की पट्टियों की दीवाल तथा ऊपर से फूस के छाजन का बनाया गया है। लकड़ी के डंडों के सहारे लोकनृत्य का दृश्य रात्रि को ठहरने वाले यात्रियों के लिए प्रस्तुत किया जाता है। इसे Trekking कहते हैं। ऐसी व्यवस्था सिक्किम, हिमाचल प्रदेश, जम्मू-कश्मीर, तमिलनाडु, केरल आदि में भी की गई है।

इसके लिए आज सरकार ने यात्रियों को सुविधा प्रदान करने के लिए सड़क के किनारे विशिष्ट प्रकार के पर्यटन केन्द्रों की स्थापना की है जहाँ वे यात्रा के समय ठहर कर भोजन और विश्राम कर सकते हैं। प्रायः वे धार्मिक स्थान जो सड़कों द्वारा विदेशी निवेश के आधार पर जोड़े गए हैं वहाँ बड़ी ही भव्य प्रकार की ऐसी व्यवस्था की गई है। वाराणसी से कुशीनगर जाते समय गाजीपुर के पास पर्यटन विभाग द्वारा ही एक सुविधापूरक होटल स्थापित किया गया है। इसी प्रकार केन्द्रीय पर्यटन मंत्रालय ने सस्ते आवास के लिए राज्य सरकारों और केन्द्र शासित राज्यों में 'यात्री निवास' बनाने के लिए सहायता प्रदान किया है। साथ ही, सराय, मुसाफिर खाना आदि नाम के आवास गृहों के निर्माण का कार्य आवास-विकास समिति को सौंपा गया है तथा इसमें 90% तक सहायता राशि प्रदान करी जाती है।

छोटे-छोटे पर्यटन केन्द्रों पर केन्द्र अथवा राज्य सरकारों ने टूरिस्ट आफिस खोल रखा है। प्रत्येक राज्य के केन्द्रों में, बड़े शहरों में तथा विकसित पर्यटन स्थलों पर भी ये पर्यटन (Tourist-Office) कार्यालय खोले गए हैं जिनका प्रधान पर्यटन अधिकारी [Tourist Officer = TO] होता है। इसमें लिपिक के अतिरिक्त कई अन्य सहायक भी रहते हैं जो यात्रियों का सहयोग करते हैं। यहाँ यात्रा सम्बन्धी पुस्तकें, विवरण तथा यात्रियों की सुविधा की पूरी जानकारी विद्यमान होती है। कहीं-कहीं इन कार्यालयों के साथ पर्यटन विश्रामगृह की भी व्यवस्था की गई है।

द्वीप समूहों में पर्यटन संगठन

यहाँ भी पर्यटन को विकसित करने की योजना सरकार के विचाराधीन थी। इसको दृष्टिगत पर्यटन मंत्रालय ने लक्षद्वीप, निकोबार आदि द्वीप समूहों के विकास के लिए एक योजना तैयार कराया था। इसके आधार पर आज द्वीप समूहों में पर्यटन को बढ़ावा मिल रहा है।

लक्षद्वीप समूह

यहाँ हवाई पट्टी तैयार की गई है कि शीघ्रता से पर्यटक पहुँच सकें। यह हवाई पट्टी अगत्ती में बनाई गई है। इसके साथ बनगाम द्वीप में एक आवासी व्यवस्था तैयार किया गया है इसी प्रकार की व्यवस्था कवरत्ती और कदमत द्वीप समूहों में भी की गई है। साथ ही, यहाँ समुद्र पार स्थानों में विपणन की भी व्यवस्था की गई है। इसके लिए स्थानीय लोगों के विशेष प्रशिक्षण का भी प्रबन्ध है। इसी का परिणाम है कि वायुदूत की उड़ाने लक्षद्वीप के लिए सप्ताह में तीन दिन कोचीन से आगत्ती के लिए कराई जाती हैं। छात्रों और युवाओं को वहाँ के पर्यटन की ओर विशेष प्रोत्साहित करने के क्रम में बनगारम द्वीप को भी विकसित किया गया है। इनके पर्यटन के लिए Asoka Travel and Tours ने विभिन्न प्रकार के पैकेज टूर की व्यवस्था की है। जड़ क्रीड़ा की सुविधाएँ यहाँ प्रदान की गई हैं। जल सम्बन्धी क्रीडा की व्यवस्थाएँ भी यहाँ की गई है जैसे छोटी नौकाओं से जलयात्रा करना, पतली नौकाओं से तेजी से समुद्र में चलना, समुद्र में नौकाओं को लेकर गोताखोरी करना आदि। लक्षद्वीप का सबसे महत्त्वपूर्ण पर्यटन स्थल बनगारम है जहाँ बड़ी संख्या में विदेशी पर्यटक आते रहते हैं। यहाँ सरकारी योजना से धन प्राप्त कर स्थानीय लोगों ने दो कमरों की झोपड़ियाँ तैयार किया है जो किराये पर विदेशियों को देते हैं। इससे उनके आवास तथा यहाँ के रहने वालों के आय की व्यवस्था हो जाती है। यहाँ एक संस्थान है SPORTS (Society for Promotion of Recreational Tourism and Sport) जिसके कार्यकर्ताओं को हरियाणा में हरियाणा पर्यटन संघ द्वारा प्रशिक्षित किया जाता है कि लक्षद्वीप की यात्रा को आकर्षक बनावें।

अण्डमान-निकोबार द्वीप समूह संगठन

अण्डमान प्रशासन की स्वीकृति लेकर पोर्ट-ब्लेयर में राजकीय उड्डयन विभाग ने एक हवाई अड्डा बनाया है जहाँ बड़े-बड़े जहाज उतरते हैं। यहाँ के लोगों को पर्यटन से जोड़ने के लिए यहाँ के छात्रों के लिए होटल मैनेजमेण्ट, खान-पान प्रशिक्षण संस्थान में विशेष स्थान आरक्षित किये गये हैं। पोर्ट-ब्लेयर में स्थानीय लड़कों को गाइड के कार्य के प्रशिक्षण के लिए आगन्तुको को सही निर्देशन दे सकें तथा पर्यटन में सहायक हो सकें गाइड प्रशिक्षण पाठयक्रम चलाया गया है। यात्रियों के विश्राम के लिए यात्री-निवास भी पोर्ट-ब्लेयर में बनाया गया है। चूँकि

इसमें स्थान की कमी थी इसलिए हेवालाक द्वीप में दूसरा और यात्री-निवास भी बना है। यहाँ पर्यटकों के आकर्षण का प्रमुख केन्द्र जल-क्रीड़ा सम्बन्धी व्यवस्था है जिसके लिए सरकार ने विशेष सुविधा प्रदान किया है। यही वह स्थान था जहाँ भारत के स्वतंत्रता संग्राम सेनानियों को अंग्रेजों ने प्रताड़ना के रूप में जाल से घिरे जेल बनवाकर इसमें रखा था। जब यह पूर्ण निर्जन और वन्य कीटों से भरा था। उस दृश्य को यादगार के रूप में प्रदर्शित करने के लिए साउण्ड-लाइट व्यवस्था द्वारा उसका प्रदर्शन का भी यहाँ विधान है। यहाँ भारत के किसी भाग के आगन्तुक घरेलू पर्यटक माने जाते हैं। यहाँ विदेशियों को भी सुविधापूर्वक प्रवेश प्राप्त होता है। यहाँ के दो द्वीपों नेल और हेवलाक में भी विदेशियों के ठहरने की सुविधाएँ उपलब्ध हैं।

पर्यटकों को इन द्वीपसमूहों का ज्ञान देने का अधिकतम प्रयास टी० वी०, रेडियो, बुकलेट, फोल्डर आदि द्वारा किया जा रहा है कि अधिक लोग यहाँ इसे देखने आवें कि यह अवकाश के दिनों में पर्यटकों से भरा रहे।

यात्राओं के राजपत्रित अधिकार

भारत की भौगोलिक स्थिति कुछ इस प्रकार की है कि हवाओं के रुख प्रायः पड़ोसियों की ओर यहीं से होकर मुड़ते हैं। इसलिए अन्तरराष्ट्रीय सीमा पार के यात्री यहीं से होकर प्रायः आगे बढ़ते हैं। इसलिए यहाँ अन्तरराष्ट्रीय हवाई अड्डे कई हैं और कई अभी, कई प्रस्तावित हैं कि ये पड़ोसी देशों के यात्रियों के यहाँ ठहरने के लिए आकर्षित करें। इसके लिए भारत सरकार ने अपने हवाई अड्डों पर विदेशी उड़ानों को उतरने, कोयला-पेट्रोल लेने, यात्रियों को ठहरने की छूट नियमतः दिया है। यह भी छूट है कि एक हवाई जहाज की उड़ान से यात्री यहाँ आवें और यहाँ अड्डे पर उतरकर छक लें। फिर इसी उड़ान से दूसरे अड्डे से वे आगे की यात्रा करें। वहाँ पहुँचाने के लिए बीच में हवाई जहाज की व्यवस्था की गई है।

यहाँ सड़क यात्राओं को बढ़ावा देने के लिए निम्न व्यवस्था की गई है:—

(1) यहाँ के एजेण्टों का मान्यता पत्र वार्षिक दिया जाता था अब उसकी अवधि बढ़ा दी गगी है।

(2) जो टैक्स की सुविधाएँ देश के दूसरे उद्योगों को दी जाती हैं इसको भी प्रदान की गई है।

(3) सरकार ने उन पर्यटन एटेण्टों या ऑपरेटरों को प्रोत्साहन-पारिश्रमिक देने की घोषणा है जो अधिक यात्रियों को लाने में सफल होगा। इससे इनमें परस्पर प्रतिस्पर्द्धा जगेगी।

(4) सरकार राज्य परिवहन की मोटर कार जो कुछ चली है उनको अच्छी हालत में करके मोटर चालकों, एजेण्टों, टूर ऑपरेटरों को देता है कि सस्ते निर्धारित कीमत पर केवल पर्यटन कार्य के लिए प्रयोग में लाई जाय।

(5) इन पर्यटन एजेण्टों आदि को नई गाड़ियाँ खरीदने के लिए 3% ब्याज पर स्टेट बैंक ऑफ इण्डिया द्वारा ऋण दिलाने की व्यवस्था की गई है।

(6) रेण्ट-ए-कार-योजना (Rent-a-car scheme) में भारत के कुछ कम्पनियों को भारत सरकार ने जानी मानी विदेशी कम्पनियों के साथ सहयोग करने की स्वीकृति दी है। इसका परिणाम है कि सड़क यातायात में अन्तरराष्ट्रीय स्तर पर बड़ी सुविधा हुई है।

अन्य यात्राओं को बढ़ाने के अधिकार की व्यवस्था:—

(1) ऐतिहासिक इमारतों को जो अधिक महत्त्व की हैं वहाँ साउण्ड एण्ड लाइट शो की व्यवस्था यात्रियों के लिए की गई है। साथ ही, उन पर रात्रि को बड़ी तेज रोशनी डालकर उनकी शोभा को बढ़ाते हैं। ऐसी व्यवस्था ताजमहल, ग्वालियर के किले आदि में है। जब कभी महोत्सव मनाया जाता है तो वहाँ भी इसकी व्यवस्था होती है जैसे रामायण मेला अयोध्या, लखनऊ महोत्सव आदि में।

(2) मेलों और उत्सवों को बढ़ावा देने की योजना के तहत सरकार उनका बड़े पैमाने पर आयोजन करती है।

(3) केन्द्र सरकार ने राज्य सरकारों को सहायता देकर अनेक प्रकार के नावों को खरीदने का अवसर दिया है कि पर्यटक झीलों, तालाबों, नदियों आदि में पर्यटन का आनन्द ले सकें।

पर्यटन होटल और खानपान संस्थान का संगठन

पर्यटन संगठन का एक महत्त्वपूर्ण पक्ष है खानपान और होटल। यात्री बिना सुविधा के यात्रा नहीं कर सकता। आवश्यक है कि दोनों समय का भोजन उसके अनुसार मिले तथा ठहरने का भी उचित प्रबंध हो कि वहाँ वह घर की तरह की सारी सुविधाएँ प्राप्त कर सकें। 1982 में इसी दृष्टिकोण से खान-पान की व्यवस्था खाद्य विभाग से पर्यटन विभाग को स्थानान्तरित कर दिया गया। इसके पीछे कारण था कि यह एक व्यवसायिक क्रिया का रूप धारण कर चुका था। इसके साथ ही यह दृष्टिकोण था कि यह व्यवस्था विश्व स्तर पर बनाई जाय क्योंकि विश्व के सभी भागों से पर्यटक यहाँ आते रहते हैं। इस को इस स्तर पर लाने के लिए बहुद्देशी खान-पान के साथ स्वास्थकर भोजन का स्तर लाना था। इसके लिए प्रशिक्षण की महत्ता को देखते हुए होटल व्यवस्था के साथ-ही-खान-पान प्रविधिकता और न्यूट्रीशन में प्रशिक्षण को भी जोड़ा गया। खान-पान सम्बन्धी अलग प्रशिक्षण द्वारा के लिए 1990 में 14 संस्थान स्थापित किया गया जिनमें त्रिवर्षीय डिप्लोमा कोर्स चलाया गया। इसमें प्रशिक्षित लोगों को सेवा का अवसर सरकारी तथा गैर सरकारी ऐसी संस्थाओं में तत्काल प्राप्त हो जाता है। 1990 में Hotel Management, Catering Technology and Applied Nutrition की 12 प्रशिक्षण संस्थाएँ स्थापित हुईं।

पर आज विशेषीकरण के बढ़ते युग में दोनों के अलग-अलग संस्थानों की स्थापना हुई है। इसीलिए जहाँ इस प्रकार के प्रशिक्षण की सुविधा का अभाव था। वहाँ खान-पान संस्थान खोला गया है तथा इनको प्रबंधन स्तर पर विकसित किया गया है, जैसे होटल प्रबंधन संस्थान हुआ है। मुख्य रूप से आधुनिकीकरण को ध्यान में रखकर इस विशेषीकरण क्षेत्र को UNDP सहायता प्राप्त योजना के तहत चार प्रमुख केन्द्रों में सर्वप्रथम क्षेत्रीय दृष्टि से स्थापित किया गया – नई दिल्ली, मुम्बई, चेन्नई तथा कोलकाता। इसमें योग्य प्रशिक्षकों को जो विदेश के होटल संस्थान में सेवारत थे आमंत्रित कर प्रशिक्षण की व्यवस्था की गई कि इसका स्तर अन्तरराष्ट्रीय हो। इसको और बढ़ाने के लिए अन्तरराष्ट्रीय स्तर पर यहाँ संगोष्ठियाँ, कार्यशालाएँ आयोजित की जाती हैं और प्रशिक्षुओं को फैलोशिप देकर बाहर भेजा जाता है कि आधुनिकतम व्यवस्था को यहाँ लाया जाए। यही व्यवस्था होटल प्रबंधन के क्षेत्र में भी लागू की गई।

होटल और खानपान प्रबंधन को पूरे देश में एक समान स्तर लागू करने के लिए एक केन्द्रीय संस्थान National Council for Hotel Management and Catering

Technology स्थापित हुआ जिससे होटल प्रबंधन के सारे संस्थान जोड़े गये। इसके पहले एँ राज्य प्राविधिक शिक्षण बोर्ड से जुड़े थे। इस बदलाव के पीछे कारण था कि अब यह राष्ट्रीय स्तर के मान्यता का प्रमाण पत्र देने लगा। इसमें प्रवेश एक अखिल भारतीय स्तर पर आयोजित प्रवेश परीक्षा के आधार पर त्रिवर्षीय डिप्लोमा पाठ्यक्रम में लिया जाता है। इसके अतिरिक्त यह कौंसिल डिप्लोमोत्तर (Post Diploma) पाठयक्रम होटल प्रबंधन और खान-पान उत्पादन में देती है। इसमें विश्वस्तरीय विकसित ज्ञान के लिए एक केन्द्र पर सारी सम्बन्धित पुस्तकें, विडियो कैसेट जो सम्बन्धित विषय में प्रशिक्षण हेतु आवश्यक हैं उपलब्ध है। इन स्थानों की व्यवस्था का संचालन एक बोर्ड ऑफ गवर्नर्स द्वारा किया जाता है जो विभिन्न राज्यों में मनोनीत होते हैं। इसकी आर्थिक व्यवस्था के लिए केन्द्रीय सरकार अपने बजट से एक निर्धारित ग्राण्ट देती है कि इसके सारे व्यय पूरे हो सकें।

इसके अतिरिक्त इन संस्थानों के लिए केन्द्र स्वतंत्र भूमि सम्बन्धित विभिन्न राज्यों में आवाप्त करती है। खानपान प्रशिक्षण संस्थान का पूरा व्यय प्रथम पाँच वर्ष तक केन्द्र सरकार उठाती है। फिर इसकी जिम्मेदारी राज्य सरकारों की हो जाती है। उन छात्रावासों के लिए फूड-कारपोरेट संस्थान ऋण उगाहती है जिनमें इससे सम्बन्धित प्रशिक्षु रहते हैं। बढ़ती मांग को देखकर प्रतिवर्ष लगभग 2000 चयनित छात्रों को इस सम्बन्ध में प्रशिक्षित किया जाता है।

भारतीय पर्यटन सम्बन्धी सूचना केन्द्र

विविध देशों में भारत सरकार ने भारतीय पर्यटन सम्बन्धी सूचना केन्द्र स्थापित किया है जिनमें मुख्य हैं– आस्ट्रेलिया, कनाडा, फ्रांस, जर्मनी, इटली, जापान, नीदरलैण्ड, सिंगापुर, युनाइटेड किंगडम, युनाइटेड स्टेट्स ऑफ अमेरिका, दक्षिणी अफ्रिका, एशियाई संघ, न्यूयार्क, इजराइल, स्पेन, स्वेडन आदि। भारत में भी प्रायः प्रत्येक बड़े नगरों में, राज्यों की राजधानियों में, पर्यटन कार्यालय स्थापित किएँ गए हैं। इनका कार्य है पर्यटन सम्बन्धी पूछ-ताछ का जवाब देना, पर्यटन साहित्य का वितरण करना जिसे अब राज्य सरकारें सुविधा से उपलब्ध कराती, टूर-एजेण्टों की व्यवस्था कराना, टूर-ग्रिडों की सूचना देना, पैकेज टूर के सम्बन्ध में सुझाव देना आदि। विदेश के पर्यटन सूचना केन्द्र प्रचार-प्रसार द्वारा यात्रियों को भारत आने के लिए प्रेरित करते हैं तथा भारतीय संस्कृतिक विरासत के प्रसार हेतु अनेक आयोजन, मेला, गोष्ठियाँ आदि का आयोजन करते हैं। ये विशेष रुचि के पर्यटन की भी योजना बनाते हैं जैसे बौद्ध स्थलों का भ्रमण, कश्मीर का भ्रमण आदि।

पर्यटन प्रशिक्षण संस्थानों का संचालन

आज पर्यटन उद्योग ने भारत में 25 मिलियन लोगों को नौकरी दिया है। आशा है अगले 25 वर्षों में यह सुविधा 100 मीलियन पहुँच जायगी। इसके लिए प्रशिक्षित व्यक्तियों की आवश्यकता होती है कि कुशलता से पर्यटन को बढ़ावा मिले। इसके कारण आज पर्यटन के अध्ययन के लिए विभागीय तथा स्वतंत्र संस्थानों ने एक विषय के रूप में पर्यटन को पाठ्यक्रम में सम्मिलित किया है। इसका प्रशिक्षण आज अधिकांश विश्वविद्यालयों में द्विवर्षीय परास्नातक तथा एक वर्षीय डिप्लोमा कोर्स के रूप में दिया जा रहा है। कुछ व्यक्तिगत संस्थाओं ने पर्यटन से अलग प्रबंधन संस्थान तथा होटल प्रबंधन के संस्थान स्थापित किएँ हैं। आज चार संस्थान सरकार की ओर से Institute of Hotel Management, Catering Technology and Applied Nutrition के नाम से स्थापित किए गए हैं– मुम्बई, दिल्ली, कोलकाता, चेन्नई में। मेघालय और शिलांग में इस प्रकार के संस्थान के स्थापना की व्यवस्था

की जा रही है जो अगले वर्ष से कार्यरत हो जायगा। इसमें पर्यटन को बढ़ावा देने के सारे आयामों पर कार्य हो रहा है। इसमें अन्तरराष्ट्रीय स्तर का पाठ्यक्रम रखा गया है। इण्डियन इंस्टीट्यूट ऑफ टूरिज्म एण्ड ट्रैवेल मैनेजमेण्ट (IITTM) पर्यटन और सांस्कृतिक मंत्रालय के अन्तर्गत शोध, प्रशिक्षण आदि का कार्य कर रहा है। भुवनेश्वर तथा ग्वालियर में टूरिज्म मैनेजमेण्ट का डिप्लोमा पाठ्यक्रम चल रहा है। साथ ही गाइड ट्रेनिंग और रिफरेशर पाठ्यक्रम भी समय-समय पर चलाएँ जाते हैं। इसके बढ़ावा के लिए सरकार द्वारा विदेशी भाषा का अध्ययन अध्यापन भी प्रारम्भ किया गया है। पर्यटन के विविध क्षेत्रों खेल, वन्य प्राणी, होटल व्यवस्था आदि पर अलग-अलग पाठ्यक्रम निर्धारित किए गए हैं। प्रशिक्षुओं के स्तर उन्नयन के लिए South Asia Intrigrated Tourism Human Resource Development Project (SAITHRDP) प्रारम्भ किया गया है। इसमें Trainer Development Programme में 1200 भागीदारों ने सफल ज्ञान प्राप्त किया है। इस योजना के लिए Indian Human Resource Development Committee की स्थापना की गई है तथा अनेक गोष्ठियों और बैठकों का आयोजन किया गया है।

□

अध्याय–18

टूरिस्ट गाइड : एक व्यवसाय

पर्यटन एक व्यय साध्य क्रिया है। इसके लिए बलवती इच्छा तथा प्रचुर धन आवश्यक होता है। इनके अभाव में यह नहीं किया जा सकता। पर्यटन के नियोजन के बाद भी धन की कमी के कारण इसको कुछ दिनों के लिए टाला जा सकता है क्योंकि उसका जीवन स्तर पर कोई तात्कालिक प्रभाव नहीं पड़ता। अतः इसके लिए निकले लोगों के सामने पैसा कोई अहम भूमिका नहीं रखता। अतः अपने समय के पूर्ण सदुपयोग के लिए पर्यटक थोड़ा और व्यय कर पूर्ण जानकारी के लिए एक स्थानीय गाइड को साथ रख लेता है। इसके सहयोग से ही अनजान स्थान पर अनजान वस्तुओं को देखकर पर्यटक उसका पूर्ण आनन्द लेता है। साथ ही, उसके विषय में ज्ञानार्जन करता है।

टूरिस्ट गाइड का अभिप्राय

इसमें दो शब्द प्रयोग किये जाते हैं–टूरिस्ट + गाइड। आनन्दात्मक भ्रमण को टूर कहते हैं जैसा ऊपर विचार किया जा चुका है। इस क्रिया में लगा व्यक्ति टूरिस्ट कहलाता है। उसको पर्यटन स्थल पर सही दिशा और ज्ञान को देने वाला गाइड कहा जाता है। इस प्रकार *टूरिस्ट गाइड वह व्यक्ति होता है जिसका कार्य है पर्यटक को पर्यटन स्थल तथा वहाँ के स्मारक तथा दृश्य सामग्रियों आदि के विषय में इतिहास, भूगोल, प्रारम्भ, गुणवत्ता आदि अनेक पक्षों की सभी बातें बताता जाता है।* इसको परिभाषित करते हुए **जे० एस० नेगी** (J. S. Negi) ने कहा है कि – *'A tourist guide may be defined a person who has the knowledge and professional training and is hired by the tourist to guide them in knowing and appriciating the places and object of visit during their tour. He acts as a sort of living encyclopedia ......an unofficial ambassador to his country.'* इसमें स्पष्ट है कि टूरिस्ट गाइड को स्थानीय पर्यटन के विभिन्न विषयों का ज्ञान एवं प्रशिक्षण होता है कि यात्रियों को दृष्य स्थलों की सामग्रियों के जनाने और प्रशंसा करने के लिए प्रेरित करता हैं जब वे यात्रा करते होते हैं। वह एक प्रकार का वहाँ के ज्ञान सम्बन्धी जीवित विश्वकोश होता है तथा देश के लिए अनौपचारिक दूत भी होता है।

कार्य

यह पर्यटक के द्वारा मांग करने पर वहाँ घुमाने के लिए उसके साथ हो जाता है। यदि दिन में पर्यटक के साथ रहता है तो पर्यटक को अपने साथ उसे भोजन तथा जलपान देना होता है। यदि वह रात को भी साथ रहता है तो पर्यटक को ही उसके रात्रि ठहराव का भार वहन करना होता है। इस बीच उसका कार्य होता है पर्यटक को वहाँ का स्थलीय भूगोल तथा इतिहास बताना और साथ ही वहाँ के लोगों की जीवन पद्धति, रुचियों, उत्पादन, व्यवस्था, आनन्दात्मक क्रियाओं तथा विशिष्ट मनोरंजन के साधनों आदि का परिचय देना। फिर जिन स्थलों पर वह उसे ले जाता है वहाँ का इतिहास बताना, जो सामग्रियाँ चाहे कला की हों या हस्तशिल्प की अथवा ऐतिहासिक महत्त्व की उनका इतिहास, सम्बन्धित विशेषताओं, वहाँ के शासकों, काल आदि को बताना पड़ता है कि पर्यटक को उसकी पुरातनता तथा गौरव का ज्ञान प्राप्त कर सकें।

यदि वहाँ विशिष्ट जीव जन्तु हों तो उनका परिचय, विशेषता, उनकी जीवन पद्धति, भोजन आदि के विषय में भी सूचना देनी होती है तथा यथासम्भव उन्हें दिखाना चाहिए कि पर्यटक उनकी ओर आकर्षित हो सके। कोई भौगोलिक महत्व का स्थल, पेड़-पौधा, प्राकृतिक दृश्य, नदी-पर्वत आदि हो तो उसके विषय में भी सूचना देनी होती है कि यात्री का उस स्थान से आकर्षण बढ़ जाय।

यदि सम्भव हो तो उसे यात्री को वहाँ की स्थानीय बस्ती में ले जाकर वहाँ के लोगों की जीवन पद्धति एवं संस्कृति तथा वहाँ के खान-पान और मनोरंजक क्रियाओं को दिखाना चाहिए। पशु-पालन, खेती की विधि, प्राकृतिक दृश्यों, गायकों की संगीत, अनेक प्रकार के नट-नर्तकों के करतब को भी दिखाना चाहिए। यात्रा के मार्ग में इन्हें पर्यटकों को उस स्थान के विषय में संक्षेप में सारी विशेषताएँ बताना चाहिए जिससे उनका समय भी कट जाय और उसका ज्ञानवर्द्धन भी हो जाय। मार्ग में दीखने वाले दर्शनीय स्थानों के विषय में भी संक्षेप में बताना चाहिए भले उसे उतर कर देखने का समय न हो।

फिर वहाँ पहुँच कर ठहराव आदि के स्थानों पर उन्हें गाइड ही पहुँचाता है। वहाँ से पुनः समयानुसार जो भी पुरातात्विक, कलात्मक, ऐतिहासिक स्थल या सांस्कृतिक सामग्रियाँ होती हैं वहाँ ले जाकर दिखाता है तथा उनके विषय में बताता है। इस क्रिया में वह सम्बन्धित इतिहास का ज्ञान उन्हें विशेष रूप से देता है। साथ में लगे प्राकृतिक दृश्य के स्थलों पर चाहे उद्यान, समुद्रतट, बन्दरगाह या उद्योग केन्द्रों पर भी उन्हें पहुँचाता है । वहाँ वे जाकर अपनी यात्रा का पूर्ण आनन्द प्राप्त करते हैं। इसके बाद निर्धारित क्रम के अनुसार उन्हें फिर घुमाते हुए वापस उस स्थान पर पहुँचा देता है जहाँ से उसे यात्री को छोड़ना होता है।

पर्यटन विभाग का उद्देश्य है 'पर्यटकों को अधिकाधिक सुविधा देना'। यदि उसमें किसी भी प्रकार की त्रुटि की शिकायत होती है तो यह पर्यटक निर्देशक का दोष माना जाता है। जब पर्यटक अपने क्षेत्र से बाहर होता है तब उसको पर्यटन विभाग के सहारे अपनी क्रियाएँ सम्पादित करनी होती हैं। यदि इसमें पर्यटकों को कठिनाई महसूस होती है तो उसे उस स्थान का आकर्षण वहाँ बार-बार आने को बाध्य नहीं करता।

इस प्रकार पर्यटक निर्देशक पर्यटन व्यापार में पर्यटक और पर्यटन क्षेत्र के बीच एक संयोजक का कार्य करता है। यह व्यवसाय एक पक्षीय नहीं है। अनेक संस्थाओं के सहयोग पर ही इसकी पूरी इमारत खड़ी होती है। यदि पर्यटक को कहीं जाना होता है तो सूचना के लिए प्रचार एजेन्सी, जाने के लिए माध्यम (परिवहन), ठहरने के लिए होटल अथवा इस प्रकार के अन्य साधन, घूमने के लिए स्थानीय साधन आदि उसकी इमारत तैयार करते हैं। इसमें एक भी अभाव इसको पूर्णता नहीं प्रदान होने देता। पर्यटन केन्द्र पर पर्यटक के आ जाने के बाद जो दूसरे संस्थान उसके पर्यटन में सहायक होते तथा उसके साथ सहयोग के लिए जुड़ते हैं और बाहरी सुविधाएँ जो उसके लिए आवश्यक होती हैं उनको जोड़ने का कार्य पर्यटक निर्देशक ही करता है। इस प्रकार इसकी भूमिका पर्यटन क्षेत्र में बड़ी अहम है।

व्यवसाय का स्वरूप

यह पढ़े-लिखे, सज्जन तथा व्यावहारिक लोगों से सम्बन्धित व्यवसाय है। इसमें निर्देशक को सूचना एकत्रित करनी पड़ती है तथा पर्यटकों तक बड़े ही विनम्र भाव से उसे पहुँचाना पड़ता है कि वे स्वेच्छापूर्वक और आनन्द के साथ उसे ग्रहण करें और इसके लिए तैयार हो जाएँ।

इसमें दोनों को ईमानदारी का पक्ष ग्रहण करना पड़ता है। पर्यटक जब निर्देशक के साथ होता है तो उसकी सारी ज़िम्मेदारी निर्देशक पर ही रहता है। यदि चाहे तो वह उन्हें कठिनाई में डाल सकता है या सुविधापूर्वक उसको घुमाकर अपने परिवार के सदस्य की तरह वापस लौटा सकता है।

उसकी भाषा में ओज, माधुर्य, लोच, आकर्षण और गति होना चाहिए। इससे वह कम-से-कम समय में अपनी अधिक-से-अधिक की बातें बिना किसी पक्षपात या दूसरों की आलोचना के संयत और प्रभावक रूप से उसके सम्मुख रख सके।

इसमें कार्यरत व्यक्ति बहुमुखी प्रतिभा का होने चाहिए। उसमें एक साथ इतिहासकार, भूगोलवेत्ता, कला पारखी आदि का स्वभाव होना चाहिए कि अधिकारी विद्वान की तरह उसकी व्याख्या कर सके।

परम्परा में उसका विश्वास होना चाहिए क्योंकि आज का पर्यटक परम्पराओं से अपने को जोड़ना अधिक पसंन्द करता है।

स्थानीय ललित कला स्थलों और उसके इतिहास तथा उससे लगे लोगों की गरिमा से उसकी जानकारी होनी चाहिए कि वह वहाँ के स्थानीय लोगों के नृत्य, संगीत, नाटक आदि से परिचित हो सके। वहाँ के प्रमुख लोगों से भी उसका परिचय होना आवश्यक है।

पर्यटन निर्देशक पर्यटन काल में पर्यटक का सखा, सहयोगी, शुभेच्छु होता है। वह अपने मृदु व्यवहार से पर्यटक के हृदय को जीत लेता है।

कठिनाईयाँ

इस व्यवसाय में लगे लोगों के सम्मुख अनेक कठिनाई समय-समय पर आती हैं जो निम्न हैं:—

(i) विविध भाषाओं का ज्ञान होगा। जिसे जितनी अधिक भाषाओं की जानकारी होगी वह उतने देशों या भाषा-भाषी पर्यटकों को संतुष्ट कर सकेगा तथा उन पर्यटकों के साथ कार्य कर सकता है।

(ii) उसमें कठिन परिस्थितियों से लड़ने की क्षमता होनी चाहिए क्योंकि पर्यटन मार्ग में अनेक कठिनाइयाँ आती रहती हैं। यदि निर्देशक उनका ठीक समाधान नहीं कर सकता तो पर्यटक संकट में पड़ जायगा।

(iii) पर्यटन वाले क्षेत्र से उसका सम्बन्ध व्यापक होना चाहिए अन्यथा पर्यटक कठिनाई में फँस सकता है। मार्ग में पर्यटकों को कठिनाइयों से उबारने का कार्य निर्देशक ही करता है।

(iv) उसे मेहनती होना चाहिए क्योंकि उसे कई प्रकार के कार्य पर्यटन के समय में तथा उसके पूर्व और बाद में करने होते हैं जैसे हिसाब जोड़ना, पत्राचार, पर्यटन क्षेत्रों के विषय में अध्ययन आदि।

प्रकार

ऊपर के विवेचन से स्वतः स्पष्ट है कि इनके तीन प्रकार होते हैं:—

(1) राजनियुक्त

(2) पंजीकृत और

(3) स्वेच्छा या इस कार्य से जुड़े लोग (जो पहले से यह करते चले आ रहे हैं।)

राजनियुक्त निदेशक वे होते हैं जिन्हें केन्द्रीय सरकार या प्रान्तीय सरकार अपने केन्द्र में नियुक्त करती है। ऐसे लोगों की नियुक्ति के लिए सरकार विज्ञापन देती है चयनित व्यक्ति को स्थानीय संस्कृतियों, भाषा एवं विविध क्रियाओं में अनेक प्रकार के प्रशिक्षण दिये जाते हैं कि जिसमें वह कुशलता से वह पर्यटकों की सेवा कर सकें। इनके लिए पर्यटन केन्द्रों के काउण्टर पर ही कार्यालय में सम्पर्क स्थापित करना पड़ता है। कार्यालय में इनकी उपस्थिति का कार्यकाल दो शिफ्टों में बँटा होता है। एक 8 बजे प्रातः से 12 बजे अपराह्न तथा दूसरे 2 बजे अपराह्न से 5 बजे सायंकाल तक। इनका वेतन निश्चित होता है। ये पर्यटन से लगे सरकारी कर्मचारी ही होते हैं। इन्हीं के माध्यम से पर्यटकों को आकर्षित किया जाता है कि उनको जानकारी सम्बन्धी असुविधा न हो।

पंजीकृत गाइड वे होते हैं जो अपने काम के अतिरिक्त समय के सदुपयोग के लिए इसमें पंजीकृत होकर जुड़ जाते हैं। वे इस प्रकार अपने समय का सदुपयोग भी कर लेतें हैं, कुछ अर्थोपार्जन भी करते हैं। इसके लिए उन्हें पास के पर्यटन कार्यालय में अपने को पंजीकृत कराना पड़ता है तथा अपनी रुचि और जानकारी का ज्ञान देना पड़ता है। पंजीकरण के समय उन्हें अपना परिचय, प्रमाण, पहचान, जामिन आदि देना पड़ता है कि पर्यटकों को वे धोखा देकर या ठगकर भाग न जाएँ। कभी किसी पर्यटक को जब ऐसे निर्देशक की आवश्यकता होती है तो उसे उसके पंजीयन के आधार पर सूचना देकर घर से बुलवाया जाता है। ये लोग स्थानीय होते हैं जों सुविधा से उपलब्ध हो सकें। आजकल इस कार्य में पढ़ी-लिखी घरेलू स्त्रियाँ विशेष रुचि लेने लगी हैं। इसके द्वारा उनको घूमने का जहाँ एक ओर अवसर प्राप्त होता है वहीं दूसरी ओर जनसम्पर्क बढ़ता है एवं अच्छी कमाई भी हो जाती है। प्रायः विदेशी पर्यटक निदेशकों से प्रभावित होकर उन्हें उपहारस्वरूप बहुत कुछ दे जाते हैं।

पर, आप कभी लखनऊ की बरादरी को देखने जायँ या ग्वालियर के किले की ओर बढ़ें अथवा मसूरी का पर्यटन करने निकलें तो वहाँ बाहर सड़क पर ही कुछ बृद्ध, बालक या सामान्य कपड़ों में ऐसे साधारण लोग दिखेंगे मानो वे भी बाहरी या भिखारी हों। वे स्थानीय लोग होते हैं जो आपको बहुत थोड़े पैसे पर घुमाने के लिए तैयार हो जाते हैं। आवश्यक नहीं कि ये शिक्षित हों। प्रायः लखनऊ की बरादरी में नवाबों के परिवार की पीढ़ी के लोग जो अब इक्केवान या भिखारी का जीवन व्यतीत करते हैं, बरामदों में खानाबदोश की तरह पड़े रहते हैं। चूँकि उनकी परम्परा से ये इमारतें उनसे जुड़ी हैं और वे पीढ़ियों से इनके बारे में सुनते तथा देखते आ रहे हैं इसलिए आपको बड़ी अच्छी सूचना इनके विषय में दे देंगे। इसी क्रम में उनके लड़के भी अनजान में इससे जुड़ जाते हैं। आगरा, राजगीर जैसे ऐतिहासिक स्थलों पर गाँव के लोग जो थोड़े पढ़े-लिखे होते हैं और कहीं नौकरी नहीं पाते मात्र 2-4 रुपयों पर पूरा क्षेत्र घुमाते हैं और वहाँ के विषय में जानकारी देते हैं। ये लोग न पंजीकृत होते हैं और न विभाग से इनका कोई सम्बन्ध ही होता है। ये व्यक्तिगत आधार पर यह कार्य करते हैं।

शिक्षा

जो सरकार की ओर से उससे जुड़े हैं या इस नौकरी में लगे हैं उनको स्नातक स्तर उत्तीर्ण होना अनिवार्य है। चाहे वे किसी भी संकाय से हों। इसके साथ उनको स्थानीय पर्यटन स्थलों की जानकारी होनी चाहिए और क्षेत्रीय भूगोल, इतिहास, जनजीवन और क्रिया-कलापों से भी उन्हें परिचित होना चाहिए। अपनी स्थानीय भाषा को छोड़ उन्हें राष्ट्रीय भाषा तथा अन्तर्राष्ट्रीय भाषा का ज्ञान होना चाहिए कि वे आगन्तुक को ठीक से अपनी बात वहाँ के विषय में समझा सकें।

सरकार ऐसे लोगों की नियुक्ति के लिए स्नातक स्तर पर इतिहास, प्राचीन इतिहास, भारतीय कला के साथ अध्ययन किए हुए लोगों को वरीयता देती है। यदि ये पर्यटन एक विषय के रूप में स्नातक स्तर पर पढ़े हों या इसमें अलग से डिप्लोमा किए हों तो उनकी मान्यता अधिक होती है क्योंकि ये पर्यटन क्षेत्रों के विषय में कुछ-कुछ परिचित होते हैं। नियुक्ति के बाद इनको छः माह की ट्रेनिंग दी जाती है कि वह ठीक से पर्यटकों से व्यवहार कर सकें तथा उनका ज्ञान पर्यटन विधा और स्थलों के सम्बन्ध में पूर्ण हो सके। इन्हें सम्बन्धित होटलों, ठहराव के स्थानों, परिवहन माध्यमों, किरायों, समय सारणी आदि का भी ज्ञान दिया जाता है कि ये पर्यटक को पूरी सुविधा और जानकारी व्यावहारिक रूप से दे सकें। विभिन्न देशों की मुद्राओं, उनकी परिवर्तनशीलता, अपनी मुद्रा में गणना आदि का भी अभ्यास कराया जाता है कि वे उसको सही हिसाब समझा सकें। स्थानीय मानचित्र दिखाकर स्थानों का अंकन कराया जाता है कि ठीक स्थान, दूरी और महत्त्व को सही-सही बता सकें।

पर जो लोग रजिस्टर्ड होते हैं उनके लिए इस प्रकार का कोई प्रतिबन्ध नहीं रहता। उनके लिए न उम्र का, न शिक्षा का, न समय का बन्धन होता है। उनकी जानकारी का परीक्षण करके विशेष क्षेत्र के पर्यटन हेतु उनका पंजीयन कर लिया जाता है। यह उनका स्वैच्छिक व्यवसाय होता है। वे स्वयं अपना ज्ञान अपने बढ़ाते हैं। वे घरों में रहते हैं और आवश्यकता पर उन्हें बुलाया जाता है।

जो राजनियुक्त होते हैं उनको सरकार की ओर से तीन माह का प्रशिक्षण दिया जाता है। इसमें उनको देश के विषय में भौगोलिक, ऐतिहासिक, राजनीतिक, नागरिक शास्त्र आदि का ज्ञान देते हैं। विभिन्न नियम कायदों को बताते हैं जो स्मारकों से सम्बन्धित होते हैं। नई तकनीक का परिचय दिया जाता है जिससे वीसा, पासपोर्ट आदि की सम्बन्धित क्रिया का ज्ञान हो सकें। विभिन्न स्थानों पर घुमाकर स्मारकों को दिखाया और बताया जाता है जैसे आगन्तुकों को बता सके। होटलों की भी व्यवस्था समझाई जाती है। भारत के संग्रहालय, वन्य जन्तुशास्त्र आदि की स्थिति की सूची दी जाती है कि पर्यटकों को बता सकें। प्रशिक्षण के अन्त में परीक्षा लेकर उन्हें प्रमाणपत्र दिया जाता है। उसे लेकर ही पर्यटकों के साथ कहीं जा सकते हैं। ये Grade A गाइड होते हैं। अन्य जो प्रशिक्षित नहीं होते वे Grade B तथा C होते हैं जिनका केवल पंजीयन मात्र रहता है।

आय

इनका कोई निर्धारित वेतन नहीं होता। भारत सरकार की ओर से नियुक्त वे गाइड जो अंग्रेजी बोलते हैं तथा A Grade में हैं उनके लिए सर्वोत्तम कमीशन स्वीकृत किया गया है जो समयानुसार परिवर्तित होता रहता है। शेष यात्री से तै कर लेते हैं।

यदि कोई भी गाइड किसी के साथ जाता है और उसे दिन में ही लौटना होता है तो वह भोजन और नाश्ता यात्री की ओर से प्राप्त करता है। अगर रात्रि को भी उसके साथ रहता है तो यात्री की ओर से आवास और भोजन प्राप्त करता है। जो भी प्रवेश शुल्क लगता है वह यात्री ही उसका भी वहन करता है। यात्रा से लौटने के बाद गाइड एजेंसी से भी वह सामान्य गाइडों के राशि से 10% अधिक प्राप्त करता है। इस प्रकार पंजीकृत गाइड पर्यटक तथा एजेंसी दोनों से पैसा लेते हैं तथा साधारण व्यक्तिगत रूप से सेवा करने वाले एजेण्ट केवल यात्री से तै करके पैसा पाते हैं।

गाइड की उपयोगिता

गाइड के द्वारा कम समय में अधिक-से-अधिक जानकारी किसी स्थान की प्राप्त हो जाती है। वह कोई फालतू सूचना में समय का अपव्यय न कर सीधे-सीधे विषय तथा स्थान की महत्ता के सम्बन्ध में पर्यटक को पूरी प्रामाणिक सूचनाएँ देता है जो गाइड पुस्तकों से बहुत स्पष्ट नहीं होती।

प्रायः पर्यटक क्षेत्रीय भाषा से परिचित नहीं होते। उनको वहाँ लोगों की बोली समझ में नहीं आती और न उनकी लिपि में अंकित साहित्य ही पल्ले पड़ता है। अतः आवश्यक है कि कोई ऐसा व्यंक्ति हो जो उन्हें उनकी समझ में आने वाली भाषा में चाहे उनकी मातृभाषा हो या अन्तर्राष्ट्रीय अथवा राष्ट्रीय भाषा हो, अपनी जानकारी उन तक पहुँचा सके एवं उनकी उत्कण्ठा को शांत कर सके।

कुछ पर्यटक अनपढ़ या अल्पज्ञ होते हैं। व्यवसायियों के लिए विद्या का कोई महत्त्व नहीं होता। इसलिए उस कोटि के पर्यटकों के विवरण जो लिखित साहित्य के द्वारा टूरिस्ट केन्द्रों से प्राप्त किये जा सकते हैं, नहीं काम आ सकते। उनको तो प्रत्यक्ष रूप से सही स्थान पर समझने तथा बताने वाला व्यक्ति होना चाहिए।

अगर एक जगह पर खड़े होकर कथा की तरह किसी स्थान के विषय में उसका इतिहास, उनके प्रमुख स्थल, उसकी महत्ता आदि के विषय में किसी को बता दिया जाय तो उतना आनन्द और सुख उसे नहीं मिल सकता जितना स्थान-स्थान पर घूमकर उसके विषय में जानकारी प्राप्त करने से। यह कार्य गाइड ही कराता है। वह साथ में सहयोगी की तरह पर्यटक को विभिन्न दर्शनीय स्थलों पर ले जाता है। रास्ते में उसे उसका इतिहास बताता है तथा स्थान पर ले जाकर एक-एक वस्तु प्रत्यक्ष रूप से उसे दिखाता है तथा उसके विषय में उपलब्ध साहित्यिक तथा पारम्परिक जानकारी देता है। यदि पर्यटक को कोई आशंका रहती है तो उसे भी संतुष्ट करता है।

पर्यटक घूमने के लिए स्थानीय गाइड बुक खरीदता है। उसमें दर्शनीय स्थलों को चिह्नित किया होता है जिसके महत्त्व के विषय उसे कुछ जानकारी आधी-अधूरी रहती है। पर उसे वहाँ ठीक से कम समय में बिना लोगों से बार-बार पूछे पहुँचना सम्भव नहीं होता। साथ ही, उस स्थान की अन्य छोटी-मोटी वस्तुएँ भी जो उस मानचित्र में अंकित नहीं होती जानकारी के अभाव में देखना सम्भव नहीं होता। ये सारी बाधाएँ गाइड बड़ी ही आसानी से हल कर देता है और उसकी मुश्किलें आसान हो जाती हैं।

जिस स्थान के लिए यात्रा की जाती है उसके पड़ोस में क्या है ? वहाँ कुछ और आनन्द का स्थान देखा जा सकता है जो निर्देश पुस्तक (Guide Book) में नहीं होती। स्थानीय लोगों से पूछना हमेशा उचित नहीं होता क्योंकि वे पर्यटकों की रुचि से परिचित न होने के कारण उसको उतना महत्त्व नहीं देते जो आवश्यक है। यह कार्य गाइड ही कर सकता है।

स्थानीय लोगों द्वारा उत्पन्न असुविधाएँ भी पर्यटकों का साथ नहीं छोड़तीं चाहे कम या अधिक। कहीं चोरी, कहीं दुर्व्यवहार, कहीं शारीरिक कष्ट आदि। पर एक गाइड के साथ रहने से इन सभी दुर्भाग्यपूर्ण अवस्थाओं से पर्यटक बच जाता है। जैसे ठहरने, भोजन-जलपान, सवारी तथा दूसरी जरूरी वस्तुओं के लिए न तो उसे भटकना होता है और न गलत हाथों में फँसना होता है बल्कि वह बड़े इतमिनान से आश्वस्त होकर अपनी सुखद यात्रा करता है।

अगर लखनऊ के इमामबाड़े या भूल-भुलइया में आप जाएँ तो अन्दर आकर फंसावड़ा

होना स्वाभाविक है। दूसरी ओर ताजमहल में जाने पर उसकी मुगल-कालीन कलात्मक विशेषताओं का दर्शन तो हो जाता है पर उसके वैशिष्ट् को प्रत्येक व्यक्ति समझ नहीं सकता। उसमें गुम्फित रहस्य की कहाँ से प्रकाश पड़ता है, कहाँ से पानी टपकता है, जानना बड़ी समस्या बन जाती है। इसी प्रकार ग्वालियर जाने वाले को तानसेन के मकबरे में बनी सात और कब्रों तथा उनका इससे सम्बन्ध एवं उनकी कब्र की अलग पहचान भले ही वहाँ के कर्मचारियों से मिल जाय पर वह अपूर्ण ही होती है। मुम्बई घूमनेवालों को वहाँ का कोई भी बड़ी सरलता से बहका सकता है। वह वहाँ न तो समुद्र तटों का आनन्द, दर्शनीय स्थलों की दर्शन ही पूर्णतया प्राप्त कर सकता है और न अपने कम समय और उचित पैसा में पूरा भ्रमण ही कर सकता है। यह कार्य गाइड ही करा पाते हैं।

आज पर्यटन ने उद्योग का रूप ले लिया है। अब इसका बाजार (विपणन) होता है। पहले जब इसका विकास नहीं था तब यह शैशवकाल में था तो पर्यटक को अपने साहस से घूमना पड़ता था। पर आज उसकी सुविधाओं की स्थिति देखकर किसी भी देश को एक विक्रेता की स्थिति में पर्यटकों को अपने देश के पर्यटन बाजार में क्रेता की तरह बुलाने के लिए लालच देना पड़ता है। इसमें उसकी पूर्ण तुष्टि उसके सुविधापूर्ण भ्रमण और स्थानों के ज्ञान से होती है। इसके लिए अब गाइड का व्यवसाय बहुत अधिक आवश्यक हो गया है।

□

अध्याय–19

पर्यटन में आय-व्यय

पर्यटन में व्यय के स्रोत

पर्यटन विकसित तथा विकासशील देशों में आय के स्रोतों के साथ व्यय का एक अच्छा स्रोत है। उसमें भी जो देश अभी पूर्ण विकसित नहीं है, जहाँ विकास हो रहा है, वहाँ विकसित देशों के पर्यटकों की सुविधा के लिए नई व्यवस्था की आवश्यकता पर्यटन स्थलों पर करना पड़ता है कि वहाँ के आने वाले को असुविधा न हो जिससे दूसरे पर्यटकों में भी वे वहाँ का प्रसार करें। ऐसे देशों में यातायात, सड़कें, ठहराव, होटल, संचार सुविधाएँ, आधुनिक विकसित व्यवस्था तथा हवाई अड्डा, इण्टरनेट, बड़े और आधुनिक सुविधा-सम्पन्न आवासगृह, मनोरंजन के साधन आदि की व्यवस्था करनी पड़ती है कि आगन्तुक आकर्षित हो सकें। इसमें भूमि पर भव्य इमारतें और भी दो प्रकार के भवन एक केवल भव्य (infrastructure) और दूसरे उच्च वर्ग के पर्यटकों की आवश्यकतानुसार भव्य भवन (super infrastructure) बनवाने पड़ते हैं। वहाँ अन्तरराष्ट्रीय होटलों की भी व्यवस्था करनी होती है। यात्रा के लिए अति सुख सम्पन्न वाहनों (luxury carriage) आदि की व्यवस्था आवश्यक होती है। जहाँ पर्यटन स्थल हैं उस स्थान को भी विकसित करना पड़ता है बिजली, पानी, सुन्दर सड़कों, अच्छी दुकानों, आवश्यकता की आधुनिक सामग्रियों की उपलब्धि के केन्द्रों, हेलीकॉप्टर तथा हवाई पट्टियों के निर्माण से। दूसरे जिन प्राकृतिक या भौतिक स्थलों को दिखाना होता है कि पर्यटक को वह रुचिकर लगे उसे भी आधुनिक साज-सज्जा से सम्पन्न करना पड़ता है कि वह आकर्षक बना रहे। उसको अधिक विकसित करने के लिए वहाँ के आवासीय भवनों को अच्छा बनवाना होता है तथा जो श्रमिक वर्ग हैं उनको कहीं पड़ोस में स्थान देकर स्थानपन्न करना पड़ता है। वहाँ पर्यटकों के लिए अत्याधुनिक रेस्तराँ, पुस्तक की दुकानें, चाय-पान, नाई, दर्जी की दुकानों की व्यवस्था करनी होती है तथा स्थानीय उत्पाद की बिक्री के लिए उत्पादकों को अच्छा प्रशिक्षण देकर उसका सुधरा सुन्दर रूप बनवा कर सर्वसज्जा सम्पन्न दुकानों से सजाना पड़ता है। इसके लिए भी वातानुकूलित दुकानें बनवानी होती हैं। इस प्रकार वहाँ एक लम्बी रकम स्थानीय विकास के लिए खर्च करनी पड़ती है।

दूसरे इसके प्रचार प्रसार में भी एक लम्बी राशि व्यय करनी होती है जिसकी सम्पूर्ण जिम्मेदारी सरकार की होती है। वहाँ बाहरी संगठनों को नियंत्रित कर आवास, भोजन आदि का ठेका देना पड़ता है तथा उन्हीं के विशेषज्ञों द्वारा भावी योजना बनवानी होती है। यह कार्य अभी हाल में श्री लंका को करनी पड़ी थी जिसने भारतीय पर्यटन विभाग की सहायता विभिन्न क्षेत्रों में लिया था। इसके साथ ही वायुयान के बाहरी संगठनों को भी आमन्त्रित करना होता है जिसके लिए उन्हें सुविधा देकर अपने यहाँ उनकी शाखा खोलने का लाइसेंस देना पड़ता है। यह बात दूसरी है कि इससे अन्य क्षेत्रों की अपेक्षा लाभ अधिक मात्रा में होती है जैसे आवास से 15%, भोजन से 15%, मद्यपान से 7% आदि। पर इस लाभ की प्राप्ति के लिए पहले एक बड़ी मात्रा में व्यय करके स्थान को उपयुक्त साज सज्जायुक्त बनाना होता है। उसमें लोगों को प्रशिक्षण देने पर एक लम्बी रकम खर्च करनी पड़ती है। प्रचार के लिए विदेश के कार्यालयों को भी पैसा और यात्रा का प्रलोभन देकर तै करना पड़ता है। जो एजेण्ट

विदेश में किसी देश के लिए कार्य कर रहे होते हैं उनको प्रारम्भ में अच्छी रकम देनी पड़ती है कि वे समुचित प्रचार करें तथा विदेशी पर्यटकों को भेजें। इसमें नियुक्तियाँ भी करनी होती हैं तथा विदेशी सलाहकारों को बुलाकर उनसे इस पर मसविदा बनावाना होता है।

इस प्रकार प्रारम्भ में पर्यटन को बढ़ावा देने में सरकारी बजट पर एक बड़ा बोझ पड़ता है। पर यह बोझ अल्पकालिक होता है। जैसे ही पर्यटन स्थल का विकास हो जाता है तथा सुविधाएँ उपलब्ध हो जाती हैं और वहाँ पर्यटक आने लगते हैं तो शीघ्र ही व्यय की पूर्ति ही नहीं होती बल्कि देश को कई दृष्टियों से इसका लाभ मिलने लगता है। सारे व्यय तो निकल ही आते हैं, टैक्स जो अप्रत्यक्ष रूप से विभिन्न व्यवस्था और सामग्रियों पर लगाई जाती हैं के द्वारा सरकारी बजट का घाटा पूरा ही नहीं होता अपितु इससे आमदनी बढ़ जाती है। अनेक नये आयाम के होने से देश का बहुमुखी विकास सम्भव होने लगता है। देश का विदेशी व्यापार के कारण विदेशी मुद्रा की आमद से आमदनी बढ़ जाती है। वहाँ बेरोजगारी की समस्या का अपने आप समाधान हो जाता है। यह आर्थिक नीति में बड़ी तेजी से बढ़ावा ला देता है। इसी से **पीटर** (Peter) ने कहा है कि – *पर्यटन एक उत्पाद है जो बड़ी ऊँची कीमत पर बेचा जा सकता है, अगर सम्पूर्ण उत्पाद की कीमतों का तुलनात्मक आकलन किया जाय तो।* (Tourism should be regarded as product which can only be successfully sold on a high volume basis if the total product is competitively priced.)

पर यहाँ स्पष्ट है कि इस दिशा में व्यय के अनेक मद हैं। इनमें कुछ लम्बी योजना की अपेक्षा रखते हैं और कुछ अल्पायु की। जहाँ नयी योजनाएँ प्रारम्भ करनी होती हैं वहाँ लम्बे समय के लिए पैसा लगाना पड़ता है। यही बात विकासशील देशों के लिए भी सत्य है जिनको विकसित करने के लिए अधिक व्यय करना होता है जिसकी वापसी लम्बे समय में होती है क्योंकि ऐसे देशों में विकास के लिए लम्बे अवधि का ऋण लेना पड़ता है। पर यह स्पष्ट है कि जहाँ लम्बे समय के लिए व्यय करना पड़ता है वहाँ साथ ही अल्पकालिक व्यय को भी स्थान देना होता है। इसका कारण यह है कि जो विकास किया जाता है उसकी देख-रेख तथा मरम्मत पर भी एक राशि व्यय करनी पड़ती है जो थोड़ी होती है और अल्पकाल में ही निकल आती है।

पर अन्य उद्योगों में व्यय की अपेक्षा पर्यटन पर किया जाने वाला व्यय नकारात्मक सम्भावना का नहीं होता। इसके विषय में ऐसा नहीं कहा जा सकता कि दूसरे उद्योगों में लगाया गया धन उद्योग के बन्द हो जाने पर डूब जायगा या परिस्थितियों के प्रतिकूल होने पर उद्योग में उलटफेर, कमी-बेशी तथा बन्द की सम्भावना हो सकती है। वहाँ पर्यटन उद्योग के बंद होने की सम्भावना से पूर्णतया इंकार किया जा सकता है क्योंकि यह एक सतत प्रक्रिया है जो सदा चलती रहेगी। इससे इसमें धन लगा रहेगा और इससे जो लाभ होगा वह उच्च दर का होगा क्योंकि पर्यटक जब पर्यटन के लिए निकलता है तो उसका उद्देश्य ही होता है अपने देश का कमाया पैसा पर्यटन स्थल पर आनन्द के लिए व्यय करके आनन्द उठाना। दूसरी ओर इसमें रोजगार बढ़ने से देश की आय में वृद्धि होती है और बेकारी को दूर करने वाले खर्च से छुटकारा मिल जाता है। तीसरे, इसमें व्यय किए गए राशि की प्राप्ति किसी भी दूसरे उद्योग की अपेक्षा अधिक और जल्दी होती है क्योंकि जब पर्यटक आने लगते हैं तो वे साल भर वहाँ आते रहते हैं। इसमें यदि कोई राजनीतिक या प्राकृतिक व्यवधान न आये तो यह आमदनी का नियमित स्रोत बना रहता है।

पर्यटन में व्यय होने वाले मद मुख्य रूप से निम्न होते हैं:—

(1) विकास के लिए व्यय आवश्यक होता है कि पर्यटन स्थल विकसित हो।

(2) व्यवस्था बनाये रखना दूसरा महत्त्वपूर्ण पक्ष है जिसमें विभाग, कर्मचारियों आदि पर एक बड़ी रकम खर्च होती है।

(3) कर्मचारियों की नियुक्ति के बाद उन्हें विविध प्रशिक्षण देना होता है कि वें पर्यटकों के साथ कैसे मृदु व्यवहार करें और उनकी आवश्यकताओं को संतुष्ट करें। साथ ही विभिन्न विभागों से इसके विकास के लिए किस प्रकार का सम्पर्क रखें।

(4) विभिन्न पक्षों में जो नए आयाम सामने आते हैं उनके दोहन तथा उनसे लाभ पाने के लिए नई दिशाओं हेतु शोध पर व्यय करना पड़ता है। कभी इसके लिए बाहर से कुशल तकनीकी वाले व्यक्तियों का सहयोग भी अपेक्षित होता है।

(5) पर्यटन सम्पदा को व्यवस्थित रखने तथा उसकी कमियों को दूर करने के लिए भी एक लम्बा व्यय करना पड़ता है।

(6) पर्यटन क्षेत्र के विकास में सहायक होती है वहाँ बनाई जाने वाली इमारतें जैसे होटल, दुकानें, बाजार, हवाई अड्डा, गाड़ियों का ठहराव, सामान, यात्रियों के विश्राम स्थल, अच्छे जलपान गृह आदि। ये बाहरी निर्माण (infrastructure) निर्माण में बहुत पैसा खर्च कराते हैं और इनसे भी अधिक पैसा विशिष्ट बाहरी निर्माण (super infrastructure) पर होता है जो अति विशिष्ट लोगों के लिए होता है। यद्यपि इससे आमदनी बहुत होती है पर पहले इसमें व्यय भी लम्बी मात्रा में करना पड़ता है।

(7) व्यक्तिगत सुविधाओं के उपलब्ध कराने में भी एक लम्बी राशि व्यय करनी होती है जो जीवन की अहम आवश्यकताएँ हैं जैसे पानी, बिजली, सुरक्षा, चिकत्सा आदि।

(8) सामान्य सुविधाओं को नये स्थान पर नये सिरे से बनाने में अधिक राशि व्यय करनी होती है। उदाहरण के लिए क्वालालम्पुर के तटींय क्षेत्र को लें तो वहाँ सड़कों, रेलवे, यातायात, ठहराव, आवास सुविधा, दुकानों की व्यवस्था करने में सम्पूर्ण अनुमानित व्यय का 70 से 80% लगा था। इसके लिए एक लम्बी योजना बनाकर उसे पूरा करने के लिए लम्बी अवधि का ऋण लिया गया है।

(9) कुछ पुरानें स्थल ऐसे होते हैं जिनका आधुनिकीकरण पर्यटन की दृष्टि से करना पड़ता है। साथ ही वहाँ पहले की योजनाओं को विस्तार देना पड़ता है कि नये क्षेत्रों तक वह बढ़ाई जाएँ। इसमें पर्याप्त व्यय की आवश्यकता होती है।

(10) जो कुछ पहले का वहाँ है उस पर भी कुछ थोड़ा व्यय करके उसको भी ठीक बनाये रखने में एक अच्छी किन्तु अपेक्षाकृत कम राशि लगती है।

(11) उसके प्रचार के लिए संचार साधनों का उपयोग करना पड़ता है जिसके लिए तात्कालिक भुगतान करना पड़ता है। अच्छे प्रचार माध्यम अधिक पैसा लेते हैं।

(12) पर्यटन संगठनों की व्यवस्था करनी होती है। इनके संचालन के लिए भी सरकारी और व्यक्तिगत सहयोग अपेक्षित होता है।

(13) इसके लिए नियोजन और विकास की योजना बनानी पड़ती है। अतः उसमें भी द्रव्य लगाना पड़ता है।

(14) सरकारी तंत्र को इसके विकास और बढ़ावे का प्रयास अपने स्तर से करना पड़ता

है कि पर्यटक सुविधापूर्वक यहाँ आ सकें। यह कार्य व्यक्तिगत उद्यमियों की कार्य-क्षमता के बाहर की बात होती है।

इस प्रकार पर्यटन अविकसित देशों के लिए तात्कालिक खर्चीला धंधा है। फिर भी यह लाभ का सौदा है। लम्बे समय में इस पर होने वाले सारे व्यय निकल आते हैं तथा तब केवल रख रखाव के व्यय को छोड़कर बाकी बचत ही बचत होती है।

पर्यटन में आय के स्रोत

ऊपर जो व्यय के मद बताये गये उनसे लगता है कि शुरू में पर्यटन को विकसित करने में एक लंबा व्यय करना पड़ता है। अतः यह व्यय किन स्रोतों से पूरा किया जाय। इस संबंध में दो स्रोत स्पष्ट दीखते हैं सरकारी तंत्र तथा व्यक्तिगत स्रोत। अन्य स्रोतों में भी चार पक्ष हैं : निजी सहयोग, घरेलू और विदेशी सहयोग, उद्योग तथा पर्यटक। कभी-कभी पर्यटन संगठन भी इसमें सहायता देते हैं। यद्यपि पर्यटन प्रारम्भ हो जाने पर जब पर्यटक आने लगते हैं तो उनसे प्राप्त राशि भी इसमें बहुत सहायक होती है। संस्थाएँ भी इसमें सहयोगी होती हैं जैसे बड़ी औद्योगिक संस्थाएँ तथा पर्यटन संगठन। इस प्रकार आर्थिक सहयोग के निम्न घटक पर्यटन विकास में होते हैं :—

आर्थिक स्रोत

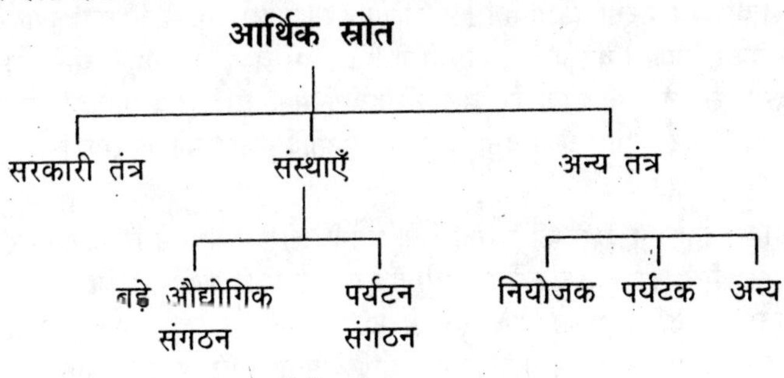

सरकारी तंत्र

सरकार पर्यटन के विकास में प्रत्यक्ष अथवा परोक्ष रूप से लम्बी रकम लगाती है। इसके पीछे कारण है कि सरकार पर्यटन उद्योग से एक लम्बी रकम प्राप्त करती है इसलिए वह पहले इसमें कुछ खर्च करती है कि पर्यटक यहाँ आवें। सरकार द्वारा निम्न स्तरों पर व्यय किया जाता है :—

(1) यह राष्ट्रीय, क्षेत्रीय तथा स्थानीय स्तरों पर विकास के लिए सीधे या ऋण के रूप में धन व्यय करती है।

(2) राष्ट्रीय पर्यटन संगठन की स्थापना कर इसके प्रबंधन पर अपनी दृष्टि रखती है। साथ ही, इसके द्वारा विकास में आर्थिक तथा अन्य योगदान देती है।

(3) प्रायः सरकार अपने पर्यटन उद्योग से सीधे सम्बद्धता नहीं बनाती है। जहाँ अराजकीय पर्यटन संगठन नहीं होता वहाँ राज्य की भागीदारी कम होती है।

(4) पर्यटन विकास में संलग्न संस्थाओं को प्रोत्साहनार्थ सहायता देकर इसको आगे बढ़ाती है।

(5) यह पर्यटकों से अप्रत्यक्ष कर वसूल कर पर्यटन में भागीदारी देता है। सीधा पर्यटन कर सरकार नहीं लगाती कि इसका प्रत्यक्ष बोझ पर्यटक महसूस करें।

(6) जिन क्षेत्रों में व्यक्तिगत हाथ नहीं होता या वह कमजोर होता है वहाँ सरकार दूसरे संगठनों को आर्थिक सहयोग देकर उनके द्वारा इसकी बढ़ावा कराती है।

(7) सरकार इसको बढ़ावा देने के लिए बाहरी सामग्रियों की देश में बिक्री द्वारा प्राप्त कर की आय को स्थानीय तथा क्षेत्रीय प्रशिक्षण केन्द्रों पर खर्च करती है। इसमें हवाई पट्टी को बढ़ाना, विशेष प्रशिक्षण केन्द्रों की स्थापना, भवनों का निर्माण, पर्यटकों के विशेष आकर्षण को विकसित करना आदि सम्मिलित होता है।

(8) व्यक्तिगत आपरेटरों द्वारा प्रस्ताविक विकास कार्य को बढ़ाने में सरकार आर्थिक सहायता प्रदान कर उसे प्रोत्साहित करती है। पर कहीं-कहीं ऐसा भी होता है कि सरकारी सहयोगी की अपेक्षा स्थानीय संगठन अधिक धन लगाते हैं जैसे स्पेन में सरकारीतंत्र से दस गुना अधिक व्यक्तिगततंत्र का पर्यटन विकास में योगदान है।

(9) सरकार सरकारी सहायता के रूप में उधार देकर तथा कभी-कभी प्रेरणात्मक रूप में एक निर्धारित राशि देकर पर्यटन को बढ़ावा देती है।

(10) कुछ बड़े-बड़े कार्य जो पर्यटन से सम्बन्धित होते हैं जैसे बसें खरीदना, सड़कें बनवाना, रेलों से जोड़ना, हवाई जहाज से जोड़ना, होटल बनवाना आदि में प्रारम्भिक स्तर पर लम्बा व्यय करना पड़ता है। इसके लिए सरकार लम्बे काल का कम ब्याज पर या व्याजमुक्त ऋण देकर विकास को प्रोत्साहित करती है। इसमें बैंक, प्राइवेट संस्थानों के सहयोग के साथ सरकारी सहयोग भी होती है। इसके सहयोग से अधूरा कार्य पूर्ण हो जाता है। इसके लिए कम ब्याज पर अग्रिम ऋण देना तथा भवन आदि बनाने की भौतिक स्थिति में सहयोग देकर इसे पूरा कराती है।

(11) विभिन्न देशों की सरकारों ने अपनी ओर से पर्यटन विकास और आर्थिक सहयोग संस्थान खोल कर तथा उसमें सहयोग देकर पर्यटन को बढ़ावा दिया है। उदाहरणार्थ पुर्तगाल में पुर्तगीज, टूरिस्ट फण्ड, इसराइल में टूरिस्ट इण्डस्ट्री डेवलपमेण्ट कॉरपोरेशन तथा भारत में टूरिस्ट फाइनेंस कॉरपोरेशन आदि की स्थापना इसके प्रमुख उदाहरण हैं।

(12) पर्यटन क्षेत्रों में होटल और पर्यटन पर होने वाला व्यय बहुत लम्बा होता है। इसके लिए सरकार को ऐसे क्षेत्रों के विकास के लिए योजना बना कर अनुदान देना चाहिए। पर ध्यान रहे कि इस में कमी करके भविष्य में पर्यटन को बाधित करने वाले तत्त्व नहीं होने चाहिए। ऐसे होटल तथा पर्यटन में राज्य टूरिस्ट डेवलपमेण्ट कॉरपोरेशन की छोटी हिस्सादार होती है मात्र इसलिए कि यह विकास में विसंगतियों पर दृष्टि रखे तथा उसकी देखरेख कर सके।

होटल व्यवस्था और स्थापना के लिए राज्य सरकारें अपने बजट में से एक भाग अलग निकालती हैं। इसकी कमी पूरा करने के लिए पर्यटन क्षेत्र से लिए जाने वाले करों को भी देती है। इसके अनुशंसा पर विश्व बैंक भी ऐसे बड़े भवनों के निर्माणार्थ कम सूद सहायता देता है। इस प्रकार के ऋण पर 3.5 से 6% तक ब्याज की दर घटती बढ़ती रहती है पर किसी भी स्थिति में यह 6%से अधिक नहीं ली जा सकती। चूँकि यह एक बड़ा खर्च होता है अतः इसकी पूर्ति प्राप्त लाभ से ही की जाती है। अतः लम्बे समय के लिए यह ऋण स्वीकार किया जाता है। प्रायः 20 वर्षों की अवधि रखी जाती है। इसके लिए 40 से 60% तक ऋण स्वीकार किया जाता है। शेष राशि साहसी अपने दूसरे स्रोतों से पूरा करता है। किन्तु इस

ऋण की स्वीकृति के पूर्व यह अध्ययन किया जाता है कि इसका स्वरूप क्या हो, आकार क्या हो तथा व्यय की दिशाएँ क्या हों ? यह ऋण राज्य सरकारें सीधे या किसी मध्यवर्ती बैंक के माध्यम से देती हैं। इसके अतिरिक्त कुछ विशेष बैंकों को भी इस प्रकार के ऋण आवंटित करने के लिए मनोनीत किया गया है। इस ऋण के पीछे रिजर्व बैंक की गारण्टी होती है वह इसका भुगतान करा देगा। कभी-कभी वार्षिक देनदारी पर भी विभिन्न प्रकारों की छूट देकर भी ऋण के भुगतान में सहयोग दिया जाता है।

जो बैंक विशेष रूप से पर्यटन के लिए ऋण देते हैं उनको यह धन देश के विभिन्न बैंकों से प्राप्त होती है तथा कुछ विदेशी बैंकों से। इसमें दूसरे देय के लिए सरकार अपनी ओर से छूट देती है जैसे ब्याज नहीं लेना, ब्याज की दर कम करना, कई प्रकार के टैक्सों की छूट देना। विकासशील देशों में व्यय कर देना मात्र ही पर्यटन में अन्तिम पक्ष नहीं होता पर होता है उससे लाभ की प्राप्ति। इसीलिए ऋण देने के पहले प्राविधिक सहायक से इसके लाभ-हानि की हर सम्भावनाओं पर विचार किया जाता है तथा पर्यटन उद्योग से इसमें सलाह लेते हैं। इसका कारण है कि इसमें व्यक्ति का जो पैसा फँसा होता है उससे वह व्यक्ति लाभ की आशा रखता है। इसलिए होटल सरकारीतंत्र से कीमत निर्धारण में स्वतंत्र होना चाहिए क्योंकि परिवेश, परिस्थिति आदि को ध्यान में रखकर कीमतों में घट-बढ़ होना स्वाभाविक है। किन्तु एक साल में एक बार इसे तै करना चाहिए कि पर्यटक को खर्च के आकलन में असुविधा न हो। पर होटल की सुविधा मांग के अनुरूप घटाना बढ़ाना आवश्यक होगा यदि लाभ कमाना है तो।

पर ऐसे देशों में जहाँ पैसे की कमी है वहाँ सरकार को विदेशी मुद्रा बाजार से लेकर लगाना चाहिए क्योंकि पर्यटन एक लाभ का व्यवसाय जिसमें आवास की कमी होते रहना स्वाभाविक है। इसी प्रकार जहाँ यात्रियों की भीड़ के ठहरने में कठिनाई हो वहाँ अधिक भूमि अधिग्रहण कर नये होटल बनवाने चाहिए।

औद्योगिक संगठन

कुछ ऐसे निम्नलिखित औद्योगिक संगठन हैं जो पर्यटन के विकास में आर्थिक सहायता प्रदान करते हैं:—

(1) दि इण्टरनेशनल फाइनेंस कॉरपोरेशन (IFC)

इसकी स्थापना 1956 ई० में हुई थी जो विकासशील देश के जनतांत्रिक संगठनों को विकास कार्य में आर्थिक सहायता बिना किसी सरकारी स्वीकृति के देता है। यह अपने साथ राष्ट्रीय तथा विदेशी निवेशकों से निवेश भी कराता है। यह उत्पादन वाले क्षेत्र में अपना पैसा लगाता है।

(2) इण्टरनेशनल बैंक फॉर रिकन्स्ट्रक्शन एण्ड डेवलपमेण्ट (IBRD)

यह अन्तर्राष्ट्रीय आर्थिक संगठन उन देशों को दीर्घकालीन आर्थिक सहायता देने के लिए द्वितीय विश्व युद्ध के बाद बनाया गया जो अन्तर्राष्ट्रीय मुद्रा कोश के सदस्य थे। उसका उद्देश्य है उन उत्पादक योजनाओं में सहयोग देना जो दूसरी जगह से ऋण नहीं पा सकते थे। यह फर्म और राज्यों को कम ब्याज पर अधिक लाभ कमाने के लिए ऋण देता है। यद्यपि पर्यटन में इसका प्रत्यक्ष सहयोग कम है, पर इसने बाहरी इमारतों के निर्माण, यातायात, संचार, विद्युत केन्द्रों को सहायता देकर पर्यटन क्षेत्र का सहयोग किया है।

(3) इण्टरनेशनल डेवलपमेण्ट एसोसियेशन (IDA)

इनकी स्थापना 1960 में उत्पादक या लाभकर योजनाओं के निर्वहन में आर्थिक सहयोग के लिए की गई थी। इसका प्रमुख क्षेत्र है पर्यटन क्षेत्र में भवनों के निर्माण में सहायता देना।

पर्यटन का आर्थिक संगठन

टूरिज्म फाइनेंस कॉरपोरेशन ऑफ इण्डिया (TFCI)

यह भारत सरकार का एक उपक्रम है जो राष्ट्रीय पर्यटन समीति, आई० एफ० सी० आइ० तथा दूसरे भारतीय बैंक और संस्थानों के अनुशंसा पर भारत में पर्यटन को बढ़ावा देने के लिए 27 जनवरी 1989 को स्थापित किया गया था। यह रजिस्ट्रार कम्पनीज़ नई दिल्ली के सर्टिफिकेट की प्राप्ति के आधार पर पर्यटन में विकास, उसमें सुविधा उत्पन्न करने, क्षेत्रों के सुन्दरीकरण, भवन निर्माण, सांस्कृतिक केन्द्रों की स्थापना, आनन्दात्मक क्रियाओं आदि के लिए ऋण देता है। इसको 100 करोड़ की पूँजी मांग पर देने का अधिकार है जिसमें 50 करोड़ अपनी पूंजी और शेष दूसरे बैंकों से लेकर दिया जाता है। इसके लिए यह देश का रुपया, विदेशी धन, जनता से लिया गया ऋण, सामग्रियों की पूर्ति, भूमि को आवप्त करने आदि में सहयोग लेता है। इसमें 3 करोड़ रुपये तक का विशेष अनुदान देने का प्रावधान है। इसके लिए लिखित अनुबन्ध करना होता है। पर यह तभी दिया जायगा जब उस संस्थान को सरकार से सारी सुविधाओं की स्वीकृति प्राप्त हो चुकी हो तथा भूमि उस योजना के नाम में आवण्टित हो चुकी हो।

नियोजक

नियोजक वह व्यक्ति होता है जो अपने व्यक्तिगत आधार पर इसमें धन लगाता है। अधिकांशतः इसकी पूँजी विदेशी आर्थिक संगठनों से प्राप्त होती है। पर नियोजक इसके लिए गारण्टी तथा दूसरे सुरक्षा प्रमाण चाहता है। यह गारण्टी इसलिए होती है कि लाभ को ऋण के भुगतान में दिया जायगा भले ही आर्थिक उतार-चढ़ाव होता रहे। विदेशी निवेश के पीछे यह शपथ होना आवश्यक होता है कि उसकी पूँजी लाभ प्राप्त होने पर तात्कालिक प्रभाव से ही लौटने लगेगी। कभी-कभी विदेशी सहयोग राशि तथा निवेशकों से प्रेरणा राशि भी लेने का प्रयास किया जाता है। यह राशि विभिन्न क्षेत्रों होटल, खेलकूद, आनन्दात्मक क्रिया आदि के लिए अलग-अलग होता है। पर इसमें एक दोष होता है कि ऋण ग्रहीता कभी-कभी इतने धोखेबाज तथा सरकस होते हैं कि अनेक विधि से इसको बचाने का प्रयास करते हैं।

पर्यटन उद्योग

पर्यटन उद्योग भी विभिन्न क्षेत्रों में आर्थिक सहयोग प्रदान करता है चाहे सरकार द्वारा चालित हो या व्यक्तियों द्वारा। ऐसे संगठन केन्द्र, राज्य तथा स्थानीय क्षेत्र में होते हैं। ये सहयोग के रूप में आर्थिक सहायता करते हैं। कभी-कभी अनुदान के रूप में ये धन देते हैं। किसी भी योजना की लागत में कमी के लिए शोध तथा नई विधा का खोज करते हैं। फर्म और उद्योग भी सहायता राशि विकासार्थ देते है। स्थानीय तथा दूसरे ऑपरेटर की भी इसमें भागीदारी होती है। होटल समुदाय तथा यातायात साधनों के संघ, जो उस क्षेत्र में होते हैं, वे भी इसमें हिस्सेदारी निभाते हैं। केन्द्रीय सरकार तो इसके अनुदान का मूल स्रोत है ही इसके साथ रेलवे, यात्रा एजेंसियाँ, बैंक, दूसरे आर्थिक घटक भी इसमें सहायता देते हैं। राज्य सरकार भी इसमें पीछे नहीं रहती।

पर्यटक

पर्यटकों से इसमें विविध प्रकार से सहायता प्राप्त होती है। इनसे प्रत्यक्ष और परोक्ष दोनों प्रकार से कर प्राप्त होता है। वे एक ओर सुविधा सेवन करने पर जहाँ पैसा किराये के रूप में देते हैं वहीं टैक्स के रूप में भी एक निश्चित राशि देते हैं। कभी-कभी किन्हीं देशों में इन पर विशेष अधिकार शुल्क भी लगाया जाता है। इनके अतिरिक्त होटल वाले पर्यटकों से होटल टैक्स प्राप्त करते हैं तथा विभाग पर्यटकों से पर्यटन टैक्स भी प्राप्त करता है। हवाई जहाज से यात्रा करने पर सरकार टिकट के साथ एम्बार्कमेण्ट टैक्स लेती है। उसकी राशि 10% होती है। ये सारे टैक्स पर्यटन विकास के मद में व्यय किये जाते हैं जो अधिक उपयोगी होते हैं।

अन्य स्रोत

पर्यटन संगठन

पर्यटन भी अपनी आय का एक भाग देकर पर्यटन विकास में सहायक होता है। इसमें उच्च वर्ग के संस्थान निम्न वर्ग के संस्थानों को आर्थिक सहायता प्रदान करते हैं। कभी-कभी नीचे स्तर की संस्थाएँ भी पर्यटन विकास की दिशा में सहायक होती हैं। कभी-कभी किन्हीं देशों में लेवी लगाकर भी पर्यटन को आर्थिक सहायता पहुँचाई जाती है। दूसरे संगठन कुछ सूचना पुस्तिकाएँ प्रकाशित करती हैं, एलबम बनवाकर बेंचती हैं, सहायता केन्द्रों से पैसा लेकर अनेक प्रकार की सहायताएँ उपलब्ध कराती हैं। शोधार्थियों से एक सामान्य लाभ लेकर उन्हें शोध सामग्रियाँ भी बेचते हैं। इनका प्रकाशन भी होता है जब उसमें दूसरी संस्थाओं का विज्ञापन ये पैसा लेकर करते हैं। इस प्रकार एक अच्छी रकम प्राप्त हो जाती है। यह सारा पैसा पर्यटन के विकास में ही खर्च किया जाता है।

पब्लिक और प्राइवेट फंड

एक नीति के तहत पब्लिक तथा प्राइवेट फण्ड का एक मान पर्यटन विकास में व्यय किया जाता है। जो प्राइवेट फण्ड होता है उसका उपयोग व्यक्तिगत उद्यमियों द्वारा होटल आदि पर्यटन क्षेत्र बनाने में व्यय किया जाता है। इनके अतिरिक्त ट्रैवेल एजेण्ट, टूर ऑपरेटरों की नियुक्ति आदि भी ये करते हैं। पब्लिक फण्ड का उपयोग प्रशासनिक क्रियाओं के लिए किया जाता है। यह पब्लिक फण्ड अधिक उपयुक्त और महत्त्वपूर्ण विकास स्रोत होता है।

बाहरी और घरेलू आर्थिक सहयोग

बाहर के पर्यटन संगठन कभी-कभी दूसरे देशों में पर्यटन विकास में अपना धन आवण्टित कर सहयोग प्रदान करते हैं। ये यातायात सुविधा आदि में विकासशील देशों को मदद के रूप में देते हैं कि वे अपने देश से पर्यटकों को वहाँ भेज सकें। इसी प्रकार घरेलू उद्यमी भी पर्यटन से लाभ कमाने के लिए पर्यटन विकास में अपना पैसा लगाते हैं। विदेशी आर्थिक सहयोगी के रूप में हम विश्व बैंक का नाम ले सकते हैं जो विकासशील देशों के पर्यटन स्थलों के सुन्दरीकरण, भवन निर्माण, सुविधा जुटाने आदि की दिशा में अपने एकत्रित राशि को सहयोग तथा ऋण के रूप में देता है। कभी-कभी अपने सहयोगी बैंकों की से भी यह सहायता राशि प्रदान करवाता है।

अर्थव्यवस्था की भागीदारी में सरकारी नीति

इस सम्बन्ध में निम्न नीतियों का पालन करना चाहिए :—

(1) प्रत्यक्ष कर पर्यटन व्यवसाय पर नहीं लगाना चाहिए। ऐसा करने से कर कम मिलता

है। यदि इस पर कर लगाया जाय तो पर्यटक बोझ महसूस करने लगेगा और तब पर्यटकों की संख्या घटने लगेगी जिससे सरकार को अन्ततोगत्वा घाटा होने लगेगा।

(2) प्रत्येक क्षेत्र में पर्यटन सम्पदा को बढ़ावा देने में सरकार को भागीदारी निश्चित करनी चाहिए – राष्ट्रीय, क्षेत्रीय, तथा घरेलू आदि। इसके लिए पर्यटन संगठनों के माध्यम से सरकार को व्यय करना उचित होता है क्योंकि ये पर्यटन विकास से जुड़ी होती है।

(3) सरकार को पर्यटन सम्बन्धी प्राविधिक प्रशिक्षण योजना, हवाई पट्टियों के विस्तार, भवनों के निर्माण आदि पर व्यय करना चाहिए कि पर्यटन को बढ़ावा मिले।

(4) स्थानीय पर्यटन क्षेत्रों के विकास के लिए स्थानीय कर लगाना चाहिए। दूसरी रीति है स्थानीय निकायों को प्रोत्साहन देकर पर्यटन सहयोग को बढ़ाना जैसे पर्यटन कार्य हेतु निःशुल्क पेट्रोल भरवाने का कूपन देना आदि।

(5) नये अवसर खोज कर पर्यटन क्षेत्रों में उनको जोड़ना चाहिए। इनमें महत्त्वपूर्ण हैं विशेष स्थानीय उत्सवों का आयोजन, उन लोगों के वर्षगांठों का आयोजन जो विशिष्ट व्यक्ति रहे हैं, संस्कृति सम्मेलन का आयोजन, क्षेत्रीय कौशल की प्रदर्शनियों का आयोजन, विभिन्न प्रकार के मेलों के अवसरों को बढ़ाना, नये सम्मेलन के आयामों को जोड़ना जैसे शास्त्रीय संगीत, लोक-संगीत आदि, विशिष्ट उत्पादों का क्षेत्र समीकृत प्रदर्शन तथा मेले का आयोजन, वेष-भूषा एवं परिधान प्रदर्शन का सम्मेलन आदि।

(6) स्वस्थ मेले का आयोजन करना जिसमे विशिष्ट क्षेत्रीय दबावों के लाभ को दिखाना, नये प्रयोगों से विश्वव्याप्त रोगों को दूर करने का सूचना देकर सम्बन्धित चिकित्सकों का निदानार्थन आयोजन। इसमें नई दवाओं और लोक इलाजों को भी स्थान देना।

(7) ज्योतिष सम्बन्धी सम्मेलन कि इसके मानने वालों का तंत्र-मंत्र से उपचार, दोष का परिहार कराया जाय और टीपन, हस्तरेखा विशेषज्ञों द्वारा अपना भविष्य जानने के अवसर की व्यवस्था कर व्यापक प्रचार करना।

इन सभी में टिकट के अतिरिक्त बिक्री पर सरकार का कमीशन निर्धारित हो कि इसका लाभांश में से सरकार या आयोजक संस्थाएँ एक भाग पर्यटन विकास को दें।

□

अध्याय–20

उड्डयन उद्योग संगठन और भारत

उड्डयन का इतिहास

उड़ने वाले विमानों का इतिहास बहुत पुराना है। रामायण में पुष्पक विमान की चर्चा है जिससे राम लंका से अपनी पूरी सेना, लंकावासी, आदि के साथ अयोध्या आए थे और फिर भी उसमें अभी स्थान रिक्त था। महाभारत में उड़ने वाले रथों का उल्लेख है। इराकी साहित्य में एक राजा के उड़न रथ का उल्लेख है जिसे चार देवदूत लेकर उड़े थे। चीनी साहित्य में पंखयुक्त देवों का उल्लेख है। ऐसा ही यूनानी साहित्य में मिलता है। वहाँ की कला में पशुओं को पंखयुक्त बनाया गया है। ऐसी बहुत-सी कहानियाँ विभिन्न देशों के साहित्य में उपलब्ध हैं।

पर मध्य काल में सर्वप्रथम **लियोनार्डो डा विन्सी** (Leonardo da vinci) ने पक्षियों के उड़ने की क्रिया को देखकर उड़ने वाले मशीन के विषय में सोचा था। उसके शिष्य आस्ट्रे ने इस आधार पर प्रयोग किया पर वह गिरकर मर गया। इसी प्रकार इटालवी डाक्टर जॉन डगामियन ने भी पंख लगाकर दीवाल से कूदा पर गिरकर अपना पैर तोड़ लिया। तब लोगों ने सोचा कि ऐसा करना भगवान की इच्छा का विरोध करने के समान है जिसे 1670 में ऐसा फादर फ्रांसिस डि लामा ने कहा था। पर बैलून उड़ने को सबने देखा था। दो भाई जोसेफ और माण्टगोल्फर ने धूआ को आकाश में उड़ते देखकर अनुमान किया कि गरम हवा साधारण हवा से हल्की होती है। इसके प्रयोग के लिए एक छोटे कागज के झोली को गरम हवा से भरकर कमरे में उड़ाया तो वह छत से जा टकराया। तब इन भाइयों ने मखमल के कपड़े लगे कागज का 100 पारिमण्डलाकर बैलून बनाकर 1783 में एक भेड़, मुर्गा और बत्तख के साथ उड़ाया तो यह 6 हज़ार फीट की ऊँचाई तक जाकर हवा में 8 मिनट तक रुका रहा और फिर लौट आया तथा उसमें जीव भी सुरक्षित थे। अन्त में इसमें 1783 में मान भेजा गया जो 25 मिनट तक पेरिस के आकाश बना रहा। यह 3000 फीट की ऊँचाई तक जाकर लौटा था। इसी आधार पर संयुक्त राज्य के अध्यक्ष ने इस पर शोध कराने का निर्णय लिया। अब हैड्रोजन बैलून की सहायता से उड़ने का प्रयास 1785 में किया गया। इसमें जॉन पेरी ब्लैंचर्ड और अमेरिकन डाक्टर जेफरी थे। आधे रास्ते में बैलून डूबने लगा था पर वे किसी प्रकार सुरक्षित बच आए। ऐसे ही बैलून के सहारे उड़ान के कई प्रयास हुए थे।

अन्त में बैलून के दोषों को जानने के बाद 1872 में पाल हेनलीन नामक जर्मन इंजीनियर ने इंजनयुक्त एयर शिप (air ship) बनाया जो गैस पर आधारित था। यह 1883 में सफलतापूर्वक उड़ाया गया था। इसके बाद 1884 में कैलिस से एक एयर शिप उड़ाया गया जो 5 मील की परिधि में $5\frac{1}{2}$ मील की गति से उड़कर सुरक्षित उतर गया। उसके बाद इसके कौशल में क्रमशः विकास हुआ। इसकी चाल भी बढ़ी। अब यह पेंसिल की तरह के आकार का अल्मुनियम का बनने लगा। पर अभी भी इसमें दुर्घटना की सम्भावना बनी रहती थी। प्रथम विश्वयुद्ध में इसका विकास जर्मनी में हुआ जो घंटे में 80 मील जाता था और 50 टन का बोझ वहन करता था। युद्ध के बाद ब्रिटेन ने कई एयर शिप बनाए जो लंदन से पेरिस आते जाते थे।

हवाई जहाज (aeroplane) के विकास का श्रेय राइट भाइयों का है। संयुक्त राज्य के दो भाई विलबर और ओविले ने 1903 में हवाई जहाज तैयार कर उड़ान शुरू किया जो 12 सेकेण्ड में 120 फीट उड़ा था। यह हवाई जहाज था किटी-हाक। फिर तो उड़ानों का सिलसिला बढ़ा। यहाँ से चलकर आज हम जेट और सूपर सोनिक तक पहुँच गये हैं।

आज हवाई जहाज से बहुत द्रुत गति से आकाश में यात्रा किया जाता है। 1873 में जूलिस वर्ने ने बताया था कि 80 दिनों में विश्व भ्रमण में फिनीज फाग्स ने तोड़-तोड़ कर यात्रा किया था। अब उससे भी कम समय में रुक-रुक कर संसार की यात्रा करना सम्भव है। यह आर्थिक दृष्टि से लाभकर और तीव्रतम गति का होता है। इसमें सारी सुविधा प्राप्त कर यात्री आराम से आज यात्रा कर रहा है। इस कारण आज हवाई जहाज की यात्राएँ बढ़ी हैं और इससे पर्यटन में एक आन्दोलन आ गया है। 1981 में विश्व के व्यापारिक हवाई जहाज की संख्या 6000 हो गई थी जिनमें मीलियन लोगों के बैठने का स्थान था। इसमें प्रायः यात्रा मूल्यों में घटी-बढ़ी आती रही। ऐसा अधिक घाटा 1980 के आस-पास हुआ था। इसके मुख्य कारण थे– हवाई जहाज के इंधन की कीमतों में बढ़ोत्तरी तथा मुद्रास्फीति की स्थिति, बाजार में गिरावट का आना तथा इसके विकास में सरकार का रोक लगना, मांग घटना और पूर्ति का बढ़ना तथा मशीनों के महँगे होने के कारण इसके उत्पादन में ह्रास का आना एवं किराये में अधिक वृद्धि होना।

उड्डयन संगठन

इण्टरनेशनल एयर ट्रान्सपोर्ट एसोसिएश्यन (*International Air Transport Association–IATA*)

इसकी स्थापना 1945 में विभिन्न देशों के एयर लाइन्स के सहयोग से द्वितीय विश्वयुद्ध की समाप्ति पर त्वरित सेवा विस्तार के लिए लिया गया था। इसके पहले इसी संस्था की स्थापना 1919 में नियमित यातायात के सिलसिले में हेग में हुआ था। उसी का यह अब विकसित रूप है। यह एक अराजकीय संगठन है जिसकी वैधानिक मान्यता 1945 में कनाडा पार्लियामेण्ट द्वारा विशेष एक्ट बना कर की गई थी। इसका समीप का सम्बन्ध सरकारी हवाई जहाज के संगठन इण्टरनेशनल सिविल एवियेशन ऑर्गनाइजेशन (ICAO) से रहा है। चूँकि IATA कोई राजनीतिक घटक न होने तथा किसी राजकीय संस्थान का न होने से इसने अपनी सदस्या सबके लिए खुला छोड़ दिया है। इसको निर्धारित हवाई सेवाओं के लिए प्रमाणपत्र सरकार द्वारा प्राप्त है। यह स्तर का संगठन होने से IATA के सम्मेलन इसके स्तरीय टिकट, जाँच प्रणाली और दूसरे पत्रजातों को रखने के लिए बाध्य किया गया था। इसका किराया एक मानक के अनुसार है जिसका संसार के एयरलाइन के 113 सदस्य पालन करते हैं। इसने पूरे विश्व को अकेले जनसेवा परम्परा में विभिन्न एयर लाइनों से जोड़ा है। इसका प्रमाण इसका क्लियरिंग हाउस है जहाँ दूसरे हवाई लाइनों द्वारा इसके यात्रियों के यात्रा करने के हिसाब का लेन-देन चुकता किया जाता है। यह क्लियरिंग हाउस जिनेवा में है जहाँ आठ लिपिक इस हिसाब-किताब के लिए रखे गये हैं। इससे यह सुविधा है कि इस एयर लाइन से यात्रा करने वाले दूसरे एयर लाइनों से भी इसी के टिकट पर इसके यात्राक्रम में यात्रा कर सकते हैं। इससे यह सुविधा हो गई है कि एक ही टिकट पर कहीं-से-कहीं की यात्रा चाहे अन्तर्राष्ट्रीय या घरेलू हो की जा सकती है।

इसके संचालन में एक सामान्य सभा होती है जिसका प्रधान इसका प्रेसिडेण्ट होता है।

ऐसी इसकी कार्यकारणी सभा होती है जिसका भी वही प्रधान होता है। इसके नीचे डाइरेक्टर जेनरल तथा कार्यकारिणी का चेयरमैन होता है। इसके नीचे कई उपडाइरेक्टर जेनरल होते हैं जैसे टेकनिकल, फाइनेंस, व्यक्तिगत आदि। सूचना का डाइरेक्टर भी होता है।

जब इसका यात्री टिकट खरीद लेता है तो वह उसका सेवा क्रय कर लेता है। वह इसके द्वारा उड़ान, सामानों की ढुलाई तथा सेवाओं की जिम्मेदारी से मुक्त हो जाता है। अब उसे जहाँ तक जाना होता है जिन-जिन जहाजों में उसे सीट अपेक्षित होती है उससे उसका कोई मतलब नहीं रहता। यह सब अब इस हवाई जहाज के कर्मचारी जानते और व्यवस्था करते हैं। वे जिनको जितना जहाँ देना होता है देकर उसकी पूरी यात्रा का व्यवस्था करते हैं। अब यात्री ट्रिप में जाने की बात भर जानता है।

IATA के क्लियरिंग हाउस की सदस्यता इसकी सभी शाखाओं को तथा जो दूसरे एयरलाइन्स के होते हैं उन सबकी होती है। इसकी बैठक सालभर लेन-देन के लिए होती है। जो सम्पूर्ण लाभांश है उसका भुगतान सम्बन्धित एयर लाइन को करना होता है।

IATA का भौगोलिक विस्तार क्षेत्र तीन भागों में बँटा है जिसे Area 1, 2, 3 के नाम से जाना जाता है। इन्हें TC (Traffic Corporation) 1, 2, 3 भी कहते हैं। यह इनकी Conference Area होती है। इनमें Area 1 में सम्पूर्ण उत्तरी और दक्षिणी अमेरिकन प्रायद्वीप तथा सम्बन्धित द्वीप समूह हवाई क्षेत्र के होते हैं। Area 2 में यूरोप, अफ्रीका तथा दूसरे सम्बन्धित द्वीप समूह होते हैं। Area 3 में एशिया और उसके सटे द्वीप समूह होते हैं।

इण्टरनेशनल सिविल एवियेशन ऑर्गनाइजेशन *(ICAO)*

इसकी स्थापना 1947 में प्रमुख केन्द्र मानट्रियल में संघराष्ट्र के एक विशेष एजेन्सी के रूप में हुआ है। इसके छः क्षेत्रीय कार्यालय भी कार्यरत हैं। बैंकाक, क्रैरो, दकर, लीमा, मैक्सिको सिटी और पेरिस। यह अन्तर्राष्ट्रीय सहयोग पर आधारित है तथा इसकी सफलता राष्ट्रों के बीच परस्पर सहयोग होने पर निर्भर है। इसमें सम्मिलित सदस्य राष्ट्र एक टीम की प्रवृत्ति से कार्य करते हैं। ये सभी निर्धारित करते हैं कि जो यात्री इससे यात्रा कर रहा है वह आसानी से अपने गन्तव्य तक सुरक्षित पहुँच सके। यह इसकी जिम्मेदारी है कि वह व्यक्ति विश्व के किसी भी भाग में सुरक्षित यात्रा कर सके। इसका उद्देश्य है हवाई जहाज के निर्माण कला को विकसित कर नियमित यात्रा की रूप रेखा तै करना, यात्रियों को आर्थिक हानि से बचाना, पारस्परिक विभेदों को दूर करना। यह विकासशील देशों को प्राविधिक सहयोग प्रदान करता है। आज के बढ़ते हवाई जहाज के अपहरण (hijacking) रोकने सम्बन्धी नियमों का निर्माण करना।

इसके संगठनात्मक ढाँचे में इस संगठन की एक सामान्य सभा होती है। कुछ लोगों की एक कौंसिल होती है और एक सिक्रेटेरियेट होता है। इसके प्रमुख अधिकारी होते हैं काउन्सिल के प्रेसिडेन्ट तथा सिक्रेटरी जेनरल। इसकी सामान्य सभा का संगठन सभी राज्यों के चयनित सदस्यों से बनता है। यही इसकी सर्वश्रेष्ठ संगठन होता है। यह तीन वर्षों पर असेम्बली के सदस्यों द्वारा तीन वर्ष के लिए चुना जाता है। इसमें 33 राज्यों की भागीदारी है। इसके सिक्रेटेरियेट का प्रधान सिक्रेटरी जेनरल होता है और इसके पाँच क्रियात्मक अंग होते हैं। इसके साथ अशासकीय संगठनों का भी सहयोग होता है जैसे एयर ट्रांसपोर्ट एसोसिएशन, दि इण्टरनेशनल फेडरेशन ऑफ़ एयर लाइन पाइलेट्स एसोसिएशन, पाइलेट एसोसिएशन आदि।

एयर चार्टर्स (*Air Charters*)

यह एक नई विधा हवाई जहाज के प्रयोग में शुरू हुई है। इसमें कोई भी संगठन किसी कम्पनी से एक हवाई जहाज किराये पर लेता है जिसका उस समय के लिए वह स्वयं स्वामी होता है और उससे एक निश्चित स्थान तक एक ग्रुप के लोगों को सस्ते किराये पर यात्रा कराता है। युरोप में इसका प्रयोग दूसरे रूप में हुआ। वहाँ यात्रा या ट्रांसपोर्ट एजेंसी अपना हवाई जहाज, एक निश्चित दूरी तक ले जाने तथा ले आने के लिए, खरीद लेते हैं। इसको Back to Back charter कहा जाता है। ये ही पैकेज टूर का आयोजन छुट्टी के दिनों में करते हैं जिसमें यात्री को यात्रा के साथ ठहरने, भोजन-पान, स्थानों पर जाने, टिकट खरीदने आदि की सारी सुविधाओं प्रदान करते हैं। पूरे छुट्टी के लिए पैकेज बेचने से यात्रियों के लिए यात्रा करना सस्ता पड़ता है। पीछे इसमें कठिनाई आई कि पूरा जहाज का स्वामित्व एक समय के लिए ले लेने से कभी-कभी घाटा होने लगा। इसका कारण था कि इसमें एक बार सारे कार्य के लिए अग्रिम राशि देनी होती है। यदि यात्री यात्रा नहीं करता है तो यह राशि लौटती नहीं है। इसमें यात्री को कम कीमत चुकानी होती है, जबकि पूरी यात्रा में उसे कोई व्यवस्था नहीं करनी होती। इस प्रकार की यात्रा ठण्ढे यूरोपवासी जाड़े के दिनों में सुहाने मौसम वाले देशों में प्रायः 16वीं शती में करते थे। इसको देखकर अब नियमित उड़ानोंवाली सेवाओं ने अपने टिकट दर संयुक्त राज्य में घटा दिए हैं। ऊर्जा की बढ़ती कीमतों से चार्टर यात्राएँ महँगी होने से यूरोप के लिए घाटे का सौदा होने लगा था जिससे संयुक्त राज्य इसकी मांग घटाने लगी थी। पर विकासशील देशों में तथा विश्व के अन्य देशों में इसकी मांग बढ़ी है। इसको देखकर IATA यात्रा क्षेत्र में कई सहयोगी चार्टर सेवाएँ विकसित हुई हैं। एशिया के जिन देशों ने पर्यटन से अधिक पैसा उगाहने की योजना बनाई है, वे हैं–श्रीलंका, थाईलैण्ड, मलाया आदि। वहाँ चार्टर सेवाएँ बढ़ी हैं। भारत में युरोपीय सीधे इस सेवा से न आकर श्रीलंका या थाइलैण्ड से बैक टु बैक चार्टर सेवा द्वारा पहुँचते हैं।

चार्टर तीन वर्गों में बाँटी गई हैं—(*1*) *Affinity Charter*—यह पुरानी पद्धति है जो सम्मेलनों या तीर्थयात्रा के लिए आयोजित होते हैं। (*2*) *Charter Cruises*—इसमें विश्व भ्रमणार्थ एक जहाज चार्टर करते हैं जिसकी लागत कम होती है। (*3*) *Back to Back Charter*—इसको प्रमुख यात्रा एजेंसियों ने स्विटजरलैण्ड, जर्मनी में क्रमिक यात्रा (chain of flight) हेतु शुरू किया था सप्ताह या 15 दिनों में एक दिन। इसमें लागत इतनी कम होती है कि कारखाना मजदूर भी सुविधा से इसके द्वारा यात्रा कर सकते हैं।

इसमें इधर फ्रेडीर लेकर्स द्वारा चालित Sky Train आ जुड़ी। अति सस्ते दर पर यह U.K. से London-New York -London की चंक्रामक (round trip) के लिए सर फ्रेडी लेकर द्वारा अटलांटिक पार यात्रा हेतु शुरू की गई। इसमें न आरक्षण था न खानपान की व्यवस्था। इनका भुगतान अलग से करना पड़ता था। इसकी 345 सीटों में से 189 सीटें बेची जाती थी कि जहाँ चाहे वे यात्री रुक जायँ। इससे प्रभावित बड़ी एयर लाइनों ने कम लागत की यात्राएँ बढ़ाई जिनमें भोजन भी देते हैं। कर्ज के बढ़ने से फ्रेडी लेकर कम्पनी पीछे बन्द हो गई।

यात्री किराये के प्रकार और निर्धारण

हवाई जहाज की कम्पनियों ने यात्री सुविधा बढ़ाने की दृष्टि से निम्न तीन प्रकार की किराया दर लागू की है:—

(1) सम्मानित वर्ग (*Prestige First Class*)—इसमें जितना जगह एक व्यक्ति के लिए धरातल पर आवश्यक होता है उसी पर किराया निर्धारित होता है।

(2) सामान्य वर्ग *(Regular Class)*—यह सस्ता होता है सरकारी कर्मचारियों, व्यापारियों हेतु जो तुरंत सामान्य दर्जे में यात्रा करते हैं तथा पहले से उनका कोई आरक्षण इसमें नहीं होता।

(3) यात्री वर्ग *(Tourist Class)*—इसमें थोक में सीटें बेची जाती हैं। पर यात्रा न करने पर पैसा नहीं लौटाया जाता है। इसमें किराया कम पड़ता है। इसमें अग्रिम बिक्री की जाती है।

जो यात्री से किराया लिया जाता है उसके निर्धारण में जहाज का आकार, यात्रा की दूरी, ऊर्जा की खपत आदि को ध्यान में रखते हैं। साथ ही, चालक की लागत और व्यापारिक स्थिति को भी सामने रखा जाता है। जिस ऋण से हवाई जहाज खरीदा जाता है उसके ब्याज को तथा अपना जो भाग इसमें लगाते हैं उसे भी इसमें जोड़ते हैं। एक सीट की कीमत का निर्धारण उसकी माँग के आधार प्रायः किया जाता है। यह माँग विश्व के विभिन्न भागों में थोड़े-थोड़े समय के अन्तर से बदलती रहती है उसी सीट पर जब यात्री विदेशी एयरलाइन से जाता है तो उसे importer of seat कहते हैं पर जब विदेशी अपने एयर लाइन से यात्रा करता है तो उसे exporter of seat कहते हैं। पर जो निर्धारित हवाई सेवाएँ होती हैं वर्ष भर एक ही दर पर सेवा देती है चाहें माँग बढ़े या घटे। एक बड़ी जहाज जो दिन में एक बार यात्रा करती है उसमें कम-से-कम 100 सीटें होती हैं जिनके आधार पर उसका किराया तय होता है।

आज जो हवाई जहाज में खाली सीटें होती हैं उनके लिए विशेष आकर्षक किराया (promotional fares) की व्यवस्था है। इसमें कम किराया देना होता है। ये निम्न प्रकार हैं:—

आनन्दात्मक यात्री किराया *(Excursion fare)*—इसमें राउण्ड ट्रिप को रखते हैं तथा सामान्य दर से 20 से 40% कम किराया लिया जाता है। इसमें ध्यान रखते हैं रुकने के समय का, एक एयर लाइन से दूसरे में जाने का, निरस्तीकरण फीस, आरक्षण बदलने की फीस आदि का।

समूह यात्रा किराया *(Group Fares)*—ये तीन प्रकार के होते हैं:—

(अ) Group Inclusive Fare—कुछ निश्चित परिस्थितियों को ध्यान में रखकर समूह यात्रा के लिए यह किराया निर्धारित होता है। इसमें एक ग्रुप में कम से कम चार यात्रियों का होना आवश्यक है जो बाहर कम-से-कम 14 दिन और अधिकतम 45 दिन ठहरें।

(ब) Intensive Tour—इसमें एक संगठन सारे यात्रा का खर्च उठाता है यहाँ तक की ठहरने का भी। इसे 2 या 3 वर्ष पूर्व बनाकर एयर लाइन को सूचित करना होता है कि इतनी सीटों की बिक्री वह न कर सके।

(स) Affinity Group—जब एक संस्था या समिति अपने कर्मचारियों या सदस्यों को किसी बैठक या समिति में भाग लेने के लिए भेजती है।

सरकार आदेशित किराया *(Government Ordered Fare)*—जब सरकार अपने विशेषाधिकार का प्रयोग कर एक किराया किसी दूरी का निर्धारित करती है तो उसका पालन करना होता है। पर ऐसे सरकारी आदेश बहुत कम होते हैं। यह तभी होता है जब दो सरकारों की इसमें सहमति होती है।

हाइजैकिंग (Hijacking)

आज हवाई जहाज के क्षेत्र में अपहरण अपराध बन चुका है एक संज्ञेय, जो राजनीतिक, व्यक्तिगत या अन्य आधारों पर किया जाने लगा है। इसका स्वरूप विश्वव्यापी हो गया है। इसकी पहली घटना 1931 में पेरिस के हवाई अड्डे पर जहाज के उतरने के बाद हुई थी। इसके हाइजैकर्स लीमा सरकार को गिराने के बाद चाहल भागना चाहते थे। 16वीं शती के मध्य से अन्तर्राष्ट्रीय स्तर पर धोखाधड़ी के रूप में उसका प्रयोग PLO और Red Army ने किया था। इसके रोकने के लिए ICAO ने अन्तर्राष्ट्रीय कानून में बदलाव लाने का सहारा लिया। इसके आधार पर यह तै हुआ कि जिस देश में भी हाईजैकर्स जहाज को उतारेंगे वहाँ की यह बाध्यता होगी कि उनसे इसे छुड़ा कर वैधानिक कमाण्डर को इसका अधिकार सौंप दे और उसके यात्रियों को जान-माल से सुरक्षित रख उनके गन्तव्य तक उन्हें भेज दें। 1970 में इस प्रकार की भयंकर दुर्घटनाए हुई जोर्डन में जहाँ जहाज को नष्ट किया गया। इसके लिए वियना में ICAO की बैठक हुई तथा हिश में भी इस पर विचार हुआ। इसमें तै किया गया इस प्रकार अनाधिकार हवाई जहाज के रोकना दण्डनीय अपराध घोषित किया गया। इसमें 10 वर्ष से लंका में प्राणदण्ड तक की सजा का प्रावधान रखा गया। भारत में 1982 में भी इसी प्रकार का हाईजैक एक्ट बनाया गया। Civil Aviation Organisation दूसरे रास्ते बनाये कि जहाज पर चढ़ने से पूर्व पैसेंजरों का सुरक्षात्मक दृष्टि से चेक किया जाना तथा उनके सामानों का X-ray मशीन से जाँच करना। कुछ एयर लाइनों ने स्काई मार्शल की सेवाओं को लिया जो जहाज के उतरते समय उसके विषय में सतर्कता बरतते रहें। राज्यों ने भी इण्टरपोल के माध्यम से आतंकवादियों की सूचना का आदान प्रदान करके इसकी जानकारी रखना शुरू किया।

भारत में नागरिक हवाई जहाज यात्रा संगठन

इतिहास

बैलून की सहायता से भारत में उड़ान की कथा 1877 की है। 1911 में डाँक ले जाने हेतु इलाहाबाद माघ मेले से नैनी जंक्शन के लिए हेनरी पिंक्वेट ने एक जहाज उड़ाया था। तब से हवाई जहाज द्वारा डाँक ले जाने की परम्परा चल पड़ी। भारत के सीमावर्ती क्षेत्रों की आसामान्य अप्राकृतिक स्थिति के कारण यात्रा हेतु हवाई सेवाएँ भारत सरकार द्वारा प्रारम्भ कराई गई। 1926 में Indian Air Board ने, जो सरकार की एक सलाहकार समिति थी, एक स्मारण पत्र सरकार को दिया 'The Past History and Future Development of Civil Aviation in India.' इसमें इसने प्रस्ताव किया कि – (1) हवाई जहाजों को उतरने तथा दूसरे धरातलीय कार्यों के लिए सहयोग लिया जाय, (2) उड्डयन विभाग के लिए Director Civil Aviation पद की स्थापना की जाय, (3) मुख्य हवाई मार्गों का सर्वेक्षण कराया जाय, (4) कोलकाता से रंगून के बीच हवाई यात्रा शुरू की जाय और जिस कम्पनी को यह कार्य सौंपा जाय उसे सरकारी सहायता दी जाय।

1927 में सरकार द्वारा इसे स्वीकार कर लिया गया और इसके प्रथम डायरेक्टर जेनरल फ्रांसिस शेलमोण्डाइन नियुक्त किये गये। भारत में नियंत्रित हवाई सेवाएँ 15 अक्टूबर 1932 से प्रारम्भ हुई जब टाटा का उड्डयन विभाग स्थापित हुआ जिसे पीछे Tata Airlines का नाम दिया गया। इसने डाक ले जाने का कार्य करौंची, अहमदाबाद, मुम्बई, बेलारी और चेन्नई मार्ग पर शुरू किया। 1929 में नेविल विंसेण्ट भारत आये और व्यापारिक उड़ानों के लिए

कई सम्भावनाओं को व्यक्त किया। इसके 28 वर्षों बाद पुनः एयर लाइन की स्थापना के बाद टाटा को इसके लिए बुलाया गया। फिर Tata Airline के बाद Indian National Airways 1933 से साप्ताहिक उड़ान कोलकाता से रंगून और कोला से ढाका भरने लगी। फिर बम्बई और काठियावाढ़ के कुछ स्थानों के लिए उड़ानें चालू हुईं। इसमें रेल के दूसरे दर्जे से थोड़ा अधिक किराया लिया जाता था। घाटे के कारण यह बन्द हो गई। अब टाटा एयर लाइन मुम्बई से दिल्ली और मुम्बई से त्रिवेन्द्रम की उड़ानें भरने लगी। 1938 से डाक वाहन का कार्य भी इसने शुरू किया। इसी समय द्वितीय विश्वयुद्ध शुरू हुआ। अब सारी उड़ानों को रोककर इनका प्रयोग युद्ध के सामान ढोने में होने लगा।

पर इस युद्ध के बाद लगभग 44 हवाई अड्डे बन चुके थे। 1943 में सरकार ने टिम्मस को इसके विकास का प्रस्ताव देने के लिए नियुक्त किया। उन्होंने प्रस्तावित किया कि 4 से अधिक मार्गों पर ही सुरक्षित उड़ानों की सुविधायें दी जाय। अब भारत सरकार ने Indian Aircraft Act में संशोधन कर नियमित हवाई सेवाओं के लिए लाइसेन्स देने का प्रावधान किया। अब 21 कम्पनियों ने जिनकी जहाजें युद्ध में क्षतिग्रस्त हो चुकी थीं इसकी आवेदक बनी। सरकार ने 11 कम्पनियों को ST हवाई मार्गों के लिए लाइसेंस दे दिया। पर बहुत से मार्ग आर्थिक दृष्टि से अनुत्पादक थे। इसलिए सरकार ने एक दिन में केवल एक प्रमुख मार्ग पर उड़ान की स्वीकृति दिया।

1946 में Tata Airlines ने राजकीय कम्पनी Air India का नाम धारण किया। 1948 में Air India International के रूप में इसने काम शुरू किया। इसी समय एक निश्चित मार्ग से मुम्बई से लन्दन की उड़ान सप्ताह में एक बार करने की स्वीकृति इसे मिली। इसके बाद 1950 में भारत सरकार ने Air Transport Enquiry Committee की स्थापना किया। इसने इसके प्रति असंतोष व्यक्त करते हुए नियमित आपरेटर्स की संख्या चार निर्धारित किया। कुछ कम्पनियों को एक में सम्मिलित करने की सलाह दिया तथा दो का लाइसेंस रद्द कर दिया। 1952 में सरकार इस निष्कर्ष पर पहुँची कि इसका विकास तभी संभव है जब हवाई उड़ानों का सम्पूर्ण राष्ट्रीयकरण किया जाय। पीछे 1953 में दो कार्पोरेशन रखने को स्वीकार कर लिया गया। Indian Airlines तथा Indian International। पीछे Air India में छः घरेलू एयर लाइनें समाहित कर ली गईं और इसका नाम अब Air India Corporation रखा गया। Air India International Limited ही Air India Corporation हो गया। 1963 से मुख्य नगरों को जोड़ने वाले प्रमुख मार्गों पर jet सेवा प्रारम्भ हुई जिससे यात्रा समय आधा लगने लगा। ये स्थान-स्थान पर आवश्यकतानुसार रोके जाते थे। Airline का टिकट दर विश्व में सबसे सस्ता है। प्रति किमी० एक यात्री का किराया लगभग एक रुपया से भी कम पड़ता है। इस सेवा से विदेशी मुद्रा का आय 1983–84 में 117 करोड़ रु० था जिसमें शुद्ध लाभ 45 करोड़ के लगभग रहा। **भगवान गिडवानी** के अनुसार *यही नागरिक उड्डयन की पुस्तक के प्रथम अध्याय का प्रथम पृष्ठ है। आज संयुक्त राज्य के बाहर Indian Airlines तीसरे नम्बर का घरेलु उड्डयन उद्योग है।*

किराये में छूट

इण्डियन एयर लाइन ने कई प्रकार के छूटवाले किराये को प्रारम्भ किया है कि यात्री इसकी ओर आकृष्ट हों। इनमें हैं :—

(1) जब सशस्त्र सेवा के जवान कहीं अपने से इसके द्वारा यात्रा करते रहते हैं तो

सर्टिफिकेट दिखाने पर उनका आधा किराया माफ कर दिया जाता है। उनके आश्रितों को भी यह सुविधा प्रदान होती है।

(2) अंधे और कैंसर के रोगियों को मेडिकल प्रमाणपत्र देने पर किराये में आधा छूट दिया जाता है।

(3) जब कोई यात्री कम-से-कम 15 के समूह में यात्रा कर रहे हों तो यात्रा के नायक का कोई किराया नहीं लगता।

(4) यही छूट उस नायक को भी मिलेगी जो 'भारत खोज' (Discover India) या 'युवा मेले' (Youth Festival) में शामिल होने जा रहे 15 लोगों के दल का होगा।

(5) भारत-नेपाल यात्रा या घरेलू यात्रा पर जब 15 या अधिक लोग जाते रहेंगे तब भी उसका नायक इस छूट का भागीदार होगा।

(6) 26 वर्ष तक के 10 छात्रों के दल के साथ यात्रा कर रहा अध्यापक किराया में आधा छूट प्राप्त करेगा।

(7) भारत में किसी उद्देश्य विदेश से जाते हुए सरकारी स्टाफ और उसके परिवार को 40% छूट मिलेगी।

(8) संयुक्त राज्य के यात्रियों को जो दक्षिण भारत की आनन्दात्मक यात्रा करते हैं उनको Indian Airline 30% की छूट देती है।

(9) जब घरेलू पर्यटन में 8 से 32 लोग साथ यात्रा कर रहे होते हैं तो 30% किराये में छूट मिलता है।

(10) विदेशी पर्यटकों को जो एक क्षेत्र में यात्रा करते हैं उनसे विशेष छूट वाला किराया लिया जाता है जिसे 'Wonder fare' का नाम दिया गया है जो एक समूह तक मान्य रहता है।

(11) विदेशियों के लिए Discover India Fare तीन सप्ताह के लिए और भारतीय मूल के निवासियों के लिए 21 दिनों का होता है। पर यह विदेशी मुद्रा देकर लेना पड़ता है। इसमें कितने जगह भी इस अवधि में यात्रा तोड़ कर रुका जा सकता है। पर एक स्टेशन पर दो बार नहीं जाना होता है।

(12) IATA, Airline के कार्यकर्ता और उनके परिवार को सामान्य क्षेत्र में यात्रा पर 50% की छूट उड़ान से 50 दिनों तक मिलती है।

(13) विद्यार्थी छूट — इसमें उसे विद्यार्थी की श्रेणी में माना जाता है जो यात्रा के समय 26 वर्ष का न हुआ हो तथा वह किसी विद्यालय में किसी पाठयक्रम के लिए कम-से-कम एक वर्ष के लिए भारत में पंजीकृत हो।

(14) Youth Fare — इसमें 25% छूट देते हैं शर्त है कि इसको परिवर्तनीय विदेशी मुद्रा में किराया देना होता है तथा इसमें चक्रनुक्रम में यात्रा करनी होती है तथा घरेलू यात्रा में भी एक ओर के किराये में यह छूट लागू रहती है।

वायुदूत सेवा

इस तृतीय स्तर के हवाई सेवा की स्थापना 1982 में तीर्थों, औद्योगिक नगरों और पर्वतीय स्थलों की यात्रा के लिए प्रारम्भ किया गया। यह उत्तरी पूर्वी क्षेत्र के विभिन्न स्थलों को जोड़ता है। इसकी स्थापना उद्देश्य था कि थोड़ी सी मुद्रा व्यय द्वारा उन शस्य स्थलों को जोड़ना जहाँ सरलता से पहुँचा नहीं जा सकता। इसको कुल 26 मिलियन डालर की लागत से शुरू किया गया था। इसमें कम ऊर्जा लगती है तथा उसमें 25 सीटें होती है। ये हवाई अड्डे पर छोटे

से रन वे (runways) पर उतर जाती है। 1990 तक इसने 60 शहरों तक अपनी यात्रा का विस्तार किया था। इसके व्यय में Air India और Indian Airlines की बराबर की हिस्सेदारी थी। यह राजकीय व्यवस्था में चालित है जिसका अलग संचालक बोर्ड है। इसकी देख-रेख का कार्य जेनरल मैनेजर करता है।

नागरिक उड्डयन विभाग
(The Civil Aviation Department)

नागरिक उड्डयन की क्रिया विश्व में किटी हाक के बाद भारत में 1911 को इलाहाबाद से नैनी के लिए की गई जिसमें हम्बर इंजन से वहाँ डाक भेजा गया। पीछे 1927 में इसके लिए एक विभाग इसी नाम का स्थापित किया गया जो सम्बन्धी विभिन्न व्यवस्था को देख-रेख करता था। जैसे हवाई अड्डा बनवाना, हवाई चालकों का पंजीयन, लाइसेंस देना आदि। 1935 में इसने दिल्ली, गया, हैदराबाद, करौंची, कोलकाता, मुम्बई, अहमदाबाद, चेन्नई, जोधपुर में हवाई अड्डा बनवाया। इनमें से कई केन्द्रों पर रेडियो सेवायें भी प्रारम्भ की गई। 1947 में इसके अन्तर्गत 44 हवाई अड्डे थे और आज 90 से अधिक हैं। इसके मुख्य कार्य निम्नलिखित है:—

(1) घरेलू यात्रा के लिए हवाई अड्डों का निर्माण, व्यवस्था और प्रबंधन। नागरिक, सुरक्षा, हाइजैकिंग, दृश्य स्थलों पर जाने की योजना बनाना।

(2) राडार, एरानाटिकल संचार की व्यवस्था से सभी एयरोड्रोम को जोड़ देना तथा अन्तरराष्ट्रीय अड्डों को भी इन सुविधाओं से युक्त करना।

(3) पायलट, नेवीगेटर, एयरक्राफ्ट रेडियो मेनटिनेन्स इंजीनियर (ARME) तथा एयरक्राफ्ट मेनटनेस इंजीनियर (AMe) को लाइसेंस देना।

(4) हवाई उड़ानों में होने वाली दुर्घटनाओं की जाँच करना।

(5) हवाई जहाज के डिजाइन विकास तथा कम लागत के व्यय के विषय में खोज करना।

(6) विभागीय लोगों को प्रशिक्षण देना, उड़ान वाले क्लबों का निरीक्षण करना, रेडियो-राडार तथा टेली-कम्युनिकेशन सुविधाओं को बनाये रखना आदि, नीति निर्धारण, प्रशासन, नियमों को लागू करना तथा भारत और बाहर की सेवा की शर्तों में एकरूपता लाना आदि।

आज हवाई जहाज के उद्योग में कई प्राविधिक परिवर्तन हुए हैं। जेट और चौड़ी आकृति की जहाजें इसी की देन हैं। प्रत्येक स्थिति में कीमतों में 25–15% की कटौती हुई हैं। इसका भविष्य आने वाले दिनों में सामाजिक और आर्थिक मूल्यों के आधार पर निर्धारित किया जायगा। आज प्रयास है कि इसके तेल उपभोग की शक्ति घटाई जाय, इंजनों की क्षमता बढ़ाई जाय, नये तत्त्वों से इसका निर्माण किया जाय कि ये अधिक हल्के हो सकें तथा व्यवस्था सम्बन्धी सुधार किये जाय। अब आशा है कि इसके यात्री यात्रा के लिए टेलीविजन के पर्दे को देखकर तथा कम्प्यूटर के द्वारा इसका किराया, उपलब्ध सीटों आदि को जानकर अपना आरक्षण करायेंगे। इन्हीं से होटल आदि का भी आरक्षण हो सकेगा।

□

अध्याय–21

होटल प्रबंधन और भारत

पर्यटन के तीन आधार स्तम्भ होते हैं–यात्रा, ठहरना और आनन्द। इस सन्दर्भ में होटल की महत्त्वपूर्ण भूमिका है। 'घर के बाहर घर' की माँग पर्यटन का एक अहम मुद्दा है। पर्यटक को अस्थायी आवास की आवश्यकता होती है जबकि आज बहुत से लोग आवास की समस्या से छुटकारा के लिए होटल के कमरें में ही अपना आवास बनाकर लम्बा समय काट लेते हैं। यात्री के लिए 'आवास' का अभिप्राय केवल होटल न होकर इस प्रकार की अनेक व्यवस्थाओं जैसे मॉटेल, यात्री लाज, ट्रेवल बंगलो, विला, हाउस बोट, दर्शनीय स्थल पर ठहराव आदि से है। इनके साथ कुछ में खानपान, जलपान आदि दूसरी सेवाओं की भी व्यवस्था रहती है। *इन सबको मिलाकर या केवल ठहराव की व्यवस्था को 'आवासीय व्यवस्था' कहते हैं।* चूँकि होटल इसका पुराना प्रतीक है इसलिए इसे जन-सुलभता हेतु होटल व्यवस्था का नाम देते हैं। आज इसमें शासकीय और निजी दोनों प्रकार के उपक्रम सम्मिलित हैं।

इतिहास

प्राचीन भारत में पाठशालाएँ, गुरुकुल, ऋषि आश्रम, मन्दिर, मठ आदि धार्मिक स्थल इसके लिए प्रयोग किए जाते थे क्योंकि ये व्यक्तिगत आवास नहीं थे। यहाँ आतिथ्य सत्कार धर्म माना जाता था। पीछे राजाओं द्वारा बनवाये गये विश्रामालय भी इस आवश्यकता की पूर्ति करते थे। जनहित में बनाये गये विश्रामालय का सर्वप्रथम ज्ञान अशोक के अभिलेखों से मिलता है। इसी के साथ धर्मशालाओं और मध्यकाल के सरायों का भी नाम लिया जा सकता है। रोम के विश्व विजय करने पर सराय और पथिकाश्रयों की स्थापना की गई थी। पर 500 ई० में रोम साम्राज्य के पतन होने पर ये व्यवस्थाएँ वहाँ समाप्त हो गईं। अब चर्चों का युग आया। यह पूजास्थल के साथ यात्रियों का विश्रामस्थल भी होता था। जो सम्मानित लोग होते थे वे चर्च के प्रधान के साथ रुकते थे और साधारण लोगों के लिए अलग कोठरियाँ होती थीं।

जब यूरोप में पुनर्जागरण आन्दोलन प्रारम्भ हुआ तब इटली में सर्वप्रथम सराय रखना एक कमाने वाले धंधे के रूप में विकसित हुआ। तब 15वीं शती में सराय पूरे यूरोपीय देश में फैली थीं। अब इंगलैंड में नियम बनाकर सरायों को 'जन अवास' (public house) घोषित किया गया तथा इसके रक्षक को यात्रियों की सुदिंग्श का ध्यान रखने के लिए नियमतः बाधित किया गया। दो सौ वर्ष पूर्व के लगभग प्रशिक्षित और नियुक्त सराय मालिकों का क्रम चल पड़ा जो ट्रस्ट हाउस लि० के अंग के रूप में दीखते हैं जैसे संयुक्त राज्य का होटल चेन हो। पर 1825 में रेलवे के विकास से सरायों की उपयोगिता समाप्त हो गयी। 20वीं शती में मोटर और साइकिलों द्वारा यात्रा करने वालों के कारण पुनः ये स्थायित्व में आये। अमेरिका में 20वीं शती में आवास स्थलों सभास्थल के रूप में देखा जाता था। यहाँ अमेरिका के क्रान्ति के दूत परस्पर मिलते थे। इसी से पेट्रिक हेनरी ने इन्हें 'The cradle of Liberty' का नाम दिया।

फ्रांसे में इसी का बदला नाम 'होटल' (Hotel) दिया गया। यह नगर के श्रेष्ठ लोगों का आवास होता था। राजकीय भवनों को भी यही नाम दिया गया था। 1800 ई० से इसी को होटल, काफी हाउस, रेवर्न आदि नामों से सम्बोधित किया जाने लगा। अब होटल से अभिप्राय उस स्थान से है जहाँ व्यक्ति रात भर के लिए ठहरें और भोजन करें। किन्तु अमेरिका में होटल

से अभिप्राय लिया जाता है वह स्थान जहाँ व्यापारी ठहरते, भोजन करते, परस्पर मिलकर व्यापारिक वार्ता करते और अपनी सभाएँ करते थे। यहाँ एक ही साथ भोजन और आवास का पैसा लिया जाता था। इन होटलों में वहाँ 200 के लगभग कमरे होते थे।

आज के आवासीय प्रकार

आज के आवासीय प्रकारों में तीन वर्ग हैं:—

(अ) होटल व्यवस्था, (ब) सहयोगी व्यवस्था, (स) मध्यवर्ती व्यवस्था।

(अ) होटल व्यवस्था में आवास और भोजन दोनों सम्मिलित होता है। ये दो मूल प्रकार के हैं–(i) होटल, (ii) मोटेल।

(ब) सहयोगी व्यवस्था विभिन्न प्रकार की है। ये बड़ी संख्या में होटल उद्योग से अलग प्रकार की होती है जो यात्री को ठहरने, खान-पान और अन्य सेवाएँ प्रदान करती हैं। इसे कुछ लोगों ने सहयोगी ठहराव व्यवस्था (supplimentry accomodation) कहना उचित नहीं माना है क्योंकि इसमें होटल से अधिक सुविधाएँ प्राप्त होती हैं।

इसमें मुख्य रूप से निम्न व्यवस्थाएँ आती हैं:—

टैवलर लॉज	ट्रवलर बंगलो	यूथ हास्टल	डाक बंगला	हास्टल
सर्किट हाउस	धर्मशाला	सराय	वन आवास	खेमा आवास
कारवाँ	सम्मेलन स्थल	गेस्ट हाउस	निजी हास्टल	फ्लैट
रेलवे विश्राम	स्वयं-सेवी आवास	बेड-ब्रेक	फास्ट आवास	होटल
ग्रह डारमेटरी				

होटल और मोटल के भी विभिन्न प्रकार विकसित हैं :—

होटल के प्रकार	**मोटल के प्रकार**
अन्तरराष्ट्रीय होटल	नगर मोटर होटल
आवासीय होटल	टूरिस्ट कैबिन्स
ऋतअनुसार विश्राम गृह (Resort Hotel)	रोड-साइड मोटल
स्थानान्तरण होटल (Transit Hotel)	हाईवे मोटल
तीर्थयात्री होटल	रिसोर्ट प्रापर्टीज
बाल होटल	सबर्बन प्रीमीटर मोटल
जनता होटल	सिटी मोटेल
क्रीड़ा होटल	
बाटल होटल	
एयरटेल होटल	
होटल आन ह्वील्स या रोटेल	
मोटेल होटल	
फ्लोटिंग होटल	

होटल और मोटल में अन्तर

Webster के शब्दकोष के अनुसार– *"Hotel is a building or institution providing lodging, one also and services to public."* होटल शहर में बनाया जाता है। इसमें आवासीय व्यवस्था के साथ खानपान, जलपान तथा अन्य सुविधाएँ उपलब्ध होती है। इसके अतिरिक्त यह उपयोगी सेवा का केन्द्र भी होता है जिसके साथ सभी आवश्यक सेवा

के अंग टिकट विक्रेता, यातायात, सूचना और संचार प्रेषण, दर्जी, धोबी, नाई, पान, पोस्टल सेवा आदि की दुकानें भी साथ में बनी होती हैं। इसमें स्तरीय आवासीय सुविधा, स्थानीय खरीद केन्द्र, समुन्नत भवन के साथ सामाजिक मिलन का एक महत्त्वपूर्ण कक्ष होता है। किन्तु इसके पास बहुत अधिक खुली जगह नहीं होती। इसमें बार आदि भी सम्मिलित होता है तथा अलग भोजन कक्ष, सभाकक्ष आदि बने होते हैं। विक्रय के उत्पाद के रूप में होटल मुख्यतः अपने ठहरने वाले को आने और उसमें पहुँचने का ध्यान रखता है। विभिन्न जरूरत के कमरे जैसे शयन कक्ष, बार, टैक्सी आदि के स्थान बने होते हैं। सेवाएँ त्वरित और यात्री के अनुसार दी जाती है। इसका नाम और स्वरूप भव्य रखा जाता है। इसमें कीमतें इसके नाम, गुणवत्ता, सेवाओं को ध्यान में रखकर रखते हैं। इस प्रकार यह एक रूप से क्रय-विक्रय स्थल भी होता है।

मोटल भी एक प्रकार का होटल ही होता है पर यह शहर में न होकर शहर के बाहर हाइवे पर, चौराहे पर होता है। इसके साथ एक बड़ा प्रांगण मोटर खड़ा करने के लिए होता है जिससे मोटर गाड़ी खड़ा कर विश्राम के लिए विशेष सुविधाजनक होता है। यह होटल से सस्ता होता है। इसमें कम कर्मचारी होते हैं तथा स्वयं सेवा (do it yourself) का सिद्धान्त यहाँ लागू होता है। यहाँ भी सारी सेवाएँ उपलब्ध रहती है जैसे खानपान, पेट्रोल पम्प स्टेशन, मोटर कारखाना, भोजनकक्ष, अच्छे सजे कमरे आदि। यहाँ कार कमरे के पास तक जा पाती है। इस प्रकार के मोटलों को 'मोटर मोटल' (Motor Motel) भी कहते हैं। पर यह नाम उन्हीं मोटल को दिया जाता है जो कई मंजिले होटल की तरह होते हैं। 40 कमरों वाले मोटल कहलाते हैं और अधिक कमरों वाले मोटर होटल कहे जाते हैं। इसका प्रारम्भ अमेरिका में हुआ कि वहाँ कार वाले यात्री मार्ग में ही ठहर जायँ। पहले इसके साथ पानशाला (bar) या जलपान कक्ष नहीं होता था जो पीछे आवश्यकतानुसार जुड़ता गया। आज इनमें ये सारी सुविधाएँ उपलब्ध हैं। ड्राइवरों को भी इसी सीमा में ठहरने की व्यवस्था होती है। आज मोटल उद्योग में Chain of Motals का चलन बढ़ चला है क्योंकि आज ये बड़ी संख्या में बढ़ चुके हैं। इसमें निम्न सेवाएँ प्राप्त होती हैं–(1) मोटर और ड्राइवर के ठहरने की व्यवस्था, (2) जलपान व्यवस्था, (3) संगोष्ठी सुविधा अगले कक्ष में, (4) सेवा मूल्य और टिप देने का अभाव, (5) आनन्दात्मक क्रिया स्थल जैसे तरणताल, स्नैक बार, बाल-क्रीड़ा क्षेत्र, गोल्फ कोर्स आदि (6) कुत्ते आदि रखने की अलग व्यवस्था, (7) इसमें प्रायः दो या कई मंजिल होते हैं पर कम ऊँचाई होते हैं और उनके नीचे से रास्ते उठते हुए ऊपर की मंजिल तक चले जाते हैं जहाँ कार पहुँच सके।

कुछ प्रमुख प्रकार के होटलों के विवरण

इण्टरनेशनल होटल *(International Hotel)*

ये सितारा होटल (Stai Hotel) होते हैं जो स्थिति के अनुसार 1 से 5 सितारा होटल तक के वर्ग में बाँटे जाते हैं। ये अति सम्पन्न (luxury class) के लोगों के लिए होते हैं। इनकी व्यवस्था राजकीय कम्पनियाँ करती हैं तथा संचालन बोर्ड ऑफ डाइरेक्टरों द्वारा होता है। इनमें सारी आधुनिक सुविधाओं के कक्ष होते हैं तथा साथ में वे दूकानें होती हैं जिनमें दैनिक उपयोग के सामानों को रखा जाता है। इसके खानपान की व्यवस्था एक एक्जक्युटिव (executive chief-de-cuisine) की देख-रेख में होता है। ये कुछ निश्चित स्थानों पर बनाए जाते हैं।

रिजोर्ट होटल *(Resort Hotel)*

यह समुद्रतटों तथा समुद्र से दूर स्थलों पर भी होता है। इसमें मौसम के अनुसार व्यवस्था

रहती है। यहाँ वे लोग ठहरते हैं जो स्वास्थ, आनन्द आदि के लिए परिवर्तन चाहते हैं। इसमें सारी सुविधाओं का कक्ष और व्यवस्था होती है जैसे स्वीमिंग पूल, टेनिस खेल मैदान आदि। इसमें व्यापारी नहीं आते। ये विशेष अवकाश के समय चालू रहते हैं। इसके कार्यकर्त्ता अलग-अलग स्थानों के लिए अलग-अलग होते हैं। ये सस्ते होते हैं कि अधिक धन कमा सकें। इसमें छुट्टियों के समय खानपान की विशेष व्यवस्था रहती है।

आवासीय होटल *(Residential Hotels)*

यह एक प्रकार से घर का ही एक भाग होता है जहाँ होटल की सेवाएँ उपलब्ध होती हैं। ये महीने या साल भर के लिए भाड़े पर दिये जाते हैं। ये बड़े शहरों में वहाँ की आवासी समस्या को निपटाने के लिए बनाए जाते हैं। इसमें साप्ताहिक बिल दिया जाता है पर भुगतान मासिक लेते हैं। पर जिन होटलों में लम्बे समय के लिए आवास दिए हैं उनमें दर सस्ते होते हैं। इन्हें अर्द्ध आवासीय होटल (Semi-Residential Hotels) कहते हैं।

रोटेल : पहियों पर होटल *(Rotel : Hotel on wheels)*

इसमें दिन में केवल कुर्सी डालकर बैठने की व्यवस्था होती है रात को इसके खोलकर होटल का रूप दे देते हैं। नीचे बैठने वाले ऊपर के कमरे में आराम करते हैं। इसको लोग गाड़ी में लादकर साथ चलते हैं। जहाँ खुला पसन्द का स्थान आता है वहाँ इसे खोलकर रात को होटल खड़ा कर देते हैं। फिर जाते समय समेट कर बांधकर चल देते हैं। इसके साथ कई गाड़ियाँ होती हैं। एक में सामान रखने, खाना बनाने तथा भोजनालय के सभी सामान सिंक, रिफरेजिरेटर आदि भी होते हैं। ऐसा लगता ही नहीं रोटेल को चलाने वाले यात्री को इसमें ठहरने आदि की कोई चिन्ता हो।

तैरते होटल *(Floating Hotel)*

झीलों, नदियों आदि में नावों पर ऐसी व्यवस्था ठहरने के लिए होती है। इसमें सारी सुविधाएँ रहती है। कश्मीर इसका सबसे उपयुक्त उदाहरण है जहाँ हाउस बोट (House Boats) होते हैं।

ठहरने की अन्य व्यवस्थाएँ

यूथ हास्टल *(Youth Hostels)*

इसका प्रारम्भ 1900 ई० में जर्मनी के पढ़ने वाले युवाओं के कारण हुआ था जो पैदल देश में पर्यटन के लिए निकलते थे। इसमें ठहरने के लिए बिस्तर चारपाई युक्त डारमेटरी की व्यवस्था हो। इसको सस्ते दर पर दिया जाता था। इसके भोजनालय में यात्री स्वयं भोजन बनाते हैं। चूँकि ये पैसा नहीं दे सकते हैं। इसलिए स्वयं सहायता इसमें करनी होती है। व्यवस्थां की ओर से सेवा नहीं दी जाती है। इससे युवकों के लिए इसको बड़ा सामान्य, कम खर्चीला और साफ आवास कहा जा सकता है। पर परस्पर सौहार्द का स्थल है जहाँ भिन्न-भिन्न स्तरों और भागों के लोग एक साथ मिलकर रहते हैं। इसकी व्यवस्था अव्यवसायिक संगठन करता है जिसका उद्देश्य लाभ न होकर युवा वर्ग के पर्यटन को बढ़ाना होता है। आज इसने पूरे विश्व में अपना पैर फैला लिया है। इसकी स्थापना प्राकृतिक दृश्य वाले स्थलों पर की जाती है जहाँ से देश का प्राकृतिक स्वरूप ज्ञात हो सके। चूँकि युवा आन्दोलन बढ़ा है इसलिए शिक्षा संस्थाओं के सहयोग से इसे चलाना पड़ता है। इसके उद्देश्य की पूर्ति के लिए केन्द्रीय संगठन को आर्थिक और दूसरी सहायताएँ देनी होती हैं। यह युवा और युवतियों के लिए ही बना होता है। भारत में यह शहरों में बना है। यह Young Men & Women of Christian Associations द्वारा सहायता प्राप्त होता है।

भारत में केन्द्रीय सरकार इसके निर्माण तथा सजाने का भार उठाती है जबकि राज्य सरकार कर मुक्त बिना मूल्य की भूमि उपलब्ध कराती तथा पानी और बिजली का भार वहन करती है। इससे लाभ है कि वे अपने देश के अतीत के गौरव को खोजते हैं तथा स्वच्छ वातावरण का एक साथ आनन्द लेते हैं। इससे सामाजिक बंधन भी टूटते हैं। इसमें युवा युवतियों के ठहरने की अलग-अलग व्यवस्था रहती है तथा अन्य सुविधाओं की भी व्यवस्था रहती है। इसमें आर्थिक सहायता के लिए राज्य के मंत्री की अध्यक्षता में शिक्षा, वित्त तथा उड्डयन विभाग के मंत्रियों के प्रतिनिधियों की एक समिति बनाई जाती है। स्थानीय नियमित देख-रेख के लिए स्थानीय समिति होती है जिसका प्रमुख जिलाधिकारी या मण्डलाधिकारी होता है। इसमें वार्डों, सहायक वार्डेन और अन्य स्थानीय कर्मचारी होते हैं। पर्यटन विभाग इसके निर्माण और सामान का भार वहन करती है। इसे वही बनाना चाहिए जहाँ अन्तरराष्ट्रीय पर्यटक पहुँचते हों।

एयर होटल (*Air Hotels*)

इसे कैम्पिंग ग्राउण्ड, टूरिस्ट कैम्प भी कहते हैं। यह शहर में ही खुले स्थान में स्थित होता है। कुछ में भोजनपान की भी व्यवस्था होती है। ये कैम्प सेवा भूमि पर लगते हैं। इसमें प्रशासन को निर्धारित शुल्क देना होता है। यह विकासशील देशों में चलने से इसमें आर्थिक कठिनाई सामने आती है। आज ऐसे कैम्प स्थानों का विकास होता जा रहा है। जहाँ कैम्प लगाने के लिए कोई सुविधा नहीं होती वहाँ वे किराये पर स्थान लेकर इसका प्रयोग करते हैं और बाद में लौटा देते हैं। भारत के प्रमुख लम्बी सड़कों के किनारे ऐसी व्यवस्था प्रस्तावित है पर यहाँ अभी है नहीं। सरकार का मानना है कि जम्मू-कश्मीर, अमृतसर, खजुराहो, हैदराबाद, औरंगाबाद, गोवा आदि इसके लिए उचित स्थान हैं।

ट्रैवलर लॉज (*Travellers Lodge*)

ये सामान्य ठहरने के स्थल होते हैं शहर से दूर स्थापित होते हैं। यहाँ साधारण भोजनालय, पान स्थल और सामान्य जरूरत की साधारण दुकानें होती हैं जैसे लाण्ड्री, बार, पोस्ट आफिस, जलपान आदि की सुविधाएँ यहाँ रहती हैं।

टूरिस्ट बंगला (*Tourist Banglows*)

जहाँ विदेशी तथा देशी पर्यटकों का दबाव होता है वहाँ पर्यटन केन्द्रों पर सामान्य व्यवस्था से व्यवस्थित मध्यमवर्गीय यात्रियों के लिए एक निर्धारित बजट के अनुरूप व्यय करते हैं तथा युवा वर्ग के लिए भी यह स्थापित किया जाता है। इसमें विभिन्न आयवर्ग वालों के लिए भी स्थान होता है। प्रायः ये मुख्य सड़कों के किनारे स्थापित किये जाते हैं। ये बड़े क्षेत्रफल भी प्राकृतिक साज-सज्जायुक्त तथा आधुनिक सुविधाओं से भरपूर होते हैं। प्रायः समुद्रतट, झीलों के किनारे भले लोगों की बस्ती में इसे बनाते हैं। वैसे इसमें बहुत से कमरे होते हैं पर कम-से-कम 15 कमरे तो होते ही हैं।

वन्य आवास गृह (*Forest Lodges*)

भारत में वन्य प्राणी विहार, पक्षी विहार आदि विभिन्न राज्यों में पर्यटन हेतु स्थापित है। इनको प्राकृतिक वन्य जीवन से जोड़ने के लिए वनों को यथावत सुरक्षित रखा गया है। वहाँ का प्राकृतिक आनन्द लेने के लिए इनमें पर्यटकों के लिए आवास की व्यवस्था की गई है। इसके लिए राज्य सरकार मुफ्त भूमि, पानी और बिजली उपलब्ध कराती हैं तथा निर्माण में भी सहायता देती है। इनके निर्माण स्थल की स्वीकृति राज्य वन विभाग तथा वन और पर्यावरण मंत्रालय की सहमति पर होता है। प्रायः पर्यटन विभाग इसके निर्माण में कुछ भागीदारी निभाता

है। इनकी व्यवस्था का कार्य ITDC को सौंपा जाता है। प्रायः ये भवन लकड़ी के बनाये जाते हैं कि वन्य प्रकृति उनमें भी दिखे। प्रायः ये दो मंजिले होते हैं और ऊपर सोने का कमरा होता है नीचे अन्य व्यवस्था होती है। वन्य वातावरण की दृष्टि से ये हरे रंग से रंगे होते हैं। इनके दरवाजों आदि पर स्थानीय कला उत्खचित होती है।

हालीडे विलेज (*Holiday Village*)

छुट्टियों के दिनों में यात्रियों को गाँव का आनन्द दिलाने के लिए उनके ठहरने हेतु ऐसे गाँव (विलेज) बसाये जाते हैं जहाँ हर प्रकार के सुविधाएँ तो हों ही वहाँ ग्राम्य दृश्य का आनन्द भी मिले। ये प्रायः विशिष्ट क्लब या सामाजिक पर्यटक संस्थाओं द्वारा समुद्र तटों पर विकसित किये जाते हैं। इसमें घर पारिवारिक आधार पर कई कमरों के बने होते हैं और सामान्य सुविधाओं से युक्त होते हैं। ये एक सप्ताह के लिए ही किराये पर दिये जाते हैं जिसमें सारा व्यय जुड़ा होता है। भारत में अब तो बहुत-सी संस्थाओं और उपक्रमों ने ऐसे ग्रामों की व्यवस्था की है। रेलवे विभाग ने भी अपने कर्मचारियों के लिए अब कई कमरों के मकान जो केवल अवकाश के दिनों के लिए होते हैं Holiday Home के नाम से बड़े-बड़े स्टेशनों के पास बड़े शहरों में बनाये गए हैं। ऐसी ही एक व्यवस्था अवकाश के दिनों में कैम्प लगा कर भी की जाती है जिसे Holiday Camps कहते हैं।

निजी गृह व्यवस्था (*Private House Hold*)

यह निजी व्यवस्था पर्यटन केन्द्र में रहने वाले गृहस्थ कर देते हैं। वे अपने मकान से सटे यात्रियों के लिए ठहरने के मकान बनाते हैं। इसमें ठहरने वालो को बिस्तर, बर्तन, सेवाएँ भी देते हैं। ऐसा विंध्याचल आदि धार्मिक स्थलों पर पण्डे प्रायः करते हैं। इसके बदले वे पैसा लेते हैं। इसमें केवल ठहरने की व्यवस्था प्राप्त होती है।

हास प्लेस (*Hos places*)

यूरोप में जो लोग धर्म के लिए यात्रा करते थे उनके ठहरने के लिए सर्वप्रथम इसकी व्यवस्था की गई थी। यहाँ रात को सोने के लिए कमरा, कमरे को गर्म करने के लिए उसमें अंगीठी का स्थान और कुछ भोजन के लिए सामग्री भी इसके स्वामी से यात्रियों को प्राप्त होता था। पर इन्होंने अपनी पुराना व्यवस्था खो दिया है। अब वहाँ हास होटल की तरह मात्र ठहरने का स्थान ही इसमें प्राप्त होता है।

एपार्ट होटल (*Apart Hotel*)

इसका पूरा रूप है एपार्टमेण्ट होटल। यह होटल एपार्टमेण्ट (भागों) में बना होता है। इसको यदि कोई चाहे तो आवासीय सुविधा के लिए खरीद भी सकता है। जब तक यह होटल के रूप में होता है होटल की सुविधाएँ इसमें रहने वाला उठाता है। पर स्वतंत्र खरीद लेने पर यह उसका आवास हो जाता है। तब वे सुविधाएँ बन्द हो जाती हैं। यदि फिर वह चाहे तो अपने खरीदे भवन को होटल की सुविधा से जोड़ सकता है।

कैपसूल होटल (*Capsule Hotel*)

बड़े शहरों में ठहरने की व्यवस्था के क्रम में यह विकसित हुआ है। यह प्लास्टिक का बना एक छोटा कक्ष होता है जिसकी ऊँचाई 5', चौड़ाई 5' तथा गहराई 6' 7" होती है। इसका किराया लगभग 12 डालर होता है। यह जापान में अतिथियों के लिए शुरू किया गया था जो अब पश्चिमी देशों में सर्वत्र प्रचलित है। इसके कमरे में घड़ी, टी.वी., रेडियो, वातानुकूलित मशीन आदि होती हैं। एक होटल ऐसे 400 कैपसुल का होता है। यह एशिया तथा आस्ट्रेलिया में अधिक महँगा है।

होटल चेन या ग्रुप (*Hotel chains and Groups*)

व्यक्तिगत अधिकार के होटल जब उस व्यक्ति के नाम में विभिन्न स्थानों पर बनाए जाते हैं तो उसे Hotel chains या Hotel Groups कहते हैं। वह व्यक्ति स्वयं उनका संचालन करता है या इसे किसी को किराये पर चलाने के लिए लीज पर दे देता है। इसमें लेने वाला मात्र एजेण्ट के रूप में काम करता है तथा उसके व्यय के लागत, मैनेजमेण्ट फीस तथा लाभांश का एक भाग मात्र स्वामित्व वाले व्यक्ति को देना होता है। आज संसार में कई सौ ऐसे Chain Hotels कार्यरत हैं। इससे उस ग्रुप के होटल की ख्याति बढ़ती है। उसमें अच्छे कर्मचारी होते हैं। इसको आर्थिक सहायता या सहयोग मिलने में सुविधा होती है। विभिन्न स्थानों पर इसकी देख-रेख करने तथा कीमतों पर नियंत्रण रखने में इसमें कठिनाई भी है।

संगठन

आज के एक होटल में निम्नांकित विभाग रहते हैं :—

प्राथमिक विभाग —कमरे
भोजन
मदिरालय

आनुषंगिक विभाग —लाण्ड्री
टेलीफोन
अतिथि सेवाएँ

सहयोगी क्रियाएँ —विपणन की व्यवस्था
ऊर्जा को बनाये रखने की व्यवस्था
प्रशासनिक क्रियाएँ

होटल प्रबंधन

प्रत्येक होटल में आगे की ओर एक स्वागतकक्ष या गेस्ट रूम होता है। जहाँ प्रायः रिसेप्शनिस्ट के पद पर एक महिला बैठी रहती है और आगन्तुक का स्वागत कर उसको सारी सुविधाएँ बताती और ठीक स्थान पर कर्मचारियो से भेजती हैं। होटल चलाने में स्वागताध्यक्ष का बड़ा हाथ होता है वहीं इसके बगल में हाउस उसके बातचीत तथा सुविधाओं की व्याख्या आगन्तुक को होटल के प्रति सम्मोहित कर लेता है। उसे आगन्तुक के तत्काल परिस्थिति अनुरूप बैठने, शीतल जल आदि देकर बात करना अधिक प्रभावक होता है। कीपिंग विभाग होता है यहाँ सफाई वाला रहता है जो अतिथि के कमरे, सीढ़ियाँ, स्नानघर आदि की सफाई करता है। वहीं कर्मचारी रहते हैं जो आगन्तुक का सामान उठाकर उसके कमरे में पहुँचाते हैं तथा जाते समय वहाँ से बाहर लाकर वाहन में रखते हैं। कभी-कभी यहाँ लान्ड्री भी साथ में होती है और कहीं अलग परिसर में। इसके बाद मैनेजर का कक्ष होता है। यह बाजार के अनुसार कमरों की साज-सज्जा ठीक रखता है। होटल के प्रचार की व्यवस्था करता है कि उपभोक्ता के सामने यहाँ ठहरने में सुविधा दिखाई पड़े। ऐसे अन्य होटलों के व्यवसाय के विषय में अध्ययन कर अपने होटल को अधिक आकर्षक बनाने का रास्ता अपनाता है। इसके लिए उसे सरकारी तथा गैर सरकारी होटलों की स्थिति और सजावट को देखना पड़ता है, एयर लाइन्स और बड़ी कम्पनियों से सम्पर्क रखना पड़ता है कि वहाँ से ग्राहक यहाँ भेजे जाएँ। इसके साथ देशी तथा विदेशी ट्रैवेल एजेण्ट्स को अपने होटल एजेण्ट के रूप में प्रमाणित करना पड़ता है। विश्वविद्यालय तथा खेल क्लबों से भी इसे सम्बन्ध रखना पड़ता है कि वहाँ से भी लोग इस होटल में भेजे जाएँ।

होटल विपणन

होटल चलाना एक विपणन है (To run hotel is marketing)। उसका स्वामी प्रयास करता है ऐसा सम्पर्क बनाने का कि वह स्थायी रहे। इसमें सबसे अधिक प्रेरणादायक है बड़े-बड़े उद्योगों के व्यवस्थापिका के सचिवों से सम्पर्क बनाना। यह स्थायी लाभ देता है। औरतों के क्लब से भी उसे सम्पर्क रखना चाहिए क्योंकि ये होटलों में समय-समय पर अपनी किटी पार्टियाँ आयोजित करती हैं या किटी पार्टी के लिए प्रायः बना हुआ सामान घर मंगाती हैं। इसकी कीमतों में छूट देना एक बहुत बड़ा आकर्षण्ण होता है। इसी प्रकार विशेष अवसरों, अवकाश के समय, नव जोड़ों के हनीमून के अवसर पर एक पैकेज देने से लोगों का झुकाव इसकी ओर बढ़ता है। दवा की कम्पनियों, विश्वविद्यालयों के अधिकारियों, विशेष सम्मेलन के अवसरों के व्यवस्थापकों से भी सम्पर्क करने में भी मैनेजर नहीं चूकता क्योंकि ये सभी प्रायः अपनी बैठकें करते रहते हैं और अपने आयोजनों के लिए अच्छे होटल की व्यवस्था करते हैं। प्रायः इसी कारण होटल जब खोले जाते हैं तो प्रचार के साथ बड़े व्यवसायियों को अपने यहाँ सप्ताहांत में भोजन और ठहरने की निःशुल्क आमन्त्रित करते हैं कि वे बाकी दिनों में भी अपनी ओर से वहाँ आते रहें। टोकियो में 'कियो प्लाजा' नामक होटल जब खुला तो उसमें यह व्यवस्था की गई थी। वहाँ यात्रियों को खुलने पर एक सप्ताह निःशुल्क ठहरने और भोजन का आमंत्रण दिया गया था। जब वे जानें लगे तो उन्हें उपहार भी दिया गया। इससे वे यात्री उसके स्वयं प्रचारक बन गये। फिर वह होटल जम गया। बैनर, पोस्टर आदि तो सामान्य माध्यम हैं। कभी-कभी प्रेस कांफ्रेस भी होटल में की ओर से करना चाहिए कि प्रेस वाले उसका स्वयं प्रचार करें। साथ ही, उपभोक्ता के माँग के अनुसार होटल की व्यवस्था रखनी चाहिए।

छुट्टियों के दिनों में विशेष व्यवस्था करने से होटल आकर्षण का केन्द्र बन जाता है। बाहरी यात्रियों के आने के स्थान पर वहाँ उस समय सूचना काउण्टर खोलना चाहिए जहाँ से आगन्तुक उस स्थान तथा अगल-बगल की सूचनाएँ ले सकें। होटल के बाहर कुछ पुराने चित्र (antique) लगाकर भी आगन्तुकों को आकर्षित किया जा सकता है। कभी-कभी संचार माध्यमों तथा यातायात के साधनों से सम्पर्क कर वहाँ उसकी सुविधाएँ उपलब्ध कराने से यात्री अधिक आराम महसूस करते हैं। बच्चों के लिए वहाँ खेलने की विविध व्यवस्था होनी चाहिए कि वे उसमें व्यस्त होकर अभिभावकों को तंग न करें। रात्रि को आनन्दात्मक प्रदर्शन भले ही स्थानीय हों आयोजित करनी चाहिए कि वह यात्रियों का आकर्षण बना रहे। जबलपुर (म० प्र०) के भेड़ाघाट में नर्मदा के तट पर 'बसेरा' होटल म० प्र० सरकार का है जहाँ ये सारी सुविधाएँ हैं। यदि होटल में परम्परागतता को स्थान दें तो वह अधिक आकर्षक होता है।

होटल मैनेजर

इसमें अहम भूमिका होटल मैनेजर की होती है जिसके मुख्य कार्य हैं:—

(1) उसे बड़ा मृदु, व्यवहारिक होना चाहिए तथा आगन्तुकों के वर्ग की सही पहचान होनी चाहिए।

(2) उसे आगन्तुकों की संख्या, आय, टैक्स सम्बन्धी लेन-देन, पत्रजात की समय से पूर्ति, विभिन्न चेकिंग विभाग से अच्छा व्यवहार रखना चाहिए।

(3) होटल की साफ-सफाई और चुस्त व्यवस्था रखना उसका धर्म है कि यात्रियों को कर्मचारियों से कोई असुविधा न हो।

(4) उसे अपने को होटल प्रधान और अथवा होटल मालिक मानकर व्यवस्था बनानी चाहिए।

(5) होटल की साज-सज्जा अति आधुनिकतम होनी चाहिए कि आगन्तु के लिए यह आकर्षण बना रहे।

(6) होटल सम्बन्धी नियम तथा श्रम नियमों की उसे जानकारी होनी चाहिए।

(7) उसका सम्बन्ध कर्मचारियों से लेकर बोर्ड आफ डाइरेक्टर्स तक आवश्यकतानुसार उचित होना चाहिए कि सबका सहयोग मिलता रहे।

(8) खानपान व्यवस्था की जाँच समय-समय करते रहना चाहिए।

(9) उससे आशा रखी जाती है कि वह हर समस्या का त्वरित निदान करने में सक्षम है।

(10) उसके हर विभाग के क्रिया कलाप का समुचित ज्ञान होना चाहिए कि कहाँ गड़बड़ी हो रही है उसका पता हो।

(11) होटल में मैनेजर को बैंकिंग की सुविधा उपलब्ध करानी चाहिए तथा विदेश के परिवर्तन की भी व्यवस्था करनी चाहिए।

भारत में होटल प्रबंधन

होटल उद्योग यह पूर्ण रूप से भारत में ब्रिटिश शासन की देन है। उनके पहले भी ठहरने का प्रबंध था पर सामान्य रूप से बिना किसी लेन-देन के और उसमें भोजन की व्यवस्था अतिथि जानकर भले ही मठों आदि में हो जाती थी पर ऐसा कुछ सभी स्थानों पर आवश्यक नहीं था। तब थे धर्मशाला, सराय, विश्रामगृह मठ, मन्दिर, मदरसा आदि। मठ-मन्दिरों में भी ठहरने की सुविधा थी। प्रायः धर्मस्थलों के दर्शन और व्यापार के लिए यात्राएँ होती थीं। पर अंग्रेज अपने व्यापारिक उद्देश्य से यहाँ आये थे। अतः ठहरने के लिए सारी सुविधाओं से युक्त होटल की परम्परा स्थापित किये क्योंकि वे विदेशी थे तथा फिरंगी कहे जाने के कारण उन्हें यहाँ लोग उपेक्षा की दृष्टि से देखते थे। उनसे दूर रहना चाहते क्योंकि उन्हें विधर्मी माना जाता था। परम्परागत आवासों में उन्हें सुविधा मिलना भी सम्भव नहीं था और जो वहाँ सभी सुविधाएँ भी थीं वे उन्हें अपेक्षित नहीं थीं। साथ ही, वे स्थानीय विश्रामालय में सुरक्षित भी महसूस नहीं करते होंगे। अतः यहाँ ठहरने की पाश्चात्य परम्परा उन्होंने अपने आने के साथ अपने लिए शुरू किया। यह था होटल। यह बात बीसवीं शताब्दी के प्रारम्भ की रही होगी। लगभग 1925 में जितने भी भारत में होटले थे वे अंग्रेजों या स्विस लोगों के थे। तब एक होटल केवल भारतीय का था ताजमहल होटल जिसके मालिक जमशेद जी नसरवांजी टाटा थे जो मुम्बई में स्थापित हुआ था। जो और भी होटल थे वे बड़े-बड़े शहरों में ही स्थापित हुए थे जहाँ विदेशियों का आना-जाना प्रायः लगा रहता था। पर बीसवीं सदी के मध्य में महसूस किया गया कि विदेशी यात्रियों की संख्या के अनुरूप होटल का अभाव है। यात्रियों की संख्या दिनों दिन पर्यटन के बढ़ावा के कारण बढ़ती जाती थी। यह देखकर अब भारत सरकार ने यहाँ होटलों की संख्या बढ़ाने के विचार से नए होटल खोलने का प्रस्ताव रखा। इसी समय UNESCO का सम्मेलन नई दिल्ली में होने वाला था। इसके सहभागियों को ठहराने के लिए उनके अनुरूप होटल होने की आवश्यकता पर बल दिया गया। अतः 1956 ने सरकार की ओर से नई दिल्ली में अशोका होटल बनना प्रारम्भ हुआ जो एक वर्ष में बन कर तैयार हो सका।

अब आवश्यकता महसूस हुई कि होटल का स्तर उठाया जाय तथा जो होटल है उनके स्तर के अनुरूप उनका किराया तय किया जाय। इसके लिए संसद सदस्य दीवान चमन लाल की अध्यक्षता में एक समिति गठित की गई जो होटलों का स्तर उठाने के विषय में सुझाव दें तथा उस अनुरूप इनका किराया तय करें। इसके एक सदस्य एम० एस० ओबेराय भी बनाये गये जो Federation of Hotel and Restaurant Association of India के अध्यक्ष थे।

इस समिति के प्रमुख उद्देश्य थे:—

(1) भारत में होटलों के स्तरीकरण के लिए आधार निर्धारित करना जिसके अनुसार, इनका विभाजन किया जा सके। इन्हें अन्तरराष्ट्रीय स्तर को ध्यान रखकर आधार निश्चित करना पड़ा था जिसके आधार पर इनका स्तरीकरण किया जा सके।

(2) भारत में विदेशी पर्यटकों को बढ़ावा देने के माध्यम के विषय में सलाह देना।

(3) विदेशी तथा अन्तरराष्ट्रीय पर्यटन के बढ़ावा के लिए जो व्यवस्था मौजूद थी उसमें विकास करने के सम्बन्ध में सलाह देना।

(4) यह तै करना कि होटल उद्योग के विकास के लिए किस प्रकार के नियम-कानून तथा सहयोग की आवश्यकता अपेक्षित है तथा उसे कैसे उपलब्ध कराया जा सकता है।

(5) भारत में कीमतों के स्तर को देखते हुए होटल उद्योग किराये को निर्धारित करना।

इसके लिए कमेटी. ने एक नीति बनायी कि होटलों का विश्वस्तर की स्वीकृत के अनुरूप वर्गीकरण किया जाय। इस स्तरीकरण के पहचान के लिए सितारा को सूचकांक बनाया गया। यहाँ 1 से 5 सितारा को क्रमशः विकसित चरणों में बाँट कर मानक तय किया गया। इन पाँच सितारा होटलों में डीलक्स की सुविधा को ध्यान में रखकर विभाजन किया गया। इस विभाजन को करने के लिए कमेटी ने पर्यटन विभाग को अधिकृत किया। दूसरे किराया तय करने के लिए अमेरिकन होटल संगठन में लागू हबर्ट फार्मूला (Hubbort Formula) के पालन की सलाह दिया। पर यह भी कहा कि भारत की परिस्थितियाँ भिन्न होने से इसमें यहाँ के अनुरूप इसमें सुधार किया जाय। इस सुधार के सम्बन्ध में इसने निम्न सुझाव दिए :—

(1) जो भूमि क्रय करके 1955 के पूर्व के बने होटलों पर उसकी वर्तमान कीमत का 6% बिक्री पर भूमिपति को और प्राप्त होना चाहिए तथा जो पूँजी लगाई गई है उसका 10% ब्याज भी मिलना चाहिए। 1955 के बाद इसकी दर 8% आँकना चाहिए। यह टैक्स, बीमा और उसमें घटाव को निकाल कर मिलना चाहिए।

(2) इसमें से किराये पर दिये गये स्टोर, भोजन, यातायात और अन्य खर्चे भी कम कर देना चाहिए।

(3) जो शुद्ध आय बचे वह कमरों के किराया से प्राप्त हो।

(4) जो कमरे हैं उनका लाभ निकालने के लिए जितने कमरे हों उनमें 365 से गुणा करने पर जो गुणनफल आवे उनमें से खाली होने के समय का औसत निकालने के बाद जो शुद्ध शेष आवे वही शुद्ध आय (income balance) के लिए गणना किया जाय।

इसके आधार पर दिवान चमन लाल समिति का सुझाव भारत सरकार ने मान लिया और 1962 में होटल वर्गीकरण समिति गठित किया। पर कमेटी ने पाया कि 299 होटल जहाँ वे गये उनमें से 186 का ही स्तरीकरण वे कर सकें। पर इनमें केवल 34 होटल ही ऐसे थे जहाँ मुद्रा के परिवर्तन की व्यवस्था थी। बहुत से होटल इस वर्गीकरण के विरुद्ध थे। वे यह नहीं सोच पा रहे थे कि वर्गीकरण उनके हित में है जिससे विदेशी वहाँ आ सकेंगे क्योंकि इससे उनका स्तर बढ़ेगा। बल्कि वे सोचते थे कि इससे भले ही उनका स्तर बढ़ेगा पर उनकी कीमतें नियंत्रित होगी जो घाटे का काम होगा। यह एक लाभ हुआ कि जाँच के कारण होटलों की सफाई हो गई, खानपान व्यवस्था दुरुस्त हो गयी, स्वागतकक्ष अधिक अच्छा सजाया गया। कमेटी ने स्तर उठाने के लिए होटल संगठन प्रशिक्षण की आवश्यकता और 3 वर्षों में एक बार इनके जाँच करने का सुझाव रखा।

फिर 1967 में दूसरी Hotel Review and Survey Committee स्थापना हुई। इसके सदस्य थे Travel Agents Association के प्रतिनिधि तथा राज्य सरकारी प्रतिनिधि।

यह सभी राज्यों में स्थापित की गई और 221 होटल और 94 जलपान गृहों की जाँच किया गया तथा ट्रेवेल एजेण्टों, जनता और सरकारी प्रतिनिधियों का साक्षात्कार किया गया। इस प्रकार की कमेटी पर होने वाले व्यय में आधा भार होटल तथा रेस्टोरेण्ट द्वारा का निर्णय किया गया कि यह समिति सलाह देकर उनका स्तर बढ़ा दे। इसने तीन बिन्दुओं पर रिपोर्ट दिया – (1) होटल के कीमतों का स्तरीकरण, (2) होटल विस्तार की क्षमता तथा (3) वर्गीकरण।

(1) कीमतों का वर्गीकरण— इसमें सलाह दिया कि अनापशनाप कीमतें न बढ़ाई जाय बल्कि व्यवस्था को देखते हुए एक क्रम में इसे रखा जाय। इसके लिए पर्यटन विभाग Hobbar Formula के आधार पर होटल की कीमतों की जाँच करें।

(2) विस्तार क्षमता— विस्तार क्षमता के आधार पर ही होटल का स्तर उन्नयन सम्भव है। इसी क्रम में दिल्ली में 1965 में OberoiInternational की स्थापना हुई। इस कारण दिल्ली के दूसरे होटलों का विकास प्रतिस्पर्धा में सम्भव हो सका। इसी का परिणाम था Ashoka Hotel में बहुत विकास हुआ। इसी समय 1982 में नई दिल्ली में एशियाड हुआ जिसके कारण इस होटल विस्तार हो सका।

(3) वर्गीकरण— इसके लिए 60 होटलों और 47 रेस्टराँ ने स्वीकृति सूची में आने के लिए आवेदन दिया क्योंकि पहले से सूची में नहीं थे। फिर 60 होटल एवं 42 रेस्टराँ ने आवेदन दिया। इसके लिए जाँच की सूचना दी गई कि वे अपना स्तर बढ़ा ले। और अपने यहां Questioneer के अनुसार उत्तर तैयार रखें। जाँच हुई 40 होटल और 35 रेस्टराँ इसके उपयुक्त नहीं मिले। 13 को ही पाँच सितारा होटल का दर्जा दिया गया। फिर जाँच की गयी अब 29 का फिर आवेदन था। इसी प्रकार चार सितारा के लिए 43 में से 15 को, तीन सितारा में 16 को, दो सितारा में 31 को तथा एक सितारा में सात के योग्य पाया गया और शेष अयोग्य घोषित हुए। इसने रेस्टोरेंट का वर्गीकरण नहीं किया।

भारत में वर्गीकरण का आधार बनाया गया है सुविधा बिन्दुओं को एक-एक कर उनको जोड़कर कुल लब्धि निकालना। इसमें आवश्यक तथा ऐक्षिक सुविधाओं के अन्तर का भी ध्यान रखा जाता है। इस प्रकार के वर्गीकरण वाला देश दक्षिण-एशियाई देशों में एकमात्र भारत ही है। दूसरे किसी भी देश ने इस वर्गीकरण को स्वीकार नहीं किया है। जो भी आधार यहाँ वर्गीकरण का स्वीकार किया गया है वह विश्व पर्यटन संगठन के मानक के ही आधार पर ही किया गया है।

भारतीय होटल उद्योग के संगठन की विशेषताएँ

विकास के प्रेरणा के आधार पर विकास

इसके विकास के लिए निम्न बिन्दुओं की ओर सरकार ने कदम उठाया है—

(1) इसके लिए 1968 में Hotel Loan Development Fund की स्थापना की गई है। इससे निजी क्षेत्रों को कम ब्याज पर होटल खोलने के लिए ऋण देते हैं। पहले पर्यटन विभाग यह ऋण होटल वालों को सीधे देता था। पर पीछे सरकार ने इस कार्य को Industrial Finance Corporation of India (IFCI) को सौंप दिया कि वह ऋण दे और वसूले भी। यह 1 करोड़ से अधिक का ऋण देता है 1 करोड़ तक का ऋण State Finance Corporation देता है।

(2) इसे प्राथमिक उद्योग मानकर इसकी त्वरित स्वीकृति दी जाती है।

(3) कुछ निश्चित नियमों के अन्तर्गत पाँच वर्षों के लिए यह ऋण दिया जाता है।

(4) पिछड़े क्षेत्र में जो होटल खोले जाते हैं उनके लिए इस ऋण वापसी की अवधि 10 वर्ष होती है। साथ ही, इस अवधि में लाभ पर जो आय होती है उसे देना होता है और इसका 25% ऋण में छूट हो जाती है।

(5) साज-सज्जा में जो प्रयोग के कारण टूट-फूट होती है उसकी छूट इन होटलों को दी जाती है।

विदेशी सहयोग पर आधारित भारतीय होटल

भारत सरकार ने विदेशी प्रमुख Hotel Chains से सहयोग लेकर भारतीय होटल संचालन की छूट दिया है। यह सुविधा पाँच तथा चार सितारा होटलों तथा ऋतु अनुरूप बनाये गए होटलों में प्रचार, विपणन आदि सम्बन्धी होटलों को प्राप्त है। साथ ही, 30% सकल आय का विदेशी मुद्रा के भारतीय होटलों में प्रयोग की छूट भारत सरकार द्वारा अनुमान्य है। यदि विदेशी ऋण कोई होटल चाहता है तो सरकार द्वारा स्वीकृत योजना पर वह 50% यह ऋण ले सकता है। होटल संचालन सम्बन्धी प्रारंभिक या बाद की प्राविधिकी के जानने के लिए उचित फीस विदेशी सहयोगी को देने की छूट दी गई है।

भारत के होटल चेन

एक ही नाम पर एक ही व्यवस्था के संरक्षण में विभिन्न स्थानों पर देश तथा विदेश में खोले गये होटल 'होटल चेन' (Hotel Chain) कहे जाते हैं। यह सरकारी उपक्रम होता है। होटल व्यवस्था जिन स्थानों पर निजी क्षेत्र द्वारा नहीं की जाती है वहाँ सरकारीतंत्र अपनी ओर से होटल संचालित करता है। यही कारण है कि Indian Tourism Development Corporation ने सम्पूर्ण भारत में स्वयं राज्य सरकारों के सहयोग से होटल खोले हैं। इनमें रहने की सुविधा डिलक्स प्रकार के पंच सितारा होटल की तरह होती है। इसी क्रम में निम्न होटल चेन भारत में स्थित हैं:—

(1) अशोक होटल चेन

पहले इसका नाम अशोका चेन था। पर अब शुद्ध संस्कृत शब्द नाम अशोक दिया गया है। यह ITC द्वारा संचालित है। इसके पूरे देश में इसके 40 होटल, वन्य और यात्री आवास स्थागित है जिनमें कुल 4500 कमरे हैं। 1982 में दिल्ली में इस चेन के होटलों की रजत जयन्ती मनाई जा चुकी है। दिल्ली में इसमें विभिन्न वर्गों के होटल सम्मिलित हैं। इनमें नाम भी भिन्न-भिन्न है जैसे लोधी और राजपूत जो पहले हास्टल थे वे अब होटल में पुनर्स्थापित किये गये हैं और अब इनका बदला नाम है कनिष्क होटल और सम्राट होटल।

(2) ओबेराय चेन

विश्व के कुछ प्रसिद्ध होटलों में इसका नाम है। इसकी स्थापना M. S. Oberoi ने की थी। इसके लिए इन्हें American Society of Travel Agents ने 1883 में सम्मानित किया था तथा 'Man of the World Award' सम्मान से उन्हें International Hotel Association ने सम्मानित किया था। आज इसका विस्तार 9 देशों में है जहाँ इसके Hotel चेन बने हैं। ये देश हैं–भारत, नेपाल, श्रीलंका, आस्ट्रेलिया, सउदी अरब, मिस्र, ईराक और इण्डोनेशिया। भारत के प्रमुख नगरों में भी इसकी शाखाएँ स्थापित की गई हैं।

(3) होटल ताज ग्रुप

Indian Hotel Company Ltd. द्वारा यहाँ 1903 से ये संचालित हैं। यह उद्योग एक समन्वित होकर शुरू किया गया था। इसकी प्रथम शाखा 1903 में मुम्बई में स्थापित की गई थी। 1983 में भारत में इसकी 17 शाखाएँ थीं और आज विदेशों में इसके 11 जोन इसके हैं लन्दन, न्यूयार्क, मालदीव आदि में हैं।

(4) होटल वेलकम ग्रुप

यह एक देश के विकसित उद्योग Indian Tobacco Company द्वारा अपने एक अनुमान

के रूप में 1975 में स्थापित किया गया था। तीन अग्रिम वर्षों में इसने तीन नगरों में अपना तीन होटल खोला – चेन्नई के चोल, नई दिल्ली में मौर्य और आगरा में मुगल। इन तीनों होटलों की वास्तु अपनी विशिष्ट शैली के लिए प्रसिद्ध है तथा उनका स्तर भी बहुत ही ऊँचे प्रकार का है। यह विकास इसके पहले चरण का है। दूसरे चरण में ITC या दूसरे के सहयोग से इन्हें इस होटल उद्योग में प्रवेश मिला। आज देश के राज्यों में 19 होटल इस ग्रुप के हैं। श्रीलंका और नेपाल में भी इसके मिला होटल विद्यमान हैं।

(5) होटल कार्पोरेशन आफ इण्डिया

यह Air India का एक सहयोगी उपक्रम है जो मुंबई हवाई अड्डे पर सबसे पहले अपना होटल स्थापित किया था। आज इसके चार और होटल हैं दो नई दिल्ली में, एक श्रीनगर में तथा एक मुम्बई के समुद्र तट पर।

(6) होटल क्लार्क ग्रुप

उत्तर प्रदेश होटल द्वारा यह संचालित है। इसके चार होटल क्रमशः वाराणसी, आगरा, जयपुर और लखनऊ में स्थापित है।

(7) ईस्टर्न होटल इण्टरनेशनल

इसका अवकाश कालीन आवास मुम्बई में, चण्डीगढ़ आदि में है। होटल गाँवों में समुद्रतटीय आवास मजोरदा तट पर तथा नई दिल्ली में क्लैरिजेज होटल है।

(8) ट्रैवेल ग्रुप

यह Travel Corporation of India की सहयोगी कम्पनी है। इसकी आवासीय सुविधाएँ **पोर्ट ब्लेयर** और गोरखपुर में हैं।

(9) सिद्धार्थ ग्रुप

इस ग्रुप के दो होटल इसी नामक से नई दिल्ली में हैं।

होटल प्रबंधन में प्रशिक्षण

होटल के विकास के लिए उसके प्रबंधन की व्यवस्था प्रारंभ में सरकार द्वारा की गई थी। **इसमें खान-पान** (catering) और पोषण प्रशिक्षण (Nutrition training) को भी जोड़ा गया था। 1962–64 तक इसके चार केन्द्र नई दिल्ली, कोलकाता, चेन्नई तथा मुम्बई में शुरू किए गए थे। **इसके** प्रशिक्षित लोग पर्यटन विभाग में नौकरी पाते थे। इसी से इन संस्थानों तथा 14 खान-पान संस्थानों का नियंत्रण पर्यटन मंत्रालय तथा नागरिक उड्डयन विभाग को दे दिया गया। आज 4000 प्रशिक्षु इनमें प्रतिवर्ष होटल उद्योग के लिए निकाले जाते हैं। श्रीनगर में भी एक और होटल प्रशिक्षण संस्थान पर्यटन विभाग द्वारा खोला गया। खान-पान संस्थान बंगलोर, हैदराबाद, गोवा, अहमदाबाद, भुवनेश्वर और लखनऊ को डिप्लोमा पाठ्यक्रम एक वर्ष के लिए बढ़ाया गया है। इनके साथ चार और संस्थान जुटे विशाखापट्टनम, गोहाटी, शिमला और अलीगढ़। होटल मैनेजमेण्ट का डिप्लोमा 3 वर्षों का किया गया। 1984 में पर्यटन मंत्रालय ने इन सभी संस्थानों को Nainital Council of Hotel Management and Catering Technology से सम्बद्ध कर दिया. कि इससे इनके पाठ्यक्रम और प्रशिक्षण में एकरूपता आ सके। सरकार ने Institute of Tourism & Travel Management की स्थापना कर परास्नातक स्तर के प्रशिक्षण की व्यवस्था की है। आज अनेक राज्यों के विश्वविद्यालयों में पर्यटन विषय को स्नातक, स्नातकोत्तर तथा डिप्लोमा स्तर पर पढ़ाया जा रहा है। इसके साथ Catering और Nutrition को भी स्नातक और स्नातकोत्तर पाठ्यक्रम में जोड़ा गया है।

□

[स]

भारत में पर्यटन

अध्याय–22

भारत : एक परिचय

भारत एक देश है। इससे भी सत्य यह है कि यह एक प्रायद्वीप है। यह संसार का सातवाँ सबसे बड़ा देश और जनसंख्या की दृष्टि से यह विश्व में दूसरे स्थान पर है। यह पूरब से पश्चिम तक 2,933 किमी० तथा उत्तर से दक्षिण 3214 किमी० फैला है। इसका समुद्रतटीय क्षेत्र 6083 किमी० है। इस बड़े क्षेत्र की अनेक भाषाएँ, भूषाएँ, बोलियाँ, रहन-सहन, परम्पराएँ, धर्म, भौगोलिक और राजनीतिक भिन्नताएँ देखकर इसके भीतर की स्वरूपगत भिन्नता का सहज आभास होता है। पर जैसा विंसेण्ट स्मिथ ने कहा है कि, इन सभी भिन्नताओं के होते हुए भी इसमें मौलिक एकता है जो इसकी आत्मा में घुली-मिली हैं। इसी से भारत से आप प्यार करें या इकरार करें आप सर्वत्र इसे अपना ही मानेंगे। यही अपनापन यहाँ आने वाले पर्यटकों को बार-बार मोहित कर यहाँ आकर्षित करता है। यहाँ का जीवन उबड़-खाबड़ है, यहाँ की धरती अलग-अलग धरातलीय और परम्परागत पहचान लिए है फिर भी विदेशी भी भारत-वासियों की तरह इसका अलग सम्मान करते हैं।

शंकर के ताण्डव नृत्य की मुद्रा में बसा इस देश के उत्तर में हिमालय पर्वत शिव की जटाओं के जाल की तरह फैला है, कश्मीर का सुन्दर सुरमय स्थल मानो भोलेनाथ का सिर है, पश्चिम में गुजरात मानो कमर पर रखे उनके नृत्य काल में त्रिकोणात्मक हाथ की तरह बाहर की ओर निकला है, पूरब की ओर मणिपुर मिजोरम जो आगे बढ़कर नीचे की ओर लटका है जैसे वह शंकर की फैली बाई भुजा हो जिससे नीचे पड़े योनि की ओर संकेत किया जाता है तथा दक्षिण में मद्रास नृत्य काल के मुंडे हुए पैर की तरह है जो थोड़ा ऊपर उठा है और केरल सीधा दाया पैर है जिसके नीचे स्थित श्रीलंका मानो योनि हो जिस पर महाकाल खंड होकर नृत्य कर रहे हैं। अफगानिस्तान और पाकिस्तान जो इसमें मूल रूप से थे मानो शंकर के डमरू की तरह डिम-डिम नाद करने के लिए उन्होंने धारण किया है। इसी प्रकार शिव स्वरूप सौम्य और रौद्र के संगम की तरह का यह देश शिव की समरसता को अपने में संजाए है। जहाँ हर बाहरी आने वाला इसका अपना बनकर इसकी माटी में ठहरा रह जाता है।

भारत का भौगोलिक स्वरूप

भौगोलिक दृष्टि से यह एक इकाई है भले ही इसके भीतर उर्वर, मरुभूमि, पठार, बीहड़, भयंकर वन्य प्रदेश सभी हैं। उत्तर में पूरब से पश्चिम तक हिमालय की शृंखला से यह घिरा है तथा पूरब, पश्चिम और दक्षिण तीन ओर से हिन्द महासागर और अरब सागर इसको घेर कर इसकी सीमा बनाता है। आज मनार की खाड़ी तथा पलक द्वीप इसे श्रीलंका से अलग करता है। बंगाल की खाड़ी में इसके द्वीप समूह अण्डमान और निकोबार हैं तथा अरब सागर में लक्षद्वीप, मिनीकाय तथा अनमीनिदीव द्वीप है इसके उत्तर का पड़ोसी देश नेपाल और चीन है। पूरब में बर्मा है जो अब म्यानमार कहा जाता है। इन दोनों के बीच छोटे-छोटे पर्वत हैं। वहीं इससे सटे बंगलादेश है जो इसके प्रान्त मेघालय, आसाम, पश्चिमी बंगाल और त्रिपुरा की सीमा पर है। पश्चिम में पाकिस्तान और अफगानिस्तान है तथा दक्षिण में हिन्द महासागर है।

भारत का भौगोलिक विभाजन

इसके आन्तरिक भाग को भौगोलिक दृष्टि से तीन भागों में विभाजित किया जा सकता है – उत्तर का पहाड़ी भाग (हिमालय की शृंखलाएँ), बीच का गंगा का मैदानी भाग तथा दक्षिण का पठारी भाग जिसमें सम्मिलित है समुद्रतटी पूर्वी और पश्चिमी घाट की पतली उपजाऊ पट्टी जिसमें कई बंदरगाह बने हैं। उत्तर से दक्षिण के बीच की विभाजक रेखा विंध्य पर्वत माला है। उत्तर के पहाड़ प्रायः 240 से 320 कि०मी० की ऊँचाई के 2400 किमी० तक फैले हैं। इनमें कई दरे हैं जिनसे कभी आक्रमणकारी पार प्रदेश से घुस आते थे ये और व्यापारियों को भी मार्ग देते रहे है। गंगा का मैदान तीन बड़ी नदियों गंगा, यमुना और ब्रह्मपुत्र द्वारा सिंचित 2400 किमी० लम्बा तथा 240 किमी० चौड़ा है। यह सर्वाधिक घनी आबादी वाला भाग है। दक्षिणी पठारी भाग विंध्य पर्वत माला द्वारा उत्तर से अलग किया जाता है। यह विंध्य से लेकर दक्षिण में कन्याकुमारी तक फैला है। यहाँ के प्रमुख पर्वत अरावली, सतपुड़ा, अज़न्ता आदि हैं। इसके पूर्वी और पश्चिमी किनारे पर समुद्र से सटे पतली उपजाऊ पट्टी है जिसमें कई बन्दरगाह हैं। इन पट्टियों को क्रमशः पूर्वी तथा पश्चिमी घाट कहते हैं। दक्षिणी भारत भी दो भागों में विभक्त है। इसका ऊपरवाला भाग दक्षिण भारत जहाँ कहा जाता है वहीं निचला भाग दक्षिण की नदियों तुंगभद्रा और कृष्णा से नीचे जहाँ यह समुद्र तक पहुँचती है वह सुदूर दक्षिण या द्रविड प्रदेश कहलाता है। इसके पूर्वी और पश्चिमी घाट नीलगिरि पर मिले हैं। इसका बीच का भाग पुराना कर्नाटक आज का मैसूर राज्य है। इसके पूरब ओर समुद्र के पीछे तमिल प्रदेश है जिसमें केरल और तमिल प्रान्त हैं। इनके बीच मलय पर्वत है।

नदियाँ

यहाँ बहुत-सी नदियाँ विभिन्न क्षेत्रों में प्रवाहित हैं। हिमालय से प्रवाहित होने वाली नदियाँ साल भर बहती रहती हैं क्योंकि वर्षा अधिक होने से उसे वर्षा और जाड़े में पर्याप्त जल मिलता है तथा गर्मी में हिमालय का बर्फ जो जाड़े में जमा रहता है वह पिघलता है। इससे इनमें सदा पर्याप्त जल रहता है और ये स्वतः या किसी बड़ी नदी में मिलकर पूरब की ओर बहती हिन्द महासागर में गिरती है। इनमें चार प्रमुख है गंगा, यमुना, घाघरा और गण्डक। इनमें गंगा मुख्य है और शेष तीनों बीच-बीच में आकर गंगा में मिल जाती हैं। इन नदियों में भी कई और छोटी नदियाँ बीच में मिलती हैं। हिमालय में गंगा दो धाराओं में बँटकर प्रवाहित होती है भागीरथी और अलकनन्दा। गंगा का उदगम स्थान गंगोत्री है जहाँ से नीचे गोमुख से इसकी धारा प्रवाहित होती है। यह भारत की सबसे बड़ी नदी है। दक्षिण भारत की नदियाँ पठार में बहने से पतली हैं और वर्षा पर निर्भर होने के कारण सदा घटती बढ़ती रहती हैं। इनमें प्रमुख हैं गोदावरी, कृष्णा, कावेरी जो पूर्वी घाट में बहती हुई हिन्द महासागर में गिरती हैं तथा दूसरी ओर पश्चिम घाट में बहने वाली नर्मदा और ताप्ती दो मुख्य नदियाँ हैं जो अरब सागर में गिरती है। पश्चिमी घाट में और भी छोटी-छोटी कई नदियाँ हैं जो साल भर नहीं बहतीं। पश्चिमी राजस्थान में बहने वाली नदियाँ छोटी हैं जो कभी बहती है और कभी सूख जाती हैं। ये वहाँ के मरुभूमि में या सांभर झील में पहुँचकर समाप्त हो जाती हैं।

मरुस्थल

भारत के पश्चिमी भाग में मरुस्थल हैं जो दो प्रकार के हैं – बड़े और छोटे। बड़ा मरुस्थल थार मरुस्थल का भाग है जो पाकिस्तान से चलकर राजस्थान और सीमा प्रान्त सिन्ध होते कच्छ की खाड़ी तक फैला है। छोटे मरुस्थली भाग राजस्थान में जैसलमेर से जोधपुर तक

फैले हैं। यह अनुर्वर क्षेत्र है जहाँ चूना पत्थर तथा पहाड़ी भाग है। यहाँ गर्मी बहुत पड़ती है। लद्दाख क्षेत्र में एक 70000 वर्ग किमी० की ठण्डा मरुभूमि है।

वन्य क्षेत्र

विश्व के वनों का दो प्रतिशत भाग भारत में है। यह भारत के सम्पूर्ण क्षेत्रफल के 22.8% में फैला है। भौगोलिक दृष्टि से इनको फैलाव के आधार पर सात भागों में बाँटा गया है–(1) पश्चिमी हिमालय क्षेत्र (कश्मीर से अरुणाचल प्रदेश तक), (2) पूर्वी हिमाचल क्षेत्र (सिक्किम, दार्जिलिंग से कुर्सियांग तक), (3) असम क्षेत्र, (4) सिंध क्षेत्र (पंजाब, पश्चिमी राजस्थान और उत्तरी गुजरात), (5) गंगा घाटी क्षेत्र (6) दक्षिणी क्षेत्र और (7) मालावार क्षेत्र। इनमें चीड़ और देवदारु के वृक्ष हिमालय की उँचाई पर होते हैं और चन्दन के वन दक्षिण और मालावार क्षेत्र में होते हैं।

जलवायु

यहाँ मुख्यतः तीन ऋतुएँ होती हैं–जाड़ा (अक्टूबर से जनवरी तक), गर्मी (फरवरी से मई तक) और वर्षा (जून से सितम्बर तक)। वर्षा में हिमालय पश्चिमी घाट, आसाम क्षेत्र में अधिक वर्षा होती है। पर राजस्थान और उत्तर-पश्चिमी भाग में कम होती है। तमिलनाडु और आंध्र प्रदेश में वर्षा अक्टूबर-नवम्बर में होती है जबकि अन्य भागों में जून से सितम्बर तक होती है। गर्मी राजस्थान और पंजाब में अधिक पड़ती है। समुद्र तटीय भाग में वर्ष भर सम मौसम बना रहता है।

जनसंख्या

1 अरब से अधिक।

राष्ट्रीय पहचान

राष्ट्रीय ध्वज (*National Flag*)

भारत राष्ट्र का राष्ट्रीय ध्वज का स्वरूप 22 जुलाई 1947 को संविधान सभा द्वारा मान्य किया गया और 14 अगस्त 1947 की अर्द्धरात्रि को संसद की बैठक को सौंप दिया गया। इसे चौड़ाई लम्बाई में 2 : 3 का सम्बन्ध है। यह तिरंगा ध्वज है जिसके ऊपर केसरिया, मध्य में श्वेत और सबसे नीचे हरा रंग है। बीच के सफेद भाग के मध्य नीले रंग (Navy Blue) का चक्र बना है। यह चक्र अशोक स्तम्भ (सारनाथ) के धर्म प्रयोग चक्र से लिया गया है जिसमें 24 आरे बने हैं। इसके प्रयोग के सम्बन्ध में सरकार ने 'Flag Code of India' जारी कर इसके उचित प्रयोग का निर्देश दिया है।

राष्ट्रीय चिह्न (*National Emblem*)

अशोक के सारनाथ सिंह स्तम्भ के शीर्ष भाग को जिसमें नीचे से उल्टा कमल, उस पर गोल पदाधार की चौकी जिस पर उभरे कटाव में चक्रों के अन्तर से हाथी, घोड़ा, बैल और सिंह की आकृत्तियाँ हैं जो दौड़ रहे हैं अंकित हैं। इसके ऊपर चार सिंह पीठ से पीठ सटाए खड़े हैं जिनका मुँह गुर्राने की तरह खुला, बाछें खड़ी और सुखमण्डल सजग है तथा इनके शीर्ष पर एक चक्र है। यह भारत का राजचिह्न माना गया है। इसे 26 जनवरी, 1950 को जिस दिन भारत गणराज्य घोषित हुआ उसी दिन अपनाया गया। इस चिह्न के नीचे मुण्डकोपनिषद का वाक्य 'सत्यमेव जयते' लिखा है।

राष्ट्र गान *(National Song)*

1912 जनवरी को तत्वबोधिनी पत्रिका में रविन्द्र नाथ टैगोर की कविता 'भारत विधाता' शीर्षक से छपी थी। इसका उन्होंनें ही 1919 में Morning Song of India शीर्षक से अंग्रेजी में अनुवाद कर प्रकाशित कराया था। यह भारतीय राष्ट्रीय कांग्रेस के कोलकाता अधिवेशन में 27 दिसम्बर 1911 को गाया गया था। इसी को 26 जनवरी 1950 को भारत का राष्ट्र गान स्वीकार किया गया। यह गीत पाँच पदों का है—

'जन-गण-मन-अधिनायक जय हे
भारत-भाग्य-विधाता
पंजाब-सिंधु-गुजरात-मराठा
द्राविड़-उत्कल-बंगा
विंध्य-हिमाचल-यमुना-गंगा
उच्छल-जलधि-तरंग
तब शुभ नामे जागे
तब शुभ आशिष माँगे
गाये तब जय गाथा
जन-गण-मंगल-दायक जय हे
भारत भाग्य विधाता
जय हे, जय हे, जय हे
जय, जय, जय, जय हे

राष्ट्र गीत *(Anthem)*

1882 में बंकिम चन्द्र चटर्जी का उपन्यास आनन्दमठ प्रकाशित हुआ था जिसमें एक गीत था – 'वन्दे मातरम्' । इस संगीत से राष्ट्रीय आन्दोलन के सहभागियों को बहुत प्रेरणा मिली थी। इसे 1896 के भारतीय राष्ट्रीय कांग्रेस के सम्मेलन में पहली बार राजनीतिक मंच पर गाया गया था। इसका अंग्रेजी अनुवाद पीछे महर्षि अरविन्दो ने किया था। इसी को राष्ट्र गीत के रूप में राष्ट्र गान के साथ स्वीकार किया गया। यह गीत इस प्रकार है :—

वंदे मातरम
सुजलां सुफलां मलयज-शीतलाम
शस्य-श्यामलां मातरम
शुभ्र-ज्योत्सना-पुलकित यामिनीम
पुलकितकुरामित-द्रुमदल-शोभनिम्
सुहासिनिम सुमधुर-भासिनिम
सुखदाम, वरदाम, मातरम
कोटि-कोटि-कण्ठ-कलकल-निनाद-कराले
द्विसप्तकोटि-मुजैर्धृत-खरकरवाले
अबला केना मा अति बोले !
बहुदल धारिणीं नमामि तारिणिम
रिपुदल-वारिणीं मातरम

तुमि विद्या तुमी धर्म
तुमि हृदये तुमी धर्म
तुमि हि प्राणः शरीर
बाहुते तुमि माँ शक्ति
हृदये तुमि माँ भक्ति
तोमारि प्रतिमा गडि मन्दिरे मन्दिरे
त्वम हि दुर्गा दशाप्रहरण धारिणी
कमला कमला-दल विहारिणी
वाणी विद्यादायिनी नमामि त्वम
नमामि कमलाम् अमलाम् अतुलाम
सुजलां सुफलां मातरम्
वन्दे मातरम्.
श्यामलां सरलां सुस्मिताम् भूषितम्
धरणीम मरणीम मातरम्

राष्ट्रीय कलेण्डर ***(National Calender)***

भारत का अपना राष्ट्रीय कलेण्डर इसाई कलेण्डर (जार्जियन कलेण्डर) से अलग शक संवत से शुरू होता है। इसका प्रारम्भ चैत्र मास से होकर फाल्गुन मास 12 माह तक का होता है जिसमें भी 365 दिन ईसाई कलेण्डर की तरह है। इसकी गणना सौर मास से की जाती है जिसमें हर चौथे वर्ष मलमास (एक अधिक मास जिसे विज्ञव जी का महीना कहते हैं) पड़ता है। इसका प्रारम्भ प्रायः 21 मार्च से होता है पर जिस वर्ष फरवरी 29 दिन की होती है उस वर्ष चैत्र प्रतिपदा (प्रथम दिन) 22 मार्च को होता है। तिथि की गणना भारतीय पूजा-पाठ के लिए भारतीय गणना विधि से करते हैं। पर सरकारी पत्रजातों, भारत के गजेटियर, सूचना प्रसारण, भारत सरकार द्वारा निर्गत कलेण्डर तथा जन संचार के माध्यमों में सरकार ईसाई कलेण्डर की तिथि का प्रयोग करती है जिसकी देश-विदेश में सर्वत्र मान्यता है।

राष्ट्रीय पक्षी ***(National Bird)***

मोर है।

राजनीतिक भारत

राजनीतिक विभाजन— भारत के राजनीतिक मानचित्र के अनुसार इसमें दो प्रकार के राज्य हैं एक जिन पर राज्यों का अपना शासन है और दूसरे केन्द्र शासित राज्य हैं जहाँ का शासन केन्द्र के अधिकार में होता है। यहाँ कुल शासित 29 राज्य है और द्वीप सभूह हैं– अण्डमान और निकोबार हिन्द महासागर में और लक्षद्वीप अरब सागर में तथा 6 केन्द्र शासित राज्य हैं। चण्डीगढ़, दादर, नगर हवेली, दमन द्वीप और पाण्डीचेरी। राज्य शासित राज्य हैं– जम्मू-कश्मीर, हिमाचल प्रदेश, पंजाब, हरियाणा, दिल्ली, उत्तर प्रदेश, उत्तरांचल, बिहार, झारखंड, पश्चिम बंगाल, असम, मेघालय, मध्य प्रदेश, वनानचल, उड़ीसा, आंध्र प्रदेश, तमिलनाडु, केरल, कर्नाटक, गोआ, महाराष्ट्र, गुजरात और राजस्थान।

संविधान *(Constitution)*— यहाँ के शासन का एक संविधान है जो संविधान सभा द्वारा 26 नवम्बर 1949 को स्वीकार किया गया तथा 26 जनवरी 1950 से लागू हुआ। इसके

मूल उद्देश्य (preamble) तत्कालीन प्रधानमंत्री पं० जवाहर लाल नेहरू द्वारा तैयार किया गया था जिसमें कहा गया है कि– *"Constitution embodies the resolve of the people of India to secure for all citizens Justice, social, economic and political, liberty of thought, expression, belief, faith and worship. Equity of status and opportunity, and to promote among them all fraternity assuring dignity of the individual and the unity of the nation."*

संविधान में भारतीय नागरिकों को सात मौलिक अधिकार दिये गये हैं–(1) विधि में समानता का अधिकार, (2) भाषागण और भावभिव्यक्ति का अधिकार, (3) शोषण के विरोध का अधिकार, (4) विचार, व्यवसाय और धर्म प्रचार की स्वतंत्रता, (5) अल्पसंख्यकों को अपनी संस्कृति, भाषा और लिपि के संरक्षण, शिक्षा प्राप्त करने और अपनी शिक्षण संस्थाओं के संचालन का अधिकार, (6) सम्पत्ति सम्बन्धी अधिकार जिसे राज्य जनहित में निर्धारित राशि देकर ले सकता है तथा (7) मौलिक अधिकारों के रक्षार्थ संवैधानिक तरीका अपनाने का अधिकार।

भारत का नागरिक उसी को स्वीकार किया गया है जो भारत में जन्मा हो, या जिसके माँ-बाप में से कोई भारत में जन्में हों अथवा जो भारत की सीमा का सामान्य निवासी हो कम-से-कम पाँच वर्षों तक। विशेष छूट उनके लिए है जो पाकिस्तान चले गये हैं या वे जो भारतीय मूल के हैं किन्तु विदेशों में रहते हैं। उन्हीं लोगों की नागरिकता समाप्त मानी जायगी जो स्वयं यहाँ की नागरिकता छोड़ दिये हैं या उन्हें वंचित कर दिया गया है या निकाल दिया गया है।

नीति निर्देशक तत्त्व *(Directive Principles)*

(1) सरकार जनकल्याण बढ़ाने का प्रयास करेगी जिससे प्रभाव रूप से सुरक्षा और सामाजिक व्यवस्था बनी रहे जिसमें सामाजिक-आर्थिक और राजनीति के सभी वर्गों को समान रूप से न्याय मिले।

(2) आर्थिक क्षेत्र में राज्य ऐसी नीति बनायेगा कि स्वामित्व का बँटवारा और भौतिक संसाधनों का नियंत्रण सामान्य हित में हो।

(3) शुल्कमुक्त और अनिवार्य शिक्षा 14 वर्ष के सभी वर्गों के लिए, ग्राम पंचायतों का संगठन, प्रशासन से न्यायपालिका को अलग रखना, एक नागरिक कानून बनाना और लागू करना, राष्ट्र के स्मारकों की सुरक्षा करना, पिछड़ी जाति, जनजाति और हरिजनों को शिक्षा तथा आर्थिक दृष्टि से बढ़ावा देना, अन्तर्राष्ट्रीय शान्ति और सुरक्षा की व्यवस्था करना, राष्ट्रों के बीच उचित सम्बन्ध बनाना, अन्तर्राष्ट्रीय नियमों का समादर करना तथा राष्ट्रों के झगड़ों का मिलकर निपटारा करना आदि का उद्देश्य होना चाहिए।

प्रशासन *(Administration)*

यहाँ प्रशासन के तीन अंग बनाये गये हैं जो सभी एक दूसरे से अलग पर पूरक हैं:—

(1) विधान सभा

(2) कार्यकारिणी

(3) न्यायपालिका

कार्यकारिणी के संगठन का स्वरूप है प्रधान राष्ट्रपति, उपराष्ट्रपति, मंत्रिपरिषद जिसका नायक प्रधानमंत्री होता है। विधान सभा के चयनित सदस्यों द्वारा चुना हुआ प्रधानमंत्री अपना मंत्रिपरिषद बनाता है जिसके मंत्री निर्धारित विभागों का कार्य देखते हैं तथा उसके लिए वे प्रधानमंत्री के प्रति जिम्मेदार होते हैं।

विधान सभा के सदस्यों की संख्या और सदस्यों का क्षेत्र सरकार तै करती है जिसका चयन बालिग मताधिकार द्वारा किया जाता है। विधान सभा के दो धड़े हैं–लोकसभा और राज्यसभा। लोकसभा में 552 सदस्य होते हैं जिनमें 530 राज्यों के संसदीय क्षेत्रों से चयनित तथा 20 केन्द्र शासित क्षेत्रों से और 2 नामित। राज्य सभा 50 सदस्यों की होती है जिनमें 38 अप्रत्यक्ष चुनाव द्वारा राज्यों के प्रतिनिधि होते हैं और 12 विशिष्ट विषयों के विशेषज्ञ होते हैं।

भारतीय इतिहास

इसका विस्तार पुरातन संस्कृत ग्रंथों में 'हिमवत आ समुंद्र' हिमालय से समुद्र तक बताया गया है। इसको आर्यावर्त, आर्य भूमि कहते हैं क्योंकि आर्य लोग जो सभ्य लोग थे यहीं मूल रूप से रहते थे जो पश्चिम और पूरब की ओर यहाँ से बढ़कर असभ्य संसार का आर्यीकरण किये जिसके कारण यूरोप की अनेक भाषाएँ आर्यों की मूल भाषा संस्कृत के उधार की बनी हैं। यहाँ के प्रतापी राजा भरत के पीछे जिनके वंशज बहुत दिनों तक यहाँ शासन किये इसका नाम भारत वर्ष पड़ा। हिन्दुस्तान ईरानियों द्वारा इसका दिया गया भ्रामक नाम है। उसकी भाषा में 'स' के स्थान 'ह' का उच्चारण होने से सिन्धु को उन्होंने 'हिन्दू' कहा और उस स्थान को हिन्दुस्तान कहा जो पीछे पूरे देश के लिए रूढ़ि बन गया।

यहाँ पूर्व पाषाण काल से आज तक का इतिहास जीवित है और उसके प्रमाण उपलब्ध है। हड़प्पा सभ्यता विश्व की पुरातन सभ्यताओं में यहाँ विकसित स्थिति में थी जिसके केन्द्र अफगानिस्तान से सिंध, पंजाब, हरियाणा, राजस्थान, गुजरात तथा पश्चिमी उत्तर प्रदेश तक लगभग 1600 कि०मी० में प्राप्त हुए हैं। इसका सम्बन्ध प्राचीन मिस्र तथा सुमेर की सभ्यता से था। इसके प्रमुख स्थल हड़प्पा, मोहनजोदड़ो, चुनहूदड़ो, कालीबंगा, लोथल, रंगपुर आदि थे। इसके बाद वैदिक साहित्य एवं सभ्यता विस्तारक लोगों का परिचय मिलता है जो पश्चिम से चलकर उत्तरा पथ में पूरब तक आर्य सभ्यता फैलाये। फिर महाकाव्यों का युग आया जिसमें रामायण तथा महाभारत से उस काल के आर्यों के विजय विस्तार का ज्ञान विभिन्न युद्धों से मिलता है। इसके अनन्तर ब्राह्मणवाद के बढ़ते वर्चस्व को विखण्डित करते हुए 500 ई० पू० में बुद्ध और महावीर के रूप में दो राजकुमारों की स्थिति का वर्णन आता है जिन्होंने उत्तर भारत में मूल वैदिक रीतियों से भटके समाज को फिर पुरानी लीक पर खड़ा करने के लिए दो संशोधित वैदिक धर्म क्रमशः बौद्ध और जैन धर्म का प्रचार किये। इसी समय 600 ई० पू० में षोडश महाजनपदों और कई गणराज्यों की स्थापना यहाँ हुई जिनकी राज्यलिप्सा के कारण मगध ने सबको धीरे-धीरे आत्मसात कर एक विशाल राज्य स्थापित किया। इसकी गद्दी पर मौर्य शासक चन्द्रगुप्त से चलकर गुप्त शासक तथागत गुप्त तक 600 ई० तक शासन किये। इसमें बीच-बीच में विदेशी जातियाँ कई टुकड़ियों में पश्चिमी तथा उत्तर-पश्चिमी भारत में आई पर सभी यहाँ आत्मसात हो गईं। इसके बाद फिर राजनीतिक विखंडन प्रारम्भ हुआ और कन्नौज, बंगाल क्रमशः समय पाकर बढ़ते रहे। पर ये भी छोटे-छोटे राज्यों से घिरे रहे। पश्चिम में राजपूत वंश उभरा जिनके वंशजों ने अलग-अलग राज्य उत्तर में स्थापित किये तथा दक्षिण में भी चोल, चालुक्य, राष्ट्रकूट, पल्लव आदि वंशों ने अपनी शक्ति बढ़ा कर अलग-अलग राज्य स्थापित किया। इसी बीच इस्लाम का प्रचार होने लगा था और 12वीं शती में गोर और गजनी के शासकों ने पश्चिमोत्तर को झकझोरना शुरू किया जिसे बँटी हुई हिन्दू राज्य शक्तियाँ रोक नहीं सकीं।

फिर 1200 के बाद दिल्ली सलतनत का शासन हुआ जिसमें गुलामवंश के शासक इल्तुतमिश से लेकर सैयद और लोदी वंश का शासक बना रहा जब कि 1526 में चुगताई

तुर्क बाबर ने आकर अपना अधिकार यहाँ स्थापित कर लिया। यह मुगल था इसलिए इसके वंशज मुगल शासक कहलाए जो औरंगजेब तक अर्थात् 1707 ई० तक मुगल साम्राज्य यहाँ कायम रखा। औरंगजेब की अकुशल और धर्म विरोधी नीति से अभी प्रजा ने इसका विरोध करना शुरू किया जिसमें सहयोगी बने उस समय के यहाँ आये यूरोपीय व्यापारी जो शाहजहाँ के समय से ही व्यापार करने का ठेका लेकर यहाँ व्यापार के साथ ईसाईयत का प्रसार कर रहे थे। अब मुगल साम्राज्य समाप्त हो गया।

इसके बाद ब्रिटिश साम्राज्य का काल पलासी के प्रथम युद्ध 1757 से प्रारम्भ होकर 1942 तक रहा। 1757 में बंगाल के नवाब सिराजुद्दौला से अंग्रेजों का युद्ध हुआ था। इसके बाद जो युद्ध का सिलसिला चला 1857 के भारत स्वतंत्रता संग्राम तक चलता रहा। उसके बाद राजनीतिक, वैचारिक आन्दोलनों का दौर चला जो मुख्यत: संवैधानिक लड़ाई थी। इसमें सहयोग दिया जनजागरण ने जो सर्वदलीय चेतना थी। साधुओं, कृषकों, लेखकों, सिपाहियों, राजनेताओं ने अपने स्तर से ही नहीं अपने-अपने तरह से जहाँ भारती स्वाधीनता की लड़ाई में अपना योगदान दिया वहीं अंग्रेजी शासन की शक्ति कम करने में भी सहयोग दिया। कुछ विश्व इतिहास में ऐसे परिदृश्य उभरे कि उससे भी अंग्रेजों का नैतिक पतन होने लगा। जो आन्दोलन छिड़े वे अंग्रेजों के खिलाफ कम पर भारतीय समाज को जाग्रत करने के लिए ज्यादा थे। इससे राष्ट्रीय चेतना जाग्रत हुई। इसके नेता थे श्री अरविन्दो, राजाराम मोहन राय, स्वामी विवेकानन्द तथा दयानन्द सरस्वती। बंगला और हिन्दी के उपन्यासकार बंकिमचन्द्र चटर्जी, मु० प्रेमचन्द आदि ने इसको अपनी कलम से उभारा। इसी बीच महात्मा गाँधी ने अहिंसा, असहयोग आन्दोलन के सहारे जनमानस तथा बाहरी राष्ट्र के देशों को अंग्रेजों के विरुद्ध जनमानस बनाया। तब पूरा भारत एक था। पर इस एकता से आहत अंग्रेजों ने फूट डालने के लिए मुस्लिम लीग की स्थापना के लिए पृष्ठभूमि बनाया। इसने यद्यपि राष्ट्रीय आन्दोलन को ढीला अवश्य किया पर आन्दोलन की आग बनी रही। अन्ततोगत्वा 14–15 अगस्त 1947 की रात्रि को अंग्रेजों की हुकूमत समाप्त हुई और भारत हिन्दुस्तान पाकिस्तान में बँट गया। इसने भी जो पूर्वी पाकिस्तान बंगाली मुसल्मानों की बस्ती वाला था वह पाकिस्तान से अलग होकर पीछे बांगलादेश हो गया। उसके स्वतंत्रता में भारत ने सहयोग दिया था पर उस पर अपना अधिकार न कर उसे स्वतंत्र रहने दिया।

इस राजनीतिक आन्दोलन के नेता थे महात्मा गाँधी, पं० मोतीलाल नेहरू, पं० मदन मोहन मालवीय, राजर्षि पुरुषोत्तमदास टण्डन, पं० जवाहर लाल नेहरू, डा० राजेन्द्र प्रसाद, सर सैयद अहमद खाँ, मु० जिन्ना, सुरेन्द्रनाथ बनर्जी आदि। इन्होंने अपना सब कुछ देश पर न्योछावर कर देश के सम्मान की रक्षा का व्रत लिया था। इनकी नीति शान्तिपूर्ण ढंग से भारत को अंग्रेजों से छुड़ाना था। यद्यपि गरम दल भी इसमें था जिसमें थे बालकृष्ण गोखले, लाला लाजपत राय आदि। इन सभी ने मिलकर भारतीय राष्ट्रीय कांग्रेस के झण्डे के नीचे देश को स्वतंत्र किया था।

1947 के 15 अगस्त को भारत स्वतंत्र हो गया। इसका अपना संविधान 26 जनवरी, 1950 को लागू हुआ जिसमें इसको गणराज्य घोषित किया गया। तबसे इसके नेता बने डॉ० राजेन्द्र प्रसाद, पं० जवाहर लाल नेहरू, श्री लालबहादुर शास्त्री, श्रीमती इन्दिरा गाँधी, श्री अटल बिहारी वाजपेयी आदि। अब राष्ट्रीय कांग्रेस टूटा और कई पार्टियाँ इससे बनीं। इनमें प्रमुख हैं–इन्दिरा काँग्रेस, भारतीय जनता पार्टी, समाजवादी पार्टी, बहुजन समाजवादी पार्टी, सी० पी० आइ० और सी० पी० एम० आदि। इनके अतिरिक्त अनेक क्षेत्रीय पार्टियों का उदय हुआ। इनके नेता वे थे जो मूल पार्टी से स्वार्थ के कारण टूट कर अलग हो जाते

थे। यह सिलसिला आज भी जारी है और आगे भी बना रहेगा। ये क्षेत्रीय पार्टियाँ पूरबी तथा दक्षिणी भारत में अधिक हैं। लेकिन अब इन नेताओं में न वह त्याग है न देश के प्रति समर्पण। ये केवल अपने तथा अपने लोगों के स्वार्थ हेतु नेतृत्व करते हैं।

धार्मिक स्वरूप

भारत धर्मों की फुलवारी है। यहाँ हर कुछ धर्म से जुड़ा है। जैसे फुलवारी में रंग-रंग के अनेक फूल होते हैं वैसे ही यहाँ अनेक धर्म और सम्प्रदाय विभिन्न मतों का प्रतिपादन करते हैं। देशी तथा विदेशी सभी धर्मों के मानने वाले यहाँ बड़ी संख्या में हैं। पर सभी धर्मों के त्योहार मिल जुल कर यहाँ मनाये जाते हैं तथा उनके तीर्थ स्थान भी यहाँ हैं। यह देश विश्व का गुरु रहा है तथा सभ्यता का यहीं से विश्व में प्रसार हुआ है। प्रथमतः जिस धर्म की यहां स्थापना हुई फिर। वह धर्म सनातन धर्म था जिसमें कोई सम्प्रदायगत भेद न होकर मानव का उत्थान इसका उद्देश्य था। इसका ज्ञान वैदिक साहित्य से होता है। पीछे इसमें जब कर्मकाण्ड घुसे तो यहीं से धर्म की शाखें फूटीं। यहीं के बुद्धिजीवियों ने फिर जंगलों में बैठ कर चिन्तन करते हुए इसके विरुद्ध आरण्य ग्रंथों में स्वर मुखरित किया। तभी उपनिषदकारों ने भी जहाँ ब्राह्मणों का अनुचित वर्चस्व घुस गया था तथा कर्मकाण्डों की विभीषिका धर्म को मूल उद्देश्य से भटकाने लगी थी उस पर शांत प्रहार किया। पर मुक्त कंठ से इसका विरोध दो क्षत्रीय राजकुमारों ने किया जो संन्यास ग्रहण कर चुके थे। ये शुद्ध सनातन धर्म को पुनः नए रूप में लाने का प्रयास किये। ये थे भगवान बुद्ध और महावीर स्वामी जिन्होंने क्रमशः बौद्ध और जैन धर्मों को स्थापित किया जो सरल और सर्वग्राह्य थे तथा जिनमें दर्शन की चमक थी, न ब्राह्मणों का वर्चस्व था और क्रमकाण्डों की उलझन। इससे समाज ने उसे स्वीकारा। इसके बाद हिन्दू धर्म में मूर्ति पूजा घुसी और अनेक देवताओं की प्रधानता स्थापित हुई उसी रूप में जैसा पहले थी। पर अब उस धर्म या देवता के अनुयायियों का एक समूह जुट गया जिससे वह एक पंथ या सम्प्रदाय का रूप धारण कर लिया। इसमें वैष्णव, शैव और शाक्त प्रमुख हैं। इनके अतिरिक्त जुटे स्थानीय देवताओं की पूजा जिसकी शास्त्रीय स्वीकृति नहीं थी। उसे लोक-देव तथा उनके धर्म को लोक-धर्म की संज्ञा दी गई। इन सम्प्रदायों में भी विभेद बढ़ते रहे। इसी समय इस्लाम तथा पीछे ईसाई धर्म भारत में आया। ईसाई विचारों को आत्मसात करने के लिए तथा पुनः एक बार हिन्दू धर्म में आये रूढ़ियों तथा सामाजिक बुराइयों को समाप्त करने के लिए धार्मिक आन्दोलन क्षेत्रीय धर्म गुरुओं द्वारा प्रारम्भ हुए जैसे गुरु नानक ने सिक्ख धर्म स्थापित किया, दयानन्द सरस्वती ने आर्य समाज स्थापित किया, केश्वचन्द्र सेन ने ब्रह्मसमाज की नींव डाली, विवेकानन्द ने विवेकानन्द मिशन की स्थापना की आदि। इस प्रकार धर्मों के बदलते स्वरूप का क्रम एक ही सिद्धान्त पर आधारित चलता रहा। भारत में इनके अनुयायियों की संख्या में भारी अन्तर दीखता है जो निम्न है :—

भारत में विभिन्न धर्मानुयायी

धर्मानुयायी	अनुमानित संख्या	प्रतिशत
हिन्दू	549,779,481	82·84
मुसलमान	75,512,439	11·35
ईसाई	16,165,447	2.43
सिक्ख	13,078, 146	1.96
बौद्ध	9,719,796	0.71

जैन	3,206,038	0.48
दूसरे धर्मानुयायी	2,766,285	0.42
नास्तिक	60.217	0.01

साहित्य

भारत का प्राचीन साहित्य संस्कृत और पालि रहा है। इनमें संस्कृत सबसे पुराना है। इसके भी दो रूप उभरे। एक है वैदिक संस्कृत जिसका ज्ञान केवल वैदिक ग्रंथों से ही मिलता है। दूसरा है लौकिक संस्कृत जिसमें वैदिक ग्रंथों के बाद के संस्कृत के ग्रंथ लिखे गये हैं। वैदिक साहितय में सर्व प्रमुख हैं चार वेद–ऋग्वेद, यजुर्वेद, सामवेद और अथर्ववेद। इनमें सबसे प्राचीन और प्रमुख है। ऋग्वेद जिससे तत्कालीन समाज और जीवन के विषय में जाना जाता है। फिर ब्राह्मणों की रचना हुई जो पद्य में हैं। ये वैदिक संहिताओं की व्याख्या है। इसके बाद आख्याकाओं की रचना हुई। इसे जंगल के एकान्त में साधारणतः ऋषियों ने लिखा। उसके बाद उपनिषद लिखे गये थे जो वेद का दार्शनिक पक्ष है।

इनके अतिरिक्त वेद के अध्ययन हेतु ज्ञान की विविध शाखाओं के लिए वेदांगों की रचना हुई। ये शाखाएँ छः हैं–शिक्षा, कला, निरुक्त, योतिस, छन्द और व्याकरण। ये लौकिक संस्कृत में रचनाएँ हैं। इनके बाद सूत्र साहित्य लिखे गये। ये नीति विषय ग्रंथ थे। इनके चार विभेद हैं–कल्पसूत्र, श्रौतसूत्र, गृह्यसूत्र और धर्मसूत्र। सूत्र रूप में रचना होने से ये सूत्र साहित्य कहे जाते हैं।

इनके बाद दो महाकाव्यों की रचना हुई–रामायण और महाभारत। ये अपने समय के राजनीतिक, सामाजिक, धार्मिक, आर्थिक आदि जीवन के विभिन्न पहलुओं का ज्ञान कथा के माध्यम से देते हैं। इनमें समय-समय पर क्षेपक जुड़ते गये। पर इसका प्रारम्भिक भाग मौलिक है। इनके कई संस्करण भी हुए। ये गाथा के रूप में पहले थे जो पीछे लिखे गये। रामायण आदि काव्य है और इसके रचयिता वाल्मीकि आदि कवि। महाभारत एक प्रकार से विश्वकोष है। ये गाथा रूप में किस काल में था कहना कठिन है, पर भाषा के आधार पर लगता है कि ये वेदों के बाद की रचना है जिसका लिखित रूप बाद में तैयार किया गया होगा।

इसके बाद मौर्यकाल में कौटिल्य ने प्रशासन का ग्रंथ 'अर्थशास्त्र' लिखा जिसका संदर्भ चन्द्रगुप्त मौर्य (चौथी शती ई० पू०) से है। इसके बाद पाणिनि ने व्याकरण का ग्रंथ अष्टाध्यायी की रचना (700-500 ई० पू०) गद्य में किया। उसके बाद काव्यायन ने 600 ई० पू० में वार्तिक लिखा जो मौर्य पूर्व तथा मौर्य काल की राजनीतिक स्थिति को प्रकाशित करता है फिर पातंजलि ने महाभाष्य लिखा जो 200 ई० पू० की रचना लगता है। यह पाणिनि के अष्टाध्यायी पर लिखा गया भाष्य है।

फिर सूत्र साहित्य की रचना की गई। यहाँ सूत्र रूप में समाज के विविध नियम का उल्लेख करने से इसे यह नाम दिया गया। ये सूत्र ग्रंथ तीन प्रकार के हैं–श्रौतसूत्र, धर्मसूत्र और गृह्यसूत्र विशेष रूप से संस्कारों और गृह सम्बन्धी नियमों को आबद्ध करते हैं। धर्मसूत्र सामाजिक जीवन सम्बन्धी नियमों का संकलन है। श्रौतसूत्र श्रुति सम्बन्धी नियमों की विवरण है।

तब हुई धर्मशास्त्रों की रचना। यह धर्मसूत्रों का ही विकसित रूप है। पर इसकी रचना गद्य में की गई है तथा सूत्रों की अपेक्षा अधिक व्यापक है। इनमें अधिकांश स्मृतियों की रचना हुई। इसमें सबसे पुरानी मनुस्मृति है। इसके बाद विष्णु, याज्ञवल्क्य, पाराशर, वृहस्पति, नारद आदि स्मृतियों की रचना हुई।

पुराण इसके बाद लिखे गए। ये वास्तविक रूप में अतीत के इतिहास हैं। इनकी संख्या 36 है जिनमें 18 पुराण और 18 उपपुराण हैं। इनमें पाँच बातों का उल्लेख है–सर्ग (सृष्टि का उदय) प्रतिसर्ग (सृष्टि का अंत), राजाओं की वंशावलिया, मनवन्तर (मनु के युगों का वर्णन) तथा वंशानुचरित (राजाओं का कार्य)। इसमें भविष्य में होने वाले राजाओं की भी चर्चा की गई है। इनका अंकुर वेदों में है जहाँ आख्यायिका (कहानियों) के रूप में ये विद्यमान थे। इनके पुराने होने से इन्हें पुराण कहा गया है। इनका यह रूप बौद्ध महायान साहित्य से बहुत कुछ मिलने से इसे ईसा की प्रथम शताब्दी से इनके रूप का ज्ञान मिलता है। पर वर्तमान स्वरूप 5वीं शती में तैयार किया गया था क्योंकि गुप्तोत्तर शासकों हर्ष आदि का इसमें कोई उल्लेख नहीं है। साथ ही, वाणभट्ट के समय में भी ये थे तभी वाण ने अपने गाँव में वायुपुराण के अध्ययन का उल्लेख हर्षचरित में किया है।

इसी समय गुप्तकाल के लगभग त्रिपिटकों का वर्तमान स्वरूप पालि में रचा गया जो बुद्धवचनों का चौथी बौद्ध संगीति में किया गया संग्रह है। ये तीन हैं विनय पिटक, सुत्त पिटक, अभिधम्म पिटक। विनय पिटक में संघ के नियमों का संकलन है, सुत्त पिटक में धार्मिक सिद्धान्तों की चर्चा है तथा अभिधम्म पिटक में दर्शनिक पक्षों का उल्लेख है। ये 600–500 ई० पू० तक की सूचनाएँ सँजोए हैं। जातक ग्रंथों का स्वरूप भी इस समय तैयार हुआ जिनकी संख्या लगभग 500 है तथा जो बुद्ध के पूर्व जीवन की कहानियाँ हैं जब वे बोधिसत्व की स्थिति में थे। इनकी स्थिति 300 ई० पू० में थी। तभी अनेक जातक कहानियाँ शुंगकालीन स्तूप की वेदिकाओं पर अंकित मिलती हैं। इसी के आस-पास 4 शती ई० पू में जैनाचार्य भद्रबाहु में जैन-कल्पसूत्रों की रचना की थी।

गुप्त काल में ही संस्कृत के विद्वान कालिदास का आविर्भाव हुआ जिन्होंने महाकाव्य और नाटकों की रचना की। इनका अभिज्ञान शाकुन्तल, मेघदूत, विक्रमोर्वशीय आदि प्रसिद्ध कृतियाँ हैं। ये साहित्यिक होने के साथ ऐतिहासिक प्रसंग भी संजोए हैं। इसी समय संस्कृत बौद्ध ग्रंथों की रचना हुई। इनमें प्रमुख हैं–दिव्यावदान, ललित विस्तार और महावस्तु। पालि में लंका की दो गाथाएँ दीपवंश और महावंश भी इसी समय के हैं जो लंका के इतिहास का ज्ञान देते हैं।

संस्कृत में विशाखदत्त के मुद्राराक्षस नामक ग्रंथ की रचना की थी जो नन्दु-मौर्य युग की सूचनाएँ संजोएँ हैं। फिर हर्ष की तीन रचनाएँ आती हैं–रत्नावली, नागानन्द तथा प्रियदर्शिका जो उसके काल के समाज का स्पष्ट चित्रण करती है। इसी समय बाणभट्ट उसका दरबारी था जिसने हर्षचरित तथा कादम्बरी की रचना कर हर्ष के विषय में बहुत कुछ सूचना दिया। इसीके कुछ ही अगल-बगल कश्मीर के इतिहास 'राजतरंगिणी' की रचना कल्हण ने किया। फिर नीति ग्रंथों का रचना काल आता है।

□

अध्याय–23

भारतीय संगीत

संगीत ललित कला का एक अंग है। यह भारतीय जीवन में इतना रच बस गया है कि इसने विश्व रंगमंच पर अपनी अलग पहचान बना ली है। इसका प्रारम्भ प्राचीन काल से है। इसमें समय-समय पर विकासात्मक परिवर्तन आते रहे हैं। इसके ऊपर कई ग्रंथ भी भारत में प्राचीन काल से लिखे गए हैं। इसके ज्ञान के प्रमुख साधन वे प्रमुख संस्कृत ग्रंथ हैं जिनमें संगीत के सिद्धान्त प्रतिपादित हैं। ये संगीत के विद्वानों द्वारा लिखे गए हैं। ऋग्वेद में ही पद्यात्मक रचना है। उस समय जो यज्ञ किए जाते थे उनमें देवताओं में मंत्र गाकर उन्हें बुलाने के लिए ज्ञेय मंत्रों की रचना की गई है। इनके साथ ही, एक अलग वेद सामवेद की रचना मुख्य रूप से यज्ञों के समय गायन के लिए की गई है। अतः इसकी जड़े अति प्राचीन हैं। गुरु, तम्बरू, नारद आदि ऋषि संगीत के मर्मज्ञ थे। इसके बाद संगीत शास्त्र की रचना पीछे चल कर हुई जो इसमें ज्ञान के साधन हैं। प्राचीनकालीन मंदिरों की दीवारों पर तथा अभिलेखों में जो विभिन्न काल की तथा विभिन्न वंशों के राजाओं की कृतियाँ हैं जिनका संगीत के सम्बन्ध में उल्लेख हैं तथा आकृतियाँ उकेर कर संगीत की रुचि का प्रदर्शन किया गया है। कुछ सिक्कों पर उकेरे चित्र भी संगीत प्रेम का ज्ञान देते हैं जैसे समुद्रगुप्त का वीणावादक प्रकार का सिक्का जिसे वह पर्यंक पर बैठ कर बजा रहा है। चित्रकला से भी इसके विषय में प्रकाश पड़ता है। संगीत के चित्रण का उदाहरण अजन्ता को चित्रकला में विशेष रूप से आरेखित किया गया है। भारत में आने वाले विदेशियों के सम्मान में भी संगीत का आयोजन किया जाता था। अतः उन्होंने भी अपने यात्रा विवरण में इसके विषय में व्यापक वर्णन किया है। औरंगजेब को छोड़ अन्य मुसलमान बादशाह संगीत के प्रति अति समर्पित थे। वे अपने दरबार में संगीतज्ञों को रखते थे और उनकी कला के लिए उन्हें समय-समय पर इनाम आदि दिया करते थे। इस समय बादशाह अपने शाहजादों को भी संगीत की शिक्षा के लिए बड़े-ब्रड़े संगीतज्ञों के पास भेजते थे। इसमें नई शोधों का यह युग था। इससे संगीत के घरानों की प्रधानता स्थापित हुई। बनारस, ग्वालियर, दिल्ली आदि संगीत के केन्द्र थे जहाँ के अलग-अलग नये प्रयोग होते थे। इनकी मान्यता स्थापित होने पर इनको घराना का नाम दिया जाता था। इन घरनों के प्रधान संगीतकारों ने अपनी डायरियाँ लिख छोड़ी हैं जिनसे भी उनके विषय में ज्ञान मिलता है। अतः इन सभी स्रोतों को साथ मिलाकर अध्ययन करने से भारतीय संगीत का सांगोपांग ज्ञान प्राप्त होता है।

भारतीय संगीत की अपनी विशेषता थी। यह अति सरल तथा सरस होता था। इसके तीन भाग थे गायन, वादन और नृत्य। तीनों एक दूसरे में इतने घुले-मिले थे कि एक के बिना दूसरे का आनन्द नहीं लिया जा सकता, मुख्य रूप से नृत्य में। गायन में तो वादन आवश्यक था। अतः तीनों के विषय में परिचयात्मक उल्लेख यहाँ आवश्यक है।

[अ] गायन

गायन में छन्द के साथ लय और स्वर दोनों आवश्यक अंग होते हैं। इनके चढ़ाव, उतार को शास्त्रीय भाषा में आरोह और अवरोह कहते हैं। ये सुर के साथ बढ़ते घटते हैं। इसका सम्बन्ध सुर देवी सरस्वती से जोड़ा गया है। इसमें मात्राएँ होती हैं जिनको तापमान के अनुसार

बढ़ा कर पंचम स्वर तक ले जाया जाता है। गायन के आचार्य ऋषि नारद माने जाते हैं जो वीणा लिए त्रैलोक की यात्रा करते रहते हैं। इसमें आलाप होता है जिसमें स्वर साधना करते हैं। इसके अतिरिक्त मुर्च्छन, वर्ण, अलंकार, तान, अंग होते हैं। भिन्न-भिन्न गानों के लिए भिन्न रागों का आविष्कार किया गया है जैसे सही ढंग से मल्हार राग गाने पर वर्षा होना अवश्यमभावी है। इनमें इतनी शक्ति होती है कि हठात स्थिति को वशीभूत कर लेते हैं। ये राग समय-समय पर जुटते रहे जैसे-जैसे संगीतज्ञों ने इसमें पैठ बनाना शुरू किया। गन्धर्व इस विधा में पारंगत थे।

संगीत के दो रूप यहाँ प्रचलित हैं शास्त्रीय और देशीय। जो शास्त्रों के अनुसार गाया जाता है उसे शास्त्रीय संगीत कहते हैं। देशज भी शास्त्रीय संगीत के साथ-साथ चलता रहा। यह स्थानीय संगीत है। इसका स्थान 5-7 शती ई० से दीखता है जब मतंग ने वृहद्देशी संगीत की रचना की। इसका प्रारम्भ तो भरत नाटयशास्त्र जो गुप्तकालीन कृति है उसी समय से हो गया था जैसा उससे ज्ञात होता है। शास्त्रीय संगीत एक निश्चित नियम पर आधारित थे जिसका उल्लेख शिक्षा, प्रतिशाख्य और ब्राहन ग्रंथों में मिलता है। अतः देशी का स्वरूप मिश्रित है। बृहद्देशी, संगीत समयसार तथा संगीत रत्नाकार में वैदिक और अवैदिक संगीत के सम्मिश्रण से देशी संगीत का प्रादुर्भाव उल्लिखित है।

भारतीय संगीत में तब मिश्रण शुरू हुआ जब विदेशी भारत में आये। सीथिन, ईरानी और तुरुकों के आगमन से यहाँ के संगीत में विदेशीपन ने प्रवेश किया। शास्त्रीय संगीत में ये मिल कर अब लोगों की रुचि और इच्छा के अनुसार इसमें परिवर्तन लाये। यह मिश्रण मुख्यतया 5वीं से 7वीं शती तथा फिर 11वीं से 13वीं शती के बीच हुआ जब ये भारत में आये। इस प्रकार 5वीं शती के बाद का काल संगीत में पुनर्जागरण का काल माना जाता है क्योंकि विभिन्न मिश्रण से भारतीय रागों में बहुत से राग जुट गये। इस प्रकार भारतीय संगीत का विस्तार हो गया। शरगी के गीत उसे निर्धारित राग के नाम से जाने-जाने लगे।

आगे चलकर 16वीं शती में पुनः एक परिवर्तन इसमें आया। अब राग विभिन्न मूर्च्छना से निर्धारित किये जाते थे। फिर ये मेला, ओर्थता तथा मेलकष्ठों के आधार पर निर्धारित किये गये। रागों को उत्तेजित करने के लिए रस और भाव से जोड़ा गया। इसके कारण रागमाला बनाया गया जो इसका विकसित तथा आकर्षक रूप है। प्रत्येक राग के देवता होते हैं। उन्हीं की पूजा से वह राग गुणदायक बनता है तथा उसका स्वरूप मूर्तिमान हो उठता है जिसके सगीत में आभास होता है।

इस समय दूसरी बात आई संगीत का क्षेत्रीय विभाजन। 16वीं शती के पूर्व ऐसा कुछ नहीं था कि यह दक्षिणी संगीत है और यह उत्तरी संगीत। पर अब यह विभाजन प्रवेश कर गया। फिर उत्तरी संगीत के भी विविध रूप उभर कर सामने आये। दक्षिणी संगीत का बिलकुल बदला रूप गोविन्द दीक्षित और वेजकर भाखी के द्वारा स्थापित किया गया। रागों सम्पूर्ण रूप में उत्तर की अपेक्षा दक्षिण में पूर्ण भिन्न दीखते हैं। प्रसिद्ध दक्षिण भारतीय गायकों ने दक्षिणी संगीत का भण्डार विभिन्न रूपों से भरा।

बौद्धों में भी संगीत प्रेम था। चन्द्रगुप्त मौर्य और अशोक के समय बौद्ध प्रचारकों के साथ भारतीय संगीत मध्य एशियायी देशों में कश्मीर और तिब्बत के मार्ग से पहुँचा। ग्यारहवीं शती में जब बौद्ध धर्म की वज्रयान और सहजयान शाखाएँ प्रस्फुटित हुई तब बौद्ध तांत्रिक सम्प्रदाय में भी संगीत को स्थान मिला। सिद्धाचार्यों द्वारा इसका प्रयोग किया जाता था। 12वीं शती में हिन्दू धर्म में भी संगीत जोड़ा गया। ठाकुर जयदेव ने गीत गोविन्द पद गान की रचना की

नृत्य का शौक प्राचीन भारत में था। तभी लोग अपनी कन्याओं को नृत्य सिखाने के लिए गुरु घर में रखते थे। महाभारत के अनुसार अर्जुन जब वनवास में थे तो विराट ने उनको अपनी पुत्री को नृत्य सिखाने के लिए गुरु रखा था। इससे स्पष्ट है कि पुरुष तथा स्त्री दोनों नृत्य के प्रति अनुरक्त थे। किन्नर एक जाति ही थी जिसका काम ही नृत्य-संगीत करना होता था। ये राजदरबार में दरबार को आनन्दित करने के लिए रखे जाते थे। यह एक सम्मानित कला के रूप में देखा जाता था तभी कालिदास ने मालविकाग्निमित्र नाटक में जो 5-6 शती ईस्वी का है नृत्य का उल्लेख सामाजिक रूप से किया है। पूजा के अवसरों पर इष्ट के सामने उसको प्रसन्न करने तथा अपने भावाविभोर होकर नाचने का उल्लेख मिलता है। इसका प्रयोग मन्दिरों में भी होता था तभी प्राचीन मन्दिरों की दीवारों पर नृत्य का चित्र उत्खचित है। इसी निमित्त देवदासियों को भी मन्दिर में रखने का उल्लेख है। यह गायन और वादन का सहयोगी होने के कारण संगीत का एक प्रमुख अंग माना गया है।

इसके लिए लिखित ग्रंथ को नृत्यशास्त्र की संज्ञा दी गई है। भारत में सबसे पुरातन ग्रंथ जो नृत्य के सम्बन्ध में व्यापक विवरण देता है वह भारत का नाट्यशास्त्र है। इसमें यह नाटक का एक सहयोगी अंग बताया गया है। नृत्य के तीन स्तरों का ज्ञान सारंगदेव कृत संगीत रत्नाकर तथा नन्दिकेश्वर कृत अभिनय दर्पण से ज्ञात होता है। ये हैं–(अ) नृत्त–यह शुद्ध नृत्य है। इसमें शरीर के हाव-भाव से कोई भावाभिव्यक्ति नहीं होती। (ब) नृत्य–जब वृत्त में अभिनय अर्थात शारीरिक क्रिया और मुखाकृति से भावाभिव्यक्ति होती है तो वह नृत्य होता है। (स) नाट्य–इससे अभिप्राय नाटक से है। इसमें नाटक के साथ संवाद को बल देने के लिए किया गया नृत्य नाट्य कहलाता है।

नृत्य के दो भेद भारत में उभरे हैं–शास्त्रीय-नृत्य और लोक-नृत्य। शास्त्र विहित सिद्धान्तों के अनुसार किया गया नृत्य शास्त्रीय-नृत्य कहलाता है और स्थानीय परम्पराओं के अनुसार वहाँ प्रचलित नृत्य को लोक-नृत्य कहते हैं। स्थानीय नृत्यों में कुछ अंशों को जोड़कर इसका शास्त्रीय स्वरूप या शास्त्रीय-नृत्य को रूपित किया गया था। इसी से भारत के प्रत्येक क्षेत्र में अलग-अलग शास्त्रीय नृत्यों की मान्यता है। शास्त्रीय-नृत्य की संख्या मुख्यतः छः है.–उत्तर भारत का कथक नृत्य, दक्षिण भारत के तीन नृत्य है–कथकली, भारत नाट्यम और कुचीपुड़ी। पूर्वी नृत्य है–ओडिसी तथा पुर्वोत्तर सीमा का नृत्य है–मणिपुरी। इन प्रत्येक का वस्त्राभूषा भी भिन्न होता है। इनके अतिरिक्त दक्षिण में तन्जौर में नाटक एवं नृत्य एक विशेष जाति द्वारा किया जाता था जो भगन्त कहलाते थे। ये भगन्त नृत्य में अति निष्णात होते थे इससे तन्जौर में भंगन्तमेल नाटक में एक प्रकार के नृत्य का चलन था।

इसी प्रकार कर्णाटक के एक नृत्य को पक्षगान की संज्ञा दी गई है।

शास्त्रीय नृत्य

शास्त्रीय नृत्यों का विवरण निम्न है :—

कथकली

कथकली मलयालम शब्द है। इसमें दो शब्द मिले हैं कथ + कली। मलयालम में कथ का अर्थ कथा का संक्षिप्त रूप है और कली का अर्थ नाटक होता है। अतः कथकली का अर्थ है कथा के साथ नाटक का प्रदर्शन। इसमें नाट्य (नाटक), नृत्य (भावाभिव्यक्ति) और नृत (नृत की व्याख्या) तीनों का सामञ्जस्य होता है। अर्थात् नाटक के साथ नृत्य तथा भावभिव्यक्ति तीनों समाहित होता है। इसका पुराना रूप वह नाटक है जिसमें गायन के साथ हाव-भाव युक्त

नृत्य द्वारा पात्र अपने भावों को अभिव्यक्त करता है। इस प्रकार यह अकेला केवल नृत्य नहीं है। आज जो इसका स्वरूप है वह 16–17 वीं शती का देन है जो कर्षट्टम नामक शासक की कृति माना जाता है।

यह अत्यन्त व्यवसाध्य नृत्य है जिसने वस्त्रों, शरीर के अंगों आदि नर्तक को इतनी भव्यता से सजाया जाता है तथा आभूषणों से उसे इस प्रकार वेष्ठित किया जाता है कि उसका स्वरूप अति गौरवान्वित हो जाता है। सबसे ऊपर स्वर्ण का बना विभिन्न बेशकीमती पत्थरों से युक्त एक मुकुट होता है जिसमें प्रभामण्डल के बीच चमकते रत्न जटित कंगूरे के आकृति की होती है जिसकी टोप कई मेहराब की होती है और कानों तक वह आकर्षक रूप में लटकता है। इसके नीचे चेहरे को भी बड़ी भव्यता से सजाते हैं। इसके लिए कुशल विशेषज्ञ जो पात्रों के सजाने के कौशल को जानते हैं उनका सहयोग लिया जाता है। चेहरे पर इस प्रकार का बनावटी रंग चढ़ाया जाता है कि जैसे लगता है कि मास्क पहनाया गया है। उस पर विविध चटकीले रंगों की बिन्दियाँ लगाई जाती हैं। जिससे उसमें निखार आता है। इनका रंग लाल, काला, हरा, सफेद आदि होता है। साथ ही, लता की तरह छोटे-छोटे अनेक रंगों के लटकन भी बनाई जाती है। इसके कारण चेहरा में पूर्ण परिवर्तन आ जाता है तथा इसके सजावट में इतनी संश्लिष्टता आती है कि उसका पूर्ण नया रूप दीखने लगता है। इसका वस्त्र भी विचित्र होता है। सफेद वस्त्र नीचे एक चौड़े घेरे वाला तथा उसमें कई तरह के सिलबटों का वस्त्र होता है जो कमर के नीचे जैसे फैला है। ऊपर पूरी बाँह का छोटा कुर्ता होता है जिसके वक्ष पर लाल रंग से पच्चीकारी युक्त कढ़ाई की गई होती है। उसमें भी वक्ष पर सिलबटे पड़ी होती है। फिर बड़ा लम्बा अंगवस्त्रम गले में पड़ा होता है जिसमें भी कई मोड़ होते हैं तथा इसका नीचे का किनारा अत्यन्त आकर्षक होता है। ऐसी आकृति इस प्रकार बन जाती है जैसे कोई हिन्दू प्रतिमा खड़ी हो।

यह नृत्य प्रायः रात्रि को प्रारम्भ होता है। इसके प्रारम्भ में गायक कथा की भूमिका सुनाता है। इसको फिर वाद्य यंत्रों द्वारा उत्तेजित किया जाता है। फिर नर्तक नृत्य प्रारम्भ करता है। इससे स्पष्ट है बिना पूर्ण साज-सज्जा और मंचीय व्यवस्था के यह नृत्य सम्भव नहीं हो पाता। इसमें आँखों के प्रत्येक अंग के चलाने का बड़ा कठिन प्रशिक्षण प्राप्त करना होता है कि भाव अभिव्यंजित हो जाय। इसके कई नाट्य केन्द्र भारत के विभिन्न भागों में स्थापित हैं। इसका सबसे प्रमुख केन्द्र केरल में कलण्डलम है। यहाँ के गुरु कुञ्जूकुरूप और खुन्नी मेन द्वारा प्रशिक्षित बहुत से विद्यार्थी हैं जिनमें रागिनी और गोपीनाथ विशिष्ट हैं। दिल्ली में कथकली का अन्तरराष्ट्रीय केन्द्र है तथा दूसरे स्थान हैं शान्तिनिकेतन, रविन्द्रभारती कोलकाता में तथा नाट्य संगम केरल में।

भरतनाट्यम

यह दक्षिण भारतीय नृत्य है जो भरत मुनि से सम्बन्धित माना जाता है। इसका मूलआधार भरत का नाट्यशास्त्र है। इसे तमिलनाडु का परम्परागत नृत्य माना जा सकता है। इसमें भाव, राग और ताल तीनों का समन्वय होता है तभी भरत नाम की व्याख्या है भ = भाव, र = राग, त = ताल है। इसका प्रचलन 5वीं शतांब्दी का है जिसका प्रमाण चोल शासन काल के मन्दिरों में देखा जा सकता है। पर इसका वर्तमान प्रचलित रूप बीसवीं शती की देन माना जाता है। अब भले परिवार के कलाकार इसके प्रदर्शन में उभरे हैं। पहले तो इसका प्रयोग देवताओं के प्रसन्न करने के लिए देवदासियाँ करती थी। ये देवदासियाँ वे लड़कियाँ होती थीं जिन्हें देवताओं की सेवा के लिए मन्दिर के सुपुर्द पिता द्वारा कर दिया जाता था।

भरतनाट्यम् नृत्य सामान्यतया नारियाँ ही करती हैं। इस नृत्य में वाद्य और संगीतज्ञ दोनों साथ रहते हैं क्योंकि गाना के साथ वाद्य बजता है और उसी के लय-ताल पर यह नृत्य आधारित होता है। ताल के लिए इस नृत्य मे मृदंग या मजीरा का प्रयोग होता है। कर्नाटक केन्द्र का गायन इसमें गाया जाता है। इसमें औरतें किनारीदार साड़ी पहने होती हैं तथा उसका पल्लू एक कंधे से होकर कमर से होता हुआ घुटने तक आता है तथा ऊपरी वस्त्र के लिए चोली पहनती हैं। आभूषणों से इनका शरीर सजा होता है। यह नृत्य पहले देवाराधना हेतु बहुत ही सरलता से शुरू होता है जो बढ़ता जाता है और इसमें तीव्रता आती जाती है। इसमें बाहों का मोड़ तथा चलाना गायन के साथ अधिक होता है। इसके साथ शब्द तथा अभिनय दोनों का योग होता है। अन्त में 'तिलन' ताल के अनुसार नृत्य होता है। इसमें नर्तक ऐसा लगता है जैसे नृत्य की स्थिति में वह मूर्ति की मुद्रा में हो जाता है। इसके प्रमुख केन्द्र है– कलाक्षेत्र, चेन्नई, दर्पण, अहमदाबाद, राजराजेश्वर कला मन्दिर, मुम्बई; त्रिवेणी कला संगम, दिल्ली आदि।

कुचिपुड़ी

यह नृत्य-नाटिका है। इसके नामकरण का कारण है कि इसका उद्‌भव आंध्र प्रदेश के कुचलपुयरम में हुआ था। यह नृत्य का पुरातात्विक ज्ञान कुचपुड़ी नामक स्थान की खुदाई से, जो कृष्णा जिल में है। सातवाहन कालीन एक मूर्ति से सबसे पहले मिलता है। अतः इसकी प्राचीनता सातवाहन कालीन मानी जा सकती है। यह मन्दिरों में देवदासियों द्वारा प्रयोग किया जाता था। पर पीछे भगवत नृत्य के रूप में वैष्णव प्रभाव में आकर पुरुष इसका प्रयोग करने लगे। इसका आधार है यक्ष गान। यह नृत्य गान और भाषण के साथ चलता रहता है। इस प्रकार भाषण इसका व्याख्यात्मक भाग लगता है। इन व्याख्याओं में इसमें निहित दार्शनिकता को उजागर किया जाता है। यह पुरुष नृत्य मुख्य रूप से है जिसमें वे नारी पात्रों की तरह आचरण करते हैं। पर अब नारियाँ भी इसे करने लगी हैं। यह मंचीय नृत्य है। इसके प्रारम्भ करने के पूर्व मंच को रंगोली से सजाया जाता है जिसे 'पूर्वरंग' कहते हैं। इसके साथ जो अभिनय प्रारम्भ होता है। यह कृष्ण लीला अभिनय से सम्बन्धित होता है। विशेष रूप से यह जयदेव के गीतगोविन्द पर आधारित होता है। इसमें थाली नृत्य भी विभिन्न संगीत पर साथ-साथ होता है।

कथक

भरत के नाट्यशास्त्र तथा ब्रह्मपुराण में ऐसा उल्लेख है कि कथक एक जाति है जो कथा कहते हैं या किसी मन्दिर में महाकाव्यों पर आधारित गाना गाते थे। यह नृत्य सबसे पहले 16वीं शती में स्वामी हरिदासजी द्वारा कृष्ण की मूर्ति के सम्मुख प्रस्तुत किया गया था। यह नृत्य मुख्यतः उत्तरी भारत से सम्बन्धित है। इसके साधक मुसलमान शासकों के वंशज रहे हैं। चूँकि मुसलमानों का मन्दिर प्रवेश निषिद्ध है इसलिए मन्दिर के भीतर न जाकर दरबार में ही इसका प्रयोग करते थे। चूँकि हिन्दू धर्म की भावना से मुसलमान भली प्रकार जुड़े नहीं थे इसलिए इस नृत्य में बड़ा बदलाव आया। भावनात्मक स्वरूप से अलग हट कर क्रियात्मक पक्ष को इसमें बल दिया जाने लगा। इसमें ठहराव, ठुमका आदि पर अधिक ध्यान दिया जाता है। इसके लिए इसी प्रकार के वाद्यों का भी प्रयोग साज के रूप में किया जाने लगा। ये हैं– तबला, सारंगी तथा पखाउज। आज भी मुसलमान गायकों के ये साज प्रचलन में हैं।

इस नृत्य को तीन चरणों में विभक्त कर सकते हैं–प्रथम 'आमद' जिसमें नर्तक आते ही सम्मुख देवता या उपस्थित समाज को अभिवादन करता है, फिर दूसरा है 'तोराह', इसमें नर्तक कई प्रकार के मिश्रित ठुमका तथा थिरकन का प्रयोग करता है और तब बात आती

है 'गाथा' की जिसमें कथा और भाव माध्यम से अपने नृत्य शैली की व्याख्या करता है। यह अदब मुसलमानी प्रभाव की देन है। दूसरा है पहनावे में। नर्तक पुरुष होता है तो हल्का पायजामा, लम्बी शेरवानी पहनता है जो नीचे तक झूलता रहता है और पेशवाज भी पहनता है। पर नर्तकी चूड़ीदार पायजामा, ढीला कुर्ता 'गोसेमर' पहनती है तथा दुपट्टा रखती है।

इस नृत्य के दो घराने (शैलीगत केन्द्र) हैं जयपुर और लखनऊ में। जयपुर घराने के नर्तक लय के आधार पर पैरों के थिरकन को विशेष महत्त्व देते हैं, पर लखनऊ घराने में अभिव्यक्ति और हाव-भाव को प्रधानता दी जाती है। आज इसका प्रशिक्षण कई केन्द्रों पर दिया जाता है जिसमें प्रमुख हैं–कथक केन्द्र, नई दिल्ली; गांधर्व विद्यालय, नई दिल्ली; भातखण्ड संगीत विद्यापीठ, लखनऊ; जयपुर कथक केन्द्र, जयपुर; कदम्ब, अहमदाबाद आदि। ललित कला संस्थानों में भी इसका प्रशिक्षण देते हैं।

ओडिसी

उड़ीसा में इसके प्रारम्भ होने के कारण इसे यह नाम दिया गया है। यहाँ के हाथीगुफा में एक जैन धर्मानुयायी राजा खारवेल का लेख दूसरी शती ई० पू० का है। इसमें राजा स्वयं विभिन्न ललित कलाओं का मर्मज्ञ कहा गया है। इसमें नृत्य का भी उल्लेख है। यहाँ नृत्य से अभिप्राय इसी नृत्य से लिया जाता है। इसका उल्लेख नाट्यशास्त्र में भी हुआ है। यह नृत्य प्रारम्भ में भू-देवताओं के प्रणाम से प्रारम्भ होकर कौशल के प्रदर्शन के साथ समाप्त हो जाता है। यह पूजा नृत्य है। इसी से इसका सम्बन्ध मन्दिरों से रहा है। 9वीं शती की वहाँ के अनेक मन्दिर की मूर्तियों से इस नृत्य का ज्ञान प्राप्त होता है। इस संदर्भ में प्रमुख ग्रंथ हैं माहेश्वर मोहपात्रा का अभिनय चंद्रिका, रघुनाथ सिन्हा का अभिनय दर्पण आदि।

इसमें अंगों के मोड़, क्रियाएँ अधिक प्रभावक होती हैं। इसमें नृत्य-शास्त्र और शिल्प-शास्त्र के कौशल को विशेष स्थान दिया गया है। त्रिभंग आकृति में नृत्य इस नृत्य की अपनी विशेषता है जो दूसरे नृत्यों में न ही दीखती। इसमें कई चरण है जिनसे होकर यह आगे बढ़ता है। इसका क्रम है–मंगलाचरण, वटुं, पल्लव, गीताभिनय तथा मोक्ष। अधिकांश राधाकृष्ण के अभिनय पर यह नृत्य आधारित होता है। 17वीं शती में युवाओं ने एक नया ओडीसी नृत्य शुरू किया–गोतिपूजा। इसमें दो प्रमुख पक्ष हैं–भंगिमा और करण। इसके केन्द्र भुवनेश्वर, कोलकाता, दिल्ली आदि में है।

मणिपुरी

भारत के पूर्वी भाग में मणीपुर है। यहाँ वेदों के समय विकसित संस्कृति थी। आज वह भाग जनजातीय बस्ती का है। इनमें सबसे पुरानी जनजाति मिति है। ये बहुत पहले से नृत्य की साधना करते रहे हैं। यहाँ धीरे-धीरे हिन्दू धर्म ने अपना पाँव फैलाया। वैष्णव धर्म की यहाँ प्रधानता हुई जिससे नृत्य भी प्रभावित हुआ। अब दो प्रकार की नृत्य परम्पराएँ यहाँ स्थापित हुई–एक जनजातीय नृत्य तथा दूसरे वैष्णव नृत्य। जनजातीय नृत्य में लाई होरौबा प्रमुख है जिसमें परम्पराओं का भी मिश्रण है। यह वहाँ के धार्मिक अभिनय में प्रयोग होता है। इसका सबसे प्रमुख नृत्य है ताण्डव नृत्य। इसकी समता भारतीय अन्य नृत्यों से करने से ज्ञात होता है कि इसकी प्राविधियाँ कठोर हैं पर संगीतज्ञता सुधार है। इसमें मुख का भाव तो नहीं बदलता पर शरीर के अंगों का हाव-भाव बदलता रहता है। इसके वाद्यों में शंख, ढोल, बाँसुरी प्रमुख हैं। यहाँ के नर्तकों का वस्त्र भी कुछ विचित्रता लिये छोटा, चिपकुआ होता है। इसके प्रशिक्षण का प्रमुख केन्द्र है मणिपुरी नृत्य अकादमी, इम्फाल; रविन्द्र भारती, कोलकाता आदि।

लोक-नृत्य

लोक का अर्थ है ग्रामीण क्षेत्र। इसी से शास्त्रीय नृत्य से हटकर स्थानीय नर्तकों का नृत्य लोक-नृत्य कहलाता है। इसमें प्रायः लोक में प्रयोग होने वाले वस्त्रों का प्रयोग किया जाता है। ये सामाजिक, मनोवैज्ञानिक और ऐतिहासिक भावों की अभिव्यक्ति करते हैं। इनका आयोग किन्हीं विशिष्ट अवसरों, उत्सवों आदि के समय पर सामान्य जनता के बीच गाँवों में होता है। यह जातीय, क्षेत्रीय नृत्य है। इसके लिए विशेष वेष-भूषा का आयोजन किया जाता था स्थानीय वाद्य और वादक ही इसमें सहयोगी होते थे। कोई मंचीय व्यवस्था आवश्यक नहीं है। खुले आसमान के नीचे, नंगी धरती पर यह आयोजन किया जाता है। प्रायः पुरुष ही इस नृत्य में भाग लेते हैं। जहाँ नारियों की पात्रता होती हैं वहाँ पुरुष भी नारियों का ही वस्त्र पहन कर काम करते हैं। इसमें वेष की बनावट, रंगों का प्रयोग, गायन और नृत्य की रीति देहाती होती है। इसी के साथ जनजातीय नृत्यों की भी गणना की जा सकती है। इसका कारण है कि भारत का कुछ भाग जंगलाच्छादित होने से आज भी वहाँ दूर के भाग में सभ्यता का प्रभाव नहीं पहुँचा है तथा वहाँ जनजातीय निवास करती हैं। इनकी अपनी अलग परम्पराएँ हैं जो ग्राम्य परम्परा से पूर्ण भिन्न है। ये उत्सवों में अपने द्वारा बनाये विशेष मस्त करने वाले भोजन और पान का आनन्द लेते हैं तथा अपने बाजा के साथ अग्नि जलाकर नृत्य करते हैं। ये जनजातीय नृत्य भी अलग-अलग जनजातियों में भिन्न-भिन्न हैं। ये प्रायः मध्य-प्रदेश, झारखण्ड, उत्तरांचल, पूर्वोत्तर राज्यों में रहते हैं। नीकोबार अण्डमान भी ये बड़ी संख्या में हैं। इनके बाजे हैं परम्परागत ढोल, बाँसुरी और गोंग। लोक-नृत्य भारतीय नृत्य कला का एक महत्त्वपूर्ण अंग के रूप में माना जाता है तथा यह पर्यटकों के लिए यह विशेष आकर्षण के केन्द्र हैं। पर्यटक केन्द्रों पर रात्रि के समय इनका आयोजन कराया जाता है।

प्रमुख जातीय नृत्य है धाबियों का फरी, गोडडों का गोडऊ, चमारों का चमरुआ जो तासा बजाकर नाचते हैं आदि। इसी प्रकार सामान्य ग्राम-नृत्य है विदेसिया जो अब विशेष आकर्षण का केन्द्र बन चुका है। दूसरे लोक-नृत्य है–त्रिपत्तकली, कइकोत्तिकली, तेपण, कोलथम, कजरी, फरहा, नौटंकी, भांगड़ा, खपाल, धमार, रासलीला, रामलीला आदि। पश्चिमी भारतीय लोक-नृत्यों में तमासा, गरबा, डांडिया, रास तथा पूर्वी सीमा प्रदेश के चाउ और बिहू प्रमुख हैं।

□

अध्याय–24

भारतीय कला

कला के तीन पक्ष होते हैं–मूर्तिकला, स्थापत्य कला और चित्रकला। भारत में इसका इतिहास और कौशलगत विकास पाषाण काल से दीखता है। इसका संक्षिप्त परिचय पर्यटक को होना आवश्यक है क्योंकि वह भारत आकर यहाँ की कलाकृतियों को अवश्य देखता है। इन तीनों को तीन कालों में कला के दृष्टि से रखा जाता है–प्राचीन काल, मध्य काल और वर्तमान काल। इस ओर बढ़ने से पहले यह जान लेना आवश्यक है कि भारतीय कला पर तीन प्रभाव प्राचीन काल पर रहे–धर्म, देश (कला सामग्री) और काल (समय की अवस्था)। यहाँ व्यक्ति प्रधान कला आधुनिक काल के आने के पूर्व थी ही नहीं। यह धर्म प्रभावित रही जिस क्षेत्र में जिस प्रकार की आधार सामग्री उपलब्ध थी यदि शासक का कोई हठ किसी सामग्री विशेष के प्रति नहीं था तो उसी का प्रयोग कला में हुआ है। राजनीतिक परिस्थितियों के अनुरूप कला का विस्तार या संकुचन होता रहा है।

मूर्तिकला

मूर्तिकला का प्रथम सोपान पाषाणकाल से मिलने लगता है। पर व्यवस्थित ज्ञान हड़प्पा संस्कृति की बनी मूर्तियों से प्रारम्भ होता है। यहाँ पत्थर, काँसा, मिट्टी तथा धातुओं का प्रयोग हुआ है। यहाँ की पत्थर की प्रमुख मूर्तियाँ हैं संन्यासी की धड़ मूर्ति तथा दो पैर टूटी नंगी कबंध मूर्तियाँ। काँसे की नर्तकी की छोटी मूर्ति भी आकर्षक हैं। मिट्टी का मातृदेवी की मूर्तियाँ तथा खिलौने बड़ी संख्या में यहाँ मिले हैं और स्टियेटाइट की मुहरें भी।

आगे मौर्य काल में अशोक स्तम्भों का ज्ञान मिलता है जो सीधे ताड़ वृक्ष की तरह पृथ्वी तोड़ कर खड़े दीखते हैं जिनके एकाश्मक बलुए सलामीदार थम्भ पर शीर्ष प्रस्तर खण्ड तीन स्तरों में गढ़े–कमलपुष्प, चौकी और शीर्षस्त पशु हैं। इनमें एक क्रमिक विकास दीखता है पर रामपुरवा का वृषभ शीर्ष स्तम्भ और सारनाथ का सिंह शीर्ष स्तम्भ विशेष प्रभावक है। इन पर वज्र लेप लगा है। इस समय की मृणमूर्तियाँ प्रायः पाटलिपुत्र से मिली हैं जो हाथ की बनी है।

शुंगकाल में स्तूप के किनारे बने मेधि पर जो सूची और थम्भों के योग से बना है उभरे कटाव में हीनयान बौद्ध कला का प्रदर्शन, मानव तथा यक्ष आकृतियाँ, प्राकृतिक दृश्य, जातक कहानियाँ आदि उकेरी गई हैं। इसके तीन केन्द्र थे दो मध्य प्रदेश में मरहुत और सांची तथा एक बिहार में बोधगया। इन्हीं के आस-पास दक्षिण भारत के पश्चिमी घाट में सातवाहन शासकों द्वारा अनेक निर्मित चैत्य और गुहा विहारें उकेरी गईं और बौद्ध कला के उदाहरण इनमें उपलब्ध है। ये है भाजा, नासिक, कार्ले, कन्हेरी, पीतलखोरा आदि। इनमें कार्ले की कलाकृति विशेष आकर्षक है। इसी समय आन्ध्र प्रदेश में अमरावती के स्तूप के अवशेषों से जो इण्डियन म्युजियम, कोलकाता में संरक्षित हैं। अंड पर अंकित कलाकृतियों का ज्ञान प्राप्त होता है जो अपनी सौम्यता और कोमलता का अन्य नमूना नहीं रखते।

प्रथम शती ई० पू० में कुषाण काल में तीन कला केन्द्रों का विकास हुआ–गांधार, मथुरा और सारनाथ। इनमें गांधार केन्द्र पर विदेशी यूनानी और रोमन प्रभाव में सलेटी पत्थर पर बनी भगवान बुद्ध की मानवाकर मूर्तियाँ जहाँ बनी वहीं मथुरा में शुद्ध भारतीय आधार और

सौम्यता में बुद्ध मूर्तियाँ बनाई गई। सारनाथ में इस समय कम कलाकृतियाँ बनी। मथुरा में बुद्ध के साथ बोधिसत्वों की भी मूर्तियाँ बनने लगी। ये लाल चित्तीदार पत्थर की बनी है जबकि सारनाथ की बलुआ पत्थर की। यह काल महायान बौद्ध धर्म का था पर हीनयानी प्रभाव अभी भी कुछ इन पर विद्यमान था।

इसके बाद गुप्तकाल में आने पर गांधार केन्द्र समाप्त हो गया था। मथुरा, सारनाथ और पाटलिपुत्र बने रहे। इन तीनों केन्द्रों से बुद्ध की मूर्तियाँ बनी किन्तु इनमें शैलीगत अन्तर था। अब अधिक सौम्यता सारनाथ केन्द्र में आई। पाटलिपुत्र केन्द्र में धातु की मूर्तियाँ विशेषतः काँसे की बनने लगी थीं। मथुरा केन्द्र बौद्ध मूर्तियों के लिए गुप्त काल का एक प्रसिद्ध केन्द्र था। इसके साथ विभिन्न स्थानों पर इस समय ब्राह्मण धर्म की मूर्तियाँ भी बनी। इनमें वाराह, शिव, गंगा-यमुना आदि की मूर्तियाँ बनी हैं।

पाल शासकों के समय कला का केन्द्र बंगाल बना जो उनका शासन केन्द्र था। यहाँ काला कसौटी रंग के पत्थर की दोहरें कमलासन पर विराजमान, प्रभामण्डल युक्त बुद्ध की मूर्तियाँ बनी। इनके साथ कुछ हिन्दू मूर्तियाँ कुबेर-हारीत तथा ब्राह्मण देवताओं की भी मिलती है पर बहुत कम।

दक्षिण भारत की ओर मुड़ने पर इस समय वहाँ अनेक राजवंश स्थापित थे। प्रायः 7वीं से 10वीं शती तक इन राजवंशों के समय अलग-अलग केन्द्रों से भिन्न शैलियों में मूर्तियाँ बनने लगी थी। इनमें मुख्य है चोल, चालुक्य, राष्ट्रकूट, पल्लव आदि महाबलीपुरम में पल्लव कला को देखा जाता है जो समुद्रतटीय पर्वत काट कर बनाए रथ मन्दिरों पर उकेरे गए हैं। बादमी और ऐहाल से चालुक्य कला के उदाहरण प्राप्त होते हैं। दसवीं से तेरहवीं शती में एक नई विधा मूर्तन में चल पड़ी जो खजुराहो तथा कोणार्क के सूर्य मन्दिरों में मिलती है। यहाँ नग्न और कामवासना की मूर्तियाँ उकेरी गई हैं। इसका कारण है कि उस समय वाममार्गी शैवों तथा तांत्रिकों प्रभाव समाज पर फैल रहा था। बौद्ध धर्म के सहजानी सम्प्रदाय का भी प्रभाव इसमें देखा जा सकता है। यहाँ चोल शासकों की कला में पूर्ण परिपक्वता दीखती है।

इसके बाद मुगल शासकों का काल आता है। इनका समय से मूर्तिकला की उपेक्षा दीखती है। लगता है वे इसकी ओर से अनमस्क थे जिससे जनता ने भी इस ओर ध्यान नहीं दिया।

यहाँ कुछ काँस्य मूर्तियों की चर्चा आवश्यक होती है। इनका प्रयोग हड़प्पा काल से होता चला आ रहा था। इसका निर्माण मधुच्छिष्ट विधि (Ciraperdue या Last wax proscess) से किया जाता था। इसके इस नामकरण का कारण यह है कि चमड़े की आकृति कर इच्छित साँचा तैयार किया जाता था। इसके एक गीली मिट्टी के पोले पर चढ़ाकर उसकी आकृति को ढँक देते थे जिससे मिट्टी भी उसी तरह सूख कर हो जाती थी। फिर मिट्टी को गरम कर चमड़ा निकाल लेते थे। अब मिट्टी का साचा रह जाता था जिसमें ऊपर सुराख होता था जिसमें काँसा पिघला कर डालते जिससे वह आकृति बन जाता था। इसी प्रकार हड़प्पा की नर्तकी की आकृति बनी थी। भले ही कुषाण काल में पश्चिमी भारत में इसका प्रयोग हुआ है पर ये अच्छे उदाहरण नहीं है। पर गुप्त काल में आने पर इसी विधि से बनी पाटलिपुत्र केन्द्र से मानवीकृत बुद्ध मूर्तियाँ भागलपुर, सुल्तानगंज, नालन्दा, कुर्कीहार, गया आदि से प्राप्त हुई हैं। पाल काल में यह अधिक विकसित कला थी। दक्षिण भारत में नवी-दसवीं शती में चोल शासन काल में काँस्य मूर्तियाँ बहुत बनी। इनका विषय हिन्दू देवता विशेषतः शिव नटराज थे। इनके साथ विष्णु तथा देवी मूर्तियाँ, बौद्ध मूर्तियाँ बड़ी संख्या में बनने लगी। पीछे चलकर यह गुजरात में अधिक विकसित रहा जहाँ इससे घरों के सजाने के लिए मूर्तियाँ बनती हैं।

चित्रकला

चित्रकला का ज्ञान मिर्जापुर की पर्वतीय गुफाओं से होता है जो कभी मानव आवास रहा था। इन गुफाओं की दीवारों पर रंग और कूची की सहायता से जिसके अवशेष आज भी प्राप्त हैं दैनिक जीवन सम्बन्धी कला का निर्माण किया जाता था। तबसे चलकर अब तक इनका विकास होता रहा। महाकाव्यों, बौद्ध जातकों, बाद के संस्कृत ग्रंथों में चित्रों के निर्माण और इनके लिए महलों में चित्रशालाओं के होने का ज्ञान मिलता है। कालिदास ने चित्रशाला के साथ चित्राचार्यों का उल्लेख किया है। चित्रशाला के लिए चित्रसदन शब्द का उल्लेख मिलता है। साथ ही, वस्त्र के रंगने, दीवाल के रंगने आदि छिट-फुट सामग्रियों के चित्रण का भी उल्लेख किया गया है। पर राजमहलों में ही इस कला का अधिक प्रयोग मिलता है। उज्जैनी के राजमहल में पक्षी, पशु, गांधर्व, नाग, विद्याधरों आदि का चित्र बड़ा ही कुशलता से बना है।

भारत में मध्य प्रदेश के अजन्ता और बाघ की चित्रकला विशेष प्रसिद्ध हैं। चित्रकला के लिए दीवाल और छत आधार के रूप में चुना जाता था। इनमें सबसे पहले भूमि तैयार करते थे। उसको खुरदरा कर उस पर चूना और चने की भूसी का लेप कई बार लगा कर चिकना बनाते थे फिर चूने का पलस्तर कर चिकना बनाते और सूखने से पहले सूजे से उस पर चित्रांकन करते थे जिसके ऊपर रंग भरा जाता था। ये रंग लाल, काला, पीला, हरा आदि होता था। काले का बार्डर बनाते थे और हरे का आधार तथा कलाकृतियों पर लाल, हरा, सफेद तथा बहुरंगी रंगों का प्रयोग करते थे। इसमें प्राकृतिक, मानवीय दृश्य कथा के रूप में टुकड़े-टुकड़े करके बनाते और रंगते थे। कूची बांस भी बनाते थे। रंगों में उभार के लिए बहुरंगी रंग मिलाकर एक में लगाते थे। रंग मिलाने के लिए पत्थर की प्याली या हड्डी का टुकड़ा प्रयोग करते थे। मध्य प्रदेश के जोगीमारा मठ की चित्रकला अजन्ता के पहले की है। इसी प्रकार तमिलनाडु का पुदुकोट्टई का सित्तनवासल गुफा है जहाँ जैन चित्रण किया गया है। एलोरा के कैलाश मन्दिर में भित्त चित्रण किया गया है। अन्य है बृहदीश्वर मन्दिर, तंजौर का। इनका विषय मुख्यत. बुद्ध मूर्तियाँ, जातक कथाएँ, प्राकृतिक और धार्मिक चित्रण हैं।

मध्यकाल में उत्तर भारत में कांगड़ा, राजस्थान, बुन्देलखण्ड, बंगाल, गुजरात, मधुबनी पहाड़ी कला जिनके केन्द्र थे कुल्लू, माड़ी, सुकेत आदि की चित्रकला विशेष उल्लेखनीय हैं। इनमें मुगल प्रभाव स्पष्ट दीखता है। पर इस समय कला का विषय था शिव-पार्वती का मिलन, रामायण और महाभारत का दृश्य, बारहमासा और रागमाला के दृश्य, नल-दमयन्ती की कथा आदि। इसमें पतली कमर, कठोर उरोज, कमल नयन, अरुणाभ हाथ आदि का चित्रण मुगल प्रभाव को स्पष्ट करता है। इस समय ग्रंथों को चित्रों से सजाने का भी काम शुरू हुआ था। इनमें है रज्मनाभा (महाभारत), रामायण, अकबरनामा, पादशाहनामा (तैमूर वंश का इतिहास) आदि। इनके लिए कई कलाकार मिलकर चित्र बनाने का काम किये थे। इसके लिए अकबर ने भारत भर से सौ चित्रकारों को बुलाकर यह काम सौंपा था। इन पुस्तकों में उस काल के दृश्यों को चित्रित किया गया है। जहाँगीर स्वयं इस कला का महान पारखी था। वह प्राकृतिक दृश्यों और जीव-जन्तुओं के चित्रण में विशेष रुचि रखता था। इस प्रकार का कार्य उसने उस्ताद मंसूर से कराया था। शाहजहाँ की भी इसमें रुचि थी। उसके समय अनेक चित्र बने पर उनमें दरबारी दृश्य और दरवेशों का अधिक चित्रण मिलता है। पर औरंगजेब के समय से चित्रकला में ह्रास आया क्योंकि वह इसका विरोधी था। मुगल कला के अन्य विषय थे हरम का चित्रण, दरबारी शानशौकत, जाम का दौर, रागमाला आदि। इनसे यथार्थ

से अलग हट कर प्रदर्शन और सौंदर्य वर्धन अधिक रहा। इनमें ऐतिहासिक महत्त्व की अपेक्षा शृंगारिक भाव को अधिक मुखर किया गया है।

सम्बन्धित कला

कला के मूल अंगों के साथ अन्य आधारों जैसे हाथी दाँत, लकड़ी, धातु सामग्रियों, शंखों, हड्डी, सींग, खोपड़ी, शीशा आदि पर कला बनाते थे। मुख्यतः इनकी बनी गृह प्रयोग की सामग्रियों को कलात्मक ढंग से सजाने के कौशल में विशेष रुचि ली गई।

भारतीय वस्त्र कला

वस्त्रों को बुनने के साथ इन्हें रंगना, इनपर विभिन्न रीतियों से डिजाइन बनाना इनकी रुचि थी। विभिन्न रीतियों से चुन्नट बांध कर विभिन्न प्रकार के रंगों के उभार से इसे सजाते थे। साथ ही, इन पर ठप्पे से अनेक प्रकार के छापे भी बनाये जाते थे। प्रयोग किये जाने वाले कपड़ों को इनके द्वारा सजाते थे। हाथ की कशीदाकारी से भी कपड़ों को सुन्दर बनाते थे। चित्र खचित दृश्यों से भी वस्त्रों को अलंकृत करने का विधान था। इनके बनावट में पतलापन लाकर उनकी उपयोगिता तथा सौंदर्य बढ़ाते थे। यहाँ वस्त्र कला अति पुरातन रही है। हड़प्पा सभ्यता से आज तक रुचि के अनुसार वस्त्रों की कला की कहानी चली आ रही है।

हड़प्पा सभ्यता में वस्त्रों को रंगने का विधान था। वहाँ जो संन्यासी की धड़ मूर्ति मिली है वह कांखासोती चादर ओढ़े हैं जिसपर हल्के गुलाबी रंग का तिपतिया फूल बना है भले ही अब यह रंग कुछ हल्का पड़ गया है। इससे वस्त्र बुनने तथा उसको रंगने की कला से इनका परिचय लगाता है। ऊनी वस्त्र सम्भवतः चोगा या अंगरखा पहनने का भी चलन एक आकृति के पहनावे से ज्ञात होता है। पीछे चलकर परिव्राजकों द्वारा पहने जाने वाले हल्के तथा मोटे वस्त्र जिनका ज्ञान मूर्तियों के साथ बने वस्त्रों से ज्ञात होता है उनके चुन्नट से लगता है कि विभिन्न रीति से वस्त्र पहने जाते थे और उनकी मोटाई भी अलग-अलग होती थी। गुप्त काल तथा उसके बाद पारदर्शक वस्त्रों का होना इसके बनावट का बोधक है। कुछ विशेष स्थान विभिन्न प्रकार के वस्त्र के बनाने के लिए प्रसिद्ध थे और आज भी वहाँ यह कला जीवित है। इस क्रम में ढाका (आज बंगलादेश में है) का मलमल अत्यन्त बारीक होने से प्रसिद्ध था। ऐसी मान्यता है कि पूरा थान (20 गज) अंगूठी से आर-पार खींचा जा सकता था। इसके पतले होने की श्रेणियाँ भिन्न थी जिससे इसका नाम भी भिन्न-भिन्न था जैसे शबनम, (इतना पतला और सफेद जैसे पारदर्शक ओस की बूँदों की तरह); अबरावा, (पानी के बहाव की तरह हल्का और मोड़ने में सरल); वफ्त-हवाई, जैसे हवा को वस्त्र के रूप में बुना गया हो। राजस्थान में वस्त्रों को चुन्नट बांध कर विभिन्न रंगों में डुबाने की कला प्रचलित थी जिससे आज भी चुनरी की तरह रंगीन वस्त्र तैयार होता है। इसी से राजस्थानीय चुनरी और चुनरीदार राजस्थानी चादरें आज प्रसिद्ध है। इनके साथ गाँठ बाँध कर भी अनेक दृश्यों को रंगों के माध्यम से उभारने की कला में ये सफल थे। गुजरात में भी ऐसी ही वस्त्र रंगाई की कला की प्रसिद्धी थी। यहाँ 'शिकारघ' की रंगाई होती थी अर्थात् रंग से ऐसा चित्रण जो शिकार के दृश्य को प्रदर्शित करें। पटोला, गुजराती, विवाह का रेशमी वस्त्र यहाँ का एक विशिष्ट देन है। दूसरा है खम्भाती तथा पाटन प्रकार की रंगाई जिसमें नाचते हुए पशुओं हाथी आदि का प्रदर्शन है।

एक क्रम में बनी एक प्रकार की किनारी की आकृतियाँ जैसे कमल के फूलका किनारा, हंस की आकृति का किनारा आदि जिसे रंगों की छिटकवाँ विधि से तैयार करते थे प्रचलन

में रहा। एक कला में बटन की तरह वस्त्र में छोटे-छोटे छिद्र काट कर उन्हें शीशे के गोल या तिकोन छोटे-छोटे टुकड़ों को सिल कर भरते थे कि पहनने पर धूप में चमके। इसे 'शीशेदार वस्त्र' कला कहा जाता है। काठियावाड़ में भी वस्त्र सजावट की कला बड़ी उच्च प्रकार की थी।

दूसरा वस्त्र कौशल था विभिन्न प्रकार की डिजाइनों से सफेद चिकने कपड़ों को सजाना। इसे 'कैलिको कला' का नाम दिया गया है। इसके केन्द्र सम्पूर्ण भारत में थे यथा चेन्नई, अहमदाबाद, लखनऊ आदि। दक्षिणं भारत में इस कला का एक विशिष्ट उपयोग था कि इसको बनाकर मन्दिरों की दीवारों पर टाँगना। इसको प्राविधिक शब्दावली में 'पैम्पर कैलिको' कहा जाता है। इसमें महाकाव्यों के दृश्य विशेषतः कृष्ण-लीला के अधिक है।

जरीदार तथा बूटेदार कपड़ों का भी चलन बना रहा। ये प्रायः पतले सिल्क के वस्त्र पर बनाया जाता था। इसमें सोने चाँदी के शुद्ध जरी का प्रयोग सजावट के लिए किया जाता है। उत्तर भारत में इसका काम बनारस में विशेष होता था। इसकी बनी बनारसी साड़ियाँ विश्व प्रसिद्ध हैं। दूसरे स्थान हैं औरंगाबाद, अहमदाबाद, चंदेरी आदि। 'किनखाब' भी इसी प्रकार का वस्त्र था जो सूरत और तंजोर की विशिष्ट देन रहा है। मुगल काल तक यह विकास चलता रहा। इस समय के तीन प्रसिद्ध वस्त्र थे 'पठका' कमर में बांधने का रंगीन रेशमी सुन्दर पतला चादर, 'चोगा' एक लम्बा कोट के लिए बना वस्त्र तथा 'हिमरु' सूती के साथ रेशम मिलाकर इसको तैयार किया जाता था।

लकड़ी उद्योग

लकड़ी की कला का प्रयोग वैदिक काल से ज्ञात होता है बल्कि जब मानव पाषाणकालीन सभ्यता में था तब से। उस समय लकड़ी का बल्ली से झोपड़ा और छाजन बनाता था। पीछे लकड़ी को काटने, चीरने, उससे सामान तैयार करने का ज्ञान वैदिक साहित्य से होता है। महाकाव्यों में इससे दरवाजे तथा खिड़कियों, गाड़ियों आदि के बनाये जाने की व्यापक चर्चा है। इनका प्रतिनिधि रांजदरबार में होता सम्भवतः इसलिए कि यह एक विकसित कला थी। दरवाजों पर सुन्दर कारीगरी का उल्लेख अयोध्या के राजभवन और मन्दिरों के सम्बन्ध में हुआ है। लकड़ी के धुनष वाण, सग्गड़, रथ आदि का ज्ञान मिलता है। महाभारत में तो रथ विचित्र प्रकार से सज्जित थे जिनपर देव आकृतियाँ उकेरने का उल्लेख है। मौर्यकाल में स्तूप के किनारे तथा अंड के ऊपर जो प्राकार बना वह लकड़ी का ही था। उसके अण्ड पर लकड़ी का ही छाजन था। अशोक तथा दशरथ के बराबर और नागार्जुनी गुफा की छतों और प्रवेश द्वारों की बनावट वैसी ही है जैसे लकड़ी की कला में कटाव को पत्थरों में स्थानान्तरित की गई हो। विहार और चैत्य निर्माण में भी इस कला का अच्छा निखार दीखता है। मौर्य स्तम्भों की बनावट भी इसी आधार पर गोल है तथा सातवाहन काल में बहुत पहले बनाये गये हैं। गुप्त काल में मन्दिरों के द्वारा लकड़ी के बनाये गये हैं जिनपर कभी कटाव होता था और कभी नहीं। कभी-कभी ऊपरी छाजन के लिए शहतीर में इसका प्रयोग होता था। ऐसा प्रयोग भाजा के चैत्य में भी दीखता है। पीछे इसमें विकास हुआ। मध्यकाल में मुसलमानी कला के प्रभाव में इनके पल्लों पर बहुत अधिक कशीदाकारी की गई है। इनके साथ इसमें सोना, चाँदी, हाथी दाँत आदि के टुकड़े बीच-बीच में बैठाकर इनका सौंदर्य बढ़ाया गया है। मैसूर, केरल तथा मुम्बई मे चन्दन की लकड़ी की सामग्रियाँ घरों को सजाने के काम आती हैं।

धातु कला

आर्यों का लोहे से सम्पर्क वैदिक काल में था या नहीं यह बड़े ही विवाद का विषय है। पर मान्यता यह है कि उस समय इसका प्रयोग होता था तभी 'अयस' शब्द का उल्लेख वेदों में है। महाकाव्यों में लोहे की नोक वाले तीर काम में आते थे। तलवारों का प्रयोग होता था। उज्जैन से 8वीं शती की लोहे की सामग्रियाँ उत्खन्न में प्राप्त हुई है। गुप्तकालीन शासक चन्द्र का स्तम्भ जो दिल्ली के कुतुबमीनार के बगल में गड़ा है वह इसका एक ज्वलन्त उदाहरण है। इसके बाद लोहे का प्रयोग और उनकी सामग्री बनाने वालों का एक अलग ही वर्ग था जिनको लोहार कहते हैं। दूसरी धातुओं के भी गलाने, ढालने, रूपित करने का प्रयोग इन्हें पता था।

पीतल की सामग्रियों का विशेष प्रयोग और उन पर कलाकारिता की जाती थी। वाराणसी के पीतल का काम बड़ा उन्नत पर था। इसे कोई ऐसी वस्तु से रगड़ते हैं कि सोने की तरह इसमें चमक आ जाती है। उनसे घर के सजावट जैसे फूलदान, सुपाड़ी रखने का बर्तन तथा गृह उपयोगी सामग्रियों जैसे प्लेट, देव प्रतिमाएँ आदि की सामग्रियाँ तैयार करते हैं। जयपुर में भी इसी प्रकार की पीतल की सामग्री तैयार की जाती और इसको रंगों से सजाया जाता है।

दूसरी धातुएँ ताँबा, घंटे की धातु, अच्छे प्रकार का स्टील आदि को मिलाकर सुन्दर प्रकार की सामग्रियाँ बनाई जाती थीं। ताँबे और पीतल के बर्तनों के लिए पूना, नासिक अहमदाबाद, तंजौर और मुदराई प्रसिद्ध हैं। मुरादाबाद में भी बर्तन कलाकारिता युक्त बनाया जाता है। सादे या फूलदारी कशीदाकारी बर्तनों पर की जाती है। ये गहरे कटाव में होते हैं। हैदराबाद के पास बीदर नामक स्थान से बीदरी वस्त्र का विकास हुआ। यहाँ दो प्रकार की कला का प्रयोग होता था–तहनिशान, जिसमें कला दो तटों में काटी जाती थी तथा जर निशान जिसमें कटाव करके चाँदी की पत्ती लगाई जाती थी। इनके प्लेट, हुक्का, कटोर, पान-दान, सामान रखने वाले और बक्स मिले हैं। लखनऊ में भी बीदरी काम की सामग्रियाँ बनाने लगी हैं। इसी कार्य के लिए बंगाल का मुर्शिदाबाद भी प्रसिद्ध है। धातुओं पर मीनाकारी, सोने तथा चाँदी का काम होता है। इसके दूसरे केन्द्र हैं जयपुर, अलवर, वाराणसी, कश्मीर और लखनऊ।

शीशा का उद्योग उत्तर वैदिक काल में प्रचलित था। **प्लिनी** ने उल्लेख किया है कि शीशा हरे और पाउडर के कणों से तैयार किया जाता था। मुगल काल में इसका उपयोग हुक्का, गुलाब पाश, जामदानी, शराब का प्याला आदि के लिए किया जाता था। इसकी चूड़ियाँ विभिन्न रंगों की बनाई जाती थी। सुराही, मनके कप, प्लेट, फूलदानी आदि भी इससे बनायी जाती थी।

स्थापत्य कला

सिन्धु सभ्यता के स्थलों की खुदाई से नगर नियोजन, भवनों का स्वरूप, विशाल स्नानागार, अन्नागार, कोथल की गोदी, नगर प्राचीर आदि का मिलना 3000 ई० पू० में विकसित स्थापत्य का परिचायक है। आगे ये दो प्रकार के मिलते हैं–आवासीय तथा धार्मिक। मौर्य काल में इन दोनों प्रकार के भवनों का ज्ञान मिलता है। पटना के कुम्हरार तथा बुलन्दीबाग से नगर प्राकार के अवशेष तथा मेगास्थनीज के विवरण से नगर के स्वरूप का ज्ञान मिलता है। इसी समय अशोक द्वारा स्थापित स्तम्भ जो सभा भवन के एक ओर अंग थे तो दूसरी ओर राज्य के अस्तित्व को बताने के लिए स्वतंत्र खम्भे के रूप में खड़े थे। राज्य भर में अपनी अलग कलाकारिता के बोधक है कि इनकी बनावट एकाश्मक है तथा जिनपर शीर्ष खण्ड अलंकृत चौकी और खड़े पशुओं से युक्त है तथा इन पर वज्रलेप लगा है।

दूसरे इसके द्वारा बनाए गए स्तूप बोधगया, सारनाथ, सांची आदि में एक विशेष आकृति में बने हैं जो अपनी कलात्मकता के बोधक हैं। इसी समय स्तूप के प्राकारों का स्वरूपण हो गया था। नन्दनगढ़ में सीढ़ीदार स्तूप का भूमिका रची जाने लगी थी तथा जयपुर के बैराट में स्तूप-गुहा रूपायित होने लगने का निशान मिलता है। इसी क्रम में प्रथम शताब्दी ई० पू० में कृष्णा जिले के दक्षिण पूरब में अमरावती, गुण्टूर जिले में नागार्जुनी कोण्डा तथा कृष्णा जिले में भट्टिप्रोलू, घंटशाला, जगयपेट, गुड्डीवाडा आदि स्तूप बने जिनका अण्ड कम ऊँचाई का तथा ईंट का बना, चौकी के बाहर निकल आवक पर पाँच सजावटी खम्भे खड़े हैं बने।

उत्तर भारत में ईंटों के स्तूप 12वीं शती तक बन रहे। ये बौद्ध स्तूप सारनाथ, कशिया (गोरखपुर जनपद) तथा सहेत-मात (गोड़टे जिला) में बने खड़े हैं। सिंधु में भी ऐसे ही स्तूप बनने लगे थे। पर गुप्त काल के बाद इनके बनावट में एक परिवर्तन आया। इनका ऊपरी हिस्सा लम्बोतर तथा आकृति सीढ़ीदार बनने लगी। आधार (मेधि) भी पहले से ऊँचा होने लगा था। अब ये अधिक कलाकारिता युक्त होने लगे थे। इनका प्रसार वृहत्तर भारत में भी हुआ जैसे कम्बुज बर्मा, हिन्दचीन आदि में।

शैलोत्खात कला का विकास भी मौर्यों की ही देन है। अशोक और उसके पौत्र दशरथ की बनवाई सात गुफाएँ बराबर और नागार्जुनी की पहाड़ियों में जहानाबाद (बिहार) में है। ये आजीवकों के लिए बनवाये गए थे। इनमें से एक में लेख है तथा सभी पर मौर्य लेप लगा है। इसके बाद सातवाहनों के समय दक्षिण भारत में पश्चिमी घाट की पहाड़ियों में भाजा, वेदसा, कन्हेरी, कार्ले, पीतलखोरा, नासिक, जुन्नर, अजन्ता आदि में शैकात्खात गुफाएँ बनवाई गईं जिनमें ये चैत्य और विहार दोनों प्रकार थे। इसी क्रम में ब्राह्मण और जैन धर्म की गुफाएँ भी खोदी गई थीं। दक्षिण में ही पल्लव शासकों द्वारा स्थापित मन्दिरों में कुछ तो ईंटों के चिनाई के बने हैं और कुछ गुफाओं की तरह पहाड़ को काट कर तैयार किए गए हैं। इन उत्खात मन्दिरों में पल्लव एकाश्मक रथ मन्दिरों का रूप बड़ा आकर्षक है। ये आठ रथ नरसिंहवर्मन द्वितीय राजसिंह द्वारा तैयार कराये गये थे जो आज महाबलीपुरम में समुद्र तट पर खड़े है। इन्हें अंग्रेज Seven Pagodas कहते थे। रथ लकड़ी का बनता है पर उसी की तरह पत्थर को काटकर ये तैयार किए गए हैं। इन मन्दिरों का नाम भी रथ मन्दिर ही दिया गया है। इनमें पाँच रथ पाँच पाण्डवों के हैं और तीन अन्य के। इनके अतिरिक्त इनसे पहले महेन्द्रवर्मन प्रथम के काल में शैलोत्खात मण्डपों का निर्माण हुआ था जो थम्भों पर टिके हैं। इस प्रकार के मण्डप नरसिंहवर्मन द्वितीय ने भी रथ मन्दिरों के अतिरिक्त बनवाया था।

मन्दिर निर्माणकला

सबसे पुराना मन्दिर दतिया के रत्नागिरि पर्वत पर बने नं० 47 का मन्दिर है जिसका निर्माण केवल तीन ओर से पत्थर की पटिया खड़ा करके तथा ऊपर पत्थर की पटिया रखकर किया गया है। इसमें एक ओर दीवार नहीं है। यही सम्भवतः प्रवेश मार्ग रहा होगा। इसके कोई जोड़ नहीं होने से यह प्रारंभिक रूप लगता है। इसमें कोई फर्श नहीं है। इससे सीढ़ी का कोई स्थान फर्श पर जाने के लिए नहीं है। इसके बाद सांची का मन्दिर नं० 40 है जिसकी तिथि मौर्य काल में मानी जाती है। इसमें उठा हुआ चबूतरा अवशिष्ट है जिसपर चढ़ने के लिए सीढ़ियाँ बनी है। इसी क्रम में दो और मन्दिर है एक नगरी (उदयपुर) में संकर्षण वासुदेव का तथा दूसरे मध्यप्रदेश के वेसनर में वासुदेव का जहाँ हत्योडोरस का प्रस्तर स्तम्भ खड़ा है। पर इसके अवशेष इतने कम हैं कि इनका वास्तविक स्वरूप उनसे पहचाना नहीं

जा सकता। इसके बाद प्रथम शती ई० पू० का तक्षशिला का जार्णादयल मन्दिर है जो यूनानी शैली पर निर्मित है। इसमें आगे एक छोटा बरामदा फिर गर्भ गृह और पीछे भी एक छोटा बरामदा है। दो और मन्दिर तक्षशिला में इसके बाद प्राप्त हुए हैं–एक 1 शती ई० का सिरकप से तथा दूसरा 3 या 2 शती ई० का जहाँ धर्म राजिका स्तूप। इस समय का एक अन्य मन्दिर दक्षिण भारत में गुण्टूर जनपद के नागार्जुनीकोण्डा से भी प्राप्त हुआ है।

पर क्रमिक और व्यवस्थित योजनायुक्त मन्दिरों का ज्ञान गुप्त काल से प्राप्त होता है जबसे उत्तर तथा दक्षिण भारत में विभिन्न शैलियों के मन्दिर बने। ये शैलियाँ 3 हैं–नागर शैली (उत्तर भारतीय शैली), द्राविड़ शैली (दक्षिण भारतीय शैली) तथा बेसर शैली (उत्तर दक्षिण के बीच की मिली-जुली शैली)। नागर शैली के मन्दिर ऊँचे चबूतरे पर बने होते है। इसमें आगे से क्रमशः अर्द्धमण्डप, मण्डप, अन्तराल, गर्भगृह, प्रदक्षिणापथ होते हैं। इसके शिखर आधार पर चौकोर होता है जो ऊपर पतला होकर उठता जाता है। इसका निर्माण लम्बवत रेखाओं में होने से इसे रेखा शिखर भी कहते हैं। द्राविड़ शैली के मन्दिर विशाल प्रांगण में बने होते हैं। प्रांगण ऊँचे प्रकार से घिरा होता है तथा प्रवेश के लिए विशाल द्वार 'गोपुरम' होता है। इसके अंग हैं भोगमण्डप, मण्डप, गर्भगृह, नन्दिमण्डप, महामण्डप तथा ऊपर पिरामिडाकार कई तहों का शिखर। बेसर शैली में जो नागर और द्राविड़ का मिश्रित रूप है कोई प्राकार नहीं होता तथा आधार पर अर्द्धमण्डप, मण्डप और विमान प्रमुख हैं। इसका शिखर सतहों पर क्षैतिज रूप से अनेक ढलाइयों का होता है। प्रवेश द्वारा अलंकृत है तथा छत वितान की तरह है।

नागर शैली के मन्दिरों में उड़ीसा के मन्दिर हैं जिनमें प्रमुख हैं परशुरामेश्वर, लिंगराज, जगन्नाथ मन्दिर, चन्देलशैली के खजुराहो के मन्दिर जिनमें प्रमुख हैं कन्दरिया महादेव का मन्दिर, गुजरात शैली में मोघेरा का सूर्य मन्दिर, राजपूताना शैली का ओसिया का मन्दिर। द्राविड़ शैली के मन्दिरों में प्रमुख हैं पल्लव शैली के महाबलीपुरम के रथ मन्दिर, काञ्जीवरम का वैकुण्ठ पेरुमल मन्दिर तथा कैलाशनाथ मन्दिर, चालुक्य शैली का ऐहोल मन्दिर, चोल शैली का तञ्जौर का वृहदीश्वर मन्दिर, ऐलोरा का कैलाशनाथ। बेसर शैली में होयसल शैली का होयसलेश्वर मन्दिर प्रमुख हैं।

□

अध्याय–25

भारत के प्रमुख धार्मिक पर्यटन स्थल

[अ] बौद्ध धर्म सम्बन्धित पर्यटन स्थल

भारत बौद्ध धर्म का जन्मस्थान है जहाँ शाक्य गणराज्य की राजधानी कपिलवस्तु (बस्ती जिले का तिलौराकोट) के शासक गौतम गोत्रीय सूर्यवंशी शासक शुद्धोदन तथा देवदह (गोरखपुर के निचलौल के पास) के राजा अंजन की लड़की माया, जो शुद्धोदन की पत्नी थी से बुद्ध, जिनका नाम सिद्धार्थ पड़ा था का जन्म 563 ई० पू० हुआ। इनके जन्म के समय जैसा और महापुरुषों के साथ लगा है विचित्र घटनाएँ हुईं। माया ने भी उदर में प्रवेश करते श्वेत हाथी का स्वप्न देखा था। वह प्रसव के समय मायके जा रही थीं कि लुम्बिनी बन (रुम्मनदेई) में बुद्ध का जन्म हुआ। वहाँ उस समय बहुत से देवता उपस्थित थे। वहाँ से माया कपिलवस्तु लौट आईं। कुछ दिनों बाद माया का देहान्त हो गया। तब उनकी मौसी और विमाता प्रजापति ने उनका लालन-पालन किया। बचपन से कुशाग्र एवं चिन्तनशील सिद्धार्थ शीघ्र पढ़ गये। पर चार सांसारिक दृश्यों बीमार, वृद्ध, मृतक और संन्यासी को देख उन्हें संन्यास की ओर आसक्ति हुई। तब तक उनका विवाह रामग्राम के कोलिय गण की यशोधरा से हो चुका था और एक पुत्र भी पैदा हुआ था। इसका नाम उन्होंने राहुल (= एक और बंधन) रखा। पर संन्यास की अतृप्त अभिलाषा से परेशान वह एक रात पुत्र और पत्नी को सोये छोड़ घोड़े कंथक पर सवार होकर सारथि छन्दक के साथ वन के लिए चल दिए। निरंजना नदी के तट से घोड़े और सारथी को वापिस कर वह बन-बन शान्ति की खोज में संन्यासियों के पास घूमने लगे। इस क्रम में वह राजगृह के दो पण्डित अलार कलाम और उद्रक रामपुत्र के पास गए जहाँ शास्त्रार्थ से उनका चित्त शान्त नहीं हुआ। तब तपस्या का आलम्बन लेकर उन्होंने ऐसी घोर तपस्या की उनका शरीर सूख कर कांटा हो गया। पर इससे असंतुष्ट हो इसको भी उन्होंने छोड़ा। एक दिन निरंजन नदी के तट पर उस वेला में तपस्या छोड़ स्नान कर संसार की ओर उन्मुख होने को सोच रहे थे कि सुजाता ने उन्हें खीर खिलाया। इसे खाकर वह नदी पार गया जहाँ एक पीपल के पेड़ के नीचे में बैठे जहाँ उन्हें प्रकाश दिखा। तबसे वह बुद्ध और वह गया का क्षेत्र बोधगया कहलाया। इस घटना को सम्बोधित करते हैं। उसके बाद वह इसे प्राप्त ज्ञान के प्रचार के लिए सारनाथ आये और पंचवर्गीय भिक्षुओं को ज्ञान देकर जिसे धम्म चक्क प्रवर्त्तन कहते हैं प्रसार के लिए उन्हें प्रेरित किए। धीरे-धीरे इसका प्रसार उत्तरी भारत में तो हुआ ही भारत के बाहर भी होता गया।

उनके प्रमुख उपदेश थे चार आर्य सत्य–(1) दुःख–यह संसार दुख पुञ्ज है। कहीं सुख नहीं है। (2) दुःख के कारण–तृष्णा और माया को माना जो राग-द्वेष उत्पन्न कर सबको एक में बाँधती हैं। (3) दुःख निरोध–दुखों का अन्त होगा ही निरोध है। (4) निरोध मार्ग–ये आठ हैं। इन आठों में सम्यक शब्द सबके साथ जुड़ा है जैसे सम्यक विचार सम्यक दृष्टि, सम्यक ज्ञान, सम्यक वाक, सम्यक कर्मन्त, सम्यक आजीव, सम्यक समाधि, सम्यक व्यायाम, सम्यक स्मृति। यहाँ सम्यक का अभिप्राय सबके साथ समान। इसके अन्य आदेशों का आधार है नैतिकता का पालन करना। ये यथार्थवादी, अनीश्वरवादी, वेदों के विषय में मूक रहने वाले, संसार को क्षणिकवादी मानने वाले थे। तृष्णा और माया के अन्त के बाद व्यक्ति परम शान्ति =

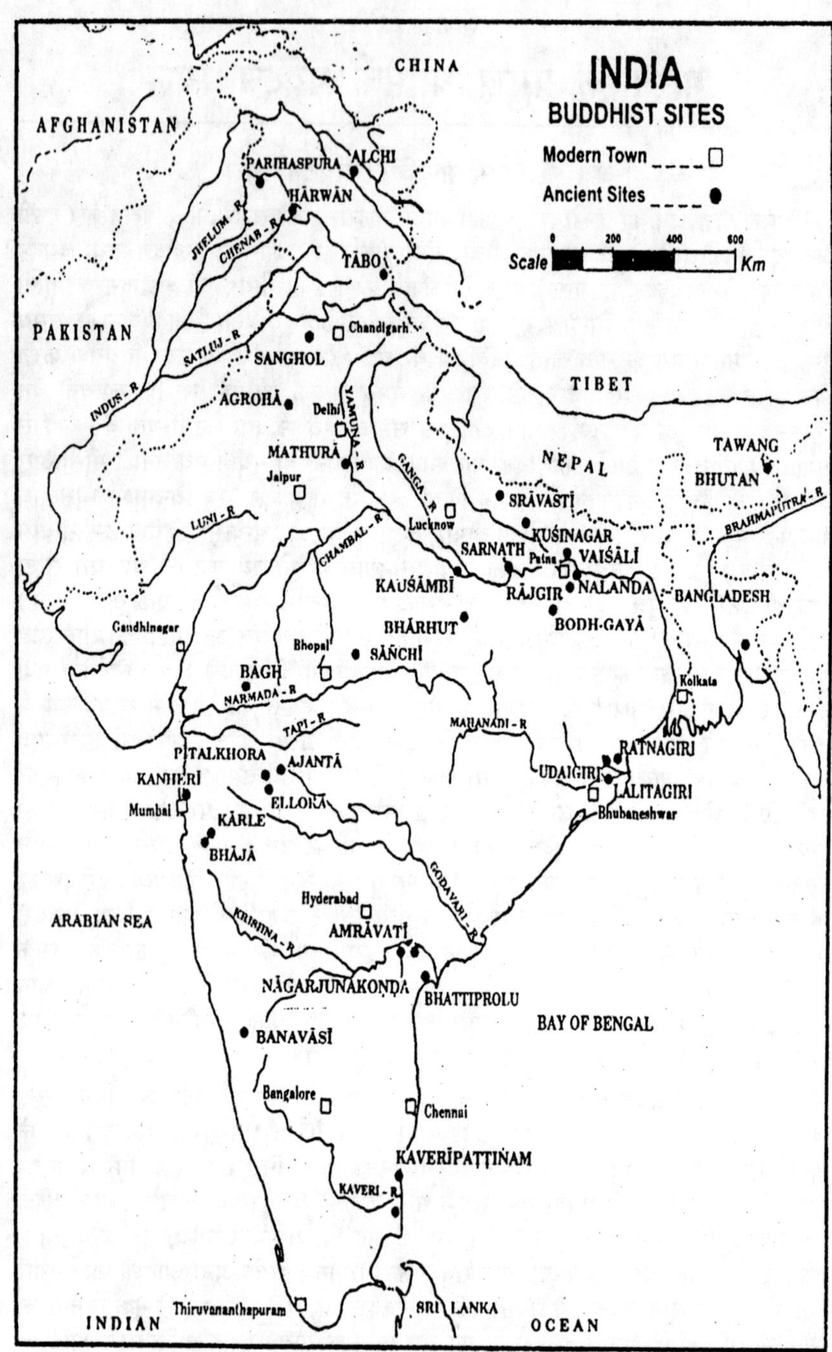
INDIA
BUDDHIST SITES
Modern Town
Ancient Sites
Scale
0 200 400 600
Km
CHINA
AFGHANISTAN
PAKISTAN
TIBET
NEPAL
BHUTAN
BANGLADESH
ARABIAN SEA
BAY OF BENGAL
INDIAN
OCEAN
SRI LANKA
PARIHASPURA
ALCHI
HĀRWĀN
TĀBO
JHELUM - R
CHENAB - R
SATLUJ - R
INDUS - R
LUNI - R
YAMUNA - R
GANGA - R
CHAMBAL - R
BRAHMAPUTRA - R
NARMADA - R
TAPI - R
MAHANADI - R
GODAVARI - R
KRISHNA - R
KAVERI - R
Chandigarh
SANGHOL
AGROHĀ
Delhi
MATHURĀ
Jaipur
Lucknow
SRĀVASTĪ
KUŚINAGAR
SARNATH
Patna
VAIŚĀLĪ
KAUŚĀMBĪ
RĀJGIR
NALANDA
BODH-GAYĀ
BHĀRHUT
TAWANG
Gandhinagar
Bhopal
SĀÑCHĪ
BĀGH
Kolkata
PITALKHORA
AJANTĀ
KANHERĪ
Mumbai
ELLORA
KĀRLE
BHĀJĀ
RATNAGIRI
UDAIGIRI
LALITAGIRI
Bhubaneshwar
Hyderabad
AMRĀVATĪ
NĀGARJUNAKONḌA
BHATTIPROLU
BANAVĀSĪ
Bangalore
Chennai
KAVERĪPAṬṬINAM
Thiruvananthapuram

निर्वाण को प्राप्त होता है। जिस तरह तेल के न रहने पर बत्ती धीरे-धीरे बुझती है उसी तरह निर्वाण का अर्थ है धीरे-धीरे बुझ कर शान्त हो जाना। यही स्थिति परमशान्ति की है। उनका मानना था कि विश्व क्षणिकवादी है जो पानी की तरह कभी रुकता नहीं है। वह पुनर्जन्म के सिद्धान्त को मानते थे। इसकी पुष्टि जातक कथाओं से होती है जिनमें उनके पिछले जन्म की कथा दी गई है। इसका कारण उन्होंने अहंकार को बतलाया है। किन्तु तृष्णा और वासना से इसका क्षय होना भी बताए। इसी को वह निर्वाण कहते हैं। नैतिकता और ज्ञान से ही परमपद की प्राप्ति को सम्भव मानते थे। मनुष्य का शरीर संस्कारों के योग का समुञ्चय होता है, यह उनका विचार है। आत्मा को इसलिए नहीं मानते थे कि शरीर के अंगों के नष्ट होंने के बाद जब कुछ बचता ही नहीं तो आत्मा का अस्तित्व ही कहाँ है ? संस्कार कार्य-कारण क्रम से बदलता है। संसार की उत्पत्ति के लिए किसी कर्ता के होने की बात वह नहीं मानकर कार्यकारण को ही संसार का प्रवर्तक मानते थे।

सामान्यतया बुद्ध मध्यम मार्गी (मझिम मग) थे। अपने धर्म के प्रचारार्थ उन्होंने भिक्षुओं को प्रेरित किया। इनका एक संघ बनाया और उनके निवास स्थान को विहार और पूजा स्थान को चैत्य कहा गया। वह स्वयं घूम-घूमकर धर्म प्रचार करते हुए अस्सी वर्ष की आयु मे पावा में पहुँचे जहाँ चुन्द नामक स्वर्णकार का आतिथ्य स्वीकार किए। इसके यहाँ सूकर मद्दव खाने से उन्हें अतिसार हुआ और कुशीनगर में पहुँचकर उनकी जीवन लीला 48 ई० पू० में समाप्त हो गई जिसे 'महा-परिनिर्वाण' कहते हैं। अब इनके फूलों को आठ दावेदारों में बाँटा गया जिन पर उन्होंने स्तूप बनवाए। मुख्य स्तूप वहाँ बना जहाँ उन्होंने शरीर त्याग किया था। मरते समय आनन्द जो इनके प्रमुख शिष्य थे रो रहे थे तो उनसे इन्होंने कहा था रोओ मत क्योंकि 'सधम्म' ही तुम्हारा शास्ता, मार्गदर्शक होगा इसलिए ''आत्मदीपो भव''।

इस धर्म का प्रचार उत्तर भारत में तथा भारत के बाहर अफगानिस्तान, चीन, नेपाल, श्रीलंका, जावा, सुभात्रा, बालि द्वीप, कम्बुज देश आदि में हुआ। अतः इन देशों में तो इनके स्मारक बने ही पर भारत इनके गुरु की भूमि होने से वहाँ के पर्यटक बड़ी संख्या में तबसे आज तक भारत आते हैं और यहाँ के बौद्ध स्थलों का भ्रमण और दर्शन करते हैं।

बौद्ध धर्म के प्रमुख पर्यटन स्थल

बिहार प्रदेश

बोध गया—यहाँ के गया जनपद से लगभग 15 किमी० दूर फल्गू नदी के तट पर गया का एक भाग बोधगया नाम से अवस्थित है। इसके नाम का प्रथम खण्ड बोध, बुद्ध के यहाँ ज्ञान प्राप्त करने के कारण पड़ा। यहाँ बोधि वृक्ष जो प्राचीन वृक्ष की एक बची शाखा है बोधि मन्दिर के परिसर में है। इसके पास चंक्रम पथ का चबूतरा है जिसपर बुद्ध ज्ञान प्राप्ति के बाद उसके स्थायित्व के लिए टहलते थे। वही सटे हैं गुप्तकालीन बोधि मन्दिर जिसमें भगवान बुद्ध की मूर्ति पधराई गई है। इस मन्दिर के एक किनारे शुंगकालीन स्तूप के चारों ओर बने, वेदिका का कुछ भाग जोड़कर खड़ा किया गया है। उस मन्दिर के प्राकार के बाहर बहुत से विदेशी मन्दिर थाईलैण्ड, जापान आदि के वहाँ बने हैं।

वैशाली—आज यह इसी नाम का जनपद गण्डकी नदी के तट पर है जो बौद्ध कालीन गणराज्य था। यहाँ बुद्ध ने अपना अन्तिम प्रवचन किया था। यहीं की थी प्रसिद्ध नर्तकी आम्रपाली जो पीछे भिक्षुणी होने पर अपना आम्रवन बौद्ध संघ को दिया था। यहीं द्वितीय

बौद्ध संगीति का आयोजन हुआ था। यहाँ आज सिंह शीर्षयुक्त अशोक का स्तम्भ गड़ा है जिसपर सिंह बैठा है। यहाँ की खुदाई से बौद्ध स्तूप प्राप्त हुए हैं।

नालन्दा—आज यह बिहार का जिला है जिसका अर्थ है नल-कमल अर्थात ज्ञान दा = देता है अर्थात् जो ज्ञान होता है। यहाँ कभी विश्व प्रसिद्ध बौद्ध विश्वविद्यालय था। इसके भग्नावशेष मुखर कण्ठ से इसकी गाथा आज भी गाते हैं। यह स्थान बड़ा गाँव का आज अंग है। यहाँ विश्वविद्यालय का खण्डहर खड़ा है तथा उसका पुस्तकालय भी जो कभी तिमंजिला था। खुदाई से छात्रावास, मन्दिर स्तूप, पूजागृह आदि निकाले गए हैं। यहाँ से ताम्रपत्र अभिलेख भी बालिपुत्र देव का प्राप्त हुआ है। सम्भवतः यह विद्या केन्द्र अशोक ने बनवाया था जो गुप्त काल में मुखरित हुआ। बख्तियार खिलजी ने 1205 में इसको नष्ट किया था। यहाँ का मन्दिर बहुत आकर्षक है। इसके पास ही एक पुरातात्विक संग्रहालय भी है। यहाँ आज एक बौद्ध शोध केन्द्र केन्द्रीय सरकार द्वारा स्थापित है।

राजगीर—यह नालन्दा के पास ही स्थित है। इसका नाम राजगृह (राजा का महल) तथा गिरिव्रज (पहाड़ियों से घिरा) है। यहीं आजातशत्रु के समय तक मगध की राजधानी थी। जहाँ से इसने पाटलिग्राम को अपनी राजधानी बनाया। अजातशत्रु ने यहाँ एक प्राकार नगर के चारों ओर बनवाया था जिसके अवशेष अभी भी हैं। यहाँ जीवक का आम्रवन, बिम्बिसार का जेल, गृहधकूट पर्वत, सोन भण्डार आदि दर्शनीय है। यहाँ गरम जल का सप्तधारा है। यही स्थित है विश्वशान्ति स्तूप।

विक्रमशिला—यहाँ भी एक बौद्ध विश्वविद्यालय था। जिसके लिए यह प्रसिद्ध था। जहाँ आज नालन्दा की बस्ती है वही प्राचीन काल में विक्रमशिला विश्वविद्यालय स्थापित था।

मध्यप्रदेश

साँची—यह मध्य प्रदेश में एक प्रमुख बौद्ध केन्द्र है जो भिलसा के पास स्थित है जहाँ भोपाल से जाना सरल है। यहाँ कुल 61 स्तूप है जिनमें 3 बड़े हैं। इनमें जो सबसे बड़ा है वह महास्तूप के नाम से जाना जाता है। इसका अर्द्धगोलाकार अण्ड ईंटों और कंक्रीट के छाजन का बना है जिसके ऊपर हर्मिका है और नीचे भी प्रदक्षिणापथ की जगह छोड़कर महावेदिका बनाई गई है जिसके चारों प्रवेश द्वारा अति अलंकृत है। जैसे हस्तिदन्ताकार कौशल में सजाये गये हों। इसके सबसे पहले अशोक ने बनवाया था जिसे बड़ा किया गया तथा पत्थरों से सजाया गया। पुष्यमित्र शुंग के काल में ये तोरण दोनों ओर अलंकृत है तथा इनके शीर्ष पर धर्मचक्र तथा त्रिरत्न बनाया गया है। एक स्थलीय संग्रहालय है। यही विष्णुदवन में गुल्लिखित वासुदेव का मन्दिर भी स्थित है।

भरहुत—इस मध्य प्रदेश के सतना जिले के उजाड़ खण्ड में ईंट तथा पत्थरों के योग से बना स्तूप था। जिसके अपशेष भी वहाँ उपलब्ध नहीं है क्योंकि ईंट के लाच में इसे गिराकर चोरों ने नष्ट कर दिया है। इसका बिखरा अण्ड के ढकेन वाला अंश जो अलंकृत था वह भारतीय कला-भवन, कोलकाता तथा भोपाल के संग्रहालयों में सुरक्षित है।

तमिलनाडु

दक्षिण भारत में कृष्णा नदी के तट पर धरणीकोट नामक स्थान में अमरावती गाँव में एक स्तूप था जिसका अवशेष तक भी वहाँ नहीं है। उसके बिखरे अवशेष देश के विभिन्न स्थानों के संग्रहालयों में संग्रहीत हैं। यहाँ का स्तूप संगमरमर का बना था।

महाराष्ट्र

अजन्ता—यह महाराष्ट्र में जलगाँव स्टेशन से कुछ दूरी पर सतपुड़ा पहाड़ियों में बधेरा तट पर अर्द्धचन्द्राकार स्थित अजिठा नामक गाँव है। इसके पास स्थिति 30 गुफाएँ हैं जिनमें विश्व प्रसिद्ध बौद्ध धर्म सम्बन्धी चित्रकारी उपलब्ध है। इसी कारण यह एक प्रसिद्ध बौद्ध पर्यटक केन्द्र है। यहाँ हीनयान तथा महायान दोनों सम्प्रदायों के चित्र बने हैं। यहाँ गुहा नं. 10 में मरती राजकुमारी का चित्रण बड़ा मार्मिक है।

उत्तर प्रदेश

सारनाथ—यह वाराणसी से 10 किमी० पूरब स्थित है जिसका पुराना नाम मृगदाव था क्योंकि यहाँ मृगों का वन था। यहीं बोध गया से आकर बुद्ध ने अपना प्रथम उपदेश पंचवर्गीय भिक्षुओं का धम्म चक्र प्रवर्त्तन मुद्रा में दिया था। इससे यहाँ बुद्ध की मूर्ति इसी मुद्रा में बौद्ध मन्दिर में स्थापित है। यहीं सबसे पहले बौद्ध मंत्र–बुद्धं शरण गच्छामि, धम्म शरण गच्छामि, संघं शरण गच्छामि का उदघोष हुआ था। यहीं है ईंटों का बना बौद्ध कालीन धर्मराजिका स्तूप जिसे पहले अशोक ने बनवाया था। आज इसका नाम धमेख स्तूप है। यहीं अशोक ने चार सिंह शीर्ष वालों स्तम्भ स्थापित कर जिसके ऊपर चक्र था जो यहाँ के स्थानीय संग्रहालय में रखा गया है। आज भी इसको मृगदाव के रूप में विकसित किया गया है। यहाँ के स्तम्भ लेख से ज्ञात होता है कि अशोक यहाँ आया था। बौद्ध संघ की नींव यहीं रखी गई थी।

कुशीनगर—इसका पुरातन नाम कुशीनारा था जो कुशनीगर जनपद में है। यहीं बुद्ध का महापरिनिर्वाण हुआ था जिससे यहाँ परिनिर्वाण मन्दिर बना है जिसमें बुद्ध की विशाल शयन मूर्ति मथुरा केन्द्र की स्थापित है। यहाँ एक स्तूप है जहाँ संभवतः बुद्ध का धातु शरीर गाड़कर स्तूप बनाया गया है। सम्भव है यहीं बुद्ध के राख को आठ भाग करके बाँटा गया है था जिन पर विभिन्न स्थानों पर स्तूप बनाये गये थे। यहाँ चीन, जापान, तिब्बत के बौद्ध मन्दिर बाद में बनाये गए हैं।

श्रावस्ती—बलरामपुर के पास पुरातन कोशल जनपद की राजधानी श्रावस्ती थी। यहाँ जेतवन महाविहार में बुद्ध ने 24 वर्षावास व्यतीत किया था। यहाँ स्तूप, मठ तथा मन्दिर बड़ी संख्या में बने हैं। यहाँ बुद्ध ने ब्राह्मणों की सभा के समय जिसमें वे बुद्ध के अस्तित्व को नकार रहे थे सहस्त्र दल कमलों पर सहस्त्रों उड़ते बुद्ध की झलक दिखाकर सबको आश्चर्य में डाल दिया था। इसको श्रावस्ती का आश्चर्य कहा जाता है। यहीं बोधि वृक्ष की एक शाखा लाकर आनन्द ने स्थापित किया था।

[ब] जैन धर्म सम्बन्धित पर्यटन स्थल

भागवत पुराण में जैन धर्म की प्राचीनता ऋग्वैदिक काल से ज्ञात होती है। इसके विवरण के अनुसार ऋषभदेव जैन धर्म के आदि तीर्थंकर महाराणा भीम के प्रिय करने के लिए उनकी पत्नी के गर्भ से उत्पन्न हुए। हिन्दू इन्हें जहाँ विष्णु का अवतार मानते हैं वही इनको शिव के अट्ठाइस अवतारों में शिव महापुराण में बताया गया है। ऋग्वेद के केशी और वातरशना मुनि तथा भगवात पुराण के ऋषभनाथ और इनका निर्गन्थ सम्प्रदाय एक है। इसी क्रम में 24वें तीर्थंकर थे। महावीर स्वामी जिन्होंने जैन धर्म को पुनर्जीवित ही नहीं किया, वरन् विकास गति दिया।

महावीर स्वामी का जन्म 600 ई० पू० माता त्रिशला देवी तथा पिता सिद्धार्थ से हुआ

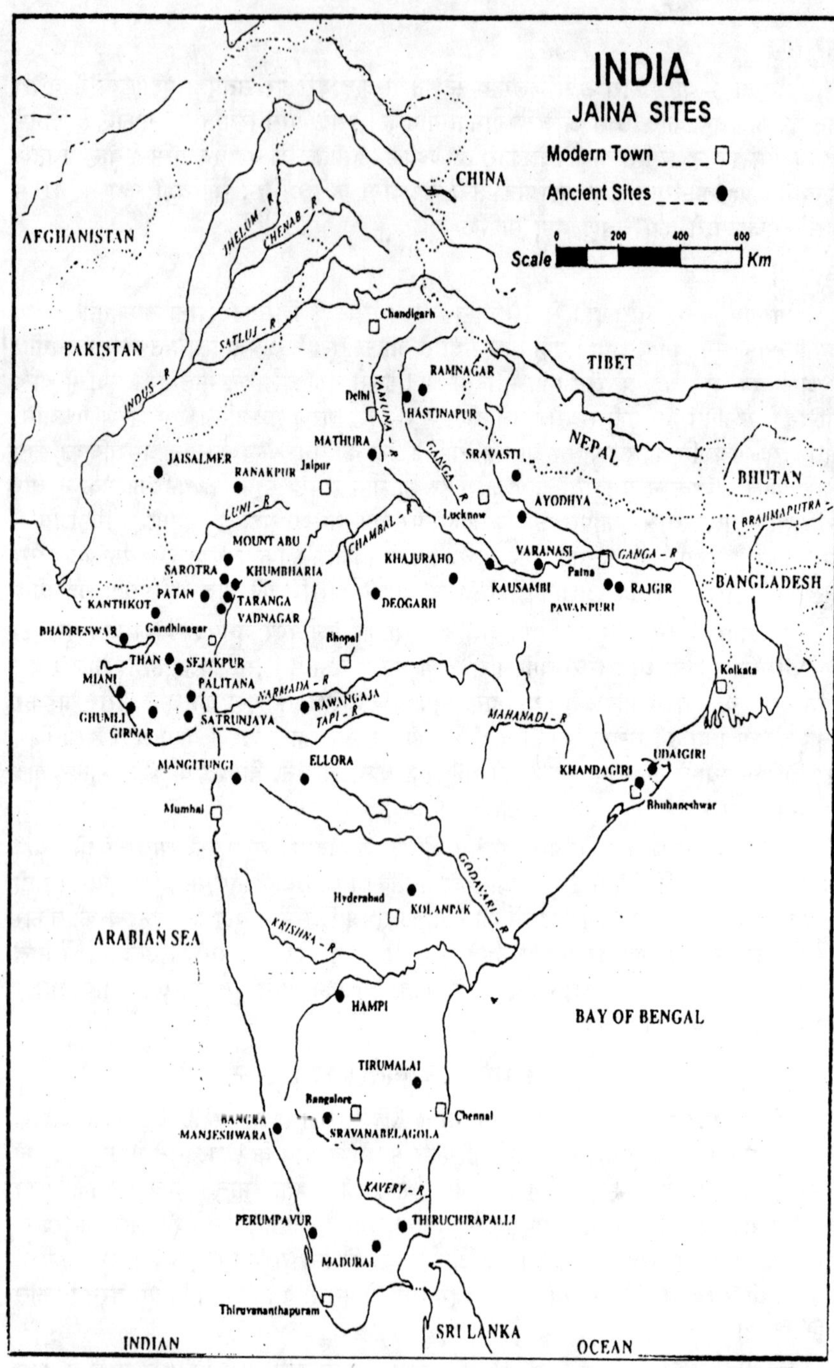
INDIA
JAINA SITES
Modern Town
Ancient Sites
Scale 0 200 400 600 Km
CHINA
AFGHANISTAN
PAKISTAN
TIBET
NEPAL
BHUTAN
BANGLADESH
ARABIAN SEA
BAY OF BENGAL
SRI LANKA
INDIAN
OCEAN
JHELUM - R
CHENAB - R
SATLUJ - R
INDUS - R
YAMUNA - R
GANGA - R
LUNI - R
CHAMBAL - R
BRAHMAPUTRA - R
NARMADA - R
TAPI - R
MAHANADI - R
GODAVARI - R
KRISHNA - R
KAVERY - R
Chandigarh
RAMNAGAR
Delhi
HASTINAPUR
MATHURA
SRAVASTI
JAISALMER
RANAKPUR
Jaipur
Lucknow
AYODHYA
MOUNT ABU
KHAJURAHO
VARANASI
Patna
RAJGIR
KAUSAMBI
PAWANPURI
SAROTRA
KHUMBHARIA
PATAN
TARANGA
VADNAGAR
KANTHKOT
DEOGARH
BHADRESWAR
Gandhinagar
Bhopal
THAN
SEJAKPUR
PALITANA
MIANI
GHUMLI
GIRNAR
SATRUNJAYA
BAWANGAJA
Kolkata
MANGITUNGI
ELLORA
KHANDAGIRI
UDAIGIRI
Bhubaneshwar
Mumbai
Hyderabad
KOLANPAK
HAMPI
TIRUMALAI
Bangalore
Chennai
BANGRA
MANJESHWARA
SRAVANABELAGOLA
PERUMPAVUR
THIRUCHIRAPALLI
MADURAI
Thiruvananthapuram

था जो ज्ञात्रिक क्षत्रिय गणराज्य के राजा थे। 30 वर्ष की आयु में घर छोड़कर शाल वृक्ष के नीचे 13 वर्षों तक तपस्या करने के बाद उन्हें कैवल्य प्राप्त हुआ। जिसके बाद ये अर्हत, जिन, निर्गन्थ और केबली कहलाये। उत्तर भारत में घूम-घूम कर धर्म का प्रचार करते 72 वर्ष की आयु में पावापुरी में उनका निर्वाण हुआ।

इन्होंने तेइसवें तीर्थंकर पार्श्वनाथ के चुतर्याम अहिंसा, सत्य, अस्तेय और अपरिग्रह को यथावत स्वीकार करते हुए इसमें पाँचवाँ ब्रह्मचर्य को जोड़ा जिन्हें पंचमहाव्रत कहते हैं। इन्होंने जैन श्रावकों के लिए त्रिरत्न की मान्यता दी – सम्यक श्रद्धा, सम्यक ज्ञान और सम्यक आचरण। इनसे मोक्ष प्राप्ति को स्वीकार करते हुए महावीर ने पाँच व्रतों को प्रतिपादित किया– अहिंसाणुव्रत, सत्याणुव्रत, अस्तेयाणुव्रत, ब्रह्मचर्याणुव्रत तथा अपरिग्रहणुव्रत। ये अणुव्रत नाम से जाने जाते हैं। इनके अतिरिक्त चार शिक्षाव्रत, चार गुणव्रत, 23 समिति के पालन का आदेश दिया है।

महावीर के निर्वाण के 62 वर्षों बाद इसके दो सम्प्रदाय का हुए दिगम्बर और श्वेताम्बर।

दिगम्बर सम्प्रदाय वाले नंगा रहते हैं और दिशाओं को अपना वस्त्र मानते हैं तथा श्वेताम्बर सम्प्रदाय वाले श्वेत वस्त्र ही धारण करते हैं। ये दोनों प्रयोपवेषण अर्थात् उपवास करते हुए जीवन का उत्सर्ग करना ही सर्वोत्तम मार्ग मानते थे। इनके तीर्थंकरों की पहचान है इनका लांछन, केशों का स्वरूप और श्रीवत्स का चिह्न जो सीने पर बना होता है जिसमें दो मछलियाँ आमने-सामने मुँह किए बनी होता हैं अन्यथा बौद्ध और जैन धर्म की प्रतिमाएँ लगभग देखने में समान लगती हैं।

जैन धर्म को पश्चिमी, मध्य तथा दक्षिणी भारत के व्यापारियों को समर्थन प्राप्त था। अशोक भी विभिन्न धर्मानुयायी के विकास के साथ जैन धर्म के लिए प्रयत्नशील था। इस धर्म के बहुत से मन्दिर भारत के विभिन्न भागों में बने हैं।

जैन धर्म सम्बन्धित पर्यटन स्थल

उत्तर प्रदेश

आगरा—आगरा के समीप में शौरीपुर नामक स्थान यहाँ से 80 किमी० दूर है जहाँ जैनधर्म के श्वेताम्बर सम्प्रदाय के सात मन्दिर हैं तथा दिगंम्बर सम्प्रदाय के दो। इनके दर्शन के लिए जैन धर्मावलम्बी यहाँ आते हैं।

आगरा में जैन धर्म के 11 मन्दिर दिगम्बर सम्प्रदाय के हैं। श्वेताम्बर सम्प्रदाय के भी यहाँ मन्दिर हैं जिनमें श्री चिन्तामणि पार्श्वनाथ का मन्दिर अत्यन्त विशाल है। इसी में काले पत्थर की बनी शीतलनाथ की प्रतिमा भी पधरायी गई है। इस मन्दिर का निर्माण आचार्य हरिविजय सूरि ने किया था। इसी से सटे जैन श्वेताम्बर भवन है तथा श्वेताम्बर सम्प्रदाय के श्री सिमैधर स्वामी का तथा दूसरा जिसुपुज्य स्वामी का भी है। ये दोनों दो मुहल्ले में हैं। कुछ आगे श्री पार्श्वनाथ का मन्दिर मुख्य सड़क पर जहाँगीर के काल का बना है।

आगरा से फतेहपुर सीकरी के मार्ग पर शाहगंज में भोगीपुरा में भगवान महावीर का मन्दिर है जिसमें महावीर की एक प्राचीन मूर्ति पधरायी गई है। इससे लगता है कि महावीर के समय से जैन धर्म का यहाँ वर्चस्व था।

वाराणसी—यहाँ एक भदैनी मुहल्ला है। यहीं इस धर्म के सातवें तीर्थंकर सुपार्श्वनाथ पैदा हुए थे। इसी से इसके सामने का गंगा घाट जैन घाट के नाम से आज तक प्रसिद्ध है। यहीं अपने जन्म स्थान पर ही इन्होंने जैन धर्म में दीक्षा की थी तथा सत्य ज्ञान की प्राप्ति किया

था जिससे इस स्थान का विशेष महत्त्व है। यहीं श्वेताम्बर और दिगम्बर सम्प्रदाय की जैन मूर्तियाँ रखी गई हैं तथा इन दोनों का धर्मशाला बना है।

भेलूपुर यहाँ का दूसरा मुहल्ला है जहाँ जैन धर्म के तेइसवें तीर्थंकर पार्श्वनाथ पैदा हुए थे। श्वेताम्बर सम्प्रदाय वालों द्वारा स्थापित यहाँ इनकी एक प्रतिमा है जिसकी उपासना की जाती है। यहीं 12 श्वेताम्बर और 11 दिगम्बर **रामेश्वर** जैन मन्दिर हैं जहाँ दर्शनार्थी आते हैं। इनके विश्राम के लिए यहाँ एक अथितशाला भी बनी है।

बरेली— यहाँ अहिछत्रा नामक स्थान था जो प्राचीन भारत के उत्तर पांचाल जनपद का केन्द्रीय स्थान था। इसी स्थान पर पहुँचकर तीर्थंकर पार्श्वनाथ सांसारिक सुखों का त्याग कर ध्यान में निमग्न हुए थे। इसके सम्बन्ध में कहा जाता है कि किसी नागवंशीय शासक को यहीं भगवान बुद्ध ने बौद्ध में दीक्षित किया था। यहाँ पार्श्वनाथ का मन्दिर है तथा उसके बाहर कुछ टूटे हुए जैन भिक्षुओं की मूर्तियाँ रखी गई हैं। अन्दर महावीर की सर्व प्रतिमा; महावीर, पार्श्वनाथ और चन्द्रप्रभु की श्वेत प्रतिमा; पार्श्वनाथ की श्वेत प्रतिमा तथा एक शीतलनाथ की प्रतिमा विराजमान है। यहीं स्थित है शिखरचन्द्र जैन का मन्दिर भी जो तीन मील विस्तार में बना है। इसी में भीमशिला भी रखी गई है। यहाँ दिगम्बर जैन की मूर्तियों के टूटे भाग सुरक्षित हैं। यहाँ की अष्टमी और श्रावण की पूर्णिमा को निर्माण महोत्सव मनाया जाता है।

पावा— उत्तर प्रदेश के देवरिया जनपद के इस स्थान पर महावीर ने निर्वाण प्राप्त किया था। यहाँ एक मन्दिर बना है जिसमें 'स्थिक देह' नाम से महावीर की मूर्ति रखी है। इसके अतिरिक्त तीन अन्य जैन प्रतिभाएँ भी हैं। इसी मन्दिर में मानस स्तम्भ गड़ा है। यहाँ का महत्त्व कार्तिक पूर्णिमा का है जब निर्वाण महोत्सव मनाया जाता है।

देवगढ़— यह उत्तर प्रदेश के झाँसी के ललितपुर में है। नाम से ही स्पष्ट है कि यहाँ देवताओं का किला था। इस किले की स्थिति बड़ी आकर्षक है। यहाँ बहुत-सी टूटी मूर्तियाँ रखी गई हैं। इस किले में 31 जैन मन्दिर बने हैं। यह स्थान उत्तर प्रदेश और मध्य प्रदेश के सीमा स्थल पर है।

राजस्थान

माउण्ट आबू— यह राजस्थान के दक्षिणी पश्चिमी कोण पर स्थित है। यह जैन धर्म के लिए विशेष प्रसिद्ध है क्योंकि इस पर्वत पर भले ही वैष्णव और शैव मन्दिर बने हैं पर यहाँ जैन मन्दिरों का विशेष आकर्षण है। यहाँ पर्वतों में एक झील है। उसको घेर कर दिलवारा जैन मन्दिर बने हैं। इनकी विशेषता इनके स्थापत्य सौंदर्य तथा दीवारों पर की गई नक्काशी ही है। यहाँ कई निक्की झील हैं जिसके विषय में प्रसिद्ध है कि देवताओं ने इसे अपने नाखून से खोद कर तैयार किया था।

खकरपुर— यहाँ 1438 ई० का बना जैन चौमुख मन्दिर अन्य जैन मन्दिरों में श्रेष्ठतम है। इसका विस्तार आकर्षण और चित्रखचित होने के लिए प्रसिद्ध है।

गुजरात

पालिटन— यह शत्रुंजय पहाड़ी की तहलटी में बसा है। इस पहाड़ी पर 863 जैन मन्दिर बने हैं जो श्वेत संगमरमर के हैं। इसमें ऊपर से नीचे तक बड़ा ही आकर्षक कटाव किया गया है। लगता है कि पत्थरों को कलाकारों ने गहनों में बदल दिया है।

कर्नाटक

श्रावण वेलगोला—यह जैन संयासी मोगतेश्वर के मन्दिर के लिए प्रसिद्ध हैं। आज से लगभग 1000 वर्ष पूर्व यहाँ अति सुन्दर आकृति में जैन मतेश्वर मूर्ति यहाँ स्थापित है। यहाँ इन्द्रगिरि में अन्य जैन मूर्तियों के साथ गोमतेश्वर की मूर्ति स्थापित की गई है।

[स] हिन्दू धर्म से सम्बन्धित पर्यटन स्थल

हिन्दू धर्म

वैदिक धर्म से चल कर सभी भारतीय सम्प्रदाय हिन्दू धर्म के विस्तार क्षेत्र में आते हैं। जहाँ वैदिक काल के आर्य प्रकृति उपासक थे वहीं पीछे चल कर उन्होंने बहुदेववाद से एकेश्वरवाद तक को स्वीकार किए। ये बहुदेववाद में भी कभी एक देवता की प्रधानता, कभी दूसरे की प्रधानता स्वीकार करते थे। फिर उन्होंने एक को ही सर्वशक्ति मानकर उसी के प्रति अपनी आस्था रखी। इस सर्वशक्तिमान को केन्द्रित कर एक समूह के लोग उनकी पूजा को ही सर्वोपरि मानने लगे। यहीं से सम्प्रदायवाद का प्रारम्भ हुआ। अर्थात् उस देवता के पीछे रहने वाला वर्ग एक सम्प्रदाय के नाम से जाना जाने लगा। ऐसे मुख्य तीन सम्प्रदाय हिन्दू धर्म में है वैष्णव, शैव और शाक्त। जो सम्प्रदाय अपना आराध्य विष्णु को तथा उनके किसी अवतार विशेष को मानता है, उनकी पूजा एक निश्चित विधि से करता है। एक निश्चित मंत्र से उसको जपता है। कुछ निश्चित पुस्तकों को उनके पाठ के लिए पढ़ता है, उनका त्योहार मनाता है, उनके प्रति समर्पण की भावना से निर्धारित कर्मकाण्ड करता तथा उनके लिए निश्चित उत्सव और त्योहारों का आयोजन करता है, वह वैष्णव सम्प्रदाय का माना जाता है। ऐसी ही शैव और शाक्त सम्प्रदायों के सम्बन्ध में भी है। इन प्रत्येक के अपने चिह्न, प्रतीक तथा पुण्य स्थान होते हैं। यहीं इनके मन्दिर बने होते है। इनके पीछे दार्शनिक दृष्टिकोण और दार्शनिक सम्प्रदायों का भी विकास हुआ। इनमें देवता के साथ देवियाँ भी जुटीं। पर केवल शाक्त सम्प्रदाय में देवियों की उपासना उन्हें दो भागों में विभक्त कर सौम्य और रौद्र रूप में करते हैं। पर यहाँ ऐसा नहीं है कि एक सम्प्रदाय का दूसरे से विरोध है। इसीलिए एक प्रमुख सम्प्रदाय के देव मन्दिर में विभिन्न सम्प्रदायों के देवता भी होते हैं। इन प्रमुख देवों का व्यूह रूप में पूजन होता था अर्थात् इनके परिवारों की आराधना की जाती है जैसे शंकर के साथ उनके पुत्र गणेश तथा पत्नी पार्वती की।

यहाँ एक बात है अवतारवाद अर्थात् अवतारों की मान्यता जिसकी चर्चा ऊपर की गई है। गीता में कहा गया है कि जब जब धर्म की हानि होती है तब तब मैं अवतार धारण कर दुष्टों का संहार कर धर्म की रक्षा करता हूँ। यही अवतार का कारण है। विष्णु के साधारणतया 24 अवतारों की बात शास्त्रों में की गई है पर इसमें 10 अवतारों की ही मान्यता प्रमुख है। इसी प्रकार शंकर के 21 अवतारों की बात मिलती है। देवी पुराण से देवी के अनेक अवतारों का ज्ञान मिलता है। वैष्णव धर्म के त्रिदेव-ब्राह्मण, विष्णु और महेश की मान्यता स्वीकार की गई है।

प्रमुख पर्यटन स्थल

चारधाम—इसकी मान्यता शंकराचार्य द्वारा भारत के चारों कोणों पर स्थापित उनके मठों के आधार पर पनपी। इनका उद्देश्य था कि विभिन्नता वाले इस देश के भीतर एक भौगोलिक सीमागत एकता का भाव भरना। ये चार क्षेत्र हैं–पूरब में पुरी (जगन्नाथ पुरी), पश्चिम में

द्वारका (गुजरात), उत्तर में बद्रीनाथ (हिमालय में) तथा दक्षिण में रामेश्वर (पूर्व समुद्र तट पर)। प्रत्येक हिन्दू अपने जीवन में चार धामों की यात्रा करके अपने को धार्मिक शक्ति से सम्पन्न करता है।

इसमें पूरब में **पुरी** उड़ीसा में है जहाँ जगन्नाथ का मन्दिर समुद्र तट पर है जो विश्व के स्वामी माने जाते हैं। यह विष्णु भगवान है। यह मन्दिर गंगवशीय शासक चौडगंगदेव द्वारा 12वीं शती में बनवाया गया था। रथयात्रा यहाँ का प्रमुख त्योहार है। पश्चिम में **द्वारका** गुजरात के समुद्र तट पर बना है जो कृष्ण का स्थान है। 60 खम्भों पर आधारित यहाँ पंच महला भवन है। यहीं कृष्ण ने व्रज से आकर शासन किया था। जन्माष्टमी यहाँ का प्रसिद्ध त्योहार है। **बद्रीनाथ** उत्तर में हिमालय की दो शाखाओं नर-नारायण के बीच में है। यहाँ विष्णु भगवान की पूजा नर-नारायण रूप में होती है। अलकनन्दा के तंट पर स्थित यह जाड़े में बर्फ से ढँक जाता है। अन्दर जो दीपक जलाकर बर्फ से ढँकते समय इसमें रखकर पट बन्द किया जाता है वह मार्च में पट खोलते समय वैसे ही जलता मिलता है। यहाँ के अन्य दर्शनीय स्थल हैं तप्त कुण्ड, नीलकण्ठ, गणेश गुफा, माण्डा, व्यास गुहा, जोशीमठ आदि। दक्षिण में है पूर्वी समुद्रतट पर विश्व प्रसिद्ध **रामेश्वर** का मन्दिर है जिसमें राम के ईश शिव का लिंग राम द्वारा स्थापित है। यहीं से राम ने समुद्र पार कर लंका पर चढ़ाई किया था ऐसी मान्यता है।

पर्वतीय क्षेत्र : उत्तरांचल

हरिद्वार—यह उत्तरांचल का प्रवेश स्थान है। इस स्थान पर शिव की मूर्तियाँ, हर की पैड़ी, गंगा का मन्दिर, कनखल में दक्षप्रजापति का मन्दिर, मनसा देवी का मन्दिर, चण्डी देवी का मन्दिर, गायत्री माता का मन्दिर, पातंजलि योगपीठ आदि अनेक दर्शनीय स्थान है। यहीं है गुरुकुलकांगडी विश्वविद्यालय, कांगड़ी का आयुर्वेदिक विश्वविद्यालय। यहीं से गंगा पहाड़ से मैदान में उतरती हैं तथा हिमालय की चोटियों का दृश्य दिखाई पड़ता है।

ऋषिकेष—यह हरिद्वार से ऊपर हिमालय की तलहटी में है। यहाँ है लक्षमण झूला का पुल जो केवल किनारों के दो पायों में बंधे जंजीर से लटकता है, जिसपर चढ़ने पर झूले की तरह यह झूलता है। इसके पास ही अनेक देवी-देवताओं का सात मंजिले मन्दिर हैं। यहाँ से नीलकण्ठ महादेव के दर्शन के लिए लोग जाते हैं तथा आगे बढ़कर बद्री और केदारनाथ का दर्शन करते हैं जो दो अलग-अलग रास्तों से पहुँचा जाता है। यहाँ HEL का कारखाना है तथा सन्तों की साधना के लिए बनी पहाड़ों में गुफाएँ हैं। यह गंगा पर बसा है जिसका पाट पतला होने से बड़ी तेज धार से यहाँ गंगा बहती हैं। इसके पल्ली पार परमार्थ निकेतन आदि कई धर्मशालाएँ हैं तथा कालीकमली वाले का स्थान है जहाँ से बद्री तथा केदार नाथ के रास्ते में असहाय यात्रियों के भोजन, विश्राम तथा उपचार की व्यवस्था है। कहा जाता है कि रिम्य ऋषि ने यहीं तपस्या की थी जिससे भगवान ऋषिकेष के रूप में यहाँ प्रकट हुए थे जिससे यह नाम पड़ा।

केदारनाथ—ऋषिकेष से ऊपर श्रीनगर से केदारनाथ का रास्ता फूटता है जहाँ कर्ण प्रयाग है। यह शिवजी का प्रसिद्ध मन्दिर है जो द्वादश ज्योतिर्लिंगों में से एक है। इसके रास्ते में गौरीकुण्ड है जो पाण्डवों द्वारा निर्मित है। यह चमोली जिले में पड़ता है। इसकी दूरी बद्रीनाथ से अधिक है। यहाँ दक्षिण भारत के ब्राह्मण मन्दिर में पुजारी का कार्य करते हैं।

जम्मू-कश्मीर

अमरनाथ—जम्मू हिन्दुओं का तीर्थस्थल है जहाँ श्यामवन्त गुफा है तथा वहीं से अमरनाथ

और वैष्णव देवी को रास्ता जाता है। अमरनाथ में बर्फ के ढेर का बना प्राकृतिक शिवलिंग स्वयं प्रकृति तैयार करती है। पूर्णिमा को यह बन जाता है। इसके दोनों ओर दो और बर्फ ढेर के लिंग बन जाते हैं, मानते हैं कि दक्षिण ओर पार्वती और भैरव का है तथा बाईं ओर गणेश को प्रतीकित करता हैं। ऐसा सावन के महीने में बनता है।

वैष्णव देवी— यह जम्मू में पड़ती है। यहाँ पर्वत में जम्मू शहर से 50 किमी० दूर कटरा से पैदल या टट्टू से जाकर पहुँचते हैं। इस मन्दिर में तीन पिण्डियाँ बनी हैं – महाकाली, महालक्ष्मी और महासरस्वती। इन्हीं के दर्शन का महात्य है। इसके मध्य में अर्द्धकुमारी का मन्दिर है और इसके ऊपर भैरवनाथ का मन्दिर है। माता के दरबार की चढ़ाई कटरा से 13 किमी० है।

उत्तर प्रदेश

मथुरा और पड़ोस— यहीं कृष्ण की जन्मभूमि और लीला स्थली है जो यमुना नदी के तट पर बसा एक प्रसिद्ध वैष्णव तीर्थ है। यहीं गोवर्धन पर्वत है तथा दीपावली में भाई बहन के साथ यहाँ यमुना में स्नान का विशेष महत्त्व है। यहाँ के प्रसिद्ध दर्शनीय स्थल हैं श्रीकृष्ण जन्म-स्थल, गीता मन्दिर, द्वारिकाधीश का मन्दिर, विश्राम घाट आदि। **वृन्दावन** भी यहाँ पास में है। वृन्दावन में अनेक मन्दिर कृष्ण सम्प्रदाय के हैं तथा कुन्ज गली और कुन्जवन यहाँ का प्रसिद्ध स्थान है। बरसाना भी यहीं पड़ोस में है लगभग 50 किमी० दूर। यहीं की थी कृष्णप्रिया राधा। यहाँ राधाकृष्ण के बहुतायत मन्दिर हैं। यहाँ का राधाकृष्ण मन्दिर, लाडली मन्दिर विशिष्ट है। मथुरा सप्त पुरियों में एक माना जाता है।

प्रयाग— यह भी सप्त पुरियों में ही जाना जाता है। यह उ० प्र० के शिक्षा, धर्म और प्रशासनिक उपकेन्द्र के रूप में है क्योंकि यहाँ चार विश्वविद्यालय हैं, हाई स्कूल और इण्टर बोर्ड ऑफ एजुकेशन, उत्तर प्रदेश का प्रधान कार्यालय है। डाइरेक्टर, एजुकेशन का कैम्प कार्यालय है। यहीं हाईकोर्ट है। यह गंगा, यमुना और सरस्वती जो अब विलुप्त है के संगम पर बसा है। इसी संगम पर ब्रह्मा ने परीक्षित यज्ञ किया था। यहाँ प्रत्येक बारहवें वर्षमत कुम्भ, 6 वर्षों पर अर्द्ध कुम्भ और प्रत्येक वर्ष कार्तिक में कुम्भ क्षेत्र के स्नान और कल्पवास का महत्त्व है। इसे 'तीर्थराज' माना जाता है।

वाराणसी— यह उत्तर प्रदेश के पूर्वांचल का जिला वरुणा और असि नदियों के संगम पर अवस्थित है। कहा जाता है कि यह शिव के त्रिशूल पर बसा है। इसी से इसे शिव की नगरी कहते हैं। यहाँ शिव (काशी विश्वनाथ) का प्रसिद्ध मन्दिर है। द्वादश ज्योतिर्लिंगों में से यही एक लिंग है। इसका पुरातन नाम काशी तथा वाराणसी था जिसे अंगरेजों ने बनारस नाम दिया। इसे अनादिकालीन नगर माना जाता है तथा विश्वास है कि यहाँ मरने वाले के कान में बाबा विश्वनाथ त्राटक मंत्र का उपदेश देकर उसे सशरीर मुक्ति देते हैं। यहाँ के दूसरे मन्दिर है मानस मन्दिर, दुर्गाकुण्ड, संकट मोचन मन्दिर, भैरवनाथ का मन्दिर, त्रिलोचन मन्दिर, आदि महादेव मन्दिर आदि। यहाँ घाट प्रसिद्ध हैं जिनमें प्रमुख हैं दशारवमेध, मणकर्णिका, हरिशचन्द्र आदि। यहाँ का ज्ञानवापी मन्दिर औरंगजेब ने तोड़वाया था ऐसा कहा जाता है। अघोर सम्प्रदाय का यह आदि केन्द्र है। अघोरेश्वर ने यहीं की कुण्ड पर तपस्या कर सिद्धि पाया था। यही सारनाथ है जिसकी चर्चा बौद्ध धर्म के सम्बन्ध में की जा चुकी है।

अयोध्या— यह सरयू नदी के तट पर उ० प्र० में लखनऊ के पास फैजाबाद जनपद में है। विष्णु के सातवें अवतार भगवान राम का जन्म यहीं हुआ था। यहाँ राम जन्म से सम्बन्धित

अनेक मन्दिर यहाँ है। यहाँ वैष्णव धर्म के प्रसिद्ध मन्दिर हैं–कनक भवन, दशरथ भवन, भुशुण्डि भवन, कोल राम का मन्दिर, हनुमान गढ़ी, सुतीक्षण आश्रम, स्वर्गद्वारी, मानस भवन, आदि। यहाँ के प्रसिद्ध घाट है – राम घाट, लक्ष्मण घाट तथा अन्य स्थान हैं मणि पर्वत, रामकुमार दास जी का आश्रम, भरतकूप आदि।

बिहार

देवघर—यह पटना कोलकाता रेलमार्ग के जसीडीह स्टेशन से 10 कि०मी० दूर है। यहाँ रावणेश्वर शंकर का मन्दिर है जिसमें बोलबम नारा लगाते सुल्तानगंज (भागलपुर) से गंगा का जल लाकर श्रावण मास में चढ़ाने का विशेष महत्त्व है। यह भी द्वादश ज्योतिर्लिंगों में से एक है। जिसका लिंग जमीन में धँसा है। यहीं थोड़ा आगे है वासुकी नाथ का स्थान। इसके अतिरिक्त भी बहुत से अन्य स्थान भी हैं।

गया—पितरो को पिण्डदान द्वारा तारने का यह प्रसिद्ध स्थान के रूप में मान्यता प्राप्त है। श्राद्ध पक्ष में हिन्दुस्तान भर से लोग यहाँ आते हैं। यहाँ है विष्णुपद का मन्दिर। यह फल्गू नदी के किनारे बसा है। मान्यता है कि गयासुर राक्षस यहीं रहता था जिसका वध विष्णु ने किया था। इसी से इसका यह नाम गया पड़ा। यही बोध गया है जहाँ बुद्ध ने ज्ञान पाया था।

बक्सर—यह गंगा के तट पर बसा है। यहीं राम ने ताड़का का बध किया था तथा विश्वमित्र का एक आश्रम यहीं था। ऐसा माना जाता है कि राम ने इन्हीं के आश्रम में शिक्षा प्राप्त की थी। यहाँ प्रसिद्ध रामरेखा घाट है तथा रामटीला है। यहीं आज का बना नवलखा मन्दिर भी है।

दक्षिण भारत

कोणार्क का सूर्य मन्दिर—यह सूर्य का मन्दिर उड़ीसा में बना है। यह समुद्र के तट पर स्थित है। इसमें काले रंग की सूर्य प्रतिमा पधरायी गई है। पर इसके ऊपर का छत नहीं है। ऐसा माना जाता है कि नीचे छत पर रखने का पत्थर आया था जो रखा ही रह गया। ऊँचाई अधिक होने से चढ़ाया नहीं जा सका या मन्दिर इसके भार को नहीं रोक सका इससे यह टूट कर नीचे गिर गया।

भद्राचलम—आंध्र प्रदेश में गोदावरी तट पर बसा यह स्थान श्री सीतारामचन्द्र स्वामी के मन्दिर के लिए प्रसिद्ध है। यहाँ राम-सीता के विवाह के देखने के लिए देश भर तथा विदेश से लोग उमड़ते हैं।

काञ्ची—यह भी सप्त पुरियों में से एक है। यह तमिलनाडु में है। यहाँ आदि शंकराचार्य के पीठों में से यह एक है। काञ्चीपुरी दो भागों में बँटा है – वृहत भाग जहाँ शिव का मन्दिर है तथा लघु भाग जहाँ विष्णु का मन्दिर है। इस स्थान को दक्षिण का काशी मानते हैं।

तिरुपति—तिरुपित का बालाजी मन्दिर अधिक प्रसिद्ध है। यहाँ तिरुमाला पर्वत पर स्वामी वेंकटेशवर का मन्दिर है। इसी के पास है स्वामी पुष्करणी तालाब। इसमें विष्णु का मूर्ति वाराह स्वामी रूप में पधरायी गई है। इनका स्वरूप वेंकटेश स्वामी का है। दूसरे प्रसिद्ध मन्दिर यहाँ है—गोबिन्द राजस्वामी मन्दिर, देवी अलिवेलुनमंग का मन्दिर आदि।

□

अध्याय–26

भारत के प्रमुख दर्शनीय स्थल

उत्तर प्रदेश

आगरा— मुगलों का प्रशासन यमुना के किनारे बसे एक छोटे शहर आगरा से होता था। इसी से मुगल शासकों के प्रसिद्ध स्मारक आज भी आगरा और उसके पड़ोस में खड़े हैं। यहाँ के प्रमुख स्मारक हैं **ताजमहल**, जिसका निर्माण शाहजहाँ ने अपनी प्रियतमा अञ्जुमन बेगम जिसकी उपाधि थी मुमताज महल की याद में सफेद संगमरमर पत्थर का बनवाया था जो जयपुर के पास के भकराना के खदान से आया था। इसकी रूपरेखा का मॉडल तुर्की ईसा अफण्डी उपनाम मु० शरीफ ने तैयार किया था। इसके निर्माण में 18 वर्षों का समय लगा, 1630–48 ई० तक। इस पर मध्य एशियायी कला प्रभाव दीखता है। समरकन्द और भारत के कलाकारों के सहयोग से यह बना था। इसके प्रवेश द्वार तथा मकबरे पर कुरान की आयतें विशिष्ट शैली में लिखी है। इसके बनाने में 20000 लोग तथा 30 करोड़ रुपया लगा था। इसमें मीनाकारी के लिए भारत के विभिन्न खानों से बेशकीमती पत्थर आते थे। इसके सामने एक बाग है जिसमें भारत तथा भारत के बाहर से मंगवाकर सफेद फूल लगे हैं जिससे इसे चन्द्रमा के प्रकाश वाला उद्यान (Moonlight garden) कहा जाता है। दूसरा है **आगरा का लाल किला** जिसका निर्माण यमुना तट पर बलुए लाल पत्थर के अकबर द्वारा कराया गया था। इसमें महल, मस्जिद, बाजार, उद्यान, स्नानघर, दरबारियों का आवास आदि एक प्रकार के घेरे में स्थित है। इसका प्रवेश द्वार ऊँचा है। इसी के अनुकरण पर शाहजहाँ ने दिल्ली का लाल किला बनवाया था। इसके प्रमुख अंग है अकबरी महल, जहाँगीर महल, मीना बाजार, मीना मस्जिद आदि। **सिकन्दरा** में अकबर अपनी मृत्यु से 3 वर्ष पूर्व अपना मकबरा बनवाना शुरू किया। इसमें मीनाकारी युक्त मुख्य प्रवेश द्वार अलाई दरवाजा बना है। **इमतादुदौला का मकबरा** जहाँगीर ने संगमरमर का अपने ससुर की याद में बनवाया था जो सफेद पत्थर की बनी पहली इमारत है।

फतेहपुर-सीकरी— आगरा से 30 किमी० पर यहाँ शेख सलीम चिश्ती नामक फकीर रहते थे जिनकी कृपा से अकबर को पुत्र पैदा हुआ था। इसी कारण अकबर ने यहाँ नगर बसाया। यहाँ लाल चित्तीदार पत्थर की खदाने होने से पहले से इसके लिए यह स्थान प्रसिद्ध था। यहाँ बने प्रसिद्ध स्मारक हैं— दीवाने आम, दीवाने खास, मरयम की कोठी, जोधाबाई महल, हिरण मीनार, जामा मस्जिद, बुलन्द दरवाजा, शेख सलीम चिश्ती का दरगाह आदि।

इलाहाबाद— यह त्रिवेणी के संगम पर बसा है। यहाँ दर्शनीय स्थान हैं। इलाहाबाद का किला जिसमें गड़ा है अशोक की लाट और खड़ा है अक्षयवट वृक्ष, इलाहाबाद का संग्रहालय, मोतीलाल नेहरू का आवास स्थल, हाई कोर्ट, संस्कृत अकादमी संस्थान, इलाहाबाद विश्वविद्यालय, कुम्भ मेला स्थल, त्रिवेणी संगम आदि।

वाराणसी— यह भारत की प्रसिद्ध धार्मिक तथा सांस्कृतिक राजधानी है। यहाँ दर्शनीय है–काशी विश्वनाथ का मन्दिर, काशी हिन्दू विश्वविद्यालय, श्री संपूर्णानन्द संस्कृत विश्वविद्यालय, रामनगर का पुराण पुस्तकालय, दुर्गाकुण्ड, संतकबीर मन्दिर, भारत माता मन्दिर (महात्मा गाँधी काशी विद्यापीठ परिसर में), नये विश्वनाथजी का मन्दिर (काशी वि० वि० परिसर में), प्रसिद्ध घाट (दशाश्वमेध, हरीश्चन्द्र घाट, मंकर्णिका घाट आदि), माधोदास का

INDIA
TOURIST CENTRES
Country Capital
State Capitals
Other Places
Monuments & Pilgrimage Centres
Wildlife Sanctuaries & National Parks
Beaches
Hill Resorts
Scale
Km
100 0 100 200 300 400 500
CHINA
PAKISTAN
NEPAL
BANGLADESH
ARABIAN SEA
BAY OF BENGAL
INDIAN
OCEAN
SRI LANKA
Dachigam
Sonamarg
Amarnath
Gulmarg
Leh
Pahalgam
SRINAGAR
Dalhousie
Manali
Kullu
Amritsar
Bhakra
Nangal
SHIMLA
Yamnotri
Gangotri
Badrinath
CHANDIGARH
Mussoorie
DEHRADUN
Rishikesh
Ambala
Haridwar
Almora
Nainital
Corbett
National Park
DELHI
Bikaner
Alwar
Mathura
Sariska
Fatehpur Sikri
Jaisalmer
Agra
Ajmer
JAIPUR
Jodhpur
Ayodhya
Bharatpur
LUCKNOW
Gwalior
Shivpuri
Mount Abu
Chittaurgarh
Allahabad
Varanasi
PATNA
Nalanda
Modera
Udaipur
Khajuraho
Gaya
Rajgir
Rewa
Bodh Gaya
GANDHINAGAR
Ramnagar
RANCHI
Sanchi
Ahmedabad
Ujjain
BHOPAL
Jabalpur
Santiniketan
Dwarka
Bagh
Indore
Pachmarhi
Jamshedpur
KOLKATA
Palitana
Vadodara
Mandu
Kanha
Porbandar
Gir
Surat
RAIPUR
Hirakud
Digha
Somnath
Saputara
Nagpur
Sunderbans
SILVASSA
Ajanta
Wardha
BHUBANESHWAR
Nasik
Ellora
Konark
MUMBAI
Aurangabad
Puri
Ahmednagar
Gopalpur
Pune
Mahabaleshwar
HYDERABAD
Vishakhapatnam
Waltair
Golkonda
Ratnagiri
Bijapur
Nagarjuna Sagar
Amravati
Aivalli
Mantralayam
PANAJI
Goa Velha
Hampi
Anantapur
Puttaparti
Halebid
Tirupati
Belur
Hassan
CHENNAI
BANGALORE
Kanchipuram
Mamallapuram
Mysore
PONDICHERRY
Bandipur
Udagamandalam
KAVARATTI
Guruvayur
Thiruchirapalli
Thanjavur
Kodaikanal
Kochi
Thanjavur
Thekkadi
Madurai
Sabarimalai
Rameshwaram
THIRUVANANTHAPURAM
Kovalam
Kanniyakumari
GANGTOK
Darjiling
ITANAGAR
Guwahati
Kaziranga
Barpeta
DISPUR
SHILLONG
KOHIMA
IMPHAL
AIZAWL
PORT BLAIR
Indira Point

सारनाथ का स्तूप

ताजमहल, आगरा (उत्तर प्रदेश)

वाराणसी (उत्तर प्रदेश)

धरहरा, ज्ञनवापी, लोलर्क कुण्ड, रामनगर का किला, **सारनाथ** (जहाँ बुद्ध ने प्रथम उपदेश दिया था) के प्रमुख स्थल हैं–मृगदाव, धमेख स्तूप, धर्मराजिका (चौखण्डी) स्तूप, सारंगनाथ का मन्दिर, राजकीय संग्रहालय, सम्भावित पालि विश्वविद्यालय, अशोक स्तम्भ, तिब्बती संस्थान आदि।

विंध्य क्षेत्र— यहाँ **मिर्जापुर** में विढंभ फाल, विंध्यवासिनी देवी का प्रसिद्ध मन्दिर, टाण्डा फाल, विंध्य पर्वत की गुहाएँ, चुनार का किला, चुनार के मिट्टी के बर्तन, पत्थर की मूर्तियाँ आदि। इसका दक्षिणांचल **सोनभद्र** है जहाँ कई बिजली उत्पादक केन्द्र हैं तथा पूर्व पाषाणिक चित्रांकित गुहाएँ हैं।

लखनऊ— आज उत्तर प्रदेश की राजधानी लखनऊ मुसलमानों के समय का एक प्रसिद्ध शहर होने से यह अनेक भवनों से सज्जित है। यहाँ कई उद्यानों के होने से इसे बागों की नगरी कहा जाता है। यहाँ के मुख्य दर्शनीय स्मारक एवं स्थल हैं–जामामस्जिद, बारादरी, भूल-भुलैया, लखनऊ विश्ंवविद्यालय, भातखण्डे संगीत महाविद्यालय, हिन्दी ग्रंथ अकादमी, छतरमंजिल, विधान सभा भवन, सरोजनी नाइडू की समाधि, छोटा इमामबाड़ा, रूसी दरवाजा, लखनऊ का चौक, संग्रहालय, जन्तु विहार, नाट्य अकादमी, चिकिन की कढाई वाले हल्के वस्त्र, पुराना लखनऊ आदि।

मुरादाबाद— पीतल के कलईदार बर्तन पर नक्काशी का काम यहाँ का प्रमुख उद्योग है।

गाजीपुर— सैदपुर भीतरी में खड़ा गुप्तशासक स्कन्दगुप्त के समय का स्तम्भ, वहाँ की बिखरी छोटी मूर्तियाँ, खुदाई से निकले मन्दिर का अवशेष इसके दर्शनीय स्थल हैं। गाजीपुर शहर में लार्ड कार्नवालिस का मकबरा अत्यन्त ऐतिहासिक है। यहाँ का इत्र का कारखाना, नील की कोठी, अफीम कारखाना विशेष प्रसिद्ध है।

बलिया— यहाँ का मृगु मन्दिर जो मृगुक्षेत्र का प्रतीक है, दरदर आश्रम, देवकुल नामक स्थान देवकली, राजा सुरथ द्वारा स्थापित शंकरपुर की वैष्णवी देवी का मन्दिर, सुरहा ताल और पालि ग्रंथों में वर्णित सुस्थ से सम्बन्धित अनेक स्थल, खैराडीह जहाँ उत्खनन से कुषाणकाली नगर के अवशेष प्राप्त हुए हैं, सोनाडीह का प्राचीन मन्दिर जहाँ दुर्गाप्पतशती में दिए गए स्थल पड़ोस में आज भी हैं, लखनेश्वरडीह का टीला, रसड़ा में नाथ सम्प्रदाय का मन्दिर, ह्वेनसांग का अनयनागढ़ (आज का वयना), हैहयवंशीय राजाओं की राजधानी हल्दी जहाँ अकर्णभेद विशिष्ट बौद्ध भिक्षु रहते थे जिनकी शाखा रूस के सुरहानी दरिया में थी आदि।

कानपुर— औद्योगिक कपड़े का कारखाना, चमड़े का कारखाना, आर्म्स फैक्ट्री, प्राचीन नगर के चारो कोने पर स्थापित शिव मन्दिर, बिठूर का महत्त्वपूर्ण स्थल, पनकी का बिजली कारखाना, सतसाई बाबा मन्दिर, सोरन सरकार का स्थान, स्वतंत्रता संग्राम के योजना बनाने वालों का स्थान, भीतर गाँव में प्राचीनतम ईंट का मन्दिर, पनकी का जल संस्थान आदि दर्शनीय स्थल हैं। यही है छत्रपति शाहूजी कानपुर विश्वविद्यालय, आचार्य चन्द्रशेखर कृषि विश्वविद्यालय, आई० आई० टी० आदि।

बिहार

पटना— यह बिहार की राजधानी है जो गंगा और गंडक के संगम पर बसी है। यहाँ के दर्शनीय स्मारक और स्थल हैं–कुम्हरार में मौर्य कालीन का 80 खम्भों का सभा भवन, पटना सिटी में बुलन्दी बाग में पाटलिपुत्र का लकड़ी के प्राकार का भाग जो उत्खनन से निकाला गया है, गाँधी मैदान के पास गोलघर जिसे संचयागार के लिए वारेन हेस्टिंग्ज के काल में कैप्टेन

जान गैस्टिन ने बनवाया था। संग्रहालय, चिड़िया घर, पटना विश्वविद्यालय, दरभंगा महाराज के महल की देवी, अशोक कालीन अगम कुआँ, पटना सिटी में गुरुगोविन्द साहब का गुरुद्वारा जिसे रणजीत सिंह ने बनवाया था जहाँ गुरुगोबिन्द सिंह का जन्म हुआ था, विधान सभा मार्ग पर शहीदों की स्मृति में बना विशाल स्मारक, विधानसभा भवन, सदाकत आश्रम डॉ० राजेन्द्र प्रसाद का निवास स्थान जिसे स्वतंत्रता संग्राम के सेनानियों के लिए इन्होंने दे दिया था, खुदाबख्श लाइब्रेरी जिसमें अरबी, फारसी आदि की दुर्लभ पुस्तकें तथा राजपूत और मुगल चित्रकला सुरक्षित है। शेरशाही मस्जिद, पत्थर की मस्जिद, ईंटों का निर्मित आनन्द बिहार मठ, डॉ० सच्चिदानन्द सिन्हा की व्यक्तिगत दुर्लभ ग्रंथों की लाइब्रेरी जो अब राष्ट्र को सिन्हा लाइब्रेरी के नाम से समर्पित है। हाईकोर्ट, डॉ० जयप्रकाश नारायण का आवास आदि।

गया — फल्गू नदी पर बसा यह बिहार का प्रमुख नगर है। यहीं है विष्णुपादगिरि का मन्दिर जहाँ हिन्दू सम्पूर्ण भारत से आकर अपने मृतक पूर्वजों को पिण्डदान करते हैं। गयासुर का स्थान, **बोधगया** का मन्दिर, संग्रहालय, विश्वविद्यालय, विदेशी बौद्ध मन्दिर जहाँ बुद्ध ने ज्ञान प्राप्त किया था जिसका शिखर पिरामिडाकार है तथा शीर्ष पर घण्टदार स्तूपिका बनी है तथा अन्दर बुद्ध की भूमि स्पर्श मुद्रा से अति चमकदार मूर्ति पधरायी गई है, चंक्रमपथ जिस पर ज्ञान प्राप्ति के बाद बुद्ध चिन्तन करते टहलते रहते थे, शुंगकालीन रेलिंग, मुचलिन्द तालाब जहाँ शयन करते बुद्ध को इन्द्र के वर्षा छत्र बनाया मुचलिन्द नाग ने अपने फणों द्वारा उनपर पड़ने से रोका था आदि। यहाँ मगध विश्वविद्यालय है जिसमें बौद्ध दर्शन का अलग विभाग है और इसमें दक्षिण एशियायी अध्ययन विभाग जो वहाँ की भाषाओं, संस्कृति तथा इतिहास का अध्ययन केन्द्र है। यहाँ दक्षिण एशिया के छात्र बड़ी संख्या में पढ़ने आते हैं।

राजगीर — इसे राजगृह, बिम्बिसारपुरी आदि भी कहा जाता है। अब यह नालन्दा जिले में है। यहीं बुद्ध के निर्वाण के बाद आजातशत्रु के समय प्रथम बौद्ध संगीति हुई थी। यह पर्वतों से घिरा होने के कारण गिरिव्रज भी कहा जाता है। यहीं है वैभार पर्वत, सप्तपर्णी गुहा, जीवक का आम्रवन, जरासंघ की बैठक जो पीपल प्रस्तर गृह के पूर्वी छोर पर स्थित है, आदि। आजातशत्रु का स्तूप, वेणुवन, विशाल सुरक्षा प्रकार, सोन भण्डार गुहा, बिम्बिसार का जेल, रंगभूमि, मनियारमठ आदि दर्शनीय स्थल हैं। वेणुवन बुद्ध और उनके शिष्यों को समर्पित किया गया था। यहाँ आदिनाथ का जैन मन्दिर भी है। गृद्धकूट पर्वत यहीं है जहाँ मगध सम्राज बिम्बिसार के दूत वर्षाकार ने भगवान बुद्ध से वैशाली पर विजय के संदर्भ में भेंट किया था। यहाँ भगवान बुद्ध अपने शिष्य आनन्द के साथ कई बार ठहरे थे। यहाँ एक चबूतरा है और पीछे दो गुफाएँ जिनमें एक में बुद्ध और दूसरे में आनन्द ठहरते थे। यहाँ जाने के लिए बिम्बिसार ने एक मार्ग बनवाया था जो बिम्बिसार मार्ग कहलाता है। यहीं के रंगभूमि नामक अखाड़े में बिम्बिसार ने भीम के साथ 28 दिनों तक युद्ध किया था।

नालन्दा — आज यह जिला है जिसका मुख्यालय बिहार शरीफ है। यह बौद्ध धर्ग का प्रसिद्ध शिक्षा केन्द्र के रूप में विकसित था। 6वीं शती ईस्वी में यहाँ विश्व का प्रसिद्ध विश्वविद्यालय था। इसके खण्डहर आज भी खड़े हैं। यहाँ विदेशी यात्री ज्ञानार्जन के लिए सदा आते हैं। चीनी यात्री ह्वेनसांग यहाँ 7वीं शती में आकर 5 वर्षों तक रहा और बौद्ध धर्म तथा दर्शन का अध्ययन किया। यहाँ की खुदाई से छात्रावास तथा पुस्तकालय का भाग प्राप्त हुआ है। पुस्तकालय का तिमंजिला विन्यास अपनी तरह का है। यहाँ 11 मठ मिले हैं जिनमें दो को छोड़कर शेष पश्चिमाभिमुख हैं जो एक सीध में उत्तर से दक्षिण तक बनाये गये हैं। सभी के बीच एक पतले मार्ग का अन्तर है। इनमें एक में कुआँ और चूल्हा भी मिला है।

नालन्दा का खण्डहर

जैन मंदिर, राजगीर (बिहार)

अनीमेसहोलचा मंदिर, राजगीर (बिहार)

बोधगया मंदिर

ये सभी ईंट के बने एक घेरे में हैं। यहाँ कई मन्दिर हैं जो मठ की ओर मुख किये एक पंक्ति में बने हैं। मन्दिर सं० 12, 13 और 14 आकार में अन्य की अपेक्षा बड़े हैं। इनमें मन्दिर सं० 12 अधिक सुरक्षित है। मन्दिरों में प्रदक्षिणापथ, ताखों तथा भीतर गर्भगृह में मूर्तियाँ पधरायी गई हैं। यहाँ कई स्तूप भी बने हैं जिनमें स्तूप सं० 3 महास्तूप है। यह पाल कालीन मूर्तिकला का एक प्रधान केन्द्र रहा है। इसको पाटलिपुत्र केन्द्र के नाम से इतिहासकारों ने उल्लेख किया है। यहाँ के उत्खनन से महत्त्वपूर्ण मुहरें तथा लेख भी प्राप्त हुए हैं। यहाँ उत्खनित स्थल के सटे एक स्थानीय संग्रहालय तथा एक बड़ा समृद्ध पुस्तकालय भी है।

सासाराम—यह शाहाबाद जनपद का मुख्यालय है। यहीं शेरशाह सूरी का 1540 का बना एक मकबरा एक तालाब के भीतर है। इसमें दो आलिन्द दीखते हैं जिसपर यह खड़ा है। इस पर स्तम्भ युक्त मकबरा है। यह दो मंजिला है। यह अठपहला होने पर भी 32 कोणों वाला तैयार किया गया है। मकबरा रंगीन खण्डों से सजाया गया था जो आज नहीं हैं पर आलिन्द अभी भी उपलब्ध है।

बिहार के दूसरे दर्शनीय स्थल हैं वैशाली, रमपुरवा, लौरिया नन्दनगढ़ और अरेराज में खड़ा अशोक स्तम्भ, वैशाली का मन्दिर तथा टीला, भागलपुर का अजगैबी नाथ का मन्दिर, पावापुरी में महावीर स्वामी का मन्दिर, वैद्यनाथ धाम में शिव मन्दिर, हाजीपुर का गजग्राह के युद्ध का स्थान पर बना मन्दिर, दरभंगा के सीतामढ़ी का सीता जन्म स्थान तथा सीताजी का मन्दिर आदि और ओदन्तपुरी, चिरांद आदि पुरास्थलों का उत्खनन।

मध्य प्रदेश

खजुराहो—यह चन्देल राजाओं का क्षेत्र था जो अपने कला, शक्ति और धार्मिक भावना के लिए प्रसिद्ध रहे हैं। यहाँ से बड़ी संख्या में देवता, पशु, राक्षस आदि की उकेरी गई मूर्तियाँ प्राप्त हुई हैं जिनमें आकर्षण और भाव दोनों का वैशिष्ट रहा है। यहाँ अनेक मंदिर आर्यशैली में बने हैं जिन्हें तीन वर्गों में रखा जाता है–पूर्वी, पश्चिमी तथा दक्षिणी। पश्चिमी वर्ग में प्रमुख हैं—कन्दरिया महादेत चित्रगुप्त तथा चौंसठ योगिनी के मन्दिर। चित्रगुप्त मन्दिर में सूर्य की मूर्ति है। पूर्वी समूह में तीन हिन्दू एक बड़ी आकृति में हनुमान और तीन जैन मन्दिर हैं। दक्षिण समूह में है–दुलदेव और चतुर्भुज मन्दिर। इनमें मूर्तियाँ अधिक भावपूर्ण बनी हैं। अधिकांश में व्यापकता के प्रदर्शनार्थ कई भुजाएँ बनी हैं। हाथों के आयुद्ध संसार की स्थिति के बोधक हैं। इन मन्दिरों की दीवारों सादी नहीं है बल्कि कामकला वाली नग्न मिथुन मूर्तियाँ को उन पर उकेरा गया है। ये शैव सम्प्रदाय से प्रभावित होकर गहन भावना और दार्शनिकता के लिए ऐसे बनाए गए हैं।

माण्डू—यहाँ पहाड़ी पर एक किला है जो धार से 35 कि० मी० दक्षिण है। इसके मूल प्राकृतिक किले में अनेक तालाब, महल, मकबरे, मस्जिद आदि बने हैं। इनमें से दो मस्जिद हिन्दू मन्दिरों के अवशेष पर प्रथम काल में बनाये गये थे। इस किले में प्रवेश के दो द्वार प्रसिद्ध हैं उत्तर की ओर का दिल्ली दरवाजा तथा दक्षिण करतारापुर दरवाजा। इसके प्रमुख इमारत हैं अशरफ महल, बाजबहादुर का महल, जामा मस्जिद, हिण्डोला महल आदि। दूसरे तथा तीसरे स्तर के भवन दर्शन के लिए विशेष महत्त्व के हैं।

सांची—यह मध्य प्रदेश के भोपाल के पड़ोस में स्थित है। यहाँ मौर्यकाल का स्तूप जिसे पीछे शुंगकाल में विकसित किया गया था आज भी अपने गौरव का आधार है। यहाँ तीन विशिष्ट स्तूप हैं इनमें स्तूप सं० 3 को महास्तूप कहा जाता है। इसके चारों ओर बनी वेदिका

में 4 प्रवेश द्वार है जो बाहर और भीतर दोनों ओर से अलंकृत हैं। सह अण्ड ईंट और पत्थर का बना है तथा ऊपर हर्मिका है। इसमें उकेरी कला हस्ति दन्ताकारों की चुटकी की शैली का है। इसमें सामाजिक दृश्य और नाटक कथाएँ अधिक उकेरी गई हैं।

ग्वालियर — यहाँ का किला अत्यन्त प्रसिद्ध है। यह पूरे शहर के बीच में फैला है। इसके भीतर स्थित हैं पुरातात्विक संग्रहालय, कीर्ति मन्दिर, जहाँगीर और शाहजहाँ के महल, जौहर कुण्ड, पत्थर में उकेरी गई जैन प्रतिमाएँ, सूरज कुण्ड, गूजरी महल, मान मन्दिर, सासबहू मन्दिर, तेली का मन्दिर। किले के बाहर है विवस्वान का मन्दिर, मुहम्मद गौस तथा तानसेन का मकबरा, रानी लक्ष्मीबाई की समाधि, म्युनिसिपल संग्रहालय, राजवाड़ों का महल जो अब सरकारी कार्यालय बन गया है, रानी लक्ष्मीबाई की समाधि, विश्वविद्यालय, चिड़िया घर, महाराजा सिंधिया का महल विशेष दर्शनीय स्थल हैं।

उज्जैनी — यह क्षिप्रा नदी के तट पर ग्वालियर से लगभग 30 किमी० की दूरी पर बसा है। यही कालिदास के मेघदूत में वर्णित स्थल है। यहाँ महाकाल का मन्दिर नगर के बाहर क्षिप्रा नदी के तट पर स्थित है। यह बारह ज्योतिर्लिंगों में से एक है। यहाँ के अन्य दर्शनीय स्थल हैं विश्वविद्यालय, कालिदास शोध संस्थान आदि।

इन्दौर — यह छोटा मुम्बई कहलाता है। इसका कारण है कि यहाँ मुम्बई की तरह विकसित उद्योग होने से यह अति व्यस्त नगर है। इसे भोपाल के बाद मध्य प्रदेश की दूसरी राजधानी माना जाता है। इसीसे यहाँ मध्य प्रदेश सेवा चयन आयोग का कार्यालय है। यहाँ के दर्शनीय स्थल हैं रविन्द्र नाद्य गृह, संग्रहालय, चिड़िया घर, रानी अहिल्या बाई विश्वविद्यालय जिसमें पर्यटन का डिप्लोमा पाठ्यक्रम बहुत पहले से चलता है, काँच का मन्दिर, राजवाड़ा चौक, खजुरी बाजार, अन्नपूर्णा मन्दिर, गीता मन्दिर, मानिक बाग, छत्रीबाग आदि। इसी के पड़ोस में है ओंकारेश्वर का मन्दिर। यह भी बारह ज्योतिर्लिंगों में से एक है।

भोपाल — यह मध्य प्रदेश की राजधानी है। यह भी मध्य प्रदेश का एक घना बसा और अति व्यस्त शहर है। यहाँ अनेक मस्जिदे हैं। यहाँ का दर्शनीय स्थल है किला, ताल, हिन्दी ग्रंथ अकादमी आदि।

जबलपुर — यह पहाड़ी शहर नर्मदा तट पर है जिसके बीच-बीच में पहाड़ियों के होने से इसकी सुन्दरता बहुत बढ़ जाती है। यहाँ का प्राकृतिक दर्शनीय स्थल है भेड़ा घाट और ग्वारी घाट। ये शहर से दो दिशाओं में हैं। भेड़ों घाट में ही धुआँधार नामक जल प्रपात है जहाँ इतनी ऊँचाई से जल की धार गिरती है कि पानी बिखर कर बीच में ही धुआँ की तरह उड़ता दिखाई पड़ता है। यहीं है किनारे पर संगमरमर का पहाड़ जहाँ सलेटी और सफेद रंग का धूसरी संगमरमर का क्षेत्र दूर तक फैला है। यहाँ का प्राकृतिक परिवेश वाला राजकीय विश्रामालय है 'बसेरा', जहाँ सारी सुविधाएँ देहाती परिवेश में उपलब्ध हैं। ग्वारीघाट में नर्मदा सट कर बहती है। यहाँ एक दर्शनीय विशाल मन्दिर है जिसमें पारा का बना बहुत बड़ा पारदमहादेव का शिवलिंग स्थापित है।

पंचमढी — यह यात्रियों के आकर्षण का स्थल है जो पर्वतों से घिरा होने के साथ जलाशय, जल प्रपात के लिए विशेष प्रसिद्ध है। यहाँ पाँच जल प्रपात इसकी शोभा बढ़ाते हैं। यहाँ बीस जलाशय है।

यहाँ के अन्य दर्शनीय स्थल हैं सांची का स्तूप जो अशोक के समय बना था और शुंग काल में विकसित हुआ था। शहडोल जिसमें अमर कण्टक और चचाई प्रपात है। रीवाँ का

गोविन्दगढ़ ताल अपने गौरव के लिए प्रसिद्ध है। यहीं है इन्दौर-बड़ौदा राजमार्ग पर बाघ की गुफाएँ जिसकी सुन्दर चित्रकला अत्यन्त आकर्षक है। माहेश्वर जिसका पुराना नाम महिष्मती था यहाँ का एक प्राचीन दर्शनीय स्थान है।

राजस्थान

यह राजवाड़ों का स्थान पूर्व मध्यकाल से रहने से इसे यह नाम दिया गया होगा। इसकी कीर्ति मुगल काल तक बनी रही। इन पर मुगलों तथा अंग्रेजों की संस्कृति का प्रभाव अधिक पड़ा है क्योंकि मुगलों के प्रवेश मार्ग में पड़ते थे तथा अंग्रेज राजवाड़ों को अपने गौरव का स्थान मानते थे। इसी से मुगल कला यहाँ साथ-साथ विकसित रही। यहाँ की अपनी विशेष सांस्कृतिक विरासत है क्योंकि मरुभूमि क्षेत्र होने से यहाँ की जीवन पद्धति, बसाव तथा कलाकारिता अपनी रही है। यह जैन धर्म का प्रमुख केन्द्र रहा है। यहाँ के प्रमुख स्थल हैं:—

अजमेर—यह शहर अरावली पहाड़ियों से घिरा है। इसे झीलों का नगर कहते हैं। यहाँ के दर्शनीय स्थल है मुईनुद्दीन चिश्ती का दरगाह, जैनों का रथ वाला मन्दिर, तारागढ़ का किला, ब्रह्मसरोवर, ब्रह्मा मन्दिर जो ब्रह्मा का भारत में अकेला मन्दिर है, अकबर महल, नगसियाँ मन्दिर, अढ़ाई-दीन का झोपड़ा आदि। यहीं एक मात्रा भारत में ब्रह्मसरोवर में माता का पिण्डदान होता है। अढ़ाई-दीन का झोपड़ा नामकरण का कारण है कि यहाँ एक मेला अढ़ाई दिनों का लगता था जिसे कुतुबुद्दीन ने शुरू किया था।

कोटा—यह जनपद है। यहाँ दर्शनीय स्थल हैं प्रताप सागर बाँध, जगमन्दिर, चम्बल उद्यान, संग्रहालय, कोटा का किला आदि।

अलवर—यहाँ दर्शनीय स्थल है निकुम्भ महल, विनय विलास महल, मधुराधीश का मन्दिर; सरसिका अभयारण्य, सलीम मस्जिद आदि।

जैसलमेर—यहाँ का सबसे बड़ा आकर्षण है ऊँटों की सवारी, ऊँटों पर बैठकर पर्यटक मरुस्थल में भ्रमण का आनन्द लेते हैं तथा दूसरा आकर्षण ऊँटों पर बैठकर मरुभूमि में ऊँटों का दौड़ लगाना। यहाँ बड़ी-बड़ी हवेलियाँ बनी हैं तथा किले भी हैं। जैन मन्दिर यहाँ बहुत है।

जयपुर—यह राजस्थान की राजधानी है। यहाँ के भवन गुलाबी रंग से रंगे हैं जिससे इसे 'गुलाबी शहर' (Pink City) कहते हैं। किसी भी भवन का द्वार मुख्य सड़क की ओर न होकर पीछे की सडक की ओर होता है। यह एक विशिष्ट योजना में बसाया गया है। यहाँ अम्बेर का आकर्षक महल है जो पहाड़ी पर बना है। इसमें आगे प्रांगण है तथा ऊपर सीढ़ी चढ़कर महल में जाते हैं। यहीं जयपुर का खजाना छुपा हुआ सम्भवतः आज भी है। यहाँ के प्रसिद्ध स्मारक हैं हवामहल, रामबाग महल, जल महल, संग्रहालय, जन्तर-मन्तर, नाहरगढ़ का किला आदि।

बीकानेर—यहाँ दर्शनीय हैं जूनागढ़ किला, कालगढ़ का महल, संग्रहालय, राजाओं की छतरियाँ, कपिल मुनि का स्थल, कल्पी माता का मन्दिर, गजनेर का अभयारण्य आदि।

चित्तौड़—यहाँ राजस्थान का एक बड़ा किला स्थित है जिसमें प्रसिद्ध कालका माता मन्दिर है। मूल रूप से यह पंचरथ देवालय था जो विवस्वान को समर्पित था। इसमें निम्न बना एक विशाल कक्ष था जिसमें जाने के लिए एक लघु बारामदा था जो सीढ़ियों से पहुँचा जाता था। इसके खम्भे और द्वार चित्र ख.चेत है। यही है कुम्भ श्याम मन्दिर। यहाँ है कीर्ति स्तम्भ जो विजय स्तम्भ है। एक तालाब के समीप पद्मिनी महल है। इसी के एक गलियारे में टंगे छः

शीशे में से अलाउद्दीन खिलजी ने नाव में खड़ी पद्मिनी को देखा था। अन्य दर्शनीय स्मारक हैं कुम्भा महल, मीराबाई का मन्दिर, काली माता का मन्दिर आदि।

जोधपुर—यहाँ प्रमुख स्मारक हैं ऐतिहासिक किला, उन्मेद महल, जसवन्त मेमोरियल, उन्मेद संग्रहालय, मेहरगढ़ का किला, बाल समन्द झील आदि।

आबू पर्वत—यहाँ दिलवाड़ा समूह के जैन मन्दिर सफेद संगमरमर के बने हैं। इनमें सबसे प्रसिद्ध हैं विमल वसाही और तूनषसाही। इनमें एक-एक गर्भगृह, एक मण्डप, नौ चैकी का छोटा ओसारी, एक विशाल सभा मण्डप, आठ नक्काशीदार खम्भों पर खड़ा एक बड़ा कक्ष है जिसमें बहुमोड़ वाले तोरण बने हैं। इसमें विद्यादेवी की आकृति बनी है तथा दरवाजे, खम्भे सब सुन्दर नक्काशी से युक्त हैं।

रानकपुर—यहाँ सोलंकी शैली में उचित्रित मन्दिर और भवन बने हैं। यहाँ का सबसे प्रमुख मन्दिर है जैन चौखम्भा मन्दिर जो अपनी कलाकारिता के कारण अद्वितीय है। इसमें देवी-देवताओं की आकृतियों के अतिरिक्त वानस्पतिक अंकन किया गया है। इनमें उच्चित्रण को देखकर भ्रम होने लगता है कि यह लकड़ी पर किया गया है।

उदयपुर—यहाँ का दर्शनीय स्मारक है कुम्भलगढ़ का किला, जयसमन्द अभयारण्य, हल्दीघाटी का मैदान, संग्रहालय, पिचोना झील, जगदीश मन्दिर, भारतीय लोक-कला संग्रहालय, आहार संग्रहालय, एकलिंगी ग्राम, नाथबाड़ा, ऋषभदेव मन्दिर आदि।

अन्य दर्शनीय स्थान हैं ओसिया का सूर्य और जैन मन्दिर, आहाड़ में सिंधु सभ्यता के प्राप्त अवशेष, बयाना जहाँ खनवा की लड़ाई बाबर और राणा सांगा के बीच हुई थी, आमेर में राजाओं का शीश महल, दीवाने आम और खास, शिला देवी का मन्दिर, अलवर का निकुम्भ महल, विनय विलास महल, मधुराधीश का मन्दिर, सलीम मस्जिद, सारिका अभयारण्य आदि।

गुजरात

यहाँ के प्रसिद्ध स्थल हैं जूनागढ़, पटियाला, भावनगर, सौराष्ट्र, जामनगर, कच्छ, द्वारिका तथा द्यू द्वीप समूह। यह भारत के पश्चिम का प्रान्त है।

मोढेरा—यह मेहसाना जिले में स्थित है। जहाँ सूर्य का विशाल मन्दिर बना है। यह सोलंकी राजाओं द्वारा बनवाया गया मन्दिर कोणार्क के सूर्य मन्दिर के समान है। सोलंकी शासकों ने इस मन्दिर को उठे स्तन वाली नारियों, पशु आकृतियों तथा बेल-बूटोंयुक्त कला से सजाया था। ये उच्चित्रण दीवारों तथा स्तम्भों पर विशेष दीखती हैं। इस मन्दिर में गर्भगृह, मण्डप तथा तालाब है। यहाँ प्रवेश द्वार पर बने ताखों में द्वादश आदित्यों की मूर्तियाँ रखी गई हैं जो प्रत्येक माह के अनुसार बदले स्वरूप में बनी हैं। इसके बाह और जाँघे भी परम्परागत रूप में सजाए गए हैं।

गिरिनार—जूनागढ़ गों गिरिनार गर्वत है। गह स्थान मौर्यकाल से ही महत्त्व का रहा है तभी यहाँ की पहाड़ी पर अशोक, रुद्रदामन आदि के अभिलेख अंकित मिले हैं। यह 16 जैन मन्दिरों को अपने में रखे हैं जहाँ दामोदर कुण्ड से 10000 सीढ़ियाँ चढ़ कर पहुँचा जाता है। इसमें सबसे बड़ा और पुराना मन्दिर नेमिनाथ का है जो बीसवें जैन तीर्थंकर थे। इस पर्वत की चोटी पर अम्बा माता का मन्दिर है। यहीं एक मुसलमान पीर जैमलशाह का भी मन्दिर है। यहीं था सुदर्शन झील जो चन्द्रगुप्त मौर्य द्वारा बनवाया गया था जिसका जीर्णोद्धार अशोक और रुद्रदामन ने समय-समय पर कराया था। यह प्राचीन भारत का एक प्रान्तीय केन्द्र था। यहीं है गिरि फारेस्ट जहाँ श्वेत सिंह मिलते हैं।

कुतुब मीनार, दिल्ली

जूनागढ़ में बहुत से बौद्ध गुफाएँ बनी हैं जहाँ लगभग 3000 भिक्षु रहते थे। इनमें प्रमुख हैं खपड़ा कोडिया गुफाएँ, बाबा पयारा तथा ऊपरकोट। ये 2-3 मंजिले हैं।

द्वारका — यहीं कृष्ण की राजधानी थी। यह समुद्र के तट पर पश्चिमी छोर पर जहाँ गोमती नदी समुद्र में गिरती है वहीं बसा है। यह कृष्ण की राजधानी थी। इसकी गणना सप्तपुरियों में होती है। यहाँ की पुरानी द्वारिका तो समुद्र में विलीन है जिसे एस० आर० राव ने खोज निकाला है। आज यहाँ सात द्वारिका हैं जिनकी अलग-अलग मान्यताएँ हैं। यहाँ का जल खारा है। अतः बाहर से मीठा जल यहाँ आता है। यहाँ का प्रसिद्ध मन्दिर है 1400 वर्ष पुराना द्वारकाधीश का मंदिर जिसे जगत मन्दिर भी कहते हैं। यह 60 स्तम्भों पर बना पंच मंजिला मंदिर है। यहीं है शारदापीठ जो शंकराचार्य द्वारा स्थापित भारत में चारों कोनों पर के पश्चिमी कोण का पीठ है। यह द्वारकाधीश मन्दिर के पास समुद्र तट पर है।

सोमनाथ — शिव के द्वादश ज्योतिर्लिंगों में से एक लिंग यहाँ के सोमनाथ मन्दिर में भी स्थापित है। ऐसी मान्यता है कि चन्द्रमा (सोम) ने स्वयं इस मन्दिर को बनवाया था जिससे इसको यह नाम दिया गया है। यहाँ मानते थे कि खजाना गड़ा है। इसी के लिए महमूद गजनी ने इस पर कई बार आक्रमण कर इसे लूटा तथा तोड़ा था। पर उतनी बार हिन्दू भक्तों ने इसे पुनः बनवाया।

अहमदाबाद — यह नाम अहमदशाह अब्दाली ने यहाँ अपने विजय के उपलक्ष में इसे दिया था। यहाँ पीछे मराठाओं ने अधिकार कर भद्रकाली का एक विशाल मन्दिर बनवाया। यह एक किले से घिरे होने से भद्र किला कहा जाता है। इसमें प्रवेश के लिए मेहराबों वाला दरवाजा बना है। इस किले के दक्षिण पश्चिम में अहमदशाह द्वारा निर्मित कराया गया एक मस्जिद है जिस पर पाँच गुम्बजों की दो पंक्तियाँ बनी हैं।

यहाँ के अन्य दर्शनीय स्थल हैं लोथल जहाँ हड़प्पा कालीन पुरावशेष और गोदी प्राप्त हुई है। सूरत और अहमदाबाद में वस्त्र निर्माण के अनेक कारखाना है। आनन्द में हिन्दुस्तान का सबसे बड़ा दुदृशाला है। बड़ौदा जिसे बड़ोदरा भी कहते हैं में रेलवे स्टाफ कॉलेज है। यहीं बरदोली नामक स्थान पर सरदार पटेल ने 'करन दो' का नारा अंग्रेजों के खिलाफ दिया था। पटियाला का प्रसिद्ध जैन मन्दिर यहीं है। महात्मा गाँधी से जुड़े स्थान पोरबन्दर जहाँ उनका जन्म हुआ था, साबरमती हरिजन आश्रम जहाँ वह रहते थे, सेवाग्राम तथा दाण्डी यात्रा स्थल यहीं है।

दिल्ली

यह भारत की राजधानी है। यहाँ के सर्व प्रसिद्ध स्मारक हैं:—

लाल किला — यह पुरानी दिल्ली में जमुना के किनारे दिल्ली स्टेशन के पास लाल पत्थर का 1647 में शाहजहाँ द्वारा मुगलों के शान शौकत में बनवाया गया था। इसके दो द्वार है:— लाहौरी गेट तथा दिल्ली गेट। लाहौरी गेट चाँदनी चौक के सामने है। इस दरवाजे से चलकर अन्दर एक बाजार से होते हुए जो उसके गलियारे में लगता है यात्री जनता दरबार के कक्ष जिसे **दीवाने आम** कहा जाता है पहुँचता है। यह खम्भों पर खड़ा तीन ओर से खुला है। इसके पीछे की दीवार से एक सीढ़ी ऊपर सिंहासन तक जाती है जो चार संगमरमर के खम्भों पर अड़ी छतरी के नीचे बना है। ये खम्भे वेशकीमती पत्थर की पच्चीकारी से युक्त हैं। इसके साथ लगा राजा का एक व्यक्तिगत कक्ष है जिसका दरवाजा इस ओर खुलता है।

दीवाने-खास इसके बाद बना है, जहाँ राजा के व्यक्तिगत लोगों की सभा होती होगी। यह चारों ओर खुला है। इसका निर्माण श्वेत संगमरमर पत्थर से किया गया है। इसमें पेट्रा-डयूरा (तीन पत्थरों की पच्चिकारी) की गई है। इसके पूर्वी भाग में विश्व प्रसिद्ध मयूर आसन था जिसे लुटेरा नादिरशाह यहाँ से उठा ले गया था। इसके आगे **रंग महल** (जनानखाना) है। यह झरनों तथा बागीचे से कभी घिरा था। इसमें तीन कमरे का संगमरमर का बना गुसलखाना है जिनके मध्य में झरना बना है। इस पर प्राकृतिक रंगीन प्रकाश के लिए ऊपर छत पर रंगीन शीशा लगाया गया है कि यह अति आकर्षक और आनन्ददायक रहे। फिर बना है **मोती मस्जिद** जिसे कुछ समय बाद औरंगजेब ने बनवाया था। यह स्नान घर के उल्टे तरफ सफेद तथा ग्रे रंग के संगमरमर का बना है। दूसरे भवन इस किले के हैं सावन-भादो, शाह-बुर्ज आदि।

हुमांयूँ का मकबरा—यह पुराने किले के दक्षिण में स्थित है। यह भारत में उद्योगयुक्त मकबरा का प्रथम उदाहरण मुगल स्थापत्य में होने से यह अधिक प्रसिद्ध है। इसे हुमायूँ की मरहूम बेवा हाजी बेगम ने 1565 में बनवाया था। पहली बार भारत में दोहरे गुम्बज तथा ऊँचे मेहराब वाली यह इमारत बनी थी। यह एक ऊँचे चबूतरे पर खड़ा है। यहीं बना है फरुखशियर, आलमगीर तथा जहाँदार शाह का मकबरा।

कुतुबमीनार—दक्षिणी दिल्ली में मेहरौली गाँव के पास एक बड़े घेरे के बीच जिसमें बहुत-सी टूटी इमारतें खड़ी हैं उन्हीं में कुतुबमीनार भी है जिसे दिल्ली के गुलाम वंश के सुल्तान कुतुबुद्दीन ऐबक ने बनवाया था। यह लाल और दबे (बर्फ) रंग के धूसरी पत्थरों का बना है। इसका उद्देश्य था लोगों को नमाज के लिए बुलाने का ऊँचा स्थान इसका केवल भूमि तल ही पहले बना था। शेष इसके तीन मंजिल इल्तुतमिश के दामाद ने बनवाया था जिसकी मरम्मत वहाँ सुलेख में लिखे लेख के अनुसार फिरोजशाह तुगलक और सिकन्दर लोदी ने कराई थी। शेष दो तलों को मरम्मत के समय फिरोजशाह तुगलक ने जोड़ा था जो देखने में ही अन्य तलों से भिन्न लगता है। इसके परिसर में पहले 27 हिन्दू और जैन मन्दिर थे जिनको जान-बूझकर कुतुबुद्दीन ने तोड़वाया था। इन्हीं के अवशेषों से सटे यहाँ कुवातुल इस्लाम मस्जिद बना है। यह भारत का पहला मस्जिद है जिसकी योजना ईरानी है और कला हिन्दुस्तानी। कुतुब के प्राकार में कई टूटे भवन खण्ड हैं। सम्भव यहाँ पहले बौद्ध विहार रहा हो क्योंकि इसकी टूटी कोठरियों का भाग और योजना बौद्ध विहारों की दिखती है।

पुराना किला—यह हुमायूँ और शेरशाह सूरी द्वारा महाभारत काल के नगर इन्द्रप्रस्थ के ध्वंसावशेषों के टीले पर बनवाया गया है। हुमायूँ ने यहाँ दीनपनाह नगर की नींव रखी थी। शेरशाह ने इसके प्राकार को सुदृढ़ कर यहाँ एक किला बनाया था जिसे हुमायूँ ने पीछे पुस्तकालय में परिवर्तित किया था। इन्हीं सीढ़ियों से फिसल कर हुमायूँ मरा था। इसके एक ओर यमुना है और तीन ओर सुदृढ़ प्रकार। खुदाई से ज्ञात हुआ है कि 1000 ई० पू० से यहाँ बस्ती थी। यहाँ अब एक मस्जिद बनी है जो हिन्दू शैली में निर्मित है।

जामा मस्जिद—यह विश्व की सबसे पुरानी मस्जिद है जहाँ आज भी नमाज अदा की जाती है। इसका क्षेत्रफल विशालता में लाल किले के समान है। यह एक ऊँचे चबूतरे पर बना है तथा इसमें प्रवेश के तीन द्वार हैं जिन पर चतुष्कोणीय गुम्बज है। यह लाल किला के सामने स्थित है तथा अरबी में इस पर लेख खुदा है।

फिरोजशाह कोटला—यह प्राकार से घिरा नगर फिरोजशाह तुगलक द्वारा शाहजहानाबाद

के दिल्ली दरवाजा के बाहर मथुरा मार्ग पर बसाया गया था। यहाँ की प्रसिद्ध इमारत तुगलक काल का विशाल जामा मस्जिद है जो 260 स्तम्भों वाला है। इसी में फिरोजशाह ने मेरठ तथा टोपरा से अशोक के दो स्तम्भों को उठवा कर स्थापित कराया था।

जन्तर मन्तर— जयपुर के शासक जयसिंह द्वारा स्थापित यह वेधशाला कनाट सर्कस में स्थापित है। जयसिंह स्वयं एक इञ्जीनियर, गणितज्ञ और ज्योतिषशास्त्र का विद्वान था। इसमें 6 उपकरण विभिन्न आकार के रखे हैं। इनमें प्रमुख हैं रोमा यंत्र, सम्राट यंत्र, जयप्रकाश यंत्र और मिश्र यंत्र। यहाँ दो स्तम्भ खड़े हैं जो सबसे बड़े और सबसे छोटे दिन को निर्धारित करने के लिए बने हैं।

यहाँ के अन्य दर्शनीय स्थल हैं भारत का संसद भवन, बांगला साहिब, रिंकाबगंज गुरुद्वारा, राजघाट, शान्तिवन, विजयघाट, बिड़ला मन्दिर, कालका देवी मंदिर, बहाई धर्म का मन्दिर, त्रिमूर्ति भवन, मुगल गार्डेन, राष्ट्रपति आवास, राष्ट्रीय संग्रहालय, राष्ट्रीय पुस्तकालय, इण्डिया गेट आदि।

आंध्र प्रदेश

यहाँ की पुरानी राजधानी विजयवाड़ा थी जो पीछे बदल कर प्रथम शती ई० में नागार्जुनी कोण्डा हुई। यहीं इक्ष्वाकुवंशीय शासक शासन करते थे। आज इसकी राजधानी हैदराबाद है। यहाँ के दर्शनीय स्थलों में सप्रमुख हैं:—

नागार्जुनी कोण्डा— यह एक बौद्ध कलाकेन्द्र के रूप में प्रसिद्ध है जहाँ एक विशिष्ट प्रकार का बौद्ध स्तूप स्थापित था जिसके ऊपर कोई केसिंग नहीं की गई थी बल्कि कंक्रीट की सहायता से इस पर प्लास्टर किया गया था। इसका अण्ड अति अलंकृत है जबकि अन्य स्तूपों में तोरण और वेदिका उचित्रित होती थी। इसके अण्ड पर जो सबसे अधिक आकर्षक उच्चित्रण हैं वह है फूलों का विशाल गजरा यह पूरे अण्ड को घेरे है। यह ऊँचे मेधि पर बना है जिसके चारों किनारे पर बाहर की ओर निकले भाग पर पाँच-पाँच आयक स्तम्भ बने हैं। यहाँ पुरातात्विक उत्खनन से बड़ी संख्या में विहार और चैत्य प्राप्त हुए हैं। यहाँ नागार्जुनी पहाड़ी पर बने संग्रहालय में खुदाई से प्राप्त सामग्रियाँ संरक्षित हैं जबकि अधिकांश स्थलीय भाग नागार्जुनी सागर में विलीन हो गए हैं।

यहाँ के अन्य दर्शनीय स्थल हैं–सालारजंग संग्रहालय, उसमानिया विश्वविद्यालय, चारमीनार, स्टाफ कॉलेज, चिड़ियाघर, बिरला मन्दिर, मक्का मस्जिद, कुतुबशाही बादशाहों के मकबरे, बदामी-ऐटोल और पट्टदकल के मन्दिर, गुण्टूर सूती कपड़ों हेतु प्रसिद्ध है। गोलकुण्डा यहाँ प्रसिद्ध ऐतिहासिक स्थान है। विशाखापट्टनम और विजयवाड़ा यहाँ के प्रमुख पर्यटन स्थल हैं। यहीं के थे प्राचीन भारत के आन्ध्र शासक।

उड़ीसा

भुवनेश्वर— यह उड़ीसा की राजधानी है। इसे मन्दिरों की नगरी कहा जाता है। यहाँ दो वर्ग के मन्दिर मिलते हैं–एक प्रारम्भिक वर्ग तथा दूसरा बाद के वर्ग। प्रथम वर्ग के प्रमुख मन्दिर है परशुरामेश्वर, वैतालदेडल, मुक्तेश्वर, गौरी आदि। बाद के मन्दिरों मे मुख्य हैं राजा-रानी, लिङ्गराज, अनन्त वासुदेव आदि। इनमें लिंगराज विशेष प्रमुख और परिपक्व माना जाता है। यह 11वीं शती का बना है। आर्य शैली का यह मन्दिर विशाल प्रांगण के बीच में स्थित है। इस मन्दिर के परिसर में मुख्य मन्दिर के अतिरिक्त पूजा के कई लघु मन्दिर बने हैं। यहाँ के मन्दिरों में एक ही अक्ष पर श्री मंदिर, जगहमोहन, नटमण्डप तथा कौशल से जुटे हैं। लगता

है कि ये व्यवस्थित योजना के अन्दर तैयार किये गये हैं। प्रत्येक कक्ष में 4 स्तम्भ हैं ऊपर का भार धारण। इसके ऊपर शिखर योजना है। इनके धारण करने के लिए छत के किनारे प्रक्षेपक निकले हैं। ऊपर की बनावट रेखादेउल की है। 50' ऊँचाई तक शिखर की परिधि रेखा गई है जिसके बाद शिखर के कंधे पर झुकाव भीतर की ओर होता गया है। इसके ऊपर का भाग कल्पित मूर्तियों पर आधारित है। उसके ऊपर कलश और आयुध है। इसके शिखर का भीतरी भाग चिमनी नुमा है। जगमोहन की छत पीढ़ाकार है जहाँ नीचे से घटते क्रम में पीढे बने हैं। ऐसा ही छत नटमण्डप तथा भोगमण्डप पर भी है। मन्दिर के अन्दर की दीवार जहाँ सादी है वहाँ बाहरी दीवार पर अश्लील मिथुन चित्रांकन किया गया है। भुवनेश्वर में राज्य संग्रहालय भी है।

कोणार्क—पुरी जिले में समुद्र तट पर नरसिंह देव प्रथम द्वारा निर्मित कोणार्क का भव्य सूर्य मन्दिर है जिसके आधार में बारह जोड़े पहिये और सात घोड़े बने हैं मानों वे रथ पर मन्दिर को ढो रहे हैं। इसमें श्रीमंदिर (गर्भगृह) नटमण्डप, जगमोहन आदि बने हैं। इनमें सबसे आकर्षक है इसका शिखर। यह मन्दिर अंग-प्रत्यंग से परस्पर समन्वित और एक-दूसरे अंगों में समता रखता है। इसके गर्भगृह के ऊपर का शिखर खुल आसमान देख रहा है और ऊपर का छाजन नीचे भूमि तल पर पड़ा है। चाहे तो शिखर की ऊँचाई के कारण यह चढ़ाया नहीं जा सका है या कभी बिजली के गिरने के कारण यह टूट कर भूमि पर गिर पड़ा है।

यहाँ का अन्य दर्शनीय स्थल है कटक का केन्द्रीय धान शोध संस्थान, शंकराचार्य का मठ, संग्रहालय, पुरी का रथयात्रा उत्सव तथा उदयगिरि और खण्ड गिरि की गुफाएँ आदि। उदयगिरि और खण्डगिरि की गुफाएँ भुवनेश्वर के पास स्थित इस नाम के पहाड़ों पर बनी है। इनमें उदयगिरि का रानी गुफा और गणेश गुफा विशेष प्रसिद्ध है।

महाराष्ट्र

अजन्ता—यह महाराष्ट्र का सबसे बड़ा आकर्षण है। औरंगाबाद जिला के दक्षिण में अजिण्ठा गाँव से कुछ दूरी पर बघोरा नदी के किनारे अर्द्ध चन्द्राकार सतपुड़ा पहाड़ियों में बनी 30 गुफाएँ अजन्ता की गुफाओं के नाम से जानी जाती हैं जिनमें एक पूर्ण रूप से निर्मित नहीं मैं। ये 600 गज की लम्बाई में बनी है जिनमें चित्रकला का अद्वितीय नमूना प्राप्त हुआ है। आज इनमें से गुफा सं० 1, 2, 9, 10, 16 तथा 17 में ही चित्र मिलते हैं शेष नष्ट हो गये हैं। इनमें 9, 10, 19 और 26 चैत्य हैं और शेष बिहार। गुफा सं० 8, 12 और 13 प्राचीन हैं। इनमें 1 शती से 7 शती तक के चित्र मिलते हैं। इनका विषय बौद्ध धर्म, सामाजिक-राजनीतिक चित्रण, जातक कथाएँ, प्राकृतिक चित्रण आदि हैं। इनमें सं० 16 में मरती राजकुमारी का दृश्य अत्यन्त हृदयग्राही है।

एलौरा—अजन्ता से थोड़ी दूरी पर एलौरा की गुफाएँ हैं जो एक प्रकार से बौद्ध, जैन और हिन्दू धर्म के शैलोत्खात मन्दिर हैं। इनमें कुल 34 गुफाएँ हैं। इनका निर्माण 4 शती ई० से 7 शती तक का है। 1, 2, 3 तथा 5 गुफाएँ चौथी शती की हैं, 4, 6 से 10 तक की 6ठी शती ई० की और 11, 12 सातवीं शती ई० की हैं। इनमें कुछ दो मंजिले हैं तथा कुछ में बड़ा मण्डप गर्भगृह के आगे हैं। किन्हीं में कई कमरे भी हैं जैसे सं० 6 जो मठ-सा लगता है। 11 और 12 गुहा दो-तीन तलों का है। यहां है कैलाशनाथ मन्दिर।

एलिफैण्टा—मुम्बई का यह एक छोटा द्वीप है जहाँ समुद्र में नावों से जाते हैं। यहाँ गुफाएँ हैं। इसमें मुख्य गुफा में बड़ा मण्डप है जो 20 खम्भों पर टिका है। पूर्वी प्रवेश द्वार पर यहाँ

एक चबूतरा बना है जो सम्भवतः नन्दी के लिए रहा होगा। यहाँ अर्द्ध मण्डप है। यह मूर्तिकला के लिए अत्यन्त प्रसिद्ध है। महेश का इससे सम्बन्ध लगता है। इसके किनारे बने ताखों में विभिन्न देवताओं की मूर्तियाँ रखी हैं जिनमें प्रमुख महेश की मूर्ति है। इस महामण्डप के अन्तिम सिरे पर चतुर्मुख मन्दिर काटा गया है जिसमें चारों ओर चार द्वार हैं। यहाँ एक छोटा दुर्गा का भी गुहा मन्दिर है।

चैत्य गृह — शुंग काल में पश्चिमी घाट की पहाड़ियों में कई चैत्य गृह और विहार पहाड़ को काट कर बनाया गया है जिनमें महाराष्ट्र क्षेत्र में दो आते हैं – भाजा और कार्ले। ये 200 ई० पू० में शुंग काल के बने हैं। इनमें भाजा की योजना प्रारम्भिक लगती है जबकि कार्ले की योजना अत्यन्त बाद की। यह चित्र-खचित और आकर्षक है। इसमें उचित्रित मूर्तियों के साथ स्थापत्य के स्वरूप भी उत्खनित है। इससे उस काल के महलों का स्वरूप ज्ञात होता है जो पत्थर को लकड़ी की तरह तरशा गया दीखता है। यहाँ मुख्य द्वारा पर दो अशोक स्तम्भ खड़े हैं।

पूना — यहाँ के आगा खाँ पैलेस में महात्मा गाँधी और उनकी स्त्री कस्तूरबा को नजरबंद किया गया था। यहीं कस्तूरबा का देहान्त भी हुआ था। यहीं है रजनीश आश्रम, शामवखाड़ महल, इम्प्रेस बाग, बन्दबाग, पञ्चकेश्वर मन्दिर, वेसली सेतु, शिवाजी का स्मारक। सिंहगढ़ यहाँ का दर्शनीय स्थल है। महाबलेश्वर, बीन झील, एलिफैंस्टीन प्वाइण्ट, बर्मिंगटन प्वाइण्ट, बाम्बे प्वाइण्ट, प्रतापगढ़ का किला आदि अन्य दर्शनीय हैं।

सतारा — यही शिवाजी का कार्यक्षेत्र था। अतः यहाँ उनके अनेक संस्मरणात्मक स्थल हैं। दूसरी महत्त्व के स्थल हैं रत्नागिरि, शोलापुर, अहमदनगर आदि।

औरंगाबाद — यहाँ औरंगजेब और उसकी पत्नी का मकबरा है इसके साथ यहाँ है अनेक गुफाएँ और उनमें बनी कलाकृतियाँ। अजन्ता की चित्रकला औरंगाबाद जिले में ही है।

मुम्बई — यह महाराष्ट्र की राजधानी है। यही है गेट वे ऑफ इण्डिया, ताज ग्रुप ऑफ होटल, समुद्र के भीतर, एलिफैण्टा की गुफाएँ हैंगिंक गार्डेन, विक्टोरिया गार्डेन, प्रिंस ऑफ वेल्स संग्रहालय, अजायबघर, त्रिमूर्ति प्रतिमा, फिल्म इण्डस्ट्री, जूहू, स्लैनेड, विक्टोरिया टर्मिनल, मुम्बा देवी मन्दिर, विधान सभा भवन, कन्हेरी की बौद्ध गुफाएँ आदि।

नासिक — यह गोदावरी तट पर बसा है जहाँ 12 वर्षों पर महाकुम्भ का आयोजन होता है। विमान बनाने का कारखाना, सिक्योरिटी मुद्रणालय, सीता गुहा, कालाराम का मन्दिर, पाण्डुगुहा, कार्ले का चैत्य तथा गोदावरी का उद्गम स्थान यहाँ दर्शनीय हैं।

वार्धा — इसका सम्बन्ध गाँधीजी से रहा है। यहाँ के सेवा आश्रम, पवनार आश्रम, शिरीडीह, रामगढ़ का किला, पण्डरपुर, रत्नागिरि का विश्व शान्ति स्तूप, नेशनल सैक्चुअरी, टावर ऑफ लाइसेंस, गणपति पुत्र प्रसिद्ध स्थान हैं।

नागपुर — यहाँ सन्तरे का अधिक उत्पादन होता है। यहीं है विवेकानन्द संस्थान जहाँ से विवेकानन्द का साहित्य प्रकाशित होता है तथा उनका दार्शनिक विचार मंच। यहाँ अनेक उद्योग पहले से होने के कारण यह शहर समृद्ध है।

कर्नाटक

यह एक प्रसिद्ध पर्यटक राज्य है जो पर्यटकों के लिए विशाल सम्पदा संजोये हैं। यहाँ प्रसिद्ध पर्यटक क्षेत्र हैं बंगलोर, मंगलोर, उड़ीपी, मैसूर, बादामी, ऐहोल, बेलूर आदि। यह अरव सागर के तट पर बसे होने से प्राकृतिक सम्पदा से भरा है। इस क्षेत्र में चन्दन के वन का भाग भी है।

ऐहोल—यह चालुक्य शासकों का प्रमुख केन्द्र था। यह बीजापुर जिले में पड़ता है। यहाँ दो गुहा मन्दिर हैं जो शिव को समर्पित हैं। इनके बाद के जैन मन्दिर हैं। ये कलात्मकता की दृष्टि से अधिक समृद्ध है। शिव मन्दिर में शिवलिंग पधराया गया है। इसमें आगे मण्डप है और पीछे गर्भगृह। मण्डप के दोनों ओर दो कक्ष खोदे गए हैं जो सभा भवन से लगते हैं। जैन मन्दिरों का बाहरी बरामदा आयताकार बना है।

बादामी—यह चालुक्यों की राजधानी थी। यह भी बीजापुर जनपद में है। यह द्राविड़ शैली के मन्दिरों तथा पस्तर निमित स्तम्भों के लिए प्रसिद्ध है। यह अपेक्षाकृत बड़े शैलोत्खात मन्दिरों, सुन्दर कलाकृतियों के उच्चित्रण तथा मूर्तिकला के लिए विख्यात है। यहाँ चार ऐसे गुहा मन्दिर हैं जिनमें तीन ब्राह्मण धर्म से सम्बन्धित हैं और चौथा जैन धर्म से। यहाँ के शक्तिशाली शासक मंगलेश ने सबसे प्रारम्भिक विष्णु मन्दिर खुदवाया था। इसी के बाद सबसे छोटा गुहा मन्दिर सं० 2 उत्खनित किया गया था जो विष्णु को ही समर्पित है। इससे कुछ बड़ा तीसरा मन्दिर शिव का बना है। सबसे अन्त में पहाड़ की चोटी पर जैन मन्दिर बनाया गया था।

बीजापुर—यहाँ का विश्व प्रसिद्ध गोलगुम्बज संसार का सबसे बड़ा गुम्बज है। यह आदिलशाही सुल्तानों की राजधानी थी। यहाँ के मकबरे और मस्जिद अपनी शैली और कौशल के कारण अत्यन्त मनमोहक हैं।

बेलूर—यह होयसल राजाओं का क्षेत्र था। आज यह मैसूर के हसन जिले में है। इनके द्वारा या निर्मित होयसल शैली के मन्दिर अधिक प्रसिद्ध हैं। इसमें देवता पधराय हैं। विजय नारायण मन्दिर। यहाँ का विमान की तरह बना है। इसकी आधार योजना भी विमान की तरह है। फिर अन्तराल और मण्डप है। इसकी दीवारों पर मूर्तियाँ उकेरी गईं है और मन्दिरों का स्वरूप भी बना है।

हम्पी—यह वेल्लारी जिला में आता है। यह हिन्दुओं का प्रमुख स्थल है जहाँ अनेक हिन्दू मन्दिर अवस्थित हैं। यहाँ के प्रमुख मन्दिर हैं पट्टभीराम, हजारीराम और बिट्ठल। इनमें सबसे पुराना है हजारीराम। इसमें प्रवेश के लिए गोपुरम बना है। विट्ठल मन्दिर पूर्ण रूप से दक्षिण भारतीय विमान मन्दिर शैली का बना है। यहाँ का यह सर्व प्रसिद्ध मन्दिर है। विट्ठल मदिरों के विमान में रथ और उसके पहिये आधार पर काट कर बनाए गए हैं कि लगे कि मन्दिर रथ पर है। इसमें अग्रमण्डप, गरुड मण्डप आदि कई मण्डप हैं।

सोमनाथपुर—यहाँ अत्यन्त छोटा पर अति कलात्मक होयसलेश्वर शैली में निर्मित केशव मन्दिर है। यह त्रिकूट मन्दिर है जिसमें तीन मुख्य विमान हैं। इन विमानों की योजना आधार से शिखर तक एक ही प्रकार की है।

श्रावण बेलगोला—यह मैसूर से लगभग 100 किमी० की दूरी पर है। यहाँ जैन संत गोमतेश्वर की एकाश्मक पत्थर की बनी 57′ ऊँची मूर्ति है। यहाँ इन्द्रगिरि पहाड़ी पर कई छोटे जैन मन्दिर अवस्थित हैं। यह स्थान जैन धर्म से सम्बन्धित है।

आलमपुर—यहाँ 8वीं शती के लगभग का नौ मन्दिरों का एक समूह है। यहाँ के संधार मंदिर के त्रिरथ शिखर की योजना अति व्यवस्थित है। इसके प्रदक्षिणापथ में जालीदार खिड़कियाँ प्रकाश के लिए बनी हैं। इसके जंघे भी सजाये गए हैं।

मैसूर—यह टीपू सुल्तान का स्थान था। यह आज विश्वविद्यालय नगर के रूप में विख्यात है। यहीं है टीपू का दरियादिल महल और वृन्दावन उद्यान।

केरल

यह समुद्रतटीय क्षेत्र होने से प्राकृतिक दृष्टि से आकर्षक और सुविधाओं से युक्त है। यहाँ का त्रिवेन्द्रम का पायनाथ मन्दिर तथा पेरियार का वाइल्ड लाइफ सैकचुअरी विशेष प्रसिद्ध है। यहीं थुम्बा में राकेट प्रक्षेपण केन्द्र है। यहाँ समुद्र, बालू और सूर्य का आनन्द लेने पर्यटक आते हैं। समुद्र के किनारे खड़े नारियल के वृक्षों की शोभा तथा मछुआरों का जीवन देखते ही बनता है। यहाँ के दर्शनीय नगर हैं कालीकट, कोचीन, त्रिवेन्द्रम, क्वालम, एरणाकुलम, पड़ोस के बिखरे लक्षद्वीप तथा केरल द्वीप समूह आदि। त्रिवेन्द्रम में संग्रहालय, जन्तुशाला, पद्मनाभ का मन्दिर आदि हैं। यहाँ प्रमुख स्थल तिरुवनन्तपुरम है जो समुद्रतट पर बसा केरल की राजधानी है। यहाँ सुन्दर भवन और पार्क है।

असम

यह भारत का पूर्वी भाग है। यहाँ प्रसिद्ध प्राचीन कामाख्या देवी मंदिर है। तंत्र साधना का यह सिद्धपीठ माना जाता है। यहाँ अन्य दर्शनीय स्थल हैं उमानन्द और नवग्रह मन्दिर, कांजिरंगा एवं मानस वन्य जीव अभयारण्य, हानी के निकट बौद्ध मन्दिर, योआ-मोक्का का मस्जिद, डिब्रूगढ़ यहाँ का प्रसिद्ध स्थान है। जहाँ तेल शोधक कारखाना है। यहीं भारतीय रेल के पूर्वी छोर का अन्तिम स्टेशन है। दिग्बोई में बहुत से तेल कुएँ हैं तथा नानामती में सार्वजनिक क्षेत्र का प्रथम तेल-शोधक कारखाना स्थापित है।

तमिलनाडु

महाबलिपुरम—चेन्नई से थोड़ी दूर पर पल्लव शासक नरसिंह वर्मन ने जिसकी उपाधिम मामल्ल थी महाबलीपुरम की स्थापना की थी। यहाँ द्राविड़ शैली में तीन प्रकार के वास्तु कला का ज्ञान मिलता है। (1) गुहा मन्दिर, (2) तटीय मन्दिर, (3) एकाश्मक रथ। इनमें गुहा मन्दिर अपने उत्खचित कलात्मकता के लिए प्रसिद्ध हैं। तटीय मन्दिर समुद्रतट पर बने होने के कारण इस नाम से जाने जाते हैं। रथ मन्दिर जिनकी संख्या 7 है समुद्र के किनारे एकाश्मक पत्थर को ऊपर से काटकर नीचे की ओर बनाया गया है। इनको सात पैगोडा भी अंग्रेजों ने कहा है। ये विश्व में अपने तरह के अकेले कला के उदाहरण हैं।

काञ्चीपुरम—यह पल्लव शासकों की राजधानी थी। यहाँ इनके द्वारा निर्मित बहुत से मन्दिर हैं। इसकी सबसे बड़ी विशेषता है इनका गोपुरम या विशाल द्वारा। यहाँ का प्रसद्धि मन्दिर कैलाशनाथ है। दूसरा है बैकुण्ठ का मन्दिर। ऐसे अनेक मन्दिर विशाल प्रांगण में बने हैं। चोल शासकों द्वारा निर्मित भी यहाँ कई मंदिर हैं।

तंजोर का भद्रेश्वर मंदिर—इसे चोल शासक राजराज प्रथम ने तंजोर में बनवाया था। यह द्राविड़ शैली का परिपक्व उदाहरण है। इसमें वास्तुकला, मूर्तिकला और चित्रकला का एक साथ उदाहरण प्राप्त होता है। इसका विमान बड़ा भव्य है। यह ऊँचे आधार पर बना है। इसमें शिव और पार्वती का अंकन दीवालों पर किया गया है। यह दो मंजिल का है। यह शैव मन्दिर है।

तंजौर का गंगैयकोण्ड चोलपुरम—राजेन्द्र चोल ने इसे बनवाया था। इसमें दो प्रवेश द्वार हैं एक गोपुरम और दूसरा सामान्य द्वार जो तोरण पर टिका है। इसका विमान कम ऊँचाई का है। इसकी विशेषता इस पर उत्खचित चित्रण है।

मुदरै—यह पाण्ड्य शासकों की राजधानी थी। यहाँ का प्रसिद्ध है मीनाक्षी मन्दिर। इसका शीर्ष भाग पिरामिड की तरह ऊँचा होने से भारत का यह सर्वोच्च मन्दिर है। इसमें नौ विशाल

गोपुरम है जिस पर कई सौ हिन्दू देवताओं की मूर्तियों का उच्चित्रण किया गया है।

चेन्नई—यहाँ की यह राजधानी है। यह समुद्रतटीय महानगर है। यहाँ एक बड़ा बन्दर अडैयर नदी पर है। यहाँ दर्शनीय है सर्पविहार, कला बीथी, संग्रहालय तथा भव्य इमारतें। यहाँ सुन्दर बालुका तट है। यह संसार का दूसरा सबसे लम्बा तट है जहाँ सुन्दर उद्यान हैं। यहाँ का भरत नाट्यम अति प्रसिद्ध है।

ऊटी—इसे उटकमाण्ड भी कहते हैं। समुद्र से 9500′ की ऊँचाई पर होने से यहाँ की जलवायु वर्ष भर सम रहती है। इसी से गर्मियों में यहाँ लोग आते हैं। पहाड़ों से घिरे होने से यह और आकर्षक है। इसकी घाटी में कलात्मक झील है। यहाँ घोड़दौड़ का मैदान, हरबर्ट पाक, वेनलाल डाउन्स, गोल्फ खेलने का क्षेत्र, सीढ़ीदार वनास्पतिक उद्यान है जिनमें अनेक दुर्लभ वृक्ष लगे हैं। यह चाय और कॉफी उत्पाद के लिए विख्यात है। यहाँ के जंगल विभिन्न प्रकार के पशुओं के शिकार के दृष्य के लिए प्रसिद्ध हैं।

कन्याकुमारी—इस नाम का एक मन्दिर भारत के सबसे दक्षिणी छोर पर जहाँ अरब सागर और बंगाल की खाड़ी का मिलन स्थल है बना है। जहाँ कन्याकुमारी का मन्दिर है वहीं परम्परानुसार शिव ने पार्वती से विवाह किया था। यहीं से थोड़ा समुद्र के भीतर निकले एक चट्टान पर स्वामी विवेकानन्द स्मारक बना है जिसे 'विवेकानन्द प्रस्तर स्मारक' कहा जाता है।

कोडईकनाल—यह स्वास्थ्यवर्धक स्थान है जो 7000′ ऊँचाई पर होने से वर्ष भर सम वातावरण के कारण विख्यात है। यहाँ गोल्फ, मत्स्य मारने, टहलने, पर्वतारोहण, शिकार करने आदि के लिए लोग आते हैं। यहाँ विभिन्न झरने हैं। यहाँ की सड़कें बड़ी लम्बी, वृक्षों से ढकी हरियाली के बीच बनी हैं।

कोची—यह भारत के पश्चिमी छोर का एक प्रसिद्ध बन्दरगाह है। यहाँ चर्च, जंगल, पुरातन स्थल, खजूर की अवलि समुद्र तट पर खड़े हैं। यह द्वीपों और नगरों का समूह है जो पुल से एक-दूसरे से जुड़ा है।

पंजाब

यहाँ के प्रसिद्ध नगर हैं पटियाला, भटिण्डा, फिरोजपुर, जालंधर, होशियारपुर, चण्डीगढ़, अमृतसर, बटाला आदि। सिंध सभ्यता का केन्द्र रोपड़ भी यहीं पर है।

अमृतसर—यहाँ सिक्खों का पूज्य स्वर्ण मन्दिर है जिससे इसे इनकी धार्मिक राजधानी कह सकते हैं। यह मन्दिर एक तालाब के बीच में अवस्थित है। इस तालाब को अमृत तालाब मानने से इस शहर को यह नाम दिया गया है। संगमरमर के बने इस मन्दिर का गुम्बज सोने से ढँका है। इससे इसके सोने की चमक जब तालाब के जल में पड़ती है तो यह चमक उठता है।

चण्डीगढ़—यह हरियाणा और पंजाब दोनों की समान राजधानी है। इसका बसाव आधुनिकतम तकनीक के आधार पर किया गया है।

जालंधर—यहाँ का यह प्रसिद्ध नगर है। यहाँ खेल के सामान बनाने तथा शल्यकों के निर्माण का कारखाना है जो यहाँ से बाहर भेजा जाता है।

लुधियाना—यह कारखानों का नगर है। यहाँ से होजरी का सामान बाहर भेजा जाता है। यहाँ दर्शनीय स्थल है जलियाँवालाबाग, गोविन्दगढ़ का किला तथा रामगढ़ आदि।

पश्चिम बंगाल

दार्जिलिंग—यह पश्चिम बंगाल का पहाड़ी स्थल है जो कोलकाता से लगभग 400 मील

स्वर्ण मंदिर, अमृतसर (पंजाब)

खण्डर, नालंदा (बिहार)

अशोक स्तंभ, वैशाली

उत्तर की ओर है। यहाँ से हिमालय का दृश्य स्पष्ट दीखता है। यहाँ बौद्ध धर्म के उपासक अधिक हैं। जनजातियों की भी यहाँ काफी बस्ती है। इसके चीता पर्वत से सूर्य का दृश्य इतना आकर्षक लगता है कि पर्यटक इसे देखने आते हैं। कंचनजंघा और एवरेस्ट की चोटी यहाँ से देखी जा सकती है। यहाँ लेखांग में अंग्रेजी फल लगे हैं तथा यहाँ चाय बगान हैं। यहाँ रेस कोर्स का स्थान प्रसिद्ध है। यहाँ हिमालय पर्वतारोहण संस्थान है। यहाँ लामा धर्म का स्थान दोर्जे है जिससे इसका नाम दार्जिलिंग पड़ा है। यहाँ की जनजातियाँ हैं लेपचा, भूटिया, नेपाली और तिब्बती।

कोलकाता — यह पश्चिमी बंगाल का प्रमुख शहर भारत के 4 महानगरों में से एक है। यहाँ अट्टालिकाओं के कारण इसे महलों का शहर कहते हैं। यहाँ के दर्शनीय स्थल हैं – नेशनल लाइब्रेरी, विक्टोरिया मेमोरियल, बोटैनिकल गार्डेन, शहीद मीनार, रविन्द्र सरोवर, रामकृष्ण मिशन, फोर्ट बिलियम, इडेन गार्डेन, कली बाडी का काली मन्दिर, डलहौजी स्क्वायर, आशुतोष संग्रहालय, बिड़ला औद्योगिक संग्रहालय, एकेडमी ऑफ फाइन आर्टस्, बैरकपुर, श्वेताम्बर जैन मंदिर, मखोद मस्जिद, बिड़ला प्लैनटोरियम, इण्डियन म्युज़ियम, हावड़ा का पुल आदि। अन्य दर्शनीय स्थल हैं तारकेश्वर का मन्दिर, सुन्दर वन, स्वामी विवेकानन्द का बेलूर मठ, जगदा पाड़ा का वन्य जीव अभयारण्य, दार्जिलिंग, दक्षिणेश्वर का मन्दिर, डाइमण्ड हारबर, शान्तिनिकेतन, मुर्शीदाबाद, सिलीगुड़ी, जलपाईगुड़ी, नत्रदीप, सिक्किम, कालीपोंग आदि।

जम्मू-कश्मीर

यह पर्यटकों का स्वर्ग है। यहाँ प्राकृति का खुला भण्डार है जिनमें पर्वत की चोटियाँ, सुन्दर झील, बोट हाउस, केसर की खेती, ऊनी वस्त्रों पर की गई नक्काशी आदि देखने लोग पहुँचते हैं।

कश्मीर — मुगलों ने इसे 'पृथ्वी का स्वर्ग' कहा है। यहाँ की हरित धरती पर टेढ़ी-मेढ़ी बहती नदियाँ, बर्फ से ढँके पर्वत की चोटियाँ, शान्त खड़े बन के वृक्ष, धान और केसर के फैले खेत, अधिक संख्या में विभिन्न पशु-पक्षियों का बसेरा तथा मानव निर्मित मुगल कालीन उपवन इसकी शोभा है। यह गर्मियों में मौज-मस्ती की जगह है। यही प्रसिद्ध डल झील है। यहाँ विश्व के गोल्फ खेलने वाले आते हैं।

श्रीनगर — यह झेलम तट पर स्थित है। यहाँ झील और बागीचे इसकी शोभा बढ़ाते हैं। इसे अशोक ने सबसे पहले सुदूर अतीत में बनवाया था। बीच में झेलम के कारण यह दो भागों में विभक्त है। जिसे पाटने के लिए इस पर नव पुल बने हैं।

गुलमर्ग — यह बड़े घासों का कटोरा कहा जाता है। यहाँ गोल्फ का मैदान है। यहाँ बहुत से पिकनिक के स्थान हैं। अब इसे जाड़े के वर्ष के क्रीड़ा क्षेत्र के रूप में विकसित किया जा रहा है।

पहलगाँव — यह सुन्दर दृश्यों के लिए अधिक प्रसिद्ध है। यहीं से चढ़ाई शुरू होती है अमरनाथ और शेषनाग के लिए।

जम्मू में दर्शनीय हैं बाहु बाग, बाहु मन्दिर, शामन्त गुफा, तवी नदी का गणेश घाट, राज संग्रहालय, कटरा के तीर्थस्थल, रामजानकी मन्दिर, आदि।

हरियाणा

यहाँ का पर्यटन स्थल है बड़खल झील, सूरज कुण्ड, सुल्तानपुर, सोहना, यादवेन्दु उद्यान, पिंजौर, कुरुक्षेत्र, पानीपत, देवचिक पक्षी विहार आदि।

हिमाचल प्रदेश

शिमला, मनाली, पखानू, डलहौजी धर्मशाला आदि यहाँ के प्रमुख पर्यटन स्थल हैं। यहाँ कांगड़ा और चम्बा घाटी में अनेक मन्दिर हैं। यहाँ का कुली प्राकृतिक स्थल है।

शिमला—यहाँ दर्शनीय स्थल हैं जाखू मन्दिर, राज संग्रहालय, संकटमोचन, तारादेवी, कुफी, छदविक प्रताप, ग्रीष्म पर्वत, नलदेरा, मशोवरा आदि।

अन्य है कालम, नरकण्डा, तत्तपनी, छब्बा, रोहरू, मण्डी, कांगड़ा घाटी, ज्वालामुखी, चित्तपुखी, मसरूर, नूरपुर आदि।

पूर्वोत्तर राज्य

तवांग—अरुणाचल प्रदेश में 1000 मी० की ऊँचाई पर यहाँ बौद्ध मठ 350 वर्ष पुराना स्थित है।

शिलांग—मेघालय की राजधानी शिलांग है। यहाँ का सबसे आकर्षक स्थल वार्डस झील है जहाँ नौका विहार की सुविधा उपलब्ध है। दूसरे, लेडी हैदरी पार्क है जहाँ विशिष्ट वनस्पतियाँ संजोई गई हैं। यहीं है सेण्टपाल का चर्च, गोल्फ खेलने का मैदान, शिलांग पार्क, अभियम झील, सोफेटबेंग पार्क आदि। यहाँ पाँच प्रपात हैं–स्वीट, वीडन, बिशप, एलिफैण्ट और क्रिनोलीन। यहाँ से 50 किमी० के लगभग चेरापूँजी है जहाँ विश्व में सर्वाधिक वर्षा होती है। यहाँ चूना-पत्थर होता है तथा यह संतरे का शहर भी है।

उत्तरांचल

उत्तर प्रदेश से उत्तरी पर्वतीय एवं वन भाग निकालकर उत्तरांचल प्रदेश बना है जिसमें नैनीताल, देहरादून, हरिद्वार, ऋषिकेश से लेकर बद्री और केदारनाथ तक के स्थान हिमालय के उपत्यका तक आते हैं। यहाँ के दर्शनीय स्थल हैं:—

देहरादून—यह हिमालय की गोद में बसा है। यहाँ तक समतल भूमि है। यहाँ का दर्शनीय स्थान है सहस्त्र धारा जिसका जल पेट और चर्मरोगों में रामबाण की तरह काम करता है। यहीं सैन्य अधिकारी प्रशिक्षण केन्द्र है। यहाँ का प्राकृतिक वातावरण अत्यन्त आकर्षक है। देहरादून मिलिट्री कॉलेज, सर्वे कार्यालय आदि के लिए विशेष उल्लेखनीय हैं। यहीं से मसूरी की चढ़ाई प्रारम्भ होती है जो अंग्रेजों के समय गर्मियों में बड़ा भरा रहता था।

मसूरी—देहरादून से ऊपर पहाड़ पर मसूरी है। यह भी प्राकृतिक रूप से बड़ा उजागर है। यहाँ सभी आधुनिकतम सुविधाएँ हैं।

नैनीताल—यह समुद्र से लगभग साढ़े छः हजार फीट की ऊँचाई पर बसा है। यहीं से हिमालय की बर्फीली चोटियाँ दीखती हैं। यहाँ एक क्रम में झीलें बनी हैं जो एक के बाद एक सटी हैं। यह मछली के शिकार करने, तैरने, नौका विहार करने, वर्ष पर स्केइंग के लिए प्रसिद्ध है। गहाँ का सेब, चेरी, लकड़ी का सामान बहुत प्रसिद्ध है।

अलमोड़ा—यहाँ काठगोदाम रेलवे स्टेशन से बस या टैक्सी द्वारा जाते हैं। यह घोड़े की जीभ की तरह 5600 फीट तक फैला है। कहा जाता है कि 400 वर्ष पूर्व राजा कल्याण चन्द ने इसकी स्थापना की थी। यहाँ गर्मियों में कुहरा नहीं पड़ता है। हिमालय की कई चोटियाँ यहाँ से पहुँचाने की दूरी पर हैं। यहाँ पड़ोस में ही है हल्द्वानी जो टी. वी के मरीजों के लिए कुछ दिन पहले तक बड़े महत्त्व का था। गर्मियों का यह स्वर्ग कहा जाता है। ऊपर की ओर घने जंगल हैं जिनमें हिंसक पशुओं का बसेरा है।

□

विजिजैम का मंदिर

अध्याय–27

विश्व विरासत के स्मारकों में भारत तथा सुविधाएँ

भारत में स्मारकों की कमी नहीं है इसकी अधिकता है। एक देशी या विदेशी पर्यटक के लिए किन्हें देखें किन्हें छोड़ें, एक समस्या है। भारत का एक गौरवशाली अतीत रहा है। यहाँ स्मारकों का अम्बार होना प्रत्येक मार्ग पर स्वाभाविक है। दर्शक के पास समय की कमी और पैसे की सीमा उसे सब कुछ देखने से रोकती है। इसी से कितना कुछ देखने से बाद इसका व्यक्तित्व उजागर होगा इसके लिए UNESCO के प्रमुख डॉ० एलचिन ने 1971 में भारतीय स्मारकों की एक सूची इनकी प्रमुखता की दृष्टि से बनाई जो तीन आधारों पर तैयार किया गया। एक जो कला, पुरातत्व, इतिहास तथा स्थापत्य की दृष्टि से जो अग्रणी या मानक थे, दूसरे जो पर्यटकों के लिए आकर्षक थे और तीसरे व्यक्तिगत रुचि के अनुसार जिनके कारण भारत अपने को सम्मानित अनुभव करता है। इन्हीं दृष्टियों से 65 स्मारक डॉ० एलचिन ने चुना। पर भारतीय पुरातत्व सर्वेक्षण द्वारा यहाँ के स्मारकों को तीन कोटियाँ बड़े, मध्यम और छोटे में विभक्त कर प्रमुख प्रकारों में से 5000 की सूची प्रकाशित की गई। पर ये सभी संरक्षित थे ऐसा नहीं कहा जा सकता। दूसरी ओर कुछ ऐसे प्राकृतिक विशिष्ट स्थल भी थे जिनकी अपनी महत्ता थी और संरक्षण के अभाव में ऐसा अनुभव किया जाता है कि इनकी गरिमा नष्ट हो जाएगी।

इसलिए UNESCO ने 1972 में एक प्रस्ताव किया कि एक सम्मेलन बुलाया जाय जिसमें तय किया जाय कि विश्व के सांस्कृति और प्राकृतिक धरोहरों की रक्षा कैसे की जाय। इसके प्रस्ताव पर सम्मेलन बुलाया गया। इसमें निम्न महत्त्व प्रस्ताव रखा गया :—

(1) विश्व सम्पदा की व्याख्या की जाय दोनों पक्षों से सांस्कृतिक तथा प्राकृतिक।

(2) इसके सदस्य देशों के स्मारकों तथा प्राकृतिक क्षेत्रों की सूची तैयार की जाय यहाँ ये सम्पदा है।

(3) संरक्षण पर विचार किया जाए।

(4) सभी सहयोगी देश जो इसमें सम्मिलित हैं उनमें तथा वहाँ की जनता में भावना पैदा करना कि वे परस्पर सहयोग ऐसे स्मारकों की सुरक्षा, संरक्षण और परिरक्षण (Protection, Restoration and Conservation) प्रदान करें।

इस सम्मेलन में 107 देशों ने भाग लिया था। सभी महत्त्वपूर्ण स्मारकों को सूचीबद्ध किया गया जिनकी संख्या 506 थी। भारत इनमें से एक था। इसके 17 सांस्कृतिक स्थल और 5 प्राकृतिक सौंदर्य स्थलों को भी उसमें सूचीबद्ध किया गया। इनकी सुरक्षा का दायित्व इसके सहयोगी देशों के सम्मिलित प्रयास पर छोड़ा गया। इसके साथ दूसरे सहयोगी थे इण्टरनेशनल यूनियन फॉर दी कन्जरवेशन ऑफ नेचर एण्ड नेचुरल रिसोर्सेज (IUCN), इण्टर नेशनल कौंसिल आन मानुमेण्टस एण्ड साइट्स (ICOMOS), इण्टरनेशनल सेण्टर फॉर स्टडी, प्रिजर्वेशन एण्ड रेस्टोरेशन ऑफ कल्चरल प्र पर्टी (ICCROM)। लोगों में इन कार्यों के प्रति जागृति लाने के लिए ICOMOS (इण्टरनेशनल कौंसिल आन मानुमेण्टस एण्ड साइटस) द्वारा 18 अप्रैल 1985 से वर्ल्ड हेरिटेज डे मनाया जाता है। इस भावना को नई पीढ़ी में बनाये रखने के लिए प्रतिवर्ष भारतीय पुरातत्व सर्वेक्षण विभाग द्वारा प्रतिवर्ष 19 नवम्बर को एक सप्ताह

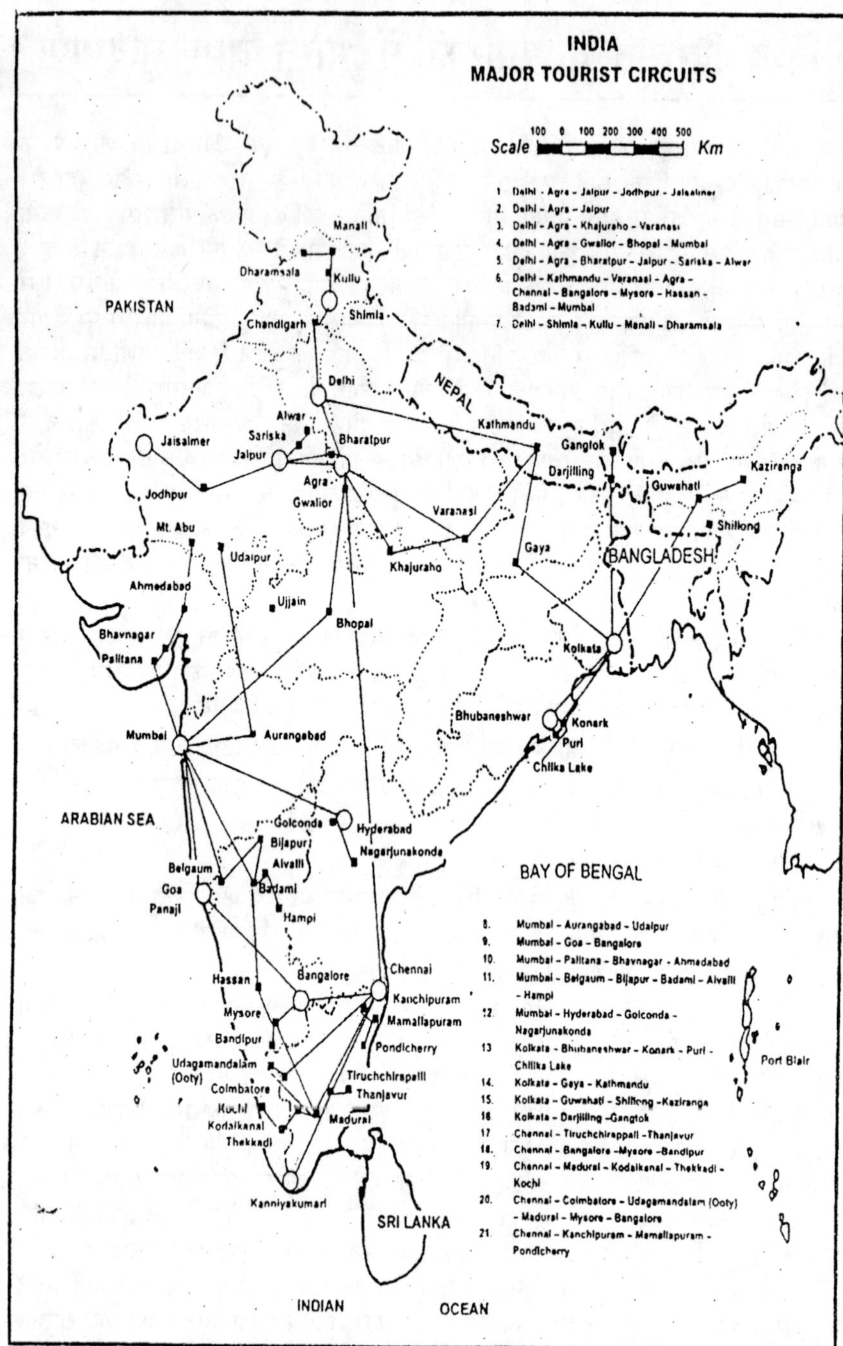
INDIA
MAJOR TOURIST CIRCUITS
Scale 100 0 100 200 300 400 500 Km
1. Delhi - Agra - Jaipur - Jodhpur - Jaisalmer
2. Delhi - Agra - Jaipur
3. Delhi - Agra - Khajuraho - Varanasi
4. Delhi - Agra - Gwalior - Bhopal - Mumbai
5. Delhi - Agra - Bharatpur - Jaipur - Sariska - Alwar
6. Delhi - Kathmandu - Varanasi - Agra - Chennai - Bangalore - Mysore - Hassan - Badami - Mumbai
7. Delhi - Shimla - Kullu - Manali - Dharamsala
PAKISTAN
NEPAL
BANGLADESH
ARABIAN SEA
BAY OF BENGAL
SRI LANKA
INDIAN OCEAN
Manali
Dharamsala
Kullu
Shimla
Chandigarh
Delhi
Alwar
Sariska
Bharatpur
Jaisalmer
Jaipur
Agra
Gwalior
Jodhpur
Mt. Abu
Udaipur
Kathmandu
Gangtok
Darjiling
Kaziranga
Guwahati
Shillong
Varanasi
Khajuraho
Gaya
Ahmedabad
Ujjain
Bhopal
Bhavnagar
Palitana
Kolkata
Bhubaneshwar
Konark
Puri
Chilka Lake
Mumbai
Aurangabad
Golconda
Hyderabad
Bijapur
Nagarjunakonda
Aivalli
Belgaum
Goa
Panaji
Badami
Hampi
Hassan
Bangalore
Chennai
Kanchipuram
Mysore
Mamallapuram
Bandipur
Pondicherry
Udagamandalam (Ooty)
Tiruchchirapalli
Coimbatore
Thanjavur
Kochi
Madurai
Kodaikanal
Thekkadi
Kanniyakumari
Port Blair
8. Mumbai - Aurangabad - Udaipur
9. Mumbai - Goa - Bangalore
10. Mumbai - Palitana - Bhavnagar - Ahmedabad
11. Mumbai - Belgaum - Bijapur - Badami - Aivalli - Hampi
12. Mumbai - Hyderabad - Golconda - Nagarjunakonda
13 Kolkata - Bhubaneshwar - Konark - Puri - Chilika Lake
14. Kolkata - Gaya - Kathmandu
15. Kolkata - Guwahati - Shillong - Kaziranga
16 Kolkata - Darjiling - Gangtok
17 Chennai - Tiruchchirappali - Thanjavur
18. Chennai - Bangalore - Mysore - Bandipur
19. Chennai - Madurai - Kodaikanal - Thekkadi - Kochi
20. Chennai - Coimbatore - Udagamandalam (Ooty) - Madurai - Mysore - Bangalore
21. Chennai - Kanchipuram - Mamallapuram - Pondicherry

का विश्व विरासत सप्ताह मनाया जाता है।

जो भारतीय स्मारक तथा प्राकृतिक दृश्य विश्व विरासत सूची में सूचीबद्ध किये गये थे वे निम्न हैं:—

स्मारकों की सूची :—

(1) महाराष्ट्र की अजन्ता की गुफाएँ।
(2) महाराष्ट्र की एलौरा की गुफाएँ।
(3) उत्तर प्रदेश के आगरा जनपद का आगरा का किला।
(4) उत्तर प्रदेश के आगरा का ताज महल।
(5) उड़ीसा के कोणार्क का सूर्य मन्दिर।
(6) तमिलनाडु के महाबलीपूरम के मन्दिर समूह।
(7) गोआ के चर्च और कानवेंट (जहाँ नन रहती हैं)
(8) मध्य प्रदेश के खजुराहो के मन्दिर।
(9) कर्नाटक के हम्पी के स्मारक।
(10) उत्तर प्रदेश का फतेहपुर सीकरी।
(11) कर्नाटक के पट्टदकल के स्मारक।
(12) महाराष्ट्र की एलिफैंटा की गुफाएँ।
(13) तमिलनाडु के तंजोर का वृहदीश्वर मन्दिर।
(14) मध्य प्रदेश के साँची के बौद्ध स्मारक।
(15) दिल्ली के हुमायूँ का मकबरा।
(16) दिल्ली का कुतुबमीनार और उसके स्मारक।
(17) बिहार के बोधगया मन्दिर का परिक्षेत्र।

सूचीबद्ध प्राकृतिक स्थल निम्न हैं :—

(1) आसाम का काजीरंगा राष्ट्रीय उद्यान।
(2) राजस्थान का केवल दास राष्ट्रीय उद्यान।
(3) बंगाल का सुन्दरबन राष्ट्रीय उद्यान।
(4) उत्तरांचल का नन्दादेवी राष्ट्रीय उद्यान।
(5) पश्चिम बंगाल के दार्जिलिंग का ट्वाय ट्रेन।

इन स्थानों पर पर्यटकों को आवश्यक सुविधा उपलब्ध कराने हेतु यूनाइटेड नेशन्स एजुकेशनल साइण्टीफिक एण्ड कल्चरल ऑर्गनाइजेशन (UNESCO) ने निम्न मानक सुविधाओं हेतु व्यवस्था की जाने की सिफारिश की है:—

(1) प्रथम श्रेणी के पर्यटन आवास (*Tourist Banglow*) की व्यवस्था

इसके द्वारा जैसा एलचिन ने कहा है पर्यटक में यह भाव पैदा होता है कि सर्वत्र उसे ऐसी सुविधाजनक आवास प्राप्त होंगे जिससे वह आगे बढ़ने का निश्चय करेगा। दूसरे, बहुत से स्मारकों तक पहुँचने के उचित एवं साफ मार्ग नहीं है तथा कोल्तार, धूल आदि भरे होने से दर्शक पुरास्मारक का आनन्द नहीं ले पाता। अतः मार्गों को साफ, पक्का बनवाया जाय। तीसरे, प्रायः स्मारकों के देखने के लिए खुलने का समय प्रातः 10 से सायं 5 होता है। भारत

में भीषण गर्मी के कारण विदेशी पर्यट्क को यह समय असुविधाजनक होती है। अतः इसका समय प्रातः से सायं तक होना चाहिएं। मन्दिरों में प्रातः और सायं पूजा होने से समय परिवर्तन में असुविधा होगी। अतः उनके लिए दूसरी व्यवस्था सुविधा से रखी जानी चाहिए।

(2) सरकारी गाइड व्यवस्था

संग्रहालयों में सरकार की ओर से वेतनभोगी गाइड लेक्चरर होते हैं। पर ऐसी व्यवस्था स्मारकों के साथ नहीं जुटी है। इससे स्थानीय या विदेशी पर्यटक को स्मारकों के विषय में जानकारी प्राप्त करने में बड़ी असुविधा होती है। वह उसका उद्देश्य, इतिहास, भूगोल तथा अन्य तथ्यों से अनभिज्ञ रहता है। लेक्चरर गाइड प्रशिक्षित होते हैं जो स्थानीय स्वैक्षिक गाइडों की अपेक्षा अधिक जानकारी रखते हैं। उनको अलग से पैसा भी नहीं देना पड़ता। वे पूरी और प्रामाणिक सूचना स्मारक के विषय में देते हैं। जब कभी छात्रों का दल ऐसी बिना अध्यापक के स्मारकों पर पहुँचता है तो सिवा देखने के कुछ नहीं समझ पाते। इसके लिए सर्टिफिकेट प्राप्त गाइड होने चाहिए। पर पहचान के लिए आवश्यक है कि उनके साथ बैज हो और विभाग का आदेश पत्र। साथ ही उनका एक पोशाक निर्धारित रहे कि वे आसानी से पहचाने जा सकें। प्रायः ITDC तथा ट्रैवेल एजेंसियाँ अपने गाइड अलग से रखती हैं कि यात्री को ऐसी असुविधा न हो।

(3) योजना प्रकाशन

प्रायः ऐसे स्थानों पर पुरातत्व सर्वेक्षण विभाग द्वारा एक साइट प्लान लगाया जाता है। पर यह इतना छोटा होता है कि पर्यटक को संतुष्ट नहीं कर पाता। साथ ही, उसमें पूरा तथ्य भी नहीं होता। जो चिह्न बने होते हैं बिना उसको ठीक से समझे दर्शक भटक जाता है। जो पुस्तिकाएँ वहाँ काउण्टर में विभाग द्वारा उपलब्ध होती है वे बड़ी होती हैं तथा उनकी कीमत भी पर्याप्त होती है। कभी-कभी आने वाले पर्यटक के पास इतना समय नहीं रहता कि वह ठहर कर उसे पढ़े और तब घूमे। इसलिए आवश्यक है कि छोटे किन्तु स्पष्ट और सुविधाजनक मानचित्र लगा गाइड बुक सस्ते कीमत पर वहाँ विक्रय काउण्टर पर उपलब्ध होना चाहिए कि उनको पढ़कर पर्यटक अपने निर्दिष्ट स्थानों को देख सके। इसी से UNESCO के दल ने सहयोगी गाइड सिरजी निकालने का सलाह दिया है।

(4) विक्रय सामग्रियाँ

प्रायः दर्शनीय स्थलों पर छोटी आकृतियों में मुख्य प्रदर्शों का प्रारूप बाहर रखा रहता है, नोटिस बोर्ड पर सूचनाएँ अंकित होती हैं। मार्ग प्रदर्शक निशान मानचित्र बनाकर दिए रहते हैं कि आगन्तुक को उससे लाभ हो। पर वह इतने से संतुष्ट न होकर इनके विषय में कुछ व्याख्या चाहता है कि जो वह देख रहा है वह उसे स्पष्ट हो सके। आवश्यकता है कि मार्ग प्रदर्शक नक्शा, प्लैन, मूर्तियों का छाया चित्र सस्ते दरों पर दर्शकों को उपलब्ध कराया जाय। जो निर्देशक पुस्तिका (Guide Book) है वह बड़ी और महँगी होने से अलाभकर है। अतः छोटी संक्षिप्त गाइड बुक हो जिसमें सारी आवश्यक सूचनाएँ संजोई गई हों। उसके लिए आवश्यक है कि पूरक छोटी गाइड के उसमें साथ संक्षिप्त सूचनाएँ भी उसमें हों।

(5) पुस्तक केन्द्र

प्रमुख केन्द्रों में सरकार की ओर से इसे स्थापित किया जाता है जहाँ उस स्थान से सम्बन्धित सामग्रियों के विषय को पुस्तकें सरकार के प्रकाशन की तथा दूसरे प्रकाशनों की वहाँ रखनी

चाहिए। इसके साथ उसमें संग्रहीत सामग्रियों का एलबम पोस्टकार्ड आदि भी हों कि उसके बाद भी दर्शक जानकारी ले सकें तथा दूसरों को भेजकर उसे भी इसकी ओर आकर्षित करे। कलेण्डर भी इन संग्रहों के छाया चित्रों के साथ प्रकाशित कराने से इस ओर बाहरी दर्शकों को ध्यान बढ़ता है। पर जो पुस्तकें या चित्र फलक वहाँ उपलब्ध हैं वे न तो बहुत सुन्दर, पारदर्शक और सस्ती है जैसा और देशों में, तो इसके लिए सुझाया जा सकता है कि इस कमी को दूर किया जाय। यहाँ बहुत कम संख्या में फोल्डर्स होते हैं। सरकार की ओर से प्रकाशित गाइड बुक के एक बार छपने के बाद फिर नहीं छपने से वे अप्राप्त रहती हैं। इस कारण व्यक्तिगत प्रकाशक इसकी पूर्ति साधारण छपाई, साधारण कागज आदि के द्वारा महँगी कीमत पर करते हैं जिससे पर्यटक चाह कर भी नहीं खरीद पाता। इसकी पूर्ति प्रशासन को करनी चाहिए। दूसरे इस पर सम्बन्धित साहित्य विभिन्न भाषाओं में हो कि भारत के विभिन्न क्षेत्रों और बाहर के पर्यटक भी उसे खरीदें।

(6) स्थानीय संग्रहालय

पुरास्थलों पर खुदाई के बाद वहाँ की सामग्रियाँ उठा कर किसी दूसरे बड़े संग्रहालयों को भेज दी जाती हैं। इससे उस स्थान पर दर्शक उन्हें नहीं देख सकता। फिर उसे विभिन्न संग्रहालयों में जाकर उन्हें देखना पड़ता है। यह श्रमसाध्य, समय-साध्य तथा द्रव्य साध्य क्रिया है। इस परिस्थिति को बचाने के लिए स्थानीय संग्रहालय पुरास्थलों पर ही स्थापित करके वहाँ से प्राप्त सामग्रियों को रखना चाहिए। यद्यपि यह कार्य खर्चीला है और कुशल लोगों की सेवा की जरूरत इसमें पड़ती है पर इस पर टिकट लगा कर कुछ ऐसी कमी पूरी की जा सकती है। इससे आगन्तुक वास्तविक परिवेश में सामग्रियों को देख उनके विषय में आकलन कर सकता है। यद्यपि ऐसे कुछ स्थलों पर संग्रहालय बने हैं पर वहाँ न कोई साहित्य बिक्री के लिए उपलब्ध है न कोई प्रतिमूर्ति या छाया प्रतियाँ होती हैं जो वहाँ बिक्री के लिए रखी जाती हों। व्यक्तिगत व्यापारी अपनी दुकानों पर भले ही कुछ जगह जैसे खजुराहो आदि में ऐसी प्रतिमूर्तियाँ, साहित्य छायाचित्र रखते हैं पर वे महँगी और अच्छी न होने के कारण अनाकर्षक होती हैं। यह कार्य सरकार को अपने काउण्टर से वहाँ करना चाहिए।

(7) विश्राम व्यवस्था

पर्यटक सामग्रियाँ देखते-देखते थक जाता है। वह कुछ समय विश्राम करना चाहता है। इसके लिए आवश्यक है कि वहाँ एक विश्राम कक्ष हो जहाँ यात्री कुछ देर ठहर कर आराग कर सके। इसके लिए यह भी आवश्यक है कि उसके साथ बिजली और पानी की व्यवस्था हो। यदि संभव हो तो गद्दीदार कुर्सियाँ भरसक आराम कुर्सियाँ वहाँ रखी गई हो कि पर्यटक अपनी थकान उनपर थोड़ी निद्रा लेकर शान्त कर सके, पानी पी सके और यदि अपने साथ कुछ सामान खाने को लेकर चल रहा है तो उसको खाकर तरोताजा हो सके। इसलिए साफ जल की व्यवस्था होनी चाहिए। एक्वागार्ड, वाटरकूलर, साफ गिलास आदि सरकार की ओर से वहाँ उपलब्द्ध कराया जाना चाहिए। हो सके तो एक छोटा अल्पाहार कक्ष अलग बनाया जाय जहाँ काउण्टर पर ये सामग्रियाँ रखी जाय।

(8) भोजन व्यवस्था

यदि यात्री बाहर का है तो वह विश्राम के समय अपने खाने का कोई सामान नहीं लाता है। उसको हो सकता है कि ठहरने के समय भूख महसूस हो। इसलिए आवश्यक है कि विभाग की ओर से वहाँ ठीके पर कोई अल्पाहार की दुकान परिसर ने चलवाई जाय अगर बाहर इसकी

साफ-सफाई वाली दूकान न हो तो। साथ ही दुकानदारों से सम्पर्क कर अच्छे प्रकार के जलपान की व्यवस्था वहाँ रखनी होती है कि पर्यटक उनको पसन्द करे। यदि मक्खियाँ भिनभिनाती रहेंगी, रखने का बर्तन गन्दा होगा, पानी की उचित व्यवस्था न होगी, परसने का समुचित ढ़ंग नहीं होगा, दुकानदार गंदा कपड़ा पहने होगा, सामान बासी होगा तो पर्यटक को वहाँ बड़ी असुविधा होगी। इसलिए अधिक उचित यही है कि व्यवस्था की ओर से जलपान गृह चालू कराया जाय। वहीं रिफ्रेजिरेटेड के ठंढा जल की व्यवस्था हो। यदि अधिक सम्भव न हो तो साफ मटके में पानी रखना चाहिए और यह सूचना भी वहाँ लिखवाना चाहिए कि यह पीने का ठंढा पानी है कृपया इसका दुरुपयोग न करें तथा स्वच्छता बनाये रखें। प्रायः साफ पानी के अभाव मे पर्यटकों को पर्यटन स्थल पर लिमका या कोकाकोला पीकर अपनी प्यास शान्त करनी पड़ती है। किन्तु यह सत्य है कि बड़ी संख्या में पर्यटक इस स्थिति में नही होते कि इन पर अधिक पैसा खर्च कर सकें।

सरकार की ओर से चालू किये गए जलपान गृह में गर्म चाय, साफ-सुथरा अल्पाहार, कुछ बिसकिट तथा अच्छे प्रकार का नमकीन होना चाहिए कि यात्री आश्वस्त होकर इनका उपभोग करें कि ये स्वास्थ के लिए हानिकारक नहीं होंगे। आज अनेक केन्द्रों पर ITDC की ओर से उत्तम प्रकार के जलपान गृह चलाए जा रहे हैं जिनको और व्यापक बनाने की आवश्यकता है।

(9) शौचादि की व्यवस्था

विदेशी या पढ़ा-लिखा भारतीय कहीं भी शौच या पेशाब नहीं करना उचित समझता। प्रायः देहात के लोग परम्परागत रीति के शौचालयों का प्रयोग इसके लिए करते हैं जिससे यह प्रायः गंदा रहता है। जमादार भी नियमित सफाई नहीं करते। इससे स्थानीय लोग भी उसकी गन्दगी के कारण वहाँ जाने से घबड़ाते हैं। विदेशी भारतीय परम्परागत शौचालय में जाना पसन्द नहीं करते। वे अपने देशीय व्यवस्था के आदी होने से वही यहाँ भी खोजते हैं। जहाँ स्थानीय डाक बंगला होता है वहाँ तो उनको यह सुविधा प्राप्त हो जाती है पर जहाँ यह नहीं होता वहाँ यात्रियों को बड़ी कठिनाइयाँ होती है। अतः पर्यटन विभाग को ऐसे केन्द्रों पर जहाँ सांस्कृतिक विरासत हो अच्छे और आधुनिकतम शौचालय बनवाना चाहिए। कुछ विदेशी परम्परा के कमोड वाले शौचालय भी वहाँ होना चाहिए कि विदेशियों को भी कोई असुविधा न हो। ऐसे शौचालयों का जो भारतीय परिवेष के नहीं होते स्थानीय लोग दुरुपयोग करते हैं। इनको बन्द कर चाभी व्यवस्थापक या चौंकीदार के पास होनी चाहिए कि जब कभी उस तरह का कोई आगन्तुक पहुँचे तो वह उसे खोलकर सुविधा दे सके।

(10) प्रवाह प्रकाश और साउण्ड लाइट प्रोग्राम

यह एक आधुनिक विधा है। प्रायः आकर्षण के लिए प्रत्येक समारोहों में इसका आयोजन किया जाता है। प्रवाह प्रकाश (Flood light) से मूर्तियाँ अधिक उजागर और आकर्षक हो जाती हैं। उनकी ओर सबकी निगाहें जाती हैं। उसके विषय में तथ्यों की जानकारी देने के लिए एक नया प्रोग्राम चलाया जाता है कि उसके विषय में बताते हुए उसके अवयवों को प्रकाशित करते रहते हैं। इसका परिणामं यह होता है कि दर्शक देखने के साथ उसके विषय में बातें समझता चलता है। यह दो दृष्टियों से लाभकारी है एक यह तथ्यों को उजागर करता है और उसकी पुष्टि के लिए सम्बन्धित पक्षों पर प्रकाश भी डालता है। प्रकाश के साथ प्रदर्शन को जोड़ने के पीछे कारण है कि रात्रि का पहला प्रहर यात्रियों के लिए अधिक आकर्षक होता

केरल का समुद्र तट

है। वह इसको आनन्द में बिताना चाहता है। इसलिए रात्रि के पूर्वाद्ध में यह कार्य करते हैं। एक और विधा अपनाई गई है जिसमें रात्रि के प्रकाश में बड़े नगरों की उपलब्धि जो अतीत की है उनको खोला जाता है कि दर्शक अधिक आकर्षक रूप से उसे देख सके। इसी से 'रात्रि की दिल्ली', 'रात्रि का लखनऊ' प्रस्तुत किया जाता है। इस प्रकार के कुछ अल्पकालिक तथा लघु प्रोग्राम का आयोजन दिल्ली के पुराने किले में आयोजित किया गया है। इसमें यह ध्यान रहे कि इसके द्वारा उन्हीं भवनों को प्रदर्शित कर सकते हैं जो प्रकाश की किरणों की सीमा में आते हैं। यदि दूर से हम प्रकाश की किरणें इनपर फेंके तो सारी चीजें उजागर होना सम्भव नहीं है। यह भी होता है कि दूर से प्रकाश डालने पर आकृति का सम्मुख भाग तो प्रकाशित होता है पर पिछला या किनारे का भाग छाया में छिप जाता है। साथ ही, जहाँ भवनों की अधिकता रहती है वहाँ भी प्रकाश का प्रवाह बहुत सफल नहीं होता। इस प्रकार के प्रदर्शन का कारण है नगर के स्मारकों को बड़ी कुशलता से प्रचारित करना।

(11) कला प्रतिमूर्ति, छाया कृतियाँ और एलबमों का विक्रय

विदेशी जब अपने देश लौटता है तो जहाँ आया है वहाँ से स्थाई यादें वहाँ की सामग्रियों के साथ संजोता ले जाता है। इसलिए आवश्यक है कि यात्रियों को बुक स्टाल पर सरकार की ओर से निर्धारित कीमत पर मूर्तियों के छोटी प्रतिमूर्तियाँ, छाया चित्र, लैडर केप, पुस्तिकाएँ, विशिष्ट सामग्रियाँ बेची जाएँ। इनके साथ एलबम पोस्ट कार्ड भी बेचने चाहिए जो अपने मित्रों को भेज कर अपनी यात्रा का सौगात उन्हें दे सकें तथा इन्हें देखकर वे भी यहाँ आने के लिए ललचा जाय। इसमें एक दूसरा लाभ यह भी होगा कि भारत का व्यक्तित्व विदेशों में प्रसारित होगा। तीसरे, जो कलाकार इस कार्य में अपनी जीविका के लिए लगे हैं वे विदेशियों से अच्छा पैसा कमाने के लिए और सुन्दर कलाकृतियों को प्रस्तुत करेंगे। यहाँ सरकार द्वारा निर्धारित कीमतों की सूची भी रहनी चाहिए कि कोई पैसा देने में हिचकिचाय नहीं। इससे दोनों बातें हो सकती हैं एक तो दुनियाँ को जानकारी हो जायगी कि हमारे पास कहाँ क्या है ? जिससे चोरी की सम्भावनाएँ बन बनती है तथा दूसरा पक्ष यह है कि सामग्रियों की प्रतिमूर्तियों को प्राप्त कर दर्शक संतुष्ट होकर अब उसकी चोरी का प्रयास छोड़ देगा।

(12) दर्शकों की शान्ति और सुरक्षा

इतनी ही आवश्यक नहीं है कि पर्यटक जहाँ जाएँ उनका वहाँ स्वागत कैसा हो ? पर इससे आवश्यक यह है वह जहाँ गया वहाँ कितनी शान्ति से किसी स्मारक का अध्ययन कर सका। प्रायः ये अपने देश की व्यस्तता से ऊबे लोग होते हैं जो पर्यटन के अन्य कारणों के साथ शान्ति की खोज में कहीं आकर बंध जाते हैं। यहाँ उनकी सुरक्षा का दायित्व राज्य सरकारों पर होता है। जितना शान्त वातावरण पर्यटक को मिलेगा उतना ही वह आनन्दपूर्वक और गहनता से सामग्रियों का निरीक्षण करेगा। पर इसमें यह आवश्यक है कि जानकारी रहे कि व्यक्तिगत संस्थाओं के पोस्ट कार्ड और दूसरी सूचनाएँ पूर्ण प्रामाणिक हों।

□

अध्याय – 28

पर्यटन विज्ञापन और आलेखन

पर्यटन के दो स्वरूप होते हैं – घरेलू (राष्ट्रीय) और बाहरी (अन्तरराष्ट्रीय)। पर दोनों ही प्रकार के पर्यटक, पर्यटन क्षेत्रों की पूरी जानकारी नहीं रखते। यह अन्यथा है कि घरेलू पर्यटकों को पढ़कर या सुनकर थोड़ा ज्ञान अवश्य होता है, पर बिना देखे यह ज्ञान एक प्रकार से अधूरा ही रहता है। साथ ही, एक पर्यटक इस प्रकार का कोई ज्ञाता व्यक्ति नहीं होता। वह एक साधारण व्यक्ति होता है जिसकी जानकारी इस दिशा में बहुत कम होती है। अतः उसे जानकारी देकर पर्यटन की दिशा में आकर्षित करना होता है। वह इस दिशा में अपनी मेहनत की कमाई खर्च तो करना चाहता है पर उसका खर्च करना पर्यटन उद्योग में लगे लोगों पर निर्भर होता है कि वे कितनी प्रेरणा उसे देते हैं कि वह खर्च करे। साथ ही, उसमें इसके प्रति रुचि और आकर्षण पैदा करना पड़ता है कि वह इसकी ओर आकृष्ट हो सके। इसी से प्रायः पत्र पत्रिकाओं. दूरदर्शन, रेडियो, पोस्टरों, पैंफलेटों, लीफलेटों आदि अनेक माध्यमों के द्वारा लोगों के मन पर बार-बार बल डालने के लिए तथा अपने देश, क्षेत्र या पड़ोसी देशों की यात्रा के लिए प्रेरणा देने हेतु प्रचार आवश्यक है। इससे उसके मन पर बल पड़ता है तथा उसकी सोच सार्थकता की ओर मुड़ती है। उसमें आकर्षण और प्रेरणा पैदा की जाती है। उसका सकारात्मक सोच बढ़ाया जाता है। साथ ही वहाँ सुविधाएँ बढ़ाकर लोगों को आकर्षित किया जाता है। इसके पीछे आधार होता है कि जो एक बार वहाँ आ जाय वह बार-बार वहाँ आने के लिए स्वयं सचेष्ट रहे। अपने मित्रों तथा परिचितों को वहाँ की यात्रा की प्रेरणा दे। उसके लिए कभी-कभी पर्यटन क्षेत्र के लोग कुछ सहयोगी यात्राएँ वहाँ के लिए अपने खर्च पर व्यवस्थित करते हैं कि प्रचारक जब स्थान देखकर जायगा तो वहाँ के लिए वह अधिक प्रेरणा देगा और प्रचार करेगा। इसके द्वारा प्रचारक दल स्वयं सचेष्ट होकर प्रचार करता है।

किसी भी राष्ट्र का पर्यटन संगठन प्रचारकों, पत्रकारों, अन्य प्रचार माध्यमों को वहाँ बुलाकर वहाँ के विषय में सूचना देता है उसको अधिक बढ़ाकर प्रकाशित करता है कि माध्यम के लोग स्वयं प्रभावित होकर अपने ओर से इस कार्य में जुट जायँ। इससे न केवल प्रचार को गति मिलती है बल्कि पर्यटकों के आकर्षण में बढ़ावा मिलता है। इसका परिणाम होता है कि प्रचार तेज होने से वहाँ पर्यटकों की भीड़ लगनी शुरू होती है जो स्थान और देश दोनों के लिए अनेक दृष्टियों से लाभकर होता है। इससे यातायात, ठहराव, सामग्रियाँ, गाइड, स्थानीय लोग सभी लाभान्वित होते हैं। इस प्रकार प्रचार को परिभाषित कर सकते हैं कि – *''विज्ञापन तथा प्रचार पर्यटन के क्षेत्र का इतना सशक्त माध्यम है कि इसी के द्वारा देश तथा विदेश से यात्रियों को यहाँ आने के लिए ललचाया जाता है।''*

प्रचार के माध्यम

पहले प्रचार के माध्यम सीमित थे। लोग क्लबों में, गोष्ठियों में घूम-घूम कर या व्यक्तिगत लोगों से मिलकर किसी वस्तु या स्थान का प्रचार करते थे। आज परिवेष बदल गया है। आज प्रचार के अनेक माध्यम आ गए हैं। इनमें प्रमुख माध्यम निम्न हैं :—

(1) टेलीविजन — आज के प्रचार का यह बहुचर्चित माध्यम है। इसमें कई रीतियाँ अपनाई जा सकती हैं यथा किसी स्थान, क्षेत्र या देश के विषय में परिचर्चा करना, वहाँ की पर्यटन

सम्पदा का विस्तृत चित्रात्मक विवरण प्रस्तुत करना, जो उनमें अधिक महत्त्वपूर्ण हैं उन्हें बार-बार चित्र के माध्यम से दिखाना और उनका महत्त्व बताना, विश्वविद्यालय अनुदान आयोग (UGC) के कार्यक्रम में ऐसे विषयों को जोड़ना, एक विशेष सीरियल बनाकर इसे नियमित रूप से दिखाना कि बार-बार दिमाग पर इसका प्रभाव पड़े, विद्वानों द्वारा उस पर परिचयात्मक व्याख्यान दिलवाना, उस पर टेली फिल्में बनवाना, विशेष आकर्षण वाले सीरियलों के पहले अवकाश काल में उसका प्रचार कराना, क्विज़ टाइम में ऐसे विषयों को जोड़ना, वृत्तिचित्र प्रस्तुत करना, सम्बन्धित नाटिका दिखलाना, बार-बार वहाँ की इमारतों को दिखलाकर उसके साथ इनके विषय में दर्शकों को प्रेरित करना। टेलिवीजन आज प्रचार का सस्ता तथा सुलभ माध्यम होने से प्रायः इसका प्रयोग आर्थिक दृष्टि से लाभ कर, और सामाजिक दृष्टि से उपयोगी है।

(2) **रेडियो** — इस पर विशेष प्रोग्राम देना, बड़े तथा चर्चित लोगों द्वारा इस पर चित्र प्रस्तुत कराना, प्रचार के रूप में आकर्षक नारा देना, लघु नाटिकाएँ मंचित कराना, चौपाल आदि के कार्यक्रम में इस पर चर्चा कराना, प्रचार करना, प्रतियोगिताएँ आयोजित करना, महोत्सवों का सीधा प्रसारण करना आदि।

(3) **पोस्टर** — पोस्टरों को बड़े मोटे कागज, कनवास पर आकर्षक रंगों से सजाकर किसी स्थान का सांस्कृतिक स्वरूप जैसे वहाँ की प्रमुख इमारतें, जीव-जन्तु, प्राकृतिक दृश्य, नृत्य-संगीत आदि को एक साथ या अलग-अलग बनाकर प्रमुख स्थानों पर लगाना यथा – रेलवे और बस स्टेशन, वाहन ठहराव, सिनेमा घरों, बाजारों, प्रमुख चौराहों, कला मन्दिरों, धार्मिक स्थलों आदि भीड़-भाड़ के स्थानों पर उन्हें लगाना तथा उनके छोटे रूप को पत्रिकाओं पुस्तकों के पृष्ठों पर अंकित कराना और टोपियों या कपड़ों पर उसकी प्रतिकृति रंगवाना।

(4) **पत्र-पत्रिकाएँ** — लेख लिखवाना, विशेषांक प्रकाशित करना, चित्र छापना, प्रश्नोत्तर निकालना, बार-बार उसके विषय में प्रचार देना, चर्चा, वाद-विवाद प्रस्तुत करना आदि।

(5) **लीफलेट-पैम्फलेट और फोल्डर** — मोटे कागज पर अच्छी आकर्षक छपाई, चटकीले रंगों, आकर्षक नारे, प्रसिद्ध सम्पदा का मोहक डिजाइन बनाकर सम्बन्धित विषय पर पैम्फलेट या लीफलेट निकाले जायँ जिनमें अत्यन्त ही संक्षिप्त किन्तु सारगर्भित एवं परिचयात्मक विवरण हो। इन्हें पर्यटक परिवारों, सामाजिक संस्थाओं, प्रमुख सम्पर्क माध्यमों से जुड़े व्यक्तियों, पुस्तकालयों एवं वाचनालयों, विशिष्ट व्यक्तियों, संस्थाओं को डाक द्वारा भेजा जाय तथा पूछ-ताछ के केन्द्रों पर रखा जाय और निःशुल्क दिया जाय।

(6) **प्रेस से मिलिए कार्यक्रम** — सम्बन्धित क्षेत्र के विषय में प्रेस से मिलिए कार्यक्रम का आयोजन करना चाहिए। इनमें प्रेस रिपोर्टरों को बुलाकर प्रभावित करना, पूरा विवरण देना, स्लाइड दिखाना, फोटो प्रस्तुत करना, लीफलेट-पैम्फलेट, फोल्डर आदि देना कि वे प्रेस के प्रचार माध्यम द्वारा इसका अधिक-से-अधिक प्रसार करें।

(7) **प्रदर्शनियों एवं महोत्सवों का आयोजन** — कभी-कभी अपने देश में और कभी विदेशों में प्रदर्शनियों का आयोजन किया जाता है। इसमें स्लाइड के माध्यम से अपने देश की सांस्कृतिक झलक दिखाई जाती है तथा पुरास्मारकों एवं ऐतिहासिक स्थलों का प्रचार किया जाता है। साथ ही, अनेक प्रकार की आकर्षक सामग्रियों को स्टाल (stall) पर सजाया जाता हैं जिसमें हस्तशिल्प के नमूने होते हैं। इससे देश की कलाकारिता उजागर होती है तथा विदेशों में इसकी माँग बढ़ती है। दूसरी ओर महोत्सवों का भी विदेशों में आयोजन किया जाता है जिसमें सांस्कृतिक कार्यक्रम कलाकारों द्वारा एक ओर प्रस्तुत होता है तो दूसरी ओर मॉडल, चार्ट,

डिजाइनों को अन्तरराष्ट्रीय परिप्रेक्ष में उजागर किया जाता है। साथ ही, वेष-भूषा, शृंगार, रीति, साज-सज्जा आदि का भी प्रदर्शन होता है। कुछ विशिष्ट त्योहारों और जातीय लोगों की परम्पराओं को भी नाटक, प्रदर्शन आदि के माध्यम से दिखाते हैं कि लोग वहाँ से देखने के लिए इस देश के वास्तविक स्थान पर आवें।

(8) प्रयोग की सामग्रियों पर प्रतीक चिह्नों का अंकन—कुछ दैनिक प्रयोग की सामग्रियाँ, यथा–कापी, बटन, ब्रुश, जूता, कलम, टोप, पहियों के कवर आदि पर प्रतीक चिह्नों को अंकित करके सस्ते दामों पर बेचा जाता है कि लोग उसको अधिक मात्रा में प्रयोग के लिए खरीदें तथा उस पर बने प्रतीकों को बार-बार देखने से देश की ओर आने की भावना उनके मन में बलवती होती जाय। न्यूयार्क ने इसी प्रकार के कौशल का प्रयोग बटन पर वहाँ अंकित किया जाता था।

विज्ञापन की विशेषताएँ

(i) मोटे कागज या मजबूत कपड़े पर बनाया जाय।

(ii) नए डिजाइनों और प्रतीकात्मक रूप में सजाया जाय।

(iii) रंग अधिक चटकीला और मजेदार हों कि लोगों का ध्यान उसकी ओर आकर्षित हो।

(iv) आकार बड़ा रहे कि ध्यान आकर्षित कर सके।

(v) कुछ बीच में विशिष्टता हो जैसे सभी में बीच में काले रंगों से भरा है जबकि बीच में अन्य खुले हैं।

(vi) कभी-कभी विशिष्ट महत्त्व की आकृतियाँ भी साथ में जोड़ी जायँ जैसे कोई मन्दिर का चित्र, बड़े आदमी का फोटो आदि।

(vii) इसका आवर्तन (repitition) होना चाहिए।

(viii) जहाँ लोग इकट्ठा होते हों वहाँ इसे लगाना चाहिए।

(ix) अधिक-से-अधिक स्थानों पर लगाना चाहिए।

(x) विज्ञापन में नारा, कथन, उपदेशात्मक वाक्य, विशिष्ट प्रतीकात्मक शब्दों का संयोग आदि में से कोई एक या कई चुनना होना चाहिए।

(xi) जो भी विज्ञापन हो वह उद्देश्य के अनुरूप हों।

(xii) विशिष्ट आयोजनों के समय इसे अवश्य दिया जाय।

(xiii) मेला, उत्सव, त्योहारों पर प्रचारित किया जाय।

उदाहरण

1. काशी पर्यटन का विज्ञापन बनाना

काशी का घाट या काशी का मन्दिर या हिन्दू विश्वविद्यालय के दृश्य के साथ निम्नांकित में से एक या दो मोटे अक्षरों में आकर्षक रंगों में बड़े कागज या कपड़े पर लिखा जा सकता है :—

(i) शंकर की नगरी काशी।

(ii) भारत का सांस्कृतिक तीर्थ काशी।

(iii) तीन लोक से न्यारी काशी।

(iv) काशी कभी न छोड़िए, बाबा विश्वनाथ दरबार।

(v) संस्कृतियों का संगम काशी चलिए।

2. उत्तर प्रदेश पर्यटन का विज्ञापन बनाना

उत्तर प्रदेश का रेखाचित्र बनाकर उसमें उत्तरांचल का प्राकृतिक दृश्य दिखाना तथा बीच में अशोक स्तम्भ या सारनाथ स्तूप या मन्दिर या लाल बहादुर शास्त्रीजी की आकृति के साथ नारा देना :—

(i) भारत का हृदय उत्तर प्रदेश।
(ii) भारत की सांस्कृतिक राजधानी उत्तर प्रदेश।
(iii) उत्तर प्रदेश चलिए, घर चलिए।
(iv) धार्मिक केन्द्र उत्तर प्रदेश।
(v) देश का गौरव उत्तर प्रदेश।
(vi) धर्मों का केन्द्र उत्तर प्रदेश।

3. भारत पर्यटन का विज्ञापन बनाना

उत्तर तथा दक्षिण की प्रमुख सांस्कृतिक सामग्रियों में से कुछ को चटकीले आकर्षक रंगों में भारत के रेखाचित्र के बीच में बनाना तथा साथ कोई भी नारा लिखना जिससे भारत का व्यक्तितत्व एकाँगी या बहुमुखी निखर उठे। जैसे :—

(i) भारत चलिए, घर चलिए।
(ii) भारत हमारा भी तुम्हारा भी।
(iii) कला का धनी भारत धरा।
(iv) धर्मों की जन्मदात्री भारत भूमि।
(v) विश्वगुरु भारत से मिलिए।
(vi) भारत विशाल।
(vii) पर्यटकों का देश भारत।

ऐतिहासिक स्थलों की परिभ्रमण आख्या

प्रायः लोग ऐतिहासिक सथलों के परिभ्रमणार्थ आते हैं। वे विभिन्न दर्शनीय स्मारकों, मन्दिरों, भवनों, कलाकृतियों पुरास्थलों, संग्रहालयों, धार्मिक केन्द्रों, महापुरुषों के स्थानों, महत्त्वपूर्ण शिक्षा केन्द्रों आदि को देखते हैं। इनके देखने में जो आनन्द प्राप्त होता है उससे अधिक आनन्द मिलता है उसके सम्बन्ध में विषयगत ज्ञान के साथ उनके देखने का। इसी दृष्टि से किसी भी ऐतिहासिक स्थल के भ्रमण का विवरण ही 'परिभ्रमण आख्या' कहलाती है। उदाहरण के लिए हम काशी भ्रमण ले सकते हैं। इसके लिए निम्न क्रम में इसे विभाजित करके आख्या लिखी जा सकती है :—

स्थान (जिला, प्रान्त)
तिथि
उद्देश्य
संरक्षक

भूमिका

काशी उत्तर प्रदेश के पूर्वांचल का एक मुख्य सांस्कृतिक केन्द्र है जो लोक परम्परा के अनुसार भगवान शंकर के त्रिशूल पर स्थित है जहाँ मरते हुए प्राणी के कानों में भगवान भूतनाथ त्राटक मंत्र का उपदेश करके उसे सशरीर मुक्ति दिलाते हैं। यह पतितपावनी शंकर की जटा

से निकलने वाली गंगा के तट पर बसी है तथा इसका बसाव भोलेनाथ के भाल पर स्थित हसियादार चन्द्रमा की तरह नदी के किनारे से दिखता है। यह मुक्तिदायिनी नगरी, ज्ञान, धर्म, कला का एक विचित्र संगम लिए है जहाँ की बोली और पान विश्वप्रसिद्ध हैं, मस्ती बेमिसाल है और भंग-गंग का संयोग अनोखा है। धर्मपूरित प्रातः, चहल-पहल भरा दिन, मस्ती भरी शाम, अठखेलियों में झूमती नौका बिहार की रातें जाने कब आती हैं और कब जाती हैं। इसी माटी में लाल बहादुर शास्त्री जी, कबीर, डॉ० सम्पूर्णा नन्द, बिस्मिल्ला खाँ, जयशंकर प्रसाद आदि हुए। यहीं आदि विश्वनाथ, बौद्ध केन्द्र सारनाथ, काशी हिन्दू विश्वविद्यालय भी है। यहाँ बनारसी साड़ी का केन्द्र है तो विश्वप्रसिद्ध पान की गिलौरियाँ भी बनती हैं। अतः यहाँ का ऐतिहासिक और धार्मिक स्थल जिसमें जुड़ा है वाराणसी का गौरव, हिन्दुत्व का हृदय पर्यटकों का एक मोहक केन्द्र है जहाँ मस्ती में डूबने सैलानियों के दल हर मोड़, बाजार, गली और होटलों में दीखते हैं। इसी धारा में अपने को जोड़ने हम भी वहाँ पहुँच गए।

दर्शनीय स्थल

जहाँ भ्रमण किया गया हो उन स्थलों की एक सूची क्रम से पहले दे दी जाय जिसमें अपने पर्यटन उद्देश्य–ऐतिहासिक स्थलों के साथ अन्य महत्त्वपूर्ण स्थानों को जिन्हें देखा गया है क्रमबद्ध किया जाय।

स्थलों का ऐतिहासिक महत्त्व

विभिन्न स्थलों के ऐतिहासिक महत्त्व को जो परम्परा, इतिहास, लोक मान्यता, धार्मिक ग्रंथों से जुड़ी हों, संक्षेप में प्रत्येक के विषय में लिखा जाय। जैसे, सारनाथ कहाँ स्थित है ? कौन-कौन से मन्दिर हैं ? उनका क्या महत्त्व है ? उनकी बनावट कैसी है ? उनके विषय में जन-धारणा क्या है ? इतिहास तथा साहित्य से उनके विषय में क्या ज्ञान मिलता है ? उनका ऐतिहासिक महत्त्व किस दृष्टि से है ? आदि का संक्षिप्त विवरण। इसी प्रकार स्तूप, उत्खनित स्थल, मृगदाव, मूलगंध, कुटी विहार, जैन मन्दिर, सारंगनाथ का मन्दिर, संग्रहालय, पालि शोध संस्थान, तिब्बती उच्च शिक्षा संस्थान, अशोक स्तम्भ, आदि के कलात्मक, ऐतिहासिक और पारम्परिक विवरण के साथ सारनाथ का नामकरण, उसका पूर्वापर इतिहास आदि का उल्लेख होना चाहिए।

अन्य महत्त्वपूर्ण स्थल

यहाँ के महत्त्वपूर्ण दूसरे स्थनों जैसे काशी के विवरण डीजल कारखाना, काशी करवट, काशीनरेश का किला और संग्रहालय, पुराणं शोध संस्थान, पार्श्वनाथ शोध संस्थान, नेपाली खपड़ा मन्दिर, कीनाराम का मठ, लोलार्क कुण्ड, मुमुक्षु भवन आदि का भी उल्लेख और परिचयात्मक विवरण देना अपेक्षिन होगा।

सामान्य परिचय

इसमें वहाँ की भाषा, आचार-व्यवहार, खान-पान, बसाव, जातियाँ, उत्सव, मेलों आदि के विषय में किंचित जानकारी देना चाहिए।

उपसंहार

इसमें इस यात्रा का लाभ और विभिन्न ज्ञान के क्षेत्रों में विकास की दशा पर प्रकाश डालना होता है। साथ में स्थान का मानचित्र, वहाँ के प्रसिद्ध स्मारकों, स्थलों, मनीषियों का चित्र भी यदि सुविधापूर्वक उपलब्ध हो सके और प्रबन्ध में दिया जा सके तो इसकी महत्ता विशेष रूप से बढ़ जायगी।

□

अध्याय – 29

बिहार के प्रमुख बौद्ध पर्यटन स्थल

बोध गया

वर्तमान गया जनपद भारत का एक प्रसिद्ध नगर है। इससे 12 किमी० की दूरी पर बोध गया का पुराना स्थान है जहाँ गया शहर से नियमित बस और टैक्सी सेवा पहुँचाने के लिए उपलब्ध है। यह प्राचीन निरंजना नदी के तट पर अवस्थित है जिसे अब फल्गू नदी के नाम से जाना जाता है। यहीं था प्राचीन उरूवेला नामक गाँव जिसे आज उरेलू कहते हैं। अशोक के समय इसका नाम था 'सम्बोधि' जो उसके अभिलेखों में आया है। पीछे इसका नाम महाबोधि पड़ा। जैसा ह्वेनसांग द्वारा महाबोधि-बिहार के संकेत से ज्ञात होता है। तिब्बत के यात्री धर्मस्वामी ने जो 1234 में यहाँ आए थे इसका नाम वज्रासन दिया है। यही स्थान वर्तमान बोधगया (जहाँ गया में बुद्ध ने ज्ञान बोध प्राप्त किया था) कहा जाता है। बौद्धों का यह प्रमुख तीर्थस्थल है। बुद्ध ने महापरिनिर्वाण के समय आनन्द को जिन चार स्थानों पर प्रत्येक बौद्ध को जाने का संकेत दिया उसमें बोधगया का उल्लेख है जहाँ उन्हें ज्ञान मिला था। अतः यह पर्यटकों का आज का पर्यटन स्थल बौद्धकालीन भारत से ही पर्यटन केन्द्र रहा है।

यहाँ के दर्शनीय स्थल

बोधि मन्दिर परिसर

(1) महाबोधि मन्दिर—चीनी यात्री ह्वेनसांग लगभग 600 ई० में भारत आया था। उसने इस मन्दिर का उल्लेख किया है। उसके वर्णानुसार ईंटों का बना यह मन्दिर अनेक आलों से युक्त हैं जिनमें बुद्ध की ताम्रवेष्ठित मूर्तियाँ रखी हैं। शिखर पर ताम्र चढ़ा आभलक है तथा स्तम्भ, द्वार, खिड़कियाँ, प्रस्तरपाद सभी स्वर्ण और रजत पत्तर से सज्जित हैं। बाहरी प्रवेशद्वार के दोनों ओर प्रकोष्ठ की तरह बड़े-बड़े आले हैं जिनमें मैत्रेय बुद्ध और अवलोकितेश्वर की प्रतिमाएँ है जो चाँदी की बनी 10' ऊँची हैं। यह आज भी बहुत कुछ उसी प्रकार है। अब मन्दिर के चारों कोनों पर चार लघु मन्दिर की आकृति बनी है। इसके पिरामिडाकर शिखर पर बर्मी स्तूप बना है। मन्दिर का प्रवेश द्वार मेहराबदार है तथा अन्दर गर्भगृह में स्वर्ण की पर्त चढ़ी भूमि स्पर्श मुद्रा में बैठी विशालकाय बुद्ध की मूर्ति है।

(2) बोधिवृक्ष—बुद्ध ने जिस पीपल के वृक्ष के नीचे ज्ञान प्राप्त किया था उसकी परम्परा आज भी है। 7वीं शती ई० में शशांक ने तो उसे काटकर गर्म तवे से जला दिया था। पर पीछे उसी की जड़ से शाखाएँ निकलीं। जड़ से निकला वृक्ष उसी की शाखा वृक्ष के रूप में आज भी मन्दिर के परिसर में एक चबूतरे पर खड़ा है। इसी वृक्ष की शाखा से वृक्ष श्रीलंका में निकला एक अनुराधपुर में आज है।

(3) वज्रासन—जिस आसन पर बैठकर बुद्ध ने पीपल वृक्ष के नीचे बोध गया में ज्ञान प्राप्त किया था वहीं वज्रासन है। यहाँ आज मन्दिर और वृक्ष के बीच में लाल पत्थर की बनी चौकी है जिसके चारों ओर प्रदक्षिणा पथ और चाहारदीवारी है। लंका के प्रधानमन्त्री प्रेमदासा ने यहाँ हाल में आकर इसको स्वर्ण पत्तर से मढ़वाया तथा मूल घेरे के अन्दर चारों ओर से स्वर्ण थम्म और सूची का घेरा बनवाया है। इस कारण अब बाहर से ही इसको देखा जा सकता है। ऊपर से अब इस पर छाजन भी करा दिया गया है।

(4) अनिमेष लोचन स्तूप— ज्ञान प्राप्त के बाद बुद्ध एक सप्ताह तक इस स्थान पर जहाँ अब स्तूप है, (मन्दिर के उत्तर-पूरब बिना पलक गिरे अनिमेष) बैठकर आनन्द से पीपल वृक्ष को देखते रहते थे। क्योंकि यहीं उन्हें ज्ञान मिला था। इसी से अब इस स्थान पर एक स्तूप बना दिया गया है और उसे यह नाम दिया गया है।

(5) चक्रम पथ— मन्दिर के मुख्य द्वार के उत्तर की ओर एक पत्थर पर बुद्ध के चरण चिह्न अंकित हैं और उस पर बना है कमल का फूल जो स्तम्भ युक्त छत से कभी ढँका था। यहाँ टहलते हुए ज्ञान प्राप्ति के बाद तीसरा सप्ताह बुद्ध ने बिताया था।

(6) रत्नगृह— मन्दिर के प्रांगण में चक्रम पथ के उत्तर-पश्चिम एक ध्यानावस्थित बुद्ध प्रतिमा है। यहीं ज्ञान प्राप्ति के चौथे सप्ताह बुद्ध ध्यानमग्न होकर एक सप्ताह तक बैठे थे।

(7) कमल सरोवर— मन्दिर के बगल में उसी प्रांगण में कमल सरोवर है जहाँ बुद्ध की मूर्ति को एक नागछत्र के नीचे सरोवर के बीच बनायी गयी है। यहीं इन्द्र ने बुद्ध के ध्यानभंग के लिए महावृष्टि की थी जिससे रक्षार्थ मिचलिन्द नाग ने उन्हें अपने फणों का छत्र प्रदान किया था।

(8) पूजा के स्तूप— मनौती के कई स्तूप परिसर में चारों ओर बिखरे हैं जो गृहस्थ भिक्षुओं द्वारा कामना पूर्ति के बाद बनाए गए हैं।

अन्य स्थल

(1) बोधगया संग्रहालय— केन्द्रीय सरकार द्वारा स्थापित यह संग्रहालय यहाँ की खुदाई से प्राप्त सामग्रियों का एक बड़ा अच्छा संग्रह आगार है। यहाँ प्रथम शती ई० पू० से 11वीं शताब्दी तक के बुद्ध मूर्तियाँ भी संग्रहीत हैं।

(2) अन्य मन्दिर— अगल बगल में बर्मी, तिब्बती, चीनी, जापानी, थाई आदि कई बौद्ध मन्दिर हैं जिनमें पूजन के साथ यात्री आवास भी बने हैं।

(3) जगन्नाथ मन्दिर— महाबोधि मन्दिर से थोड़ी दूर पर यह शैव मन्दिर है जिसमें काले पत्थर की चतुर्भुजी शिव मूर्ति विराजमान हैं।

(4) मगध विश्वविद्यालय— यहाँ विस्तृत क्षेत्र में यह फैला विश्वविद्यालय बौद्ध अध्ययन तथा प्राचीन भारतीय एवं एशियाई अध्ययन की शिक्षा विशेष रूप से अन्य विधाओं के साथ देता है।

(5) दुर्गेश्वरी या सुजाता स्थान— फल्गू नदी के दूसरे किनारे 12 कि० मी० दूर सुजाता नामक ग्राम कन्या ने पुत्रोत्पन्न होने की प्रसन्नता में कंकालवत बुद्ध को वृक्ष देवता जानकर खीर खिलाया था। यहीं खीर खाकर अतियों के पालन की भावना छोड़ न अधिक तपस्या करेंगे न अधिक भोग मध्यममार्ग का विचार लेकर नदी को पार कर सिद्धार्थ बोधगया आए थे और वहाँ ज्ञान प्राप्त कर बुद्ध कहलाए।

(6) मुचलिंद झील— महाबोधि मन्दिर से 3 कि० मी० दक्षिण मुचलिंद नाग को इनकी सुरक्षा के लिए अपने फणों का छत्र उनपर फैलाया था जब इन्द्र धनघोर वर्षा कर रहे थे कि इनका ध्यान भंग हो जाय।

(7) सूर्य मन्दिर— यहाँ से 20 कि० मी० दूर देव नामक स्थान में सूर्य मन्दिर है जहाँ छठ पर्व पर अपार जन समूह पूजा के लिए आता है।

(8) कोंचेश्वर महादेव मन्दिर— यह उमंग में है। यह पूर्ण रूप से ईंटों का मन्दिर है।

(9) गया— यहाँ से 11 कि० मी० पर गया का मुख्यालय है। वहाँ फल्गू तट पर विष्णुपद मन्दिर बना है जहाँ गयासुर नामक असुर का विष्णु ने वध किया था। यहाँ पितृपक्ष में भारत

के कोने-कोने से हिन्दू पितरों के पिण्डदान के लिए आते हैं। साथ ही, राम शिला, प्रेत शिला आदि कई पहाड़ियाँ भी हैं जो पिण्डदान के लिए महत्त्व की मानी जाती हैं।

राजगीर

बौद्धकालीन भारत में राजगीर मगध की राजधानी थी। इसका नाम तब पालि ग्रंथों में गिरिव्रज, वृहद्रथपुर, कुशाग्रपुर आदि था। यह स्थान अब पुराना राजगीर है जो पहले पटना जिले में था पर अब नालन्दा जिले में इस नये जिले के बनने से आ गया है। यह पाँच पहाड़ियों से घिरा है जिनके नाम हैं–वैभार, विपुल शैल, रेल, छट्ठा, शैल, उदय तथा सोना। बुद्ध के समय से लेकर उदायिन के समय तक यह मगध की राजधानी रहा। इसके बगल में अब नया राजगीर बना है। पुराना वाला भाग पूर्ण उजाड़ खण्ड है। अब वह मात्र पर्यटकों के देखने मात्र को रह गया है। यह स्थान पटना से बस तथा बिहारशरीफ से बस और टैक्सी से जुड़ा है। बिहारशरीफ तक पटना से रेल लाइन जाती है। यह पाँचवीं शती के पहले ही उजड़ चुका था तभी फाहियान ने इसको उजड़ा देखा था। आज राज्य सरकार की ओर से वहाँ पर्यटक आवास बनाया गया है तथा पुरास्थलों को सजाया-सँवारा गया है।

गृद्धकूट पर्वत—यहीं बुद्ध ने बिम्बिसार नामक मगध शासक को बौद्ध बनाया था यहीं अजातशत्रु में मंत्री वर्षा कारकों जो वैशाली के सन्दर्भ में उसने वर्षा वास के समय पूछने गया था तो बताया था कि गणराज्यों को तब तक पराजित नहीं किया जा सकता जब तक वे 7 नियमों का पालन करते रहेंगे। यह सबसे ऊँची चोटी होने से गृद्धकूट कही जाती है। इस पर अब जापान सरकार द्वारा प्रदत्त बिजली चालित डोली (Rope way) चढ़ने हेतु चलायी जाती है। यहाँ जापानियों ने एक स्तूप भी बनाया है।

सप्तपर्णी गुहा—यहाँ वैभार पहाड़ी के नीचे छः गुफाएँ विद्यमान हैं, हो सकता है, ये सात रही हों। बुद्ध की मृत्यु पर प्रथम बौद्धसंगीत अजातशत्रु के समय यहीं बुलाई गई थी। इसके बाहरी किनारे पर अनगढ़ पत्थर की बनी चहारदीवारी है।

बिम्बिसार मार्ग—बिम्बिसार ने गृद्धकूट पर्वत पर भगवान बुद्ध के जाने के लिए इस मार्ग का निर्माण कराया था जो छट्ठागिरि पहाड़ी से गृद्धकूट पर्वत तक जाती है।

बिम्बिसार जेल—मणियार मठ से थोड़ी दूर पत्थर की एक कोठरी मिली है जिसके चारों ओर चहारदीवारी बनी है। एक कक्ष से लोहे का कड़ा प्राप्त हुआ है जिससे लगता है कि अजातशत्रु ने अपने पिता को यहीं बन्दी बनाया था।

मणियार मठ—यहाँ मणिनाग का निवास था। पालि साहित्य से मणिभद्र यक्ष का यह स्थान ज्ञात होता है। पर महाभारत मणिनाग का निवास इसे बताता है। यहाँ से शिव तथा नाग की प्रतिमाएँ मिली हैं।

जीवक का आम्रवन—पालिग्रंथों के अनुसार गृद्धकूट पर्वत के पूर्वी द्वार और गृद्धकूट पर्वत के मध्य वह रहता था। गृद्धकूट पर्वत के मार्ग में कुछ भवनों की नींव दीखती है। जीवक बुद्ध का चिकित्सक था जो वहाँ रहता था। उसने अपना आम्रवन बुद्ध और संघ को भेंट किया था।

सोन भण्डार गुफाएँ—वैभार पहाड़ में बनी दो गुफाएँ हैं। इनके दक्षिणी ढलान की गुफा बन्द है। केवल द्वार और खिड़की मात्र दीखती है। वहाँ दो पंक्तियों का एक लेख भी है। दूसरी गुफा की दीवार पर गरुड़ासीन विष्णु की प्रतिमा मिली है तथा जैन तीर्थंकरों की मूर्तियाँ उकेरी गई हैं।

शतधारा—यहाँ सात गर्म जल के सोते हैं जिन्हें अब सरकार की ओर से सामूहिक स्नान के लिए घेरा गया है। इसे करण्ड ताल भी कहते हैं।

वेणुवन विहार—करण्ड ताल से थोड़ी दूर पर एक कमरे की नींव और नौ स्तूपों के आधार मिले हैं। यह स्थान (वन) राजा बिम्बिसार ने बुद्ध को भेंट किया था।

जरासंघ की बैठक—वैभार पहाड़ी की ढलान पर यह पत्थर का बना है। प्रथम बौद्ध संगीत के समय महाकश्यप इसी में ठहरे थे जहाँ उनके उद्विग्न होने पर भगवान बुद्ध उनसे मिलने वहाँ आए थे। इसे पीपल गुफा भी कहते हैं।

अशोक स्तूप—नये राजगीर के पश्चिम एक टीला है जिसे अशोक स्तूप माना जाता है। यहाँ से मिट्टी के स्तूप बने मिले हैं।

विश्व शान्ति स्तूप—यह यहाँ का प्रसिद्ध दर्शनीय स्तूप है जिसे जापानियों ने बनवाया है।

रथ के पहिए का निशान—जरासंघ के डर से भागते हुए कृष्ण के रथ के पहियों का चिह्न यहाँ आज भी पहाड़ियों में धँसा हुआ दीखता है। यह महाभारत की घटना की याद दिलाता है।

नालन्दा

नालन्दा आज एक जिले का नाम है जो पहले पटना में था। यह पटना से दक्षिण पूरब की ओर बसा है और इसका मुख्यालय बिहारशरीफ में है। इसी जिले में खड़े हैं प्राचीन नालन्दा के भग्नावशेष जो बड़ागाँव के पास हैं। इस स्थान पर पटना से बस द्वारा जो 90 कि० मी० दूर है या बख्तियारपुर रेलवे स्टेशन से बस या टैक्सी द्वारा भी पहुँचा जा सकता है। इस स्थान की ख्याति कभी विदेशों में एक बौद्ध विश्वविद्यालय के रूप में थी। उसी सन्दर्भ में आज भी इसकी महत्ता है। 5वीं शती के गुप्त शासकों के समय से इसका स्वरूप ज्ञात होता है। यह चीनी यात्रियों का तीर्थस्थल था। वे यहाँ पढ़ने के लिए आते थे। भगवान बुद्ध ने अपने जीवन में कई बार यहाँ वर्षावास किया था। अनेक अभिलेखों में नालन्दा विश्वविद्यालय के दान की चर्चा मिलती है जो विद्यार्थियों तथा शिक्षा के लिए दिया गया था। यह विश्व का सर्वाधिक पुराना और ख्याति प्राप्त विश्वविद्यालय था।

दर्शनीय स्थल

1. नालन्दा विश्वविद्यालय के भग्नावशेष

(i) बिहार—इनकी संख्या 11 हैं जो नींव की प्राप्ति के आधार पर ज्ञात होते हैं सामने प्रांगण में खुलने वाले बरामदों से युक्त इनमें कक्ष थे। इनमें से 9 एक ही पंक्ति में और दो दक्षिण ओर समकोण पर बने हैं। इनके बीच में आज भी एक कुएँ का अवशेष दीखता है। इनके अवशोषों से लगता है कि एक ही नींव पर क्रमशः ये कई क्रमों में बनाये गये हैं।

(ii) मुख्य मन्दिर—यहाँ एक सर्वाधिक ऊँचा खण्डर है जो लगता है कि मंदिर रहा होगा। आज यह 50 फीट ऊँचा है। इसका कारण है कि छः बार यह गिरा और उसी मलवे पर बना वही उसकी नींव में काम आता रहा। उस पर चढ़ने के लिए सीढ़ियाँ बनी हैं जो आज भी हैं। इसकी दो फलक प्रतिकृतियाँ नालन्दा संग्रहालय में रखी गयी हैं जो यहाँ से प्राप्त हुई हैं। उनसे महाबोधि मन्दिर का स्वरूप ज्ञात होता है।

(iii) अन्य मन्दिर—और भी कई मन्दिरों के अवशेष यहाँ से प्राप्त हुए हैं जिनकी दीवारों पर आलों में बुद्ध और बौद्ध धर्म से सम्बन्धित मैत्रेय आदि की मूर्तियाँ हैं।

(iv) मनौती के स्तूप *(Votive stups)*— मन्दिरों के चारों ओर पूजा के स्तूप मनौती मानने वालों द्वारा बड़ी संख्या में ऐसे स्तूप बनाए गए हैं। इनके भीतर प्रतीत समुत्पाद सूत्र लिखी ईंटे रखी हैं।

(v) संग्रहालय— भारत सरकार की ओर से यहाँ खण्डहर से सटे एक संग्रहालय सड़क की दूसरी ओर है। उसमें बुद्ध और बौद्ध धर्म से सम्बन्धित देवी-देवताओं की मूर्तियाँ बड़ी संख्या में हैं। वज्रायन प्रतिमाएँ भी यहाँ हैं। बड़ी मूर्तियों की अपेक्षा छोटी मूर्तियों की संख्या इसमें अधिक है। यहाँ धातु मूर्तियाँ देखकर इसे धातु ढालने का केन्द्र भी कहा जा सकता है।

(vi) नवनालन्दा महाविहार— भिक्षु जगदीश काश्यप ने यहाँ इस केन्द्रीय संस्था को वर्तमान काल में स्थापित किया है जहाँ बौद्ध धर्म प्राचीन इतिहास, प्राकृति आदि की शिक्षा विशेष रूप से अन्य विषयों के साथ दी जाती है। इसका विशाल पुस्तकालय आज भी अपनी गरिमा रखता है जहाँ विदेशी छात्र और शोधार्थी ज्ञान प्राप्ति के लिए आते हैं। यह नालन्दा के खण्डर से थोड़ा हटकर बना है।

(vii) अन्तर्राष्ट्रीय बौद्ध अध्ययन केन्द्र— यह बौद्ध धर्म और सम्बन्धित विषयों का अन्तर्राष्ट्रीय अध्ययन और शोध केन्द्र है जो मगध विश्वविद्यालय बोधगया से सम्बद्ध है।

2. परिसर के अन्य दर्शनीय स्थल

(1) पावापुरी— यहाँ से 24 कि० मी० की दूरी पर है। यह जैनियों का तीर्थ है। यहीं महावीर ने निर्वाण प्राप्त किया था।

(2) स्वराजपुर बड़ागाँव— नालन्दा विश्वविद्यालय के भग्नावशेष के पास यह गाँव है जो बौद्धकालीन माना जाता है। यहीं इसका पुस्तकालय रहा होगा। आज वहाँ एक तालाब और सूर्य का मन्दिर है।

(3) राजगीर— इसकी चर्चा पहले की जा चुकी है।

(4) सिलाव— यह स्थान खाजा तथा महीन चिउरा के लिए प्रसिद्ध है। वहाँ यात्री ठहरकर इसको खाते हैं।

(5) बिहारशरीफ— मुसलमानों के लिए यह विशिष्ट स्थान है। कभी यह बिहार में मुगल शासन का केन्द्र था और 13वीं से 16वीं शती तक इस्लामी संस्कृति का भी केन्द्र रहा। यहीं ओदन्तपुरी विश्वविद्यालय भी प्राचीन काल का स्थापित था जिसका अनुमान रेलवे स्टेशन के पास के टीले से लगाया जाता है।

वैशाली

पहले मुजफ्फरपुर जनपद में यह स्थान था। पर अब वैशाली की ख्याति के कारण हाजीपुर मुख्यालय के जनपद का नाम वैशाली रखकर इसे मुजफ्फरपुर से अलग कर दिया गया है। इस वैशाली जनपद में एक गाँव है बसाढ़। वहीं प्राचीनकालीन वैशाली थी जो बौद्धकालीन भारत में लिच्छवी गणराज्य का केन्द्र था। यहीं भगवान वर्धमान महावीर का जन्म हुआ था। बुद्ध ने भी यहाँ कई बार वर्षावास किया था। अन्तिम वर्षावास उन्होंने यहीं किया था और यहीं माघ की पूर्णिमा को घोषित किया था कि आज से ठीक तीन माह बाद मैं निर्वाण प्राप्त करूँगा, कुशीनगर की ओर प्रस्थान किए। यहाँ की प्रसिद्ध नर्तकी आम्रपाली थी जो पीछे बुद्ध की शरणागत होकर अपना आम्रवन इन्हें दान देकर बौद्ध धर्म स्वीकार कर लिया था। यहाँ बुद्ध के फूले पर स्तूप बना था तथा उनके मरने पर दूसरी बौद्ध संगीत यहीं अशोक के समय

बुलायी गई थी। यहाँ की खुदाई कनिंघम ने कराके बहुत कुछ निकाला है। यहीं अशोक का स्तम्भ भी है। रामायण में विशाल द्वारा इसे बसाया गया बताया है।

दर्शनीय स्थल

(1) राजा विशाल का गढ़—यह एक टीला है जिसमें किसी किले का खण्डर प्रतीत होता है। जनश्रुति के अनुसार यह वैशाली गणराज्य का सभागार था।

(2) अशोक स्तम्भ और स्तूप—गढ़ से थोड़ी दूर पर कोल्हुआ नामक स्थान पर अशोक का शीर्षविहीन टूटा स्तम्भ बिना किसी अभिलेख के खड़ा है। वही है ईंटों का स्तूप जो अशोक ने बनवाया होगा।

(3) मर्कट ताल—मर्कटों (बन्दरों) ने यह तालाब बुद्ध के लिए खोदा था। यह स्तम्भ और स्तूप के पास है। यहीं कहीं महावन-कूटागारशाला भी थी जो अभी अप्राप्त है।

(4) लिच्छवि स्तूप—बुद्ध के फूले का एक भाग लिच्छवियों ने प्राप्त कर उस पर एक स्तूप वैशाली में बनवाया था जिसका कई बार विस्तार हुआ। इसका निर्माण पकी ईंटों से हुआ है। इसके अन्दर की खुदाई से एक खम्भा, फूले का बर्तन, आहत मुद्राएँ और धातु पात्र आदि प्राप्त हुए हैं। यह भारत में अभी तक प्राप्त स्तूपों में सबसे प्राचीन है जिसका मेल बौद्ध ग्रंथों में प्राप्त लिच्छवि स्तूप से होता है।

(5) अन्य स्मारक :—

(अ) इस स्तूप के बगल में दो टीले हैं। ये बौद्ध धर्म के आचार्यों की राख पर बनाये गये हैं।

(ब) अम्बपाली का आम्रवन—इसे अम्बपाली ने भगवान बुद्ध के शिष्य होने के बाद उनके वर्षावास तथा भिक्षुओं के विश्राम के लिए दिया था।

(स) महाकूटागारशाला।

(द) विहार—आम्रवन विहार तथा बालुका राम विहार था जहाँ द्वितीय बौद्ध संगीति हुई थी।

(य) चैत्य—उदयन चैत्य, गोतमक चैत्य, ब्रह्मपुत्रक चैत्य, सरानन्दन चैत्य, चपाल चैत्य, मरकट ह्रद चैत्य यहाँ थे।

□

अध्याय–30

भारत के पर्यटन चक्र

आवश्यकता

पर्यटक के लिए आवश्यक है कि वह अपने पर्यटन क्षेत्र को निर्धारित करें कि कहाँ कहाँ उसे जाना है तथा किस दृष्टि से पर्यटन करना है। इस निर्णय के बिना पर्यटक की स्थिति एक गन्तव्यविहीन नाविक की होगी जो अपना किनारा न जान सकने के कारण समय, द्रव्य और ऊर्जा का अपव्यय ही करेगा। उसको अपने उद्देश्य की पूर्ति के रूप में कुछ भी प्राप्त नहीं होगा। इसका कारण है कि पर्यटक के पास एक निर्धारित समय सीमा होती है। उसके पास इस पर व्यय करने का एक निश्चित बजट होता है जिसको वह मेहनत से कमाया रहता है। वह उसी समय सीमा और बजट में अधिक-से-अधिक पर्यटन का लाभ प्राप्त करना चाहेगा। अतः इसके सामने पर्यटन की दृष्टि और सीमा दोनों होनी चाहिए। यह सीमा उसे पर्यटन प्रारम्भ करने के पहले तै करना होगा कि वह भटकता हुआ पैसा और समय दोनों बरबाद न कर दे क्योंकि पर्यटन के रास्ते क्रमशः लम्बे और छोटे दोनों ही होंगे तथा और उसमें दर्शनीय स्थल बहुत से पड़ेंगे जिसके कारण उसकी सीमा टूट जायगी। अतः पर्यटन प्रारम्भ के पूर्व नियोजन आवश्यक है कि वह अपना लक्ष्य पूर्ण कर सके। यदि पर्यटक चक्रानुक्रम में पर्यटन को अर्थात एक मार्ग से जाकर दूसरे मार्ग से लौटे तो उतने ही व्यय और समय में वह अधिक उपयोगिता अर्जित कर लेगा। इससे दूरी और पैसे में कमी आयगी तथा देख भी अधिक सकेगा।

प्रत्येक पर्यटक के सम्मुख देखने का एक निर्धारित लक्ष्य होता है जैसे वह सामाजिक या कलात्मक या धार्मिक या सांस्कृतिक आदि किस प्रकार का पर्यटन करना चाहेगा जिससे वैसे ही अधिक स्थानों को अपने पर्यटन के लिए चिह्नित करेगा। ऐसी योजनाबद्ध पर्यटन क्रिया से पर्यटक, नियोजक तथा गाइड तीनों को सुविधा होती है तथा लक्ष्य की स्पष्टता से सम्बन्धित स्थल देखने का पूरा समय मिल जाता है। इस प्रकार के चक्रात्मक पर्यटन को जो एक निश्चित लक्ष्य को दृष्टि में रखकर बनाया गया हो पर्यटन चक्र कहते हैं।

पर्यटन व्यवस्थापक पर्यटक की इच्छा तथा सीमा जानकर ऐसा चक्र स्वयं बनाकर पर्यटक की स्वीकृति प्राप्त करता है। कभी-कभी दूसरे देश में नियोजन कार्यालय होने से नियोजन ठीक जानकारी के अभाव में मूल पर्यटन देश के कार्यालय को यह कार्य सौंप देता है। इसमें पर्यटन निर्देशक भी सहायक होता है। इससे सबसे बड़ा लाभ यह होता है कि पर्यटक को पर्यटन काल में भटकना नहीं पड़ता तथा नियोजक को पैकेज टूर की व्यवस्था करने में आसानी होती है। वह उसी अनुसार तै करता है कि कब कहाँ गाड़ी बुक करानी होगी, कहाँ ठहरने का स्थान निश्चित करना होगा आदि। इससे पर्यटक भी जानता रहता है कि एक स्थान पर उसका ठहराव कितना होगा तथा क्या-क्या मुख्य रूप से उसे देखना है। इसके अनुसार वह समय से वहाँ पहुँचकर तैयार रहता है। यदि कहीं किन्हीं बिन्दुओं पर उसे असुविधा लगती है तो यात्रा प्रारम्भ के पूर्व ही वह उसमें परिवर्तन करा लेता है।

इस प्रकार एक निर्धारित लक्ष से पर्यटनकर्ता के लिए जो एक चक्रात्मक योजना उसकी सीमाओं के अनुरूप बनाई जाती है तो उसे पर्यटन चक्र (Tourist Grid) कहते हैं। अतः

कहा जा सकता है कि 'पर्यटन चक्र वह चक्रात्मक पर्यटन योजना है जो पर्यटन के पूर्व पर्यटक के उद्देश्य के दृष्टिगत उसकी सीमा को ध्यान में रखकर बनाई जाती है जिसमें वह एक मार्ग से आकर दूसरे मार्ग से लौटता हुआ अपनी इच्छा की अधिक-से-अधिक सामग्रियाँ निर्धारित समय तथा द्रव्य सीमा में देख सके।'

पर्यटन चक्र कौन बनाता है?

यहाँ पहला प्रश्न यह है कि कौन इसे बनावेगा। इस विषय में चार बातें उभर कर सामने आती हैं:—

(1) चाहे तो पर्यटक यदि सक्षम हो तो स्वयं बनावे।

(2) चाहे नियोजन कार्यालय जहाँ पर्यटक रजिस्टर्ड हो रहा है वह बनावे।

(3) यदि बाहर का पर्यटन कार्यालय पर्यटन किये जाने वाले देश का नहीं है तो वह जाने वाले देश के कार्यालय को भेज कर बनवावें।

(4) कभी-कभी सरकार पर्यटकों के दृष्टिकोणों का ध्यान रखकर कुछ ऐसे मानक चक्र पहले से निर्धारित रखती है। ऐसा करने में पर्यटकों का दृष्टिकोण, कम-से-कम समय और पैसा को ध्यान में रखकर छोटे-बड़े पर्यटन चक्र बनाए जाते हैं।

पर इनमें से चाहे जो भी चक्र पर्यटक के लिए उपयुक्त समझा जाय उसकी स्वीकृति पर्यटक से पर्यटन प्रारम्भ करने के पहले ले ली जाती है कि बाद में वह ऐसा न कह सके कि अपनी इच्छा के अनुसार कुछ देख नहीं सका। बीच-बीच में यदि कहीं उसे कठिनाई या कमी का अनुभव होता है तो वह जिस देश में आया है वहाँ के पर्यटन कार्यालय से मिलकर तथा गाइड की सहायता से उसमें थोड़ा बहुत परिवर्तन करा सकता है।

पर्यटन चक्र बनाने के आधारभूत तत्त्व

इस विवरण से स्पष्ट है कि कोई भी पर्यटक किसी उद्देश्य को दृष्टि में रखकर पर्यटन के लिए चलता है। परम्परागत मान्यता वाले भारतीय परिवारों के समक्ष इसके लिए दो मुख्य उद्देश्य होते हैं। चाहे तो वह एक विशिष्ट धर्म के स्थलों को देखने के लिए निकलता है या अपने पुरखों की धरती, अपने सम्बन्धी, कुटुम्बी आदि से मिलकर पुरानी यादें ताजा करने के लिए चलता है। उनके साथ अन्य स्थानों का भ्रमण, घर के ऊपवन तथा कामकाज से विराम के लिए भी इस इच्छा की पूर्ति के साथ पर्यटक बाहर निकलता है। यह एक बड़ा खर्चीला और अलाभकर क्रिया होता है। इससे प्रत्यक्ष कोई लाभ नहीं होता बल्कि इस कार्य में बाहर जाकर व्यय करता है। इसलिए उसका भी ध्यान रहता है कि जो भी हो अधिकाधिक संतुष्टि अपने दृष्टिकोण की, ऊर्जा की उसे प्राप्त हो। यही उसका लाभ होता है। इस लाभ को दृष्टि में रखकर सरकारें या पर्यटन संगठन स्वयं कुछ मानक चक्र बनाए रखती हैं जिनमें से पर्यटक को अपनी सुविधा से चुनना होता है। यदि वह चक्र उसे पसन्द नहीं आता है तो वह पर्यटन प्रेरक संस्थाओं की अपनी इच्छा बताता है जिसके आधार पर वे उसके अनुसार दूसरा चक्र उसके अनुरूप बनाती हैं।

पर यहाँ यह प्रश्न उठता है कि चक्र बनाते समय किन-किन आधारभूत मानकों तथा प्रश्नों को ध्यान में रखना पड़ता है कि पर्यटन के मानक के अनुरूप पर्यटक को उसकी सुविधा का चक्र प्राप्त हो सके। इस सम्बन्ध में निम्नांकित प्रश्नों पर विचार करना होता है:—

(1) पर्यटक का उद्देश्य क्या है?

वह किस आशय से पर्यटन करने निकलता है? स्थान दर्शन, आनन्द प्राप्ति, अध्ययन, **उत्सव में सम्मिलित होना** आदि। इसकी सूचना पर्यटक से मिलने के बाद उस हिसाब से चक्र

बनाना होता है। यह बात अन्यथा है कि अन्य महत्त्व के पक्ष भी चक्र बनाने वाला इसमें जोड़ देता है कि साथ-साथ वह उसे भी देख ले।

(2) पर्यटक के पास कितना समय है ?

समय की सीमा प्रधान होती हैं। जिस उद्देश्य से वह चल रहा है उसके आयाम अत्यन्त विस्तृत हैं। पर उनमें से वह उन्हीं आयामों को अपनी परिधि का बिन्दु बनाएगा जो उसकी समय सीमा में आवे। इसीलिए यह अपेक्षा की जाती है कि किसी देश में कोई भी पर्यटक बार-बार तभी आएगा जब तक उद्देश्य के अनुरूप वह सभी इच्छित स्थानों को देख नहीं लेता। फिर भी चक्र बनाने में ध्यान रखा जाता है कि जो अन्य भी वह अधिक देख सके उसको भी इसमें जहाँ तक सम्भव हो जोड़ दिया जाय कि रुचि बढ़ती रहे।

(3) पर्यटक कितना खर्च करना चाहता है ?

पैसा पर्यटन का एक महत्त्वपूर्ण अंग है। ऊपर ही कहा गया है कि यह बड़ा ही खर्चीला व्यवसाय है। वह अपनी आय का एक निश्चित रकम बचा कर इस पर एक समय खर्च करना चाहता है। उसी में उसको अधिक-से-अधिक आनन्द दिलाना पर्यटन योजक (Tour Planner) का लक्ष्य होना चाहिए कि उसे व्यय किए जाने वाले पैसे से अधिक-से-अधिक उपयोगिता प्राप्त करा सके। पर यदि किन्हीं महत्त्वहीन स्थानों की कटौती कर उसी व्यय सीमा में उसे और अच्छा दिखाया जा सके तो उसे भी उसमें समायोजित करना चाहिए।

(4) मौसम की अनुरूपता कैसी है ?

अगर गर्मी के दिनों में पर्यटक के लिए मरुभूमि का क्षेत्र चुना जाय या जाड़े के दिनों में पहाड़ी क्षेत्र लिया जाय तो पर्यटक को महान कष्ट होगा। अतः पर्यटन के लिए मौसम के अनुसार स्थानों का चयन आवश्यक है। इसमें भी उसकी रुचि का ध्यान रखना आवश्यक है। अगर पहाड़ों में वह बर्फ गिरने का आनन्द लेना चाहे तो यह बात उसके लिए अपवाद होगी। वही गौराग उसके अनुरूप होगा।

(5) पर्यटक की आयु और स्वास्थ्य कैसा है ?

पर्यटक युवा हो सकता है या वृद्ध हो सकता है। उसके स्वास्थ्य के अनुरूप उसको इच्छित यात्रा का स्थान निर्धारित करना चाहिए। युवा के लिए हम पहाड़ी क्षेत्र ले सकते हैं पर बुद्ध के लिए ऐसा करना उचित नहीं है क्योंकि वहाँ हवा का दबाव कम होने, समतल मार्ग नहीं होने, अन्य सुविधाओं के अभाव होने से उसे कष्ट होगा। उनके लिए सामान्य स्थल के ही केन्द्र होने चाहिए जहाँ वाहनों से सुविधापूर्वक पहुँचा जा सके तथा वातावरण और सुविधाएँ उसके अनुरूप मिल सके।

(6) पर्यटक कैसे जाना चाहता है ?

क्या पर्यटक अकेला है या वह परिवार के साथ अथवा समूह में सहयोगियों के साथ। यदि अकेला है तो उसको ध्यान में रखकर चक्र बनाया जाएगा कि यदि उस रास्ते में दूसरे पर्यटक जा रहे हैं तो उनके साथ उसे जोड़ा जाना चाहिए कि उसको अकेला न लगे और व्यय भी कम आवे। यदि समूह में पर्यटक है तो इस दृष्टि से चक्र बनाना चाहिए कि सभी पर्यटकों की उसमें सहमति रहे। इस चक्र के बनाते समय अन्य सहयोगियों का ध्यान रखा जायगा कि वे पर्यटन के दौरान कोई भी कठिनाई की अनुभूति न करें। इसी प्रकार परिवार के आकार, सदस्यों की संख्या, उनकी उम्र को भी चक्र बनाते समय ध्यान रखना होगा।

(7) किस क्षेत्र में घूमना चाहता है?

यदि भारत को ही लें तो दक्षिणी भारत या उत्तरी भारत कहाँ पर्यटक जाना चाहता है, यह जानना भी आवश्यक है कि उसी के अनुरूप उस क्षेत्र का चक्र बनाया जायगा क्योंकि चक्र को छोटा बड़ा बनाया जा सकता है।

(8) अपेक्षाएँ

पर्यटन काल में भोजन, आवास यात्रा साधन, सुविधाओं आदि के समय पर्यटक क्या अपेक्षा रखता है क्योंकि उसके अनुसार योजना बनाना पड़ता है।

पर्यटन चक्र का क्रम

चक्र शब्द स्वयं में बोधक है कि जहाँ से हम प्रारंभ करते हैं वहीं लौट आना ही चक्र बनाना है और वह भी एक रास्ते से जाकर दूसरे रास्ते से लौटना जिससे यात्रा चक्रित रूप में हो। इस यात्रा में कम-से-कम समय और द्रव्य के अनुसार ठहराव का स्थान तथा देखने के स्थल निर्धारित करने चाहिए। यदि कम समय हो अथवा कम पैसा हो या दोनों हो तो केवल मुख्य स्थलों पर ही जाना चाहिए और कम स्थान पर ठहरना चाहिए। पर यदि इसके विपरीत स्थिति हो तो अधिक-से-अधिक स्थानों पर घूमने या ठहरने का आनन्द लेने की योजना बनानी चाहिए। इसमें क्रमिक रूप से एक स्थान से दूसरे स्थान पर जाने की योजना बनानी चाहिए जिससे पर्यटक की यात्रा में क्रमिकता बनी रहे। इसमें यह ध्यान रखना होता है कि पर्यटक को अपनी यात्रा में समय सीमा का अपव्यय न करना पड़े। यात्रा में समय सीमा का ध्यान रखकर योजना बनाना ही श्रेयस्कर होता है।

पर्यटन चक्र निर्माण के सिद्धान्त

पर्यटक के सम्बन्ध में यह सूचना रखनी होती है कि वह क्या देखना चाहता है। फिर उसे सम्बन्धित मानचित्र को सामने रखकर उसके विशिष्ट बिन्दुओं को चिह्नित कर लेते हैं। तब क्रम बैठाते हैं कि कहाँ से प्रारंभ करें कि कम-से-कम समय और दूरी में अधिक-से-अधिक यात्रा कराया जाय और उन सभी सम्बन्धित बिन्दुओं तक उसे पहुँचाया जाय जहाँ जाना उसके संसाधनों के द्वारा सम्भव हो। उन बिन्दुओं की अनदेखी करते हैं जो रास्ते से हटकर हो, विशेष महत्त्व के न हो या जहाँ जाने में पर्यटक समर्थ न हो सके। छोटी, सम्बन्धित तथा आवश्यक केन्द्रों को ध्यान में रखकर योजना चक्र बनाना चाहिए। यह सुविधा हो कि पर्यटक उसमें अपनी इच्छा से कुछ स्थलों का दर्शन जोड़ घटा सके। प्रायः टुकड़े में पर्यटन कराने की स्थिति में थोड़ी-थोड़ी दूरी का ही पर्यटन कराना चाहिए कि उसकी ओर उत्कण्ठा बनी रहे। चक्र बनाते समय पर्यटक की सुविधाओं का ध्यान भी रखना चाहिए। अपनी बचत की चिन्ता योजक को न कर पर्यटक की चिन्ता ही करनी चाहिए। यह इतना लचर हो कि आवश्यकता पर इसे घटाया या बढ़ाया जा सके। कभी-कभी आपातकाल की स्थिति आने पर पर्यटन को बीच में ही रोककर पर्यटक को अपने देश लौटने में कोई कठिनाई न हो।

पर्यटन चक्र के प्रकार

ऊपर हमने देखा कि पर्यटन पर्यटक के पाकेट और उसके अवकाश पर आधारित होता है इसलिए यह कई प्रकार का बनाया जा सकता है – एक क्षेत्रीय, एक देशीय या एक स्थानीय।

(i) एक क्षेत्रीय

एक व्यक्ति उत्तरी भारत के ऐतिहासिक स्थलों की यात्रा करना चाहता है। इसके लिए वह अक्टूबर में दशहरे का समय चुनता है। उसके पास मात्र 15 दिनों का समय है। उसके लिए हम निम्न पर्यटन चक्र बना सकते हैं।

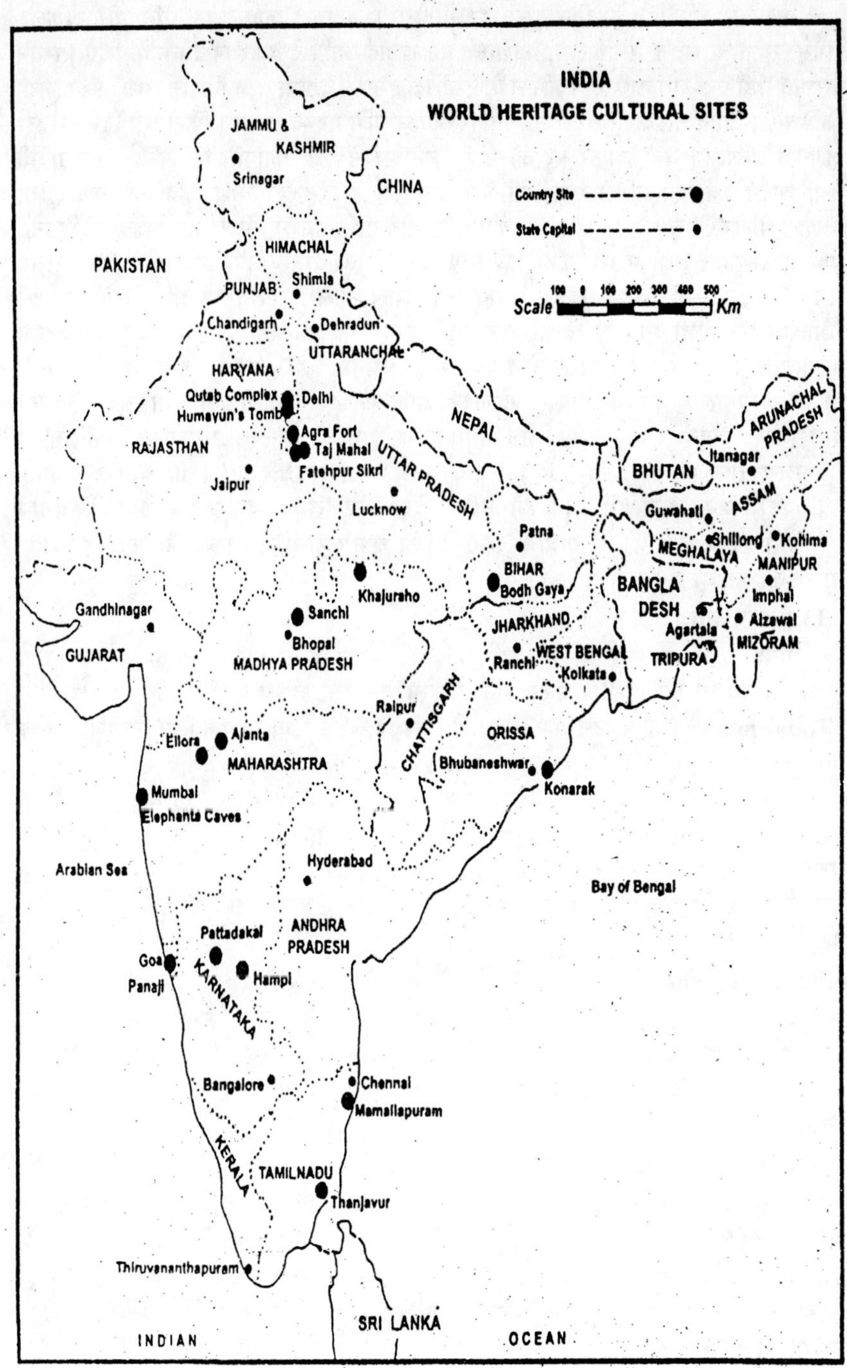
INDIA
WORLD HERITAGE CULTURAL SITES
Country Site
State Capital
Scale 100 0 100 200 300 400 500 Km
JAMMU & KASHMIR
Srinagar
CHINA
PAKISTAN
HIMACHAL
Shimla
PUNJAB
Chandigarh
Dehradun
UTTARANCHAL
HARYANA
Qutab Complex
Humayun's Tomb
Delhi
Agra Fort
Taj Mahal
Fatehpur Sikri
RAJASTHAN
Jaipur
NEPAL
UTTAR PRADESH
Lucknow
BHUTAN
ARUNACHAL PRADESH
Itanagar
ASSAM
Guwahati
Shillong
Kohima
MEGHALAYA
MANIPUR
Imphal
Patna
BIHAR
Bodh Gaya
BANGLA DESH
Agartala
Aizawal
MIZORAM
TRIPURA
JHARKHAND
Ranchi
WEST BENGAL
Kolkata
Khajuraho
Sanchi
Bhopal
MADHYA PRADESH
Gandhinagar
GUJARAT
Raipur
CHATTISGARH
ORISSA
Bhubaneshwar
Konarak
Ellora
Ajanta
MAHARASHTRA
Mumbai
Elephanta Caves
Arabian Sea
Hyderabad
Bay of Bengal
ANDHRA PRADESH
Pattadakal
Goa
Panaji
Hampi
KARNATAKA
Bangalore
Chennai
Mamallapuram
KERALA
TAMILNADU
Thanjavur
Thiruvananthapuram
SRI LANKA
INDIAN
OCEAN

वाराणसी एक दिन ठहरकर दूसरे दिन गाड़ी से इलाहाबाद जाकर वहाँ ऐतिहासिक किला, संगम, स्वराज्य भवन, संग्रहालय, कौशाम्बी की खुदाई आदि देखकर लखनऊ के लिए प्रस्थान करना। वहाँ एक रात ठहरकर विभिन्न ऐतिहासिक इमारतें देखना तथा विधान सभा, संग्रहालय, चिड़ियाघर आदि देखकर दूसरे दिन सीतापुर जाकर नैभिषारण्य भ्रमण। फिर उसी दिन हरिद्वार के लिए प्रस्थान। वहाँ जाकर हर की पैडी, कनखल में दक्ष प्रजापति का मन्दिर, मनसादेवी तथा चण्डी देवी का मन्दिर एक दिन में देखना। दूसरे दिन ऋषिकेश जाकर लक्ष्मण झूला, विशाल मन्दिर, गीताभवन, परमार्थ निकेतन, कालीकमली आश्रम, नीलकंठ महादेव को देखना, वहाँ से देहरादून तथा मंसूरी होकर दिल्ली पहुँचना। वहाँ ऐतिहासिक इमारतों के साथ संसद भवन, राष्ट्रीय संग्रहालय, राष्ट्रीय पुस्तकालय, लाल किला, स्वतंत्र भारत के कर्णधारों की समाधियाँ, मेहरौली का लौह स्तम्भ आदि देकर आगरा आना। वहाँ का ताजमहल, दयालबाग का क्षेत्र तथा अन्य मुगल इमारतों को देखकर मथुरा आना। वहाँ कृष्ण की लीलाभूमि, बरसाना, गोकुल, संग्रहालय, गोवर्धन पर्वत, कालीदह आदि का दर्शन करते हुए ग्वालियर पहुँचना। यहाँ किला देखना तथा उसमें स्थिल ऐतिहासिक इमारतें, प्रान्तीय संग्रहालय, म्युनिसिपल संग्रहालय, तानसेन का नकबरा, विवस्वान का मन्दिर देखकर चित्रकूट आना। वहाँ कामदगिरि पर्वत की परिक्रमा, गोदावरी दर्शन, हनुमानधारा देखते हुए इलाहाबाद होकर वाराणसी पहुँचना।

इसी प्रकार कहीं की भी यात्रा के लिए पर्यटन चक्र बनाया जा सकता है चाहे वह दक्षिण भारत का हो या उत्तर भारत का।

(ii) एक देशीय

माना कि आनन्द भारतीय मूल का एक विदेशी भ्रमण के लिए भारत आता है। वह भारत के सम्पूर्ण स्वरूप का एक आकलन लेना चाहता है। इस उद्देश्य के लिए पर्यटन नियोजक (Tour Planner) को पर्यटन चक्र बनाना है। वह दिल्ली उतरेगा। इसके लिए नियोजक निम्न चक्र बना सकता है :—

दिल्ली—जयपुर—अजमेर—चण्डीगढ़—अमृतसर—कश्मीर—द्वारका—ग्वालियर—इन्दौर—अजन्ता—मुम्बई—कन्याकुमारी—रामेश्वरम्—बंगलौर—महाबलीपुरम्—चेन्नई—भुवनेश्वर—कोलकाता—गोहाटी—राजगीर—नालन्दा—गया—पटना—वाराणसी—इलाहाबाद—कानपुर—लखनऊ—हरिद्वार—उत्तरांचल का पहाड़ी क्षेत्र—देहरादून— दिल्ली।

(iii) एक स्थानीय

कुमार मंगलम् (एक कल्पित नाम) दक्षिण भारत का रहने वाला है। वह वाराणसी भ्रमण करना चाहता है। इसके लिए उसने पर्यटन विभाग द्वारा पर्यटन निर्देशिका की मांग की तथा पर्यटन निर्देशक (Tourist Guide) का सहारा लिया। वह उसको निम्न योजना प्रस्तुत कर सकता है :—

ठहराव वाराणसी पर्यटन आवास

गौदोलिया—थियासोफिकल सोसाइटी—गंगाघाट—विश्वनाथ मन्दिर—काशी हिन्दू विश्वविद्यालय—मडुआँडीह डीजल कारखाना—भारतमाता मन्दिर—नागरी प्रचारिणी सभा—त्रिलोचन घाट आदि अन्य घाट, विश्वनाथ मन्दिर: सारनाथ में—मूलगंध कुटी बिहार, संग्रहालय, तिब्बती संस्थान, जैन मन्दिर, धमेख स्तूप, मृगदाव आदि, फिर नदेसर कोठी, पंचसितारा होटल, आदि।

भारत में निर्धारित पर्यटन चक्र

भारत के पर्यटन मंत्रालय ने सामान्य दृष्टि से पर्यटन स्थलों को तथा प्रमुख महानगरों तथा उसके पड़ोस के स्थलों को ध्यान में रखकर जहाँ स्थानीय पर्यटन चक्र बनाया है वहीं भारत को पर्यटन की दृष्टि से विभिन्न खंडों में बाँटकर कुछ पर्यटन चक्र निर्धारित किया है। ये पर्यटन चक्र पर्यटन कार्यालय द्वारा पर्यटन पत्रिकाओं में प्रकाशित किये गये हैं तथा इनकी प्रति विदेशों में भारतीय पर्यटन कार्यालयों अथवा जहाँ ये कार्यालय नहीं है वहाँ के स्थानीय संगठन कार्यालयों को भी इसे सौंपा गया है कि वहाँ से आने वाले पर्यटकों के लिए इसके चयन में आसानी रहेगी। इस दृष्टि से निम्न महानगरों को केन्द्रित कर पर्यटकों का पर्यटन चक्र बनाया गया है।

मुम्बई केन्द्रित पर्यटन चक्र

मुम्बई भारत के चार महानागरों में से एक है। यह विश्व से हवाई अड्डों, जलमार्गों तथा पड़ोसी स्थानों से रेल गाड़ियों से भली प्रकार जुड़ा है। यहाँ से दक्षिण भारत का पर्यटन तथा पश्चिमी भारत का पर्यटन सरलता से किया जाना सम्भव है क्योंकि यह ऐसे स्थान पर बसा है जहाँ से सटे दक्षिण भारत प्रारम्भ होता है तथा पश्चिमी भारत के प्रमुख सांस्कृतिक और आर्थिक विकसित प्रान्त गुजरात और राजस्थान सरलता से जाया जा सकता है। इसके दृष्टिगत छोटी बड़ी यात्राओं के लिए यहाँ से पर्यटन के पाँच चक्र अलग-अलग विकल्पों के बनाए गए हैं जो निम्न हैं :—

(1) मुम्बई से उदयपुर

यह एक ऐसा चक्र है जिसमें थोड़े धन और समय में महाराष्ट्र के प्रमुख नगरों को देखते हुए राजस्थान का पर्यटन किया जा सकता है। इसमें मुम्बई से चल कर औरंगाबाद की यात्रा कराई जाती हैं जिसके बीच के स्थानों को देखता अजन्ता की गुफाओं का आनन्द लेता पर्यटक वहाँ से पश्चिम की ओर मुड़कर मध्य प्रदेश की पश्चिमी सीमा से होता राजस्थान में राजवाड़ों की नगरी उदयपुर की यात्रा करता है।

(2) मुम्बई से अहमदाबाद

आर्थिक दृष्टिकोण से यह मार्ग विशेष उपयोगी है क्योंकि यहाँ व्यापारिक केन्द्रों को स्पर्श करता पर्यटक गन्तव्य तक जाता है। मुम्बई से चलकर गुजरात में अरब सागर के तटीय भागों से होता वह पटिलान पहुँचता है। फिर वहाँ से थोड़ी दूर पर स्थित आर्थिक महत्त्व वाले नगर अहमदाबाद जाता है। इसकी दूरी बहुत कम है।

(3) मुम्बई से बंगलोर

इस चक्र में यात्री पूर्वी घाट से होकर गोआ आता है जिसमें बीच के अनेक बौद्ध कलाकृतियाँ देखता है। वहाँ से फिर वह कर्नाटक प्रदेश में सांस्कृतिक तथा व्यापारिक नगर बंगलोर आता है। इसका मार्ग बीच से गोआ से बंगलोर आता है। मैसूर आदि की यात्रा रह जाती है। सम्भवतः समयाभाव के दृष्टिगत ऐसा किया गया होगा।

(4) मुम्बई से हम्पी

यह भले ही अपेक्षाकृत छोटी यात्रा है पर इसके मार्ग में अनेक सांस्कृतिक नगरों का पर्यटन हो जाता है। इस मार्ग में भी वह पहले मुम्बई से बेलगाँव होकर गोआ आता है। फिर वहाँ से बीजापुर, अरावली होता बादामी पहुँचता है, जो कर्नाटक में है। वहाँ से वह कर्नाटक और आंध्र प्रदेश के सीमा स्थल पर हम्पी पहुँचता है।

(5) मुम्बई से नागार्जुनीकोण्डा

इसमें पर्यटक महाराष्ट्र से चलकर कर्नाटक होता हुआ आन्ध्र प्रदेश में नागार्जुनीकोण्डा तक आता है। यह यात्रा सांस्कृतिक दृष्टि से बनाई गई है। यह अब तक दिए गए मार्गों में से यह कुछ अधिक लम्बा है।

कोलकाता केन्द्रित पर्यटन चक्र

कोलकाता बहुत दिनों तक अंग्रेजों के शासन में भारत का व्यापारिक और प्रशासनिक केन्द्र रहा है। यहाँ विदेशी यात्री हवाई जहाज तथा समुद्री मार्गों से होकर पहुँचते रहते हैं। अतः इसको केन्द्रित कर निम्न चार पर्यटन चक्र बनाये गये हैं :—

(1) कोलकाता से चिलका झील तक

यह यात्रा पश्चिमी बंगाल से चलकर उड़ीसा तक की प्रस्तावित है। यह इस क्षेत्र का सांस्कृतिक पर्यटन है। इसमें यात्री कोलकाता से चलकर भारत की सांस्कृतिक नगरी उड़ीसा में पहुँचता है जहाँ कोर्णाक, पुरी होता वह चिल्का झील तक जाता है जो यहाँ के प्रमुख दर्शनीय स्थल है। इसमें वह बंगाल की खाड़ी के सटे भूमि मार्ग पर गाड़ी या हवाई जहाज से बढ़ता है।

(2) कोलकाता से काटमाण्डू

यह भी सांस्कृतिक यात्रा पर्यटन मार्ग बनाया गया है। इसमें यात्री पश्चिम बंगाल से चलकर झारखंड के दर्शनीय स्थलों को देखता बिहार के गया जनपद पहुँचता है। वहाँ रुक कर वह आगे बढ़ता है और नेपाल की राजधानी काठमाण्डू तक की यात्रा करता है।

(3) कोलकाता से काजीरंगा

इसमें वह प्रदेश ही नहीं बल्कि दूसरे देश को पार कर आसाम तक की यात्रा करता है। यह दूसरा देश है बंगलादेश। कोलकाता से बंगलादेश को पार कर असम की राजधानी गोहाटी पहुँचता है। वहाँ रुक कर वह शिलांग आकर फिर काजीरंगा जाता है।

(4) कोलकाता से गंगटोक

इसमे वह कोलकाता से उत्तर की यात्रा करता है। इसमें भी बंगलादेश पार कर वह नेपाल में दार्जिलिंग होकर गंगटोक की यात्रा करता है।

चेन्नई केन्द्रित पर्यटन चक्र

(1) चेन्नई-त्रिचनापल्ली-तञ्जोर

इसमें चेननई से चलकर पूर्वी घाट को छोड़कर सीधे दक्षिण की ओर बढ़ते त्रिचनापल्ली होकर तञ्जौर की यात्रा करने का विधान है। यदि यात्री के पास अधिक समय होता है तो वह इसे कन्याकुमारी तक बढ़ा लेता है।

(2) चेन्नई-बंगलोर-मैसूर होकर सदीपुर

यह दूसरा रास्ता है। चेन्नई से पहले पश्चिम बंगलोर होकर मैसूर और सदीपुर तक जाते हैं। यह छोटी यात्रा होती है।

(3) चेन्नई-कोयम्बटूर-उदूगमण्डम-मुदरै-मैसूर और बंगलोर

यह लम्बे समय की यात्रा होती है। इसमें व्यय और समय भी अधिक लगता है। इसमें कई त्रिकोणात्मक मार्ग से घूमना पड़ता है। पहले यात्री चेन्नई से दक्षिण पश्चिम होकर कोयम्बटूर पहुँचता है। वहाँ से उत्तर उदूगमण्डलम् (ऊटी) जाता है फिर कोयम्बटूर लौटकर मदुरै पूर्वी

घाट पर आता है। यहाँ से पुनः दूसरे मार्ग से उत्तर पश्चिम चलकर मैसूर जाता है जहाँ से पूरब की ओर बढ़ते बंगलोर आकर चेन्नई लौट आता है।

(4) चेन्नई-कांचीपुरम-मामलल्पुरम-पाण्डीचेरी

ये सभी सांस्कृतिक स्थल है। इस यात्रा में दूरी कम है और लगभग एक सीध में यह पड़ता है। कला की दृष्टि से इन केन्द्रों का विशेष महत्त्व है।

(5) चेन्नई-मदुरै-कोडईकनाल-थेकड्डी-कोची

यह भी थोड़ी लम्बी यात्रा है क्योंकि मदुरै और थेकड्डी के बाद केवल अन्तिम कन्याकुमारी ही छूट जाता है। इसमें दक्षिणी तमिलनाडु की यात्रा लगभग पूरी हो जाती है क्योंकि पूर्वी घाट में मदुरै है और पश्चिमी घाट में थेकड्डी।

दिल्ली केन्द्रित यात्रा चक्र

इसमें सात यात्रा चक्र प्रस्तावित हैं :—

(1) दिल्ली-आगरा-जयपुर-जोधपुर और जैसलमेर

इसमें उत्तर प्रदेश का पश्चिमी भाग होकर राजस्थान की यात्रा की योजना है।

(2) दिल्ली-आगरा-जयपुर

यह वही मार्ग है पर यात्रा की लम्बाई छोटी की गई है।

(3) दिल्ली-आगरा-खजुराहो-वाराणसी-काटमाण्डू होकर दिल्ली

इसमें उत्तर प्रदेश के पश्चिमी भाग से म० प्र० के उत्तरी भाग होकर उत्तर में नेपाल होकर दिल्ली लौटने की योजना होने से यह लम्बी यात्रा होती है।

(4) दिल्ली-आगरा-ग्वालियर-भोपाल-मुम्बई

(5) दिल्ली-काटमाण्डू-वाराणसी-आगरा चेन्नई-बंगलोर-मैसूर-हसन-बादामी-मुम्बई

यह लम्बी और खर्चीली यात्रा है। पूर्वी और पश्चिमी भारत छोड़ कर लगभग शेष भारत इस चक्र में पर्यटक घूम लेता है। इससे लगभग 6 प्रान्तों से होकर यात्री का जानी होती है।

(6) दिल्ली-आगरा-भरतपुर-जयपुर-सरसिक-अलवर

इन प्रमुख केन्द्रों के अतिरिक्त पूरे भारत को दृष्टि में रखकर विभिन्न केन्द्रों से अनेक यात्राओं की योजना बनाई गई है। इनकी संख्या अठाइस है जो निम्न है। इनमें यदि देखा जाय तो वे सभी यात्रा चक्र समन्वित है जिनको ऊपर हमने देखा है।

(7) दिल्ली-शिमला-कुल्लु-मनाली-धर्मशाला

यह दिल्ली से उत्तर हिमाचल प्रदेश की यात्रा है।

यदि इन सभी केन्द्रों से यात्राओं का योग किया जाय तो कुल संख्या 21 होगी। यदि हम आवश्यकतानुसार सबको दिल्ली से जोड़ दें तो केन्द्र से कुल 21 पर्यटन चक्र का विधान किया गया है।

□

अध्याय–31

भारत एक दृष्टि में

[अ] भारत सम्बन्धी विशिष्ट तथ्य

सर्वाधिक जनसंख्या का राज्य — उत्तर प्रदेश
सर्वाधिक क्षेत्रफल का राज्य — राजस्थान
सबसे कम क्षेत्रफल का राज्य — गोआ
सबसे घनी आबादी का राज्य — पश्चिमी बंगाल
सर्वाधिक नदियों वाला राज्य — केरल
सर्वाधिक नगरों का राज्य — महाराष्ट्र
सर्वाधिक साक्षर राज्य — केरल

[ब] भारत के प्रदेश-परिचय

1. आंध्र प्रदेश

क्षेत्रफल — 2,75,068 (sq. km)
वन क्षेत्र — 23.3%
भाषा — उर्दू, तेलगु
राजधानी — हैदराबाद
जनपदों की सं० — 23
नृत्य — कुचीपुड़ी, कोट्टम, धुर्यायाहू
सीमाएँ — पूरब में बंगाल की खाड़ी, उत्तर-पूरब में उड़ीसा, उत्तर में मध्य प्रदेश, पश्चिम दक्षिण में कर्नाटक, दक्षिण में तमिलनाडु।
नदियाँ — गोदावरी, कृष्णा, पेन्नार, मूसी, तुंगभद्रा, वंसधारा, नागवेला।
उद्योग — सिमेंट, आसबेस्टस, BHEL, HMT, हिन्दुस्तान शिपयार्ड, भारत डायनमिक्स।
हवाई अड्डा — हैदराबाद, तिरुपति, विजयवाड़ा, विशाखापट्टनम।

2. अरुणाचल प्रदेश

क्षेत्रफल — 83,743
जनसंख्या — 8,58392
वन क्षेत्र — 62%
भाषा — जनजातीय भाषाएँ
सीमाएँ — उत्तर में चीन, पूरब में चीन और वर्मा, पश्चिम में भूटान, दक्षिण में आसाम।
उद्योग — लकड़ी तथा अन्य वन्य उत्पाद उद्योग, प्लाईउड उद्योग।

3. आसाम

क्षेत्रफल — 78,439
जनसंख्या — 2,22,94562
जनपद संख्या — 23
भाषाएँ — असमियाँ, बंगला।
सीमाएँ — दक्षिण और दक्षिण पूरब में त्रिपुरा, मिजोरम तथा भूटान मणिपुर; उत्तर और

"This is a Guide Map only. it has no correctness with State boundaries."

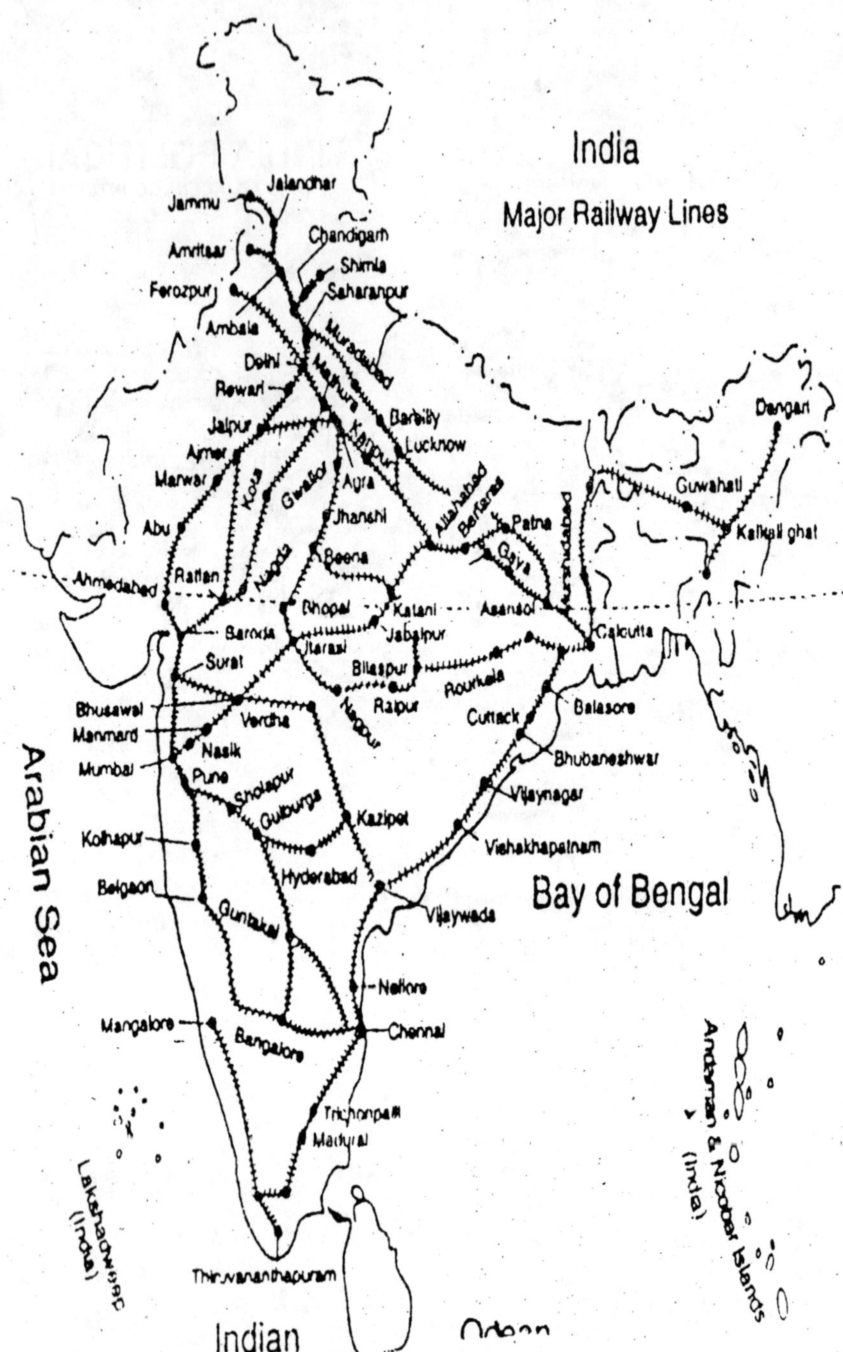
India
Major Railway Lines
Jammu
Jalandhar
Chandigarh
Amritsar
Shimla
Ferozpur
Saharanpur
Ambala
Moradabad
Delhi
Mathura
Rewari
Bareilly
Jaipur
Kanpur
Lucknow
Ajmer
Marwar
Kota
Gwalior
Agra
Allahabad
Benaras
Patna
Abu
Jhanshi
Gaya
Beena
Ratlan
Nagda
Ahmedabad
Bhopal
Katani
Asansol
Baroda
Jabalpur
Calcutta
Itarasi
Surat
Bilaspur
Rourkela
Bhusawal
Raipur
Manmard
Verdha
Nagpur
Cuttack
Balasore
Nasik
Mumbai
Pune
Bhubaneshwar
Sholapur
Vijaynagar
Gulburga
Kazipet
Kolhapur
Vishakhapatnam
Hyderabad
Belgaon
Bay of Bengal
Guntakal
Vijaywada
Arabian Sea
Nellore
Mangalore
Chennai
Bangalore
Trichonpalli
Madurai
Thiruvananthapuram
Lakshadweep
(India)
Andaman & Nicobar Islands
(India)
Indian
Ocean
Guwahati
Dengari
Katihar ghat

उत्तर पूरब में अरुणाचल प्रदेश, भूटान; दक्षिण में मेघालय, पश्चिम में पश्चिमी बंगाल; पूरब में नागालैण्ड।
नदियाँ — ब्रह्मपुत्र
नृत्य — बिहु, बम्बू
उद्योग — चाय, तेल शोधन, सिल्क, प्लाईउड
हवाई अड्डा — गोहाटी

4-5. बिहार और झारखण्ड

क्षेत्रफल — 1,73,877
जनसंख्या — 8,63,38,853
वन क्षेत्र — 19%
भाषा — हिन्दी
राजधानी — पटना/राँची
जनपद संख्या — 50
नृत्य — विदेसिया, ओराओ, चोहौ।
सीमाएँ — पूरब : पश्चिम बंगाल, उत्तर : नेपाल, पश्चिम : उत्तर प्रदेश, मध्यप्रदेश, दक्षिण : उड़ीसा।
नदियाँ — गंगा, सोन, कोसी, गंडक, दामोदर, सरयू।
उद्योग — तेल शोध
हवाई अड्डा — पटना/राँची

6. गोआ

क्षेत्रफल — 3,702
जनसंख्या — 11,78,622
वन क्षेत्र — 28.4%
भाषाएँ — मराठी, कोंकणी, अंग्रेजी
सीमाएँ — उत्तर : महाराष्ट्र तथा तेरेखोल नदी; पश्चिम अरब सागर।
नदियाँ — मण्डोवी, जुआरी, तेरेखोल, छपोरा, बेतूल
उद्योग — कागज, साबुन आदि
हवाई अड्डा — सोबोलिनी

7. गुजरात

क्षेत्रफल — 1,96,024
जनसंख्या — 4,11,74060
राजधानी — गाँधीनगर
जनपद सं० — 19
वन क्षेत्र — 10%
भाषा — गुजराती
सीमाएँ — पूरब : मध्य प्रदेश, उत्तर एवं उत्तर पूरब : राजस्थान; उत्तर-पश्चिम : पाकिस्तान, पश्चिम : अरब सागर, दक्षिण : महाराष्ट्र।
नदियाँ — नर्मदा, ताप्ती, साबरमती, महानदी।

उद्योग — वस्त्र, रसायन, दुग्ध, खाद।
हवाई अड्डा — अहमदाबाद, बड़ौदा, भुज, जामनगर, राजकोट, खण्डीला।

8. हरियाणा

क्षेत्रफल — 44,212
जनसंख्या — 1,75,17,715
वन क्षेत्रफल — 3.7%
जनपद — 15
राजधानी — चण्डीगढ़
भाषाएँ — हिन्दी, हरियाणवी
नृत्य — फाग, भांगड़ा, गीधा, स्वंग
सीमाएँ — उत्तर : हिमाचल प्रदेश, पूरब : उत्तर प्रदेश, दक्षिण : राजस्थान, उत्तर पश्चिम : पंजाब।
नदियाँ — धग्गर।
उद्योग — एच० एम० टी०, कपड़ा, कागज, चीनी, सीमेण्ट।

9. हिमाचल प्रदेश

क्षेत्रफल — 55,674
जनसंख्या — 51,11,079
वन क्षेत्र — 38.6%
भाषाएँ — हिन्दी और पहाड़ी
नृत्य — कायंग, वकयंग, महेश
राजधानी — शिमला
सीमाएँ — पूरब : तिब्बत और उत्तर प्रदेश, उत्तर : जम्मू-कश्मीर, पश्चिम-दक्षिण : पंजाब और हरियाणा।
नदियाँ — चेनाव, रावी, व्यास, सतलज और यमुना
उद्योग — तारपीन, खाद, फल, सीमेण्ट
हवाई अड्डा — जोवर हटी

10. जम्मू-कश्मीर

क्षेत्रफल — 2,22,236
जनसंख्या — 77,18,700
वन क्षेत्र — 15%
भाषाएँ — कश्मीरी, डोंगरी, पंजाबी, उर्दू, पहाड़ी
नृत्य — चक्री, रौफ
राजधानी — श्रीनगर (ग्रीष्म), जम्मू (शीत)
जनपद सं० — 14
सीमाएँ — पूरब और उत्तर पूरब : चीन, उत्तर पूरब : आफगानिस्तान पश्चिम : पाकिस्तान, दक्षिण : हिमाचल प्रदेश और पंजाब।
नदियाँ — सिंधु, झेलम, चेनाव, रावी।
उद्योग — हस्तकौशल, हैण्डलूम के साल और साड़ियाँ।
हवाई अड्डा — श्रीनगर और जम्मू।

11. कर्नाटक

क्षेत्रफल —- 1,91,791
जनसंख्या — 4,48,17,398
वन क्षेत्र –20%
भाषा — कन्नड़
सीमाएँ — पूरब : आंध प्रदेश, उत्तर : महाराष्ट्र, पश्चिम : गोआ, दक्षिण : केरल और तमिलनाडु।
नदियाँ — कावेरी, कृष्णा, तुंगभद्रा, वेत्रवती।
उद्योग — H.M.T., इण्डिया अर्थमूवर्स, भारत इलेक्ट्रॉनिक्स, भारत टेलीफोन, हिन्दुस्तान आरनाटिक्स।
हवाई अड्डा — ब्रंगलोर, मेंगलोर और बेलगाँव।

12. केरल

क्षेत्रफल — 38,863
जनसंख्या — 2,90,11,237
वन क्षेत्र — 24%
भाषा — मलयालम
राजधानी — तिरुवनन्तपुरम
जनपद सं० — 14
नृत्य — कथकली, मोहनी अट्टम, ओट्टमथुल्ला, चकिर, काहयू, कलियट्टम।
सीमाएँ — पूरब : तमिलनाडु; उत्तर और उत्तर पूरब : कर्नाटक, पश्चिम और दक्षिण पश्चिम : अरब सागर।
नदियाँ — कावेरी, परियार, पन्नार, भविमाला, मीरनाचिल, परवूर।
उद्योग — चाय, क्वायर रबर, सिल्क, मत्स्य।
हवाई अड्डा — कोची, तिरुवनन्तपुरम।

13. मध्य प्रदेश

क्षेत्रफल — 4,43,445
जनसंख्या — 6,61,35,862
वनक्षेत्र — 32%
भाषा — हिन्दी
सीमाएँ — पूरब : उड़ीसा, बिहार, उत्तर : उत्तर प्रदेश, पश्चिम : राजस्थान, गुजरात, दक्षिण : महाराष्ट्र और आंध्र प्रदेश।
नदियाँ — नर्मदा, सोन, चम्बल, महानदी, ताप्ती, सिन्धु, क्षिप्रा।
राजधानी — भोपाल।
जनपद सं० — 45
नृत्य — लोटा, पण्डवानी, घेसे
उद्योग — भिलाई स्टील प्लाण्ट, नेफा नगर कागज कारखाना, BHEL (भोपाल), अल्मूनियम (कोरबा), नोट का कागज (देवास), सिक्योरिटी पेपर मिल (भोपाल) आदि।
हवाई अड्डा — भोपाल, जबलपुर, खजुराहो, रायपुर।

14. महाराष्ट्र

क्षेत्रफल — 3,07,690
जनसंख्या — 7,87,06,719
वन क्षेत्र — 17.24%
भाषा — मराठी
सीमाएँ — पूरब उत्तर : मध्य प्रदेश, उत्तर पश्चिम : गुजरात, पश्चिम अरब सागर, दक्षिण पूरब : आंध्र प्रदेश।
नदियाँ — ताप्ती, गोदावरी, कृष्णा, भीमा।
राजधानी — मुम्बई
जनपद सं० — 34
नृत्य — लवनी, तवाना, मौनी, दहीकला
उद्योग — वस्त्र, फिल्म, हिन्दुस्तान अरनाटिक्स (नासिक), तेल शोधन (कोयली)।
हवाई अड्डा — मुम्बई, नागपुर, पुणे, शोलापुर, अगलोक।

15. मणिपुर

क्षेत्रफल — 22,327
जनसंख्या — 18,26,714
वन क्षेत्र — 92%
भाषाएँ — मणिपुरी, अंग्रेजी
सीमाएँ — पश्चिम : आसाम, पूरब दक्षिण : म्यनमार (बर्मा), उत्तर पूरब : मणिपुर, दक्षिण पश्चिम : मिजोरम।
राजधानी — इम्फाल
जनपद सं० — 8
नृत्य — मणिपुरी, लै हरबा, बसन्तरस
हवाई अड्डा — इमफाल

16. मेघालय

क्षेत्रफल — 22,429
जनसंख्या — 17,60,626
वनक्षेत्र — 37.15%
भाषाएँ — खासी, गारों, अंग्रेजी
राजधानी — शिलांग
जनपद सं० — 5
नृत्य — बांगलाल हो
सीमाएँ — उत्तर पूरब : आसाम, दक्षिण पश्चिम : बंगलादेश।

17. मिजोरम

क्षेत्रफल — 21,081
जनसंख्या — 6,86217
वन क्षेत्र — 21%
भाषाएँ — मीजो, अंग्रेजी

राजधानी — ऐजवाल
जनपद — 3
नृत्य — चिरबाँ, कुल्लन
सीमाएँ — उत्तर : आसाम, उत्तर पूरब : मणिपुर, पूरब : मैनमार, पश्चिम : बंगलादेश, पश्चिमोत्तर : त्रिपुरा, दक्षिण : मैनमार।
नदियाँ — कोलोडाइन, खलबंग, कर्णकुली।
हवाई अड्डा — दीमापुर

18. नागालैण्ड

क्षेत्रफल — 16,579
जनसंख्या — 12,15,573
वन क्षेत्र — 17.6%
राजधानी — कोहिमा
जनपद — 7
भाषाएँ — कोन्यक, नग, असमी, लोथा
सीमाएँ — पूरब : मैनमार, पश्चिम : आसाम उत्तर और पश्चिमोत्तर : आसाम, दक्षिण : मणिपुर।
नृत्य — नग, मणीपुरी, रेंगमा
नदियाँ — धमश्री, बोयंग, दीखू
उद्योग — हस्तकरघा, कागज, शराब
हवाई अड्डा — दीमापुर

19. उड़ीसा

क्षेत्रफल — 1,55,707
जनसंख्या — 3,15,12,078
वन क्षेत्र — 42.7%
राजधानी — भुवनेश्वर
जनपद सं० — 30
भाषायें — उड़िया
सीमाएँ — पूरब : बंगाल की खाड़ी, उत्तर पश्चिम : पश्चिम बंगाल, पश्चिम : मध्य प्रदेश, दक्षिण : आंध्र प्रदेश।
नृत्य — ओडसी, जद्दर
नदियाँ — महानदी, ब्राह्मणी, वैतरणी
उद्योग — कोयला, स्टील (राउरकेला), हेवी वाटर प्रोजेक्ट (तलचर)
हवाई अड्डा — भुवनेश्वर

20. पंजाब

क्षेत्रफल — 50,362
जनसंख्या — 2,01,90,795
वन क्षेत्र — 3.8%
भाषाएँ — पंजाबी, हिन्दी
राजधानी — चण्डीगढ़

जनपद सं० — 14
सीमाएँ — पूरब : हरियाणा, उत्तर पूरब : हिमाचल प्रदेश, उत्तर : जम्मू-कश्मीर, पश्चिम : पाकिस्तान, दक्षिण : राजस्थान, हरियाणा।
नृत्य — भांगड़ा, गिद्धा।
नदियाँ — सतलज, व्यास, रावी, सिन्धु, घण्डार।
उद्योग — ऊनी वस्त्र, खेल का सामान
हवाई अड्डा — चण्डीगढ़, अमृतसर, लुधियाना।

21. राजस्थान

क्षेत्रफल — 3,42,239
जनसंख्या — 4,38,80,640
वन क्षेत्र — 10%
राजधानी — जयपुर
जनपद सं० — 30
भाषाएँ — हिन्दी, राजस्थानी
सीमाएँ — पूरब : मध्य प्रदेश, उत्तर हरियाणा, उत्तर पश्चिम : उत्तर प्रदेश, पश्चिम : पाकिस्तान, दक्षिण : गुजरात।
नृत्यों — धीमर, गिंदद, डंडिया रसा, झूमर, सइसिनी
नदियाँ — व्यास, चम्बल, बनास, लूनी
उद्योग — ऊनी वस्त्र, चीनी, शीशा
हवाई अड्डा — जयपुर, जोधपुर, कोटा, उदयपुर

22. सिक्किम

क्षेत्रफल — 7,096
जनसंख्या — 4,03,612
वन क्षेत्र — 30%
राजधानी — गंगटोक
जनपद सं० — 4
भाषायें — नेपाली, हिन्दी, लेपचा, भूटानी
सीमाएँ — पूरब : भूटान; उत्तर : तिब्बत, पश्चिम : नेपाल, दक्षिण : पश्चिम बंगाल।
नदियाँ — टिस्टा और उसकी सहायक
उद्योग — ऊनी कपड़े, कालीन, हथकरघा, फल, शराब, HMT
हवाई अड्डा — बगदोगतर (पश्चिम बंगाल के पास)

23. तमिलनाडु

क्षेत्रफल — 1,30,058
जनसंख्या — 5,56,38,318
वन क्षेत्र — 17%
जनपद सं० — 23
राजधानी — चेन्नई (मद्रास)
भाषाएँ — तमिल

सीमाएँ — पूरब : बंगाल की खाड़ी, उत्तर : आंध्र प्रदेश, उत्तर पश्चिम : कर्नाटक, दक्षिण : मन्दर गल्फ।
नृत्य — भारतनाट्यम, करगम, कुम्भी, कबड़ी
नदियाँ — कावेरी पलर, पेन्नैयर, भैर भवनी, अमरावती, वैगर, चित्तर
उद्योग — कपड़ा, कागज, ओटोमोबाइल, लोहा स्टील
हवाइ अड्डा — चेन्नई, मदुरई, तिरुचरपल्ली

24. त्रिपुरा

क्षेत्रफल — 10,486
जनसंख्या — 27,44,827
वन क्षेत्र — 54.5%
राजधानी — अगरतल्ला
जनपद सं० — 3
भाषाएँ — बंगाली, त्रिपुरी, मणीपुरी
नृत्य — चिराव
सीमाएँ — पूरब : असम, मिजोरम, उत्तर पश्चिम और दक्षिण : बंगलादेश
नदियाँ — गोमती, खोवाई, मनु
उद्योग — सन, जूट, अल्मुनियम
हवाई अड्डा — अगरतल्ला

25-26. उत्तर प्रदेश और उत्तरांचल

क्षेत्रफल — 2,94,411
जनसंख्या — 13,87,60,417
वन क्षेत्र — 33.3%
राजधानी — लखनऊ / नैनीताल
जनपद सं० — 63
भाषाएँ — हिन्दी
नृत्य — नौटंकी, कजरी, फरी, मदघुस, चपेली, झोरा, जगर।
सीमाएँ — पूरब : बिहार, उत्तर-पूरब : नेपाल, उत्तर : तिब्बत, पश्चिम : हिमाचल प्रदेश, हरियाणा, दिल्ली, दक्षिण पश्चिम : राजस्थान।
नदियाँ — गंगा, घाघरा, यमुना, गंडक, गोमती
उद्योग — लखनऊ का चिकन, ऊनी वस्त्र, कालीन
हवाई अड्डा — गोरखपुर, ललितपुर, आगरा, झाँसी, कानपुर, वाराणसी, इलाहाबाद, लखनऊ

27. पश्चिम बंगाल

क्षेत्रफल — 88,752
जनसंख्या — 6,79,82,732
वनक्षेत्र — 13.4%
राजधानी — कोलकाता
जनपद सं० — 17
भाषाएँ — बंगला

नृत्य — बाउल

सीमाएँ — उत्तर : सिक्किम, भूटान, दक्षिण : बंगाल की खाड़ी, पश्चिम : उड़ीसा, बिहार, नेपाल, पूरब : बंगलादेश, आसाम।

नदियाँ — हुगली, गंगा, भागीरथी, मायाक्षी, दामोदर।

उद्योग — कपड़ा, कागज, मत्स्य, जूट।

हवाई अड्डा — कोलकाता, बगदोगरा।

28. दिल्ली

क्षेत्रफल — 1498

जनसंख्या — 93,70,475

राजधानी — दिल्ली

जनपद — 1

भाषाएँ — हिन्दी, पंजाबी, उर्दू, अंग्रेजी

नदियाँ — यमुना

सीमाएँ — पूरब : उत्तर प्रदेश, उत्तर : हिमाचल प्रदेश, पश्चिम : हरियाणा, दक्षिण : राजस्थान।

हवाई अड्डा — इन्दिरा गाँधी अन्तरराष्ट्रीय हवाई अड्डा

केन्द्र शासित राज्य

क्र०	नाम	क्षेत्रफल	राजधानी	जनसंख्या	जनपद सं०	भाषायें
1.	अण्डमान और नीकोबार द्वीप समूह	8,249	पोर्टब्लेयर	2,77989	2	बंगला, हिंदी, तेलगू, तमिल, मलयालम
2.	दादर नगर हवेली	419	सिलवासा	1,38,542	1	हिन्दी, गुजराती, मिठी, मिलोदी
3.	दमन दयू	112	दमन	1,01,448	2	मराठी और गुजराती
4.	लक्षद्वीप	32	क्वारथ	51,681	1	मलयालम
5.	पाण्डीचेरी	492	पाण्डिचेरी	7,89,418	4	तमिल, मलयालम

[स] राष्ट्रीय उद्यान और प्राणी विहार *(Sanctuary)*

उद्यान का नाम	स्थिति	वन्यप्राणी हेतु संरक्षित
अचनकमर प्राणी-विहार	विलासपुर	टाइगर, भालू, चीतल, साम्बर, बिसांव
बांधवगढ़ राष्ट्रीय उद्यान	शहडोल (म० प्र०)	टाइगर, पैंथर, चीतल, नीलगाय, जंगली भालू
बंदीपुर प्राणी-विहार	कर्नाटक और तमिल-नाडु की सीमा पर	हाथी, टाइगर, पैंथर, साम्बर, हिरण, पक्षियाँ
बनेरघाट राष्ट्रीय उद्यान	बंगलोर (कर्नाटक)	हाथी, चीतल, हिरण, ग्रे पैंथर, हरा कबूतर
भद्र प्राणी विहार	चिकमगलूर (कर्नाटक)	हाथी, चीतल, पैंथर, साम्बर, जंगली सूअर
बोरी प्राणी-विहार	होशंगालद (म० प्र०)	टाइगर, पैंथर, साम्बर, जंगली भालू, चितल, मौकता, हिरण

भूमिबन्ध प्राणी-विहार	मुंगेर (बिहार)	टाइगर, लियोपार्ड, साम्बर, चितल, जंगली भालू, जल पक्षियाँ
बोरीवली राष्ट्रीय उद्यान	मुम्बई	पैंथर, साम्बर, टाइगर, जंगली भालू, चिकारा
चन्द्रप्रभा प्राणी-विहार	वाराणसी के पास (उ० प्र०)	गिरि सिह, चीतल, साम्बर
कारबेट राष्ट्रीय उद्यान	नैनीताल (उत्तरांचल)	टाइगर, लियोपार्ड, हाथी, साम्बर
दचीगम प्राणी-विहार	दचीगम (कशमीर)	कश्मीरी बारहसींगा
दातन प्राणी-विहार	सिंहभूमि (झारखण्ड)	हाथी, लियोपार्ड, जंगली भालू, भौंकता हिरण
डण्डेल प्राणी-विहार	धारवाड़ (कर्नाटक)	टाइगर, पैंथर, साम्बर, चिथल, नीलगाय, भौंकता हीरण,
दुधवा राष्ट्रीय उद्यान	लखीमपुर खीरी (उ० प्र०)	टाइगर, पैंथर, साम्बर,
गाँधी सागर प्राणी-विहार	मन्दसौर (म० प्र०)	चीतल, साम्बर, चिनकारा, भौंकता हिरण, जंगली पक्षियाँ
गरम पानी प्राणी विहार	दिफू (आसाम)	हाथी, लियोपार्ड, जंगली भैंसा, लंगूर
घाना पक्षी विहार	भरतपुर (राजस्थान)	जंगली पक्षी, काला हिरन, चितल, साम्बर
गिरि फारेस्ट	जूनागढ़ (गुजरात)	भारत का सबसे बड़ा वन्य-प्राणी विहार
गौतमबुद्ध प्राणी-विहार	गया (बिहार)	टाइगर, लियोपार्ड, साम्बर, चीतल, भौंकता हिरण
हजारीबाग प्राणी-विहार	हजारीबाग (झारखंड)	टाइगर, लियोपार्ड, नीलगाय, साम्बर, जंगली बिल्ली
इण्टागकी प्राणी-विहार	कोहिमा (नागालैण्ड)	हाथी, गौर, टाइगर, तेंदुआ, भौंकता हिरण, जंगली सूअर
जलदापाड़ा प्राणी-विहार	पश्चिम बंगाल	बारहसींगा
कवल प्राणी-विहार	आदिलाबाद (आंध्र प्रदेश)	टाइगर, तेंदुआ, गौर, चीतल, जंगली सूअर
काजीरंगा राष्ट्रीय उद्यान	जोरहट (आसाम)	बारहसींगा, गौर, हाथी लियोपार्ड, जंगली भैंसा
खंगचण्ड जेण्डा राष्ट्रीय उद्यान	गंगटोक (सिक्किम)	श्वेत लियोपार्ड, मुस्क हिरण, हिमालयन भालू
किन्नेरसनी प्राणी-विहार	खमरसन (आंध्र प्रदेश)	टाइगर, तेंदुआ, गौर, चीतल, साम्बर, नीलगाय
कोल्लेस्ट पेलिकैनरी	एल्लूर (आंध्र प्रदेश)	पेलिकन्स, पेंटेड स्ट्रोक
नगेरहॉल राष्ट्रीय उद्यान	कुर्ज (कर्नाटक)	हाथी, टागर, तेंदुआ, साम्बर, चित्तल
नमदाता प्राणी-विहार	तिरय (अरुणाचल प्रदेश)	हाथी, तेंदुआ, साम्बर, टाइगर, चीतल, कोबरा

नवेगाँव राष्ट्रीय उद्यान	भण्डारा (महाराष्ट्र)	टाइगर, तेंदुआ, साम्बर, चितल, नीलगाय
पंचमढ़ी प्राणी-विहार	होशंगाबाद (मध्य प्रदेश)	टाइगर, तेंदुआ, भालू, साम्बर, नीलगाय, भौकता हिरण
पेरियर प्राणी-विहार	इडक्की (केरल)	हाथी, टाइगर, तेंदुआ, गौर, नीलगाय, साम्बर, जंगली सूअर
पेंच राष्ट्रीय उद्यान	नागपुर (महाराष्ट्र)	टाइगर, तेंदुआ, गौर, साम्बर, चितल, नीलगाय
रंगानथिट्टू पक्षी-विहार	कावेरी नदी के नखलिस्तान में (कर्नाटक)	
रोहला राष्ट्रीय उद्यान	कुलू (हिमाचल प्रदेश)	श्वेत लियोपार्ड, भूरा भालू, मस्क हिरण, श्वेत मुर्गा, श्वेत कबूतर
सरिस्क प्राणी-विहार	अलवर (राजस्थान)	टाइगर, तेंदुआ, साम्बर, नीलगाय, चितल, चिंकारा
सरस्वथी घाटी प्राणी-विहार	शिमोग (कर्नाटक)	हाथी, टाइगर, तेंदुआ, साम्बर, गौर, चितल, जंगली माल
शिकरी देवी प्राणी-विहार	मण्डी (हिमाचल प्रदेश)	काला हिरण, मस्क हिरण, तेंदुआ, लियोपार्ड, पारट्रिका
शिवपुरी राष्ट्रीय उद्यान	शिवपुरी (मध्य प्रदेश)	टाइगर, तेंदुआ, साम्बर, हेना, स्लाथ, बियर, नीलगाय
शिमलीपल प्राणी-विहार	मयूर गंज (उड़ीसा)	हाथी, टाइगर, तेंदुआ, गौर, चितल
सामेश्वर प्राणी-विहार	कनारा (कर्नाटक)	टाइगर, तेंदुआ, जंगली भालू, लियोपार्ड
सुन्दरबन टाइगर रिजर्व	दक्षिण 24 परगना (प० बंगाल)	
सोनाई रूपा प्राणी-विहार	तेजपुर (आसाम)	हाथी, साम्बर, जंगली भालू, एकसिंगी, नासरा
तदोबा राष्ट्रीय उद्यान	चन्द्रपुर (महाराष्ट्र)	टाइगर, पैंथर, साम्बर, नीलगाय, चितल, चिनकारा
तदवाई प्राणी विहार	वारंगल (आंध्र प्रदेश)	टाइगर, तेंदुआ, साम्बर, गौर, जंगली बिल्ली
तनसा प्राणी-विहार	थाणे (महाराष्ट्र)	पैंथर, साम्बर, चितल, चारसिंगी हिरण
तुंगभद्रा प्राणी-विहार	बेल्लारी (कर्नाटक)	पैंथर, चितल, स्लाथ भालू, चार सिंगी हिरण
वल्वदोरे राष्ट्रीय उद्यान	ममगर (गुजरात)	भेड़िया, काली बिल्ली
वदन्थंगल पक्षी विहार	तमिलनाडु	
वैण्ड प्राणी-विहार	कानानूर एवं कोज़ी कोडे (केरल)	हाथी, गौर, साम्बर, चितल, जंगली, सूअर, हिरण
जंगली गर्दभ प्राणी-विहार	लिटिल रनआव कच्छ (गुजरात)	जंगली गदहा, भेंडिया, नीलग़ाय, चिंकारा

[द] भारत के प्रमुख स्मारक

महाराष्ट्र		
अजन्ता की गुफाएँ	औरंगाबाद	बौद्ध गुफाएँ, चित्र स्थापत्य और मूर्तिकला
एलीफैण्टा की गुफाएँ	मुम्बई द्वीप के पास	7 गुफाएँ, त्रिमूर्ति के लिए प्रसिद्ध
एलौरा की गुफाएँ	औरंगाबाद	प्राचीनगुहा मन्दिर, प्रसिद्ध कैलाश मन्दिर
शीबी का मकबरा	औरंगाबाद	औरंगजेब द्वारा रबिया दुरानी की स्मृति में
गेट वे ऑफ इण्डिया	मुम्बई निर्मित	राजा जार्ज पंचम के आगमन पर 1911 ई० में बना
पंजाब		
जलियाँवाला बाग	अमृतसर	स्वतंत्रता के लिए कांग्रेस सभा पर 1919 ई० में 13 अप्रैल को डायर द्वारा गोली चला कर किया गया हत्या
स्वर्ण मन्दिर	अमृतसर	सिखों का मंदिर
गुजरात		
लोथल	गुजरात	हड़प्पा स्थल
अहमदशाह का मकबरा	अहमादाबाद	1414 ई० में हिन्दू शैली के खम्भों पर बना
बिहार		
नालन्दा	नालन्दा	प्राचीन बौद्ध विश्वविद्यालय के अवशेष
शेरशाह का मकबरा	सासाराम	
बोधगया मन्दिर और स्तूप	गया (बोध गया)	बुद्ध का ज्ञान स्थल, शुंगकालीन मूर्ति वज्रासन
कुम्हरार	पटना	पुराना पाटलिपुत्र
बुलन्दीबाग	पटना	पुराना पाटलिपुत्र का प्रकार अवशेष
राजगीर	नालन्दा	पुरानी राजधानी बिम्बिसार की, सप्तपर्णी गुहा
पावापुरी	नालन्दा	जीवक वन, गृद्धकूट पर्वत
बसाढ़	वैशाली	लिच्छवि गणराज्य का स्थान
अंगदेश	भागलपुर	कर्ण का किला, विक्रमशिला विश्व-विद्यालय
मध्य प्रदेश		
साँची	भोपाल के पास	शुंगकालीन स्तूप
भरहुत	भोपाल के पास	शुंगकालीन स्तूप स्थल
खजुराहो	खजुराहो	मंदिर
ग्वालियर किला	ग्वालियर	
ओंकारेश्वर मन्दिर	ओकार जी	ज्योतिर्लिंग नर्मदा नदी पर
महाकमलेश्वर	उज्जैन	क्षिप्रानदी, शैव ज्योतिर्लिंग, कालिदास का स्थान
हिडोला महल	माण्डू	झूलता महल

उत्तर प्रदेश

सारनाथ	वाराणसी	स्तूप, मठ, अशोक स्तम्भ
अकबर का मकबरा	सिकन्दरा (आगरा)	हिन्दू मुगल कला
आनन्द भवन	इलाहाबाद	नेहरू परिवार का पुराना घर, स्वतंत्रता स्मारक
किला, उद्यान, ताजमहल	आगरा	अकबर और शाहजहाँ के बनाए स्मारक
मोती मसजिद	आगरा	अकबर और शाहजहाँ के बनाए स्मारक
कुशीनगर मन्दिर	कुशीनगर	बुद्ध का परिनिर्वाण
श्रावस्ती	गोण्डा	बुद्धास्तूप
कृष्ण मन्दिर	मथुरा	वृन्दावन, बरसाना
अयोध्या	अयोध्या (फैजाबाद)	रामजन्मभूमि
विश्वनाथ मन्दिर	वाराणसी	ज्योतिर्लिङ्ग, घाट
बुलन्द दरवाजा	आगरा	अकबर

दिल्ली

गाँधी सदन — 1948 में जहाँ गाँधी जी मारे गये थे

जामामिलिया — मुसलिम विश्वविद्यालय

क्रान्ति मैदान — यहाँ गाँधीजी ने भारत छोड़ो को नारा दिया था

राजघाट — गाँधी समाधि स्थल

शक्तिघाट — इन्दिरा गाँधी समाधि स्थल

शान्ति वन — जवाहर लाल समाधि स्थल

त्रिमूर्ति भवन — जवाहर लाल प्रधान मंत्री आवास, अब राष्ट्रीय स्मारक

विजय घाट — लाल बहादुरशास्त्री समाधि स्थल

जामा मस्जिद — शाहजहाँ द्वारा निर्मित भारत का सबसे बड़ा मस्जिद

कुतुबमीनार — कुतुबुद्दीन ऐबक का बनवाया विजय चिह्न

जन्तर मन्तर — प्राचीन वेधशाला

लाल किला — शाहजहाँ द्वारा लाल पत्थर का बनवाना

राष्ट्रपति भवन और मुगल गार्डेन

गुजरात

अहमदशाह का मकबरा — अहमदाबाद

अहमदशाह का किला — अहमदाबाद

द्वारकाधीश का मन्दिर — द्वारका

उड़ीसा

भुवनेश्वर के मन्दिर — भुवनेश्वर

जगन्नाथ मंदिर — पुरी

कोणार्क का सूर्य मंदिर — कोणार्क

राजस्थान

दिलवाड़ा मन्दिर — माउण्ट आबू

हवाई महल — जयपुर
राजस्थान के महल

तमिलनाडु

महाबलिपुरम के मन्दिर — महाबलिपुरम
मीनाक्षी मन्दिर — महाबलिपुरम
रामनाथ स्वामी गलियारा — रामेश्वरम

कर्नाटक

गोमतेश्वर मूर्ति — श्रावणबेलगोला
गोल गुम्बज — बीजापुर

आंध्र प्रदेश

वृन्दावन गार्डेन — मैसूर

जम्मू एवं कश्मीर

शालीमार गार्डेन — श्रीनगर
माता वैष्णव देवी — जम्मू

[य] भारत के प्रमुख नगर और उनका महत्त्व

उत्तर प्रदेश और उत्तरांचल

उत्तरांचल	नैनीताल का पहाड़ी दृश्य, बद्रीनाथ और केदारनाथ तीर्थ, गंगोत्री यमुनोत्री, ऊनी वस्त्र
देहरादून	दून कॉलेज, मसूढ़ी, वनशोध संस्थान, भारतीय सैन्य एकेडमी
आगरा	ताजमहल, चर्म उद्योग
अलीगढ़	ताला उद्योग, मुस्लिम विश्वविद्यालय
इलाहाबाद	तीर्थ, संगम, कुम्भ मेला, आनन्द भवन (नेहरू परिवार का), विश्वविद्यालय
चुनार	किला, मिट्टी के बर्त्तन
बद्रीनाथ	हिन्दू मन्दिर
बरेली	विमको कारखाना, फर्नीचर, बाँस का कार्य
फतेहपुर सीकरी	बुलन्द दरवाजा (भारत का सबसे बड़ा द्वार), अकबर की दूसरी राजधानी
फिरोज़ाबाद	काँच की चूड़ियाँ
हरिद्वार	कुंभ मेला, गंगा का मैदान में उतरना
आइजट नगर	पशु चिकित्सा विश्वविद्यालय
कानपुर	औद्योगिक नगर, चमड़ा का उद्योग, वस्त्र उद्योग, हवाई जहाज के पुर्जे बनना, बिठूर (सृष्टि उदय का स्थान)
मथुरा	कृष्ण का स्थान, मन्दिर, तेल शोध कारखाना, वृन्दावन, बरसान संग्रहालय
मेरठ	खेलने के सामान, कैंचियाँ
मुरादाबाद	ताँबे पर पालिश का काम, पुलिस अधिकारी प्रशिक्षण केन्द्र
रामपुर	राजा का महल, चाकू, जर्दा उद्योग
रूड़की	इंजीनियरिंग विश्वविद्यालय
रेनूकूट	अल्मूनियम कारखाना, पहाड़ी स्थल

ऋषीकेष	तीर्थ, एण्टीबायटिक पौथे, लक्ष्मण झूला, ऊपर पहाड़ी तीर्थों की चढ़ाई, महर्षि योगी का आश्रम, नीलकंठ
सहारनपुर	कागज उद्योग संस्थान
वाराणसी	तीर्थ, ज्योतिर्लिंग, सारनाथ, काशी हिन्दू विश्वविद्यालय, भारत माता मन्दिर, घाट, साड़ी और सिल्क उद्योग, संस्कृत विश्वविद्यालय।
सिंधी	खाद कारखाना
सिंहभूमि	ताँबा और लोहा खान
मिर्जापुर	विंध्यवासिनी देवी, पीतल उद्योग
लखनऊ	राजधानी, विश्वविद्यालयों का शहर, चिकेन का काम, इमारतें
बिहार और झारखण्ड	
बरौनी	तेल शोध कारखाना
धनबाद	कोयला खान, खनी विद्यालय
जमशेदपुर	टिसको, रेल इंजन का कारखाना
पटना	राजधानी, पटना विश्वविद्यालय, पटना साहिब सिक्खों का तीर्थ, कुटीर उद्योग, गोलघर, खुदाबख्श लाइब्रेरी, सिन्हा लाइब्रेरी, सदाकत आश्रम, संग्रहालय एवं पी. एम. सी. एच.।
सीतामढ़ी	तीर्थ
वैद्यनाथधाम	तीर्थ
भागलपुर	सिल्क उद्योग
नालन्दा	पुराने विश्वविद्यालय का अवशेष, राजगीर (पुराना पाटलिपुत्र); बौद्ध तीर्थ, पावा (जैन तीर्थ)
गया	हिन्दू और बौद्ध तीर्थ, बोध गया, विश्वविद्यालय
राँची	झारखंड़ की राजधानी, औद्योगिक केन्द्र, विश्वविद्यालय, पर्यटन
हरियाणा	
अम्बाला	वैज्ञानिक उपकरण निर्माण, हवाई सेना प्रशिक्षण केन्द्र, ऊनी वस्त्र
पिनजौर	एच० एम० टी० कारखाना, उद्यान
कर्नाल	राष्ट्रीय डेयरी शोध संस्थान
गुजरात	
काम्बे	पेट्रोलियम
अहमदाबाद	सूती वस्त्र मिलें
सूरत	वही
सोमनाथ	मन्दिर
द्वारका	कृष्ण की राजधानी, मन्दिर, शंकराचार्य पीठ
बडौदा	औद्योगिक केन्द्र
आनन्द	अमूल डेयरी
जम्मू कश्मीर	
जम्मू	माता वैष्णव देवी, कटरा के मन्दिर, जम्मू के मन्दिर, अमरनाथ बर्फ शिवलिंग
कश्मीर	शाल उद्योग, झीलें, पाकिस्तान का बार्डर, प्राकृतिक दृश्य

केरल

अलेप्पी	क्वायर उद्योग, कागज उद्योग, पूरब का वेनिस नहरों के कारण
अलवाये	रेयर अर्थ फैक्ट्री
घुम्बा	भारत का प्रथम रॉकेट छोड़ने का स्थल
कोची	जलपोत उद्योग, वास्कोडिगामा का मकबरा

पंजाब

अमृतसर	स्वर्ण मन्दिर, सिखों का तीर्थ, सूती और ऊनी वस्त्र उद्योग
धारीवाल	ऊनी वस्त्र उद्योग
जालंधर	वही
लुधियाना	होज़री, साइकिल, सिलाई मशीन
पोंग	व्यास बाँध

पश्चिम बंगाल

आसनसोल	कोयला खान
बर्नपुर	स्टील कारखाना
चितरंजन	रेल इंजन कारखाना
दुर्गापुर	स्टील कारखाना
हलदिया	तेल शोधन
हाबड़ा	झूलता पुल
राउरकेला	केबुल कारखाना
शांतिनिकेतन	विश्वभारतीय विश्वविद्यालय, रविन्द्रनाथ टैगोर द्वारा स्थापित
टीटागढ़	कागज कारखाना

पाण्डीचेरी

औरोविले	अन्तरराष्ट्रीय नगर बसाब UNESCO के सहयोग से

तमिलनाडु

अवाड़ी	टैंक निर्माण केन्द्र
कोयम्बटूर	उद्योग में भारत का मैनचेस्टर
मदुरै	मीनाक्षी मन्दिर, हाथ की सिल्क की साड़ियों का उद्योग
नैवेली	लिजेनाइट खनी
पैरम्बूर	कोची फैक्ट्री
सलेम	बाक्साइट राशि
ट्यूटीकोरिन	प्रमुख बन्दरगाह

कर्नाटक

बैंगलोर	हिन्दुस्तान अरनाटिक्स लिमिटेड भारतीय टेलीफोन उद्योग, एच. एम. टी. उद्योग, डेयरी उद्योग
कोलार	सोने की खान
मैसूर	चन्दन उद्योग, वृन्दावन उद्योग

मध्य प्रदेश

भिलाई	स्टील उद्योग

भोपाल	राजधानी, BHEL, गैस रिसाव संकट
ग्वालियर	किला, तानसेन और मु० गौस का मकबरा, सूती तथा बनावटी सिल्क उद्योग
इन्दौर	सूती, बनावटी सिल्क उद्योग, चयन सेवा आयोग, मन्दिर
जबलपुर	बीड़ी, मिट्टी, हथकरघा उद्योग, भेड़ा घाट, संगमरमर का पहाड़
कटनी	सीमेण्ट, कत्था, हथकरघा, मिट्टी उद्योग
खजुराहो	9-12वीं शती के मन्दिर
नेपानगर	अखबारी कागज
पन्ना	हीरे की खान
सागर	बीड़ी उद्योग, विश्वविद्यालय, पुलिस ट्रेनिंग सेन्टर
उज्जैन	कुम्भ मेला, महाकाल मन्दिर
उड़ीसा	
भुवनेश्वर	राजधानी, मन्दिरों का, नगर पुरी का मन्दिर, उत्कल विश्वविद्यालय
सम्भलपुर	कोयले की खानें
राजस्थान	
बीकानेर	ऊँटों के बाल का उद्योग
चित्तौरगढ़	पुरानी राजधानी, मीराबाई मन्दिर, उदयपुर का किला, Tower of Victory
हल्दीघाटी	मुगल सेना के साथ महाराणा प्रताप का युद्ध स्थल
जयपुर	हवा महल, गुलाबी शहर, क्योंकि गुलाबी रंग के भवन है
खेत्री	ताँबे की खाने
राणा प्रताप सागर	न्युक्लियर पावर स्टेशन
सांभर झील	सांभर नमक का स्थान
ज़वर	ज़िंक की खानें
मेघालय	
चेरापूँजी	संसार का सर्वाधिक वर्षा स्थल
आसाम	
दिगबोई	तेल का क्षेत्र
आंध्र प्रदेश	
हैदराबाद	चारमीनार, सिगरेट उद्योग, VST उद्योग
श्रीहरिकोटा	सैटेलाइट छोड़ने का स्थान
विशाखापट्टनम	जहाज निर्माण
वारंगल	कालीन, दरी, वस्त्र उद्योग
महाराष्ट्र	
नागपुर	संतरा, राष्ट्रीय पर्यावरण अभियंत्रण शोध संस्थान
नासिक	कुम्भ मेला, सिक्योरिटी प्रेस
पुणे	फिल्म, टी. वी. संस्थान
शोलापुर	सूती वस्त्र उद्योग

ट्राम्बे	आटमिक ऊर्जा केन्द्र
मुम्बई	राजधानी, चार बड़े नगरों में एक बंदरगाह, एलीफैण्टा, गुफाएँ, फिल्म उद्योग, गेट वे ऑफ इण्डिया, भारती विद्या भवन
तारापुर	भारत का प्रथम पावर स्टेशन

हिमाचल प्रदेश

सोलन	Breweries
कुलू मनाली	प्राकृति दृष्य स्थल

भारत के त्योहार और उत्सव

[अ] राष्ट्रीय त्योहार और उत्सव

जनवरी

मकर संक्रान्ति— इसी दिन सूर्य मकर लग्न में प्रवेश करता है। इस दिन को उत्तर भारत में खिचड़ी, तिल संक्रान्ति, दक्षिण भारत में पोंगल, केरल में तई पोंगल के नाम से मनाते हैं तथा नया अन्न खाया जाता है।

26 जनवरी, गणतंत्र दिवस— इस दिन 1930 को देशवासियों ने Soverign Democratic Republic of India के लिए कठिन प्रयास करने का व्रत लिया था। 1950 को इसी दिन नया संविधान लागू हुआ।

वसन्त पंचमी— इसी दिन से होली का प्रारम्भ मानते हैं तथा इस दिन सरस्वती देवी की पूजा अर्चना की जाती है। कभी-कभी यह फरवरी में भी पड़ता है।

कुम्भ मेला— देवासुर द्वारा समुद्र मंथन से निकले अमृत कुम्भ को धनवन्तरि जब लेकर चले तो 12 बूंद विभिन्न स्थानों पर इसमें से गिरा। इनमें 4 स्थानों पर इस उपलक्ष में इसी माह में प्रत्येक बारहवें वर्ष कुम्भ मेला लगता है— प्रयाग, हरिद्वार, नासिक और उज्जैन।

फरवरी

22 फरवरी, रामकृष्ण परमहंस जयन्ती— यह स्वामी विवेकानन्द के गुरु थे।

मार्च

होली— इसको नास्तिक राजा हरणकश्यप के देवीपासक पुत्र पहलाद के प्रज्वलित अग्नि में होलिका के गोद में बैठने पर भी बिना जले निकल आने के उपलक्ष में मनाते हैं। यह रंगों का त्योहार है। इसके एक दिन पहले होलिका दहन होता है। नन्दगाँव-मथुरा में लट्ठमार होली होती है।

भइया दूज— इसी दिन गोवर्धन पूजा करके भाई को बहने गोधन का चना खिलती है और भाई की उमरता का आशीर्वाद देती है।

गुड फ्राइडे— इसी दिन जेसस क्राइस्ट ने मानवता के कल्याणार्थ अपना जीवन संकल्प किया था। कभी-कभी यह अप्रैल में पड़ता है।

रामनवमी— इसी दिन दोपहर 12 बजे भगवान राम का जन्म अयोध्या में राजा दशरथ के घर हुआ था।

अगस्त

15 अगस्त— स्वाधीनता दिवस— इसी दिन 1947 को भारत स्वतंत्र हुआ था तथा इसका तिरंगा लाल किले में फहराया गया।

जन्माष्टमी— प्रायः यह अगस्त में ही पड़ता है। कभी सितम्बर में हो जाता है। इसी दिन मध्य रात्रि में कृष्ण का जन्म गोकुल में हुआ था।

रक्षा बंधन—परम्परानुसार देदासुर संग्राम में इन्द्र की बहन ने इसी दिन भाई को राखी बाँधी थी जिससे इन्द्र विजयी होकर लौटे। तभी से प्रति वर्ष बहने भाई के विजय हेतु इस पर्व को मनाती हैं और राखी बाँधती है। कभी-कभी यह जुलाई में भी पड़ता है।

सितम्बर

गणेश चतुर्थि—इस दिन गणेश की पूजा बड़े धूम-धाम से मनाते हैं। महाराष्ट्र में इसे 10 दिनों तक मनाया जाता है। यहाँ इसे गणेशोत्सव पर्व कहते हैं। विभिन्न राजनेताओं की मूर्तियाँ बनाकर उसमें गणेशजी का सूंढ़ लगाकर जलूस निकाला जाता है।

5 सितम्बर, अध्यापक दिवस—इस दिन भारत के पूर्व राष्ट्रपति दार्शनिक सम्मानित और अध्यापक डॉ० राधाकृष्णनन का जन्म दिन होने से इसको अध्यापक दिवस के रूप में मनाते हैं।

मुहर्रम—यह मुसलमानों का त्योहार है जब के मुहम्मद साहब के पौत्र हजरत इमान हुसैन का मुसलमानी साल के प्रथम मास के प्रथम दस दिन तक मृत्यु का शोक मना चुके होते हैं। इस दिन ताजिया निकाली जाती है और मर्सिया पढ़ा जाता है।

अक्टूबर

2 अक्टूबर गाँधी जयन्ती—गाँधीजी के जन्म के उपलक्ष में पूरा राष्ट्र उत्सव मनाता है।

दशहरा—दुर्गा पूजा का यह त्योहार नव दिन तक होता है। दसवें दिन दशहरा का त्योहार मनाते हैं। माना जाता है कि इस दिन राम ने रावण पर लंका में विजय किया था। मुख्य रूप से इसे बंगाल तथा बिहार में धूम-धाम से इसे मनाते हैं।

नवम्बर

दीपावली—यह लक्ष्मी पूजन का त्योहार है। इस दिन छोटे-बड़े सभी घर दीप मालिकाओं से सजाया जाता है। इसी दिन राम वनवास से अयोध्या लौटे थे ऐसा माना जाता है।

गुरु प्रकाशोत्सव—कार्तिक पूर्णिमा को सिक्ख धर्म के संस्थापक गुरु नानक के जन्म का दिन होने से वर्षगांठ हैं। इसलिए इस दिन गुरुग्रंथ साहब की शोभा-यात्रा निकालते हैं और प्रकाशोत्सव मनाते हैं।

14 नवम्बर, बाल दिवस—पं० जवाहरलाल नेहरू भारत के प्रथम प्रधानमंत्री का जन्मदिन उनके बालकों से प्रेम के कारण इस दिन बाल दिवस के रूप में मनाया जाता है।

[ब] स्थानीय एवं क्षेत्रीय त्योहार

कश्मीर

नवरोज—नव वर्ष को कश्मीर में इस नाम से मनाते हैं। यह मार्च/अप्रैल में पड़ता है।

वसन्त पंचमी—फरवरी का यह त्योहार प्रत्येक प्रान्त में मनाते हैं। इस दिन वाग्देवी सरस्वती की पूजा करते और अबीर चढ़ाते हैं। हिमाचल प्रदेश में पतंग उड़ाकर वसन्त के आगमन का स्वागत करते हैं। इसी दिन से होली का प्रारम्भ मानते हैं।

लोहड़ी—कश्मीर में पवित्र स्नान तथा चाच नृत्य को अप्रैल में मनाते हैं।

यहाँ तीन मेले अप्रैल में होते हैं **बाहु मेला** जम्मू के बाहु किले में, **मानसार भोजन और कलाकौशल मेला** मानसार झील पर पर्यटन विभाग की देख-रेख में तथा शिवरात्रि को **पुरमण्डल मेला** शिव-पार्वती के विवाहोत्सव पर। **जडमिस गोम्प** का **जून मेला** लेह से आगे हेमिस गोम्प में बौद्धा द्वारा आयोजित किया जाता है। इसी माह में **शाह हदमदन का उर्स** भी आयोजित होता है।

पंजाब हरियाणा

लौहरी यहाँ लोकोत्सव है जिसमें घर-घर से लकड़ी मांगकर जलाकर उसके चारों ओर नाचते हैं।

हिमाचल प्रदेश

मेला— मार्च से मई तक यहाँ कई मेले आयोजित होते हैं। **ज्वालामुखी मेला** अप्रैल में होता है। इसमें तीरन्दाजी तथा कुश्ती का आयोजन किया जाता है। **कुल्लू और धर्मशाला में कई नदियों पर मेला** का आयोजन करते हैं। इस समय गोल्फ, फूल प्रदर्शनी, नृत्य, खेलों का प्रदर्शन होता है।

दिल्ली

सभी त्योहार यहाँ मनाये जाते हैं। दिसम्बर में **हजरत निजामुद्दीन औलिया का उर्स** होता है।

उत्तर प्रदेश

जनवरी में **माघ मेला** होता है। मार्च अप्रैल से मथुरा की सड़कों पर 10 दिनों तक **विष्णु और लक्ष्मी को रथयात्रा** कराया जाता है। मार्च/अप्रैल में सर्वत्र तथा **अयोध्या में विशेष रामनवमी** का आयोजन तथा **रामलीला** होता है। दूसरे हैं **श्रावण मेला, वनयात्रा** और **कंस का मेला**। अगस्त में मथुरा वृन्दावन में **कृष्ण जन्माष्टमी मेला तथा रासलीला** का आयोजन होता है।

राजस्थान

मरुमेला जयसलमेर के किले में नाच, गाना, सजावट के साथ लम्बे समय तक चलता है। **नगौर का मेला**, नाच, गाने से भरपूर आयोजित होता है। मार्च में **हथियों का मेला** होता है जिसमें हाथियों का करामात देखा जाता है। **गणगौरी** यहाँ की लड़कियों द्वारा आयोजित किया जाने वाला त्योहार है। जयपुर और उदयपुर में यह अधिक प्रसिद्ध है। **मेवाडोत्सव** नाच कराने के साथ मार्च या अप्रैल में होता है। इसमें गौरी की प्रतिमाएँ औरतें पिचोला झील तक ले जाती हैं। जून/जुलाई में **तीज का त्योहार** तथा **पुष्कल के मेला** आयोजित होता है। दिसम्बर में **शिल्पी ग्राम कौशल मेला** होता है। अक्टूबर या नवम्बर में **अजमेर शरीफ का उर्स** होता है।

बिहार

यहाँ मार्च में पटना में **पाटलिपुत्र महोत्सव,** अक्टूबर-नवम्बर में दुर्गापूजा नवम्बर में **छठ पर्व** तथा **सोनपुर का मेला**।

उड़ीसा

जून या जुलाई में **पुरी की रथ यात्रा** मेले की व्यवस्था होती है। दिसम्बर में **कोणार्क नृत्योत्सव** मनाते हैं।

बंगाल

यहाँ फरवरी में **वसन्तपंचमी**, मार्च में **रामकृष्ण उत्सव,** मार्च या अप्रैल में **डोल पूर्णिमा** उत्सव, 14 अप्रैल को **नब बर्षोत्साव,** दिसम्बर में **विष्णुपुर उत्सव तथा पौष मेले** का आयोजन होता है। शरद ऋतु में **दुर्गापूजा** अक्टूबर मास में मनाते हैं। यह यहाँ का प्रमुख त्योहार है।

आसाम

खलिहान के समय **मोगली बिहु** मनाते हैं। वसन्त ऋतु मे **वैशगू उत्सव** मनाया जाता है। यहाँ के अन्य त्योहार हैं अप्रैल/मई का **गोसू और रोगली बिहु,** जून-जुलाई में **अम्बुबोसे मेला** आयोजित किया जाता है। नवम्बर में **रासलीला** तथा दिसम्बर के **जोनबील मेला** में उत्पादन के अदल बदल से अपनी आवश्यकता की पूर्ति करते हैं।

मेघालय

यहाँ की खासी जनजाति अप्रैल में पाँच दिनों का शिलांग के पास कृषि की देवता का उत्सव मनाती है। इसे **पम्बलेग ननघरेम** कहा जाता है। यहीं लोग भगवान के प्रति कृतज्ञता ज्ञापनार्थ तीन दिनों का **षड शुकमपूसेम** उत्सव मनाते हैं।

मिजोरम

ये झूम खेती के लिए जंगल साफ कर लेने पर ढोल तथा दूसरे वाद्यों को बनाकर नाचते गाते हैं। इसे **चपचर कुट** कहते हैं।

त्रिपुरा

यहाँ मार्च और अप्रैल के प्रमुख उत्सव हैं **अशोकाष्टमी, गिरजापूजा, खरचीपूजा**। नवम्बर में जम्पुई पर्वत पर **पर्यटन महोत्सव** मनाया जाता है।

महाराष्ट्र

एलिफैण्टा द्वीप में नाच-गाने के साथ **एलिफैण्टा महोत्सव** तथा इसी प्रकार ऐलोरा में **एलोरा महोत्सव** अगस्त में मनाया जाता है। यहाँ दस दिनों का गणेश पूजन **गणेश चतुर्थी उत्सव** में किया जाता है।

गोआ

तीन दिनों का **गायन तथा नृत्योत्सव** मोमो नामक परम्परागत राजा के नाम पर मनाया जाता है। अप्रैल में सुबह में अग्नि पर चलने का माहात्म **लैराई यात्रा** के नाम से जाना जाता है।

गुजरात

पतंग महोत्सव में अन्तर्राष्ट्रीय पतंगों का प्रदर्शन जनवरी में मकर संक्रान्ति को किया जाता है। इस दिन पतंगबाजी भी होती है। स्थानीय जनजातियों का यहाँ दो दिनों का मेला महाभारत के अर्जुन और द्रौपदी के विवाह उत्साव को मनाने के लिए सितम्बर में **तरनेतर मेला** किया जाता है। नवम्बर में दिवाली के दसवें दिन गिरनार पर्वत पर **देव दिवाली** मनाते हैं। गर्भा नृत्य के साथ अम्बा देवी का उत्सव नौ दिनों तक मनाया जाता है जिसमें प्रत्येक शाम स्त्रियाँ और लड़कियाँ लोक नृत्य के द्वारा देवी को प्रसन्न करती हैं।

केरल

विशु उत्सव यहाँ का खेती का उत्सव होता है जो मार्च में मनाते हैं। **पूरम** भी इसी माह घिसुर के वदकुण्ठ मन्दिर में मनाते हैं। खलिहान होने पर लोग कृषि से छुटकारा पाकर **ओणम** मनाते हैं जिसमें नृत्य, गीत, नाव दौड़ आदि करते हैं। इसमें नाव दौड़ का विशेष महत्त्व होता है।

आन्ध्र प्रदेश

विशाखोत्सव यहाँ विशाखापट्टनम नगर में सात दिनों तक मनाते हैं। **दक्षिणोत्सव** हैदराबाद शहर में कला-कौशल के प्रदर्शन के साथ मनाया जाता है। **रायलसीमा भोजन और नृत्योत्सव** के द्वारा चित्तूर और तिरुपति जिले के सांस्कृति ऊँचाइयों का ज्ञान प्राप्त होता है।

कर्नाटक

पट्टदलक नृत्योत्सव चालुक्यों की पुरानी राजधानी पटदकल में मनाया जाता है। **हम्पी उत्सव** विजय नगर की राजधानी हम्पी में यह नृत्योत्सव मनाया जाता है।

तमिलनाडु

पोंगल तीन दिनों का त्योहार तमिलों का सर्वश्रेष्ठ त्योहार है। तीन दिन तीन **पोंगल** होते हैं भोगी पोंगल, सूर्या पोंगल तथा पोंगल मट्टू। **थ्यागराज उत्सव** में गायक तथा संन्यासी शास्त्री संगीत का गान करते हैं। मदुरै काञ्जीपुरम और तिरुपति के मन्दिर में **ब्रह्मनोत्सव** मनाया जाता है। अन्य है **मदुरै नदी उत्सव, नवरात्रि उत्सव, करथीगई दीपम उत्सव** आदि।

□

परिशिष्ट

परिशिष्ट – 1

प्रमुख पर्यटन संक्षेपिकाएँ

ATC —एयर ट्रैफिक कान्फरेंस
AIEST —इण्टरनेशनल एसोसिएशन ऑफ साइंटिफिक एक्सपर्टस आन टूरिज्म
AME —एयर क्राफ्ट मेंटिनेन्स इंजीनियर्स
ARME —एयर क्राफ्ट रेडियो मेंटिनेन्स इंजीनियर्स
AAA —अमेरिकन आटोमोबाइल एसोसिएशन
ASTA —अमेरिकन सोसाइटी ऑफ ट्रेवेल एजेण्टस
AAEI —आटोमोबाइल एसोसियेशन ऑफ ईस्टर्न इण्डिया
AASI —आटोमोबाइल एसोसियेशन ऑफ सादर्न इण्डिया
AAUI —आटोमोबाइल एसोसियेशन ऑफ अपर इण्डिया
BOAC —ब्रिटिश ओवरसीज ऑफ एयरवेज कॉरपोरेशन
CAB —अमेरिकन सिविल आरनाटिकल बोर्ड
CNTA —चाइनीज नेशनल टूरीज्म एसोसियेशन
FIT —फ्री इण्डिपेण्डेन्ट ट्रैवेल
FUTTA —यूनिवर्सल फेडरेशन ऑफ ट्रैवेल एजेण्टस एसोसियेशन
FHRAI —फेडरेशन ऑफ होटल एण्ड रेस्तराँ एसोसिएशन ऑफ इण्डिया
GIT —ग्रुप इन्क्लूसिव ट्रैवेल
HKTA —हांगकांग टूरिज्म एसोसिएशन
HCI —होटल कॉरपोरेशन ऑफ इण्डिया
IATO —इण्डियन एसोसिएशन ऑफ टूर ऑपरेटर्स
ITDC —इण्डियन टूरिज्म डेवलपमेण्ट कारपोरेशन
IFCI —इण्डस्ट्रियल फाइनेंस कारपोरेशन ऑफ इण्डिया
IATA —इण्डियन एयर ट्रांसपोर्ट एसोसिएशन
IHA —इण्डियन होटल एसोसिएशन
ICAO —इण्टरनेशनल सिविल एवियेशन ऑर्गनाइजेशन
ICCA —इण्टरनेशनल कान्फरेंस एण्ड कन्वेंशन एसोसिएशन
IHC —इण्डियन होटल चेन्स
IUOTO —इण्टरनेशनल यूनियन ऑफ ऑफिशियल ट्रैवेल ऑर्गनाइजेशन
ITX —इण्डिपेण्डेन्ट इनक्लूसिव टूर एक्सकर्सन फेयर
IUR —इण्टरनेशनल यूनियन ऑफ रेलवेज
JNTO —जापान नेशनल टूर ऑर्गनाइजेशन
JTA —जापान टूरिस्ट एसोसिएशन
NTS —नेबरहुड ट्रैवेल स्कीम

PATA —पैसफिक एरिया ट्रैव़ेल एसोसिएशन
PTDC —पाकिस्तान टूरिस्ट डेवलपमेण्ट कॉरपोरेशन
SARTC —साउथ एशियन रिजनल ट्रैवेल कमीशन
TRAP —जूरिज्म रिसर्च एण्ड एवेयरनेस प्रोग्राम
TAAI —ट्रैवेल एजेंट्स एसोसिएशन ऑफ इण्डिया
UPAA —यू० पी० ऑटोमोबाइल एसोसिएशन
WTO —वर्ल्ड टूरिज्म ऑर्गनाइजेशन

□

परिशिष्ट – 2

पर्यटन के मुख्य हवाई माध्यम

Air France
Air India
Air India International
Air Lanka
American Air lines Automobiles
British Air ways
Great Indian Rovers
Imperial Air ways
Indian Air lines
Indian Railways
Japan Air lines
Indian Railways
Pan American Airways
Swiss Air
Trans Atlantic 'Sky Train' Flight
Trans World Airlines of America
United Airlines America
Sahara India Air lines

□

परिशिष्ट – 3

मुख्य पर्यटन संगठन

Agents Association of India
Air Cargo Association of India
American Automobile Association (AAA)
American Civil Aeronautical Board (CAB)
Ashoka Tour (India)
Automobile Association of India (AAI)
Automobile Association of Eastern India (AAEI)
Automobile Association of Southern India (AASI)
Automobile Association of Upper India (AAUI)
Automobile Rental Agencies (Companies)
British Overseas Way Corporation
British Tourist Authority
Cylone Tourist Board
China International Travel Agency
Civil Aeronautics Board (CAB)
Department of Tourism (India)
Exprinter Travel Service
Federation of International 'Automobile' Pans
Federation of Indian Automobile Asosciations
French National Tourist Organisation
German National Tourist Organisation
German Tourist Federation
Indian Tourism Corporation Ltd.
Indian Tourism Development Corporation
Indian Tourism Transport Undertaking Ltd.
Indian Tourist Office (Abroad)
Indian Air Board
Indian Institute & Tourism
Indian Association of Tour Operators
International Academy of Tourism
International Air Transport Association
International Transport Organisation
International Civil Aviation Organisation
International Conference & Convention Association
International Union of Official Travel Organisation
Japan National Tourist Organisation

Japan Tourist Association
National Tourist Organisation
Nepal Tourism Development Committee
Pacific Area Travel Association
Pakistan Tourism Development Corporation
Rail Travel Promotion Agency
South Asia Regional Travel Commission
Swiss National Tourist Organisation
Tourism Development Corporation
Tourist Organisation of India
Travel Agents Association of India
Universal Federation of Travel Agents Association
Western India Automobile Association
World Tourism Organisation

□

परिशिष्ट – 4

भारत में आवासीय व्यवस्थाएँ : होटल

भारत के चेन और ग्रूप होटल

Ashoka Group Hotels
Clark Group Hotels
Indian Hotel Chains
Taj Group Hotels
Janta Hotels
Oberoi Group Hotels
Sidharth Group Hotels
Welcome Group Hotels
Rental Hotel Motel Chains

भारत के प्रमुख होटल, मोटल और रिजोर्ट

Aurangabad Hotel
Janta Hotel/Chola Hotel, Madras (Welcome Group)
Jammu & Kashmir Motel, Jammu Tawi
Kanishka Hotel, Delhi (Asoka Group)
Kovalam Beach Resort (Kerala)
Laxmi Vilas Palace Hotel, Udaipur
Maurya Hotel, New Delhi (Welcome Group)
Mughal Hotel, Agra (Welcome Group)
Samrat Hotel, Delhi (Ashoka Group)
Taj Samudra Hotel
Taj Mahal Hotel, Bombay (Taj Group)
Tourist Banglow
Travellers Lodge
Youth Hotels
Yatri Niwas (Ashoka Group)
Ranjit Hotel
Eastern Hotel International
Qutub Hotel, Delhi (Ashoka Group)
Airport Hotel, Kolkata
Akbar Hotel, Delhi
Ashoka Hotel, Delhi, Bangalore
Easter Hotel International
Forest Lodge
Forest Agnada Beach Resort, Goa
Gulmarg Winter Sport Resort, Kashmir
Holiday Inns
Hotel Patliputra, Patna

परिशिष्ट – 5

यात्रियों के विविध आवास

Hotel

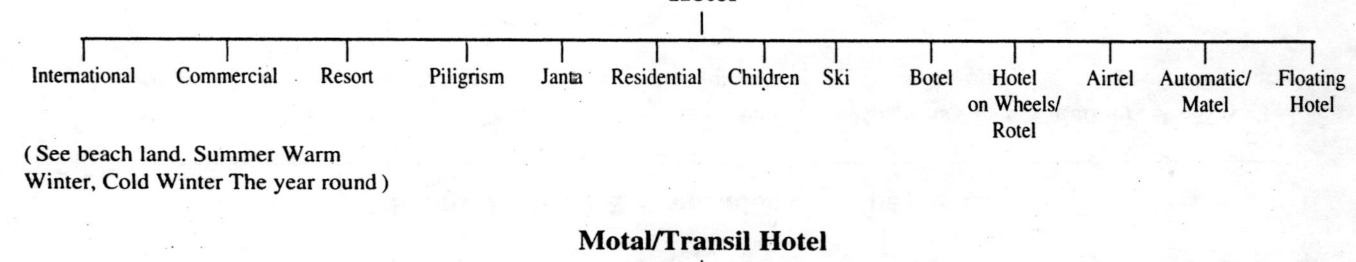

(See beach land. Summer Warm Winter, Cold Winter The year round)

Motal/Transil Hotel

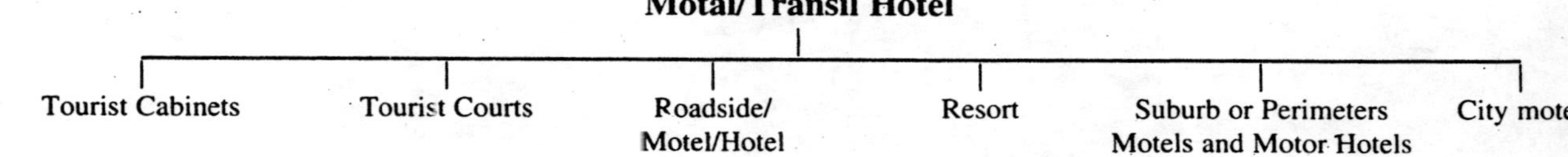

Other Accomodations (With Covering)

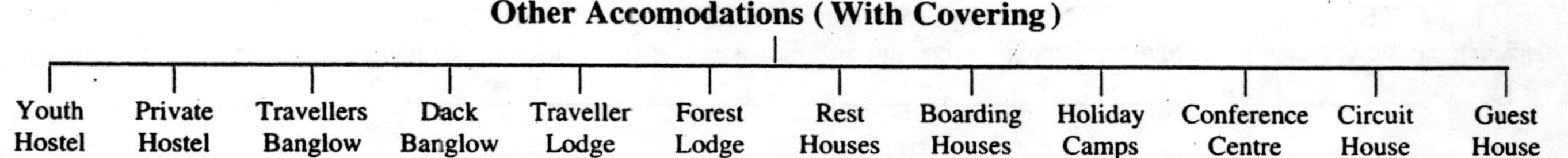

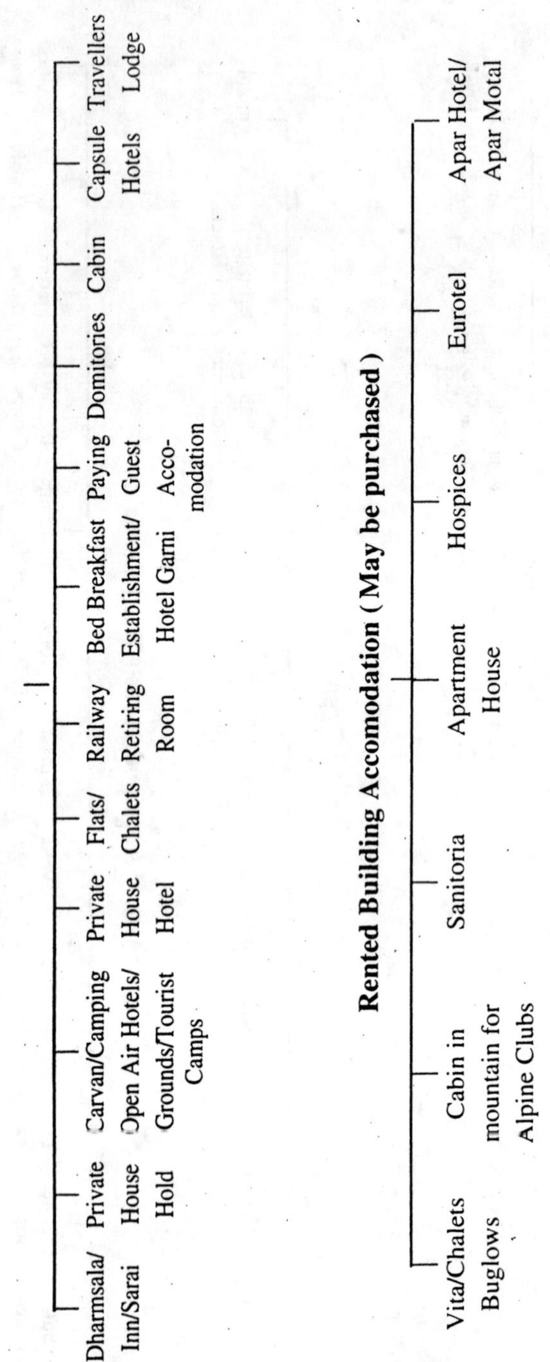
Accomodations (Obligatory food & Self Service)
Dharmsala/ Inn/Sarai
Private House Hold
Carvan/Camping Open Air Hotels/ Grounds/Tourist Camps
Private House Hotel
Flats/ Chalets
Railway Retiring Room
Bed Breakfast Establishment/ Hotel Garni
Paying Guest Acco-modation
Domitories
Cabin
Capsule Hotels
Travellers Lodge
Rented Building Accomodation (May be purchased)
Vita/Chalets Buglows
Cabin in mountain for Alpine Clubs
Sanitoria
Apartment House
Hospices
Eurotel
Apar Hotel/ Apar Motal

परिशिष्ट – 6

पर्यटन सम्बन्धी कानून

Act of Parliament 1969
Air Corporation Act
Airlines Detegalation Act
Indian Air Craft Act
National Tourism Policy Act
National Park Access to the Country-side Act
Tour & Planning Act

□

परिशिष्ट – 7

हवाई जहाज के टिकट सम्बन्धी प्राविधिक शब्दावली

APEX — A = Advance, P = Purchase, EX = Excursion अर्थात अग्रिम तिथि के लिए पहले से टिकट बुक कराना। यह 14 दिनों से 2 माह अग्रिम के लिए वापसी टिकट के आधार पर बुक कराया जा सकता है।

I = First Class — यह अति उच्च श्रेणी का होता है। इसमें अलग बैठने की व्यवस्था होती है, खानपान की विशिष्ट व्यवस्था होती है, बोझ की अधिकता का पैसा देना होता है तथा कैंसिल कराने का कोई चार्ज नहीं होता तथा कितने भी स्थानों पर ठहरा जा सकता है। इसका चिह्न 'I' है।

Excursion Fares — इसमें प्रथम श्रेणी और Apex के बीच का किराया देना होता है। इसमें अग्रिम टिकट लेने की आवश्यकता नहीं होती। प्रायः विदेश में कम-से-कम ठहराव निश्चित होता है।

Point to Point — यह अटलांटिक पार देशों पर लागू होता है तथा जो हांगकांग-लंदन तथा आस्ट्रेलिया के रास्ते पर यात्रा करते हैं। यदि यात्री अधिकतम ठहरने की शर्तें छोड़ता है तथा अधिकतम यात्रा दूरी में कटौती करता है तो लौटने में उसे किराये में छूट देते हैं।

ITX — I = Independent Inclusive, T = Tour, X = Excursion यह चार्टर एयर लाइन में अवकाश के दिनों के लिए नियमित यात्रा में दिया जाता है। यह उन लोगों के हेतु है जो पैकेज टूर की मांग करते हैं। पर आज बहुत से एजेण्ट इसमें केवल होटल की सुविधा का वाउचर यात्रा टिकट के साथ देते हैं।

Y = Economy Class — यह कम व्यय करने वाले वर्ग के लिए होता है। इसका चिह्न Y होता है।

IATA — I = International, A = Air, T = Transport, A = Association, इसमें वे ही किराया लागू किये जाते हैं जो Airlines द्वारा निर्धारित होते हैं।

Budget fare — यह 3 सप्ताह पूर्व बुक कराया जाता है और यात्रा तिथि इसमें 7 दिन पूर्व निर्धारित की जाती है। कैन्सिल कराने पर अलग से पैसे देना होता है।

GVIO — यह 10 लोगों के एक समूह का टिकट होता है जो साथ-साथ यात्रा करते हैं। टूर ऑपरेटर के लिए इसमें किराये में कटौती कर दी जाती है। ऐसे बहुत से टिकट 'बकेट शाप' से बेचकर पैसा कमाया जाता है जबकि ये यात्री स्वयं एक समूह के नहीं होते।

Fifth Freedom — एयर लाइन को इससे विशेष सुविधा होती है कि बिना अपने फ्लैग राज्य से दूसरे राज्य के लिए यात्री उठा लेते हैं।

MCO — M = Miscellaneous, C = Charge, O = Order, इसमें IATA के किसी Airline में उड़ान के समय एक दर्जे का टिकट बदलवा कर दूसरे दर्जे का बनवाया जा सकता है।

Spouse Fare — इसमें पति-पत्नी साथ यात्रा करते हैं पर एक का पूरा टिकट देना होता है जबकि दूसरे को आधा। ये अपने प्रारम्भ करने वाले स्थान पर अलग-अलग आ सकते हैं पर रास्ते में कहीं ठहरना नहीं होता है।

Business Class — बहुत से अन्तर्राष्ट्रीय मार्ग पर सामान्य सुविधा से विशिष्ट सुविधा देने के लिए इसमें अलग कम्पार्टमेण्ट देते हैं जहाँ बैठने तथा खानपान की विशेष सुविधा होती है।

Legal Fare — लाइसेंस धारी ट्रेवेल एजेण्ट और बाद वाले एजेण्ट अपने यात्री को किराया की छूट दिलाते हैं जो उनके लिए हैं। यह एक अपराध होने पर भी वे इसे चला देते हैं।

MPM — M = Maximum, P = Permitted, M = Milage इसमें आवश्यक नहीं कि पूरा किराया देनेवाला यात्री प्रारम्भ स्थल से सीधे गन्तव्य स्थल तक जाय। वह बीच में रुक कर भी जा सकता है तथा मार्ग परिवर्तित कर सकता है, 20% यात्रा दूरी का, बिना अधिक पैसा दिये।

Consolidators — यह वह एजेण्ट होता है जो कम दाम के टिकट (Disconount Ticket) बेचने के लिए अधिकृत होता है।

□

परिशिष्ट – 8

प्रमुख वायुयान टिकटों का संकेत

First — First Class
Bus — Business Class
Econ — Economy Class
O/W — One Way
R/T — Round Trip or Return Ticket
APOW — Advance Ticket Purchase One Way
APEX — Advance Purchase Excursion
Exc — Excursion
OAA — Orient Airline Association
Spec — Special
Disc — Discount
BAR — Board of Airlines Representatives
S — Sleeper
P — Point to Point
N — Shoulder
O — Non Stop
W — With Stop
I — Low Season
YIP — Yield Improved Programme
GIT — Group Inclusive Tour
MSP — Minimum Selling Price

□

परिशिष्ट – 9

भारतीय रेल और उनके मुख्यालय

Railway	Head Quarters	Rout Kilometres
Central Railway	Mumbai	6309
Eastern Railway	Kolkata	4204
Northern Railway	New Delhi	10972
North Eastern Railway	Gorakhpur	5163
Northeast Frontier Railway	Maligaon (Gauhati)	3613
Southern Railway	Chennai	6703
South Central Railway	Sicundrabad	6932
South Eastern Railway	Kolkata	7041
Western Railway	Mumbai	10293
Total Runway of Indian Railways		61230

□

परिशिष्ट – 10

पर्यटन की पारिभाषिक शब्दावली

Air Charters — हवाई जहाज के उड़ान के सम्बन्ध में इसका प्रयोग किया जाता है। कोई संस्था या संगठन हवाई जहाज की किसी कम्पनी से एक निश्चित समय के लिए एक निश्चित कीमत पर एक जहाज चालक के साथ ले लेता है वह अपनी ओर से उसे एक निश्चित स्थान पर ले जाता है तथा स्वयं उसके लिए यात्रियों को टिकट बेचकर लाभ कमाता है। जिसमें यात्रियों को कम्पनी की अपेक्षा टिकट सस्ता पड़ता है। इसमें अग्रिम टिकट बिक्री, अग्रिम जमा, टिकट का न लौटना तथा जहाज में अधिकतम स्थान का उपयोग किया जाता है। उस निश्चित समय के लिए उस जहाज पर उस संस्था या व्यक्ति का पूर्ण अधिकार होता है। अब ये तीन वर्गों में विभक्त किए जाते हैं।

(i) Affinity Charters — यह पुरातन परिपाटी है। किसी सभा, तीर्थ यात्रा, आदि एक उद्देश्य के लिए एक स्थान से दूसरे स्थान पर जाने के लिए प्रयोग किया जाता है।

(ii) Charters Cruises — इसमें कई स्थानों की यात्रा की जाती है। अब इसके द्वारा Around the World' Charter का प्रयोग होता है।

(iii) Back to Charter — यह प्रमुख यात्री संस्थाओं द्वारा प्रयोग किया जाता है। इसमें Chain Flight होता है जो साप्ताहिक या पाक्षिक उड़ान करती है। यह इतना सस्ता होता है कि कोई भी दुकानदार, नर्स, कारखाना कर्मचारी आदि इससे यात्रा कर सकता है।

Ashoka Tour and Travel — भारत सरकार ने पर्यटन द्वारा कमाने के लिए एक आयाम प्रारम्भ किया है। इसने ITDC के द्वारा स्थान तथा दृश्य दर्शन का व्यवसाय प्रारम्भ हुआ है जिसमें प्रमुख नगरों का आनन्द लेना तथा स्थान देखने की योजना निहित है। इसके लिए ITDC का एक नया अनुभाग इस नाम से खोला गया है।

Air Buses — दिसम्बर 1970 के बाद Indian Airlines ने Boing 7375 नामक विमानों को तथा Air Buses को खरीदा। ये बड़े आकार के हवाई जहाज होते हैं जिनमें बस की तरह बड़ी संख्या में यात्रियों को बैठकर यात्रा की सुविधा होती है। इनका किराया अपेक्षाकृत सस्ता होता है। अब 155 यात्रियों के बैठने तथा दूकानों आदि के साथ Air Bus बनाया गया है।

Around the World Tour — यह भी एक यात्रा का प्रकार है और एक पुस्तक और चलचित्र का नाम भी। 1882 में कूक ने सर्वप्रथम इस प्रकार की यात्रा प्रारम्भ कराई थी। इसमें विश्व के प्रमुख स्थानों की यात्रा एक ही दल द्वारा की गई थी। इसमें 220 दिन लगे थे। इसी से प्रेरित होकर एक पुस्तक लिखी गई – 'Around the world in Eighty Days' by Jules Verne.' यह ख्याति लब्ध पुस्तक है। भारत में इस पर राजेश खन्ना के नायकत्व में इसी नाम का एक चलचित्र भी बनाया गया।

Discover India Concession — भारत के बाहर रहने वाले विदेशियों के लिए तथा भारतीय मूल के उन लोगों के लिए जो स्थायी रूप से विदेशों में न्यवसित है Indian Airlines ने यह सुविधा प्रदान की है कि अमेरिकी डॉलर में 5375 देकर 21 दिनों, (तीन सप्ताह) में भारत देखने के लिए round/circuler यात्रा की जा सकती है जिसमें मार्ग में ठहरावों

की सीमा अनिश्चित होती है। किसी एक स्थान पर दुबारा नहीं जाया जा सकता जब तक कि दूसरी यात्रा न की जाए। इसमें Back Track (पुनः उसी यात्रा में वहाँ लौटना) सम्भव नहीं होता। भारत में रहने वाले उन विदेशियों को भी यह सुविधा प्रदान की जाती है जो U/S 375 देते हैं।

FIT = Free Independent Traveller — जब अपने पर्यटन की सारी व्यवस्था किसी व्यक्ति या उसके एजेण्ट द्वारा की जाती है जिसमें यात्रा, ठहराव, भोजन, सामान ले जाना आदि सम्मिलित होता है तो उसको इस विशेष नाम FIT से सम्बोधित करते हैं।

Foreign Inclusive Tour — इसमें पर्यटक बिना किसी निर्देशक के या समूह के अपनी सुविधा के अनुसार यात्रा करता है। वह अपनी पूर्व निर्धारित योजना के अनुसार ठहरने, भोनज, स्थान देखने आदि की व्यवस्था करता है।

GIT = Group Inclusive Tourst or Inclusive Group Tour — इसमें पर्यटक एक दल में यात्रा करता है। प्रायः इसमें पन्द्रह या उससे अधिक सदस्य होते हैं तथा एक निदेशक मुफ्त में साथ यात्रा करता है। इसके यात्रा व्यय, ठहराव, भोजन आदि की सारी व्यवस्था हवाई जहाज के मालिक द्वारा वहन की जाती है। इसकी सारी शर्तें इण्डियन एयर ट्रांसपोर्ट एसोसिएशन की ओर से एजेन्ट के माध्यम द्वारा निर्धारित होती है।

Group or Chain Hotel — पहले बड़े होटल व्यक्तिगत लोगों द्वारा ही बनाए और चलाए जाते थे। पर अब यह धारा दूसरी रूप ले रही है। अब चेन या ग्रुप होटल साधारणतया उन होटलों का संचालन करते हैं जिनके वे धारक हैं या उनके मालिकों से उनके होटल को पट्टे पर लेकर उनकी वार्षिक किराया देत हैं और अपनी ओर से उनका संचालन करते हैं। कभी-कभी ये ग्रुप होटल जो पट्टा करते हैं उसमें तय करते हैं कि व्यय, व्यवस्था के खर्च ये उठाएँगे और लभांश जितना तय होगा इसके बदले रुपया लेंगे। इस प्रकार यह एक सार्वजनिक (franchise) व्यवस्था है जो किराया या लाभांश के बदले ली जाती है।

Hotel — यह एक भवन या संस्था होता है जिसमें ठहरने, भोजन और सेवा की किया सम्मिलित होती है। Webster के अनुसार यहाँ सदभावना की क्रिया व्यापारिक होती है। इसमें निम्न पक्षों पर आधारित सेवा का विक्रय होता है:—

(1) स्थिति (2) सुविधाएँ (3) सेवा की गति, (4) नाम और (5) कीमत। साथ ही, पर्यटकों के होटल में ठहरने वालों को निम्न सुविधाएँ प्रदान की जाती हैं :

(1) कमरा (2) भोजन (3) शराब (4) ठहरने वाले के लिए लाण्ड्री और सेवक (5) यात्री के लिए टेलीफोन, (6) अन्य अतिथि सेवाएँ (7) क्रय-विक्रय की सुविधा (8) शक्ति संवर्धन स्रोत की व्यवस्था (9) सम्पत्ति की देखभाल (10) अनुशासन।

Indian Tourist Transport — पर्यटक जब भारत उतरता है तो उतरने की जगह से ठहरने के स्थान पर जाने तथा यहाँ से घूमने जाने के लिए जो साधन उपलब्ध कराया जाता है उसे ही इस नाम से पुकारा जाता है। भारत में पीले रंग की टैक्सी इसका एक साधन है। पर अब पर्यटक Luxury और Economy गाड़ियों से ड्राइवर और गाइड के साथ जाना चाहता है। इसकी पहचान के लिए दिल्ली Luxury Car का नम्बर DLZ तथा Economy Car का नम्बर DLY दिया गया है। प्रत्येक बड़े शहर में ऐसी गाड़ियों की अलग पहचान है। इसके लिए भारत के पर्यटन विभाग ने कुछ गाड़ियों को पंजीकृत करके अपनी पहचान दी है। ये विशेष प्रकार की सुविधाएँ प्राप्त कराते हैं।

Indian Tourism Planning—नियोजन किसी भी देश के एक-क्षेत्र में भ्रमण की आवश्यकता या महती इच्छा का द्योतक है जिसका उद्देश्य है एक निश्चित समय में उपलब्ध स्रोतों द्वारा एक निर्धारित लक्ष्य की पूर्ति करना। यह परिभाषा पर्यटन के लिए भी उपयुक्त है। इसके द्वारा पर्यटन विकास की नई योजनाएँ रखी जाती हैं। पर इसके बनाने के पहले बाजार की स्थिति का आकलन और उसके सम्बन्ध में शोध को समक्ष रखना चाहिए। इसके पीछे आर्थिक आधार को भी देखना आवश्यक है। इस परिप्रेक्ष्य में भारतीय पर्यटन नियोजन की गति अत्यन्त धीमी रही है और परिणाम विहीन भी।

International Tourist—वह व्यक्ति जो अपने देश के बाहर किसी भी देश में 24 घंटे से अधिक व्यतीत करता है चाहे अवकाश के दिनों को बिताने हेतु या व्यवसाय के लिए या किसी भी दूसरे कारण से वह इस कोटि में आता है। (WTO) 1982 के बाद ऐसे पर्यटकों की संख्या में अप्रत्याशित वृद्धि हुई है। औद्योगिक दृष्टि से विकसित 17 देशों के 80% लोग विश्व में पर्यटन के लिए निकलते हैं। यह इच्छा प्रत्येक देश तथा संस्कृति के लोगों में पाई जाती है।

Market Research Institute—बाजार की गति को तीव्र करना उत्पादक का लक्ष्य होता है। इसके लिए उसे नई खोजों की आवश्यकता पड़ती है जिससे आगे के लिए निर्देशक रेखा बनाई जा सके। पर्यटन विपणन (Marketing) के लिए यह कार्य इस संस्था द्वारा होता है।

Neighbourhood Travel Scheme— 1981 में भारत सरकार ने अपने पड़ोसी देशों में जिनके साथ हमारा नैतिक और सांस्कृतिक गठबंधन है वहाँ पर्यटन के लिए इस योजना के अन्तर्गत यह व्यवस्था दी कि भारत के निवासी वहाँ दो वर्षों में एक बार जा सकते हैं। इसके लिए उन्हें अतिरिक्त 250 (डॉलर) या बराबर की विदेशी मुद्रा दी जायगी। ये देश हैं–बांग्लादेश, बर्मा, मलेशिया, मालदीव द्वीपसमूह, मौरूतियस, पाकिस्तान, सेशलेस द्वीप-समूह और श्रीलंका।

Operation Scheme—विदेश में पर्यटन के प्रचार के लिए जो नई योजनाएँ बनाई जाती हैं उन्हें यह नाम दिया जाता है। सर्वप्रथम 1968 में यह योजना यूरोप में चलाई गई। उसे 'Operation Europe' कहा गया। जिस देश की योजना होती है उस देश के नाम के पूर्व Operation शब्द जोड़कर उसका नाम रखते हैं।

Package Tour—एक विशेष प्रकार के ग्रुप के लोगों के उपयुक्त यह पर्यटन बनाया जाता है। यह उनकी विशेष रुचि के अनुरूप होता है जैसे पर्वतारोहण पर्यटन, स्थान दर्शन, प्राक्तितिक दृश्य दर्शन आदि। यह योजनाबद्ध होता है जो एक नियमित छपी रूपरेखा के अनुसार बनाना पड़ता है जैसे होटल में ठहराव, भोजन सुविधाएँ आदि। इनके साथ कोई निदेशक होता भी है और नहीं भी। निदेशक उन्हीं प्रतिबन्धों के तहत पर्यटकों को ले जाता है।

Speciality Channellers—ये विचौलिया होते हैं। इनका कार्य क्रेता (पर्यटन) और विक्रेता (पर्यटन करने के स्थान) के बीच का होता है। ये पर्यटकों को प्रेरित करते हैं कि कैसे, कब और कहाँ ये पर्यटन हेतु जायँ। ये Travel Agent या Tour Operator की तरह इस कार्य के लिए कमीशन नहीं प्राप्त करते। ये वेतन भोगी कर्मचारी होते हैं जो अपने संगठन की ओर से पर्यटन के लिए सेवारत होते हैं। इस कार्य में Travel Firms, Meeting and Convention Planners, Hotel Representatives, Travel Consul-tants आदि भी सम्मिलित किए जा सकते हैं।

Tour Operators—इनका कार्य है पर्यटन सम्बन्धी सेवा की व्यवस्था करना जैसे बस, होटल की व्यवस्था, अन्य सुविधाएँ उपलब्ध करना। ये कभी इनको स्वतः रखते हैं और कभी किराए पर अथवा ठेके पर होटल तय किये रखते हैं, जिनके लिए बस कम्पनियों से बस लेते हैं या दूसरे Operators से किराए पर लेते हैं। ये Wholesale Travel Agents होते हैं जो अपने Agency के नाम पर Retail Agents से काम कराते हैं। यह सामान्यतया विविध प्रकार के Package Tour की योजना (Tour Programme) देती है। जिसमें सम्मिलित होती है यात्री को निश्चित स्थान तक ले जाना, ठहरने की उचित व्यवस्था करना, गाड़ी तथा विविध प्रकार के व्यंजन की व्यवस्था करना आदि। इसमें जो केवल पर्यटन स्थल पर ही ये सुविधा उपलब्ध कराते हैं उन्हें Ground Operator कहा जाता है। Tour Operator का कार्य मुख्यतः चार वर्गों में बाँटा जा सकता है :—

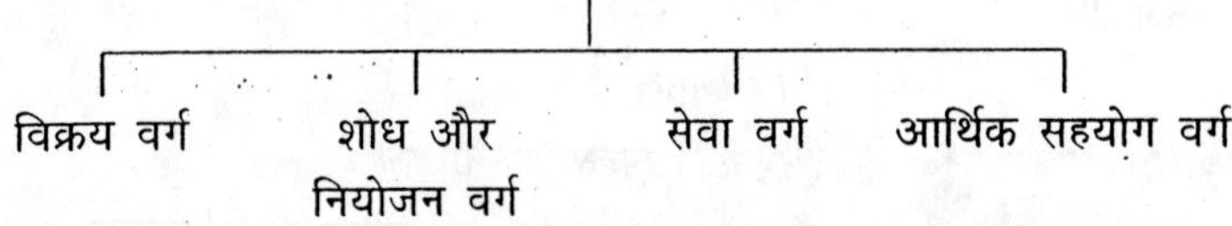

Travel Agent—इसका कार्य है पर्यटन के लिए विभिन्न सहयोगी साधनों की सेवाओं को आवश्यकतानुसार पर्यटक के हेतु प्रस्तुत करना। ये दो प्रकार के होते हैं : Whole sale & Retail.

Tourism Marketing—इसमें नए उपभोक्ता (पर्यटक) को तथा पर्यटन क्षेत्र में सेवारत लोगों को आकर्षित करना तथा साथ ही दूसरे प्रतिस्पर्द्धा करने वालों से पर्यटक को बचाकर अपने देश में लाना। यह व्यवस्थित कार्य राष्ट्रीय, अन्तरराष्ट्रीय अथवा स्थानीय पर्यटन संगठनों द्वारा किया जाता है जिसमें पर्यटक की अधिकाधिक इच्छाओं की पूर्ति करने का प्रयास रहता है कि पर्यटक को पूर्ण संतोष प्राप्त हो और इससे पर्यटन को बढ़ावा मिले। इसमें पर्यटक (उपभोक्ता) को ही उत्पादन (क्षेत्र) तक आना होता है न कि बाजार की तरह उत्पादन को उपभोक्ता के पास ले जाना होता है।

Tourist Marketing mix—जो पर्यटन बाजार देता है तथा जो बाजार के अध्ययन से बाजार की क्रिया के विषय में प्रेरित करता है का सम्बन्ध है। जैसे बाजार देता है—अवकाश के दिनों का द्रव्य स्थल और इसकी बाजार क्रिया है—इसका विकास।

WTO = 2 जनवरी 1975 से यह अन्तर्राष्ट्रीय संगठन पर्यटन के विविध पहलुओं पर कार्य करता है। इसका पूरा स्वरूप है— World Tourist Organisation.

□

संदर्भ ग्रंथ सूची

आनन्द एम॰ एम॰ — *टूरिज्म एण्ड होटल इण्डस्ट्री इन इंडिया–ए स्टडी इन मैनेजमेण्ट*

बैरल, रैफल मेमाण्ड — *सिजनैलिटी इन टूरिज्म*

बरकरत एण्ड मेडिकल — *टूरिज्म पास्ट, प्रेजेंट एण्ड फ्युचर*

चोपड़ा, पी॰ एन॰ — *इण्डिया–इन इनसाइक्लोपीडिक सर्वे*

छिब, एस॰ एन॰ — *पर्सपेक्टिब्स आन इण्डियन टूरिज्म इन इण्डिया*

कर्ण सिंह — *इण्डिया टूरिज्म-एसपेक्टस आव ए ग्रेट ऐडवेंचर*

लौसन, मेलकाम — *टीचिंग टूरिज्म*

वही — *इण्टरनेशनल ट्रैवेल एण्ड टूरिज्म*

मेवाइन्थोस, आर॰ डब्लू॰ — *टूरिज्म प्रिंसपुल्स, फिलौसफी*

मेथीसन एण्ड जाफरेवाल — *टूरिज्म-इकोनामिक, फिज़िकल एण्ड सोशल इम्पैक्ट कास्ट बेनिफिट स्टडी ऑफ टूरिज्म*

ओगलिवे, एफ॰ डब्लू॰ — *दि टूरिस्ट मूवमेन्ट–एन इकोनॉमिक स्टडी*

रोजोनो एण्ड पल्सीफर — *टूरिज्म दि गुड, दि बैड एण्ड दी अग्ली*

यंग, जार्ज — *टूरिज्म ब्लोसिंग और ब्लाहर*

टी॰ ए॰ ए॰ आई — *टूरिज्म कम्पेण्डियम*

जेम्स, डब्लू मौसिन — *ट्रवेल एजेण्ट एण्ड टूरिज्म*

जे॰ आर॰ अवे और डी॰ एल॰ स्पिंजा — *रेस्टोरेण्ट/इंस्टीटयूशन्स*

नेगी, जगमोहन — *टूरिज्म एण्ड ट्रैवेल-कानसेप्ट एण्ड प्रिंसिपुल*

गुप्ता, एस॰ पी॰ भट्टचार्जी महुआ एवं लाल — *कल्चरल टूरिज्म इन इण्डिया*

कृष्ण दिक्षित, मनोज — *डाइमेंशन्स ऑफ टूरिज्म*

अखतर, जावेद — *टूरिज्म मैनेजमेण्ट इन इण्डिया*

चोपड़ा, सुहिता — *टूरिज्म एण्ड डेवलपमेण्ट इन इण्डिंया*

सहाय, शिवस्वरूप — *पर्यटकों का देश भारत*

□

आदिनाथ मंदिर, खजुराहो

साँची का स्तूप